AF792710

ज्ञान गरिमा के
72 वर्ष

भारतीय
ज्ञानपीठ

णाणं
पयासयं

वीर नि.सं. 2470

ई. सन् 1944

भारतीय ज्ञानपीठ

अनुत्तर योगी

तीर्थंकर महावीर

चतुर्थ खंड
अनन्तपुरुष की जय-यात्रा

प्रथम संस्करण : वी. नि. ग्र. प्र. समिति, इन्दौर, 1975
प्रथम आवृत्ति : राधाकृष्ण प्रकाशन, नयी दिल्ली, 1993
भारतीय ज्ञानपीठ, नयी दिल्ली से प्रथम संस्करण : 2009

अनुत्तर योगी
तीर्थंकर महावीर

चतुर्थ खंड
अनन्तपुरुष की जय-यात्रा

वीरेन्द्रकुमार जैन

भारतीय ज्ञानपीठ

लोकोदय ग्रन्थमाला : ग्रन्थांक 896

ISBN 978-81-263-1566-6

अनुत्तर योगी : तीर्थंकर महावीर (खंड-4)
(हिन्दी उपन्यास)
वीरेन्द्रकुमार जैन

प्रकाशक : भारतीय ज्ञानपीठ
18, इन्स्टीट्यूशनल एरिया, लोदी रोड, नयी दिल्ली-110 003

मुद्रक : आर.के. ऑफसेट, दिल्ली

आवरण-सज्जा : ज्ञानपीठ कला प्रभाग

ANUTTAR YOGI : TIRTHANKAR MAHAVEER (Vol.-4)
(Hindi Novel)
by Virendra Kumar Jain

Published by
Bharatiya Jnanpith
18, Institutional Area, Lodi Road, New Delhi-110 003
Ph. : 011-24698417, 24626467; 23241619 (Daryaganj)
Mob. : 9350536020; e-mail : bjnanpith@gmail.com
sales@jnanpith.net; website : www.jnanpith.net

Second Edition : 2017
Price : Rs. 350

वर्तमान में चाँदनपुर में जीवन्त विराजमान
त्रैलोक्येश्वर श्री महावीर प्रभु के चरणों में

एवं

विश्वधर्म के अधुनातन मन्त्रद्रष्टा
पूज्य एलाचार्य श्री विद्यानन्द स्वामी के
सारस्वत कर-कमलों में

नर में चुपचाप अवतरित नारायण जैसे, अपने ही आत्म-स्वरूप
लगते प्यारे भाई माणकचन्द पाण्ड्या के वत्सल हाथों में :
जिनमें अनायास सम्यक् चारित्र्य नितरते देखा,
और जो 'अनुत्तर योगी' के जनक-जनेता हैं

परमात्मीय अग्रज श्री राजकुमार सिंह कासलीवाल के लिए,
जिनके सुहृद सहयोग और समर्थन के बिना
'अनुत्तर योगी' की यह सुदीर्घ कथा-यात्रा
सम्भव न हो पाती

मेरी बाला-तपस्विनी, सर्वस्व-त्यागिनी माँ
स्वस्ति श्री चम्पा-बा के योग्य,
जिनसे पायी दृष्टि-प्रधान अध्यात्म की मन्त्र-दीक्षा
'अनुत्तर योगी' में शब्द-देह धारण कर सकी है

अनुक्रम
अनन्तपुरुष की जय-यात्रा

वैशाली का भविष्य	11
तुम्हारी कुँवारी सती : मैं आम्रपाली	34
नहीं, अब मैं कभी, कहीं भी अकेली नहीं	59
यह सामने खड़ी मृत्यु भी : केवल महावीर	79
अनेकान्त का शीशमहल	103
श्रीसुन्दरी मृत्तिका हालाहला	114
महावीर के अग्निपुत्र : आर्य मक्खलि गोशालक	142
सर्व-ऋतु वन का उत्तर	166
वह सर्वनाम पुरुष कौन	173
आम्रफल का चोर	181
आभीरी की हंस लीला	189
तुम्हारी सम्भावनाओं का अन्त नहीं	198
मुक्ति की अनजानी राहें	205
फाँसी के उस पार	218
मनुष्य का हलकार	223
विचित्र लीला चैतन्य की : राजर्षि प्रसन्नचन्द्र	227
तेरा विधाता तू ही है	232
मा पडिबंधं करेह	237
मित्र की खोज	242
अगम पन्थ के सहचारी	258

प्रभु का रूप भी अक्षय नहीं ? 268
शिवो भूत्वा शिवं यजेत् 275
चोर हो तो ऐसा हो 280
वीतराग के लीला-खेल 289
अजीब आसमानी आदमी 295
नील-कमल में बजता जल-तरंग 302
केवल बहते जाना है 309

परिशिष्ट *314*

चतुर्थ खंड

अनन्तपुरुष की जय-यात्रा

वैशाली का भविष्य

आज से बाईस वर्ष पूर्व की बात है। वैशाली के यायावर राजपुत्र वर्द्धमान तब पहली और अन्तिम बार वैशाली आये थे। अपने ही द्वार पर अतिथि की तरह मेहमान थे। अपने ही घर के उस अयाने बेटे की वह निराली भंगिमा देखकर सारी वैशाली पागल हो उठी थी। विदेह देश की प्रजाओं को लगा था, कि उनका एकमेव राजा आ गया, एकमेव प्रजापति आ गया, जिसकी उन्हें चिरकाल से प्रतीक्षा थी।

फिर महावीर संथागार में बोले तो इतिहास की बुनियाद में विप्लव के हिलोरे दौड़े थे। वैशाली के गौरव को उन्होंने झँझोड़कर जगाया था। बेहिचक अपने ही घर में आग लगा दी थी।...तब संथागार में प्रबल आवाज उठी थी : "आर्य वर्द्धमान वैशाली के लिए खतरनाक हैं। उन्हें वैशाली से निर्वासित हो जाना चाहिए।"

और वर्द्धमान ने हँसकर प्रतिसाद दिया था : "मेरा चेतन कब से वैशाली छोड़कर जा चुका। अब यह तन भी वैशाली छोड़ जाने की अनी पर खड़ा है। लेकिन भन्ते गण सुनें, वैशाली का यह राजपुत्र उससे निर्वासित होकर उसके लिए और भी अधिक खतरनाक हो जाएगा।"

आज वैशाली का वह बागी बेटा, तीर्थंकर होकर प्रथम बार वैशाली आ रहा है। इस खबर से लिच्छवियों के अष्ट-कुलक सहम उठे हैं। गण-राजन्यों की भृकुटियों में बल पड़ गये हैं। राज्य-सभा संकट की आशंका से चिन्ता में पड़ी है। वयोवृद्ध गणपति चेटक सावधान होकर सामायिक द्वारा समाधान में रहना चाहते हैं।

लेकिन जनगण का आनन्द तो पूर्णिमा के समुद्र की तरह उछल रहा है। विदेहों का सदियों से संचित वैभव और ऐश्वर्य पहली बार एक साथ बाहर आया है। वैशाली के सहस्रों सुवर्ण, रजत और ताम्र कलशों की गोलाकार पंक्तियाँ अकूत रत्नों के शृंगार से जगमगा उठी हैं। आकाश का सूर्य धरती के हीरों में प्रतिबिम्बित होकर, सौ गुना अधिक प्रतापी और जाज्वल्य हो उठा है।

सारे नगर में व्याप्त रंगारंग फूलों, पातों, रत्नों के तोरणों, बन्दनवारों और द्वारों तले, रात-दिन हजारों नर-नारी नाच-गान में डूबे रहते हैं। हर चौक-चौराहे पर, उद्यानों और चौगानों में नाट्य और संगीत का अटूट सिलसिला जारी है। सारे विदेह देश की असूर्यंपश्या सुन्दरियाँ जाने किस अमोघ मोहिनी से पागल होकर, सरे राह

गाती–नाचती निकल पड़ी हैं। शंख, घंटा–घड़ियाल, तुरही, शहनाई और जाने कितने प्रकार के विचित्र वाद्यों की समवेत ध्वनियों से सारा महानगर सतत गुंजायमान है।

प्रत्याशा है, कि भगवान के आगमन के ठीक मुहूर्त की सूचना मिलेगी ही। देवों के यान उतरते दीखेंगे। दिव्य दुन्दुभियों के घोष सुनाई पड़ेंगे। और तब वैशाली अपूर्व सुन्दरी नववधू की तरह सर्वांग शृंगार कर अपने प्रभु के स्वागत को द्वार–देहरी पर आ खड़ी होगी। सहस्रों कुमारिकाएँ परस्पर गुँथ–जुड़कर, अनेक पंक्तियों में ऊपरा–ऊपरी खड़ी होकर, श्री भगवान का प्रवेशद्वार हो जाएँगी। गान्धारी, रोहिणी मामी वैशाली के सूरज–बेटे की आरती उतारेंगी। सूर्यविकासी और चन्द्रविकासी कमलों के पाँवड़ों पर बिछ–बिछकर, अनेक रूपसियाँ उनके पग–धारण को झेलती हुई, उन्हें संथागार में ले जाएँगी।

...ऐसे ही रंगीन सपनों में बेसुध वैशाली न जाने कितने दिन उत्सव के आह्लाद से झूमती रही। लेकिन श्रीभगवान के आगमन का कोई चिह्न दूर दिगन्तों तक भी नहीं दिखाई पड़ता था। सारा जन–मन चरम उत्सुकता की अनी पर केन्द्रित और व्याकुल था। सिंह–तोरण के झरोखे में बजती शहनाई अनन्त प्रतीक्षा के आलाप में बजती चली जा रही थी, लेकिन उत्सव की धारा अब उत्तरोत्तर मन्थर होती हुई अलक्ष्य में खोई जा रही थी।

तब भी सारे दिन तोरण–द्वार के आगे कुमारिकाओं की गुँथी देहों के द्वार, अदल–बदलकर फिर बनते रहते हैं। श्री भगवान जाने किस क्षण आ जाएँ।...

जाने कितने दिन हो गये, गान्धारी, रोहिणी मामी सिंह–तोरण पर मंगल–कलश उठाये खड़ी हैं। निर्जल, निराहार उनकी इस एकाग्र खड्‌गासन तपस्या से राजकुल त्रस्त है, और प्रजा मन ही मन आकुल होकर धन्य–धन्य की ध्वनियाँ कर रही है। सेवकों ने देवी पर एक मर्कत–मुक्ता का शीतलकारी छत्र तान दिया है। उनके पीछे, बैठने को एक सुखद सिंहासन बिछा दिया है। पर देवी को सुध–बुध ही नहीं है। उन्हें नहीं पता कि वे बैठी हैं, कि खड़ी हैं, कि लेटी हैं, कि चल रही हैं, कि लास्य–मुद्रा में लीन हैं। उनकी यह अगवानी मानो चेतना के जाने किस अगोचर आयाम और आस्तरण पर चल रही है!

एक दोपहर अचानक सेनापति सिंहभद्र का घोड़ा सिंहतोरण पर आकर रुका। एक ही छलाँग में उतरकर कोटिभट सिंहभद्र देवी रोहिणी के सम्मुख अनजाने ही नमित से खड़े रह गये। योद्धा का कठोर हृदय पसीज आया। भरभराये कंठ से बोले :

"देवी, यह सब क्या है? महावीर इसे सह सकता है, हम मनुष्य होकर तुम्हारे इस कायोत्सर्ग को कैसे सहें? हम कैसे खाएँ, कैसे पिएँ, कैसे जिएँ, कैसे अपना कर्तव्य करें? भदन्त महावीर..."

और एक आकस्मिक उल्कापात–सा देवी का स्वर फूटा :

"सावधान सेनापति! भदन्त महावीर नहीं, भगवान महावीर, त्रिलोकपति महावीर!"

"देवी के भक्तिभाव का आदर करता हूँ। मगर तुम्हारे भगवान के श्रमण और तीर्थंकर रूप को मगध ने देखा है, वैशाली का वैसा सौभाग्य कहाँ?"

"आप की ईर्ष्या नग्न हो गयी, आर्य सेनापति। उन सर्वदर्शी प्रभु के भीतर तो भूमि और भूमिज को लेकर कोई भेदाभेद नहीं। उन समदर्शी भगवान तक से आपको ईर्ष्या हो गयी? आप उनके प्रताप को सह नहीं सकते? श्रमण भगवान तो अपने तपस्याकाल में भी कई बार वैशाली आये। लुहारों, चर्मकारों, चांडालों, महामानी नवीन श्रेष्ठी तक को वे अपनी कृपा से धन्य कर गये। लेकिन महासेनापति सिंहदेव को राज्य और युद्ध से कहाँ अवकाश?"

"क्षत्रिय अपने कर्तव्य पर नियुक्त है, कल्याणी। श्री भगवान की कृपादृष्टि हम पर कभी न रही। वे पंचशैल में ही तपे, और मगध में ही उनकी चरम समाधि हुई। वहीं वे अर्हत् केवली होकर उठे। वहीं के विपुलाचल पर तीर्थंकर महावीर का प्रथम समवसरण हुआ। वैशाली उनकी चरण-धूलि होने योग्य तक न हो सकी। हमारा महादुर्भाग्य, और क्या कहें!"

रोहिणी का स्वर कातर होते हुए भी, कठिन होता आया। वे बोलीं :

"विपुलाचल का समवसरण तो त्रिलोक के प्राणि-मात्र का आवाहन कर रहा था। सारा जम्बूद्वीप वहाँ आकर नमित हुआ, लेकिन आप और आपका राजकुल वहाँ न जा सका। अपने सूर्यपुत्र तीर्थंकर बेटे को देखना लिच्छवियों को न भाया। लेकिन वैशाली की प्रजा ने अपने प्रजापति के, इन्द्रों और महेन्द्रों से सेवित त्रैलोक्येश्वर रूप का दर्शन किया है। उस ऐश्वर्य और सत्ता को वाणी नहीं कह सकती!"

"क्या गान्धार-नन्दिनी ने भी तीर्थंकर महावीर के दर्शन किये हैं?"

"उनके दर्शन न किए होते, तो मैं क्यों कर जीती, क्यों कर यहाँ खड़ी रह सकती!..." देवी का गला भर आया। आँखें बह आयीं।

"कभी तुमने बताया नहीं, रानी! मुझसे भी छुपाया?"

"बताकर क्या करती, स्वामी! जानती थी, तुम साथ नहीं चलोगे। और यह भी जानती थी, कि मेरे वहाँ जाने और लौटकर संवाद देने से भी तुम्हें प्रसन्नता न होगी। कितना जी टूटा, कि बताऊँ तुम्हें, क्या देख आयी हूँ। लेकिन तुम्हारी तनी भृकुटि से अपनी उस निधि को मलिन नहीं होने देना चाहती थी। सो चुप रही, और वह छवि आँख से पलभर भी ओझल न हो सकी।"

"परम सत्ताधीश महावीर की वह छवि, जिसने वैशाली के कट्टर शत्रु श्रेणिक बिम्बिसार को शरण दी! उसे आगामी उत्सर्पिणी का प्रथम तीर्थंकर घोषित किया! वैशाली को हराकर, स्वयं हारकर, वैशाली के बेटे ने हमारे प्राणों के हत्यारे को

त्रिलोकी के सिंहासन चढ़ा दिया! उस छवि के आगे तुम अपने धनुष-बाण फेंक आयीं, वीरांगना गान्धारी? धन्य है तुम्हारा वीरत्व!''

''मैंने पराजय का नहीं, परम विजय का दृश्य देखा, सेनापति। मैंने महावीर के एक कटाक्षपात तले श्रेणिक बिम्बिसार को धूल में लोटते देखा। मैंने महावीर का वह सूरज-युद्ध देखा, जिसकी साक्षी रहने का आमन्त्रण वे मुझे दे गये थे। मैंने देखा, कि अयुद्ध्यमान महावीर ने महायोद्धा श्रेणिक को पलक मात्र में पछाड़ दिया है। मैं इन्हीं आँखों से देख आयी हूँ, आर्यपुत्र, कि श्रेणिक बिम्बिसार ने अपना वीरत्व, सम्राटत्व, सिंहासन, सम्पदा सब को महावीर के चरणों में हार दिया। वे खाली होकर महलों में लौटे, और भीतर झाँका तो पाया कि पोर-पोर में महावीर भर उठा है। मैं वापसी में राजगृही के महालय गयी थी, और चेलना बुआ से मिलती हुई लौटी थी। बताया उन्होंने कि सम्राट तो प्रभु के प्रेम में पागल हो गये हैं। सारे दिन चेलना बुआ को बाँहों में भर—मेरे भगवान...मेरे प्रभु...मेरे महावीर—पुकारते रहते हैं। महानायक सिंहभद्र सुनें, श्रेणिक ने सिंहासन-त्याग कर दिया है! मगध की गद्दी सूनी है। निःसन्देह चम्पा में हमारे दोहितृलाल अजातशत्रु राज कर रहे हैं। लेकिन मगध का साम्राज्ञी सिंहासन खंडित और सूना पड़ा है!''

''श्रेणिक और सिंहासन-त्याग? क्षमा करें देवी, मेरी समझ काम नहीं करती।''

''यह समझ की नहीं, बोध की भूमि है, आर्यपुत्र। महाभाव में ही यह अनुभूयमान है। आप आँखों से देखकर भी विश्वास न कर सकेंगे। तो उपाय क्या?''

''त्रिलोकपति तीर्थंकर महावीर कभी वैशाली नहीं आएँगे, यह तुम मुझसे जान लो, देवी!''

...और ठीक तभी मध्याह्न का घंटा राज-द्वार में बज उठा। और गान्धारी रोहिणी अचानक आविष्ट-सी होकर फूट पड़ी :

''ओह तुम...तुमने मुझे धोखा दे दिया, भगवान? तुमने मेरी सारी अगवानियों को ठुकरा दिया? निष्ठुर...तुम...तुम...आ गये मेरे नाथ! लेकिन...''

सिंह सेनापति फटी आँखों से ताकते रह गये। अबूझ है यह लीला!

...और ठीक तभी, अपनी मूर्च्छाओं में भी निरन्तर बेचैन आम्रपाली ने, अपने प्रासाद के अत्यन्त निजी कक्ष की शैया में करवट बदली। मूर्च्छित आम्रपाली ने अनुभव किया कि उसके वक्षोज-मंडल पर कमलों की चरण-चाप धरता यह कौन चला आ रहा है? उसने चौंककर आँखें खोलीं : ''ओह, तुम...आ...गये! सिंहद्वार से नहीं आये? मेरे द्वार से मेरी राह आना तुमने पसन्द किया। अभी-अभी तुम इस सप्तभूमिक प्रासाद के आगे से निकलोगे। कैसे करूँ तुम्हारी अगवानी? क्या है इस वारवनिता के पास, तुम्हें देने को? एक कलंकित रूप, सुवर्ण के नीलाभ पर चढ़ी

भोगदासी!''...और आम्रपाली रो पड़ी। उसका जी चाहा कि ठंडी रत्न-शिलाओं पर सर पछाड़ दे। क्या करे वह?...नहीं, आज क्षोभ नहीं। मेरा भवन तुम्हारी अगवानी करेगा। लेकिन मैं? पता नहीं...

...और अगले ही क्षण देवी आम्रपाली की आज्ञा सप्तभूमिक प्रासाद के खंड-खंड में सक्रिय हो गयी। विपल मात्र में सारे महल में सुन्दरियों और परिचारिकाओं के आवागमन, और मंगल आयोजन का उत्सव मच गया। राशिकृत पुष्पमालाओं और बन्दनवारों से सारा महल रंगीन होकर महक उठा। वातायनों से प्रवाहित अष्टगन्ध धूप की सुगन्ध ने सारे वातावरण को पावनता से प्रसादित कर दिया। मुखद्वार के गवाक्षों में शहनाई, शंखनाद और दुन्दुभी की ध्वनियाँ गूँजने लगीं। देवी आम्रपाली के प्रासाद के सारे द्वार, वातायन, गवाक्ष और छज्जों पर फूलों में बिछलती सुन्दरियाँ नृत्य कर उठीं। और प्रासाद के जाने किस अज्ञात गोपन कक्ष में से 'शिवरंजिनी' की धीर प्रीत-रागिनी वीणा में समुद्र-गर्भा होकर गहराती चली गयी।

सारी वैशाली चकित हो गयी। देवी आम्रपाली के घर आज किसकी पहुनाई है, वैशाख की इस सन्नाटेभरी तपती दोपहरी में?...लेकिन हाय, हमारे प्रभु नहीं आये! वे जाने कहाँ अटके हैं? जन-जन के हृदय ने पीड़ा की एक टीसती अँगड़ाई भरी। हाय, हमारे भगवान नहीं आये! सिंह-तोरण पर बजती शहनाई में प्रतीक्षा की रागिनी अन्तहीन रुलाई बनकर गूँज रही है।

...और ठीक तभी वैशाली के पश्चिमी द्वार पर एक दस्तक हुई।

जब से मगध के साथ वैशाली का शीत-युद्ध जारी है, बरसों से नगर के उत्तर, दक्षिण और पश्चिम के द्वार बन्द हैं। परकोट सेनाओं से पटे हैं, और बन्द द्वारों पर कीले, भाले और बल्लम गड़े हैं। केवल पूर्वी सिंहतोरण से ही सारा आवागमन होता है। और श्री भगवान का आगमन भी नगर के पूर्वी और प्रमुख तोरणद्वार से ही तो हो सकता था। सो वहीं तो सारे स्वागत के आयोजन थे। वहीं कुमारी देहों के तोरण तने थे, वहीं रोहिणी मामी अविचल पग, मंगल-कलश को साजे खड़ी थीं। इस क्षण वे मूर्च्छित हो गयी हैं। और देवी को वहाँ से उठाने की हिम्मत, स्वयं उनके आर्यपुत्र सिंह सेनापति भी नहीं कर पा रहे हैं।...

मध्याह्न का सूर्य आकाश के बीचों-बीच तप रहा है। और ठीक उसके नीचे सहस्त्रार के चन्द्रमंडल-सा एक दिगम्बर पुरुष, वैशाली के शूलों और साँकलों जड़े बन्द पश्चिमी द्वार के सम्मुख आ खड़ा हुआ है। उसने सहज आँखें उठाकर द्वार की ओर देखा। और विपल मात्र में सामने जड़े शूल और साँकल फूलमाला की तरह छिन्न हो गये। अर्गलाएँ पानी की तरह गलकर ढलक पड़ीं। और वे प्रचंड वज्र-कपाट

हठात् यों खुल गये, जैसे सूर्य की प्रथम किरण पड़ते ही नीहारिका सिमट जाती है। और एक विशाल डग भरकर वह शलाकापुरुष वैशाली में प्रवेश कर गया।

...हठात् यह क्या हुआ, कि एक नीरवता जादुई सम्मोहन की तरह सारी वैशाली पर व्याप गयी। जनगण के हृदय में दिनों से उमड़ती जयकारें भीतर ही लीन हो रहीं। समस्त पौर-जनों की चेतना एक गहरी शान्ति में स्तब्ध होकर श्रीभगवान के उस नगर-विहार को देखने लगी। एक गहन चुप्पी के बीच सहस्र-सहस्र सुन्दरियों की गोरी बाँहें भवन-वातायनों से श्रीभगवान पर फूल बरसाती दिखाई पड़ीं।

हजारों-हजारों मुंडित श्रमणों से परिवरित श्रीभगवान वैशाली के राजमार्ग पर यों चल रहे हैं, जैसे सप्त सागरों से मंडलित सुमेरु पर्वत चलायमान हो। हिमालय और विन्ध्याचल उनके चरणों में डग भर रहे हैं। कभी वे कोटि सूर्यों की तरह जाज्वल्यमान लगते हैं, कभी कोटि चन्द्रमाओं की तरह तरल और शीतल लगते हैं। मानवों ने अनुभव किया कि आँख और मन से आगे का है यह सौन्दर्य, जो प्रति क्षण नित नव्यमान है।

सबसे आगे चल रहा है, हिरण्याभ सहस्रार के समान धर्मचक्र। भगवती चन्दनबाला की उद्‌बोधक अँगुली पर मानो उसकी धुरी घूम रही है। और पुंडरीक के उज्ज्वल वन जैसी सहस्रों सतियाँ भगवती को घेरकर चल रही हैं। और मानो कि श्रीभगवान और उनके सहस्र-सहस्र श्रमण उनका अनुसरण कर रहे हैं। महाकाल शंकर ने जैसे शक्ति को सर्पमाला की तरह अपने गले में धारण किया है।

घर-घर के द्वारों से नर-नारी के प्रवाह निकलकर नदियों की तरह, इस चलायमान महासमुद्र में आ मिले हैं। जहाँ से श्रीभगवान अपने विशाल श्रमणसंघ के साथ गुजर जाते हैं, पुरजन और पुरांगनाएँ वहाँ की धूलि में लोट-लोटकर अपनी माटी को धन्य कर रहे हैं और अथाह नीरवता के बीच यह शोभा-यात्रा चुपचाप चल रही है।

अनेक चक्रपथों को पार करती हुई यह शोभा-यात्रा, वैशाली के प्रमुख चौक में प्रवेश करती हुई मन्थर हो चली है।...सप्तभौमिक प्रासाद के सामने आकर श्रीभगवान हठात् थम गये! सुवर्ण-मीना खचित इस वारांगना-महल के प्रत्येक द्वार, वातायन, गवाक्ष और छज्जे पर से अप्सराओं जैसी हजारों सुन्दरियाँ फूलों और रत्नों की राशियाँ बरसाती हुईं अधर में झूल-झूल गयीं। प्रमुख द्वार उत्कट प्रतीक्षा की आँखों-सा अपलक खुला है। समस्त पुरजनों की दृष्टि द्वार पर एकटक लगी है कि अभी-अभी देवी आम्रपाली वहाँ अवतीर्ण होंगी। वे अपनी कर्पूरी बाँहें उठाकर श्रीभगवान की आरती उतारेंगी। लेकिन उस द्वार का सूनापन ही सर्वोपरि होकर उजागर है।...

श्रीभगवान रुके हुए हैं तो काल रुक गया है। सारी स्थितियाँ और गतियाँ स्तम्भित

होकर रह गयी हैं। मानवमात्र मानो मनातीत होकर केवल देखता रह गया है।

सप्तभौमिक प्रासाद के द्वार-पक्ष में अन्तरित कंगन का एक नीलाभ हीरा चमका और ओझल हो गया। सहस्रदीप आरती का नीराजन उठाकर देवी आम्रपाली ने डग भरनी चाही। लेकिन उनका वह पद्मराग चरण हवा में टँगा रह गया।...

किवाड़ की पीठ पर टिकी ठुड्डी और छाती पर एक बड़ी सारी आँसू की बूँद ढरकती चली आयी। एक सिसकी फूटी। और आरती उठाई बाँहें शिलीभूत हो रहीं।...''नहीं, मैं तुम्हारे योग्य न हो सकी। मैं तुम्हारी आरती कौन-सा मुँह लेकर उतारूँ। तुम सारे जगत् के भगवान हो गये, लेकिन मेरे भगवान न हो सके। वैशाली का सूर्यपुत्र मेरा न हो सका, तो भगवान को लेकर क्या करूँगी! भगवान नहीं...मनुष्य चाहिए मुझे। मेरा एकमेव पुरुष। जो मुझे छू सके, मैं जिसे छू सकूँ। जो मुझे ले सके, मैं जिसे ले सकूँ। तुम तो आकाश होकर आये हो, तुम्हें कहाँ से पकड़ूँ। नहीं...नहीं...नहीं...मैं तुम्हारे सामने नहीं आऊँगी!...''

देवी आम्रपाली का द्वार स्वागत-शून्य ही रह गया। वहाँ श्रीभगवान की आरती नहीं उतारी जा सकी। अगले ही क्षण श्रीभगवान चल पड़े। काल गतिमान हो गया। इतिहास वृत्तायमान हो गया। शोभा-यात्रा श्रीभगवान का अनुसरण करने लगी। नगर के तमाम मंडलों, चौराहों, त्रिकों, पण्यों, अन्तरायणों को धन्य करते हुए प्रभु, अविकल्प क्रीड़ा भाव से वैशाली की परिक्रमा करते चले गये।

अपराह्न बेला में श्रीभगवान वैशाली के विश्व-विश्रुत संथागार के सामने से गुजरे। असूर्यंपश्या सुन्दरियों की उन्मुक्त देहों से निर्मित द्वार में प्रभु अचानक रुक गये। गान्धारी रोहिणी मामी ने जाने कितने भंगों में बलखाते, नम्रीभूत होते हुए माणिक्य के नीराजन में उजलती जोतों से प्रभु की आरती उतारी। उसकी आँखें आँसुओं में डूब चलीं। श्रीभगवान के अमिताभ मुख-मंडल को हजारों आँखों से देखकर भी वह न देख पायी।

देवी रोहिणी ने कम्पित कंठ से अनुनय किया :

''वैशाली के सूर्यपुत्र तीर्थंकर महावीर, फिर एक बार वैशाली के संथागार को पावन करें। यहाँ की राजसभा प्रभु की धर्मसभा हो जाए। प्रभु वैशाली के जनगण को यहाँ सम्बोधित करें!''

सुनकर वैशाली के अष्टकुलक राजन्यों को काठ मार गया। उन्हें लगा कि वैशाली के महानायक की अर्द्धांगिनी स्वयं ही वैशाली के सत्यानाश को न्योता दे रही हैं। अचानक सुनाई पड़ा :

''महावीर के सूरज-युद्ध की साक्षी होकर भी रोहिणी इतनी छोटी बात कैसे बोल गयी! जानो गान्धारी, दिगम्बर महावीर अब दीवारों में नहीं बोलता, वह दिगन्तों के आर-पार बोलता है। तथास्तु देवी! तुम्हारी इच्छा पूरी होगी। शीघ्र ही वैशाली मुझे

सुनेगी। मैं उसके जन-जन की आत्मा में बोलूँगा!"

अचानक अब तक व्याप्त निस्तब्धता टूट गयी। असंख्य और अविराम जयकारों से वैशाली के सुवर्ण, रजत और ताम्र कलशों के मंडल चक्राकार घूमते दिखाई पड़ने लगे।

और भगवान नाना वाद्य-ध्वनियों से घोषायमान, सुन्दरियों की कमानों से आवेष्टित वैशाली के पूर्व द्वार को पार कर, 'महावन उद्यान' की ओर गतिमान दिखाई पड़े।

और तभी हठात् वैशाली के आकाश देव-विमानों की मणि-प्रभाओं से चौंधिया उठे। और देव-दुन्दुभियों तथा शंखनादों से वैशाली के गर्भ दोलायमान होने लगे।

अगले दिन सूर्योदय के साथ ही सारी वैशाली में जंगली आग की तरह यह संवाद फैल गया, कि कठोर कामजयी महावीर, वैशाली के जगत-विख्यात केलि-कानन 'महावन उद्यान' में समवसरित हुए हैं। मदिरालय, द्यूतालय, वेश्यालय, देवालय से लगाकर भद्र जनों के लोकालय तक में एक ही अपवाद फैला हुआ है। जिस महावीर की वीतरागता लोकालोक में अतुल्य मानी जाती है, वह कुलिश-कठोर महावीर वैशाली के विश्व-विश्रुत प्रमदवन की रागरंग से आलोड़ित वीथियों में विहार कर रहा है!

वैशाली का तारुण्य इस घटना से सन्त्रस्त और भयभीत हो उठा। क्या महावीर ने हमारी प्रणय-केलि के प्रमदवन को हमसे छीन लेना चाहा है? क्या वे हमारे युवा मन के मदन की विदग्ध और मादिनी लीला का मूलोच्छेद करने आये हैं? ऐसे महावीर हमारे क्रीड़ाकुल तन और मन के भगवान कैसे हो सकते हैं? प्राणमात्र की सबसे बड़ी ह्लादिनी शक्ति है काम। महाकाल शंकर ने परापूर्व काल में जब क्रुद्ध होकर काम का दहन कर दिया था, तो सारी सृष्टि उदास हो गयी थी। शाश्वत संसार की लीला रुक गयी थी। काल की गति मूर्च्छित हो गयी थी। तब जगत् की धात्री पार्वती ने दारुण तपस्या करके, फिर से शंकर को आह्लादित और प्रसन्न किया था। जगज्जननी ने दुर्द्धर्ष विरागी जगदीश्वर शंकर के मनातीत चैतन्य को फिर अपनी मोहिनी से अवश कर दिया था। तब फिर से कण-कण में कामदेव उन्मेषित होकर जाग उठे। शंकर की गोद में शंकरी उत्संगित हुईं, और सकल चराचर में फिर से प्राण की धारा प्रवाहित हो उठी। जगत् उस महाप्रसाद से प्रफुल्लित और लीलायमान हो उठा। जीवन की धारा फिर अस्खलित वेग से बहने लगी।

...मदन-दहन महेश्वर ने जिस काम के बीच को ही भस्मीभूत कर दिया था, उससे आखिर वे धूर्जटि स्वयं भी हार गये। क्या उसी काम का मूलोत्पाटन करने आये

हैं तीर्थंकर महावीर? तो उन्हें एक दिन निश्चय ही उससे हार जाना पड़ेगा।...और इस भावधारा के साथ ही वैशाली के युवजनों और युवतियों का काम पूर्णिमा के समुद्र के समान सम्पूर्ण वेग से उद्वेलित होने लगा।...ओह, यह कैसा परस्पर विरोधी चमत्कार है?

...और महावन उद्यान के समवसरण में अनाहत ओंकार ध्वनि के साथ, श्रीभगवान के प्रभा-मंडल में से लोहित, पीत, कृष्ण, नील और श्वेत ज्योति से स्फुरित 'ॐ' के असंख्य विग्रह ग्रह-नक्षत्रों की तरह प्रवाहित होने लगे। और हठात् वह अनहद ओंकारनाद शब्दायमान हुआ :

"सत्य-प्रकाश सत्य-प्रकाश, सत्यानाश सत्यानाश, यही महावीर है, यही महेश्वर है। महेश्वर शंकर ने मदन-दहन किया था, सृष्टि में कुंठित हो गये सहज काम को निर्ग्रन्थ और मुक्त करने के लिए। विकृत हो गयी रति को प्रकृत और संवित बनाने के लिए। पतित हो गये काम के पुनरुत्थान के लिए। तब पार्वती की आत्माहुति में से नूतन और मुक्त काम उत्थायमान हुए। सृष्टि फिर सहज और प्रसन्न हो गयी।..."

श्रीभगवान एकाएक चुप हो गये। एक सन्नाटा वातावरण में कोई अपूर्व संवेदन उभारने लगा। मौन इससे अधिक गर्भवान शायद पहले कभी न हुआ। अनायास पारमेश्वरी दिव्य-ध्वनि उच्चरित होने लगी :

"ओ वैशाली के तरुणो, तुम महावीर से नाराज हो गये? सुनो मेरे प्रियतम युवजनो, कल की सन्ध्या में वैशाखी पूर्णिमा का उदीयमान पीताभ चन्द्रमंडल 'महावन' में झाँकता दिखाई पड़ा। परम प्रिया के आनन का दर्शन पाया। प्रमदवन की कोयल ने डाक दी। उसके आम्रवनों की अँबियों ने मुझे अपने में खींचा। औचक ही एक बाला किसी आम्र-डाल से अंबिया-सी चू पड़ी। वह अँगड़ाई लेती हुई उठी, और नाना भंगों में अपने तन को तोड़ती हुई, सारे महावन में एक उन्मादक लास्य-नृत्य करने लगी।...अचूक था अनंग का वह आवाहन। और अनंगजयी महावीर बरबस ही मोहरात्रि के उस महाकान्तार में प्रवेश कर गया। अखंड रात उसके मेचक केशों की शैया में महावीर अधिक से अधिकतर दिगम्बर होता गया। यहाँ तक कि उसका तन ही तिरोधान पा गया। केवल एक नग्न-लौ उस निखिल-मोहिनी के वक्षोजमंडल पर खेलती रही। और उसमें वह परमकामिनी गलती रही, गलती रही, और अन्ततः निरी नग्न विदेहिनी होकर उस नग्न जोत में मिल गयी।..."

और श्रीभगवान सहसा ही चुप हो गये। किन्तु एक महाशून्य अनेक मंडलों में उत्थान करता हुआ, सृष्टि के स्रोत पर नये बीजाक्षर लिखता रहा। श्रीभगवान का क्षण मात्र का मौन, निर्वाण का तट छूकर फिर मुखरायमान हुआ :

"वैशाली के विलासियों, वीरांगनाओं, प्रणयाकुल युवा-युवतियों, मैं तुम्हारे

केलि-कानन में चला आया, तो कल साँझ तुम वज्राहत से रह गये। अपने मन को मारकर महावन के किनारों से ही लौट आये। मेरे वहाँ होते तुम्हें अपने प्रमदवन में प्रवेश करने की हिम्मत न हुई। तुम खिन्न और उदास हो गये।''

''तो क्या मान लूँ कि तुम्हारा प्रमदवन पापवन है? मान लूँ कि सन्ध्याओं और रात्रियों में तुम वहाँ रमण करने नहीं आते, प्यार करने नहीं आते, पाप करने आते हो? जहाँ पाप हो, वहीं दुराव हो सकता है। जहाँ आप हो, वहाँ दुराव कैसे हो सकता है?''

''सुनें! वैशाली की तरुणाई, उसका तारुण्य मैं हूँ, उसकी काम-केलि मैं हूँ। मेरे कैवल्य से बाहर कुछ भी नहीं। मुझसे तुम क्या छुपाना चाहते हो? मुझसे तुम्हारा पाप भी नहीं छुपा, आप भी नहीं छुपा। तुम्हारे अस्तित्व का कण-कण, क्षण-क्षण मेरे ज्ञान में तरंगायित है। फिर मुझसे कैसा बिलगाव, मुझसे कैसा दुराव?''

''मेरे परम प्रिय प्रेमिक जनो, सुनो। तुम्हारे तारुण्य और काम का प्रेमी है महावीर, इसी से वह कामेश्वर सदा तरुण है। मेरा कौमार्य वीतमान नहीं, नित नव्यमान है। सदा-वसन्त है अर्हत् की चेतना। परात्पर चैतन्य के भीतर से ही वह काम प्रवाहित है, जिसने तुम्हें इतना अवश कर दिया है। काम की एकमात्र अभीप्सा है—अपनत्व, आप्तभाव, किसी के साथ अत्यन्त तदाकार, एकाकार, अभिन्न हो जाना। मैं तुम्हारे उस काम का अपहरण करने नहीं आया, उसका वरण करके, उसे परम शरण कर देने आया हूँ। क्या तुम्हें अपनी प्रियाओं की गोद में वह परम शरण कभी मिली? मिली होती, तो ऐसी सर्वनाशी जलन और भटकन क्यों होती? तुम्हारी प्यास का अन्त नहीं, पर तुम्हारे विलास का क्षणमात्र में अन्त आ जाता है। उत्संग भंग हो जाता है, तुम परस्पर से बिछुड़कर, पल मात्र में परस्पर को पराये और अजनबी हो जाते हो। जो सम्भोग भंग हो जाए, स्खलित हो जाए, वह सम-भोग कैसे हो सकता है, सम्पूर्ण भोग कैसे हो सकता है? वह तो विषम और अपूर्ण भोग ही हो सकता है। तुम्हारा रमण अपने में नहीं, पराये में है। कुछ पर है, पराया है, अन्य है, इसी से तो ऐसी अदम्य विरह-वेदना है। तुम्हारा रमण स्व-भाव में नहीं, पर-भाव में है। इसी से वह पराधीन है, परावलम्बी है। पराधीन प्यार को एक दिन टूटना ही है, पराजित होना ही है। जिसमें स्खलन है, वह रमण नहीं, विरमण है। जिसमें योग नहीं, वह भोग नहीं, वियोग है।...''

''सुनो देवानुप्रियो, महावीर तुम्हारे काम को छीनने और तोड़ने नहीं आया, उसे अखंड से जोड़कर अटूट, अक्षय्य, अस्खलित कर देने आया है। वह तुम्हारे आलिंगनों और चुम्बनों को भंग करने नहीं, उन्हें अभंग और अनन्त कर देने आया है। सत्य-काम वह, जिसमें अन्तर न आये, जिसमें अवरोध और टकराव न आये। जिसमें रक्त-माँस और हड्डियाँ न टकराएँ। सच्चा काम तो अगाध और अक्षय्य मार्दव और सौन्दर्य

है। उस सत्य-काम के आलिंगन में अन्यत्व नहीं, अनन्य एकत्व होता है। उसमें होता है एक अव्याबाध लोच, लचाव, नम्यता, सुरम्यता, सामरस्य। उसमें देह, प्राण, मन और इन्द्रियाँ—सब स्वभाव में लीन होकर अपने ही में शान्त शयित हो रहते हैं। ऐन्द्रिक विषय मात्र तन्मात्रा में सूक्ष्मातिसूक्ष्म होकर, अन्ततः चिन्मात्रा में स्तब्ध हो जाता है। परमानन्द के चरम पर जिस मिलन-सुख की धारा स्खलित हो जाए, उसे आनन्द कैसे कहें, प्रेम कैसे कहें, सौन्दर्य कैसे कहें? जो अविरल है, जो निरन्तर है, जो अव्याबाध है, वही एकमात्र सच्चा काम है, मिलन है; आनन्द है, अनाहत सौन्दर्य और प्रेम है। जो मैथुन विरल है, भंगुर है, जिसमें पर है और अन्तर है, जिसमें सदा परायेपन की शंका है, भय है। जिसमें सदा खो जाने का, बिछुड़ जाने का दंश है, जिसमें सदा परभाव का आतंक है, सन्देह है, उद्वेग है, व्याकुलता है, वह काम नहीं, कर्दम है, वह प्रेम नहीं, पीड़न है, पराजय है, पाप है। वह अपने आपसे बिछुड़ जाना है।''

''वैशालको, आप हुए बिना पाप से निस्तार नहीं। तुम्हारा काम, तुम्हारा प्रेम, तुम्हारा राज्य, तुम्हारा सुख, तुम्हारा विलास, सभी कुछ तो परतन्त्र है। परतन्त्र न होता तो भयभीत क्यों होता? तुम्हारा प्रणयकाम स्वतन्त्र होता, तो वह कायर होकर 'महावन' के अन्धकारों में चोरी-चोरी क्यों क्रीड़ा करता? तुम्हारा राज्य स्वतन्त्र और निर्भय होता, तो तुम्हारे नगर-प्राचीर सैन्यों और शस्त्रों से पटे क्यों होते? तुम्हारा सुख और विलास स्वतन्त्र होता, तुम्हारा ऐश्वर्य और वैभव स्वाधीन होता, तो वह लक्ष-लक्ष जन के शोषण और पीड़न पर निर्भर क्यों होता? तुम्हारा सब कुछ पराधीन है, तुम कैसे स्वतन्त्र, तुम कैसे प्रजातन्त्र? जिस वैशाली का सहज काम भी गुलाम है, उसकी स्वतन्त्रता शून्य का अट्टहास मात्र है!...''

श्रीभगवान हठात् चुप हो गये। तभी एक वैशालक युवा सामन्त का तीव्र प्रतिवाद स्वर सुनाई पड़ा :

''वैशाली का काम गुलाम नहीं, भन्ते महाश्रमण, उसका प्रेम पराधीन नहीं, भन्ते भगवान! स्वतन्त्रता ही हमारे विदेह देश की एकमात्र आराध्य देवी है। सर्वप्रिया देवी आम्रपाली हमारी उस स्वतन्त्रता का मूर्तिमान विग्रह हैं। वे साक्षात मुक्तिरूपा हैं। उन पर किसी एक का अधिकार नहीं हो सकता। सब उन्हें प्यार करने को स्वतन्त्र हैं। स्वातन्त्र्य का इससे बड़ा आदर्श पृथ्वी पर कहाँ मिलेगा, भगवन?''

''क्या देवी आम्रपाली भी किसी को प्यार करने को स्वतन्त्र हैं?''

''वे एक साथ सबको प्यार करने को स्वतन्त्र हैं!''

''बेशर्त, बेदाम?''

सामन्त निरुत्तर होकर शून्य ताकता रह गया। प्रभु प्रश्न उठाते चले गये :

''क्या देवी आम्रपाली अपना प्रियतम चुनने को स्वतन्त्र हैं? क्या वे चाहें तो

किसी अकिंचन चांडाल या निर्धन, निर्वसन भिक्षुक को प्रेम कर सकती हैं ?"

सारे लिच्छवियों की तहें काँप उठीं। भगवान बोलते चले गये :

"तुम्हारे सुवर्ण-रत्नों की साँकलों में जकड़ी है, आर्यावर्त की वह सौन्दर्य-लक्ष्मी। तुम्हारे राज्य में सुवर्ण ही सौन्दर्य का एकमात्र मूल्य है। वही प्रेम-प्यार और परिणय का निर्णायक है। तुम्हारे यहाँ चैतन्य काम भी जड़ कांचन का कैदी है। तुम्हारे यहाँ जड़ का निर्णायक चैतन्य नहीं, चैतन्य का निर्णायक जड़ पुद्गल है। जहाँ गणमाता गणिका होकर रहने को विवश है, वह गणराज्य नहीं, गणिका-राज्य है!..."

एक प्रलयंकर सन्नाटे में गण राजन्यों के क्रोध का ज्वालामुखी फट पड़ने को कसमसाने लगा। तभी सेनापति सिंहभद्र का रोषभरा तीखा प्रश्न सुनाई पड़ा :

"वैशालक तीर्थंकर महावीर वैशाली के प्रति इतने निर्दय, इतने कठोर क्यों हैं ? अहिंसा के अवतार कहे जाते महावीर को, वैशाली के प्रति इतना बैर क्यों है ?"

"अहिंसा के अवतार से बड़ा हिंसक और कौन हो सकता है ? क्योंकि वह स्वयं हिंसा का हिंसक होता है!"

"तो उसका आखेट वैशाली क्यों हो ?"

"क्योंकि वैशाली महावीर न हो सकी, पर महावीर वैशाली हो रहने को बाध्य हैं। लोक में विश्वरूप महावीर वैशाली का प्रतिरूप माना जाता है। क्योंकि वह वैशाली की मिट्टी में से उठा है। वह अपनी जनेत्री धरित्री को इतनी कदर्य और कुशील नहीं देख सकता। जो पूर्णत्व मुझमें से प्रकट हुआ है, वह वैशाली का अणु मात्र अपूर्णत्व भी सह नहीं सकता। तो वह वैशाली के पतन को कैसे सहे ? वह इतनी जघन्य कुत्सा और कुरूपता को कैसे स्वीकारे ?"

"दया के अवतार महावीर वैशाली पर दया तो कर ही सकते हैं।"

"महावीर सर्व पर दया कर सकता है, पर अपने ऊपर नहीं। वह सर्व को क्षमा कर सकता है, पर अपने को नहीं। इसी से महावीर अपने हत्यारे और बलात्कारी श्रेणिक को क्षमा कर सका, लेकिन वैशाली को क्षमा न कर सका। सारे जम्बूद्वीप में आज वैश्य और वेश्या-राज्य व्याप्त है। लेकिन अपनी जनेता वैशाली को महावीर वेश्या नहीं देख सकता। भगवती आम्रपाली का सौन्दर्य जहाँ एक हजार सुवर्ण के नीलाम पर चढ़ा है, वहाँ भगवान महावीर का वीतराग सौन्दर्य भी शर्त और सौदे की वस्तु हो ही सकता है! उससे अभिषेक और पूजा की भी यहाँ बोलियाँ ही लगाई जा सकती हैं। जो सबसे बड़ी बोली लगा दे, वही महावीर का प्रथम अभिषेक और पूजन करे!"

रुदन के फूटते कंठ से रोहिणी चीत्कार उठी :

"त्रिलोकीनाथ का यह अत्याचार अब और नहीं सहा जाता। वैशाली की लक्ष-लक्ष प्रजा तुम्हारे पगों में पाँवड़े होकर बिछी है, उसकी ओर तुमने नहीं देखा। क्या

अष्ट कुलक गणराजा ही वैशाली हैं, यह विशाल प्रजा वैशाली नहीं?''

''वैशाली की धरती पर इसकी प्रजा का राज्य नहीं, राजवंशी अष्टकुलक राज्य करते हैं। यहाँ व्यवस्था उनकी है, प्रजा की नहीं। प्रजा की छन्द-शलाकाएँ (मतदान), उनके धूर्त और वंचक गणतन्त्र का मुखौटा मात्र है। वैशाली और आम्रपाली को किसी चांडाल या चर्मकार या कुम्भार ने वेश्या नहीं बनाया, उसे वेश्या बनाया है, उसके सत्ताधारियों और साहूकारों ने। उन्होंने, जो सृष्टि के कोमलतम हृदय और सौन्दर्य को भी क्रय-विक्रय के पण्य में ले आते हैं। जहाँ पुरुष स्त्री से सम्भोग नहीं करता, सुवर्ण ही सुवर्ण से सम्भोग करता है। जिनके कानून में मनुष्य, मनुष्य को प्यार नहीं करता, पैसा ही पैसे को प्यार करता है। जहाँ अघोर चैतन्य पर घनघोर जड़त्व का फौलादी पंजा बैठा हुआ है, जहाँ अर्हन्त का सौन्दर्य भी कांचन की कसौटी पर ही परखा जा सकता है। उसे यहाँ कौन पहचानेगा? फिर भी लाखों वैशालक उसे पहचानते हैं और प्यार करते हैं। लेकिन उनकी पहचान और प्यार यहाँ निर्णायक नहीं। वह मूल्य और व्यवस्था का मानदंड नहीं।...''

क्षणैक चुप रहकर श्रीभगवान फिर बोले :

''अर्हन्त महावीर अपने पूर्ण सौन्दर्य के मुख-मंडल को देखने का दर्पण खोज रहा है। वैशाली के काँचन-कामी दर्पण में वह चेहरा नहीं झलक सकता। तमाम प्रजा-जनों की असंख्य आँखों में मेरे सौन्दर्य का दर्पण खुला है, निःसन्देह। लेकिन सत्ता और सम्पत्ति के खूनी व्यापारों और युद्धों ने उसे अन्धा कर रखा है। निर्दोष और घायल प्रजाएँ, अपने भगवान प्रजापति को प्यार करने और पहचानने से वंचित और मजबूर कर दी गयी है। महावीर अपना चेहरा देखने को एक अविकल दर्पण खोज रहा है। क्या वैशाली वह दर्पण हो सकेगी?''

सर्वशक्तिमान वीतराग प्रभु का स्वर कातर और याचक हो आया।...और वैशाली के लाखों प्रजाजन सिसक उठे। उनके घुटते आक्रन्द में ध्वनित हुआ : ''झाँक सको तो हमारे इन फटते हृदयों में झाँको, देख सको तो देखो इनमें अपना चेहरा!''

और गान्धारी रोहिणी स्त्री-प्रकोष्ठ से छलाँग मारकर गन्ध-कुटी के पादप्रान्त में आ खड़ी हुई। और पुकार उठी :

''रोहिणी यहाँ भी निःशस्त्र नहीं आयी, नाथ, जहाँ हर कोई अपना शस्त्र बाहर छोड़ आने को बाध्य है। लेकिन रोहिणी अपना अन्तिम तीर लेकर यहाँ आयी है। ताकि उसकी नोक में तुम अपना चेहरा देख सको।...''

और रोहिणी ने अपनी बाहु के धनुष पर उस तीर को तानकर, उससे अपनी ही छाती बींध लेनी चाही।

''रोहिणी, तुम्हारा यह तीर महावीर की छाती छेदने को तना है। महावीर प्रस्तुत है, जो चाहे उसके साथ करो!''

रोहिणी चक्कर खाकर, वहीं चित हो गयी। तीर अधर में स्तम्भित रह गया। और रोहिणी के हृदय-देश से रक्त उफन रहा था। श्रीभगवान ने अपने तृतीय नेत्र से उसे एकाग्र निहारा।...वह रक्त एक रातुल कमल में प्रफुल्लित हो उठा।

"माँ वैशाली के हृदय में महावीर ने अपना अमिताभ मुख-मंडल देखा। जनगण की असंख्य आँसू-भरी आँखों में केवल महावीर झाँक रहा है। तीर्थंकर महावीर कृतकाम हुआ। उसे अपना दर्पण मिल गया। मुझे लो, वैशालको। मुझे अपने में ढालो। मुझे अपने में आश्रय देकर, इस अन्तरिक्षचारी को धरती दो, आधार दो। मेरी कैवल्य-ज्योति को सार्थक करो।"

लाखों अश्रु विगलित कंठों से जयध्वनि गुंजायमान हुई :

"परम क्षमावतार, प्रेमावतार, अहिंसावतार भगवान महावीर जयवन्त हों!"

एक महामौन में श्रीभगवान अदृश्यमान होते-से दिखाई पड़े। और लक्ष-कोटि मानवों ने अनुभव किया, कि वे उनके हृदयों में भर आये हैं। अचानक सुनाई पड़ा :

"महावीर की अहिंसा वैशाली में मूर्त हो। महावीर की क्षमा वैशाली की धरित्री हो। महावीर का प्रेम वैशाली में राज्य करे। वह उसे विश्व की सर्वोपरि सत्ता बना दे। वैशाली की प्रजा ही यह कर सकती है, उसका राज्य नहीं, उसका सत्ता-सिंहासन नहीं।"

...तभी जनगण का एक तेजस्वी युवा, तरुण सिंह की तरह कूदकर सामने आया :

"वैशाली में गृह-युद्ध की आग धधक रही थी, भगवन! महावीर को यहाँ मूर्त करने के लिए, यह गृहयुद्ध हमें लड़ लेना होगा। हम इसी क्षण प्रस्तुत हैं। श्रीभगवान आज्ञा दें, तो गृहयुद्ध का शंखनाद करूँ, और हम इन राजन्यों से वैशाली की सड़कों पर निपट लें। वैशाली के भाग्य का फैसला हो जाए!"

"गृहयुद्ध अनिवार्य है, युवान। वह सर्वत्र है। उसे लड़े बिना निस्तार नहीं। हर मनुष्य अपने भीतर एक गृहयुद्ध लेकर जी रहा है। रक्त, माँस, हड्डी, मज्जा, मस्तिष्क, हृदय, प्राण, मन, साँस और बहत्तर हजार नाड़ियाँ—सब एक-दूसरे के साथ निरन्तर युद्ध लड़ रहे हैं। साँस और साँस के बीच युद्ध है। घर-घर में गृहयुद्ध अनिर्वार चल रहा है। मनुष्य और मनुष्य के बीच, मित्र और मित्र के बीच, आत्मीय स्वजनों के बीच भी निरन्तर गृहयुद्ध बरकरार है। वस्तुओं और व्यक्तियों के बीच हर समय लड़ाई जारी है। हम एक-दूसरे के घर में घुसे बैठे हैं। हम पर-नारी पर बलात्कार करने की तरह, एक-दूसरे के भीतर बलात हस्तक्षेप कर रहे हैं। हम अपने घर में नहीं, दूसरे के घर में जीने के व्यभिचार से निरन्तर पीड़ित हैं। तेजस्वी युवान, अपने में लौटो, अपने साथ शान्ति स्थापित करो। अपने स्व-भाव के घर में ध्रुव और स्थिर होकर रहो। अपने आत्मतेज को अपराजेय बनाकर, निश्चल शान्ति में वैशाली के

संथागार का द्वार सारी प्रजा के लिए खोल दो। वहाँ विराजित प्रजापति ऋषभदेव के सिंहासन पर से अष्ट कुलक नहीं, वैशाली का जनगण राज्य करे। अपने भाल के सूरज को उत्तान करके लड़ो युवान, ताकि राजन्यों के सारे शस्त्रागार उसके प्रताप में गल जाएँ। और उस गले हुए फौलाद में, हो सके तो महावीर को ढालो। उस वज्र में महावीर के मार्दव, आर्जव, प्रशम, प्यार और सौन्दर्य को मूर्त करो।''

तभी जनगण का एक और युवान वह्निमान होकर उठ आया :

''वैशाली में रक्त-क्रान्ति होकर रहेगी, भगवन! उसके बिना जन-राज्य सम्भव नहीं। राज्य-दल और उसके पृष्ठ-पोषक श्रेष्ठि-साहूकार एक ओर हैं, और समस्त सामान्य प्रजाजन दूसरी ओर एकजुट कटिबद्ध हैं। बरसों हो गये, प्रजा की इच्छा के विरुद्ध राज्य ने उस पर युद्ध थोप रखा है। प्रजा युद्ध नहीं चाहती, सैनिक युद्ध नहीं चाहते, यह केवल सत्ता-सम्पत्ति के लोभी गृद्धों का आपसी युद्ध है। और निर्दोष प्रजा उसमें पिसते ही जाने को मजबूर है। वैशाली के हजारों-लाखों मासूम जवान इस युद्ध की आग में झोंक दिए गये हैं। हम इस युद्ध को अब और नहीं सहेंगे, भगवन! रक्तक्रान्ति अनिवार्य है, स्वामिन। हम इन राजन्यों का खून वैशाली की सड़कों पर बहाकर, अपने मासूम खून का बदला इनसे भुनाकर रहेंगे। आज्ञा दें भगवन, तो रक्तक्रान्ति की घोषणा कर दूं...!''

''निश्चय ही रक्त-क्रान्ति अनिवार्य है, आयुष्मान् लिच्छवि। रक्त का प्रकृत प्रवाह अवरुद्ध हो गया है, तो रक्त-क्रान्ति होगी ही। सड़े और ग्रन्थीभूत रक्त का बह जाना ही प्राकृत है, मंगल है। सारे जम्बूद्वीप के रक्त में जड़ सुवर्ण की गाँठें पड़ गयी हैं। सारी मनुष्य जाति का नाड़ी-मंडल लोभ के मवाद से टीस रहा है। एक प्रकांड अर्बुद-ग्रन्थि (कैंसर) से सत्ता का चैतन्य-केन्द्र जड़ीभूत हो गया है। अपना ही रक्तदान करके, सत्ता को इस महामृत्यु से मुक्त करो, आयुष्यमान्! आत्माहुति की यज्ञ-ज्वालाओं में ही, वह वज्र गल सकेगा। इसी से कहता हूँ, रक्त-क्रान्ति अनिवार्य है, देवानुप्रिय। यदि अवरुद्ध रक्तक्रान्त न हो, निष्क्रान्त न हो, तो अतिक्रान्ति कैसे हो। अतिक्रान्ति न हो, तो उत्क्रान्ति कैसे हो। मुक्ति-पन्थ पर अगला उत्थान कैसे हो।...''

''जनगण सुनें, कल वैशाली में रक्त-क्रान्ति का सूत्रपात हुआ। महावीर के उत्तोलित रक्त ने पूर्व द्वार के स्वागत-समारोह को नकार दिया। वह वैशाली के बन्द और वज्र-जड़ित पश्चिमी द्वार पर टकराया। मेरे सहस्रार के सूर्य-मंडल को भेदकर, उस रक्त ने दिक्काल पर पछाड़ खायी। और मेरे एक दृष्टिपात मात्र से सत्ता की साँकलें तोड़कर, वे बरसों के वज्रीभूत कपाट स्वतः खुल गये। और उसी के अनुसरण में उत्तरी और दक्षिणी द्वार भी आपोआप खुल पड़े। अलक्ष्य में एक प्रलयंकर नीरव विस्फोट हुआ। जन-जन उससे स्तब्ध हो गया। वैशाली के लाखों सैनिक परकोट छोड़कर, शस्त्र त्यागकर, महावीर के नगर-विहार का अनुगमन कर गये। आज

वैशाली के चारों द्वार सारे संसार के लिए खुले हैं। तमाम परचक्रों और आक्रमणकारियों के लिए खुले हैं। परकोटों तले शस्त्र धूल चाट रहे हैं। वैशाली के तमाम राजा और सामन्त अपनी तलवारें त्यागकर ही इस समवसरण में प्रवेश कर सके हैं। केवल रोहिणी एक तीर लेकर यहाँ आयी, अपनी ही छाती उससे छिदवा लेने के लिए। लेकिन वह तीर व्यर्थ होकर शून्य में टँगा रह गया। रोहिणी के हृदय का रक्त आपोआप ही फूट आया। वह माँ के प्यार का रक्त है, वह अर्हत् महावीर के हृदय का रक्त है। वह फूटकर कमल ही हो सकता था।...यही महावीर की वैश्विक रक्त-क्रान्ति है! महावीर के इस रक्त-कमलासन को कौन अपने हृदय पर धारण करेगा? आने वाली रक्त-पिच्छिल शताब्दियों में, कौन इस रक्त-क्रान्ति का नेतृत्व करेगा?...''

एक अफाट मरुस्थल की भयंकर निरुत्तरता में, श्रीभगवान के शब्द काल और इतिहास के आरपार अप्रतिहत गूँजते चले गये। उन्हें प्रतिसाद देनेवाली क्या कोई वाणी पृथ्वी पर विद्यमान नहीं है?

हठात् रोहिणी का रुदनाकुल, प्रेमाकुल कंठ-स्वर सुनाई पड़ा :

''सृष्टि और मनुष्य की माँ हूँ मैं, हे परमपिता त्रिलोकीनाथ! भावी के सारे युद्धों और रक्त-क्रान्तियों को सहूँगी अपनी इस छाती पर। और सारे रक्तपातों और हत्याओं के बीच भी, सर्वकाल तुम्हारे चरणों के कमल मेरे वक्षोजों से फूटते रहेंगे। और उनमें अनाथ, पराभूत और घायल मानवता को, सदा प्यार की परम शरण गोद प्राप्त होती रहेगी। हर बार वहाँ से उठकर मनुष्य का आत्महारा बेटा, उत्क्रान्ति और उत्थान के उच्च से उच्चतर शिखरों पर आरोहण करता जाएगा। श्रीभगवान के पग धारण को, मेरी यह छाती सदा इतिहास के शूलों पर बिछी रहेगी। मैं नारी हूँ, भगवन्। मैं माँ हूँ—सकल चराचर की, यह मेरी परवशता है। समर्पित हूँ प्रभु, मुझे अंगीकार करें, मुझे अपनी सती बना लें। मुझे पारमेश्वरी दीक्षा देकर, अपनी सहधर्मचारिणी बना लें।''

''तुम शाश्वती में चिरकाल सत्ता की परम सती के ध्रुवासन पर बिराजोगी, रोहिणी। भगवती चन्दन बाला मनुष्य की माँ के भावी पथ का अनुसन्धान करें।''

एक अव्याहत मौन लोकान्तों तक व्याप गया।...

और औचक ही महसती चन्दन बाला के करुण-मधुर कंठ की सान्द्र वाणी उच्चरित हुई :

''आर्यावर्त की महाचंडिका रोहिणी संन्यासिनी नहीं होगी। वह शिवंकरी होकर, भव-त्राण में चिरकाल नियुक्त रहेगी। वह भगवान की महाशक्ति है। अन्धकार की दानवी शक्तियों की मुंडमाला अपने गले में धारण कर, वह अनाथ सृष्टि को सदा अपनी सर्ववल्लभा छाती में अभय और शरण देती रहेगी। वह सहस्र शीर्ष, सहस्राक्ष, सहस्र बाहु, सहस्र पाद होकर रहेगी। अपने हजारों हाथों में, हजारों

अस्त्र-शस्त्र धारण कर, वह जगत् को नि:शस्त्र कर देगी। अपने हजारों पैरों से असुर-वाहिनियों का निर्दलन करती हुई, वह भगवती अहिंसा का साक्षात् विग्रह होकर चलेगी सर्वकाल इस पृथ्वी पर। नारी का दूसरा नाम ही अहिंसा है। माँ हिंसक कैसे हो सकती है? युद्धाक्रान्त वैशाली के लक्ष-कोटि नर-नारी तुम्हारी भवतारिणी, सुन्दर बाँहों में शरण खोज रहे हैं, देवि। तुम्हारी दायीं भुजा में वैशाली का उत्थान है, तुम्हारी बायीं भुजा में वैशाली का पतन है। वैशाली के सत्ताधारी तुम्हें पहचान सकें, तो वैशाली के संथागार में आदि प्रजापति वृषभनाथ का धर्म-वृषभ अवतरित होगा। और वह सारी पृथ्वी पर संचरित होकर, इस धरित्री को प्राणि मात्र की कामधेनु बना देगा। और नहीं तो प्रलय की सहस्रचंडी बनकर, तुम वैशाली के तोरण पर तांडव करोगी। सत्य-प्रकाश सत्य-प्रकाश...! तथास्तु, प्रियाम्बा रोहिणी देवि। जयवन्तो, जयवन्तो, त्रिकाल में जयवन्त होओ।''

इस कुलिश-कोमला वाणी से, पृथ्वी के धारक कुलाचल पर्वतों की चूलें थर्रा उठीं। देव, दनुज, मनुज के सारे दर्प और अहंकार धूल में लोटते दिखाई पड़े। भगवती ने प्रलय के नाशोन्मत्त समुद्र की तरंग-चूड़ा पर से, मनुष्य की जाति को उद्बोधन दिया था। भयभीत, सन्त्रस्त मानवों ने इस भूकम्प में आश्वासन और आधार पाने के लिए श्रीभगवान की ओर निहारा।...और सहसा ही भगवान अपने रक्त कमलासन से उठकर, गन्धकुटी के पश्चिमी सोपानों पर ओझल होते दिखाई पड़े। सहस्रों घुटती आहों की मूक चीत्कार ने वातावरण को सन्त्रस्त कर दिया।

श्रीभगवान हमें पीठ देकर चले गये!...

सबेरे की धर्म-पर्षदा में, वैशाली के गणपति चेटकराज आँख मींचकर जबरदस्ती सामायिक में लीन रहे। फिर भी उनकी आँख आत्म पर नहीं, बाहर के आवर्तनों पर लगी थी। वे सब देख और सुन रहे थे। श्रीभगवान और भगवती चन्दनबाला के पुण्य-प्रताप से उनकी तहें हिल उठी थीं।

अपराह्न की धर्म-पर्षदा में, श्रीभगवान का मौन अन्तहीन होता दिखाई पड़ा। ओंकार ध्वनि भी गुप्त और लुप्त हो रही। वृद्ध और जर्जर गणपति चेटकेश्वर का आसन डोल रहा है। उनका अंग-अंग थरथरा रहा है। उन्हें पल को भी चैन नहीं। श्रीभगवान अपलक उन्हें अपने नासाग्र पर निहारते रहे।

एकाएक सुनाई पड़ा :

''गणनाथ चेटकराज, सामायिक जबरदस्ती नहीं, वह सहज आनन्दरूप है, स्वरूप में स्थिति है। वह प्रयास नहीं, अनायास आत्म-सहवास है। सामायिक करने से नहीं होता। भगवान आत्मा जब प्रकट होकर स्वयं अपने ऊपर प्रसन्नोदय होते हैं,

तब वह आपोआप होता है। सम होने पर ही सामायिक हो सकता है। जहाँ इतना विषम है, वहाँ सम कहाँ। जहाँ स्वामित्व है, वहाँ समत्व कैसे प्रकट हो? और सम नहीं, तो सामायिक कैसे सम्भव हो?''

चेटकराज के भारी और डूबे गले से आवाज फूटी :

''मगधेश्वर श्रेणिक से अधिक विषम और कुटिल और कौन हो सकता है, भन्ते? उसे वीतराग अर्हन्त ने समत्व के सिंहासन पर चढ़ा दिया। उसे भावी तीर्थंकर की गन्धकुटी पर आसीन कर दिया। लोक के सारे समत्व को उसने विषम कर दिया, वही आज अर्हन्त महावीर का दायाँ हाथ हो गया?''

''महावीर ने कुछ न किया राजन्, श्रेणिक स्वयं वह हो गया। वह अर्हत् के सम्मुख आते ही निःशेष समर्पित हो गया, तो अनायास सम हो गया। और सम दूसरे से नहीं, अपने से पहले आता है, और दूसरे तक जाकर उसे सम कर देता है। यही सत्ता का स्वभाव है, महाराज।''

क्षणैक चुप रहकर भगवान फिर बोले :

''मानस्तम्भ देखते ही श्रेणिक का अहं केंचुल की तरह उतर गया। वह नग्न निर्वसन ही महावीर के सामने आया। अहं से मुक्त वह, निरा स्वयं और सम ही प्रस्तुत हुआ। समत्व आते ही, स्वामित्व उसका लुप्त दीखा। उसने अपने मम को हरा दिया महावीर के सामने। वह हतशस्त्र और हतयुद्ध दिखाई पड़ा। स्वामित्व उसने त्यागा नहीं, वह आपोआप छूट गया। वह लौटकर, राजगृही के साम्राजी सिंहासन पर नहीं बैठा!

''लेकिन गणेश्वर चेटकराज, महानायक सिंहदेव और अष्टकुलीन राजन्य, समत्व के इस समवसरण में आकर भी नमित न हो सके। अपने को हार न सके। वे महासत्ता के समक्ष अपनी राजसत्ता का दावा लेकर आये हैं। श्रेणिक और उसका साम्राज्य, उनके अस्तित्व की शर्त है। वे अपनी हार-जीत के स्वामी नहीं, उसका निर्णायक उनके अनुसार श्रेणिक हैं। श्रेणिक को हराने पर ही उनकी विजय निर्भर करती है। जो इतना परतन्त्र है, वह प्रजातन्त्र कैसा? जिसका स्वामित्व औरों का कायल है, वह स्वामी कैसा? और दासों का तन्त्र, स्वाधीन गणतन्त्र कैसे हो सकता है?''

काँपते स्वर में महाराज चेटक ने अपनी स्थिति स्पष्ट करनी चाही :

''जो भी सीमाएँ या त्रुटियाँ हमारी हों, पर वैशाली आज संसार के गणतन्त्रों की मुकुट-मणि मानी जाती है। यह तो आकाश की तरह उजागर है, प्रभु! यह दासों का नहीं, स्वाधीन नागरिकों का तन्त्र है।''

तपाक से महावीर का प्रतिसाद सुनाई पड़ा :

''प्रातःकाल की धर्म-सभा में वैशाली के जनगण ने, अपने शासक राजतन्त्र

को नकार दिया, महाराज। वैशाली में गृहयुद्ध और खूनी क्रान्ति का दावानल धधक रहा है। एक ही जंगल के पेड़ परस्पर टकराकर, अपने ही अंगों में आग लगा रहे हैं। इस अराजकता को स्व-राज्य कैसे कहूँ, महाराज?''

''यह राज्य-द्रोह है, यह गण-द्रोह है, भन्ते त्रिलोकपति। आपने इस द्रोह का आज समर्थन किया, उसे उभारा!''

''यह गण-द्रोह नहीं, राज्य-द्रोह निश्चय है। क्योंकि राज्य जहाँ गण का नहीं, गण-राजन्यों का हो, वहाँ राजद्रोह अवश्यम्भावी है। और जानें चेटकराज, यह द्रोह नहीं, विद्रोह है। यह स्थापित जड़ीभूत वाद और व्यवस्था का प्रतिवाद है। जड़त्व के अवरोध को अनिर्वार चैतन्य सदा तोड़ेगा ही। इसी का नाम रक्त-क्रान्ति है। यह सृष्टि और इतिहास का स्वाभाविक तर्क है। यह सत्ता की अदम्य प्रज्ञा और प्रक्रिया का प्रकटीकरण है।...

''और जानें महाराज, महावीर पहल है, वह केवल परिणाम नहीं। जो नितान्त अकर्ता है, वही सर्वोपरि कर्ता है। वह अनायास, अकारण सिरजनहार और विसर्जनहार है, एक ही बिन्दु पर। वह एक ही क्षण में उत्पाद, विनाश, और ध्रुव—तीनों है।''

''और सुनें राजन, महावीर स्वपक्षी भी नहीं, विपक्षी भी नहीं, वह अपक्षी है। जहाँ सारे पक्ष और वाद समाप्त हैं, वहीं महावीर का आरम्भ है। वह सर्वपक्षी है, समपक्षी है, और कोई पक्षी नहीं। वह कुछ करता नहीं, वह केवल होता है, जो उसे होना चाहिए, जो उसका स्वरूप है, स्वभाव है।...''

और सहसा ही भगवान के स्वर में अंगिरा दहक उठे :

''लेकिन उस महासत्ता के सम को जो भंग करता है, वह उसके विस्फोट की ज्वाला में भस्मसात् होकर ही रहता है। चैतन्य केवल शामक ज्योति ही नहीं, वह संहारक ज्वाला भी है। वही आत्मा को परम शान्ति में सुला देती है, और वही कर्म-कान्तार को जलाकर खाक कर देती है। श्रेणिक ने महासत्ता के मस्तक पर अपने अहंकार का सिंहासन बिछाना चाहा था। वह समत्वासीन यशोधर मुनि को ही भ्रमवश महावीर समझकर, उसके संहार तक को उद्यत हुआ। उसने परम सत्ता के ज्वालागिरि को ललकारकर जगाया तो उसे सागरोपर्यन्त नरकाग्नि में जलना होगा। महासत्ता कुछ नहीं करती, अपना विनाश और नरक हम स्वयं पैदा करते हैं। वैशाली ने अपना नरकानल स्वयं भड़काया है। उसका दोष औरों पर डालकर, कब तक अपने धर्मात्मापन को बचाते रहेंगे, राजन्!''

''सत्य जानें भगवान, कि परचक्रियों ने ईर्ष्यावश हमारे युवानों को भड़का दिया है। युवानों ने गण को भड़का दिया है। क्रान्ति के नाम पर स्वच्छन्दाचार, भ्रष्टाचार, अनाचार फैल रहा है सारे जनपद में। जन-जन भ्रष्ट और अनाचारी होता जा रहा है। घूसखोरी, काला बाजारी, चोर बाजारी आज यहाँ आम दस्तूर हो गया है। इस

भ्रष्टाचार का उत्तरदायी कौन?''

श्रीभगवान मेघ-मन्द्र स्वर में गरज उठे :

''वे, जो सत्ता की मूर्धा पर बैठे हैं। वे ही यदि स्वच्छ न हों, तो शासन कैसे स्वच्छ रह सकता है, महाराज। और शासन स्वच्छ न हो, तो प्रजा कैसे स्वच्छ रह सकती है? पहले शासक भ्रष्ट होता है, तब प्रजा भ्रष्ट होती है। भ्रष्टाचार का मूल मूर्धन्य सत्ताधीश में होता है। वह मूलत: शासन में नहीं, शासित में नहीं, सत्ताधारी में होता है। पहले वह अपना निरीक्षण करे, तो पाएगा कि उसके भीतर न्यस्त स्वार्थ के कैसे-कैसे गुप्त और सूक्ष्म अँधेरे सक्रिय हैं। वही पाप के विषम अँधेरे सारे राष्ट्र की नसों में व्याप्त होकर, उसे घुन की तरह खा जाते हैं। इस भ्रष्टाचार के मूलोच्छेद की पहल कौन करे, देवानुप्रिय चेटकराज?''

''आजीवन जिनेश्वरों का व्रती श्रावक चेटक, वीतराग केवली महावीर की दृष्टि में भ्रष्टाचारी है? तो बात समाप्त हो गयी, भगवन्!''

वृद्ध गणपति का गला भर आया। श्रीभगवान अनुकम्पित हो आये :

''भ्रष्टाचारी आप स्वयं नहीं, गणनाथ। आप स्वयं तो स्फटिक की तरह निर्मल हैं, महाराज। लेकिन अष्टकुलक राजन्यों ने आपके सरलपन का लाभ उठाकर, आपको अपने हाथों का हथियार बना रखा है। आपकी स्थिति धर्मराज युधिष्ठिर जैसी है। जो स्वयं धर्म का अवतार होकर भी, स्व-कर्तव्य से पराङ्मुख होता गया। आप उस मूर्च्छा से जागें, और पहल कर के इस कूट चक्र को तोड़ दें, तो वैशाली में क्रान्ति आपोआप हो जाएगी।''

''क्या मेरा व्रती जीवन ही अपने आप में एक पहल नहीं?''

''क्षमा करें गणेश्वर चेटकराज! आपका व्रत तो कहीं वैशाली में फलीभूत न दीखा। व्रत अन्यों को लेकर है, पर सापेक्ष है। अन्यों के साथ सम्बन्ध-व्यवहार में वह प्रकट न हो, तो व्रत कैसा? अपने से इतर के साथ हमारा सम्यक् सम्बन्ध और आचार क्या हो? उसी का निर्णायक तो व्रत है। सम्यक् निश्चय ही सम्यक् व्यवहार का निर्णायक है। असम्यक् निश्चय में से, सम्यक् व्यवहार कैसे प्रकट हो सकता है?...''

श्रीभगवान का स्वर गम्भीर होता आया :

''व्रती वह, जो विरत हो। व्रत की आड़ में विरति यदि कुछ विशिष्ट प्रतिज्ञाओं में बँधकर जड़ हो जाए, तो समूचे जीवन-व्यवहार में वह जीवन्त और प्रतिफलित कैसे हो? जो विरति, जो व्रत व्यक्ति में ही बन्द रहकर अलग पड़ जाए, तो वह विरति नहीं आत्म-रति है। लोक से विच्छिन्न होकर, वह लोक में प्रकाशित कैसे हो सकती है? और यदि व्रत केवल अपने ही वैयक्तिक आत्मिक मोक्ष के लिए हो, तो फिर व्रती जीवन में इतना रत क्यों? औरों को लेकर इतना आरत क्यों? वह हर व्यक्ति

और वस्तु पर अपने आधिपत्य की छाप क्यों लगाना चाहता है? अपने-पराये का हिसाब-किताब क्यों करता है? व्रत अपने से अन्य तमाम जीवों को लेकर है। इसी से अन्य के साथ के अपने सम्बन्धों में वह आचरित न हो, तो वह आत्मिक मुक्ति के नाम पर अन्यों को, और सबसे अधिक अपने को, धोखा देना है। वह आत्म-साधना की आड़ में निरी आत्म-छलना है।...

"पूछता हूँ देवानुप्रिय, क्या आपने कभी गण की चाह को जाना है, उसकी पीड़ा को पहचाना है? उसकी पुकार को सुना है? क्या वैशाली का जनगण यह वर्षों व्यापी युद्ध मगध के साथ चलाना चाहता है, जिसे वैशाली के शासक चला रहे हैं? मैं फिर पूछता हूँ, वैशाली के यहाँ उपस्थित जनगण से—क्या वह युद्ध चाहता है?..."

लाखों कंठों ने प्रतिसाद किया :

"नहीं, नहीं, नहीं! हम युद्ध नहीं चाहते। यह युद्ध राजाओं का है, प्रभुवर्गों का है, प्रजाओं का नहीं। प्रजाएँ कभी युद्ध नहीं चाह सकतीं।...यह युद्ध बन्द हो, बन्द हो, तत्काल बन्द हो!"

श्री भगवान ऊर्जस्वल हो आये :

"जनगण के प्रचंड प्रतिवाद को सुना आपने, महाराज? जिसमें प्रजा की इच्छा सर्वोपरि न हो, वह गणतन्त्र कैसा? वह तो अधिनायकतन्त्र है। इसमें और अन्य साम्राजी तन्त्रों में क्या अन्तर है? यह गणतन्त्र नहीं, निपट नग्न राजतन्त्र है। इसे साक्षात् करें, राजन्, इससे पलायन न करें। प्रत्यक्ष देखें, गणेश्वर, कि यहाँ शासक और शासित के बीच परस्पर उत्तरदायित्व नहीं है। जो राज, समाज और व्यवस्था जन-जन के प्रति उत्तरदायी नहीं है, वह व्यवस्था प्रजातान्त्रिक नहीं, राजतान्त्रिक है। वैशालीनाथ चेटक देखें, उनकी वैशाली कहाँ है? कहाँ है उसका अस्तित्व? यदि जनगण वैशाली नहीं, तो जिसे आप और आपके सामन्त राजवी हमारी वैशाली कहते हैं, वह निरी मरीचिका है। वह प्रजातन्त्र नहीं, प्रजा का निपट प्रेत है। इस प्रेत-राज्य की रक्षा आप कब तक कर सकेंगे, महाराज! धोखे के पुतले को कब तक खड़ा रखेंगे?"

श्री भगवान चुप हो गये। कुछ देर गहन चुप्पी व्याप रही। उस अथाह मौन को भंग करते हुए, चेटकराज जाने किस असम्प्रज्ञात समाधि में से बोले :

"मैं निर्गत हुआ, मैं उद्‌गत हुआ, भगवन्। मैं सत्य को सम्यक् देख रहा हूँ, सम्यक् जान रहा हूँ, सो सम्यक् हो रहा हूँ। देख रहा हूँ प्रत्यक्ष, महावीर के बिना वैशाली का अस्तित्व नहीं। महावीर के शब्द पर से ही विदेहों की सच्ची वैशाली पुनरुत्थान कर सकती है। आज से वैशाली के गणनाथ महावीर हैं, मैं नहीं। मैं समर्पित हूँ भगवन, मं प्रभु के उत्संग में उद्‌बुद्ध हूँ, त्रिलोकीनाथ!"

और चेटकराज महावीर की चेतना में तदाकार होकर समाधिस्थ हो गये। अष्टकुलीन राजन्य और सामन्त निर्जीव, निराधार माटी के ढेर हो रहे। आहत महानायक सिंहभद्र ने साहस बटोरकर पूछा :

"वैशाली का भविष्य क्या है, भन्ते त्रिलोकीनाथ?"

"वैशाली का भविष्य है, केवल महावीर! और सब कुहेलिका है, मरीचिका है।"

"तब तो वैशाली की अन्तिम विजय निश्चित है, भगवन्!"

"महावीर की वैशाली विजय और पराजय से ऊपर है। सो उसका पतन असम्भव है। लेकिन तुम्हारी वैशाली, तुम्हारे परकोटों में शस्त्र-बद्ध है। उस वैशाली का त्राण तुम्हारे हाथ है। उसकी विजय तुम्हारे हाथ है। उसका त्राण तुम्हारे सैन्यों और शस्त्रों पर निर्भर है। उसका उत्तरदायी महावीर नहीं।"

"वैशाली का निःशस्त्रीकरण चाहते हैं, महावीर? इस शस्त्रों के जंगल में? इन भेड़िये राजुल्लों के डेरे में? और अकेला सिंहभद्र तो वैशाली के भाग्य का निर्णायक नहीं, भगवन्।"

"जगत् का त्राता और भाग्य-विधाता सदा अकेला ही होता है। वह पहल केवल एकमेव पुरुष ही कर सकता है। सम्भवामि युगे-युगे का अवतार कृष्ण, अपने धर्मराज्य के महाप्रस्थान में कितना अकेला था! कुरुक्षेत्र की अठारह अक्षौहिणी सेनाओं के बीच भी वह कितना अकेला था। और आखेटकों के इस अरण्य में, एक दिन वह अकेला ही, एक आखेटक का तीर खाकर मर गया। उस क्षण उसने अपने प्राणाधिक भाई तक को अपने से दूर कर दिया। अपनी महावेदना में उसने एकाकी ही मर जाना पसन्द किया।"

भगवान क्षणैक चुप रहे गये। फिर बोले :

"और देखो आयुष्यमान्, त्रिलोकी की इस चूड़ा पर, तीनों लोक के प्यार और ऐश्वर्य के बीच भी, महावीर कितना अकेला है! कि उसकी आवाज अकेली पड़ गयी है। वैशाली के भाग्यविधाताओं ने उसको प्रतिसाद न दिया।"

"अपना प्रतिसाद तो अर्हत् महावीर आप ही हो सकते हैं। हमारी क्या सामर्थ्य, कि उनके सत्य की तलवार का वार हम लौटा सकें। लेकिन यदि वैशाली की पराजय हुई, तो क्या वह महावीर की ही पराजय न होगी? यदि वैशाली का पतन हुआ, तो क्या वह महावीर का ही पतन न होगा?"

"जानो महानायक सिंहभद्र, महावीर जय और पराजय एक साथ है। वह पतन और उत्थान एक साथ है। वह इष्ट और अनिष्ट एक साथ है। वह जीवन और मरण एक साथ है। वह नाश और निर्माण एक साथ है। सारे द्वन्द्वों के बीच एकाग्र और द्वन्द्वातीत खेल रहा है महावीर!"

"द्वन्द्वों के इस दुश्चक्र में वैशाली का कोई तात्कालिक भविष्य? कोई अटल

नियति?"

"केवल महावीर, और सब अविश्वसनीय है! जय-पराजय, उत्थान-पतन, प्रलय और उदय के इस नित्य गतिमान चक्र में, तुम कहीं उँगली रख सकते हो सेनापति?"

"रख सकता, तो सर्वज्ञ महावीर से क्यों पूछता वैशाली का भविष्य?"

"वह तुम्हारे चुनाव और पहल पर निर्भर करता है, सेनापति!"

"वैशाली का सेनापति निश्चय ही उसकी विजय चुनता है, उसका उत्थान चुनता है।"

"तो तुमने महावीर को नहीं चुना? शस्त्र और सैन्य की शक्ति को चुना। अन्तहीन द्वन्द्व और संघर्ष को चुना। जानता हूँ, महावीर के यहाँ से प्रस्थान करते ही, तुम्हारे परकोट और भी भयंकर शस्त्रों से पट जाएँगे। तुम्हारे द्वार और भी प्रचंड वज्र के शूलों और साँकलों से जड़ दिये जाएँगे।..."

और हठात् एक चोखती आवाज ने प्रतिसाद दिया :

"नहीं...नहीं...नहीं...नहीं, ऐसा हम नहीं होने देंगे। या तो वैशाली में महावीर का शब्द राज्य करेगा, नहीं तो हम सर्वनाश का तांडव मचा देंगे। महावीर का धर्मचक्र यदि वैशाली का परिचालक न हुआ, तो...हे सर्वचराचर के नाथ, वैशाली के मस्तक पर सर्वनाश मँडरा रहा है। त्राण करो, त्राण करो, त्राण करो...हे परित्राता!"

महाचंडी रोहिणी की इस आर्त्त पुकार में वैशाली की लक्ष-लक्ष आवाजें एकाकार हो गयीं।

और गन्धकुटी के रक्त कमलासन में ज्वालाएँ उठती दिखाई पड़ीं। उस पर आसीन, विश्व के प्रलय और उदय के नाटक का नित्य-साक्षी महेश्वर महावीर गर्जना कर उठा :

"सत्य-प्रकाश...सत्य-प्रकाश! सत्य-प्रकाश...सत्य-प्रकाश...!"

कल्पान्तकाल के उस समुद्र-गर्जन में, सारे जम्बूद्वीप के सत्तासिंहासन उलट-पलट होते दिखाई पड़े।

अकस्मात् श्रीभगवान का रक्त कमलासन शून्य दिखाई पड़ा। उन्हें किसी ने वहाँ से उठकर सीढ़ियाँ उतरते नहीं देखा।

असंख्य-जिह्व ज्वालाओं का एक सहस्रार समवसरण के तमाम मंडलों में मँडराता दीखा।

और श्री भगवान का धर्मचक्र, महाकाल के मेरुदंड को भेदकर दिक्काल का अतिक्रमण कर गया।

तुम्हारी कुँवारी सती, 'मैं आम्रपाली'

देवी आम्रपाली ने जलजुही और जल-चमेली की बहुत हलकी चादर अपने ऊपर से दूर फेंककर, आँखें खोलीं। मानो शून्य में से आकार लेकर प्रकट हुई हो। लगा, जैसे कासनी रोशनी के समुद्र में से उठकर उसने दिक्-चक्रवाल पर पैर रखा हो। और वहाँ से उतरकर, वह कहाँ आ गयी है?

...कोई दूसरा ही विश्व है यह। तीसरा, चौथा, पाँचवाँ विश्व। नहीं, यह किसी गणना में नहीं आता। यहाँ कोई परिमाण नहीं, आयाम नहीं। बेशुमार आयाम हैं यहाँ। एक के बाद एक खुलते असंख्य दलों का यह कमलकोश। यहाँ दृष्टि ही आयाम हो गयी है। हर बार दृष्टि उठने पर हर तरफ़, हर जगह, एक नया और अपूर्व आयाम खुलता है।

और देवी आम्रपाली अपने भीतर अपने ही को सुनने लगीं :

...लगता है कि अन्तरिक्ष में उत्तोलित हूँ। उसी की बनी हूँ, उसी में लुप्त होकर, उसी में से फिर आकृत हो आयी हूँ। फिर भी निरी वायवीय नहीं हूँ। प्राग्भार होते हुए भी, एक अज्ञात गुरुत्वाकर्षण से बँधी हूँ। किसी ठोस आलय में हूँ, कक्ष में हूँ। मेरा अपना कितना निजी कक्ष, अपने से भी अधिक अपना! फिर भी कितना अज्ञात, अज्ञेय। अत्यन्त सुपरिचित होकर भी, कितना अपरिचित, कितना विदेशीय। फिर भी कितना स्वकीय, स्वदेशीय।

इतनी निर्भार होकर भी, किसी शून्य में नहीं हूँ। नितान्त पृथ्वी पर हूँ। किसी भी जानी हुई पृथ्वी से अधिक ठोस, सघन, ऊष्मायित, ममतायित पृथ्वी। आलय में आलय है। भवन में भवन। उसमें से खुलते नव-नूतन भवन। कक्ष के भीतर कक्ष के भीतर कक्ष, उसके भीतर कक्ष : और यह कोई मेरा अन्तिम कक्ष है!

मैं कौन हूँ? अनामा, अनजानी, अनपहचानी। कोई चिरकाल की विदेशिनी। फिर भी कितनी प्रांजल और प्रत्यक्ष है मेरी इयत्ता। विदेहिनी-सी होकर भी, अत्यन्त सघन देह में उपस्थित। आकाशिनी अदिति, पृथ्वी से परिवलयित। शून्य की बेटी, रक्त-मांस के सारभूत शरीर में रूपायित। हाँ, मैं ही तो हूँ : आम्रपाली।

हाँ, मैं अपने अत्यन्त निजी अन्तःकक्ष में हूँ। पर ऐसा क्यों लग रहा है, जैसे मैं यहाँ पहली बार आयी हूँ। या फिर ऐसा कि अनादि में जाने कब यहाँ थी। और फिर निकल पड़ी थी, असंख्यात द्वीप-समुद्रों की यात्रा पर। तमाम देखे-अनदेखे देश-देशान्तरों की याद आ रही है। कितने जन्मान्तर, लोकान्तर, कालान्तर एक साथ मानो इस क्षण जी रही हूँ। किसी भूगोल में नहीं हूँ, खगोल में नहीं हूँ। किसी भी जाने हुए लोकशास्त्र के प्रदेश या परिमाण में नहीं हूँ।

फिर भी ठीक अपने घर में हूँ, अपने आलय में हूँ, इस देह से भी अधिक

समीप के अपने अन्तरतम कक्ष में हूँ। सप्तभौमिक प्रासाद के विशाल उद्यान में, विभिन्न ऋतुओं और विलासों के जाने कितने आवास हैं। इस एक ही महल में जाने कितने भवन, आलय, आवास, कक्ष हैं। वसन्तावास, ग्रीष्मावास, पावस-प्रासाद, शरद-महालय, हेमन्त-हर्म्य, शिशिर-सौध। नहीं पता चल रहा, किस आवाज के किस खास कमरे में हूँ। इतनी ही संचेतना है कि एकदम स्वकीय अपने कक्ष में हूँ, अपनी अत्यन्त निजी भूमि पर हूँ।

देख रही हूँ, इस कमरे में और बाहर के विराट प्रांगण में, तमाम प्रकृति इस समय अपनी छहों ऋतुओं के साथ उपस्थित है। मैं अंगारों की शैया पर लेटी हूँ, फिर भी मेरे ऊपर-नीचे चारों ओर फूलों की राशियाँ छायी हैं। मैं जैसे अग्नि के आलय में हूँ, मेरी जलन की सीमा नहीं। मानुषोत्तर है मेरी देह का यह दाह, यह तपन। फिर भी इस कक्ष की शीतलता कितनी गहरी है। पृथ्वी-गर्भ की सारभूत ठंडक, आर्द्रा की भीनी माटी की गन्ध बनकर यहाँ व्याप्त है। हिमानी प्रदेशों की अथाह खानों से प्राप्त मरकत और महानील मणि की शिलाओं से निर्मित है यह कक्ष। अन्तिम समुद्र के अतल से प्राप्त मुक्ता, शुक्ति और प्रवालों से जड़ा है इसका फर्श। शरद ऋतु का सुनील आकाश ही मानो इसकी छत बन गया है। और उसमें लटके अलभ्य समुद्र-गर्भी शंखों और सीपों के फानूसों में, नील-हरित रत्नों के प्रदीप बहुत ही महीन प्रभा से आलोकित हैं। मानो मुझे हुताशन में से उठाकर यहाँ, शायद इस ग्रीष्मावास में लिटा दिया गया है। लेकिन फिर भी यह क्या है, कि यहाँ सारी ऋतुओं की पुष्प-लीला एक साथ चल रही है। सारे ऋतुमान, जलमान, वायुमान—यहाँ एकाग्र अनुभूत हो रहे हैं।

अकल्प्य शीतल पृथ्वी-गर्भ से प्राप्त वासुकी नाग की फणामणियों से निर्मित है मेरा पलंग। मर्कत-मुक्ता की भीनी आभा वाली झालरों में से, जैसे जल और वनस्पतियों का तात्त्विक अन्तःसार झर रहा है। मन्दार और पारिजात फूलों की इस सघन दलदार आर्द्र शैया में भी, मैं एक नंगी लपट की तरह छटपटाती हुई लेटी हूँ। और ऊपर छायी है चन्द्रकान्त मणियों की मसहरी, कुन्दफूलों की जालियों से गुँथी हुई। सामने के वातायन पर झूलती बेला-मालती की जाली में से, हाल ही में उदय हुआ प्रतिपदा का विशाल चन्द्रमा, आम्र-कानन की मंजरियों पर खड़ा, कोयल की डाक में मुझे टोक रहा है। मेरा नाम और कुशल पूछ रहा है। किस अदृश्यमान निर्मम पुरुष का यह प्रभा-मंडल, मुझे दूर से चिढ़ा रहा है? नवमल्लिका के वन जैसे इस पीताभ चन्द्रालय में छुपकर कौन बेदर्दी, मेरी पीर की दाह को अधिक-अधिक दहका भी रहा है, और उस पर परम शीतलकारी फुँहारें भी बरसा रहा है। उसकी किरणें चन्द्रकान्त मणि की इस मसहरी को छूकर, इसमें से जैसे मकरन्द नीहार बरसाकर मुझे बेमालूम छुहला और नहला रही हैं।

देख रही हूँ, प्रियंगु-लता जैसा उदीयमान रातुल चन्द्रमा, मेरे देखते-देखते चम्पक फूल की कर्णिका जैसा पीला हो चला है। उद्यान में अभी-अभी फूली जपा-कुसुम-सी सन्ध्या कहाँ विलुप्त हो गयी? क्रीड़ा-सरोवर के तमाल-वनों से निकलकर, एक नीली-साँवली अँधियारी धीरे-धीरे इस कक्ष में व्यापती चली जा रही है। मणि-कुट्टिम वातायनों पर झूलती सिन्धुवार फूलों की, मलय-वायु में डोलती लड़ियों में, जलकान्त बादलों की झिल्लिम यवनिकाएँ हौले-हौले हिल रही हैं। याद आ रहे हैं कहीं देखे वे गुफा-द्वार, जिन पर निसर्ग ने ही घिरते बादलों के परदे लटका दिये थे, और गुफा के भीतर रति-क्रीड़ा में लीन गन्धर्व-मिथुन के लिए, गुफा में चमकती वनौषधियाँ ही सुरत-प्रदीप होकर झलमला उठी थीं। और उनके सौम्य आलोक में, मानो मैं अपने कितने ही प्राक्तन जन्मों की कथाएँ इस चान्द्रिम सन्ध्या में पढ़ रही हूँ।

कक्ष का द्वार भीतर से बन्द है। कोई परिचारिका नहीं, सखी-सहेली नहीं। एक स्तब्ध घनीभूत निर्जनता में, मैं कितनी अकेली हूँ। धमनियों के रक्त-छन्द में निरन्तर प्रवाहित अनहद नाद को, मैं इस अनाहत नीरवता में कितना साफ़ सुन रही हूँ। अनवरत ध्वनि की इस गुंजानता में, मेरी देह कर्पूर की तरह घुली जा रही है।...एक अन्तहीन कल्प-निद्रा में से अभी-अभी जागी हूँ। मैं कहाँ चली गयी थी? किस नीलिमा के वन में खो गयी थी।...अरे यह किसने कहा : 'तच्चिन्मयो नीलिमा'। चिन्मय नीलिमा का वह प्रदेश कहाँ छूट गया?

...इस क्षण तो मैं ठीक अपनी मृण्मय पुद्‌गल देह में, इस शैया में पड़ी हूँ, इस कक्ष में क़ैद हूँ। मानव मात्र मुझे छोड़कर चले गये हैं। कौन, कब ले आया मुझे इस कक्ष में? किसने यह अर्गला भीतर से बन्द कर दी है? इस क्षण से पूर्व तो मैं यहाँ थी ही नहीं। फिर किसने भीतर से जड़ दी है, इस कक्ष के मणि-खचित हाथी-दाँत के किवाड़ों पर यह साँकल। सारे लोक से निर्वासित कर, किसने मुझे इस कक्ष के द्वीप में बन्दी बना दिया है?

...पलंग के पास पड़ी वैदूर्य रत्न की चौकी पर, सूर्यकान्त मणि के प्याले में कल्प-लता की मदिरा उफन रही है। कितने दिन हो गये सुरापान किये, याद नहीं आता। मेरे हृदय के अनाहत कमल में दिन-रात कोई ऐसी वारुणी स्वतः प्रस्रवित होती रहती है, कि मेरा अंग-अंग वायुमान होकर सदा झूमता रहता है। आँखों में खुमार के रतनारे समुद्र मचलते रहते हैं।

सारे कक्ष में केतकी के पीले पराग की नीहार-सी छायी हुई है। उद्यान में झीमते कचनारों की बनफ्शई गन्ध से, सारा वातावरण कैसी वाष्पित ऊष्मा से व्याकुल हो उठा है। ऐसे में कोई कैसे इस देह की माँसल सीमा-बद्धता को सहे? जी चाहता

है कि भागकर चली जाऊँ कहीं, पृथ्वी और आकाश के पार, लोक के तनु-वातवलयों के पार। अलोकाकाश की निश्चेतन शून्यता में विसर्जित होकर खो जाऊँ। पर इस बन्द कक्ष में, जाने कौन एक अनिर्वार उपस्थिति मुझे चारों ओर से अपने बाहुबन्ध में जकड़े हुए है। हाय, कितना निर्दय है वह कोई, जिसके आश्लेष की जकड़न तो महसूस होती है, लेकिन वह प्रकाम्य सुन्दर बाहुबन्ध मेरी आँखों से छीन लिया गया है। एक विचित्र अदृश्यता के लीला-चंचल प्रदेश में, अचिन्त्य निगूढ़ सम्भावनाओं के प्रकम्पनों से घिरी हूँ। मानो कि अभी कोई यवनिका किसी भी परमाणु पर से उठ सकती है, और जाने क्या-क्या दिखाई-सुनाई पड़ जाएगा!

अज्ञान्त दूरान्तों में से यह कैसी संगीत ध्वनि आ रही है। जैसे गन्धमादन पर्वत पर रखी सामुद्रिक वीणा की पनीली गहनता में से, आपोआप 'पूरिया-धनाश्री' की विरह-विकल रागिनी उठ रही है। नेपथ्य में यह कौन किन्नरी, रात-दिन करुण विहाग गाती रहती है?...

...कुछ याद-सा आ रहा है। कुछ देखा है मैंने कहीं, कभी भी।...नहीं, अभी-अभी। अभी और यहाँ। कल, परसों, जन्मान्तर में, या इस क्षण—क्या अन्तर पड़ता है। क्योंकि जो देखा है, वह समय, दिशा, काल से बाहर होकर भी, ठीक समय में है, रूप में है, पिण्ड में है। इन्द्रिय-गोचर है, अत्यन्त पार्थिव और लौकिक है। मेरे इस शरीर, इस सारे रूपोमय जगत् से अधिक इन्द्रियग्राह्य और प्रत्यक्ष। बाहर के इन सारे रूपों को हम छूकर भी जैसे छू नहीं पाते। ये परोक्ष हैं, और हमारी छुवन को हर पल धोखा देते हैं। हम इन्हें पकड़े रहने की भ्रान्ति में होते हैं, और ये लहरों की तरह हमारी उँगलियों के बीच से फिसलकर जाने कहाँ लुप्त होते रहते हैं। लेकिन जो देखा है, वह इतना प्रत्यक्ष, गोचर और अनुभव्य है, कि मेरी इस देह के अपने ही स्पर्श से भी कई गुना अधिक स्पृश्य, ग्राह्य और ज्ञेय है। संसार के चरम भोग्य से हजार गुना अधिक भोग्य। इसीलिए तो जब उसे देखा नहीं था, देखने के हर अवसर को मुकर दिया था, तब भी उसकी भोग्यता ने मुझे इतना सम्मोहन-कीलित कर दिया था, कि यहाँ का कुछ भी मेरा भोग्य न रह पाया।...

...ओह, मेरी त्रिवली में यह कैसी विदग्ध कजरारी याद टीस उठी है? स्वप्न-तन्द्रा टूट गयी है। तुम्हारे अलौकिक मायाराज्य की कारा से बाहर निकल आयी हूँ। ठीक मानवी नारी : रक्त-मांस से स्पन्दित रमणी। निर्लज्ज होकर कहती हूँ, ओ निर्दय वीतराग, मैं हूँ तुम्हारी कामिनी। तुम्हारी अन्तरिक्षा ब्राह्मी नहीं : ठीक ठोस पृथ्वी—मैं आम्रपाली।

काश, तुमने मेरी व्यथा को समझा होता! सुनोगे आज मेरी कथा? सुनो या न सुनो, आज बन्ध टूट गये हैं, और सुनाये बिना न रह सकूँगी।...

...कल पहली बार तुम्हारे रूप की झलक देखी। और देखते ही एक ऐसा वैद्युतिक रोमांचन हुआ, कि देह हाथ से निकल गयी। तुम्हारी यह चितवन एक बार मेरे द्वार की ओर उठी, और किवाड़ की ओट अपलक थमी मेरी आँखों पर, जैसे एक अप्रतिवार्य मोहिनी का उल्कापात-सा हुआ। हठात् जगत् के तमाम रूपाकार लुप्त होते दिखाई पड़े। अपने ही रूप को विलय होते प्रत्यक्ष देखा। और जैसे किसी ने सहसा ही मुझसे मेरा शरीर छीन लिया। तुमने... ? पता नहीं। मेरी मुँद गयी आँखों में सौन्दर्य की ऐसी आँधियाँ उठीं, कि वे मुझे निरी हवा बनाकर उड़ा ले गयीं। और उस उड़ान में से मुड़कर मैंने पीछे देखा, तो पाया कि आम्रपाली द्वार की शालभंजिका की तरह शिलीभूत होकर, किवाड़ की ओट की दर्पणी दीवार में मूर्ति की तरह जड़ी रह गयी है। एक विचित्र विदग्ध त्रिभंगी मुद्रा में नम्रीभूत, और अचल है उसके हाथ का सहस्त्रदीप नीराजन। तुम जा चुके थे। लेकिन उसके पहले ही एक इन्द्रजाली की जादुई माया मुझे उड़ा ले गयी थी। बलात् मेरा हरण कर गयी थी।

...उसके बाद क्या हुआ, मुझे पता नहीं। मेरी उस मूर्च्छित काया को कब किसने उठाया, कहाँ लिटाया, कब और कौन मुझे यहाँ लाया, क्या उपचार परिचर्या हुई। कुछ पता नहीं। आम्रपाली की सेवा में परिचारिका न हो, ऐसा कभी हुआ नहीं। मेरे अन्तिम एकान्त के क्षणों में भी, कहीं नेपथ्य में कोई चारिका सदा प्रस्तुत रही। लेकिन आज इस भीतर से अर्गलित कक्ष में, निपट अकेली छोड़ दी गयी हूँ। किसी संग या सेवा की चाह भी नहीं है। मगर स्पष्ट देख रही हूँ, कि शासन यहाँ मेरा नहीं, किसी दूसरे का है। दुनिया की कोई सत्ता आज तक आम्रपाली पर शासन न कर सकी। लेकिन आज? आज मैं किसी के कारागार की बन्दिनी हूँ!

जान-बूझकर तो तुम कुछ करते नहीं। वीतराग अकर्ता हो। पर अनजाने ही सृजन, स्थिति, संहार, निग्रह और अनुगृह रूप, परमेश्वर के पंच कृत्य तुमसे होते रहते हैं, ऐसा मैंने वेद के महाज्ञानियों से सुना है। लेकिन यह तो सच ही है, कि तुमने बरसों के फ़ौलाद से जड़े पश्चिमी नगर-द्वार को अपने एक कटाक्ष से तोड़कर, मेरी राह, मेरे पौर-द्वार से गुजरना स्वीकार किया। तुम तो इच्छा से ऊपर हो, लेकिन मेरी इच्छा को अपनी बनाकर, तुम मेरी राह आये और मेरे भवन-पौर पर हठात् थम गये। किसलिए? तुम किसी कारण से, किसी के लिए तो कुछ करते नहीं। लेकिन यह तो एक प्रत्यक्ष तथ्य और सत्य है, कि आम्रपाली की पुकार को तुम टाल नहीं सके। और विवश हुए, मेरी राह से गुजरने को, मेरे द्वार पर ठिठक जाने को।

फिर भी तुम्हारी अगवानी को मैं द्वार पर न आ सकी। तुम्हारी आरती उतारने

का भाग्य मेरा न हो सका। आम्रपाली की लज्जा के मालिक ने ही, सारी वैशाली के देखते उसकी लाज उतार ली। मैं न आ सकी सामने, नहीं कर सकी तुम्हारी अगवानी की आरती। तो इसमें मेरा क्या दोष था? ओ बलात्कारी, तुम तो अस्तित्व छीनते आये। हरण करने आये थे, सो देखते ही हार गयी, और हर ली गयी। लेकिन इस बात को कौन जानेगा? लोक में तो मेरी लज्जा धूल में मिल गयी। ठीक है, तुम्हीं सारी मर्ज़ियों के मालिक हो, हमारे बस का क्या है यहाँ!

लेकिन पूछती हूँ, लोक की सारी मर्यादाएँ लोप कर, तुम एक गणिका के द्वार आने को लाचार क्यों हुए थे? क्यों रुक गये थे मेरे पौर के सामने?...यदि स्वयं ही भीतर आकर मुझ कलमुँही कलंकिनी को कृतार्थ कर देते, तो तुम्हारी वीतरागता में कौन-सा बट्टा लग जाता? वीतराग को ऐसा आग्रह क्यों, कि नहीं, वह एक व्यक्ति के घर में स्वयं नहीं जा सकता। विवर्जित अवधूत अर्हत् तो हर मर्यादा से ऊपर सुने जाते हैं। विधि-निषेध से वे बाध्य नहीं। फिर क्यों न तुम्हारा पैर उठ सका मेरे पास आने को? किसने रोक दिया तुम्हें? लोक-मर्यादा ने? शास्त्र-विधान ने? किसी धर्म-शासन ने? किसी आचार-संहिता ने? किसी परम्परा ने? तो तुम परम स्वतन्त्र अर्हत् कैसे? भगवान को बाधा-बन्धन कैसा?

आ जाते, तो आरती में हाथ मेरे हिलते या नहीं, कौन जाने, पर मेरे रोयें-रोयें से अनगिन जोतें उठकर तुम्हारी आरती उतार देतीं, यह उस क्षण के रोमांचन में मैंने अनुभव कर लिया था, लेकिन तुम नहीं आये। लोक-समाज कहीं यह न सोच ले, कि तुम एक वेश्या के प्रीतम हो। कि यह रूपजीवा व्यभिचारिणी तुम्हारे जी में एक लौ की तरह लहक उठती है। तुम्हारी विशुद्ध वीतरागता में इसके लिए कहाँ गुंजाइश है! यह मैं खूब जानती थी। इसीलिए, हृदय टूक-टूक हो गया तुम्हारे चरणों में आ पड़ने को, फिर भी सामने न आ सकी। तुम भगवान होकर आये थे, और मुझे तुम्हारे भगवान में रंच भी रुचि नहीं थी। लेकिन तुम्हारी भगवत्ता की लाज रखने को मैं लाचार हो गयी। और वहीं किवाड़ की ओट मर रही। मगर तुमने वैशाली की सरे राह मेरी लाज का आँचल उतारकर, उसकी चिन्दियाँ उड़ा दीं। और अपने अन्तरिक्ष-पथ पर बेखटक और निर्मम भाव से आगे बढ़ गये। खुले चौराहे पर तुम मेरा अपमान कर गये। मेरे सामने न आने पर, सारे भद्र लोक के मन में यही तो लगा होगा, कि कलंकिनी वेश्या है न, कौन-सा मुँह लेकर कलमुँही पापिन भगवान के सामने आती? ठीक है, मेरी लाज, मेरा मान तुम हो, और तुमने उसके साथ मनमानी की, तो उसमें मेरा क्या दखल है, क्या बस है? और मेरी लाज लुटी, मेरा मान खंडित हुआ, तो क्या तुम्हारी ही लज्जा नहीं लुटी, तुम्हारा ही मान चूर-चूर न हुआ? लेकिन भूल गयी, तुम तो वीतराग हो। वीतराग को लज्जा कैसी, मान कैसा?

...तुम्हारी ठोकर झेलने को तो यह छाती जनमी ही है। लेकिन किसी भगवान् की ठोकर सहने को आम्रपाली पृथ्वी पर नहीं आयी है। लोक तुम्हें अब केवल भगवान के रूप में जानता है। त्रिलोकीनाथ तीर्थंकर के रूप में पूजता है। लोक के और मेरे बीच, तुम एक स्पर्शातीत, ऊर्ध्व-आसीन परम परमेश्वर बनकर खड़े हो। वहाँ तुम्हारे साथ मेरा कोई सम्बन्ध नहीं हो सकता। कोई निजत्व, कोई अपनत्व भगवत्ता में सम्भव नहीं। तुम मेरे लिए अनिवार्य हो सकते हो, लेकिन मैं तुम्हारे लिए अनिवार्य नहीं हो सकती। तुम केवल सबके हो सकते हो, किसी एक के होकर नहीं रह सकते, लेकिन मैं केवल तुम्हारी होकर रहने को मजबूर हो गयी!

और मेरी ऐसी लाचारी हो गयी, कि मैं एकान्त रूप से तुम्हारी होकर रह गयी। बिन जाने, बिन देखे, बिन सुने, बिन बूझे, अनजाने ही तुम्हें अनन्य भाव से अपना मान बैठी। और वहीं सबसे बड़ी त्रासदी हो गयी। केवल वैशाली की ही नहीं, सारे आर्यावर्त की सुवर्ण-क्रीता लोक-वधू, वेश्या, वारांगना—और त्रिलोकीनाथ तीर्थंकर को प्यार करने की हिमाकत करे? सकल चराचर के समान प्रेमी भगवान पर अपना अधिकार जमाये?...बस, एक नादानी अनजाने में, जाने किस बेबूझ, निगूढ़ परवशता में हो गयी, और मेरा बिछौना सदा के लिए काँटों और लपटों पर बिछ गया।

उस दिन के बाद, तुम्हारे और मेरे बीच एक नंगी तलवार लटक गयी। एक ज्वालाओं की दीवार खड़ी हो गयी। एक सत्यानाशी हुताशन हमारे बीच खेलता रहा। तुम्हें प्यार करना पेरे लिए, आकाश के पलंग पर वासुकी नाग से रमण करने जैसा ही दुर्वह, दुःसह और भयावह हो गया।

मैं तो वेश्या हूँ, वही जनमी हूँ। मेरे लिए लज्जा क्या, मर्यादा क्या? निर्लज्ज होने के लिए ही तो मैं पैदा हुई हूँ। मैं तो चौराहों पर नंगी की जाती हूँ। तुम्हारे गणराज्य की गणिका जो ठहरी मैं! लेकिन तुम्हें लेकर मेरी लज्जा का पार नहीं था। मेरे अनजाने ही, तुम मेरी लाज के स्वामी जो हो गये थे। इतने, कि तुम्हारे सामने आना तक मेरे लिए असम्भव हो गया। इसी से उस दिन सन्थागार में भी न आ सकी, जब तुम पहली बार वैशाली आये थे। तुम्हारे दर्शन तक को तरस कर रह गयी। उसके बाद भी, अपने तपस्या काल के परिव्राजन में तुम अनेक बार वैशाली आये। मेरा अन्तस् मुझे बता देता था, कि तुम आये हो। और आखिर एक बार किसी इन्द्रजाली की तरह, कोई ऋद्धि-शरीर धरकर तुम मेरे पास आने को विवश हो ही गये थे। लेकिन कितने दुर्लभ, कितने अस्पृश्य और अग्राह्य। और पल मात्र में अन्तर्धान हो गये थे। मैं हारकर अपने में ही मर रही।

वैशाली में किसी को भी तुम्हारे आगमन का पता नहीं लग पाता था। पर जाने कैसे मुझे प्रत्यक्ष दीख जाता था, कि तुम आये हो, और किस विजन मन्दिर या खंडहर में ठहरे हो। चाहती तो मैं तुम्हारे उन एकान्तों में तुम्हारा पीछा कर सकती थी।

...लेकिन नहीं, मैं तुम्हारे पीछे नहीं आयी। मैंने स्वेच्छाचार नहीं किया। क्योंकि तुम मेरी लज्जा थे, और मैं तुम्हारी मर्यादा थी। यह मेरा शरीर तक जानता था। तुम सकल चराचर के थे। तो इतनी अधम कैसे होती, कि तुम्हें अपने अन्तर्वासक (अधोवसन) की पटली में कैद कर लेती, अपनी कंचुकी में समेटकर, अपने सघन स्तनों के बीच की बिस-तन्तु गहिरिमा में लुप्त और गुप्त कर लेती सदा के लिए। आम्रपाली की मोहिनी में कुछ भी अशक्य नहीं था। लेकिन नहीं, मैं अपने विराट पुरुष को इतना छोटा कैसे कर सकती थी? तुम्हारी प्रिया होकर इतनी नीच कैसे हो सकती थी, कि जड़-जंगम प्राणि मात्र से तुम को छीनकर, तुम्हें अपनी तिजोरी में बन्द कर देती। अपने हिमवान् को, अपनी गंगोत्री की गुहा में कैसे पूर सकती थी, कैसे रूँध सकती थी। तुम्हें गंगा बनकर त्रिलोकी में बहा देना ही, मेरा एकमात्र सुख हो सकता था।

यह तो तुमसे अनजाना नहीं, कि सारे जम्बूद्वीप के सम्राट् और साम्राज्य मेरे कदमों में बिछे रहते थे, पर मैंने आँख उठाकर भी उनकी ओर नहीं देखा।...यों भी वेश्या को लज्जा क्या, फिर तुम्हारे सामने निर्लज्ज न होऊँ, तो और कहाँ नग्न होने का अवसर है मेरे लिए। इसीलिए आज लज्जा त्यागकर कहती हूँ, कि मैं केवल तुम्हारी कुँवारी सती होकर रह गयी! विचित्र है मेरा यह शरीर। सारा जगत् इस पर से पानी की तरह बह गया, पर वह मेरी त्वचा तक को न छू सका, भिगो देना तो दूर की बात। मेरी गोपन गुहा को द्रवित कर सके, ऐसा कोई अन्य पुरुष अभी पृथ्वी पर नहीं जनमा। सिवाय एक के,...छोड़ो वह बात।

जगज्जयी श्रेणिक बिम्बिसार, मेरे लिए अगम वीरानों की ख़ाक छानते फिरे। प्रतिहिंसक होकर, अभेद्य अरण्यों में अहेरी की तरह भटकते फिरे, और निर्दोष प्राणियों का आखेट करते रहे। अनावश्यक युद्धों के बर्बर कत्ले-आम चलाकर, आम्रपाली को न पा सकने की अपनी असह्य कचोट को पहाड़ों पर पछाड़ते फिरे। आम्रपाली हाथ न आयी, तो एकान्त अटवी में ध्यानस्थ यशोधर मुनि को ही महावीर समझकर, तुम्हारी हत्या तक को उद्यत हुए। अनेक बार वेश बदलकर वे मेरे परिवेश में आये, मेरे सामने तक आये। विन्ध्याचल में उनके वीणा-वादन पर आम्रपाली ऐसी नाची, कि नृत्यकला की पराकाष्ठा हो गयी। उसने देव-गन्धर्व विश्वावसु तक का आसन हिलाकर, उसे वहाँ आने को विवश कर दिया। सम्राट् की वीणा के तार, उनकी अँगुलियों के उत्कट वासनाकुल दबावों से टूट गये, उनकी अँगुलियाँ

लहूलुहान हो गयीं। वे आम्रपाली के चरण पकड़ लेने को धरती पर लोट गये। विश्वावसु ताकता रह गया।...और आम्रपाली कब की वहाँ से जा चुकी थी!

अवन्तिपति चंडप्रद्योत ने तुम्हारी मौसी शिवादेवी को अपदस्थ कर, मुझे उज्जयिनी की पट्टमहिषी बनाने के पैगाम भेजे। भुवन-मोहन उदयन के शूरातन, सौन्दर्य और संगीत पर मुग्ध होकर, आम्रपाली ने मुस्करा-भर दिया। तो अनम्य वत्सराज ने उसके चरणों की महावर हो जाना चाहा। उसका लोहित चुम्बन हवाओं पर व्यर्थ होता रहा। अम्बा की पगतलियाँ, वहाँ कहीं नहीं थीं! पारस्य के शाहे-आलम ने अपने अकूत खजानों की कुंजियाँ मुझे सौगात में भेजीं, कि वे मेरी करधौनी पर लटक जाएँ। आम्रपाली ने उठाकर वे कुंजियाँ अपनी एक दासी के पैरों में डाल दीं, कि चाहे तो वह पारस्य की दन्तकथा-बनी निधियों को लूटकर, पारस्य की महारानी हो जाए!

आर्यावर्त के पूर्वीय और पश्चिमीय सीमान्तों के सत्ताधीशों ने अपने मुकुट अम्बा के चरण-प्रान्त में रगड़े। सारे जम्बूद्वीप के सत्ता और सम्पत्ति के सिंहासन आम्रपाली की भाँवरें देते रहे। अरबों-खरबोंपति सार्थवाहों के रत्न-सुवर्ण से भरे पोतों ने, मेरे तटों पर अन्तिम लंगर डाल दिये। सोलोमन की सुवर्ण-खदानों का स्वामित्व मेरे सौन्दर्य का याचक होकर आया। यूनान के समुद्रजयी योद्धाओं ने, आम्रपाली तक पहुँचने के लिए अज्ञात बीहड़ सागरों की तहें उलटीं। यूनान के कवियों ने अम्बा के अनदेखे सौन्दर्य पर महाकाव्य रचे, और वहाँ के दुर्द्धर्ष ज्ञानियों ने उसे अपने प्रणय का स्वप्न बनाकर, नये सौन्दर्य-शास्त्र और जीवन-दर्शन आविष्कृत किये। लेकिन आम्रपाली अपने आकाश-वातायन से यह सब देखकर केवल मुस्कराती रही, और जब चाहा, मनुष्य के हर पुरुषार्थ और पराक्रम की पहुँच से वह बाहर हो गयी।

वारांगना आम्रपाली के सान्ध्य-दरबार के द्वार, हर सहस्र सुवर्ण देने वाले के लिए खुले थे। चाहे-अनचाहे, उस सान्ध्य-सभा में आकर गाने और नाचने को वह बाध्य थी। क्योंकि वह एक गणतन्त्र की नगर-वधू थी। हर सुवर्णपति क्रेता का उस पर बोली लगाने का अधिकार था। उन सभाओं में कितने ही छद्मवेशों में, जाने कितने शूरमा, सम्राट, धन्ना सेठ, ज्ञानी, तपस्वी, ऋषि, योगी न आये होंगे। मेरे कटाक्षों तले जाने कितनी न लाशें बिछी होंगी। लेकिन इरावान समुद्र की जाया अप्सरा, आज तक कब किसी की अधिकृता होकर रह सकी है! जगत् के सारे सिंहासनों और वैभवों को व्यर्थ और पराजित करने के लिए ही तो, वह जलकन्या यहाँ अवतरित होती है।

अपनी सान्ध्य-सभाओं के अपने लीला-लास्य को, मैं स्वयं देखकर चकित रह जाती थी। मेरे कटाक्षों और मुस्कानों की मोहिनी, मेरे तमाम अतिथियों के होश छीन लेती थी। मुँह-माँगा द्रव्य देकर वे मेरे विलास-कक्ष में आते थे। वे इस भ्रम में होते

थे कि आम्रपाली उनकी बाँहों में आ गयी है, मगर वे नहीं जानते थे कि आम्रपाली वायु-शरीरी है, जल-जाया है। वह मनुष्य की मांस-गर्भ-जात कन्या नहीं, आकाश की बेटी है। वह किसी की हुई नहीं, हो सकती नहीं। वे सुवर्ण, सुरा और शरीर की मूर्च्छा में डूब जाते थे, और अम्बा के परिरम्भण सुख में मगन होने की भ्रान्ति में होते थे। और अम्बा जाने कब अन्तरिक्षा होकर, उनके ठोस शरीरों की जकड़नों को बेमालूम बींधकर, हवाओं में गायब हो जाती थी।...लेकिन ठीक तभी आम्रपाली, अपने अप्रवेश्य एकान्त कक्ष की शैया में, जाने किस अनदेखे पुरुष के विरह में छटपटाती हुई, करवटें बदलती रहती थी!

...शरीरों तक को भेद जाने की ऐसी सर्वमोहिनी सामर्थ्य लेकर, यदि मैं चाहती, तो क्या तुम्हें अपने बाहुपाश में अन्तिम रूप से नहीं बाँध सकती थी? लेकिन हाय, अपने असीम को सीमा में कैसे बाँधती! अपने ही विराट को मांस में कैसे कैद करती? सो तुम्हारे सामने आने के हर अवसर को मैं चूकती ही चली गयी।

...लेकिन कल तो तुम स्वयं ही मेरे द्वार पर आ खड़े हुए थे। अपनी इच्छातीत वीतरागता को तुम जानो। मगर कल तुम ठीक मेरे ही लिए, सारी मर्यादाएँ तोड़कर आये थे, इसे किसी तर्क से नकारा नहीं जा सकता। तब मेरा अधिकार तुम पर प्रत्यक्ष हो गया था। और मैं चाहती, तो आकर तुम्हारे चरणों को अपनी बाहुओं में समेटकर, अपनी छाती में सदा-सदा के लिए जकड़ लेती। मेरी छाती उस धातु से बनी है, जिससे छूटकर तुम जा नहीं सकते थे। क्योंकि यह छाती केवल तुम्हारे चरणों को झेलने के लिए बनी है। और सर्वमोहिनी वेश्या होकर, यह मुझसे छुपा नहीं रह गया था, कि सर्वमोहन महावीर की नियति-वधू केवल मैं हो सकती हूँ। क्योंकि हम दोनों ही एकाधिकार से ऊपर हैं। हाय, तुमने मेरे वेश्यापन को भी सार्थक कर दिया। विचित्र है तुम्हारी लीला!

...जाने कब से जान गयी थी, कि मैं जन्मान्तरों से तुम्हारी दासी और स्वामिनी एक साथ हूँ। इसी जन्मसिद्ध अधिकार की प्रत्यभिज्ञा के बल पर, तुम्हारे अनन्तकाल व्यापी विरह को सहते जाने की शक्ति मैं पा गयी थी। कल अन्तिम अवसर था, तुम्हें पा लेने का, वह भी मैं चूक गयी। अब शायद कभी भी मैं तुम्हारे सम्मुख न हो सकूँगी। परसन तो तुम्हारा अकल्पनीय है। भगवान को भला कौन छू सकता है? लेकिन क्या तुम्हारे दर्शन तक की प्यास को लेकर ही मुझे मर जाना होगा?

ऐसा कोई निष्ठुर भगवान कभी मेरी समझ में न आ सका, जो हर किसी के प्रेम का एकान्त अधिकार तो भोगता है, लेकिन हर कोई जिसके प्यार पर अपना एकान्त अधिकार नहीं रख सकता। क्षमा करोगे मुझे, मगर यह मुझे सर्वशक्तिमान भगवान का बलात्कार और व्यभिचार लगता है। तो व्यभिचारिणी तो मैं भी हूँ ही। फिर हमारे बीच अन्तर कैसा? मुझ जैसी एक चरम व्यभिचारिणी ही, क्या तुम्हारे जैसे

परम व्यभिचारी की एकमात्र वधू होने की अधिकारिणी नहीं ? आज मेरी पीड़ा पार-वेधक हो उठी है। उसी रोष और कटुता में, शायद मैं बहुत बड़ा सत्य बोल गयी हूँ!

पूछती हूँ, नर-नारी की ऐकान्तिक प्रीति की चाह क्यों है अस्तित्व में, यदि वह मिथ्या-माया है ? यदि उसे व्यर्थ ही होना है, तो प्रणय-संवेदना का उद्भव करके, उसके चक्रावर्तनों और लीलाओं को पूरा अवसर देकर, जगत् के स्रष्टा ने मनुष्य के साथ बड़ा क्रूर मजाक किया है। यदि नर-नारी की ऐकान्तिक मानुषी प्रणय-लीला माया है, झूठ है, भ्रान्ति है, भंग होना ही उसकी एकमात्र नियति है, और केवल सर्व-प्रेमिक भगवान को प्रेम करना और समर्पित होना ही एकमेव सत्य और सार वस्तु है, तो ऐसे दुहरे और द्वन्द्वात्मक प्रपंच के परिचालक किसी सर्व-सत्ताधीश भगवान को स्वीकारना, मानवी—और वह भी वेश्या आम्रपाली के लिए सम्भव नहीं है। यह प्रश्न मेरे लिए नया नहीं। जबसे तुम्हें चाहने की त्रासदी मुझसे हुई, तभी से यह प्रश्न मुझे हर पल कचोटता और खाता रहा है। लेकिन शायद इसका उत्तर तुम्हारे पास नहीं!

जान पड़ता है, भगवान केवल प्रश्न खड़े करता है, वह स्वयं एक महाप्रश्न है। उत्तर देने का कष्ट करना शायद उसे गवारा नहीं।...

फिर भी पूछती हूँ :

— नर-नारी के भीतर जो आत्म है, वही क्या भगवान नहीं है ?
फिर उनके बीच, किसी अन्य पुरुष बाहरी भगवान के
खड़े होने की क्या जरूरत है ?
— क्यों प्रणय-कामी युगल स्वतन्त्र नहीं, एक-दूसरे के भीतर
अपने ही आप्त-स्वरूप को पा लेने के लिए ?
— क्यों नर-नारी ही एक-दूसरे के आत्म-दर्पण नहीं हो सकते ?
— क्यों नर-नारी ही एक-दूसरे के भगवान और भगवती नहीं हो सकते ?
— उनके बीच
क्यों एक बाहरी भगवान आयात करना जरूरी हो ?
— क्या हर स्त्री-पुरुष अपने आप में ही आप्तकाम नहीं ?
फिर यह भगवान की उपाधि हमारे बीच क्यों ?
— जो भगवान पुरुष और योषिता को
अनन्त वियोग के समुद्र में डुबा देता है,
वह मुक्ति नहीं, बन्धन है।
वह तारक नहीं, मारक है।

इसी से आज भगवान मात्र को अपने बीच से हटाकर, मैं तुमसे एक निपट मानवी नारी की तरह, सीधी और साफ़ बात कर लेना चाहती हूँ। इस क्षण तक भी लज्जा का कोई सूक्ष्म अज्ञात आवरण हमारे बीच रहा है। अब मैं सारे आवरणों को छिन्न करके, आज परम निर्लज्ज रूप में तुम्हारे सामने आना चाहती हूँ। तुम तो त्रिकाल-द्रष्टा, सर्वदर्शी केवलज्ञानी हो। तुम्हारे उस अव्याबाध ज्ञान में तो अनाद्यन्त देश-कालों की सारी लीलाएँ हर क्षण झलक रही हैं। तो सम्भव नहीं, कि तुम इस वक्त इस कक्ष में नहीं हो, और मेरी इस अन्तिम निर्लज्जता और नग्नता के साक्षी नहीं होओगे।

...मेरी व्यथा-कथा का अन्तिम निवेदन सुनो, महावीर। आम्रवन के तलदेश में अनाथ पड़ी पाई गयी शिशु अम्बा, जब महानाम सामन्त के घर में पलकर परम सुन्दरी किशोरी हो गयी, तभी से सारी वैशाली की गृद्ध दृष्टि, उसे अपने गण की जनपद-कल्याणी बनाने को तुल रही थी। और सोलहवें बरस की सोलहों कलाओं में विकसित अपने रूप और यौवन पर, मैंने जब हजारों पुरुषों की आँखों में एक ही पशु झाँकता देखा, तो उस बाल्य वय में ही पुरुष मात्र के प्रति मुझे घृणा हो गयी। उन्हीं दिनों महानाम बापू, वैशाली के यायावर राजपुत्र महावीर के दु:साहसिक भ्रमण-वृत्तान्त मुझे सुनाया करते थे। सुनती थी, कि तुम्हारे दर्शन तक दुर्लभ हैं। वैशाली के देवांशी राजपुत्र ने, कभी वैशाली का मुँह तक नहीं देखा। वह गुंजान अगम्य अरण्यों में, और अजेय पर्वत-शृंगों पर सिंहों से खेलता है, और उन पर सवारी करता है। उसके बालपन में, जनपद की हर कुमारिका और रमणी, उसे अपना स्तनपान कराने को तरसती, और उसके पीछे भागी फिरती थी। तुम्हारा हर कदम एक उपद्रव होता था। तुमने राजमहालय की सारी मर्यादाएँ तोड़ दीं। अन्त्यज चांडालों और कसाइयों तक के घर-आँगनों में तुम खेलते थे। तुमने कुंडपुर के महालय का प्राणि-उद्यान लीलामात्र में उजाड़ दिया। तुमने वैशाली को गणतन्त्र नहीं, राजतन्त्र प्रमाणित किया। तुम अपने ही कुल-गोत्र, घर-परिवार और अपने ही राज्य तथा सिंहासन के विरुद्ध उठे। सुनग्ना प्रकृति के विराट सौन्दर्य-प्रदेशों में, अवारित भ्रमण ही तुम्हारी एकमात्र क्रीड़ा थी।...

इन सारी कथाओं ने जिस एक कुमार की छवि मेरे आँखों आगे खड़ी कर दी थी, उसने मानो त्रिकाल के पुरुष मात्र को मेरी निगाहों से ओझल कर दिया। मेरी अन्तरात्मा पुकारकर कह उठी, यही मेरा एकमेव पुरुष है! यही मेरी त्रिवली के चित्रकूट का एकमात्र विजेता है। देह, प्राण, इन्द्रिय, मनस्, चेतस् और चैतन्य आत्मा के सारे भेदाभेदों से अपरिचित, मैं निरी एक तीव्र संवेदनशील लड़की थी। मेरी देह ही इतनी संस्पर्शी थी, कि उसी के रोम-रोम से मैं सृष्टि को छू लेती थी, पीती रहती थी। सो मेरी देह के हर परमाणु में, अनुक्षण, दिन-रात तुम्हीं रमण करने लगे।...जबकि

तुम मेरे लिए मात्र दन्त-कथाओं के अवास्तविक पुरुष थे।

फिर मेरे नगरवधू चुने जाने का मुहूर्त आया। वैशाली की सड़कों में खूँखार भेड़ियों को, मैंने अपने रूप के लिए लड़ते देखा। गणतन्त्री लिच्छवियों के सन्थागार में, वृषभदेव के सिंहासन पर मेरी बलिवेदी बिछाई गयी। और ठीक एक बलि-पशु की तरह, आदि ब्रह्मा ऋषभनाथ के साक्ष्य से मुझे वैशाली की और जगत् की चिर बुभुक्षित वासना का आखेट बना दिया गया। इस निर्णय के पहले, जाने कितने महीनों की रातें मैंने जिस नारकीय यातना में काटीं, उसे पुरुष की जाति कभी नहीं समझ सकेगी। लेकिन तुम ?...जगत् के तमाम पुरुषत्व से पीठ फेरकर, तुम्हें मैंने अपने एकमेव नियोगी पुरुष के रूप में स्वीकारा था। क्या तुम भी अनुमान कर सकोगे, मेरी उन अनाथ रातों के आर्त्त क्रन्दन और मूक घुटते विलापों का ? केवल तुम्हारा ही तो नाम अपनी हर साँस में पुकार रही थी। क्या तुमने सुना नहीं ? तो फिर क्यों न आये मेरे परित्राण को ? शायद तुम उन दिनों हिमवान, विन्ध्याचल और विजयार्द्ध की अभेद्य अटवियों में, अपनी किसी स्वप्न-प्रिया को खोज रहे थे !

...फिर तो तुम वैशाली आये ही। मेरा स्वप्न-पुरुष मेरे नगर में पहली बार आया। तुम्हारे आगमन के उदन्त की वह पहली रात कितने दारुण द्वन्द्व में बिताई थी मैंने। मेरे प्राणों में उमंगों और सपनों के तूफान उठ रहे थे।...कल मैं अपने उस 'एकमेव अपने' को देख सकूँगी ?...और दूसरी ओर सारी वैशाली का वासना-मत्त यौवन मेरे हृदय पर आरियाँ चला रहा था। गुर्राते तेन्दुओं की सर्वभक्षी डाढ़ों के बीच, तुम्हारे सामने आना मुझे न भाया। तुम्हारी और मेरी आँखों के प्रथम दृष्टि मिलन के बीच, हिंस्र वासना का धधकता जंगल मुझे सह्य न हो सका। अपने से भी अधिक, वह मुझे तुम्हारा अपमान लगा। तुम्हारी कुँवारी सती होकर जो रह गयी थी। एकान्त रूप से तुम्हारी योषिता नारी, जन्मजात केवल तुम्हारी। उसे ठीक तुम्हारी आँखों के आगे, हजारों लम्पट पुरुषों की आँखें घूरें, यह मैं कैसे सह सकती थी। सो अपने प्राण की उमंगों और सपनों का मैंने गला घोंट दिया। मैं नहीं आई सन्थागार में। प्राणहारी वेदना के उन क्षणों में, एक पत्र लिखकर तुम तक अपना निवेदन पहुँचाया। उत्तर में तुम्हारे शब्द पाये। उस दिन जो मुक्ति का सुख अनुभव किया था, वह अनिर्वच है।...

तुमने सन्थागार की भरी सभा में एक वेश्या को अपने माथे पर चढ़ाकर, उसकी महिमा को सारे जगत् के सामने उजागर किया। तुमने सत्ता और सम्पत्ति के सिंहासनों को, लीला-मात्र में उलटकर, उनके भीतर बैठे दानव को नंगा कर दिया। तमाम जम्बूद्वीप की धरतियों में भूकम्पी बिजलियों के विस्फोट हुए। मुझ कलंकिनी के नाम के साथ तुम्हारा हिमोज्ज्वल नाम जोड़कर, आसमुद्र पृथ्वी के बाजारों में खुलेआम

गाया गया। लेकिन तुम जो लौट गये अपनी राह, तो फिर मुड़कर इस जगत् के कोलाहलों की ओर तुमने नहीं देखा।

मेरे पत्र द्वारा मेरा दरद बेशक तुम तक पहुँचा। उत्तर में तुम्हारे शब्दों में, वह अचूक आश्वासन तो था ही, जो कोई भी भावी भगवान दे सकता है। यह भी स्पष्ट संवेदित हुआ था, कि तुमने मुझे अपनाया है। यहाँ तक भी लगा, कि तुमने मुझे चुना है। नहीं तो सारा गणतन्त्र एक ओर, सारी वैशाली एक ओर, और एक अकेली गणिका आम्रपाली दूसरी ओर, ऐसा नहीं हो सकता था। लेकिन वह हुआ। तुमने मुझे चुना, इतना ऐकान्तिक रूप से, यह कोई साधारण सौभाग्य नहीं था, किसी भी नारी के लिए। फिर मैं तो एक वेश्या थी।

...लेकिन फिर भी, एकमेव पुरुष की एकमेव नारी, और एकमेव नारी का एकमेव पुरुष, आमने-सामने नहीं हो सके। तुम्हारी चेतना में शायद वह एक अनहोनी थी। तुम्हारे भागवत मन में भला, ऐसा भाव उठ ही कैसे सकता था!

...और फिर तो तुम महाभिनिष्क्रमण कर गये। गृह त्यागकर अनगार, असिधारापथचारी संन्यासी हो गये। जब यह उदन्त मेरे कान पर पड़ा, तो मेरा नारीत्व सदा के लिए चूर-चूर हो गया। एक दिन अपने एकमात्र पुरुष को आत्मार्पण करने की, जो रक्त-कमल-सी विदग्ध लौ मेरे हृदय के गोपन में निरन्तर जल रही थी, उस पर तुषारपात हो गया। मेरा गर्भ जैसे विस्फोटित होकर पृथ्वी में लुप्त हो गया। मेरे भीतर की विकल कामिनी रमणी, अपनी अन्तिम मौत मर गयी।

...फिर भी यह कौन है, कौन योषा है, जो अब भी जीवित है, और अपनी व्यथा की तहें उलट रही है? अपने गोपन मर्मों को एक-एक कर उघाड़ने को इस क्षण आतुर हो उठी है। चिरन्तन नारी! उसे कौन मिटा सकता है? और क्या तुम आज भी मेरे चिरन्तन पुरुष नहीं? तुम्हें मुझसे कौन छीन सकता है?...

...आज साफ सुन लो मेरे स्वामी, मैंने तुम्हें नितान्त ठोस, सघन, रक्त-मांस के शरीर से चाहा है। अपने रक्त के असह्य उत्ताप और देह के कम्पनों और स्पन्दनों से, मैंने तुम्हें आर-पार संवेदित किया है। आज स्पष्ट कहने को जी चाहता है, कि वैशाली तो क्या, तमाम वर्तमान के लोक में, मुझे कोई ऐसा पुरुष न दीखा, जो मेरे योग्य हो सके, जो मेरा पाणि-ग्रहण कर सके, जो मेरा एकान्त प्रीतम हो सके, मैं जिसकी एकान्तिनी प्रिया या वधू हो सकूँ। तुम्हें छोड़, कभी किसी के लिए मेरे तन-मन में सत्य-काम न जाग सका। सत्य-प्रीति की ऐसी उमड़न, और किसी के लिए मेरे इस कुमारी हृदय को आलोड़ित न कर सकी। अपने समय के एकमेव सूर्य महावीर के अतिरिक्त, आम्रपाली के लिए कोई पुरुष कहीं जनमा ही नहीं।

...तुम कहोगे, कि पार्वती ने उसके लिए हिमालय के घर जन्म लिया था। और उसने परम शिव का पाने के लिए, सर्वस्व आहुतिनी तपस्या की थी। तपस्या

तो मैंने हिमालय में जाकर नहीं की, और ना मैं देवात्मा हिमालय की बेटी होने का सौभाग्य पा सकी, लेकिन मैं निराधार आकाश की बेटी जरूर हूँ। मेरे माता-पिता कौन थे, कोई थे या नहीं, कोई नहीं जानता। अमराई तले अँबिया-सी टपक पड़ी थी। और दुर्दैव का ऐसा व्यंग्य हुआ, कि वह अनाथिनी बड़ी होकर भुवनमोहिनी रम्भा के रूप में प्रकट हुई। किसी की समर्पिता वधू होने का भाग्य उसका न हो सका।

...तब उसने तुम्हारा नाम सुना, तुम्हारी कथाएँ सुनीं। और वह मन ही मन, तुम्हारी एकान्त कुँवारी सती हो रही। फिर भी वह विलास की सहस्रों रातों में बिकी, और भोगी गयी। जगत् इसके सिवाय क्या जानता है। तुम्हारी एकान्त पतिव्रता दासी को यहाँ कौन पहचानता है। वह केवल तुम्हारी अछूती रजस्वला होकर रही। उसके पेलव अन्तर-पद्म की कर्णिका तक, संसार का कोई पुरुष न पहुँच सका। वह आज भी तुम्हारे लिए वैसी ही कुँवारी, ताजा, और अस्पर्शिता है। मेरी देह का रोम-रोम, आज भी तुम्हारे लिए अछूता है। मेरे कंचुकि-बन्ध और नीवी-बन्ध का जो उन्मोचन कर सके, ऐसा पौरुष अभी तक मेरे देखने में न आया।

...और कोई तपस्या मैं नहीं जानती, मेरे नाथ, मेरे महेश्वर, कि जिसके बल मैं तुम्हारी पार्वती हो सकूँ।

भगवती उमा की तरह, हिमवान् के गौरी-शंकर शिखर पर नागकेशर के वृक्षों की घनी झाड़ियों के भीतर, कठोर शिलातल पर बैठकर मैंने तपस्या नहीं की। तुम्हारे गृह-त्याग करते ही, जिस महाशून्य में अधर अकेली छूट गयी थी, उसकी कल्पना किसी मानुषी चेतना से सम्भव नहीं है। मनुष्य की प्रीति और सहानुभूति से मैं परे जा चुकी थी। सचराचरा पृथ्वी की सारी रमणीयताएँ मुझसे दूर...दूर...दूर चली गयी थीं। यह सारा लीला-चंचल जगत्, अपने तमाम सुख-भोगों, उल्लासों और सम्भावनाओं के साथ मेरी दृष्टि से ओझल हो गया था।

...ज्ञातृखंड उद्यान की सूर्यकान्त शिला पर, झाँय-झाँय करती सूनकार रात में तुम्हें एकाकी खड़ा देख रही थी। तब मैं उस महाविजन का भेंकार सूनापन होकर रह गयी थी। वह होकर ही मैं तुम्हें छू सकती थी, तुम्हें चारों ओर से घेरकर रह सकती थी। उस अफाट अन्धकार की चिह्नहीन दूरियों में, जो अनेक भयावनी आकृतियाँ उठ रही थीं, वह मेरे ही भयार्त्त मन की छाया-खेला थी। मेरा भय ही मुझे बेबस करके, तुम्हारे अभय राज्य में ले आया था। आज अभिज्ञा हो रही है, कि हर विकार परा सीमा पर पहुँचकर, पूर्ण अविकार में परिणत और विश्रब्ध हो ही जाता है। फिर किसी भी अभाव या अक्रान्ति में, डरने का क्या कारण हो सकता है।

तुम तो सदा के लिए मुझसे दूर, बहुत दूर चले गये थे। हमारे बीच, चरम

वियोग के एक अभेद्य शून्य के सिवाय और बचा ही क्या था। तुम्हें कभी भी, अपनी इन्द्रियों के संवेदन में पाने की सारी आशा समाप्त हो चुकी थी।...फिर भी क्या हुआ यह, कि तुम जितने ही अधिक अप्राप्य होते गये, मेरी इन्द्रियाँ उतनी ही अधिक सतेज और विकल होती गयीं। तुम जितने ही अधिक कामजयी हुए, मैं तुम्हारे लिए उतनी ही अधिक कामार्त्त होती गयी। ऐसा लगता था, जैसे एक अदम्य इन्द्र-शक्ति ने मुझ पर अधिकार कर लिया था। मेरी हर इन्द्रिय की वासना सौ गुनी हो गयी थी।

...अपने ऐश्वर्य-कक्ष की शैया हो, या उद्यान के सुरम्य फूल-वन हों, क्रीड़ा-सरोवर हों, कि अपने स्नानागार के एकान्त में अपने साथ नग्न रमने के क्षण हों, कि निर्जन अरण्यों में एकाकी विचरण हो, कि सान्ध्य-सभा के सुरापान और नृत्य-गान हों, कि मुस्कानों के धनुष हों और कटाक्षों के तीर हों, कि प्रकृति के अपार सौन्दर्य के बीच, षड् ऋतुओं का उत्सव हो। इन सारी ही लीलाओं में, केवल वही एक अन्तःसार वृष्णीन्द्र खेल रहा था, और उसके रूपों और शरीरों का अन्त नहीं था। शैया के मसृण तकिये, मखमली गद्दे, विजन की चट्टान, ठूँठ झाड़ का कठोर तना, सबको मैं एक-सी ही विह्वलता से, छाती से चाँप-चाँप लेती थी। कहीं भी गलबाँही डाल देती थी, तो चौंककर पाती थी, कि चन्दन वृक्ष से लिपटी मेरी बाँह से सर्प लिपट गया है। या कोई चट्टान मेरी छाती की रगड़ से छिलकर लहूलुहान हो गयी है, और मेरी बाँहों पर बिच्छू रेंग रहे हैं। भय नहीं होता था, एक अनूठी अनिरुक्त ऊष्मा से सारा तन-बदन भर उठता था।

अपनी असह्य स्पर्शाकुलता से बेचैन होकर, तकिये को छाती में दाब जब औंधी लेटकर शैया के गहराव में गड़ती ही चली जाती थी, तो अचानक पाती थी, कि किसी निविड़ सौरभ के सरोवर में उतराती चली जा रही हूँ। मेरी नाड़ियों में जाने कैसी तन्त्रियाँ, बड़ी कोमल अश्रुत लय में बजने लगती थीं। और अचानक किसी कठोर शिला से टकरा जाती थीं। कटीली झाड़ियों से बिंध जाती थी। शोणित में नहाई मैं, आँखें उठाकर देखती, तो पाती कि उस शिला पर तुम ध्यानावस्थित हो। तुम्हारी परम मार्दवी देह का एकमात्र प्रसाद था मेरे लिए चट्टान की पछाड़, काँटों की रगड़, और रक्त-भीनी काया। लेकिन यह सब सुगन्ध और संगीत के सरोवर में डूबकर ही पाती थी।

...आज हर पल ऐसे दरद और बेचैनी का है, कि खड़े नहीं रहा जाता है। अस्तित्व को हर दिन सहना, एक और मृत्यु से पार होना है। फिर भी, मेरे काम की उद्दामता बढ़ती ही जा रही है। प्रत्येक इन्द्रिय की कामना इतनी तीव्र और असीम हो गयी है, कि वह अपने में नहीं रह पाती है। सारी इन्द्रियों में परस्पर होड़ मची है, उसी एकमात्र काम्य और भोग्य के सारे विषयों को स्वयं ही भोग लेने के लिए।...श्रवण में नयन फूट पड़ते हैं, नयन में श्रवण उभर आते हैं। सारी त्वचा जाने

किस रस के आस्वादन से रसनाभूत हो उठती है। घ्राण की गन्ध नाद बनकर गूँजने लगती है। मैं संगीत को देखने लगती हूँ, अस्पृश्य आकाश मुझमें माँसल और पेशल हो जाता है। मैं हवा में, सुगन्धों के रंगों और वीणा की सुरावलियों से चित्रसारी करती हूँ। मुझे जाने कैसे अनदेखे, अनसुने नीलमी जल-फूलों की गन्ध आने लगती है, जो कहीं हैं ही नहीं।...

...मैंने रेवा तट के जम्बू कुंजों को, पहले बादल की घर्नी जल-छाँव में गाते सुना है; और मेरा सारा बदन जामुनी श्यामलता के रस से जाने किसी के लिए उमड़ आया है। मैं अपने और तुम्हारे अवगाढ़ स्पर्श की नील-लोहित रक्त गन्ध को अपने शरीर में से महकती पाकर, अतिचेतना के मोहन वनों में मूर्च्छित हो गयी हूँ। एक ऐसा स्पर्श, जो त्वचा से कभी हुआ नहीं, होगा नहीं, उसकी रक्तगन्ध कैसी खट-मीठी और कसैली है। जैसे आम्र-मंजरियों की गन्ध, कच्ची अँबियों की गन्ध। और तब मेरे सूने झरोखे तले की अमराई में, नीरव सन्ध्या में कई बार कोयल ने टहुककर मुझे टोका है। वह मेरी आवाज का दरद होकर रह गयी है।

इन आशाहीन वर्षों के सारे रात-दिनों में, सेज तो बेशक सूली पर रही। लेकिन मेरी इन्द्रियाँ ऐसी महीन, सूक्ष्म, परस्पर आलोड़ित हो गयीं, कि मेरा मन ही सारे विषयों का स्रष्टा और भोक्ता स्वयं आप होकर रह गया। इन्द्रियाँ तो बस, मानो दर्पण-वाहिनी चेरियाँ भर रह गयीं। फुलैलों की रत्न-मंजूषा खुलते ही, जाने किन विदेशिनी फूल-घाटियों की मादन पराग सारे कमरे में झरने लगती है।

मैं अमराइयों की बेटी हूँ, और मेरा सारा जीवन विपुल ऐश्वर्य और भोग-विलास के बीच बीता है। सुगन्धित मदिराओं के मणि-चित्रित प्यालों पर मेरी सन्ध्याएँ सदा फूलों में बिछलती रहीं, संगीत और लास्य के उद्दाम प्रवाहों पर बहती रहीं। पृथ्वी पर जो कुछ परम भोग्य है, वह सब मैंने भोगा है। मिस्र की नील नदी से आये ताजा फूलों से मेरी शैयाएँ सजी हैं। गन्ध-मूर्च्छित सर्पों से आवेष्टित प्रकृत चन्दन के पर्यंकों पर मैं सोयी हूँ। मैं ऐसे तकियों पर लेटी हूँ, जिन पर सर रखते ही, कानों में संगीत की अतिमहीन सुरावलियाँ गूँजने लगती हैं, और उन स्वरों के साथ विचित्र अनाघ्रात गन्धों की अनुभूति होती है। पृथ्वी, समुद्र और पर्वत-गर्भ के श्रेष्ठतम मान्त्रिक रत्नों से मैंने सिंगार किया है। रत्नों की विचित्र नक्षत्री शक्तियों के बल, मैंने देश-काल में चल रही दूर तक की लीलाओं को अपने कक्ष में बैठकर देखा है। शृंगार, प्रसाधन, फूल-फूलैल, देवभोग्य भोजन, कल्प-लताओं जैसे विचित्र वसन, देश-देशान्तरों के विलक्षण और विविध रत्न-अलंकार, और सेवा में सदा प्रस्तुत शृंगारिका सैरन्ध्रियाँ।

पर इस सब में, मैं कहाँ हूँ और कहाँ नहीं हूँ, इसका मुझे कोई भान नहीं है। मैं जैसे हर भोग में हूँ, और तभी वहाँ से गायब हूँ। उचाट होकर मन जाने किस वीराने में, जाने किसे खोजने लगता है। मेरे जीवन का हर दिन नित्य वसन्त है, नित-नव्य

उत्सव है। पर इस तुमुल क्रीड़ा-कोलाहल के बीच मैं कितनी अकेली हूँ, कौन जान सकता है? निर्जन की एक अन्तः सलिला नदी, जिसके तट पर कभी कोई नहीं आया। फिर भी कौन कह सकता है, कि आम्रपाली अनुपस्थित है। उसकी उपस्थिति का अहसास मात्र, वैशाली की तारुण्य चेतना को सदा तरो-ताजा रखता है।

...और मेरे इस निभृत अनजान कक्ष का वैभव, एक अपार्थिव रहस्य से अभिभूत-सा लगता है। मानो कि इस रत्न-माया में, कई जादुई लोकों के पर्दे रह-रहकर हटते रहते हैं। और जो सिंगार इस क्षण मेरे शरीर पर है, वह कितना उत्तीर्ण और मानवेतर-सा लग रहा है। यह किसी सैरन्ध्री का प्रसाधन नहीं, यह मेरी अपनी शृंगारकला का सारांशभूत सौन्दर्य होकर भी, मेरा किया हुआ नहीं है। मेरे गहरे जामुनी उत्तरासंग (अधोवस्त्र) की रेशमीनता में ऐसी गुदगुदी-भरी, गद्दर रिलमिलाहट है, ऐसी उन्मादक लहरावट है, कि जैसे मेरी जँघाओं में रह-रहकर सुचिक्कण काले सर्प लहरा जाते हैं। पम्पा सरोवर के पद्म-वनों में टँगे ऊर्णनाभ के जालों को, महीतम चीनी अंशुक के तन्तुओं में बुनकर बनाया गया उत्तरीय, मेरे कन्धों पर झूल रहा है। सर्प-निर्मोक को कमल-नाल के तन्तुओं में गूँथकर बुनी गयी कंचुकी, मेरे अद्वय उरोज-मंडल के समुद्र को बाँधे रखने की विफल चेष्टा कर रही है। मेरे गुल्फ-चुम्बी कुन्तलों के भँवराले छल्लों में, जैसे अम्बावन कोयलों से टहुक रहे हैं। सहकार मँजरियों के कर्णफूलों में, यह कौन झूले की पेंग भर जाता है? कदम्ब और केतकी के केसरभीने अंगराग में, छहों ऋतुओं की संयुक्त फूल-गन्धें महक रही हैं।

कृष्णागुरु, शुक्लागुरु और रक्त-गोरोचन से, मेरे उभराते स्तन-तटों पर पत्र-लेखा रची गयी है। नवीन यवांकुर और पाटल-किसलय के झुमकों से मंडित मेरे मुखमंडल को चिबुक से उचकाकर, किसने मेरे लिलार पर गीले हरिताल और मन:शिला के कल्क से मंगल-तिलक कर दिया है? मैं उस प्रीतम की सोहागन हूँ, जो कभी मेरे इस वासरकक्ष में नहीं आएगा। इतनी अकेली हूँ, कि इस कक्ष में होकर भी जैसे स्वयम्भूरमण समुद्र की कज्जल वेला पर लेटी हूँ। और जाने किन अचीन्ही दूरियों में बही जा रही हूँ।

ऐसी अविरल प्रवाही हो गयी है मेरी चेतना, कि जो देखती हूँ, वही हो रहती हूँ। एक साथ नदी भी होती हूँ, तट का वृक्ष भी होती हूँ, और दूर जाती हवा भी होती हूँ, और ऊपर घिरता जामुनी बादल भी होती हूँ। वे सारे कदम्ब, केतकी, कर्णिकार और मालती कुंज हो जाती हूँ, जहाँ कभी विहार किया है। चारों ओर बेतहाशा, निहंग विहंगम की तरह लेटी हूँ। अनजान दिगन्तहीन पानियों पर बेसुध पड़ी हूँ, और मेरे नदीवाही शरीर के रोधस् नितम्बों से जल-वसन स्रस्त हो गया है। मेरे मन का दूरंगम

वेग, ऐसा अप्रतिवार्य है, कि मेरी इन्द्रियाँ और शरीर, उसमें फूलों की रज की तरह बेमालूम होकर जाने कहाँ झर जाते हैं।

...यह सारी विषयोपभोग की रचना, किसकी अवहेलित पूजा होकर रह गयी है? ऐसा सिंगार, स्वयं तुम्हारे सिवाय दूसरा कौन मेरा कर सकता है। ओ निर्मम शिल्पी, तुमने क्यों मुझे ऐसे अलौकिक सौन्दर्य और लावण्य से रचा, केवल अछूती छोड़कर चले जाने के लिए? असंख्य जन्मों में केवल तुम्हारी रहकर, तुम्हारे वियोग में छटपटाते रहने के लिए?

तुम्हारे महाभिनिष्क्रमण कर जाने के बाद से, देखती हूँ, मेरा मन, मेरे प्राण, मेरी इन्द्रियाँ बाहर कहीं भी नहीं रह गये हैं। सारी इच्छाएँ, वासनाएँ, कामनाएँ भीतर की ओर मुड़ गयी हैं। सारी इन्द्रियाँ मेरे हृदय-पद्म की उस मुद्रित कर्णिका में संगोपित हो गयी हैं, जहाँ तुम्हारा अन्तःपुर है, जहाँ केवल तुम विलास कर सकते हो। पर जिस पर पैर धरकर तुम किसी ऐसे अकूल समुद्र में प्रस्थान कर गये हो, जिसका यात्री कभी लौटता नहीं है।

मैं कोई विरागन नहीं, जोगन नहीं, तापसी पार्वती नहीं। मैं एक निरी कामिनी हूँ, जिसके कामवेग को लोकाग्र की सिद्धशिला भी नहीं रोक सकती है। मेरी इस उद्वासना ने लोक के अन्तिम वातवलय को तोड़कर, उसके बाहर के सत्ताहीन अलोकाकाश तक को उद्वेलित कर दिया है। इन तमाम भोग-विलासों की सारी रतियों और आरतियों को अपनी कसकों और आहों से पीकर भी, बाहर की ओर से कितनी विरत-सी हो गयी हूँ। बस, भीतर एक ऐसी अनाहत रति, अखंड जोत-सी जल रही है, कि बाहर के मेरे सारे भोग उसी में पल-पल हवन होते रहते हैं। कौन समझेगा मेरे प्राण की इस अनिर्वार काम-वेदना को, इस आकाशवाही मदनाकुलता को।

भूख-प्यास, सर्दी-गर्मी, राग-द्वेष, हर्ष-विषाद, सुख-दुःख, कुछ भी अनुभव नहीं होता। दिव्य कल्प-भोजनों के थाल अछूते लौट जाते हैं। सोम-कुम्भों की सदियों पुरानी मदिराओं के उपल चषक मेरा मुँह ताकते रह जाते हैं। सुबह-साँझ सैरन्ध्रियाँ स्नान-सिंगार करा देती हैं। टीसते हृदय की पीड़ा को चंचल हँसी में बदलकर पूछती हूँ उनसे : "किस प्रीतम के लिए मेरा शृंगार करती हो?" मेरे प्रश्न का वे क्या उत्तर दें? बस, अजीब व्यंग्य से खिल-खिलाकर हँस पड़ती हैं। एक नगर-वधू का शृंगार, भला किस प्रीतम के लिए हो सकता है?

...तुम ज्ञानी हो, मैं निरी कामिनी हूँ। तुम यदि पूर्णकाम हो, तो मैं भी पूर्णकामिनी हूँ। क्या अपने एकमेव काम-पुरुष के भीतर ही, मैं सम्पूर्ण चेतना से नहीं जी रही? तुम वीतराग हो, तो मैं पूर्णराग हूँ। तुम ज्ञानयोगी हो, तो मैं काम-योगिनी हूँ। तुम त्रिलोक और त्रिकाल को हर क्षण देख और जान रहे हो, तो मैं केवल तुम्हें हर क्षण देख और जान रही हूँ। इस कदर, कि मैं नहीं रह गयी हूँ, केवल तुम्हीं रह

गये हो। तुम्हें देखने, जानने और पूर्ण पा लेने की इसी अभंग तन्यमता ने, मेरे 'मैं' को मिटाकर केवल 'तू' बना दिया है। ऐसा लगता है हर पल, कि मेरा काम ही मेरा ज्ञान हो गया है, मेरा ज्ञान ही मेरा काम हो गया है। परम एकाग्रता और संयुति के इस माँसल काम-तट पर ही, मेरे लिए काम और ज्ञान का भेद और विरोध समाप्त हो गया है।

तुम न भी आओ कभी मेरे पास, तुम न भी बँधो कभी मेरे बाहुबन्ध में, लेकिन मेरे इस अप्रतिवार्य काम को तुम कहाँ से तोड़ोगे, जो तमाम चराचर में व्याप्त हो गया है, और जो लोकालोक की सीमाएँ लाँघ गया है। जो स्वयं महासत्ता को, शेषनाग के सहस्र-फणों से घेरे बैठा है। तुम्हारी वह अर्द्धचन्द्रा सिद्धशिला भी मेरे महाकाम के इस नागचूड़ से मुक्त नहीं, जहाँ सिद्ध होकर तुम आरूढ़ होने वाले हो, और जन्म-मरण से परे जाकर, जहाँ से तुम कभी फिर उस रूप में लौटने वाले नहीं हो, जिस रूप ने मेरे काम को ऐसा दुर्दान्त और अनन्त बना दिया है।

लेकिन सुनो मेरे मोक्षगामी स्वामी, मेरे श्रोणि-फलक पर के आम्रकूट को जय किये बिना, तुम अपने मोक्ष की उस सिद्धशिला के मणि-पद्म पर आरोहण न कर सकोगे। इरावान समुद्र की इरावती बेटी आम्रपाली के अतल देश की फणिधर-मंडित गोपन गुहा-मणि को बींधे बिना, तुम अपनी चिर चहेती प्रिया मुक्ति-सुन्दरी का वरण न कर सकोगे। मेरे काम को सम्पूरित किये बिना, तुम्हारा कैवल्य आप्तकाम न हो सकेगा। मुझे अपनी अर्द्धांगिनी बनाये बिना, तुम अपने सिद्धालय की मुक्ति-रमणी के उत्संग में आरूढ़ न हो सकोगे। मेरी वासना के इस मानुषोत्तर समुद्र तट पर, अब और कहने को रह ही क्या जाता है?

...मानुषोत्तर समुद्र के अन्तिम तट पर, अन्तिम शब्द बोलकर चुप हुई, कि अचानक यह क्या हुआ मेरे साथ? चेतना के जाने कितने ही पटल एक-एक कर छिन्न होते गये। और मैं अनायास एक श्वेत तन्द्रा के वन में लुप्त हो गयी। और अब फिर जागी हूँ, तो इस कक्ष में होकर भी, मानो सृष्टि के तमाम मंडलों में भटक रही हूँ। ऐसा लग रहा है, जैसे कोड़ा-कोड़ी पल्यों और सागरों के आरपार, देश और काल के अमाप विस्तारों में यात्रित होकर लौटी हूँ। निगोद, नारक, तिर्यंच, मनुज और देवों की जाने कितनी योनियों में अनन्त काल परिभ्रमण कर आयी हूँ। कोई कालमान या स्थान हाथ नहीं आ रहा है। कुछ ही क्षण बीते उस तन्द्रा में, कि अनगिनत कल्प, कि जन्मान्तर बीत गये, कोई अनुमान शक्य नहीं है।

क्या मुझे नींद आ गयी थी? पर मुझे नींद कहाँ? वह तो जाने कब से अनजानी हो गयी है। जिस दिन तुम आगार और शैया छोड़ गये, उसी दिन मेरी नींद भी तुम्हारे

साथ चली गयी। सुनती हूँ, नींद तुम्हें आती ही नहीं। नन्द्यावर्त की मसृण सुखद शैयाओं में भी तुम कब सोये या जागे, आज तक कोई नहीं जान पाया है। सुनती हूँ, तुम जागते हुए भी सोये रहते हो, सोये होकर भी जागते रहते हो। ऐसे में मैं सो कैसे सकती हूँ? लगता है, अनादिकाल से तुम्हारे पायताने बैठी, तुम्हारे इस सोने और जागने के बीच के अन्तरालों में छटपटाती रही हूँ। न सो पाती हूँ, न जाग पाती हूँ। कई बार अपने होने तक पर सन्देह हो जाता है। मैं हूँ कोई, यह तक विस्मरण हो जाता है। बस, एक जोत तुम्हारे पायताने अखंड जलती रहती है। और मैं न रहकर भी, उसे देखती रहती हूँ।

मेरा घर? कहाँ है वह? सप्त भौमिक प्रासाद के इन अनेक ऐश्वर्य-भवनों में? विभिन्न ऋतु-आवासों में? इस कक्ष में?...नहीं, कोई घर मेरा अब नहीं रहा। यों तो वस्तुतः वह कभी था ही नहीं। एक वेश्या का घर कैसा? घर तो गृहिणी का होता है। योनि मात्र होकर जनमने और जीने को अभिशप्त, एक वारवनिता का घर से क्या लेना-देना। फिर भी जब तक तुम नन्द्यावर्त में थे, तो मैं भी सप्त भौमिक प्रासाद को अपना घर मानकर उसमें टिकी थी। इस आशा से, कि एक दिन कभी तो ऐसा आएगा, कि अपने महल के किसी गोपनतम मनस्कान्त-मणि-कक्ष में, स्फटिक के पर्यंक पर, मन्दार फूलों की शैया में तुम्हारे साथ...मैं तुम्हारे साथ...क्या हो जाऊँ, क्या करूँ..., कैसे कहूँ!...एक लज्जातीत निगूढ़ लज्जा से मर रहती हूँ आज भी, वह सब याद आने पर। विदेह होकर, एक क्षितिजहीन वीरान में, किसी प्रेतात्मा-सी भटकने लगती हूँ।

सो घर कहाँ मेरा? और जिस दिन तुम घर छोड़कर चले गये, उसी दिन मेरा भी घर कहीं नहीं रह गया। एक वेश्या होकर, मेरा अपना तो कोई जीवन कभी था ही नहीं। लेकिन इस सप्तभौमिक प्रासाद में सुरा, संगीत, शृंगार, लास्य का एक जीवन हर पल औरों के लिए जीने को मजबूर तो हुई ही हूँ। फिर भी ओ मेरे अन्तर्यामी, यह क्या तुमसे छुपा है, कि तुम्हारे गृह-त्याग के बाद, आज तक मैं इस संसार में कहीं, किसी व्यक्ति या वस्तु के साथ घर पर नहीं हूँ!...

जागृति और प्रसुप्ति के बीच चल रहे, अपने इस अनवरत जीवन-क्रम में, चाहे जब किसी विचित्र कर्बुर तन्द्रा के वन में निर्वासित हो जाती हूँ। नीले, नारंगी, रक्तिम, केसरी, पीले, हरे, बादली, श्वेत—जाने कैसे अनेक तन्द्राओं के अविज्ञात प्रदेश, अनप्रवेशित लोक-लोकान्तर। एक के बाद एक नाना रंगी ज्योतियों के द्वीप और देशान्तर। एक रत्न-प्रच्छाय इन्द्रधनुष के नव-नव रंगीन नीहार-कक्षों में संक्रमण, अतिक्रमण, देशाटन, लोकान्तर, देहान्तर, जात्यन्तर। भटकन भी क्यों नहीं?

...तो वह अन्तिम शब्द बोलकर, मैं कहाँ खो गयी थी? कौन मेरा हरण कर गया था? तुम्हारे सिवाय कोई और तो मेरी चेतना के साथ ऐसे मनमाने खेल नहीं

खेल सकता।...इस सुख-शैया में लेटा मेरा सारा शरीर एक साथ अकल्प्य वेदनाओं और जख्मों से टीस रहा है। इन कुछ क्षणों में, तुम्हारी सत्यानाशी तपस्या के उन साढ़े बारह वर्षों को एक बार फिर पूरा जीकर लौटी हूँ।...

विनाश और मौत की अन्धी घाटियों में, तुम अकेले ही नहीं विचरे हो। तुम तो वज्र शरीरी हो, जन्म से ही अघात्य हो। पर मैं तो निरी एक मर्त्य और पल-पल घात्य अबला नारी हूँ। फिर भी तुम्हारे तमाम उपसर्गों की आक्रान्तियों को, अपनी इस पद्म-पेलव काया में झेलने को मैं अभिशप्त रही हूँ। तुम्हारे अनगार होते ही, ऐसा लगा कि मैं तुम्हारे शरीर में प्रवेश कर गयी हूँ, तुम मेरे शरीर में प्रवेश कर गये हो। नीतिमानों और चरित्रवानों के इस भद्र मर्यादाओं से वर्जित-बाधित लोक में तो तुम्हारे साथ एक-शरीर होना सम्भव ही कैसे होता? यों बिन देखे भी तुम्हारे साथ एकात्म तो था ही। लेकिन जब लोकालय की सारी मर्यादाएँ तोड़कर, तुम विवर्जित अवधूत दिगम्बर होकर निकल पड़े, तो उस महा-निर्वासन में तुम्हारे शरीर के भीतर जी चाहा खेलने से मुझे कोई रोक न सका। मगर विलास के पर्यंकों पर नहीं। सत्यानाश की बिजलियों पर, कल्पान्तकाल की अग्नि-वर्षाओं तले, प्रलय-समुद्र के मरण-भँवरों में, तुम हर पल मेरे बाहुबन्ध में जकड़े थे। लोक की एकमेव सबसे नंगी औरत, फिर भी कांचन के कंचुक की बन्दिनी। लेकिन जब तुम निहंग नंग-धड़ंग होकर, मानुषहीन बियाबानों में अकेले निकल पड़े, तो मुझे अवसर मिल गया। तुम्हें पकड़ने का नहीं, तुम्हारा शरीर हो रहने का। तुम्हारे पिंड के एक-एक परमाणु में प्रवेश कर, तुम्हारी बहत्तर हजार नाड़ियों में स्पन्दित होने का।

...रंगीन नीहारों के वे तन्द्रावन, क्रीड़ा-केलि के नहीं थे। उनमें अतिक्रमण कर, मुझे विनाश और मृत्यु के सीमाहीन अन्धकारों में खो जाना होता था। तुम्हारी खोज में, कि तुम कहाँ होगे इस वक्त, इस क्षण? एक साँस में हजार बार जन्म-मरण करती मैं, तमसा के सागरों को चीरती मैं, उस तट पर तुम्हारे चरणों में आ पड़ती थी, जहाँ तुम मानुष नहीं होते थे, निरे कूटस्थ पाषाण या स्थाणु होते थे।

...तुम्हारे गृह-त्याग के दूसरे ही दिन, अपने कक्ष के दर्पण के सामने सान्ध्य शृंगार कर रही थी, कि अचानक मूर्च्छा के हिलोरे आने लगे। एक रक्तिम आँधी मुझे जाने कहाँ उड़ा ले गयी। किसी चारागाह में ला पटका। और हठात् मुझ पर बँटी हुई मोटी रस्सी के कोड़े बरसने लगे। पता नहीं कौन मार रहा था? लेकिन उस मार की वेदना असह्य होते भी, उसे सहना मुझे अच्छा लग रहा था। हाय, कौन है यह क्रूर उपकारी, जो मेरी खाल उधेड़कर मुझे इस कलंकिनी काया से मुक्त कर रहा है? मैं बहुत कृतज्ञ हुई। कोड़े की मार अचानक रुक गयी। अपनी छाती से बहते रुधिर को

देखा। अपने लहूलुहान अंगों को देखा। अपने ही हृदय-देश से उफनते रक्त में उँगली डुबाकर, अपने भाल पर तिलक लगा लिया। उसी से अपनी माँग भर ली। कि अचानक पाया, कि तुम्हारा खून से लथपथ शरीर मेरी गोद में लेटा है। और सामने एक ग्वाला, वह रस्सी का कोड़ा फेंककर तुम्हारे आगे चरणानत है, और दो बैल पास ही खड़े टुकुर-टुकुर आँसू टपकाते हमें देख रहे हैं। तुम्हारे खून में मेरा खून बहा, और केवल वे पशु उसके साक्षी हुए। मैं तुम्हारी हो गयी।...फिर भी आज तुम से चिरकाल के लिए बिछुड़कर, इन फूलों के कारागार में कैद पड़ी हूँ।

...फिर एक मध्याह्न बेला में, कैसी सर्पगन्धा तन्द्रा में मैं अचानक डूब गयी। और हठात् एक सहस्र फण भुजंगम, मेरी जाँघों को अपनी कुंडलियों में कसकर, मेरे हृदय का दंश करने लगा। मेरे आँचल दूध से उमड़ आये। और वह काल-सर्प, निवान्त निश्चिन्त होकर, एक निर्दोष शिशु की तरह मेरे स्तनों को पीता ही चला गया।...और अचानक क्या देखती हूँ, कि तुम रक्त-झरते चरण मेरी छाती पर धरते निकल गये, और एक उजाड़ वनान्तर में ओझल हो गये।

...ऐसे प्रसंगों के बाद, होश में आने पर पाती थी, कि अपनी शैया में जख्मों से टीसती लेटी हूँ। भिषग् कुमारभृत सेवा में उपस्थित होते। अनेक शीतोपचारों, आलेपनों, मरहमों, शामक औषधियों से मेरा उपचार चलता रहता। किसी की हिम्मत नहीं होती थी पूछने की, कि किस हत्यारे ने ऐसी मार मुझे मारी है। एक वेश्या के खरीदार प्रीतम, उस पर हर जुल्म ढाने का परवाना रखते हैं। समझने में दिक्कत ही क्या था!

...एक आधी रात अपनी शैया के रत्न-प्रदीप को अकारण ताकती पड़ी थी...कि आँखें अनिमेष खुली रह गयीं, समय-भान चला गया। और जैसे एक प्रकाण्ड आवाज के साथ, चेतना के पटल खटाखट बदलते चले गये। और जहाँ पहुँची, वहाँ पाया कि एक फाँसी के फन्दे में मेरी गर्दन झूल रही है। दो चंडाकार भयंकर वधिक, दोनों ओर खड़े फाँसी के फन्दे खींचने को तत्पर थे। फाँसी के फन्दे खिंचे, नीचे से तख्ता हटा लिया गया। मेरी भिंचती गर्दन से एक चीत्कार निकल पड़ी। मैं चिल्लाकर जाग उठी—पाया कि अपनी शैया में हूँ, एक भयंकर दुःस्वप्न से जागी हूँ। लेकिन मेरी कंठ-नलिकाएँ जैसे टूट गयी हैं, गर्दन मृतक की तरह एक ओर लुढ़की पड़ी है। और मेरे सर के नीचे एक नग्न पुरुष की गोद है शायद। और उसका हाथ मेरी ग्रीवा को सहला रहा है।...

और अगले ही दिन खबर मिली थी, कि कहीं किसी राजाज्ञा से तुम्हें फाँसी पर चढ़ाया गया था, लेकिन फन्दों पर चांडालों का वश न रहा। वे फन्दे मेरी गर्दन

पर थे, मेरे केशों में थे, मेरी बाँहों में थे। मैं तुम्हारी फाँसी बन गयी थी, और तुम मेरी फाँसी बन गये थे। उसके बिना तुम्हें पाने का उपाय ही क्या था?

कई दिनों, महीनों भूख-प्यास लगती ही नहीं थी। किसी की दरद-भरी याद के भीने बादल, सारे मन-प्राण पर छाये रहते थे। उस निर्मम की याद, जो किसी को याद रखता ही नहीं। याद करना या रखना, जिसका स्वभाव नहीं, स्वधर्म नहीं। किसी भी पर्याय या अवस्था में जो ठहरता नहीं, बस केवल देखता है—हर गुजरती अवस्था को, और उसके साथ तद्रूप होकर, उसे अपने साथ बहा ले जाता है। लेकिन उसकी हर अवस्था पर, मेरी निगाह समयातीत भाव से लगी रहती थी। मैं स्वयं ही उसकी भूख-प्यास हो रहती थी। वह स्वयं ही मेरी भूख-प्यास हो रहता था। तो मेरे दरद में से ही ऐसा कोई मकरन्द झरता था, कि उसमें प्लावित होकर, मैं परम तृप्त हो रहती थी। कल्प-भोजनों के सामने पड़े सुवर्ण थाल अछूते पड़े रहते। वे स्वयं ही क्षुधा बनकर मेरा आहरण कर लेते, मेरे रक्त-धातु में आत्मसात हो जाते। क्षीरोद सरोवर के शीतल गन्ध-जल, फल-वनों के फलों से सीधी नितारी गयी सुगन्धित मधु मदिराएँ, स्वयं ही प्यासी होकर मुझे अपने में डुबो लेतीं। भोक्ता, भोग्य और भोग का अन्तर ही समाप्त हो गया था।

महीनों में कभी बड़ी विप्लवी भूख-प्यास लग आती तो सारा वातावरण अपूर्व पक्वान्नों की केसर-मेवा सुगन्धों से भर उठता। आज तक अनास्वादित वारुणियों का खुमार, मेरे अंग-अंग को उन्मत्त कर देता। तब एक बच्चे की तरह इतना सारा भोजन-पान कर लेती, कि सेविकाएँ देखकर चकित हो जातीं। उनके लिए वह बड़े हर्ष का दिन होता था, कि उनकी स्वामिनी ने आज जी भर खाया-पीया है। तभी उदन्त सुनाई पड़ता था, कि महीनों निर्जल निराहार रहने के बाद तुमने अमुक के द्वार पर, एक अंजुलि पयस् का पाणि-पात्र आहार ग्रहण किया है।

हर ऋतु की नयी हवा जब चलती, तो मेरे प्राण चंचल हो उठते। अपने रथ का स्वयं ही सारथ्य करती हुई, निर्लक्ष्य यात्रा पर निकल पड़ती। ग्रीष्म की लू भरी दाहक हवाएँ जब सारी प्रकृति को झुलसा देतीं, तो किसी अंगारों-से दहकते पर्वत की सबसे ऊँची चोटी पर जा लेटती। उसके प्रतप्त पाषाणों में छाती बींधकर, मैं जाने किस वज्रांग पुरुष को गला देना चाहती। आँधी-वर्षा की उद्दंड तूफानी रातों में, हहराते भयावह अरण्यों को अपनी बाँहों में भींच-भींच लेती। हिम-पाले की शिशिर रात्रियों में, बर्फ की शिला पर सोकर ही कुछ चैन पाती थी। और वसन्त की मलय हवाओं से मदनाकुल होकर, कुँवारी प्रकृति के जाने किन अनप्रवेशित फूल-वनों में चली जाती। सारे वसन-आभरण मेरे लास्य के उन्माद में उतर पड़ते। मेरे सारे अंगांग नाना रँगी फूल-पल्लवों से शृंगारित हो जाते। वनकदली के पेशल कुंज में जाने कौन मुझे खींच ले जाता। एक अदृश्य, अस्पृश्य मार्दव की अगाधता में, जाने कौन मिथुन

केलि-क्रीड़ा में आत्मसात् हो जाता, और सारे वन में, फूलों से झरते केसर-पराग के मदभीने बादल छा जाते।

...और ऐसी ही वसन्त ऋतु की एक मलयानिल से पुलकित रात में, अचानक मेरे कक्ष में एक विकराल दैत्य-छाया मँडराती दिखाई पड़ी। हठात् रत्नदीप बुझ गये। कक्ष जाने कहाँ लुप्त हो गया। एक भयावह निर्जन अटवी में अकेली ला पटकी गयी। और सारा आकाश हजारों डाढ़ों से लपलपाता, हुंकारता, एक दुर्वार दानव होकर मुझे चारों ओर से दबोचने लगा। उसने जाने कैसे नागपाशों में मुझे जकड़ लिया।...और मुझे उठाकर एक उत्तुंग पर्वत की चोटी से, नीचे की अतल पाताली खन्दक में फेंक दिया। वहाँ असंख्य रात्रियों के पुंजीभूत अन्धकार जैसी रज मुझ पर धारासार बरसने लगी। मेरी इन्द्रियाँ कहीं किसी केन्द्र में कीलित हो गयीं।...और फिर नाना अत्याचारों, प्रहारों, पीड़नों का एक अटूट सिलसिला चल पड़ा।

...मेरे रोम-रोम में हजारों लाल चीटियाँ चिटकती हुईं रेंगने लगीं। मेरी जाँघों में कनखजूरों, केंकड़ों, मगर-मच्छों, गोहों, छिपकलियों के जंगल उग आये। मेरी शिरा-शिरा में दंश करते बिच्छुओं की नदियाँ-सी बहने लगीं। मेरी कटि मानो पाताली अजगरों की गुंजलक में जकड़ गयी। मेरे नाभिदेश में से उठी आ रही नागिनों पर कई नकुल टूट पड़े, और उन नागिनों को निगलकर, उनके विष को वे अपने तीखे दाँतों से मेरी नाभि में सींचने लगे। भयंकर फणिधर भुजंगम मेरी छाती और भुजमूलों से लिपटकर, एक अदम्य वासना से मेरी रग-रग में दंश करते चले गये।...

...देखो...देखो...वह सब मैं इसी क्षण फिर झेल रही हूँ। चिंघाड़ते व्याघ्र और भेड़िये मुझ पर टूट रहे हैं। एक दिगन्त व्यापी पिशाच की कराल कैंची जैसी जाँघों में, मैं जकड़ी और कतरी जा रही हूँ।...कोई मेरे पैरों को चूल्हा बनाकर, उस भर भात पका रहा है।...ब्रह्मांडों को उलटते-पलटते कालचक्र में मुझे डालकर, कोई मुझे यमलोक की मरण-चट्टान पर पछाड़ रहा है।

...यह क्या देख रही हूँ मैं! सारी वैशाली प्रलयकारी आग की लपटों में धू-धू जल रही है। और आम्रपाली दुर्दान्त रुद्राणी की तरह, एक तुंग काय दिगम्बर पुरुष की छाती पर पैर धरकर तांडव नृत्य कर रही है। स्वामी, स्वामी, त्राण करो, उगारो मुझे इस पैशाची लीला से! मेरी इन अपावन टाँगों से अपनी छाती का दलन करवाकर, तुम क्या सारी वैशाली को अपनी तपाग्नि से भस्म कर देना चाहते हो? केवल मुझे बरसों-बरसों, कल्पों तक जलाकर, क्या तुम्हारा महाकाल शंकर तृप्त न हो सका?...अरे...अरे देखो न, यह क्या किया तुमने? तुम्हारे एक इंगित पर सारे देव, दनुज, मनुज—पुरुष मात्र, एकाकिनी आम्रपाली के साथ दुराचार कर रहे हैं। मुझे

सारी त्रिकालिक सृष्टि की वासना का हवन-कुंड बना दिया तुमने?...

...नहीं, नहीं, झूठ है यह। कोई दानव-लीला है यह। नहीं, तुम नहीं, तुम नहीं, तुम्हारा रूप धरकर कोई असुर ये सारे अत्याचार मुझ पर कर रहा है। पूर्ण प्रत्यय होते ही मैं स्थिर, शान्त निश्चल हो गयी हूँ। मेरी साँसें मुक्त हो गयी हैं। मैं अपनी मन्दार-शैया में वैसी ही सुखासीन लेटी हूँ। कि यह कौन कामदेव सहकार मंजरियों का धनुष ताने, मुझ पर आक्रमण कर रहा है?...अरे, यह तो तुम्हीं हो। तुम्हारा ही वह जितानंग सौन्दर्य! और तुम...तुम...यह सब क्या कर रहे हो मेरे साथ? अकल्पित, अतर्क्य।...नहीं, तुम ऐसा नहीं कर सकते मेरे साथ! तुम इतने कुत्सित, असुन्दर नहीं हो सकते। नहीं, यह तुम्हारी ऊष्मा नहीं, यह तुम्हारा मदन नहीं। यह तुम्हारी रक्त-गन्ध नहीं। यह तुम्हारा बाहुपाश नहीं।...मैंने उछलकर एक ठोकर मारी इस छलिया बहेलिये को। और वह अन्तरिक्ष में जाने कहाँ विलीन हो गया...।

...और तभी एक देव मेरे चरण प्रान्तर में आ पड़ा। विह्वल अनुताप से रोकर क्षमा याचना करने लगा : ''मैं संगम देव, तुम्हारा शरणागत हुआ, देवी! मेरे पापों का अन्त नहीं। अन्तिम नरक में भी मुझे ठौर नहीं। मैंने लोकालोक के नाथ महावीर के अनाहत पराक्रम और पौरुष को पराजित कर, देवों की सत्ता को मृत्युंजयी अर्हत् पर स्थापित करना चाहा।...और मैंने देखा, कि देवी आम्रपाली पर मेरे सारे प्रहार उतर रहे हैं। और प्रभु? प्रभु तो देवी के हृदय के अनाहत चक्र में, अचल कायोत्सर्ग में लीन हैं।...देवी, मुझे क्षमा न करें, मुझे निरस्तित्व कर दें!''...और सहसा ही वह संगम देव, मेरी पगतलियों में जाने कहाँ लुप्त हो गया।

नहीं, अब मैं कभी, कहीं भी, अकेली नहीं हूँ

ओह, मेरी शैया किसने छीन ली? सारी सृष्टि जल-प्लावन की उत्ताल तरंगों में बदल गयी है। एक अथाह जल-लोक में उतरी चली जा रही हूँ। एक कोमल, कमनीय, फिर भी कराल नागकुमार की बाँहों में जकड़ी हूँ। तात्त्विक जल का सीमाहीन अन्धकार राज्य। भय के मारे गला भिंच गया है। कैसे चीखकर पुकारूँ : ओ मेरे त्राता, तुम कहाँ हो?...उस जकड़न में अचानक मेरी आँखें ऊपर की ओर खुल गयी हैं, अपार जल-पटलों को भेदकर।...देख रही हूँ : एक विशाल नाव, नर-नारी बालकों से खचाखच भरी, गंगा के विस्तीर्ण पाट को पार कर रही है : उस पार जाने के लिए। हठात् पानी भरी आँधियाँ, मेघों के उमड़ते पहाड़, उनमें कड़कड़ाती बिजलियाँ।...और प्रलयंकर तूफान में नाव, प्रचंड तरंगों में उलटने-पलटने लगी।

यात्रियों की त्राहि माम् चीत्कारें इस प्रलय में डूबी जा रही हैं। और एक तुंगकाय नग्न पुरुष, नाव की ठीक नोक पर निश्चल मेरु की तरह खड़ा है। उसकी अकम्प छाती में, तूफान जैसे मानुषोत्तर पर्वत से टकराकर पराजित हो रहा है।

...अचानक वह पुरुष, सनसनाता हुआ जललोक के तल में उतर आया। और भुजाएँ पसारकर, उसने सारे जल-जगत् को अपने आलिंगन में बाँध लिया। मेरे शरीर को एक विराट जल-शरीर ने कटिसात कर लिया। क्रोध से फुँकारता नाग कुमार एक अद्‌भुत मुक्ति की ऊष्मा में जाग उठा। निवेदित होकर बोल उठा : "ओह, तुम इतने कोमल, इतने प्रेमल, इतने प्रबल? इस जलराज्य का स्वामी मैं नहीं, तुम हो। तुम, जो तत्त्व मात्र के एकराट सत्ताधीश हो।...मैं शरणागत हूँ।"...और वह नागकुमार मेरी गोद में शिशुवत् सो गया। मैंने आँखें उठायीं, तो तुम वहाँ नहीं थे।...चटक धूप में नाव गंगा पार के तट पर जा लगी है। हर्ष की किलकारियाँ करते मानवों का कोलाहल।

और हठात् पाया, कि मैं अपने कक्ष में फर्श पर औंधी पड़ी हूँ। कितनी अकेली। फूटकर रोती हुई। और वह सारा तूफान मेरी धमनियों में बन्दी होकर गरज रहा है। तूफान नहीं, मेरा अपना ही काम है यह। हाय, मेरे मानुष-तन के सीमान्त टूट रहे हैं। और तुम्हारे बलात्कार का अन्त नहीं।...

...और इसके कुछ दिन बाद ही, सुदंष्ट्र नागकुमार ने जो उपसर्ग तुम पर किया था, उसकी वार्ता सुनी थी। छाती टूक-टूक हो गयी थी। अथाहों में तुम्हारे साथ चलकर भी, कितनी अकेली हूँ। तुमने तो अपना चेहरा तक मुझसे छीन लिया है। हाय, तुम्हारा वह निर्बन्धन रूप, मेरी आँखों और यादों में कैसे रुक सकता है? निखिल चराचर के त्राता हो, प्रीतम हो, पिता हो, लेकिन अत्याचार करने के लिए केवल मुझे ही तो चुना है। जानती हूँ, तुम्हारे सत्यानाश को मेरे सिवाय और कौन सहेगा?

...याद आ रही है, हेमन्त की वह हिम-पाले की रात। सारी नग्न प्रकृति ठिठुर कर अपने ही में धँसी जा रही थी। तभी अचानक केशर-कस्तूरी की सुगन्धों में बसी अपनी नर्म-नर्म शैया, और शाल्मली रूई की रजाई मुझे असह्य हो गयी। शीत हवाओं के इस प्रभंजन में तुम कहाँ खड़े होंगे इस वक्त?...मैं भागकर उद्यान के बर्फानी सरोवर में उतर गयी। वस्त्र इतने असह हो गये, कि आप ही गल गये उस बड़वानल में। एक अनन्त नग्नता में, मेरी नग्नता निमज्जित हो गयी।...ओह, कैसी अथाह ऊष्मा है यह! परम सुरक्षा का अन्तिम निलय : अपना एकमात्र घर।

ओ मेरे हिमवान् पुरुष, तुम तो बाहर खड़े हो, सृष्टि के सारभूत शीत को झेलते हुए। नहीं चाहिए मुझे तुम्हारी यह ऊष्मा, जो इतनी अरूप और विदेह है, कि मेरे काम को चरम तक उद्दीप्त कर, मेरी बँधने को आकुल छाती को भेदकर, अन्तरिक्ष में लीन

हो जाती है। मुझे जलाकर भस्म कर दो अपनी शीताग्नि में, ओ मेरे हिम-पुरुष!...और लो, मैं भस्मीभूत होकर तुम्हारी निरंजन देह पर आलेपित हो गयी। पर, मेरी भस्म में गुप्त आग को तुम सह न पाये। लेकिन इससे बचकर अब तुम जा नहीं सकते।...मगर तुम जा चुके थे।...और मैं हिम के सरोवर में नहीं, गर्म बिस्तरे की ऐन्द्रिक ऊष्मा में ला पटकी गयी थी। अपने ही अंगांग में दहकती आग क्या कम थी मेरे लिए?...

पीछे पता चला था, उस रात की बात है, जब तुम पर कटपूतना बाण-व्यन्तरी ने हिमपात का उपसर्ग किया था।...

...अपने उद्यान की एक ऊँची स्फटिक छत पर खड़ी हूँ। हाथ के लीला-कमल से, शरद ऋतु के पारदर्श नीलाकाश में कोई छवि आँक रही हूँ। कोई ऐसा रूप, जो हर क्षण एक नये लावण्य की आभा में उभरता है। वह मेरे इस नीलाकाश के फलक में कैसे बँधे। और सहसा ही उस घनीभूत नीलिमा में, एक महामस्तक उत्तान खड़ा दिखाई पड़ा। मेरा वक्षमंडल उद्भिन्न होकर, ऊपर उठता ही गया, उस मस्तक का अवलम्ब हो जाने के लिए। और वह मस्तक मेरे हर आरोहण के साथ, मेरे वक्ष की पहुँच और छुवन से बाहर होता गया। मैं हारी, आहत-सी ताकती रह गयी।

अकस्मात् एक ब्रह्मांडीय विस्फोट हुआ। तमाम चराचर थर्रा उठा। और मैंने देखा, उस आकाशी महामस्तक के दोनों कानों के आर-पार एक प्रकांड शलाका भोंक दी गयी है। एक मानुषी वेदना की चीत्कार, अनहद नाद होकर जीव मात्र के प्राण को बींध गयी। ऊर्ध्व में से ढलककर, वह वेधित महामस्तक मेरे वक्षोजों पर आ ठहरा। मैंने उसे अपनी बाँहों में समेटकर, उसके रक्त-भीगे चेहरे को प्यार करना चाहा। तो उसके कर्णों में बिंधी वह शलाका, मेरी छाती को छेदकर, सन्नाती हुई निकल गयी। उस शलाकावेध में, मैं तुम्हारे साथ क्षण-भर को गुँथ गयी। एकीकृत हो गयी। तुम्हारी शलाका से आर-पार बिंधे बिना, तुम्हारे साथ आश्लेषित नहीं हुआ जा सकता, ओ मेरे शलाका-पुरुष!

सुरम्य सुमेरु-शिखर-सा तुम्हारा वह आकाशगामी मस्तक, ऊर्ध्व के जाने किस चन्द्रवलय में अन्तर्धान हो गया। और...और तुम्हारी शलाका मेरी देह के अतल-वितल, तलातल को गहरे से गहरे भेदती चली जा रही है। यह वेदना मृत्यु से आगे की है। यह वेदना तुम्हारे केवलज्ञान से भी परे की है। यह एक विशुद्ध संवेदन की अथाह प्रसव-वेदना है। मेरी इस रजस्वला पीर में, अनन्त कोटि ब्रह्मांड एक नया जन्म लेने को कसक रहे हैं।

...हठात् पृथ्वी का सबसे भीतरी कुम्भ विस्फोटित हो उठा। ओह, मेरे अतल

में यह कैसी सर्पिणी लहरा उठी है। सारी सृष्टि लुप्त होकर, लहरों और प्रकम्पनों के सीमाहीन विद्युत्-प्रसार में बदल गयी है। निरस्तित्व हो जाने की अनी पर हूँ। सचराचरा धरा जलौघ में मग्न हो गयी है। और मैं उसके बीच, एक वराह के एकाकी दाँत पर खड़ी अपने को देख रही हूँ। और देखते-देखते मैं कच्छप की तरह अपने भीतर सिमट गयी। अपने पृथुल नितम्बों की सन्धिगुहा में संकोचित हो गयी।...और औचक ही मैंने, अपने मूलाधार से ब्रह्मरन्ध्र तक फैले मेरुदंड के, विभिन्न मणि-प्रभाओं से भरे पोलान को आर-पार देखा। सारी सृष्टि अपने मूल रूप में अपने भीतर देखी, और अनुभूत की।

...हठात् अपने को अपने मूलाधार पर खड़े पाया। उसके किसी अदृष्ट उत्स से प्रस्फुटित होकर, बहत्तर हजार नाड़ियाँ ऊर्णनाभ के जाल की तरह मेरी सारी देह में छा गयी हैं। और उनके बीच से उठ रही हैं, तीन प्रमुख नाड़ियाँ। चन्द्रमा-सी चमकती पांडुर वर्णी चित्रिणी। सूर्यरूपा वज्रिणी, अनार-फूल की पाँखुरियों जैसी प्रभा वाली। उनके बीच रक्तवर्णी सुषुम्ना, सिन्दूरी लपट-सी लहराती हुई। वासनाकुल नारी-सी कम्पनवती। चन्द्र, सूर्य, अग्नि की संयुक्त विग्रह-रूपा। और उसके भीतर लहराती वह मृणाल तन्तु जैसी तनीयसी तन्वंगी नागिन। एक साक्षात्कार मानो ध्वनित हुआ : कुंडलिनी! प्रहर्षण के हिलोरों से मेरी देह उन्मादित हो उठी।

...देख रही हूँ, यह मूलाधार-कमल सुषुम्ना से जुड़ा है। उसके फलावरण में अति कोमल सुन्दर सतत द्युतिमान त्रिकोण है। अरे, यह तो कामरूप त्रिपुर है : सत, रज, तम का संयुक्त प्रदेश। यहाँ सदा कन्दर्प वायु प्रवाहित है, जो बन्धूक पुष्प की पराग जैसी गहरी रक्तवर्णी है। दस हजार दामिनियों-सी दमकती, प्राणियों की स्वामिनी।...देख रही हूँ, काम-बीज पर आसीन हैं संविद्रूपा महामाया। त्रिकोण में अपने लिंग रूप में विराजित हैं स्वयम्भू। तरल प्रवाही सुवर्ण-से कान्तिमान। उस लिंग पर साढ़े तीन आँटे मारकर लेटी बिस-तन्तु-तनीयसी कुंडलिनी, अपनी पूँछ को अपने मुँह में दबाये हैं। संसार को पागल कर देने वाली सर्व मोहिनी ललिता! ब्रह्मद्वार अवरुद्ध करके लेटी है वह तन्वंगी महीयसी। प्रणयाकुल मधुपों के गुंजन जैसी मधुर मर्मर ध्वनि उसमें से सतत उठ रही है। उसे सुनकर मेरी शिराओं में काव्य और संगीत की नदियाँ बह निकली हैं। और मूलाधार के मर्म में से निरन्तर परावाक् नाद गुंजायमान है।

अहो, विचित्र है यह कुंडलिनी, जो मेरे और सृष्टि के आर-पार लहरा रही है। इसने मुझे अपने में समेट लिया। और उसी क्षण वह प्रसुप्त पड़ी है—गहरे खुमार में। लिंग-मूल को अपनी कुंडली में कसकर आवेष्ठित किये।...मैं स्वयं आम्रपाली। ठीक ऐसी ही तो हूँ : सारे जगत् में चंचल बिजलियों-सी खेल रही हूँ। फिर भी अपने योनि-पद्म में गहरी समाधिस्थ हूँ, अपने ही को हर पल निगलती हुई।

...मूलाधार में से अचानक, उद्गीर्ण हो आया चतुर्दल बैंजनी कमल। उसकी चारों पँखुरियों से ध्वनित होते—वं, शं, षं, सं—चार मूलाक्षर : सुवर्ण रंगी। कमल के फलावरण में, चतुष्कोण धरामंडल। ओ, यही है अनादि, आदिम, तात्त्विक पृथ्वी। उसके अधोभाग में धराबीज 'लं' का अनाहत भ्रमर-गुंजन। उस मंडलाकार संगीत में मूर्च्छित होकर, मैं लिंग-मूल से लिपटी कुंडलिनी के साथ अधिक-अधिक एकतान होती गयी।

...कि हठात् एक धक्का अतल से आया। मैं जागकर, उस नागिन में लहराकर, अपने उपस्थ योनि-पद्म में आरोहण कर गयी। ओ, स्वाधिष्ठान चक्र का प्रदेश! श्वेत प्रभास्वर वरुण का जल-राज्य। अर्द्ध-चन्द्राकार। उसके मध्य में उत्फुल्ल षट्दल कमल। उसकी छह पाँखुरियों से ध्वनित होते—बं, भं, मं, यं, रं, लं—बीजाक्षर। आदि वीणा पर गाती हुई विद्युल्लेखा। फलावरण के जल-प्रदेश में, मकर पर आरूढ़ है जल-बीज 'वं'। उसके गहराते गर्जन में से अवतीर्ण नीलकान्त श्रीहरि। तारुण्य और प्रणय की चेतना के अधीश्वर। पीताम्बर धारी। श्रीवत्स, कौस्तुभ चिह्नित वक्ष। पास ही बैठी है नीलोत्पला राकिनी। उस त्रिनेत्रा ने मुझ पर एक भ्रू-निक्षेप किया। कि तत्काल मेरा 'मैं' समाप्त हो गया। केवल 'वह' हो रही। राकिनी, रमा, नारायणी, आम्रपाली। एक ही चित्कला मैं, कितने रूप, नाम, आकारों में खेली हूँ।...और मेरे गर्भ में ओंकारनाद के साथ एक अनाहत डमरू बजने लगा। मेरी जंघाओं में दुन्दुभी घोष के साथ बादल गरजने लगे।

...बिजलियों से रमण करते उन साँवले मेघों से लिपटकर, मैं गगन में घहराने लगी। गगन का पहला पटल मेरे कामार्त्त नाद से भिद गया।...मैं छलाँग मारकर, नाभि के दश-दल कमल पर आरूढ़ हो गयी। ओ, मणिपूर चक्र का प्रदेश! जलभार से भरित, वर्षा के मेदुर मेघों जैसे वर्ण का है यह कमल। अग्नि का त्रिकोणाकार राज्य। उदीयमान सूर्य की तरह प्रोद्भासित। कमल की दस पाँखुरियों से निनादित होते—तं, थं, दं, धं, नं, पं, फं, डं, ढं, णं—अग्नि-बीजों का वैश्वानर साम-संगीत। उनकी नीलकान्ति में से उठती सृजन की लोहित ज्वालाएँ। अग्नि का रक्ताभ प्रदेश। स्वस्तिक चिह्नों से अंकित त्रिकोणाकार। त्रिकोण के भीतर अग्नि-बीज 'रं'। वह रातुल प्रभा से दमकता, मेष पर आरूढ़ है।

...वह्नि-बीज की गोद में विराजित हैं रक्तकान्ति रुद्र, वृषभ पर आरूढ़, भस्म-चर्चित श्वेताभ। उनकी गोद में खेल रही है नीलकान्ता लाकिनी : त्रिमुखी, त्रिनयना, चतुर्भुजा, वज्र और शक्ति अस्त्रों से मंडित, अभयदान और वरदान की मुद्रा में हाथ उठाये। सृष्टि के संहारक पुरातन-पुरुष रुद्र की प्रिया, कराली महाकाली। आम्रपाली...! ओ मेरे महारुद्र, तुम्हारे तृतीय नेत्र में खेल रही है सर्वसंहारिणी अग्नि-लेखा। वह मैं ही तो हूँ, आम्रपाली!...तुम लेट गये, और मैं तुम्हारे भस्मालेपित विराट वक्षदेश पर

उद्दंड, उद्दाम, निर्बन्ध वह्निमान नागिन-सी, संहार-नृत्य करने लगी। मेरी सर्वदाहक वासना, तुम्हारी ऊर्ध्व-रेतस काया पर दिगम्बर ज्वाला-सी तांडव करती हुई, ऊर्ध्वों के अभेद्य वलयों को भेदने लगी।

...सहसा ही क्या देखती हूँ, कि अन्तरिक्ष के केन्द्र में हिल्लोलन के आवर्त उठने लगे। दहराकाश का आभोग पटल विदीर्ण हो गया। और मैं प्रियंगु लता की तरह उछलकर, पद्मराग मणि जैसे रातुल कमल पर आरूढ़ हो गयी। अहो, यह हृदय का 'अनाहत कमल' है। यह कल्पवृक्ष की तरह सर्वकाम पूरन है। कामी की हर कामना से शतगुना अधिक काम्य यह देता है। यह कपोत-कुर्वुर वायु का प्रदेश है। मेघ-वल्ली जैसी धूमिल, गहरी भींजी संवेदनाओं का अश्रु-व्याकुल मंडल। प्यार का अव्याबाध मोहन-राज्य। इसकी रक्तिम-केशरी बारह पँखुरियों पर से—कं, खं, गं, घं, ङं, चं, छं, जं, झं, ञं, टं, ठं—मन्त्राक्षर कुंकुमी राग में गा रहे हैं। फलावरण में षट्कोण वायु-मंडल जल-छाया से कान्तिमान है। उस पर त्रिकोणाकार सूर्य-मंडल, दस हजार विद्युल्लेखाओं से जाज्वल्यमान है। उसके ऊपर जलकान्त श्यामल वायु-बीज 'यं', कृष्णसार मृग पर आरूढ़ हैं। प्रीति की कस्तूरी का मर्म-दंश!

देख रही हूँ, वायु-बीज की गोद में हंसोज्ज्वल, त्रिनयन ईश विराजित हैं। उनकी गोद में रक्त-पद्म पर बैठी है काकिनी शक्ति। उसका हृदय अमृतपान से सदा आर्द्र, आप्लावित रहता है। वह सदा अमृत-सुरा के नशे में झूमती रहती है। उसके योनि-पद्म पर वानलिंग के रूप में विराजित हैं, परशिव महेश्वर। मस्तक पर बिन्दु-संयुक्त अर्द्धचन्द्र धारण किये, वे कामोद्गम से उल्लसित हैं। मेरे हृदय के कमल-कोरक में से उद्भिन्न मेरे कामेश्वर! मेरे ही आत्मज, मेरे उत्संग के स्वामी। असंख्य कामिनियों के स्वप्न-पुरुष, जिनके चरणों पर लोक का समस्त नारीत्व पल-पल निछावर है। त्रिलोक और त्रिकाल का एकमेव मदनमोहन : मेरे हृदय-पद्म पर सदा के लिए आसीन! इसकी मोहिनी दिव्य-ध्वनि से, तमाम चराचर के हृदय जलौघ की तरह हिल्लोलित होने लगते हैं। परम काम और प्रेम से उल्लसित होने लगते हैं। इसकी वाणी से कण-कण रोमांचित हो जाता है। वह त्रिलोकी का वल्लभ, आज केवल मेरे उरोजों पर आरूढ़! मैं आम्रपाली, लक्ष्मी, शिवानी? कोई नहीं : केवल ह्लादिनी शक्ति। परात्परा नारी।

...और तुम्हारे पद्मासन से आलोड़ित मेरे उरोज, अन्तरिक्षों को अपनी विशुद्ध वासना से विक्षुब्ध करने लगे। अगम्य ऊर्ध्वों के मंडलों को आर-पार बेधने लगे।

...अरे, यह कौन मुझ में आकंठ भर आया है? जाने कैसी परा संवेदना से मेरा कंठ अवरुद्ध हो गया है। मेरी ग्रीवा में ऐसा वेगीला कम्पन है, डोलन है, कि जैसे

मेरा मस्तक गले से उच्छिन्न होकर, किसी ऊपर के वलय में उत्क्रान्त हो जाना चाहता है। मेरे प्राण ने अपना स्थान छोड़ दिया है। मेरी साँसें रुद्ध होकर, मूलाधार के कुम्भक में स्तब्ध हो गयी हैं। नहीं, अब 'अनाहत हृदय-कमल' में रुकना सम्भव नहीं। वह संवेदन पीछे छूट गया है। एक ओंकार ध्वनि में से उठती शलाका मेरी ग्रीवा को भेद रही है, छेद रही है। कंठ-वेध, कंठ-वेध, कंठ-वेध! मेरी कम्बु-ग्रीवा का शंख घनघोर नाद करके फूट पड़ा।...मैं एक क्षीर-समुद्र में मग्न हो गयी।...और हठात् उसमें से उन्मग्न होकर ऊपर उठ आयी तो पाया, कि एक धूमिल बैंजनी रंग के प्रान्तर में खड़ी हूँ। अहो, 'विशुद्ध चक्र' का प्रदेश! सामने देख रही हूँ, सोलह पाँखुरियों वाला षोडष-दल कमल। उसकी बहुत महीन, कचनार फूलों के रंग की हल्की जामुनी पाँखुरियों के केसर-तन्तु रक्ताभ हैं। इस कमल के सोलह दलों पर अंकित सिन्दूर वर्णी सोलह स्वर—अं, आं, इं, ईं, उं, ऊं, ऋं, ॠं, लृं, लॄं, एं, ऐं, औं, अं, अः—केसर की महक जैसी ध्वनि में गुंजित हो रहे हैं।

...फलावरण में देख रही हूँ नभो-मंडल, अन्तरिक्ष देश। पूर्ण चन्द्र-सा गोलाकार, उज्ज्वल, श्वेताभ। हिम-श्वेत हाथी पर अम्बर-बीज 'हं' आरूढ़ है। श्वेतांग, श्वेत-वसन, अन्तरिक्ष से आवरित। उसकी गोद में विराजित हैं कर्पूर-गौर, हिम-कान्ति सदाशिव महादेव। त्रिनयन, पंचमुख, दशभुज, व्याघ्र-चर्म धारण किये हुए। वे अर्धनारीश्वर, गिरिजा के उत्संग में नित्य निरन्तर आलिंगित हैं। उनका आधा शरीर हिमानी रंग का है, और दूसरा अर्द्धांग केसरिया सुवर्ण कान्ति से दीप्त है। ये भस्मालेपित, सर्पमाला धारण किये शिव वृषभारूढ़ हैं : अपनी दस-भुजाओं में त्रिशूल, परशु, खड्ग, वज्र, आग्नेयास्त्र, नागेन्द्र, घंटा, अंकुश तथा पाश धारण किये हैं। और अभय मुद्रा में एक हाथ उठाये हैं। इस कमल की अधीश्वरी शाकिनी शक्ति, उनके वामांक में विराजित हैं, और सान्द्र स्मित से मुस्करा रही हैं। उनके पीत वसनों से केसर सुवासित हो रही है। फलावरण में है सम्पूर्ण चन्द्र-मंडल, शशक-चिह्न से मुक्त, अकलंक।

...मेरे कंठ में यह कैसा अमृत-सा मधुर मकरन्द झर रहा है! सारी चेतना, इन्द्रियाँ, शरीर उसमें भींजकर, अपने ही आप में लीन एकस्थ, एकाग्र हो गये हैं।...मैं ही नारी, मैं ही पुरुष। मैं ही योनि, मैं ही लिंग। बाहर से कहीं कुछ पाने को शेष नहीं। और तुम मेरे स्वामी, तुम? मेरी ही आत्म-योनि के सरोवर से उद्भिन्न एक कमल-कोरक। जिसने मुझ कामांगिनी में रमणी देह धरना स्वीकार कर लिया है। मैं ही रमणी, मैं ही रमण।...अपने को देख रही हूँ, कि तुम्हें देख रही हूँ, कहना सम्भव नहीं रह गया है। और इस अपलक निरन्तर अवलोकन में, त्रिकाल और त्रिलोक एक चित्रावली से खुलते जा रहे हैं।

...सहसा ही यह क्या हुआ, कि तुम्हारे ग्रीवालिंगन में गुँथ गयी हूँ। और

तुम्हारी भस्मालेपित जटाओं में सोये सर्प जागकर, सौ-सौ फणाएँ उठाकर फूत्कारते हुए अन्तरिक्षों पर पछाड़े खा रहे हैं। मेरे विप्लवी दिगम्बर, तुम्हारे पुण्य-प्रकोप से तीनों लोक कम्पित हो रहे हैं। तुम्हारे भ्रूभंग से प्रस्फोटित वह्नि में, आसुरी सत्ता और सम्पत्ति के दुर्ग भस्मसात हो रहे हैं। ब्रह्मा, विष्णु, हरिहर, सूर्य, कार्तिकेय, इन्द्र—कोई तुम्हारे इस वैश्वानर को प्रतिरुद्ध नहीं कर सकता।

अहा, तुम अनाचार के तमाम भेदी खूनी अन्धकारों को विदीर्ण कर, सत्यानाशी वात्याचक्र की तरह नाच रहे हो। मेरी कटि को अपने पदांगुष्ठ से चाँपकर, तुमने ब्रह्मांडों के गर्भ उलट दिये हैं। अन्तरिक्षों की अनाहत शान्ति को विक्षुब्ध कर दिया है।

तुम्हारे दबाव तले चूर-चूर हुई जा रही हूँ। और मेरी कटि पर आरोहण कर, तुम किसी ऊर्ध्वान्त को अपने त्रिशूल से भेद रहे हो। और मेरा छिन्न-भिन्न नाड़ी-मंडल संकोचित होकर, तुम्हारे बाहुमूल में संगोपित हो गया है। असह्य हैं तुम्हारे ये अन्तरिक्ष-भेदी आघात। मृणाल तन्तु-सी तन्वंगी यह कुंडलिनी इन्हें कैसे सहे।...आनन्द-वेदना से मातुल होकर, वह उत्सर्पिणी उत्तान हो लहरा उठी है।

...और एकाएक यह क्या हुआ, कि मैं तुम्हारे भ्रूभंग की अग्नि में कूद पड़ी।...और देखा कि वहाँ, एक-दो दलों वाला कमल फूट आया है। सुनाई पड़ा : "यह आज्ञाचक्र का प्रदेश है!" इन दो दलों पर कर्बुर वर्ण के—हं और क्षं—अक्षर अंकित हैं। फलावरण में विराजित है इस चक्र की अधिष्ठात्री शक्ति हाकिनी। श्वेताँगी, षट्मुखी, त्रिनयना, षड्भुजा, श्वेत कमलासीन। वह अभय-मुद्रा, वरमुद्रा, रुद्राक्ष माला, नर-कपाल, डमरू और पुस्तक धारण किये है। उसके ऊपर के त्रिकोण में काल का अतिक्रमण करते इतर शिव विश्वनाथ, योनि से उद्भिन्न लिंग-स्वरूप में विराजित हैं।...मेरे ही उरु-मंडल से उत्थायमान तुम, मेरे स्वामी!

...वे सर्वगामी पुरुष अनायास मेरे शरीर में प्रविष्ट हो गये। मेरे गोपनतम भवनों और अन्तःपुरों में घुसकर वे खेलने लगे। मेरे रक्त-कोषों में वे सर्प-राशियों की तरह संसरित, अभिसरित होने लगे। मेरे आसपास के वातमंडल में चिनगारियों जैसे ज्योति के बिन्दु तैर रहे हैं। उनके बीचोबीच कोटि सूर्यों को समाहित किये, एक निवात निष्कम्प जोत जल रही है। और मैं उसके आलोक में, मूलाधार से ब्रह्म-रन्ध्र तक के बीच चल रही जाने कितनी रहसिल अदृश्य क्रियाओं और रंग-सृष्टियों को प्रत्यक्ष देख रही हूँ।

...ओ मेरे योगीश्वर, हठात् तुम मेरी पहुँच से बाहर हो गये। मुझसे निष्क्रान्त हो गये। अपनी निरालम्बपुरी में छलाँग मारकर, अपने अधरासीन भवन के कपाट तुमने मुद्रित कर लिये। मैं तुम्हारी मनोजिनी नारी हूँ, तुम्हारी एकमेव मानसी। लेकिन यह क्या हुआ, कि तुम एकाएक मुझसे और मेरे इस प्रिय जगत् से, मनस् और भाव के सारे सम्बन्ध विच्छिन्न कर गये! तुमने मुझसे मेरा मन छीन लिया, तो उससे

आविर्भूत सारा जगत् भी अदृश्य हो गया।...लेकिन मैं दृष्टि मात्र रहकर, तुम्हारे सुन्न महल में जोत-सी चक्कर काट रही हूँ। देख रही हूँ तुम्हें, तुम अनन्त में आसीन आकाश-पुरुष हो। आकाश-मूर्ति की तरह निश्चल खड़े हो। और तुम्हारे चारों ओर आनन्द का निःसीम समुद्र उछालें मार रहा है। मृत्यु और विनाश, मृत सर्प और मकर की तरह तुम्हारे चरणों में लुढ़के पड़े हैं।

लेकिन यह क्या देख रही हूँ, कि तुम से भी ऊपर एक अतिमनस् का राज्य है। वहाँ एक विराट चन्द्रमंडल के भीतर से 'हंस' की अनाहत ध्वनि निरन्तर उठ रही है। उसमें परशिव अपनी शिवानी के साथ एक अपूर्व युगल-लीला में अवतीर्ण होते दिखाई पड़ रहे हैं। वैश्विक 'आज्ञाचक्र' के पार, बिन्दु के भीतर शत कोटि योजन के विस्तार वाला एक अन्तरिक्षीय, अवकाश देख रही हूँ। असंख्य सूर्यों की प्रभा से यह तरंगायमान है। यहाँ शान्ति से भी परे के परमेश्वर, शान्त्यातीतेश्वर, नव-ऊषा की गुलाबी कोर की तरह मुस्कुराते विराजमान हैं। उनके वामांक में विराजित हैं शान्त्यातीता मनोन्मनी। उन्हें नव-नव्यमान सृष्टियों के कई नीलाभ मंडल घेरे हुए हैं। यह बिन्दु-तत्त्व की शुद्ध चिन्मय कला और लीला है। इसके ऊपर है अर्द्ध चन्द्र का मंडल, जिसके दोनों छोर अति सूक्ष्म चित्कला में जुड़कर, अतिमानसी क्रिया के नील-लोहित अन्तरिक्ष को उभार रहे हैं। यह चितिशक्ति का विलास-महल है। इसमें ज्योत्स्ना, ज्योत्स्नावती, कान्ति, सुप्रभा और विमला नामा पाँच कलाएँ जामुनी अम्भोजों पर खड़ी नृत्य कर रही हैं।

अर्द्ध चन्द्र के ऊपर है निर्बोधिका, जिसमें --बंधति, बोधिनी, बोधा, ज्ञानबोधा तथा तमोपहा नामक कलाएँ उन्मन उन्मत्त होकर क्रीड़ा कर रही हैं। निर्बोधिका के ऊपर है नाद, घहराते मेघों का एक अमूर्त, छोरहीन प्रसार। उसमें इन्धिका, रेचिका, ऊर्ध्वगा, त्रासा तथा परमा नामा कलाएँ हैं, जो विशुद्ध और प्रवाही चेतना के स्पन्दनों से, मौलिक सर्जन, काव्य और संगीत के इन्द्र धनुष बुन रही हैं। नाद के आभोग में से उद्भिन्न है एक अनन्तगामी आकाश-कमल। उसके निलय में आसीन हैं, परम संवेदनीय परमेश्वर : वीतराग और पूर्णराग की ज्ञानातीत संयुति। वे अनगिन योजनों में विस्तृत हैं। वे पास से भी पास, और दूर से भी दूर हैं। उनके मुख-मंडल में से उत्तरोत्तर सहस्रों चन्द्रमा उदय होकर, अपरिमेय विस्तारों में व्याप रहे हैं। एक साथ उनके कितने-कितने मुख, मस्तक, नयन, बाहु और पाद चक्राकार प्राकट्यमान हैं। उनके कुंचित केशों में सारे समुद्र समाहित खेल रहे हैं। वे त्रिशूलधारी, दिगम्बर, ऊर्ध्वगामी हैं। उनके उत्संग में ऊर्ध्वगामिनी सौन्दर्य-कला नव-नव्य कटाक्षों के साथ विलास कर रही है।

...गन्धकुटी के रक्त-कमलासन पर आसीन तुम्हारे नित नवरमणीय मुखमंडल को शायद कभी न देख सकूँगी। लेकिन इस क्षण तुम्हारे पद्मासन के पाणि-सम्पुट में जो बिस-तन्तु तनीयसी सर्पिणी रमणलीन है, उसे पहचानते हो? तुम्हारी नासाग्र दृष्टि में क्या वह कभी झलकी है? वह तुम्हारे हृदय की एक अनामा, अविज्ञात, अज्ञेय कला। वेश्या का क्या नाम हो सकता है, क्या पहचान हो सकती है, जिसे हर नये पुरुष के साथ बदल जाना होता है। जिसे हर अन्य शरीर के साथ, एक नये शरीर में जन्म लेना होता है। वही अनामा, इयत्ताहीना कला हूँ मैं तुम्हारी, तुम से भी शायद अनजानी। इसी से तो देखकर भी, अनदेखी कर गये। मेरे द्वार पर आकर भी, मेरे भवन में, मेरे पास आने को विवश न हो सके!

न सही, पर अपनी एकान्त योगिनी रति से, मैं तुम्हारे इस अचल पद्मासन को अपने आँसुओं में गला दूँगी। लो आई मैं, ओ अभेद्य, तुम्हारी विष्णु-ग्रन्थि और ब्रह्म-ग्रन्थि को मैं भेदकर ही चैन लूँगी।

...और लो, मैं तुम्हारे मेरुदंड के सारे चक्रों को भेदकर, परम व्योम, परा शून्य में अतिक्रान्त हो गयी हूँ। मैं शंखिनी नाड़ी पर आरूढ़ हूँ। मेरे विसर्ग के तल में है सहस्रदल कमल। इसके प्रत्येक दल में अनन्त कोटि चन्द्र मंडल झलमला रहे हैं। इस शुभ्र निरंजन उज्ज्वलता की उपमा नहीं। यह रंग-रूपातीत होकर भी, इसमें इन्द्र धनुषों के बहुरंगी जल लहराते दीखते हैं। स्वरूप के दर्पण-महल में द्रव्य की विचित्र छाया-खेला।...अधोमुख है यह सहस्रार। इसमें से सम्मोहन बरसता रहता है। इसकी गुम्फित पाँखुरियाँ बालारुण के राग से रंजित हैं। अकार से आदि लेकर आद्योपान्त अक्षरों से इसकी देह भास्वर है।

बड़ी शीतल चम्पक आभा वाली इसकी हजारों पाँखुरियों के वन में खोती चली जा रही हूँ। शान्ति, आनन्द और अमृत की कैसी मधुर आर्द्र फुहारों में भींज रही हूँ। क्षीर समुद्र की चाँदनी में नहा रही हूँ। सौरभ और संगीत के नीरव सान्द्र कम्पनों में तैर रही हूँ। अननुभूत है यह संवेदन, रोमांचन, विगलन। मैं बस चन्द्रमा में उत्संगित अमृत के समन्दर की लहरें मात्र हो रही। और बहती हुई, हजारों घनीभूत बिजलियों से जाज्वल्यमान एक त्रिकोण में पहुँच गयी।...और सहसा ही कोई मुझे जाने कहाँ उठा ले गया?

...मेरे शिव, मैं तुम्हारी ह्लादिनी शक्ति, तुम्हारी लीला-सहचरी शिवानी। हमारे आत्म-रम्भण से क्षरित हो रहे अमृत से, नित-नूतन सृष्टियाँ झड़ रही हैं। हमारे इस पर्यंक के परिवेश में, अपने मौलिक उद्भव में वे सृष्टियाँ कितनी सुन्दर, संवादी, पवित्र, समंजस और निर्मल हैं। सदा कुँवारी की तरह ताजा हैं। अविक्षत हैं।

लेकिन पृथ्वी पर उतरकर वे कितनी कुरूप, विषम, बेसुरी और क्रूर हो गयी हैं। वे मेरी कोख से जनमी हैं, और उनकी यातना के नरकों को मैं तुम्हारे आलिंगन

के इस अक्षय्य सुख में भी भूल नहीं सकी हूँ। तुम्हारे अथाह मार्दव में गुम्फित मेरी छाती में, मेरी चिर निपीड़िता मर्त्य पृथ्वी निरन्तर कसक रही है। जितना ही अधिक चिद्घन और प्रगाढ़ है तुम्हारे उत्संग का यह सुख, उतनी ही अधिक आर्त्त है मर्त्य पृथ्वी के लिए मेरी चीत्कार। मेरी परम रति की सीत्कार ही, यहाँ मेरी चीत्कार हो उठी है।

नहीं, मैं तुम्हारी द्यावा के इस महासुख-कमल में, अपनी मृत्तिका को भूलकर रमणलीन नहीं रह सकती। आकाश की जाया होकर भी, मैं शाश्वत पृथ्वी हो रहने को अभिशप्त हूँ। तुम्हारी सृष्टि की महाकाम लीला की धुरी पर खड़ी, मैं हूँ तुम्हारी महाकामिनी। कामार्त्त मानव मात्र की कामायनी। वेश्या, विशुद्ध पृथ्वी, पिंड मात्र की गर्भधारिणी एकमेव माँ। मुझे चारों ओर से घेरे है—मर्त्य, पीड़ित, विनाश-संघर्ष और मृत्यु से ग्रस्त चिरकाल का अनाथ जगत्। वह मेरा यह अमृत भींजा आँचल खींच रहा है। मेरे रूप के सदा प्यासे, आदि वासनार्त्त मानव-जन।

नहीं, मैं नहीं रुक सकती तुम्हारे इस महासुख-कमल की अनाहत मिलन शैया में। चिरकाल की वियोगिनी पृथ्वी मैं, मेरी विरह-वेदना का पार नहीं है। तुम्हारी अन्तरिक्षी रति की निरवच्छिन्न अवगाढ़ता में भी, मेरी रक्त-मांस की पृथ्वी-काया प्यासी तड़प रही है।

मैं तुम्हारे लिए ऊपर चढ़ती हुई यहाँ तक चली आयी, या तुम बलात् मेरा यहाँ हरण कर लाये? सो तो तुम जानो। लेकिन यदि मैं विनाश और मौत की खन्दकों में भी तुम्हारे साथ अज्ञात शृंगों पर चढ़ने का खतरा उठाती गयी, तो क्या तुम मेरी इस काया की पुकार पर, मेरी भंगुर माटी के आक्रन्द पर, नीचे नहीं उतर आ सकते मेरे साथ?...

...कोई उत्तर नहीं लौटा। तुम्हारी आत्मरति की समाधि अविचल रही। मैंने झँझोड़कर तुम्हारे अशरीरी, अन्तरिक्षी परिरम्भण को तोड़ दिया। मैं तुम्हारे बाहुपाश से छूटकर, जाने कितने शून्यों को चीरती हुई, फिर से अपने मूलाधार की पृथ्वी पर आ पड़ी हूँ। फिर से अपने धरामंडल के स्वयंभू लिंग से लिपटकर, अनाद्यन्त विरह-वेदना में मूर्च्छित हो गयी हूँ।

नहीं, अब मैं तुम्हारे ऊर्ध्व के ज्योतिर्मय पर्यंक पर नहीं चढ़ूँगी। तुम्हें ही मेरी अनन्त वासना के इन तमसा-वनों में उतरना होगा। जब तक तुम मेरी माटी में अपना अमृत नहीं सींच देते, मुझे तुम्हारे अमर राज्य की महारानी होने में कोई रुचि नहीं है।...

तुमने कोई उत्तर न दिया। अनुत्तर है तुम्हारी लीला, ओ मायापति!

...किस स्वप्न-देश में चली गयी थी? कितना काल बीत गया, पता नहीं चलता। क्या काल से परे था वह लोक? दर्पण में दृश्यमान नगरी जैसा वह विश्व। क्या वह निरी वायवीय माया थी? निरा स्वप्न, इन्द्रजाल! नहीं, वह कुछ ऐसा था, जो किसी भी वास्तव से अधिक सत्य था। उसके सौन्दर्य, मार्दव, माधुर्य, लोच और रस से मैं अब भी समूची आप्लावित हूँ।

और अब जागी हूँ, अपनी ठोस वास्तविक धरती पर। लेकिन कैसा नीरन्ध्र, अपार अन्धकार मेरे चारों ओर घिरा है। पता ही नहीं चलता कि कहाँ हूँ, हूँ कि नहीं? मेरी धरा का वह ठोस वास्तव क्या हुआ? एक निराकार अथाह तमसा के सिवाय कहीं कुछ नहीं।...अपने भीतर से उठता एक घोर नाद सुन रही हूँ। और उसमें से उठ रही हैं कुछ विशुद्ध ध्वान्त की आकृतियाँ। मेरे आसपास नीरव नृत्य करती काले घूँघटों वाली डाकिनियाँ। दूरियों में से आ रहा कोई अन्तहीन विलाप। चीखों, क्रन्दनों, दारुण रुदनों का समवेत प्रलाप। उफ़, राग-द्वेष, संघर्ष, यातना, रोग, क्षय, विनाश, जरा और मृत्यु का एक अटूट सिलसिला। क्या यही है मेरी पृथ्वी की नग्न वास्तविकता?

...मैं 'कुछ-नहीं' होकर, एक अवधान, एक संचेतना मात्र रह गयी हूँ। चेतना के किसी अज्ञात गहन में से उठती एक तरंग। मुझमें खुली हैं हजारों अपलक आँखें, हजारों आर-पार खिड़कियाँ। मात्र दर्शन-ज्ञान रूपा मैं। जिस स्वप्न में से जागी हूँ, उसकी नम्यता से कितनी लचीली, कितनी तरल। एक निरी संवेदना, स्फुरणा। उस अनाहत आलिंगन को तोड़कर आई मैं : कितनी घात्य। मेरे रोमांच में जानने का आनन्द, और झेलने तथा मरने की यातना एक साथ।

...ये क्या हुआ? मेरे 'कुछ-नहींपने' में से यह कैसा आर्त्तनाद उठ आया।...और अगले ही क्षण फिर एक आह्लाद का कम्पन। निश्चेतन अलोकाकाश का शून्य विदीर्ण हो गया। और मुझ में से एक अड़ाबीड़ आदिम जंगल उग आया। आद्या प्रकृति? सागौन, सप्तच्छद, सल्लकी, सुरपुन्नाग, सिन्धुवार, अंजन और चन्दन के सुरम्य वन। अभेद्य है इस अरण्य का परिच्छन। एकाएक इसकी अनादि निस्तब्धता में झिल्ली की झंकार, कीट-पतंगों का स्पन्दन और अश्रुतप्राय गुंजन। रेंगने, सरसराने, रिलमिलाने के कम्पनों से मेरे सारे जंगल-शरीर में काँटे उठ आये। मणियों की विविध रंगी द्युतियों से आलोकित विवर, बाँबियाँ, भूगर्भ। सरिसृपों से आक्रान्त मेरी देह के रोम-काँटों की कसकन। फिर मुदित-मगन पुलकन। उसमें से प्रवाहित झरने, नदियाँ, सरोवर, समुद्रों के स्फीताकार मंडल—दिगन्तों पार दृष्टि से ओझल हो रहे।

अरण्य की शाखाओं में गाती नीली-पीली-हरी चिड़ियाओं का गान। जंगल के पारान्तर से उठे आ रहे उत्तुंग पर्वत, मेरी चेतना के गहन जल में झाँक रहे। सब कुछ कितना सुरम्य, शान्त, सुन्दर, आदि संगीत से गुंजायमान। जल, वनस्पति, फल-फूल

की विचित्र गन्धों का अबाध सौरभ-राज्य। औषधियों की कान्ति से भास्वर वन के अगम्य, नीरव एकान्त।

...सहसा ही एक हड़कम्पी भैरव नाद। पर्वतों में से गुफाएँ फट पड़ीं। ठीक मेरी देह के आभोग में विस्फारित हुई वे कन्दराएँ। मेरे नितम्बों और जंघाओं में चिंघाड़ता एक महा व्याघ्र। मेरी कटि पर झूमता एक गजेन्द्र। क्षण मात्र में ही मेरे उपस्थ को भेदकर, एक विकराल अष्टापद, मेरी कमर को गूँधते गजराज पर टूट पड़ा। उसे हाथी ने अपनी सूँड में दबोचकर मेरे चट्टानों-से स्तनों पर पछाड़ना चाहा। व्याघ्र छूट निकला, और उसने मेरी छाती पर गजराज को ढालकर उसके उदर को फाड़ दिया, और उसके भीतर प्रवेश कर उसकी पसलियों में घुसता ही चला गया। मैं निरी चट्टान हो रही, रक्त-स्नात आदिम चट्टान।

एकाएक वह चट्टान एक दारुण कोमल टीस के साथ विदीर्ण हो गयी। उसमें से अनावरित हो आये, सुवर्ण के सुगन्धित कलशों जैसे मेरे स्तन। उन पर नाच उठा एक मयूर। मयूर में से फूटकर एक भुजंग नाग फुत्कार उठा। नाग की गुंजल्क में मयूर, और मयूर के सुन्दर नील पंखों को डसता नागफण। कि तभी मेरे कुन्तल-वन में से उड़ आया एक गरुड़। वह विपल मात्र में नाग को निगल गया।...मेरी देह में परस्पर संघर्ष-संहार कर रहे हिंस्र पशुओं का पूरा जंगल, उस गरुड़ के पंखों में अवसान पा गया।

मगर कहाँ अन्त है इस हिंसा का? सारे आकाश को व्याप्त कर उड़ते गरुड़ की पाँखों तले, सुन्दर समुद्र और नदियों के जल-नील आवरण में, फिर वही जीव का भक्षण करता जीव। मछलियों को चबाते मत्स्य, मत्स्यों को निगलते अजगर, अजगरों को लीलते मकर, मकरों को डसते पाताल के महानाग।

अहो, मेरी ही अनादि-अनन्त वासना, मेरा ही चिर अतृप्त काम, सारी प्रकृति में हिंसा बनकर व्याप्त है! वनस्पति, कीट-पतंग, सरीसृप, पशु-पंछी, मगर-मत्स्य और मानवों की जगतियों में सदा समान रूप से जारी परस्पर मार-फाड़, संघर्ष, युद्ध, हत्याएँ, रक्तपात। सारी सृष्टि में निरन्तर चल रही हिंसा, केवल मैं—आम्रपाली! मेरा अपराजेय काम। ओ ज्ञानी गरुड़, क्या तुम उसे पचा सकोगे? दमित और शमित कर सकोगे? अपने आरोही विष्णु से पूछो, क्या वह अपनी कमला की मोहिनी के गुंजल्क में कैद नहीं? मेरी देह के कमलकोश की पाँखुरियों में से ही, अनन्त कोटि ब्रह्मांड हर पल उठ और मिट रहे हैं।

...पर क्या तुम मेरी हिंस्र वासना को ही देखोगे? मेरे अगाध सौन्दर्य और मदन को नहीं देखोगे?...देखो...देखो...देखो—दिगन्तों तक फैला मेरे सौन्दर्य का यह

आँचल।...यह क्या हुआ? वह रक्ताक्त विनाश-लीला कहाँ लुप्त हो गयी?...औचक ही क्या देखती हूँ, कि छहों ऋतुएँ अपने-अपने फूलों की रंगीन रज उड़ाती हुई मेरे आसपास भाँवरें दे रही हैं। मेरी नग्न देह की रातुल आभा में, किंशुकों के सिन्दूरी वन फूले हैं। मेरी बाहुओं में सर्पवलयित चन्दन लताएँ लिपटी हैं। मेरी जंघाओं के कदली-वन में अगाध कोमलता ज्वारित है। बेला, चमेली, कुन्द, कचनार, कामिनी और मल्लिका के फूलों छायी वन-शैया पर लेटी हूँ। प्रियंगु और माधवी लता के हिंडोले में दोलायित हूँ। मेरे केशों की मंजरित अमराइयों में कोयल गा रही है। मेरी काया के आकाशी समुद्र-किनारों में श्वेत काश लहलहा रही है। मेरे कन्धों पर उगे लोध्रवन से झरती सुवर्ण रेणु मेरा अंगराग हो गयी है।

मेरे चारों ओर घिरे सिन्धुवार, कर्णिकार, सहकार, अशोक और शिरीष वृक्षों के वन। उनमें, झरते मकरन्द की पीली-केसरिया नीहार छायी है। मेरे ऊपर झुक आये मन्दार, पारिजात, कचनार, और पाटल वृक्षों से बरसते पराग ने मेरे उरोज-देश पर एक घनी भीनी चादर-सी बिछा दी है। और उसके आर्द्र रस में भींजा हुआ, एक चक्रवाक-मिथुन मेरे वक्षोजों के गहराव में रतिलीन है। मेरी आँखों में नीलोत्पलों से भरे सरोवर लहरा रहे हैं। मेरे कपोलों में पद्मवनों की गुलाबी खुमारी छायी है। मेरे स्तन-तटों पर घहराते समुद्र में, मेरी तमाम शिराओं की नदियाँ आकर मिल रही हैं। मेरे रोमों में कदम्ब और केतकी फूलों की राशियाँ रोमांचित हैं।

देख रहे हो गरुड़, मेरा काम केवल हिंसा ही नहीं, वह सौन्दर्य भी है। मेरी उद्दाम वासना केवल विनाश ही नहीं, सृजन भी है। रस, माधुर्य और आनन्द का उत्सव भी है। मेरी पृथ्वी पर केवल मार की विनाश-लीला ही नहीं, नितनव्यता का शाश्वत वसन्तोत्सव भी चल रहा है।

...ओ गरुड़, हठात् यह क्या हुआ। तुम आकाश के गहन नील में जाने कहाँ अन्तर्धान हो गये!...ओह, फिर वही निश्चेतन की तमसा का घनघोर अन्धकार घिर आया। मैं फिर प्रलय के मकर की डाढ़ों पर एकाकी लेटी हूँ। और मेरे ऊपर ना-कुछ में से लूमती आ रही हैं, वही भीषण काले घूँघटों वाली आकृतियाँ। भय, यातना, रोग, क्षय, विनाश, वियोग, शोक, मृत्यु की रहसीली डाकिनियाँ। और उनके अदृश्य पंजों के बीच चीत्कार करती, विलाप करती, त्रिलोक और त्रिकाल की समग्र मानवता, असंख्यात जीव-राशियाँ। देवों के कल्पकाम कमनीय स्वर्ग, नारकों के आक्रन्द करते नरक। सब केवल मरणाधीन, कालाधीन, कितने परवश, कितने लाचार!

मेरी ही महावासना की कोख से जनमी, अपनी इस प्यारी पृथ्वी की पुकार पर, मैं तुम्हारे सहस्रार के अमृत-स्रावी आलिंगन से छूट आयी। जब तक मेरी यह मृत्तिका मर्त्य है, तब तक तुम्हारे आत्म-रतिलीन अमृत का मेरे मन कोई मूल्य नहीं। तब तक

वह मेरे लिए अप्रामाणिक है, असिद्ध है, अविश्वसनीय है। मेरे रक्त-मांस की रति जब तक अतृप्त है, तब तक तुम्हारे पूर्णकाम शिव का अजित वीर्य मेरे मन निरी माया है, मरीचिका है, निरे शून्य का एक बबूला है। जो बरस न सके उस वृष की, मेरी सोमा को कोई चाह नहीं।

...अरे देखो तो, मेरे अतल में से फिर उद्दाम उत्सर्पिणी लहरा उठी है। और मैं फिर अपने कक्ष में आ पड़ी हूँ। नागमणियों के पर्यंक की मन्दार-शैया में एक हवन-कुंड खुल गया है। और उसके अगुरु-हव्य सुगन्धित हुताशन पर मैं चित्त पड़ी लेटी हूँ।

नहीं, अब मैं तुम्हें नहीं पुकारूँगी। मैं तुम्हारे साथ, तुम्हारे खतरनाक अगम्यों में चढ़ आयी। लेकिन तुम मेरी मृत्यु की इस तमसान्ध गुहा में उतरने से डरते हो, मुकरते हो? तो तुम्हारे मृत्युंजयी कैवल्य पर, मैं कैसे विश्वास करूँ, महावीर! मेरी नीवी-बन्ध की ग्रन्थि को जो न भेद सके, उसके अनाहत पौरुष और पराक्रम का होना या न होना, मेरे लिए कोई मायने नहीं रखता।

मैं इरावान समुद्र की इरावती बेटी अप्सरा : आम्रपाली। अजेय अनंगिनी! हर आलिंगन को भेद जाने वाली सौन्दर्य और लावण्य की लहरीली मोहिनी! क्या तुम मुझे भेद सकोगे, मुझे बाँध सकोगे, मुझे जीत सकोगे?

जीत सकते, तो मेरे द्वार तक आकर भी, मेरे इस अन्तिम कक्ष में आने की हिम्मत तुमसे क्यों न हुई? मेरी मोहिनी से डर गये तुम, ओ त्रिभुवन-मोहन त्रिलोकीनाथ?...

मैं इन बाईस वर्षों में, किसी महाविजन की एकाकिनी निर्विन्ध्या नदी की तरह बहती चली गयी हूँ। मेरी चेतना के कुँवारे तट पर, किसी पुरुष का पद-संचार आज तक न हो सका। वीरान में विकल तड़पती, अलक्ष्य बही जा रही हूँ। मेरा प्रियतम समुद्र क्या इस पृथ्वी पर कहीं नहीं है?...तो मेरा धीरज अब टूट गया है। मैं छटपटाकर, अपनी धृति से बिछुड़कर खड़ी हो गयी हूँ। और आकाश के अधर शून्य में बहने लगी हूँ। एक खड़ी नदी। शायद मेरा प्रीतम पृथ्वी पर न टिक सका। वह अन्तरिक्षचारी हो गया। तो मैं अन्तरिक्षों के वलयों में चक्कर काटती, ऊपर, ऊपर, और ऊपर बही चली जाने को विवश हूँ। लेकिन पृथ्वी के चक्रवाक और चक्रवाकी ने मेरा साथ नहीं छोड़ा है। वे भी चिरकाल से बिछुड़े, मेरे दोनों किनारों पर एक-दूसरे को गुहारते, चले चल रहे हैं मेरे साथ। उनके विलाप से आहत होकर दिगन्त विदीर्ण हो गये हैं। लेकिन इस अन्तरिक्ष का दिगम्बर पुरुष उससे अप्रभावित है। वह इस महानील में निर्लेप, निरंजन, निराकार होकर जाने कहाँ खोया है।

वर्षा की अनन्त रात्रियाँ अपनी बिजली की तड़पती आँखों से मुझे देखती रही हैं। वे मेरी विरह-वेदना की साक्षी हुई हैं। वे बिजलियाँ टूटकर मुझमें गल गयीं। मेरे सीने में वे असह्य हिलोल्लन हो गयीं। कोई शीत-पाला, हिमपात, शीतपात मुझे जड़ित न कर सका। मेरी छाती में तड़कती, गलती बिजलियाँ कैसे कहीं थम सकती थीं। आग पानी होती गयी, पानी आग होता गया। मेरी साँसों की बेचैन आँधियों में कुलाचल डोलते रहे, सुमेरु चलायमान होता रहा, ग्रह-तारामंडल विक्षुब्ध हो गये, स्वर्गों की भोग-शैयाएँ त्रस्त हो गयीं, समुद्रों की मर्यादाएँ टूटने के खतरे में पड़ गयीं। फिर भी मेरा नियति-पुरुष मेरे तट पर नहीं आया। नहीं आया...

यह सारा जीवन, मैं एक निर्जन अटवी के वृक्ष की तरह स्थाणुवत् जी गयी। मेरी सारी इच्छाएँ, एषणाएँ, भूख-प्यास, इन्द्रियों के विषय-भोग, मेरे चेतस् में उद्गीर्ण न हो पाये। निरी सहज वृक्ष-वृत्ति से जीती चली गयी। वर्षा ने मेरी काया को सींचा, नहलाया, मेरी प्यास को पानी पिलाया। मुझे नहीं, वसन्त में नये पल्लव-फूलों ने मेरी देह का सिंगार किया। मेरा नहीं, मेरे अंगों के मधुर फलों ने पककर मेरे शरीर का पोषण किया। मेरा नहीं, शीत के झकोरों ने मेरे तन का तार-तार तोड़ दिया। मुझे नहीं, मैं केवल उस वृक्ष में एक व्याकुल स्पन्दन होकर कसमसाती रही, और उसकी हर अवस्था को देखती रही। और वृक्ष अपने आशा-अपेक्षाहीन एकान्त में जीता ही चला गया। शायद कभी कोई यात्रिक उसकी छाया में विश्रान्त होने आ जाए!

...उशीर और मलय से सुगन्धित, ये कैसी पानी-भरी आँधियाँ एकाएक मेरे इस कक्ष में घुस आयी हैं। मेरे इस नागमणि के पर्यंक को वे हिला रही हैं। सारा कक्ष अपनी तमाम रत्नप्रभाओं के साथ चंचल, स्पन्दित हो उठा है। यहाँ की हर वस्तु चिन्मय, चौकन्नी हो गयी है। कुछ भी जड़ नहीं दीखता, सब चेतन हो गया है। वह इन्द्रनील और मर्कत मणि का विशाल मयूर, पंख डुलाकर नाच उठा है। इन छतों की शंख-रत्निम झूमरों में नाना-रंगी प्रभाएँ गा उठी हैं। स्फटिक के आलय में पड़ी मेरी चित्ररथ-वीणा में 'शिव-रंजिनी' की विरह-रागिनी अनन्त को उठी है। ओह, यह कैसा प्रदेशान्तर घटित हो रहा है। सारा बाहर, भीतर आ गया है : सारा भीतर, बाहर निकल पड़ा है। सारी प्रकृति, सारे वन-कान्तार, बाहर के सारे उद्यान, भवन, केलिकुंज इस कक्ष में आ गये हैं। और मेरा यह कक्ष बाहर निकलकर, निखिल के बीच अधर में तैर रहा है। क्या मैं अपनी ऊष्म शैया में नहीं हूँ? हाय, मेरा यह गोपन एकान्त भी मुझसे छूट गया? अपने निजत्व की ऊष्मा, मेरी आत्मा ही क्या मुझसे छिन गयी?

एक ऐसी विधुरा, वियोगिनी मैं, जिसका 'मैं' तक हाथ से निकल गया है। जीने का कारण, आधार, ध्रुव तट—सब लुप्तप्राय है। मैं कोई नहीं, कुछ नहीं, निरी अनाम,

अरूप, असत्ता, अवस्तु। परात्पर विरह की इस रात्रि का क्या कहीं अन्त नहीं?

...एक दिगन्तहीन समुद्र के हिल्लोलन पर एकाकी लेटी हूँ। इस अन्तहीन जल-वन के नील नैर्जन्य में इतनी अकेली हो पड़ी हूँ, कि या तो ओ मेरे युग्म-पुरुष, तुम्हें तत्काल आना होगा, या मेरे साथ ही इस सृष्टि को भी समाप्त हो जाना पड़ेगा। यह वियोग का वह अन्तिम एकल किनारा है, जहाँ से मृत्यु भी भयभीत और पराजित होकर भाग गयी है।...मेरी सत्ता शून्य में विसर्जित होती जा रही है।...आह नहीं, नहीं, नहीं, मैं चुकूँगी नहीं। ओ पूषन्, यदि तुम अमर हो, तो तुम्हारी जनेत्री यह पृथा भी अमर है। तुम सत्ता-पुरुष हो, तो मैं तुम्हारी सत्ता हूँ। तुम ध्रुव हो, तो मैं तुम्हारे होने का प्रमाण हूँ, चंचला, शाश्वत लीला। तुम विशुद्ध द्रव्य हो, तो मैं तुम्हारा द्रवण हूँ, स्वाभाविक परिणमन हूँ, जिससे सृष्टि सम्भव है। नहीं, मैं चुकूँगी नहीं। मैं तुम्हारे निश्चल ध्रुव को अपने बाहुबन्ध में गलाकर रहूँगी। तुम्हारे ऊर्ध्वरेतस वृष के वर्षण की चिर प्यासी सोमा, मैं हूँ तुम्हारी अर्धांगिनी योषा। तुम्हारी अशनाया, तुम्हारी अन्तःसमाहित वासना, तुम्हारी संगोपित इन्द्र-शक्ति, ऐन्द्रिला। तुम्हारे अतीन्द्रिक अन्तस्-रमण की एकमेव इन्द्राणी। मेरी सारी इन्द्रियाँ जहाँ अपनी सम्पूर्ण विषय-वासना से एकत्र हैं इस क्षण, मेरे उस कटिबन्ध पर तुम्हें उतरना होगा, ओ अतीन्द्र, इन्द्रियजयी इन्द्रेश्वर! मेरी यह सुरत-रात्रि अनिवार्य है। इसमें आये बिना, तुम्हारे शाश्वत सूर्य को यहाँ कोई न पहचान सकेगा!

...ओह, मेरी धमनियों में से कैसे गरजते सागर के मृदंग बज रहे हैं। मेरे उरु-मंडल में ये कैसे पीले, नीले घनश्याम पुष्करावर्त मेघ उमड़े आ रहे हैं। आवर्तक मेघों में बड़े-बड़े भँवर पड़ रहे हैं। संवर्त मेघों में जल-संचय हो रहा है। पुष्कर मेघों में भीतर-ही-भीतर चित्र-विचित्र वृष्टि हो रही है। और मेरे उरुमूल के कदली-गर्भ में द्रोण-मेघ का कादम्ब उमड़ रहा है। मेरे अंगांग में यह कैसी सभर आर्द्रा व्याप गयी है। मेरी नाड़ियों में विद्युल्लताएँ बह रही हैं। आह, असह्य है अनबरसे मेघों का यह वर्षणाकुल अन्तर्घनत्व।......

मेरी देह, मेरी इन्द्रियों की तन्मात्रा-भर रह गयी है। मेरी इन्द्रियाँ, मेरे प्राण में लय पाकर, निरी साँस हो रही हैं। मेरा काँपता प्राण मनोलीन होकर, मेरे हृदय के पद्म-कोरक में कुम्भित हो गया है। और मेरा हृदय फटा जा रहा है। ओ मेरे एकमेव विषय, मेरी सारी इन्द्रियों की इन्द्र-शक्ति तुममें एकत्रित हो गयी है। मेरी देह के किनारे टूटे जा रहे हैं। यह कैसी घनघोर जल-जलान्त बादल-वेला है। पपीहे की पुकार में, चक्रवाक् मिथुन की बिछुड़न-भरी चीत्कार में, यह विरह-रात्रि अन्तहीन हो उठी है।......

...मैं अपनी नागमणि की मन्दार शैया पर, फिर अकेली छूट गयी हूँ, अपने इस निज-कक्ष की कारा में। द्वार, वातायन, सब बन्द, अर्गलाओं से जड़े हुए। किसने

भीतर से बन्द और अर्गलित कर दिया है, मेरा यह कक्ष? इस अन्तिम एकलता के तट पर मेरी साँस टूट रही है। मैं एक महाशून्य में छटपटाती नंगी ज्वाला-भर रह गयी हूँ। केवल भस्म हो जाने के लिए? तो लो, मैं समर्पित हूँ। जो चाहो करो मेरे साथ। मुझे निःशेष कर दो। लो, मैं डूब गयी तुम्हारे अतल के गहरावों में।...

...एक निगूढ़ मर्माघात से हठात् देवी आम्रपाली की आँखें खुल गयीं।...सारे मुद्रित कक्ष में बहुत महीन छूती-सी नीली रोशनी व्याप गयी। एक नील-लोहित इन्द्र-धनुष की आभा से उसकी शैया घिर गयी। नील में से प्रस्फुरित होती गुलाबी विभा।

...सहसा ही एक अंडाकार नील ज्योति-बिन्दु, किसी नीलोत्पल की तरह अनायास प्रस्फुटित हो उठा। कक्ष में व्याप्त नीली रोशनी कोई आकार लेती-सी दिखाई पड़ी।...

...अरे, यह कौन तुंगकाय दिगम्बर पुरुष सामने खड़ा है! कोटि-कन्दर्प का अन्तःसार सौन्दर्य।

आम्रपाली स्तब्ध निश्चल देखती रह गयी। असम्भव सामने उपस्थित है। आँख, मन, सोच, समझ से बाहर है यह घटना। आम्रपाली अपने से अलग खड़ी होकर, बस, केवल देख रही है। दृश्य, द्रष्टा, दर्शन के भेद से परे का है यह अवबोधन।......

कैसी ऊष्मा है यह, अपने ही आत्म में से स्फुरित होती हुई! अन्य कोई, कहीं नहीं। लेकिन यह एक और अनन्य जो सामने खड़ा है। जो एकल भी है, युगल भी है। और मैं कितनी अपदार्थ हुई जा रही हूँ। मिट जाने के सिवाय कोई विकल्प नहीं। मैं...मैं...मैं कौन? तुम कौन? मैं समाप्त हो रही हूँ। मुझे रहने दो, मुझे होने दो।

...और अम्बा जाने कब उस पुरुष के सामने आ खड़ी हुई। प्रणति का भान नहीं। केवल रति, केवल आरति की एक समर्पित ज्वाला।

"मुझे प्रिय है तुम्हारी यह वासना, ओ योषिता!"

"मैं निरी योषिता नहीं, आम्रपाली हूँ!"

"आम्रपाली, परम पुरुष की कामायनी!"

"नहीं...नहीं...मैं इस योग्य नहीं। चले जाओ यहाँ से। क्यों आये तुम यहाँ?"

"यहाँ से कभी न जाने के लिए!"

"मैं...मैं एक निरी भोग-दासी। पुरुष मात्र की भोग्या।...मैं!"

"अक्षत योनि कुमारिका हो तुम। सृष्टि की जनेत्री। आद्या सावित्री।"

"वह मैं कैसे हो सकती हूँ?"

"वह न होती, तो महावीर यहाँ न होता।"

"मैं एक वेश्या...और अक्षत योनि कुमारिका? सावित्री? मैं तुम्हारा अपमान हूँ, मैं कलंकिनी। मेरा और अपमान न करो।...मुझ निरी यौना के लिए, तुम अपने अधर से धरती पर उतर आये, अपनी ऊँचाई से नीचे उतर आये? यह मुझे सह्य नहीं!"

"योनि के पार योनि है, उस योनि के पार योनि है...उसके भी पार वही। अन्तिम योनि, आप अपनी ही भोग्या, अपनी ही जनेता। अपनी ही आत्मा। केवल वही हो तुम।"

"और तुम?"

"मैं भी केवल वही। कोई लिंग नहीं, कोई योनि नहीं, केवल एक वही। तुम भी, मैं भी।"

"लेकिन मैं कामिनी हूँ। वही रहना चाहती हूँ। तुम्हारी...कैसे कहूँ?"

"हाँ, हो रहो वही, जो हो तुम। तुम्हारा काम भी मुक्ति की वासना से सुवासित है। मुक्तिकामी भोग भी, योग ही होता है। वह उत्तीर्ण भोग है। फिर भय क्यों? हीनत्व क्यों? ग्लानि क्यों?"

"नहीं, मैं वह आत्मा नहीं, जो तुम कह रहे हो। मैं निरी शरीर हूँ, जिससे मैंने तुम्हें चाहा है।...नहीं, मैं तुम्हारी नहीं हो सकती।...तुम क्यों आये यहाँ? मेरी पीड़ा को तुम कभी न समझोगे। मेरा शरीर मुझसे मत छीनो!"

"देखो, मैं सशरीर आया हूँ, तुम्हारे शरीर को आत्मसात् करने आया हूँ। मैं तुम्हारी मणि-कर्णिका के सरोवर में स्नान करने आया हूँ, जहाँ काम ही पूर्णकाम होकर, मणि-पद्म के रूप में उत्कोचित होता है।"

"तो मुझसे दूर क्यों खड़े हो? पास क्यों नहीं आते?..."

"पास तो इतना हूँ, कि मुझसे अलग कहाँ रही तुम इन सारे वर्षों में! और कल से इस क्षण तक, तुम कहाँ न आयी मेरे भीतर? मैं कहाँ न आया तुम्हारे भीतर!"

"लेकिन तुम इस समय, सम्पूर्ण सशरीर हो मेरे सामने। तो मैं कहाँ रुकूँ, कैसे रुकूँ...?"

"मत रुको, जो चाहो करो मेरे साथ! मैं सम्पूर्ण यहाँ उपस्थित हूँ।"

आम्रपाली स्तम्भित रह गयी। अनुत्तर हो रही।...फिर जाने कितनी देर बाद, भर आये गले से बोली :

"हाय, ऐसा कैसे हो सकता है कि मैं...मैं...मैं तुम्हारे साथ...मनमानी करूँ?"

"मैंने क्या नहीं की वह तुम्हारे साथ?"

"तुम सर्वशक्तिमान हो। मैं एक निपट अकिंचन कामिनी।"

"त्रिभुवन-मोहिनी आम्रपाली!"

"लेकिन तुम्हें न मोह सकी मैं।"

"तो फिर मैं यहाँ क्यों हूँ? मोह से परे कुछ और भी है, कि मैं यहाँ हूँ।"

"हो तो, लेकिन...।"

"बोलो, क्या चाहती हो? महावीर प्रस्तुत है, उत्सर्गित है।"

"कुब्जा दासी ने कृष्ण से क्या चाहा था?"

"हाँ, जो उसने चाहा, वही कृष्ण से पाया।"

"पाया न? मगर कृष्ण रमण थे, लीला पुरुष थे। और तुम...तुम कठोर वीतराग अर्हत् महावीर हो!"

"अर्हत् विवर्जित है, बाधित नहीं, सीमित नहीं। उसे जो जैसा चाहेगा, वैसा ही पा लेगा।"

"कुब्जा के काम को कृतार्थ कर गये कृष्ण!"

"कुब्जा ने जो माँगा, वही उसे मिला। लेकिन उसने स्वयं कृष्ण को नहीं माँगा। तो तलछट पीकर भी प्यासी ही रह गयी। बहुत पछतायी बाद को। चाहती तो वह कृष्ण की आत्मा हो रहती। स्वयं तद्रूप कृष्णा हो रहती, लेकिन वह अवसर चूक गयी!"

"मैं तुम्हें पाना चाहती हूँ, स्वयं तुम्हें। लेकिन सशरीर। तुम मेरे पास क्यों नहीं आते?"

"ताकि तुम मुझे देख सको, चाह सको अपनी समस्त सौन्दर्य--वासना से। ताकि तुम मुझे प्रेम कर सको। पास तो इतना हूँ, कि अलग रक्खा ही कहाँ तुमने मुझे। लेकिन, आज सम्मुख होकर, सामने खड़ा हूँ—कि मेरे साथ जो चाहो करो!"

"मैं तुम्हें छू नहीं सकती, मैं तुम्हें मनचाहा ले नहीं सकती। कितने अस्पृश्य, असम्पृष्ट हो तुम! छुवन से बाहर, पकड़ से बाहर, कितने अलभ्य!"

"तुम मुझे छुओ, तुम मुझे मनचाहा लो, मेरी आत्मा। मैं तुम्हारी आत्मा, लो, मुझे लो। महावीर खुला है तुम्हारे सामने!"

आम्रपाली खड़ी न रह सकी। उसने वह रूप देख लिया, कि उसका देखना, चाहना, पाना, छूना ही समाप्त हो गया। वह हारकर ढलक पड़ी, अपने पूर्णकाम प्रीतम के श्री चरणों में। पर वहाँ निरे चरण नहीं थे। सम्पूर्ण महावीर उसमें आत्मसात् था। एक अविरल अनाहत स्पर्श-सुख, उसकी देह के रेशे-रेशे में ज्वारित होने लगा। ऐसा अक्षय्य और अगाध, इतना पेशल, पेलव, सघन और लचीला, कि स्वयं काम और रति का स्पर्श-सुख भी, इसके आगे नीरस प्रतीत हुआ। देहालिंगन और आत्मालिंगन का भेद, इस महाभाव में विसर्जित हो गया।...

...शैया में गहन रतिलीन आम्रपाली की आँखें अचानक खुलीं। कक्ष में कोई नहीं था।

"आह, तुम चले गये, फिर मुझे अकेली छोड़कर?..."

एक गहरे नशे में झूमते हुए आम्रपाली ने करवट बदली। ओ,...यह कौन लेटा

है मेरे साथ, कटि से कटिसात्? मेरे बाहुबन्ध में सदेह उन्मुक्त खेलता, मेरा एकमेव परमकाम पुरुष!...केवल मेरा आत्म। उससे बाहर अन्य कोई नहीं। अनन्य केवल मैं!

...नहीं, अब मैं कभी, कहीं भी, अकेली नहीं हूँ।

यह सामने खड़ी मृत्यु भी : केवल महावीर

कोशल देश के राजनगर श्रावस्ती की हवाओं का रुख एकाएक बदल गया है। बहुत दूर से आता देव-दुन्दुभियों का घोष सुनाई पड़ा है। और नगर के प्रमुख चौक में आघोषणा हुई है कि :

"ज्ञातृपुत्र तीर्थंकर महावीर किसी भी क्षण श्रावस्ती में हो सकते हैं!"

सुनकर, कोशलेन्द्र प्रसेनजित के होश फाख्ता हो गये। उसकी नींद हराम हो गयी। उसका शरीर आँधी में थर्राते पेड़ की तरह झकझोले खा रहा है। खड़े रहना दुश्वार हो गया है। वह अपने एकान्तों में भागा फिरता है कि कहीं किसी को उसकी इस कायरता का पता न चल जाए। यह कौन है, जिसने उसका सिंहासन हिला दिया है, उसका बाहुबल छीन लिया है? वह दुर्मत्त होकर अपनी भुजाएँ ठपकारता है, पर वहाँ से किसी वीरत्व का प्रतिसाद नहीं लौटता। पक्षाघात...पक्षाघात...पक्षाघात?

वह भागकर अपनी आयुधशाला में जाता है। अपने शस्त्रास्त्रों के विपुल संचय को देखकर, उससे बल पाना चाहता है। लेकिन यह कैसा विपर्यय है, कि उसके सारे शस्त्र उसी के विरुद्ध तने हैं। वे झनझनाकर उसी पर टूट पड़ते हैं। और उसी क्षण उसे अनुभव होता है कि बिम्बिसार, अजातशत्रु, वत्सराज उदयन, चंडप्रद्योत, पारस्य का शासानुशास—सबने मिलकर उस पर एक साथ आक्रमण कर दिया है।

वह बिलबिला कर अपने राजकक्ष में पहुँचता है तो देखता है, कि उसकी दीवारों पर जो उसके साम्राज्य-स्वप्न के मानचित्र लटके हैं, उन सब पर किसी ने चौकड़ी मार दी है।...वे नक्शे आपोआप फट जाते हैं। किसी ने उनकी चिन्दियाँ उड़ाकर, उसके आगे ढेर लगा दिया है। उसके द्वारा आखेटित जो व्याघ्र, तेन्दुए, रीछ, मगर, हिरण और बारासिंगे के ताबूत वहाँ सजाकर रखे हैं, वे सब जीवन्त होकर एक साथ उसे खाने को दौड़ते हैं।

वह भागकर, अपने महल की सबसे ऊँची छत पर जाता है। और अपने विस्तृत राज्य और वैभव का विहंगावलोकन करता है। जम्बूद्वीप का केन्द्रीय व्यापारिक पाटनगर श्रावस्ती, दिशाओं को छाकर फैला पड़ा है। उसके नदी घाटों में सारे संसार

के सार्थवाहों के पोत लंगर डाले हुए हैं। सोलोमन की खदानों का सुवर्ण वहाँ उतरता है। शाक्यों का शक्तिशाली गणतन्त्र उसके अँगूठे तले दबा है। महाबली मल्ल उसके प्रताप से थरथराते हैं। बन्धुल मल्ल जैसे पराक्रान्त योद्धा ने, अपना गणतन्त्र त्यागकर उसका सेनापतित्व स्वीकार किया है। वैशाली उसकी केन्द्रीय वाणिज्य शक्ति से आतंकित है। सारे गणतन्त्र उसकी बलात्कारी सैन्य-शक्ति से काँपते रहते हैं। उसकी श्रावस्ती में, सुदत्त अनाथ-पिंडक और मृगार श्रेष्ठी जैसे संसार के मूर्धन्य सार्थवाह और नवकोटि-नारायण रहते हैं। उसके खजाने सुवर्ण द्वीप और ताम्रलिप्ति की श्रेष्ठ रत्न-राशियों से झलमला रहे हैं। फिर उसे किसका डर है?

...लेकिन यह क्या, कि यह सारा प्रताप और ऐश्वर्य, हठात् किसी काल के झोंके से मोमबत्ती की तरह बुझ जाता है। घुप्प अँधेरे में वह निराधार अकेला छूट जाता है। उसकी चेतना डूबने लगती है। आह, अपनी तमाम सत्ता, सम्पदा और ऐश्वर्य के बीच भी वह कितना असहाय, असमर्थ और अकेला छूट गया है।

...हर रात अपने अन्तःपुर की एक-एक रानी के शयनागार में जाकर उसने, नित नये रूप-सौन्दर्य और काम में सहारा पाना चाहा है।...लेकिन...लेकिन यह क्या हो गया है उसे, कि उसका वीर्य उससे किसी ने छीन लिया है। हर रानी का बाहुबन्ध एकाएक ढीला पड़ जाता है। वह उदास अवसन्न होकर झुँझला उठती है, और उससे मुँह फेरकर सो जाती है।...कक्ष में कोई कातर नारी-कंठ गूँज उठता है : "तुझ में वीर्य था ही कब, जो छीन लिया किसी ने, कापुरुष, क्लीव, नपुंसक... !"

गान्धार-राजनन्दिनी कलिंगसेना से उसने हाल ही में बलात् विवाह किया है, लेकिन वह, उसकी पहुँच के बाहर है। ठीक सुहागरात के मुहूर्त में वह कहाँ चम्पत हो गयी थी, इसका पता कोशलेन्द्र का सारा परिकर भी न लगा सका था।

पट्टमहिषी महारानी मल्लिका के अन्तःपुर में जाने की उसे हिम्मत न हो रही थी। उसका तेज, उसका प्रशम, उसका मार्दव, उसका तपःपूत सौन्दर्य देखकर, राजा की आँखें झुक जाती हैं। उसकी ओर देखने तक का साहस उसमें नहीं है।...लेकिन जब चारों ओर से वह नितान्त हताश और बेसहारा हो गया, तो उस रात वह महारानी मल्लिका के अन्तःपुर में चला गया। ठीक एक पतिपरायणा सती की तरह रानी ने अपने स्वामी का स्वागत किया। उस पर अक्षत-कुंकुम बरसाकर उसकी बलाएँ लीं। आँसुओं से उजलते नयनों से उसकी मानो आरती उतारी। कि धन्य भाग, उसके दुर्लभ स्वामी आज उसके शयनागार में आये हैं। कई दिनों बाद राजा को जैसे किसी ने थाम लिया। उसके थरथराते अस्तित्व को आधार दिया। राजा को मालाकार कन्या मल्लिका के वक्ष में गहरी शान्ति मिली। वह आश्वस्त होकर शिशु की तरह सो गया।

...लेकिन बड़ी भोर ही अचानक उसकी नींद उचट गयी। वह फिर उसी अज्ञात भय से, पत्ते की तरह थरथराने लगा। उसके सारे शरीर में जैसे चींटियाँ चिटकने लगीं,

और उसके अंग-अंग में ठंडे पसीने छूटने लगे। उसे लगा, कि जैसे उसकी साँसें टूट रही हैं। उसका अन्त निकट आ गया है। उसके भिंचते कंठ से एक चीख-सी निकल पड़ी। पास ही अत्यन्त शान्त भाव से सोई मल्लिका चौंककर जाग उठी। उसने राजा को अपने पास खींचकर, अपनी छाती से चाँप लेना चाहा। मगर राजा का शरीर निश्चेष्ट और ठंडा पड़ा था। सन्निपात के विषम ज्वर में जैसे वह मुमुर्षु हो गया था। उसमें कोई हरकत, चाह, क्रिया थी ही नहीं।

मल्लिका उठकर बैठ गयी। उसने प्रंसेनजित के शरीर को बरबस अपनी गोद में खींच लिया, और चुपचाप उसके माथे को सहलाने लगी। राजा थोड़ी देर में कुछ सचेत हो आया। उसके तन में कुछ गर्माहट आ गयी। कुछ पकड़ और हरकत महसूस हुई। तब महारानी ने धीर मृदु कंठ के आन्तरिक स्वर में पूछा :

"क्या बात है, आर्यपुत्र?"

राजा तत्काल कोई उत्तर न दे सका। कुछ ठहरकर बोला :

"कुछ नहीं...। बहुत दिनों बाद तुमसे मिलना हुआ है न। भोर की चाँदनी में तुम्हारा सोया सौन्दर्य देखा। भिनसारे के इस बड़े सारे पीले चन्द्रमा जैसा ही, तुम्हारा यह वयस्क सौन्दर्य! कितना भोला और शान्त। तो...तो मैं बहुत विह्वल हो गया। मुँह से बरबस आह निकल पड़ी।"

"बरसों बाद स्वामी की कृपा-दृष्टि मुझ पर हुई। मैं धन्य हो गयी।...यह क्या हाल बना रखा है? बहुत फीके और उदास लगते हो।..."

"जानती तो हो, देवी, राजा की सेज सदा काँटों पर होती है। हर समय कोई खटक लगी रहती है। परचक्रों को कोशलेन्द्र का प्रताप असह्य है। आये दिन एक न एक षड्यन्त्र मेरे विरुद्ध चलता ही रहता है। खैर, छोड़ो वह सब।...तुम इतनी सुन्दर हो, यह जैसे आज पहली बार देखा।..."

"मुझे लज्जित न करें, आर्यपुत्र। मुझे इतनी दूर न करें, कि अलग से देखना पड़े।...लेकिन मेरे इस सौन्दर्य का क्या मूल्य, यदि वह मेरे स्वामी को बेखटक न कर सके।"

"हाँ...हाँ...बेशक, तुम्हारे होते हमें राज्य की चिन्ता भी क्यों रहनी चाहिए। तुम स्वयं ही हमारी राज्यलक्ष्मी हो। हमारी संरक्षिका भवानी हो। अच्छा हुआ, आज हम तुम्हारे पास आये। बड़ी राहत महसूस होती है।"

रानी की छाती भर आयी। वह भरे कंठ से बोली :

"मैं कृतार्थ हुई, नाथ।"

कुछ देर खामोशी व्याप रही। तब प्रसेनजित पूरी तरह सँभलकर बोला :

"सुनता हूँ महादेवी, निगंठनातपुत्त महावीर श्रावस्ती आ रहे हैं?"

"सुना ही नहीं, उनके हमारी ओर आ रहे चरणों की चाप को प्रति क्षण अपने

अंगों में महसूस करती हूँ। उनके दर्शन के लिए मेरी आँखें, प्यासी चातकी की तरह आकाश पर लगी हैं। धन्य भाग्य, कि परम भट्टारक भगवान महावीर हमारी भूमि को पावन करने आ रहे हैं।''

राजा सन्नाटे में आकर क्षण-भर स्तब्ध हो रहा। फिर अपने उभरते रोष पर किसी कदर नियन्त्रण करके बोला :

''लेकिन हमारे आराध्य गुरु महावीर नहीं, तथागत बुद्ध हैं, यह तुम कैसे भूल जाती हो?''

''मेरा मन जाने कैसा है, कि मैं भगवत्ता में कोई भेद नहीं देख पाती, नाथ। जब तथागत बुद्ध को देखती हूँ, तो तीर्थंकर महावीर की छवि मेरी आँखों में झूल उठती है। और जब महावीर की कथा सुनती हूँ, तो मुझे भगवान बुद्ध बरबस अधिक प्रिय हो जाते हैं।''

''एक म्यान में दो तलवार? यह हमारी समझ से बाहर है, देवि!''

''मेरी समझ इस जगह समाप्त हो जाती है, देवता। बस, केवल जो लगता है, वही कह रही हूँ। यह ऐसा बिन्दु है, जहाँ म्यान और तलवार मुझे एकमेव दीखते हैं। सत्य की तलवार एकमेव और नग्न है : ठीक महावीर की तरह। वह कोई कोश या म्यान नहीं स्वीकारती!''

राजा के घायल मन पर चोट हुई, कि उसकी अंकशायिनी उसे उपदेश पिला रही है। फिर भी अपने रोष पर संयम करके प्रसेनजित बोला :

''तुम्हारी ये रहसीली बातें हमें कभी समझ में नहीं आयीं, मल्लिका। हवा में तीर मारना, प्रसेनजित को पसन्द नहीं। दो टूक बात ही एक राजा कर सकता है।''

''नाराज हो गये, देवता? मैं तो दो-टूक भी नहीं, केवल एक टूक बात कर रही हूँ।...यही कि जब सबेरे उठकर मैं—'नमो भगवतो अर्हतो, संबुद्धो' कहती हूँ—या 'बुद्धं सरणं गच्छामि' कहती हूँ, तो उसी में से मुझे प्रतिध्वनित सुनाई पड़ता है—'ओं णमो अर्हंताणं, णमो सिद्धाणं...'—तो इसमें मेरा क्या दोष है?''

राजा को लगा, कि वह इस मालाकार कन्या के आगे बहुत छोटा हुआ जा रहा है। अपमान से तिलमिलाकर वह तड़क उठा :

''बकवास बन्द करो, मल्लिका! यह एक गम्भीर प्रसंग है, और कुछ निर्णय लेना होगा। कभी तो समझ-सोचपूर्वक कोई परामर्श दिया करो।''

''एक माली की निरक्षर बेटी समझ-सोच क्या जाने, आर्यपुत्र! आप तो तक्षशिला के स्नातक रहे हैं। शस्त्र, शास्त्र, राजनीति, कला—सारी विद्याओं में पारंगत हैं। और इतनी विशाल धरती के मालिक हैं। मैं ठहरी एक निरी अज्ञानिनी शूद्र-कन्या। आपने जाने क्या सोचकर, मुझे कोशलदेश की पटरानी बना दिया। इस अदना दासी को क्षमा करें, स्वामी।''

"अपने को इतना न गिराओ, देवि। तुम कोशलेन्द्र के हृदय पर राज करती हो। अपने को इतना नीचे लाकर, हमारा अपमान न करो।"

"एक चरण-दासी आपका सम्मान और कैसे करे? उसकी अकिंचनता ही तो, महामहिम देव-देवेन्द्र परम-परमेश्वर कोशलेन्द्र की पूजा हो सकती है!"

"तुम्हारे समर्पण से हम गौरव अनुभव करते हैं, देवि। लेकिन यह घड़ी निर्णायक है। तुम्हारे समर्पण की कसौटी का है यह क्षण।"

"आज्ञा करें देव, आपका क्या प्रिय कर सकती हूँ!"

"यह महावीर का आगमन हमारे लिए खतरनाक है। इस अमंगल को कैसे टाला जाए?"

"उनका सामना करके। सर्वजित् महावीर को जीतने का यही एकमात्र उपाय है। एक निहत्थे नग्न अर्हत् को जीत लेना तो, कोटिभट कोशलेश्वर के लिए मात्र खेल ही हो सकता है। है कि नहीं?"

"तुम महावीर को शायद नहीं जानतीं। वह बहुत खतरनाक आदमी है। आर्यावर्त में यह प्रसिद्ध है, कि महावीर जादूगर है। वह बड़ा विकट इन्द्रजाली है। चुप रहकर ऐसी चोट करता है, कि कोई पानी न माँग पाये। मन्त्रीश्वर आर्य सीमन्धरायण, महाबलाधिकृत दीर्घकारायण, सेनापति बन्धुल मल्ल—हमारे सभी पार्षद एक स्वर से कहते हैं कि, यह महावीर एक दुर्दान्त तान्त्रिक और विद्याधर है। वह अपने एक कटाक्ष मात्र से मारण, मोहन, स्तम्भन, वशीकरण, कीलन एक साथ कर सकता है। उसने अजेय श्रेणिक और पराक्रान्त उदयन तक को अपनी मुट्ठी में कर लिया है। उसके सामने जाना ही अपनी मौत को न्योतना है।"

"मुझ पर विश्वास करोगे, देवता?"

"बोलो, क्या कहना चाहती हो?"

"मुझे आप अपनी संरक्षिका भवानी मानते हैं, अपनी लक्ष्मी कहते हैं न? तो सुनें महाराज, मैं आपके साथ चलूँगी महावीर के समवसरण में। आपके पास मुझे खड़ी देखकर, सर्वजित् जिनेश्वर महावीर हार जाएँगे!"

"सचमुच...?" राजा को एक मान्त्रिक प्रत्यय-सा अनुभव हुआ।

"महावीर प्रेमिक है, यही उसकी सबसे बड़ी विवशता है। मल्लिका की चितवन की अवहेलना करना उसके वश का नहीं। मारजयी महावीर का वशीकरण और मारण केवल मेरे पास है!"

कोशलेन्द्र प्रसेनजित को स्पष्ट लगा, कि वह जैसे अचूक आकाशवाणी सुन रहा है। हर्ष और रति से एक साथ पुलकित और कम्पित होकर, उसने उमड़कर मल्लिका को अपने आलिंगन में बाँध लिया। और कातर विगलित स्वर में बोला :

"मल्ली, अनुगत हुआ तुम्हारा। तुम मेरी शक्ति हो। तुम जहाँ भी ले चलोगी,

तुम्हारा अनुगमन करूँगा!"

...एकाएक प्रभातकालीन ऊषा का आकाश देव-वाद्यों से गुंजायमान हो उठा।

"तीर्थंकर महावीर आ गये, स्वामी!"

"सुनो देवी, मेरी दोनों भौंहों के बीच की त्रिकुटी में यह कैसा प्रकर्षण हो रहा है? यह कैसा सुखद कम्पन है मेरे ब्रह्मरन्ध्र में? यह कौन मुझे बरबस खींच रहा है?..."

"केवल तुम्हारी मल्लिका, और कोई नहीं!"

"यह तुम हो, कि तुम्हारा महावीर है? कितना भयानक, लेकिन कितना मोहक है यह महावीर! इसकी मोहिनी से मुझे बचाओ, प्रिये!"

"मेरी ही मोहिनी से डरोगे? मैं हूँ न तुम्हारे साथ! फिर डर किस बात का?"

प्रसेनजित उस मल्लिका को निःशब्द, निर्विकार ताकता रह गया।

...महाद्वार पर कंचुक की उद्घोषणा सुनाई पड़ी :

"परम भट्टारक निगंठनातपुत्त, चरम तीर्थंकर भगवान महावीर का श्रावस्ती में शुभागमन हो गया। अचिरावती तट के 'मणि-करंडक उद्यान' में श्रीभगवान का देवोपनीत समवसरण बिराजमान है।"

राजा और रानी एक-दूसरे को देखते ही रह गये। एक साथ छहों ऋतुओं के फूलों और फलों की गन्ध आकाश-वातास में व्याप गयी है। राजा के मुँह से फिर बरबस फूट पड़ा :

"ओह, कितना प्रियंकर है यह महावीर! फिर भी कितना भयंकर!"

अपने प्रिय को निहारती मल्लिका की आँखों में आँसू उजल आये।

आगे-आगे महारानी मल्लिका चल रही हैं। उनके पीछे हैं कोशलेन्द्र प्रसेनजित। और उनका अनुगमन कर रहे हैं, उनके तमाम मन्त्रीश्वर, महामात्य, सेनापति, और श्रावस्ती के जगद्-विख्यात धनकुबेर सुदत्त अंनाथ-पिंडक और मृगार श्रेष्ठी।

समवसरण का ऐश्वर्य और प्रभुता देखकर, कोशलेन्द्र के अभिमान का वज्र पानी हो गया। श्रीमंडप में पहुँचकर, प्रसेनजित की निगाह गन्धकुटी के शीर्ष पर जा ठहरी।...ओ, बोधिसत्व : स्वयं भगवान बुद्ध यहाँ विराजमान हैं! तो फिर महावीर कहाँ हैं? बोधिसत्व : महावीर। महावीर : बोधिसत्व। राजा के कानों में मल्लिका के शब्द गूँज उठे : "मैं भगवत्ता में भेद नहीं देख पाती, देवता।" राजा अमनस्क होकर केवल देखता रह गया।

महादेवी मल्लिका गन्धकुटी के पादप्रान्त में, आशीर्ष प्रणिपात में बिछ गयीं।

राजा और उसके अनुगामी परिकर ने भी उनका अनुसरण किया। महादेवी स्त्री-प्रकोष्ठ में बैठ गयीं। पुरुष-वर्ग पुरुष-प्रकोष्ठ में समाविष्ट हो गया।

प्रसेनजित का शरीर आनन्द, आरति और आतंक से एक साथ कम्पायमान है। उसे लगा कि उसके मन के सारे आवरण छिन्न हो गये हैं। उसकी तमाम कुत्साओं और पापों के पर्दे, किसी ने एक ही झटके में विदीर्ण कर दिये हैं! ओ, वह महावीर के सामने नग्न खड़ा है! उसके सारे भेद खुल गये, सारे गुप्त रहस्य प्रभु के आगे प्रत्यक्ष हो गये। राजा की नाड़ियों का लहू जम गया। वह घास के तिनके की तरह काँप रहा है।

एक दीर्घ मौन के बाद, गन्धकुटी के रक्त-कमलासन पर से सम्बोधन सुनाई पड़ा :

"मालाकार-कन्या मल्लिका जयवन्त हो!"

तत्काल मल्लिका अपने स्थान से उठकर श्रीमंडप में उपस्थित हो, नतमाथ हो गयी।

"जिनेश्वरों के पूजा-फूलों की तरह पावन है यह मल्लिका। शूद्रा होकर भी, यह अर्हन्त की जन्मजात सती है। कोशल देश की पट्ट-महिषी इसके चरणों की चेरी मात्र है।"

मल्लिका को लगा कि वह स्वयं नहीं रही, कोई तीसरी सत्ता हो गयी है। उसकी आँखों से आँसू फूट आये।

"देखो, इसकी आँखों से श्रीचरणों में मल्लिका के फूल झड़ रहे हैं। इसके अंग-अंग में नव-मल्लिका की पुष्पित लताएँ लचक रही हैं। इसके नैवेद्य से अर्हत् आप्यायित हुए।"

फिर एक गहरा मौन छा गया। मल्लिका का शरीर कर्पूर की आरती होकर गलता ही चला गया।

"कोशलराज प्रसेनजित!"

काँपता-थरथराता प्रसेनजित श्रीपाद में उपस्थित होकर, भान-भूला-सा खड़ा रह गया। अपराधी अभियुक्त की तरह, सर झुकाये।

"निर्भय हो जा, राजन्!"

"कैसे प्रभु? आपसे अब क्या छुपा है!"

"निश्चल हो जा, आयुष्मान्, और देख, जान, कि तू कौन है।"

"जो हूँ, सो तो देख रहा हूँ। मेरे पापों का अन्त नहीं, नाथ!"

"तो जो है, जहाँ है, वहीं रहकर निश्चल हो जा। और तू देखेगा, कि तू पाप नहीं, आप है। अनन्य एकमेव तू, कोई तीसरी ही सत्ता। जो मैं भी नहीं, तू भी नहीं, यह भी नहीं, वह भी नहीं। बस, जो है केवल, सो है।"

"मेरी मनोवेदना को आज तक कोई न जान सका। क्या आप भी उसे अनदेखा करेंगे, भगवन ?"

"तेरी मनोवेदना को हस्तामलकवत् देख रहा हूँ, वत्स। देख राजन्, देख : काँच के महल में श्वान अपना ही प्रतिबिम्ब देखकर भूँक रहा है। स्फटिक की भींत में हाथी अपनी ही प्रतिछाया देखकर, उस पर टक्करें मार रहा है, अपना मस्तक पछाड़ रहा है। और अपने सुन्दर दाँत तोड़कर दुःखी और बेहाल है।

"...और भी देख आयुष्मान्, रात के समय एक बन्दर किसी विशाल वृक्ष पर बैठा है। वृक्ष तले एक सिंह आया। चन्द्रमा की चाँदनी में सिंह को उस वानर की छाया दीखी। उस छाया को ही उसने सच्चा बन्दर जानकर गर्जना की, और उस वानर-छाया पर पंजा मारा। तब वृक्ष पर बैठा वानर भयभीत होकर नीचे गिर पड़ा। देख वत्स, इस भयभीत प्रसेनजित को देख।...

"...और भी एक रूप अपना देख, आयुष्मान्। एक पर-स्त्री लम्पट को सपना आया कि वह अपनी दुर्लभ परनारी-प्रिया को भोग रहा है। तभी उसका प्रतिपक्षी शत्रु आया। उसने उस परस्पर-बिद्ध मिथुन पर तलवार का प्रहार किया। उस बेचारी स्त्री का हाथ कट गया और लहू बह आया। और ठीक उसी समय उस परनारी-भोगी का वीर्य स्खलित हो गया। वह चौंककर जाग उठा, तो पाया कि रुधिर वहाँ किसी का नहीं बहा था, उसका अपना ही अधोवस्त्र, उसके अपने ही वीर्य से लिप्त हो गया था।..."

और सहसा ही भगवान चुप हो गये। कुछ देर सन्नाटा छाया रहा। तभी एकाएक प्रसेनजित का डूबा-डूबा कातर कंठ-स्वर सुनाई पड़ा :

"भगवन, पहली बार अपनी त्रासदी को आर-पार नग्न देख रहा हूँ। लेकिन मेरी व्यथा हजार गुनी होकर उभर रही है।"

"और भी देख वत्स, एक मनुष्य को कीचड़ में से, एक रत्न-जवाहर से भरा कलश मिल गया। वह उस कलश को एक बावली में धोने ले गया। वहाँ धोते-धोते कलश हाथ से छूटकर बावली में डूब गया। वह रोने-कलपने लगा।...तू पाप के डर से 'आप को' भय और ग्लानि के जल से धोना चाहता है ? तो 'आप' ही हाथ से निकलकर अन्ध-कूप में खो जाएगा।"

"सुन राजन्, अपने स्वरूप को सुन। तस्वीर से तस्वीर उतर सकती है। एक वट-वृक्ष के बीच अनेक वट-वृक्ष हैं। और उन अनेक वटों में अनन्तानन्त बीज हैं। एक सन्निपात-ग्रस्त व्यक्ति अपने ही घर में लेटा चिल्ला रहा है : मुझे अपने घर जाना है! एक शेखचिल्ली की पगड़ी उसके माथे से गिर पड़ी, उसे उठाकर वह बोला : अरे मुझे एक मनचाही पगड़ी मिल गयी। बाँस से बाँस रगड़ खाता है, और उससे उत्पन्न अग्नि, उन बाँसों को भस्म कर स्वयं भी उपशान्त हो जाती है। शंख श्वेत है,

पर वह काली-पीली-लाल माटी भक्षण करता है, फिर भी शंख स्वयं तो श्वेत ही रहता है।...केवल अपने भीतर के जातरूप, श्वेत, स्वयम्भू शंख को देख, राजन्!''

''देखकर भी नहीं देख पा रहा, नाथ। एक पर्दा उठता है, कि फिर एक और काला पर्दा मेरी आँखों पर आ गिरता है। मुझे अपना नाम-पता और घर ही भूल गया है, स्वामिन्। मैं क्या करूँ, कहाँ जाऊँ?''

''यह 'मैं' कौन है, जो अपना नाम-पता और घर भूल गया है? या तो इसी को पकड़ ले, या इसको भुला दे, और चुप हो जा। तो जानेगा कि जो बचा है, वही तू है। अपना घर, नाम, पता—अन्यत्र कहाँ खोज रहा है? अभी और यहाँ तू जो उपस्थित है, बस, केवल वही रह जा।''

''मैं अनुपस्थित हूँ भगवन्, आपसे बहुत दूर किसी वीरान में भटक रहा हूँ। मैं निरा प्रेत हूँ। मैं हूँ ही नहीं, नाथ।''

''तेरा यह अज्ञानी बाल्य भाव भी मुझे प्रिय है, राजन्! तो बालक, एक कहानी सुन। एक साहूकार ने अपने पुत्र को परदेश भेजा। कुछ दिनों बाद उसकी पुत्रवधू बोली कि—मैं तो विधवा हो गयी। तब सेठ ने अपने पुत्र को पत्र लिखा कि हे पुत्र, तेरी बहू विधवा हो गयी है। तब श्रेष्ठि-पुत्र यह पत्र पढ़कर शोक करने लगा। तभी किसी ने पूछा : तू क्यों शोक करता है? तब उसने कहा, ''मेरी स्त्री विधवा हो गयी है।'' सुनकर पूछनेवाले ने कहा, ''तू तो सामने जीता-जागता खड़ा है, फिर तेरी स्त्री विधवा कैसे हो गयी? श्रेष्ठि-पुत्र बोला, ''तुम कहते हो सो तो सत्य है, पर मेरे पिता का पत्र आया है, उसमें यह समाचार आया है, उसे झूठ कैसे मानूँ।...अपने ही समक्ष खड़ी मल्लिका को काश, तू पहचान सकता, राजन्।''

''मैं प्रतिबुद्ध हुआ, भन्ते। मैं श्रीचरणों में अपने को उपस्थित करता हूँ, नाथ!''

''तू प्रतिबुद्ध नहीं हुआ, वत्स। तू अभी स्वयं में उपस्थित नहीं, राजन्! तू अब भी काँप रहा है। अर्हन्त को शब्द-छल प्रसन्न नहीं कर सकता। अपनी वेदना का खुलकर रेचन होने दे, सौम्य।''

''सम्यक् सम्बुद्ध अर्हन्त मेरे मर्म की पीड़ा में से बोल रहे हैं। मेरी एक-एक ग्रन्थि खोल रहे हैं।''

''अपनी पीड़ा का निवेदन कर, आयुष्मान्।''

''मैं दिन-रात भय में जीता हूँ, भन्ते। सब कुछ कितना अनिश्चित है। कभी भी, कुछ भी हो सकता है। ऐसी अनिश्चिति में कैसे जिऊँ, स्वामिन्?''

''जो कभी भी कुछ भी हो सकता है, उसकी हर सम्भावना को अभी और यहाँ साक्षात कर। क्षय, जरा, शोक, वियोग, अपमान, पराजय, प्रहार, प्रताड़ना, प्रलय, मौत—हर सम्भव दुःख को अभी और यहाँ जी जा। उस सबमें से इसी वक्त, उसके छोर तक गुजर जा। और उसका अन्त हो जाएगा सदा के लिए। अनन्त है केवल

जीवन, तू स्वयं, तेरा आत्म। अपने उस त्रिकाली ध्रुव में अवस्थित हो जा। तब अनिश्चित कुछ न रह जाएगा। सब निश्चित हो जाएगा। सब कुछ निश्चित और अनिवार्य है। यही स्वभाव है, यही वस्तु-स्थिति है, फिर भय किस बात का?''

''भय का मूल कहाँ है, भन्ते? यह भय क्यों है, स्वामिन्?''

''क्योंकि तू अपने में नहीं, अन्यों में जीता है। तू स्व में नहीं, पर में जीता है। पर में जीकर तू कैसे निश्चित और निश्चिन्त जी सकता है? जो अपने में जीता है, वही निश्चित, निश्चल और निश्चिन्त जीता है। वही सुख की नींद सो सकता है। अन्यों के अपार अज्ञात जंगल में खोकर विश्राम कहाँ?''

''भगवान अणु-प्रतिअणु मुझे सत्य देख रहे हैं, सत्य कह रहे हैं।''

''तुझे नींद नहीं आती, वत्स। तू सर्पगन्धा की गुटिका खाकर सोता है। तेरा वृद्ध शरीर जर्जर और हतवीर्य हो गया है, फिर भी तेरी भोग-लालसा का पार नहीं। नग्न रूप-यौवन को देखकर भी तेरी वासना नहीं जागती। फिर भी तेरी काम-लिप्सा का अन्त नहीं। तेरे अन्तःपुर में तमाम वर्तमान देशों की अपहरिता सुन्दरियाँ और कुमारियाँ बिसूर रही हैं। तेरे रनिवास और हर्म्य नारियों के माल-गोदाम हैं। लेकिन तू निःसत्व, नपुंसक और क्लीव है। तू स्त्रैण कापुरुष है। परवशता के इस अछोर आलजाल में तुझे नींद कैसे आये, राजन्!''

राजा का रोष सीमा तक उठकर, रुलाई में फूट पड़ा :

''त्रिलोकीनाथ, महाकारुणिक प्रभु, मुझे इतना निर्वसन न करें। मुझे इतना न गिराएँ। मुझे अपनी शरण में लेकर, अपने योग्य बना लें?''

''निर्वसन न करूँ, तो तू अपने को कैसे देखे, कैसे पहचाने? तेरे कल्मष का रेचन न करूँ तो तुझमें अमृत का सिंचन कैसे हो? तुझे गिराने वाला मैं कौन? तू तो स्वयं ही गिरकर, अन्धकार के अतल पाताल में पड़ा कराह रहा है। अर्हत् गिराने नहीं, उठाने आये हैं। तू जिस चरम पर गिरा पड़ा है, वह न दिखाऊँ, तो तू कैसे जागे, कैसे उठे? उठना तुझे स्वयं होगा, अन्य कोई तुझे नहीं उठा सकता। अर्हत् केवली तेरी स्थिति के केवल अविकल दर्पण हो सकते हैं। अपनी त्रासदी को सम्पूर्ण साक्षात कर, और जाग, जाग, जाग, देवानुप्रिय।''

राजा इस अन्तिम आक्रमण से हताहत हो, ढेर हो गया। वह धप् से नीचे बैठ, दोनों हाथों में मुँह ढँककर सिसकने लगा। देवी मल्लिका का जी बहुत कातर हुआ, कि वे अपने स्वामी को सहेज लें। लेकिन उनका साहस न हुआ कि वे परम-शरण त्रिलोकीनाथ के सम्मुख होते, उसे सहारा दें। स्वयं सर्वावलम्बन प्रभु जिसे निरालम्बन कर रहे हैं, उसे आलम्बन कौन दे सकता है?

हठात् श्रीभगवान ने फिर राजा को सम्बोधन किया :

"विषाद की इस महा मोहरात्रि का भेदन इतना सहज नहीं, राजन्! तुझे अपने जिये और किये को, इस क्षण फिर से एक साथ पूरा जी जीना होगा। देख, अपने जीवन-नाटक का अखंड पुनरावर्तन देख...। खड़ा हो जा वत्स, और देख, सुन, समझ, जो सम्मुख आये।..."

राजा को जैसे बिजली का जीता तार छू गया। वह उठकर सन्नद्ध खड़ा हो गया।

"सुन कोशलेन्द्र, तू अपने में नहीं जी रहा। तू प्रतिक्षण श्रेणिक, चंड प्रद्योत, उदयन, वीतिभयराज, उदायन, पर्शुपुरी के पार्शवराज, जम्बूद्वीप के तमाम विक्रान्त भूपतियों, योद्धाओं, विजेताओं के आतंक तले जी रहा है। तू राज्य और वाणिज्य के लोभ में जी रहा है। तू सुवर्ण-रत्न-सार्थवाह और उनकी अकूत सम्पदा में जी रहा है। तू सहस्त्रों अपहरिता, पीड़िता सुन्दरियों के रूप-यौवन की घिघियाहट में जी रहा है। तू लक्ष-लक्ष श्रमिकों के लहू, पसीने, आहों और कराहों में जी रहा है। सत्ता-सम्पदा, कामिनी और कांचन के इस शाखाजाल का अन्त नहीं। फिर तुझे नींद कैसे आये? सारे ब्रह्मांड को भक्षण करने की बुभुक्षा से तू दिवा-रात्रि आर्त्त, रौद्र और आकुल-व्याकुल है। लेकिन उसे भोगने का पौरुष, बल, वीर्य, तेज, सामर्थ्य तुझ में नहीं। ऐसी विषम त्रासदी में जो जी रहा है, वह निश्चित और निश्चिन्त कैसे जी सकता है?"

"मेरे चेतन के पट खुल रहे हैं, प्रभु। मेरी आँखें अधिक-अधिक खुल रही हैं। मेरी जड़ीभूत सन्धियाँ और ग्रन्थियाँ टूट रही हैं। मैं हलका हो रहा हूँ। मुझे और खोलो, हे परम पिता परमेश्वर। ताकि मैं पूर्ण निर्ग्रन्थ, निर्भार, शान्त होकर सुख की नींद सो सकूँ।"

"देख, तेरे जीवन-नाटक के सभी प्रमुख पात्र यहाँ उपस्थित हैं। उनका सामना कर, उन्हें साक्षात कर, उनके छोर तक जा, उनसे पार उतरकर, अपने में लौट आ। तू विश्रब्ध हो जाएगा, और अपने भीतर सुख की नींद सोएगा।"

"मैं प्रस्तुत हूँ, देवार्य!"

"महामन्त्री सीमन्धरायण, महाबलाधिकृत दीर्घकारायण, सेनापति बन्धुल मल्ल, महामात्य श्रीवर्द्ध, राजपुत्र विडूडभ, महाक्षत्रप कौशल्य हिरण्यनाभ, आचार्य मांडव्य उपरिचर, जीवक कौमारभृत्य, गान्धारी कलिंगसेना, चन्द्रभद्रा शील चन्दना, धन-कुबेर अनाथ पिंडक और मृगार श्रेष्ठि!—कोशलेन्द्र प्रसेनजित तुम सबके दर्शन के प्रार्थी हैं।"

एक-एक कर सारे सम्बोधित स्त्री-पुरुष श्रीमंडप में उपस्थित हुए। श्रीभगवान का त्रिवार वन्दन कर, वे कोशलराज के आमने-सामने हुए।

''महामन्त्री सीमन्धरायण, सेनापति दीर्घकारायण, सेनापति बन्धुल मल्ल, महामात्य श्रीवर्द्ध, कौशल्य हिरण्यनाभ, तुम्हारा राजा तुम्हारे परामर्शों का मोहताज है। वह तुम्हारी सीखों और लीकों पर चलता है। तुमने उसे सारे जम्बूद्वीप का एकच्छत्र सम्राट बनाने का आश्वासन दिया है। तुमने उसके साम्राज्य-स्वप्न के मानचित्र बनाये हैं। वह तुम्हारे निर्देशों पर चलता है। क्या तुम उसे परचक्रों के आक्रमण से बचाने में समर्थ हो? क्या तुम उसे उसका काम्य साम्राज्य अचूक दिला सकते हो? क्या तुम उसे आसन्न संकट और मृत्यु से बचा सकते हो?''

सभी सम्बोधितों ने एक-स्वर में कहा :

''वह हमारी सामर्थ्य में नहीं, त्रिलोकीनाथ। वह सर्वशक्तिमान महावीर ही कर सकते हैं!''

''जीवक कौमारभृत्य, मांडव्य उपरिचर, क्या तुम अपने इस जरा-जर्जरित राजा को पुनर्यौवन प्राप्त करा सकते हो? क्या तुम अपने लोहवेध रसायन से, इसका देहवेध कर सकते हो? क्या तुम इसकी निष्क्रिय हो गयी यौवन-ग्रन्थियों और चुल्लक-ग्रन्थियों को, संजीवन और पुनर्नवा कर सकते हो?''

''वह हमारी सामर्थ्य में नहीं, हे अन्तर्यामिन्। आपके सम्मुख हम मृषा भाषण कैसे कर सकते हैं?''

''तो आर्य मांडव्य उपरिचर, तुम्हारे भोगवादी आचार्य वृहस्पति क्या तुम्हारे राजा को पूर्ण भोग उपलब्ध कराकर, पूर्ण परितृप्त कर सकते हैं?''

''कोई भी आचार्य, वाद या दर्शन वह कैसे कर सकता है, देवार्य। पूर्ण स्वाधीन, निरन्तर चिद्क्रियाशील अर्हन्त ही ऐसा वज्र-वृषभ-नाराच-संहनन उपलब्ध करा सकते हैं। वही ऐसा पूर्णकाम भोग दे सकते हैं। अर्हत् का सर्वतन्त्र स्वतन्त्र पुरुषार्थ ही, उस परम अर्थ को उपलब्ध करा सकता है।''

''तो फिर आर्य माण्डव्य, तुमने जो अभी उस दिन बिल्व-फल में एक मात्रा रसायन कोशलराज को दिया था, उसका क्या प्रयोजन?''

''क्षमा करें, भन्ते त्रिलोकीनाथ! सर्वज्ञ भगवन्त से क्या छुपा है? गान्धार-नन्दिनी कलिंग सेना से महाराज ने हाल ही में विवाह किया है।...महाराज ने हमारी सहाय चाही, हमने अपना कर्तव्य किया!''

''कि तुम्हारा राजा युवती गान्धारी के सम्भोग में समर्थ हो सके! यही न? समर्थ हो सका वह?''

''महाराज स्वयं आपके सम्मुख हैं, भगवन्। उन्हें हर पल जीने के लिए कोई भ्रम चाहिए। हम नित नया भ्रम महाराज को देकर, उन्हें जिलाने में निमित्तभूत होते हैं। और इस तरह अपने अस्तित्व का निर्वाह करते हैं।''

''तो मेरे पास भी तुम कोई भ्रम लेने आये हो, कोशलराज?''

"भ्रम लेने ही तो आया था, प्रभु। लेकिन मेरे सारे भ्रम टूट रहे हैं, भन्ते भगवान। मैं अधिक-अधिक निर्भ्रम हो रहा हूँ।"

"गान्धार राजबाला कलिंगसेना! यह गान्धार से श्रावस्ती तक हठपूर्वक एक दुर्मत्त घोड़े पर सवार होकर आयी है। तुम ऐसा कर सकते हो, राजन्? तुम्हारे पास है ऐसा वीर्य, कि तुम इस हवा और आकाशों की आरोहिणी गान्धारी पर आरोहण कर सको? तक्षशिला की यह स्नातिका, शस्त्र, शास्त्र, वेद-वेदान्त, सारी विद्याओं की पारंगता होकर भी, उनसे उत्तीर्ण है। यह लौकिक विद्या और सत्ता मात्र को भ्रम मानती है। इसी निर्भ्रम चेतना के बल, इसने अपने गण और अनेक पड़ोसी प्रजाओं की सुरक्षा के लिए, अपने को दाँव पर लगा दिया। तुम्हारी धमकी और आतंक से डरकर नहीं। उसे यह तोड़ने आयी है। यह तुम्हारी विवाहिता होकर भी, तुम्हें नहीं, केवल वत्सराज उदयन को प्यार करती है। इसके साथ तुम्हारी सुहागरात सम्पन्न हो सकी, राजन्?"

"भ्रम-भंग की रात हुई वह, देवार्य। मैं अन्तिम रूप से टूट गया। तब कल रात मैं महादेवी मल्लिका के अन्तःपुर में चला गया।"

"महादेवी मल्लिका, तुम्हारी गोद में तुम्हारे आर्यपुत्र निर्भय, आश्वस्त हो सके? उन्हें शरण प्राप्त हो सकी?"

"मुझ में नहीं, मेरे वक्ष में विराजित महावीर में इन्हें वह शरण मिली। ये बरसों बाद, आश्वस्त होकर सो गये।"

"तो इन्हें परम आश्वस्ति प्राप्त हुई?"

"नहीं भगवन्, बड़ी भोर ही फिर ये बहुत अनाथ, भयभीत, कम्पित हो उठे थे।"

"क्यों?"

"ये महावीर के आगमन की खबर से भयभीत और आतंकित थे।"

"तो अब महावीर तुम्हारे सामने है, वत्स। तुम्हारा आतंक टूटा, राजन्? तुम निर्भय हुए, राजन्? तुम निर्भ्रम हुए, राजन्?"

"सर्वज्ञ भगवन्त स्वयं साक्षी हैं!"

"गान्धारी कलिंगसेना, तू क्या चाहती है?"

"एक बलि-कन्या की क्या चाह हो सकती है, भन्ते? पश्चिमी सीमान्त के सत्ताधीशों की सत्ता-सुरक्षा के लिए नहीं, मैंने वहाँ की लक्ष-कोटि प्रजाओं के स्वातन्त्र्य के लिए अपनी बलि दी है। ताकि उन पर कोई साम्राजी पंजा न बैठे, उनकी स्वतन्त्रता चिरकाल सुरक्षित रहे। इसके अतिरिक्त मेरी कोई चाह नहीं, भगवन।"

"तू अपने लिए क्या चाहती है, गान्धारी?"

"जिसने स्वेच्छा से ही आत्माहुति का वरण कर लिया, उसकी अपनी हर चाह, उसी क्षण समाप्त हो गई।"

"तू श्रावस्ती के महालय में अपने पति कोशलराज की रानी होकर रहना चाहती है? या अपने घर गान्धार लौट जाना चाहती है?"

"पश्चिमी समुद्र की उत्ताल तरंगिनी बेटी का कोई पति नहीं हो सकता। वह केवल साथी स्वीकार सकती है। और तरंग लौटना नहीं जानती। उसका कोई देश नहीं, कोई घर नहीं हो सकता, प्रभु।"

"अपने मनोकाम्य साथी उदयन के पास जाना चाहेगी?"

"अन्तर का साथी तो सदा साथ ही है, भन्ते। दूर कहाँ हूँ उससे, कि उसके पास अलग से जाना पड़े। उदयन को प्यार करने के लिए, मैं उदयन पर भी निर्भर नहीं करती। यही मेरा स्वभाव है, देवार्य।"

"तो फिर क्या करना चाहती है?"

"अपनी हर आगत और अनागत नियति का सामना करना चाहती हूँ!"

"महावीर तेरा क्या प्रिय कर सकता है, बाले?"

"क्षमा करें जगदीश्वर प्रभु, महावीर केवल अपने कर्ता हैं, मेरे कर्ता वे कैसे हो सकते हैं?"

"साधु, साधु, प्रियस्विनी! तू आसन्न भव्यात्मा है, तू स्वयं मुक्ति है। स्वयं मोक्ष तेरा प्रार्थी है। तेरी जय हो, कल्याणी!"

"मोक्ष को भी मुझसे निराश होना पड़ेगा, प्रभु। मैं उसकी भी कामना नहीं करती।"

"उसकी कामना तुझे नहीं करनी होगी। वह स्वयं तुझे समर्पित है। वह तेरे स्वभाव में अभी और यहाँ विद्यमान है। तू अर्हतों की दुहिता है। स्वयं महावीर तुझे खोज रहा था। तुझे पाकर उसका युगतीर्थ धन्य हुआ!"

"मेरा जन्म लेना सार्थक हुआ, हे मेरे अनन्य वल्लभ!"

कलिंगसेना का सोहम्-भाव भी विगलित हो गया। आँसू-भरे नयन उठाये वह भगवती चन्दनबाला को समर्पित हो गयी।...और विपल मात्र में ही वह श्रीभगवान की सती होकर, आर्यिका प्रकोष्ठ में उपविष्ट हुई।

"मैं तुम्हारे भूत, भविष्य और वर्तमान को एकाग्र देख रहा हूँ, चम्पा-राजनन्दिनी चन्द्रभद्रा शीलचन्दना! मगध की साम्राज्य-लिप्सा के हाथों, अर्हन्तों की आदिकालीन लीला-भूमि चम्पा का पतन हुआ। नागकन्या के चुम्बन से, परम श्रावक चम्पानरेश दधिवाहन की हत्या करवा दी गयी।...शत्रु-दलित चम्पा-दुर्ग की दीवार फाँद कर शीलचन्दना श्रावस्ती की ओर भाग निकली। महावीर के पास शरण खोजने के लिए। मार्ग में बटमार दस्युओं ने उसका हरण कर, उसे श्रावस्ती के दासी-पण्य

में बेच दिया। कोशल के किसी धन-कुबेर ने उसे खरीदकर, अपने राजाधिराज प्रसेनजित को प्रसन्न करने के लिए, उन्हें भेंट कर दिया। श्रेष्ठी की सम्पदा अधिक सुरक्षित हुई, और कामुक राजा ने एक और अनुपम सौन्दर्य-रत्न से अपने अन्तःपुर का शृंगार किया। उसकी प्राप्ति के उपलक्ष्य में कोशलेन्द्र ने उत्सव-रात्रि मनायी। सारा राजपरिकर सुरापात्रों में डूब गया। लेकिन पंछी भाग निकला।..."

श्रीभगवान ने चुप रहकर, एक ही निगाह से चन्द्रभद्रा और राजा को निहारा। और बोले :

"देख राजा, तेरे हाथ की उड़ी मैना, फिर तेरे सामने है। तू इसे पकड़कर रख सकता है? तो ले इसे, यह तेरे सामने खड़ी है।"

"यह मेरे सामने नहीं, प्रभु के सामने खड़ी है। इसे रखने की सामर्थ्य केवल त्रिभुवनपति अर्हन्त में है। मुझमें होती, तो यह कोशलेन्द्र की फौलादी कारा तोड़कर कैसे जा सकती थी? कोशलपति प्रसेनजित देवी चन्द्रभद्रा से नतमाथ क्षमा-याचना करता है।"

शीलचन्दना ने अश्रुपूरित नयनों से हाथ उठाकर, राजा को क्षमा कर दिया। और वह महासती चन्दनबाला को समर्पित होकर, श्रीभगवान की सती हो गयी।

"देवानुप्रिय अनाथपिंडक, गृहपति मृगार श्रेष्ठि! सुनता हूँ, तुम्हारे पास इतनी सम्पत्ति है, कि तुम सारे जम्बूद्वीप को खरीद सकते हो। क्या तुम अपनी उस तमाम सम्पत्ति से भी अपने राजा का विगत यौवन लौटा सकते हो? क्या तुम अपने कोटि-कोटि सुवर्ण से भी अपने राजा को मृत्यु से बचा सकते हो?"

दोनों धन-कुबेर एक ही तार-स्वर में बोले :

"त्रिकाल में भी यह सम्भव नहीं, भगवान। जरा, मृत्यु, रोग और वियोग का कोई निवारण नहीं। इस संसार की असारता और क्षणभंगुरता को हमने जान लिया, इसी से तो हम सम्यक् सम्बुद्ध भगवान तथागत की शरण चले गये। उन भगवान के उपदेश से हम उद्बुद्ध हुए।"

"महानुभाव श्रेष्ठियो, क्या तुम सच ही इस संसार की असारता और क्षणभंगुरता को जान गये? क्या तुम सच ही सम्यक् सम्बुद्ध भगवान तथागत को समर्पित हो गये? क्या तुम सच ही उद्बुद्ध हुए?"

"अपने जाने तो हुए, भन्ते।"

"तो सारे विश्व की सम्पत्ति का यह स्वामित्व कैसा? क्या तुमने अपने स्वामी तथागत को अपना सम्पत्ति-स्वामित्व समर्पित किया?"

क्षण-भर को दोनों श्रेष्ठी बौखला गये। फिर कुछ सँभलकर श्रेष्ठी अनाथ

पिंडक बोला :

"मैंने भगवान तथागत को अपनी अपार सम्पत्ति का दान किया। मैंने जेत राजकुमार के योजनों व्यापी सुरम्य जेतवन उद्यान को, किनारे से किनारे तक सुवर्ण से पाट दिया। हठीला जेत राजकुमार फिर भी अपना उद्यान बेचने को राजी न हुआ। तो मैंने ऊपर से और अठारह कोटि सुवर्ण उसे देकर, जेतवन उद्यान खरीद लिया। और उसे सम्यक् सम्बुद्ध भगवान तथागत को समर्पित कर दिया। मैंने उसमें विशाल नवखंडी भिक्षु-प्रासाद बनवाया। अनेक आराम, विहार, स्नानागार, भोजनशाला, अतिथिशाला, चत्वर, चंक्रमण-उपवन का जाल बिछा दिया। कि श्रीभगवान और उनका भिक्षुसंघ वहाँ आवास ग्रहण करें, सुखपूर्वक विहार और धर्म-देशना करें।"

"और तुमने, महानुभाव मृगार श्रेष्ठि? तुमने अपने स्वामी तथागत गौतम को क्या अर्पित किया?"

"भन्ते भगवन्, मेरी पुत्रवधू विशाखा ने अपने एक मुक्ताहार के मूल्य से, जम्बूद्वीप में अद्वितीय, ऐसा एक विहार श्रीभगवान तथागत के लिए निर्माण कराया। वह 'पूर्वाराम मृगार-माता प्रासाद' कहलाता है। उसमें सात खंड हैं, और एक हजार प्रकोष्ठ हैं। उसे देखने के लिए और तथागत से धर्मलाभ करने के लिए देश-देशान्तर के अनेक यात्री आते हैं। और वहाँ निर्मित अनेक अतिथि-शालाओं में विश्राम ग्रहण कर, सुख से तथागत के जरा-मृत्यु निवारक उपदेशामृत का पान करते हैं।"

इसी बीच उतावला होकर अनाथपिंडक बोला :

"और सुनें भगवन, मैंने राजगृही से श्रावस्ती तक के मार्ग में ठेर-ठेर आराम, विहार, भिक्षु-मठ, धर्मशालाएँ बनवा दीं। ताकि श्रीभगवान तथागत अपनी धर्म-यात्रा में वहाँ सुखासीन हों। राह के जनपदों को अपनी कल्याणी धर्मवाणी से प्रतिबुद्ध करें, परिप्लावित करें। मैंने भगवान के मंगल धर्मचक्र-प्रवर्तन के लिए अपना सर्वस्व समर्पित कर दिया!"

"सर्वस्व समर्पित कर दिया? तो क्या अपनी सम्पत्ति का स्वामित्व तुमने तथागत को अर्पित कर दिया? महानुभाव मृगार श्रेष्ठि, क्या तुमने भी?"

दोनों श्रेष्ठी हक्के-बक्के से एक-दूसरे को ताकते रह गये। उनसे कोई उत्तर न बना। श्रीभगवान चुपचाप उन्हें निहारते रहे, फिर बोले :

"और मृगार श्रेष्ठि, विशाखा द्वारा दान किया गया प्रासाद 'पूर्वाराम मृगार-माता प्रासाद' कहलाता है, 'तथागत-बोधिसत्व प्रासाद' नहीं? तुम्हारी पुत्रवधू ने शिलापट्ट पर तुम्हारा और अपना नाम आँक कर, सत्नाम बुद्ध के नाम को नहीं, अपने नाम को अमर कर दिया? यही न?"

क्षण भर रुककर भगवान फिर बोले :

"और पूछता हूँ श्रेष्ठि, तुम्हारी पुत्रवधू के केवल एक मुक्ताहार का मूल्य यदि

इतना हो सकता है, तो तुम्हारी निधि के तमाम अलंकार, रत्न-सुवर्ण का मूल्य कितना होगा? सारे जम्बूद्वीप को खाली कर यह अकूत द्रव्य केवल तुम्हारी सम्पदा हो गया? तो उन करोड़ों मानवों का क्या, जो केवल एक वसन, एक छप्पर और दो जून रूक्ष भोजन के सहारे जीते हैं? उतना भर पाने को भी अपना सर्वस्व निचोड़ देते हैं।''

मृगार श्रेष्ठी क्या उत्तर दे? उसका माथा लज्जा से झुक गया। श्रीभगवान फिर बोले :

''पूछता हूँ श्रेष्ठियो, क्या तुम यह महादान करके जरा, मृत्यु, रोग, शोक, वियोग से सुरक्षित हो गये?''

''पुण्य-लाभ किया भगवन्, ताकि...''

''ताकि अगले जन्म में तुम इससे शतगुने सुखद प्रासादों में निश्चिन्त पोढ़ो। शतगुनी अधिक सम्पत्ति के स्वामी बनो। शतगुने अधिक संसार-सुख का निर्बाध भोग कर सको। ताकि सारी सृष्टि और सारे भगवान तुम्हारे स्वामित्व की वस्तु हो जाएँ?''

''नहीं भगवन्, इसलिए कि पुण्य-लाभ कर हम अपने पापों को काट सकें, और जरा-मृत्युग्रस्त संसार से तर सकें।''

''तो क्या तथागत यह उपदेश करते हैं, कि पुण्य से तुम पाप, मरण और जरा को जीत सकते हो? कि तुम पुण्य से परिनिर्वाण प्राप्त कर सकते हो?''

''सो तो तथागत जानें, भगवन! हम ठहरे वणिक-व्यापारी, सार्थवाह। इतने सूक्ष्म ज्ञान में उतरने का हमें कहाँ अवकाश। हम तो केवल उन भगवान के शरणागत हैं। वे चाहें तो हमें तारें, चाहें तो हमें मारें। हम तो केवल उनकी धर्म-कथा सुनकर शान्त और निश्चिन्त रहते हैं।''

''शान्त और निश्चिन्त रहते हो, जन्मान्तरों तक की संसार की सारी आपद-विपद, आधि-व्याधि भगवान तथागत को सौंपकर? यही न? आयुष्मान गाथापतियो, क्या तुम सच ही तथागत बुद्ध के शरणागत हो गये?''

''शरणागत न हों, तो इस संसार के दुःखों से हमें कौन तारे? हम तो इसीलिए आज आपके भी शरणागत होने आये हैं, हे जिनेन्द्र अर्हन्त!''

''ताकि यावत पृथ्वी के सारे ही भगवानों के चरणों में तुम सुरक्षित हो जाओ? वे सब एकजुट होकर तुम्हारे तारण को सदा तत्पर रहें, सावधान और नियुक्त रहें! यही न?''

''हाँ भगवन्, हम तो जहाँ भी भगवान हैं, उन सबके शरणागत हैं। हम वणिकों के वश का और क्या है?''

श्री भगवान चुप स्थिर मुस्कुरा आये। गहरे सन्नाटे में सर्वत्र एक सामूहिक मर्मर हास्य-ध्वनि व्याप गयी।

श्रेष्ठियों को डर हुआ, कि कहीं अवसर न चूक जाएँ। कहीं श्रीभगवान हाथ

से न निकल जाएँ। सो उतावले होकर तार-स्वर में दोनों एक साथ बोले :

"हम आपके शरणागत, आपकी क्या सेवा कर सकते हैं, हे त्रिलोकीनाथ अर्हन्त?"

श्रीभगवान ने कोई उत्तर न दिया। तो श्रेष्ठी और भी अधिक उतावले होकर बोले :

"श्री भगवान हमारा दान स्वीकार कर, हमें कृतार्थ करें। हम जिनेश्वर अर्हन्त और उनके श्रमण संघ के लिए प्रासाद चुनवाएँ, आराम बनवाएँ, विहार बनवाएँ, चैत्य-उद्यान बनवाएँ। कूटागार, मठ, उपाश्रय बनवाएँ। ताकि भगवान और उनका श्रमण-संघ वहाँ सुख से विहरें और भवजनों को अपनी तरण-तारण जिनवाणी सुनाएँ।"

श्री भगवान चुपचाप केवल नासाग्र दृष्टि से मुस्कराते रहे। वे चुप ही रहे, और दोनों श्रेष्ठी उच्च से उच्चतर स्वर में अपनी दान-घोषणा को विविध रूपों में दोहराते रहे। हठात् सुनाई पड़ा :

"तुम सुगत होओ श्रेष्ठिजनो! तुम्हारा कल्याण हो!"

अनाथपिंडक हर्षित आशान्वित होकर बोला :

"तो देवाधिदेव त्रिलोकपति अर्हन्त ने हमारे दान को स्वीकार लिया?"

"अनगार आगार नहीं स्वीकारते, आयुष्यमान्। दिगम्बर दीवारों में नहीं विचरते। निगंठ अर्हन्त प्रासादों और विहारों में नहीं विहरते। वे आवासित नहीं, निर्वासित विहरते हैं। वे पृथ्वी और आकाश के बीच मुक्त विहरते हैं। वे एक ही स्थान पर बार-बार नहीं लौटते। वे सर्वत्र, सर्व देश-काल में नित-नव्य और स्वतन्त्र विचरते हैं। वे लौटकर वहीं-वहीं नहीं आते। असंख्य प्रदेश, पर्याय, परमाणु को पार करते हुए, आगे ही बढ़ते जाते हैं।"

"लेकिन तथागत बुद्ध ने तो हमारा दान स्वीकारा, भन्ते। आगार विहार स्वीकारे। क्या वे सम्यक सम्बुद्ध नहीं, भगवन?"

"श्री भगवान मौन सस्मित, दूरियों में आर-पार देखते रहे। श्रेष्ठियों ने फिर अपना प्रश्न दुहराया :

"क्या तथागत बुदध सम्यक् सम्बुद्ध नहीं, भन्ते? अर्हन्त जिनेश्वर हमारा समाधान करें।"

"तथागत बुद्ध निश्चय ही सम्यक् सम्बुद्ध अर्हन्त हैं। तथागत अप्रतिम हैं। तथागत अनन्य हैं। तथागत एकमेव हैं। प्रत्येक अर्हन्त अप्रतिम, अनन्य, एकमेव होता है। प्रत्येक अर्हन्त विलक्षण होता है। वे परस्पर तुलनीय नहीं। वे अपने-अपने स्व-धर्म और स्व-भाव में स्वतन्त्र विचरते हैं। प्रत्येक का मार्ग एक कुँवारे जंगल को भेद कर गया है। प्रत्येक का सत्य-साक्षात्कार विशिष्ट होता है। तदनुसार चर्या भी विशिष्ट

होती है। लेकिन उन सबका गन्तव्य है, वही एक परम अभेद महासत्ता। उसमें वे सब तद्रूप एकाकार होते हैं। तथागत बुद्ध निश्चय ही सम्यक् सम्बुद्ध अर्हन्त हैं। वे निश्चय ही मारजयी और मृत्युंजयी हैं!''

सारा ही उपस्थित श्रोता-मंडल, एक गहरे समाधान की शान्ति और निश्चिति में विश्रब्ध हो गया। इसके आगे शब्द की गति नहीं थी। कि हठात् मंडलाकार गूँजती ओंकार-ध्वनि में से गम्भीर स्वर सुनाई पड़ा :

''सृष्टि की सम्पदा का दान करनेवाले तुम कौन होते हो, श्रेष्ठियो, उसका स्वामित्व तुम्हें किसने दिया?''

फिर पकड़े जाकर श्रेष्ठी काँप-काँप आये। किसी तरह साहस बटोरकर सुदत्त अनाथपिंडक उत्तर देने को विवश हुआ :

''हमने अपने पुरुषार्थ और परिश्रम से उसे अर्जित किया है, भन्ते।''

''तुम्हारा परिश्रम, तुम्हारा पुरुषार्थ? तो उन करोड़ों कृषकों के परिश्रम और पुरुषार्थ का अर्जन क्या, जो शीत-पाला, लू के झँकोरे, वर्षा-तूफान के थपेड़े सहकर कृषि-कर्म करते हैं, और तुम्हारे व्यापारिक भांडारों को अन्न-खाद्य से भर देते हैं? उन श्रमिकों का अर्जन क्या, जो प्राण की बाजी लगाकर पातालगामी खदानों में उतर जाते हैं, अथाह समुद्रों के तलों में गोते लगाते हैं? और इस तरह तुम्हारी निधियों को सुवर्ण-रौप्य और अमूल्य रत्नमुक्ता से भर देते हैं। जो हिंस्र प्राणियों से भरे जंगलों में घुसकर, तुम्हारे महलों और किलों के निर्माण के लिए श्रेष्ठ काष्ठ, पाषाण और फौलाद उपलब्ध करते हैं, और तुम्हारे सुखद गद्दों और उपानहों के लिए पशु-चर्म प्राप्त करते हैं। जो आचूड़ पृथ्वी का दोहन कर, तुम्हारे लिए तमाम भोग्य वस्तु-सामग्री जुटाते हैं। ताकि अपने सार्थों और जलपोतों द्वारा उनका निर्यात-व्यापार करके, तुम सारी धरती का धन अपने भांडारों में एकत्रित कर सको। उन वास्तुकारों, स्थपतियों और राज-मजूरों का अर्जन क्या, जो श्रेष्ठियों और राजाओं के आकाशगामी महल चुनने के लिए, बल्लियों के मचानों पर चढ़कर, अधर आकाश में अपनी जान से खेलते हैं? उन शिल्पियों और कलाकारों का अर्जन क्या, जो अपने रक्त का इत्र निचोड़कर, समर्थों के सौन्दर्य-स्वप्न और लालित्य-चेतना को परितृप्त करते हैं? उन सबका अर्जन क्या? उनके परिश्रम और पुरुषार्थ का क्या मूल्य? क्या उनका कोई स्वामित्व नहीं? पीढ़ी-दर-पीढ़ी तुम्हारी भूख-प्यासों का दासत्व करते चले जाना ही, क्या उनकी एकमात्र नियति है?''

क्षणैक चुप रहकर भगवान फिर बोले :

''पूछता हूँ, क्या आधार है तुम्हारे इस अर्जन, अधिकार और स्वामित्व का, कि तुम इस पृथ्वी के एक कण का भी दान करने का दम्भ कर सको? तुम केवल बर्बर उपभोक्ता हो, और अन्य पदार्थ, प्राणी और मानव मात्र को तुम केवल अपना उपभोग्य

मानते हो। शताब्दियों से चली आ रही असंख्य प्राणियों और मानवों की हिंसा और हत्या से निचुड़े रक्त से अर्जित सम्पत्ति का दान, अनगार अकिंचन अर्हन्त महावीर कैसे स्वीकारे?''

एक गहरा सन्नाटा। और फिर सुनाई पड़ा :

''और सुनो धन-कुबेरो, गहरी आत्म-वेदना के तप से उपलब्ध योग, अध्यात्म, ज्ञान-दर्शन, काव्य, कला, लालित्य और सौन्दर्य का मूल्य, तुम्हारी बर्बर उपभोक्ता व्यवस्था में सबसे नीचा आँका जाता है। एक कवि या कलाकार का सर्जन तुम्हारे लिए केवल मनोरंजन है, उसका मूल्य हर ठोस उपभोग्य पदार्थ की तुलना में नगण्य होता है। सूक्ष्म भाव का तुम्हारे यहाँ कोई मूल्य नहीं, केवल स्थूल जड़ ठोस पुद्गल ही तुम्हारे यहाँ मूल्यवान है। ज्ञानियों, तीर्थंकरों, अर्हतों, ऋषियों, भगवानों और उनकी वाणी को भी तुम केवल उपभोग्य वस्तु मानते हो, और उन्हें तुम अपने महादानों से खरीद लेना चाहते हो। ताकि वे परित्राता जन्मान्तरों में तुम्हें जरा, मृत्यु, रोग-वियोग, शोक के परितापों से बचाते रहें। धर्म तुम्हारे लिए अपने स्वार्थों की सुरक्षा का कवच मात्र है, और उसे भी तुम अपने व्यापारिक पण्यों में खरीदते और बेचते हो।''

फिर एक विप्लवी सन्नाटा। फिर सुनाई पड़ा :

''श्रेष्ठियो, क्या तुम महावीर को भी आश्रय-आगार दान करके, उसका धर्म, ज्ञान और भव-त्राण खरीदने नहीं आये?''

एक कृत्रिम नम्रता के स्वर में बोला अनाथपिंडक :

''आप तो अपार ज्ञान बोल गये, भगवन्। मेरी तो बुद्धि ही गुम हो गयी! मुझे कुछ भी समझ न आया। हमें आज्ञा दें भगवन्, हम आपका क्या प्रिय करें?''

''तुम अपनी समस्त सम्पत्ति का मिथ्या स्वामित्व महावीर को अर्पित कर दो। और वह उसे मानव मात्र, प्राणिमात्र की बना देगा, जो सब उसके समान अधिकारी हैं। यहाँ के कण-कण पर, जीव मात्र और जनमात्र का सम्पूर्ण और जन्मसिद्ध अधिकार है!''

खींसें निपोरकर दीन भाव से दोनों श्रेष्ठी एक स्वर में बोले :

''भन्ते त्रिलोकीनाथ, ऐसी सामर्थ्य हममें कहाँ?''

''तो अपने आगामी युग-तीर्थ में महावीर अपनी सामर्थ्य से, तुम्हारे स्वामित्व मात्र को सदा के लिए समाप्त कर देगा। इतिहास में से हिंसा के इस दुश्चक्र को वह सर्वकाल के लिए पोंछ देगा। आनेवाली शताब्दियाँ इसे प्रमाणित करेंगी। अहिंसक और अपरिग्रही महावीर का जन्म पृथ्वी पर इसीलिए हुआ है। इसी अर्थ में तीर्थंकर महावीर विशिष्ट, अप्रतिम और अनन्य माना जाएगा।''

उपस्थित लोक मात्र एक विराट सामुदायिक समाधि में विश्रब्ध हो गया। एक अबूझ, अचूक साक्षात्कार और प्रत्यय वैश्विक चेतना में बीज-मन्त्र की तरह गहरे से

गहरे उतरता चला गया। आगामी देश-काल की अनन्त सम्भावनाओं के पटल अन्तरिक्ष में उघड़ते दिखाई पड़े। एक अनिर्वार सम्बोधि में सारे सम्भाव्य प्रश्न, तर्क, वितर्क उठने से पूर्व ही निर्वाण पा गये।

''सावधान, प्रसेनजित!''

''सम्मुख हूँ, भन्ते!''

''लेकिन अभी भी उन्मुख नहीं है तू।''

''प्रभु का क्या प्रिय करूँ?''

''अपना ही प्रिय कर, वत्स। इस दर्पण में अपने ही अनेक विकृत चेहरे देख। उपभोक्ता राजा, उपभोक्ता श्रेष्ठी, उपभोक्ता अभिजात, एक ही बात। तुम सब परोपजीवी हो। प्रति पल पर के घात पर तुम्हारा अस्तित्व टिका है। तूने राजसूय यज्ञ में हजारों निर्दोष पशुओं का हवन कर दिया। क्या तू चक्रवर्ती हो सका?''

''सो तो आप ही जानें, अन्तर्यामिन्!''

''तेरा निस्तार निकट है, सौम्य!''

''मैं निर्वाण पा जाऊँगा, भन्ते, इसी जन्म में?''

''इस जन्म में नहीं। कोड़ा-कोड़ी सागरों तक नरकों में प्रवास करने के बाद।''

''नरक? मैं नरक में पड़ूँगा, भन्ते?''

''अपना नरक तू आप ही है। अपना स्वर्ग तू आप ही है। अपने ही से तू कैसे बच सकता है। लेकिन तू भव्यात्मा है, काल-लब्धि आने पर तर जाएगा तू।''

''लेकिन भगवान तथागत बुद्ध तो कहते हैं कि : तू चतुर्थ बुद्ध होगा। सारिपुत्त को अनागत बुद्ध का उपदेश करते हुए, स्वयं श्रीभगवान ने ऐसा कहा था। क्या यह असत्य है, भगवन?''

''तथागत असत्य नहीं कहते। वे परावाक् हैं। वे आप्तवाक् हैं। उनका वचन प्रमाण है। लेकिन कर्मभोग और काल-लब्धि अनिवार्य है।''

''वे भगवान मेरे गुरु हैं। मैं उनकी शरण में हूँ। क्या मुझे आपका श्रावक होना पड़ेगा, भगवन?''

''शास्ता अनाग्रही हैं। वे आग्रह नहीं करते। *अहासुहं, देवाणुप्पिया, मा पडिबन्ध करेह!* जिसमें तुझे सुख लगे, वही कर, देवानुप्रिय। कोई प्रतिबन्ध नहीं। जो यहाँ है, वही वहाँ है। तू सुगत है, वत्स, तू मार्ग पर है। अपने स्वधर्म में निर्द्वन्द्व विचरण कर।''

''मेरे इस जीवन का और इसके बाद का भविष्य क्या है, देवार्य?''

''वह तू अपने मन्त्रियों और सेनापतियों से पूछ। अपने सत्ता-लोलुप युद्धों के

निर्घृण रक्तपात से पूछ। अपने प्रतिस्पर्धी राजाओं और राज्यों से पूछ। कलिंगसेना के बिछुड़े प्रियतम उदयन से पूछ। अपहरिता कुमारियों और नारियों के, खून के घूँटों और आँसुओं से पूछ। अपने रासायनिक आचार्यों के लोहवेध और वाजीकरण से पूछ। अपने तमाम बलात्कृत अन्त:पुरों की सहस्रों रानियों और रखैलों से पूछ। और अपने युवराज विडूडभ से पूछ।...यही है तेरा भविष्य, राजन।''

विडूडभ का नाम सुनते ही राजा सर से पैर तक काँप उठा। उसकी हथेलियों और पगतलियों में पसीने आ गये।

''इस विडूडभ का सामना कर, प्रसेनजित। तुम्हारी उपभोक्ता सभ्यता का यह आखेट, तुम सबका आखेटक होकर उठा है। तुम भद्रवर्गीय अभिजातों के शतियों व्यापी ढँके अनाचारों का, यह उजागर और पूँजीभूत अवतार है। तुम्हारी प्रतिस्पर्धी और प्रतिशोधी बर्बर परम्परा का यह ज्वलन्त प्रमाण और साक्षी है। तुम्हारे हिंसक, बलात्कारी, सड़े हुए राजवंशी रक्तों के सम्मिश्रण से जन्मा है, शाक्यों की दासी-पुत्री और कौशलेन्द्र की रानी वार्षभ-क्षत्रिया का बेटा यह विडूडभ। इसका सामना करो, राजा। तुम राजवंशियों के अधोगामी रक्त का यह ओजस्, तुम्हारी राजसत्ता मात्र का सत्यानाश है। इसे देख, प्रसेनजित। यह इतिहास का अटल तर्क है!''

प्रसेनजित की आँखों में अँधेरा छा गया। उसके हाथ-पैर छूट गये। वह गिर जाने की अनी पर है।

''निश्चल हो जा राजा, और अपनी नियति का सामना कर!''

''मैं कहाँ टिकूँ, मैं कोई नहीं रह गया? मैं कौन हूँ, मुझे नहीं मालूम।''

''जो 'कोई नहीं' रह गया, जो 'कुछ नहीं' हो गया, वही तू है, राजन।''

''मैं सचमुच 'कोई नहीं' रह गया, भगवन? मैं कोशलेन्द्र प्रसेनजित, मेरा राज्य, मेरा सिंहासन?...मैं कोशलेश्वर प्रसेनजित?''

''वह तू नहीं रहा, वत्स। तेरा राज्य समाप्त हो गया। तू लौटकर आज अपने सिंहासन पर नहीं बैठ सकेगा। आँखें खोलकर इस विडूडभ को देख। इसके सर पर कोशल का राजमुकुट है। कोशल के सिंहासन पर इस वक्त, तेरी नहीं, इसकी तलवार खड़ी है। इसका सामना कर, प्रसेनजित। लौटकर अपने राजद्वार पर तू राजा नहीं, बन्दी होगा!''

क्रोध से उत्तेजित होकर राजा फूट पड़ा :

''मुझे कोई कैद नहीं कर सकता। मेरा सिंहासन कोई नहीं छीन सकता!''

''वह छिन चुका। यह नियति अटल है। इसका सामना कर।''

''मैं क्या करूँ, भन्ते कृपानाथ? मेरा त्राण करें!''

''सामने खड़ी अपनी मौत को देख!''

''मौत?...इससे मुझे बचाओ, तारणहार प्रभु!''

"मौत से कोई बच और बचा नहीं सकता!"

"तो मेरा कोई तरणोपाय, भगवन् ?"

"अपनी आसन्न मृत्यु के सम्मुख निश्चल खड़ा हो जा। उसे साक्षात कर। उसे स्वीकार कर। और तू उससे पार हो जाएगा।"

"यह मेरे वश का नहीं, भन्ते अर्हन्त।"

"तो अपनी परवशता को भोग। उसका सामना कर।"

"मुझे कुछ नहीं दीख रहा, नाथ। मेरे सामने केवल अन्धकार है।"

"तो ले देख, मैं तुझे दिखाता हूँ, देवानुप्रिय। तू लौटते ही अपने राजद्वार पर बन्दी होगा। तुझे निर्वासित कर विजन कान्तार में खदेड़ दिया जाएगा। तू गिरता-पड़ता, लहू-लुहान, मृतप्राय भटकता हुआ चम्पा पहुँचेगा। अजातशत्रु के पास शरण खोजने।...बड़ी भोर, चम्पा-दुर्ग के बन्द द्वार की देहरी पर, मैं एक सड़े हुए राजा के दुर्गन्धित शव का ढेर देख रहा हूँ। वह तू नहीं, वत्स, वह केवल तेरा शरीर, तेरा एक पर्याय। अपनी मौत को सम्मुख लेकर देख राजा, उसे प्रत्यक्ष देख, उसका साक्षी हो जा। और तू अमरत्व में उन्नीत हो जाएगा!"

प्रसेनजित की चेतना शून्य में डूबती चली गयी। एक वेधक सन्नाटे में भयंकर भविष्य उजागर हो रहा है।

"सावधान विडूडभ! शाक्यों के दासी-पुत्र औरस, तू शाक्यों से अपने अपमान का बदला लेने सैन्य सज्ज होकर कपिलवस्तु जाएगा। अपनी प्रतिशोधी तलवार के खूनी उन्माद से, तू शाक्यों का निर्मूल वंशनाश कर देगा। चुन-चुनकर एक-एक दुधमुँहे बच्चे तक को मार देगा। केवल वे बच जाएँगे, जो मुख में तृण और जलवेत लेकर तेरे आगे घुटने टेक देंगे। एक दिन तेरे पगधारण से अपावन हो गये अपने सभागार को, तेरे मातुल शाक्यों ने दूध से धुलवाकर पवित्र किया था। अब तू 77000 शाक्यों के प्रतिशोधित रक्त से अपना काष्ठासन धुलवाएगा!...और यों शाक्य गणतन्त्र का अन्त हो जाएगा!"

"तो मेरी विजय होगी, देवार्य? मैं इन राजवंशियों की मुंडमाल धारण कर इनकी धरतियों पर राज्य करूँगा, भगवन् ?"

"तू नहीं, तेरी आगामी पीढ़ियाँ। आज के दास ही कल पृथ्वी के स्वामी होंगे!"

"लेकिन मैं तो आज ही विजयी हो गया, भन्ते। मैं तो आज ही स्वामी हो गया, देवार्य।"

"प्रतिशोध की विजय, विजय नहीं, अन्तिम पराजय है। तथागत बुद्ध के वंश का विच्छेद करके कौन विजयी हो सकता है। तथागत का वंश-विनाश, तेरा आत्मनाश सिद्ध होगा। लौटते हुए तू और तेरा सैन्य, इस सामने बह रही अचीरवती

की बाढ़ में डूब जाएगा। सावधान विडूडभ, सावधान प्रसेनजित! हिंसा–प्रतिहिंसा के इस दुश्चक्री नाटक का अन्त खुली आँखों देखो, देवानुप्रियो। इतिहास इसके आगे न जा पाया अभी तक!''

विडूडभ और प्रसेनजित आमने–सामने खड़े, एक–दूसरे में अपनी मौत को साक्षात कर रहे हैं। एक कालातीत शान्ति में सभी कुछ विश्रब्ध हो गया है। तभी भगवत्पाद आर्य गौतम का गभीर स्वर सुनाई पड़ा :

''तो भगवन्, क्या इतिहास अपने को दोहराता ही चला जाएगा? क्या वह कभी अपने को अतिक्रान्त नहीं करेगा! क्या पृथ्वी पर मनुष्य की यही अन्तिम नियति है?''

''महावीर के युग–तीर्थ में सहस्राब्दों के पार देख रहा हूँ, एक शलाकापुरुष! जो हिंसा और प्रतिहिंसा के इस दुश्चक्र को तोड़ देगा। महासत्ता में होनेवाली उस अतिक्रान्ति की प्रतीक्षा करो, हे भव्यमान आर्यजनो!''

एक गहरी आश्वस्तिदायक शान्ति व्याप गयी। उसमें से फिर सम्बोधन सुनाई पड़ा :

''मालाकार कन्या मल्लिका! मुझे तेरी महारानी नहीं, तेरी मालिन प्रिय है। मैं तेरे शूद्रत्व का वरण करने आया हूँ। आनेवाले युगों में पृथ्वी पर भद्रों की नहीं, शूद्रों की प्रभुता देख रहा हूँ! जो आज पीड़ित है, वही भविष्य में सच्चा प्रजापति होकर उठेगा।''

प्रसेनजित को अवलम्ब दिये खड़ी मल्लिका रो आयी। वह गन्धकुटी के पाद में भूसात् हो गयी। और फिर उठकर रुद्ध कंठ से विनती कर उठी :

''मेरे लिए क्या आज्ञा है, देव?''

''तुम महावीर की सती हुईं, इस मुहूर्त में। तुम महावीर का भविष्य हो!''

''महाराज खड़े नहीं रह पा रहे, इन्हें कौन अवलम्बन देगा, भगवन्?''

''उन्हें अपना अवलम्बन स्वयं हो जाना पड़ेगा।...आर्य प्रसेनजित, चाहोगे तो, जहाँ भी जाओगे, महावीर सदा तुम्हारे साथ रहेगा।''

मुमुर्षु राजा ने आशान्वित होकर, आर्त्त स्वर को ऊँचा करके पूछा :

''इस सामने खड़ी मृत्यु में भी?''

''यह मृत्यु भी वही है। और इसके पार भी वही खड़ा है, तुम्हारा अनिर्वार और एकमेव भविष्य : महावीर!''

और तुमुल जय–निनादों के बीच श्रीभगवान गन्धकुटी की सीढ़ियाँ उतरते दिखाई पड़े।

अनेकान्त का शीशमहल

श्रीभगवान इस बीच, प्रजाओं की पुकार पर, काशी–कोशल के अनेक ग्रामों और नगरों में विहार करते रहे। अब वे फिर लौटकर श्रावस्ती के 'ज्ञानोदय चैत्य' में समवसरित हैं।

प्रातःकाल की धर्म–पर्षदा में गहन गर्भवान ओंकार ध्वनि गूँज रही है। दशांग धूप की पावन मलय–कर्पूर गन्ध से सारा वातावरण प्रसादित है। सहसा ही भगवद्पाद इन्द्रभूति गौतम ने निवेदन किया :

"भन्ते जगदीश्वर, सारे समकालीन जगत् में आज एक तीव्र असन्तोष की लहर दौड़ रही है। सारे संसार की नयी पीढ़ियाँ एक प्रचंड असहमति और अराजकता से विक्षुब्ध हैं। तमाम तरुणाई एक विप्लव के ज्वालागिरि की तरह उबल रही है। समकालीन प्रबुद्धों ने सारी पुरातन मर्यादाओं और प्रस्थापनाओं को नकार दिया है। सारे स्थापित मूल्य–मानों को तोड़ दिया है। सारी परम्पराओं को ध्वस्त करके वे नये मूल्यमान, नयी मर्यादा, नयी प्रस्थापना के ध्रुव की खोज में जूझ रहे हैं। यूनान में हिराक्लिटस और पायथागोरस, महाचीन में लाओत्से, मेन्शियस और कन्फ़्यूसियस, फिलिस्तीन में येर्मियाह और इझेकियेल, तथा पारस्य देश में जूर्थुस्त्र इसी विप्लव के चूड़ान्त पर खड़े बोल रहे हैं। सर्वज्ञ महावीर के पृथ्वी तल पर विद्यमान होते, मनुष्य ऐसे असन्तोष और अराजकता से क्यों ग्रस्त हो गया है, भगवन् ?"

"महावीर स्वयं उसी असन्तोष में से जनमा है, गौतम! उसकी ही चुनौती पर, उसका उत्तर देने को ही वह पृथ्वी पर आया है। और क्या तुम भी उसी असन्तोष की सन्तान नहीं ? क्या तुम भी उसी उद्विग्नता से विवश होकर मेरे पास नहीं आये ?"

"अपने पूर्वाश्रम को लौटकर साक्षात कर रहा हूँ, भगवन्!"

"इस मौलिक असन्तोष के संयुक्त और एकमेव उत्तर का ही दूसरा नाम महावीर है, देवानुप्रिय।"

"समकालीन संसार का अहोभाग्य है, नाथ, कि उसकी अन्तिम वेदना और अन्तिम प्रश्न का उत्तर देने को, सर्वज्ञ अर्हन्त महावीर हमारे बीच उपस्थित हैं।"

श्रीभगवान मौन हो रहे। उनकी पारान्तर वेधी दृष्टि से तमाम श्रोता समुदाय अनुविद्ध होता रहा। तभी आर्य गौतम ने फिर निवेदन किया :

"यह एक विचित्र संयोग है, भगवन्, कि वर्तमान आर्यावर्त के ऐसे ही चार क्रान्तिकारी विचारक एक साथ इस क्षण प्रभु के सम्मुख श्रीमंडप में उपस्थित हैं। आर्य पूर्ण काश्यप, आर्य अजित केशकम्बली, आर्य प्रकुध कात्यायन, आर्य संजय वेलट्ठिपुत्त। इन चारों ही ने सनातन आर्यधर्म की परम्परा का ध्वंस कर दिया है। आनन्दवादी वेद और ब्रह्मवादी उपनिषद् का ज्ञान इन्हें सन्तुष्ट न कर सका। वर्तमान

आर्य धार्मिकों में, विचार और आचार के बीच जो एक चौड़ी खाई पड़ गयी है, उसके पाखंड का इन्होंने घटस्फोट किया है। ये विचार को आचार में प्रकट देखने को बेचैन हैं। ये धर्म को जीवन में व्यक्त पाना चाहते हैं। इसके अभाव में अपनी पीड़ा के चरम पर पहुँचकर, ये धर्ममात्र के उच्छेद को सन्नद्ध हो उठे हैं।''

''प्रचेता हैं ये आचार्य, गौतम। ये जाग चुके हैं। सत्य की अग्नि से ये जाज्वल्यमान हैं। इन्होंने लीक को तोड़ा है, मिथ्यात्व का भंजन किया है, जड़ रूढ़ियों को ध्वस्त किया है। शास्ता को प्रिय हुए ये देवानुप्रिय सत्यवादी। हम इनका अभिवादन करते हैं। हम इनका क्या प्रिय कर सकते हैं, गौतम?''

''ये प्रभु से वाद करना चाहते हैं।''

''अर्हत् वाद नहीं करते, संवाद करते हैं।''

''ये महावीर के वाद का खंडन करने आये हैं, देवार्य।''

''अर्हत् खंडन नहीं करते, वे मंडन करते हैं। वे अपने प्रतिपक्षी के पक्ष का भी, उसी की अपेक्षा विशेष से समर्थन करते हैं।''

''ये महावीर से असहमत होने आये हैं, भन्ते।

''असहमत होने आये हैं, सहमत होने के लिए, गौतम!''

''ये महावीर को नकारने आये हैं, भगवन्।''

''नकारने आये हैं, सकारने के लिए, गौतम। 'ना' कहने आये हैं, 'हाँ' कहने के लिए, गौतम!

''ये महावीर के मत का विरोध करने आये हैं, भगवन्।''

''सर्वज्ञ किसी का विरोध नहीं करते, वे अविरोध-वाक् होते हैं। वे अपने विरोधी को भी स्वीकार कर, स्याद्वाद से उसके साथ सहकार करते हैं। वे विच्छेदक नहीं, संयोजक होते हैं।''

''विरोधों के बीच अविरोध और समन्वय कैसे सम्भव है, भगवन्?''

''तुम भी तो महावीर का विरोधी होकर आये थे, आयुष्यमान् गौतम! क्या महावीर ने तुम्हारा विरोध किया? क्या महावीर ने तुम्हारे वैदिक धर्म का खंडन किया?''

''प्रभु ने मुझे ठीक अपनी ही भूमि पर स्वीकार लिया। प्रभु ने वेद और वेदान्त का खंडन नहीं, मंडन किया। प्रभु ने विरोधी का विरोध नहीं, समाहार और समाधान किया। फिर भी मैंने जान-बूझकर ही यह प्रश्न उठाया है, भन्ते, ताकि शास्ता के उत्तर को मैं अपने ही उदाहरण से प्रमाणित कर सकूँ।''

''आगत आचार्य देखें, गौतम स्वयं प्रमाण हैं।''

''ये महानुभाव आचार्य अपने को जिन और श्रमण कहते हैं, भगवन्। ये भी अपने को तीर्थंकर कहते हैं, भन्ते।''

"ये उत्कट तपस्वी हैं और असत्य से जूझ रहे हैं, तो श्रमण हैं ही। ये मिथ्या का पाश तोड़कर मुक्त, निर्भय और विजयी हुए हैं, तो उस अपेक्षा से जिन हैं ही। ये नूतन युग-चेतना के संवाहक हैं, तो उस अपेक्षा से तीर्थंकर हैं ही। अर्हत् विद्वेषी नहीं, समावेशी होते हैं, गौतम। जिनेश्वर इन आचार्यों का निवारण नहीं, वरण करते हैं। यही मौलिक सत्ता का स्वभाव है, गौतम। जिनेन्द्र महावीर, उसी का साक्ष्य देने को यहाँ प्रस्तुत हैं।"

और श्रीभगवान तद्रूप, समाहित, चुप हो रहे।

चारों आचार्य उद्ग्रीव दिखाई पड़े। वे वाद करने को व्यग्र दीखे। महावीर का मौन उन्हें बेकाबू, उत्तेजित कर रहा था। सो आर्य गौतम ने उस मौन को तोड़कर, बात को आगे बढ़ाया :

"आचार्य पूर्ण काश्यप प्रभु के सम्मुख प्रस्तुत हैं। ये काश्यप गोत्रीय ब्राह्मण हैं। ये नग्नचर्या करते हैं। इनके अस्सी हजार अनुयायी हैं। जब गृहस्थाश्रम में थे तो अपने स्वामी द्वारा द्वारपाल का काम सौंपे जाने पर, इन्होंने गहरे अपमान का अनुभव किया। सो ये विरक्त हो गये, और निष्क्रान्त होकर जंगल चले गये। मार्ग में तस्करों ने इनके वस्त्र छीन लिये, तो वस्त्र के परिग्रह से भी ये विरक्त हो गये। और तभी से नग्न विचरने लगे। एक बार किसी ग्राम में इन्हें नग्न देखकर, लोगों ने इन्हें वस्त्रदान करना चाहा, तो ये बोले कि : "वस्त्र लाज ढँकने को हैं, लज्जा के मूल में पाप है। मैं पाप से परे हूँ, सो मेरे लिए वस्त्र अनावश्यक हैं।" इनकी इस असंग वृत्ति को देखकर हजारों लोग इनके अनुयायी हो गये। अनुभव से परिपूर्ण होने के कारण, इनका नाम ही पूर्ण काश्यप हो गया है।"

वीतराग मुस्कान से प्रफुल्लित प्रभु बोले :

"काश्यप महावीर काश्यप पूर्ण का स्वागत करता है। निष्क्रान्त और नग्न आर्य काश्यप महावीर को अपने ही प्रतिरूप लगते हैं। पाप से परे होकर, ये केवल स्वयं आप हो गये हैं। वरेण्य हैं आर्य पूर्ण काश्यप।"

"साधुवाद आर्य महावीर, मैं आपसे वाद करने आया हूँ। मैं आपका प्रतिवाद करने आया हूँ।"

"युवा काश्यप प्रतिवाद करें, यह स्वाभाविक है, उचित है, अभीष्ट है। वाद, प्रतिवाद, संवाद—यही तो सत्ता, सृष्टि और इतिहास का अटल तर्क है, अनिवार्य और अनवरत क्रम है। यह सारा विश्व क्रम-बद्ध पर्यायों का एक प्रवाह है। इसमें प्रतिवाद तो यथास्थान सतत जारी है। उत्पाद, व्यय, ध्रुव : वाद, प्रतिवाद, संवाद—यह संयुति ही सत्ता का स्वभाव है। यही मौलिक वस्तु-स्थिति है। आचार्य काश्यप इसके अनुगत

हैं, तो अर्हत् आप्यायित हुए।''

''निगंठनातपुत्त सुनें, मैंने वेद, वेदान्त, सारे परम्परागत धर्म, दर्शन और वादों की निष्फलता खुली आँखों देखी। वे जीवन में कहीं प्रतिफलित न दीखे। वे केवल वाग्विलास लगे। तो प्रत्यय हुआ कि यह सारा जगत्प्रवाह स्वतः चालित है। इसमें मनुष्य की क्रिया को अवकाश नहीं। सो मैं अक्रियावादी हो गया। आर्य महावीर क्रियावादी हैं, तो मैं उनका प्रतिवादी हूँ।''

''महावीर कोई वादी नहीं, वह केवल साक्षी है, आर्य काश्यप। सत्ता जैसी सामने आ रही है, उसे वह यथार्थ वैसी ही तद्रूप देखता है, जानता है, जीता है, कहता है। वह उस पर अपना कोई वितर्क या विचार नहीं थोपता। दृश्य पदार्थ स्वतः सक्रिय है : द्रष्टा आत्म भी स्वतः सक्रिय है। दोनों ही कूटस्थ नहीं, गतिमान हैं, प्रवाही हैं। आर्य काश्यप ने स्वयं इस जगत् को प्रवाह कहा। तो गति और क्रिया को स्वीकारा ही आपने। काश्यप चलकर मुझसे वाद करने आये हैं, क्या यह उनका कर्तृत्व नहीं? क्या यह क्रिया और गति का प्रमाण नहीं?''

''लेकिन मैं स्वयं कुछ कर नहीं सकता, कर नहीं रहा। बस, अपने आप यह सब हो रहा है। यदि कर्तृत्व मेरा होता, तो यह जगत् मेरा मन चाहा होता। तब किसी स्वामी का द्वारपाल होने की विवशता मेरी न होती।''

''लेकिन वह होने को तुम विवश न किये जा सके, आर्य काश्यप। तुमने प्रतिकार किया। तुम उस स्वामी की आज्ञा को ठुकरा आये। तुम संसार और वस्त्र तक से निष्क्रान्त हो गये। इस अनिष्ट संसार-प्रवाह से अलग खड़े हो जाने का पुरुषार्थ तुमने किया!''

''बेशक, ठुकरा दिया। निष्क्रान्त हुआ। नग्न हो गया। अलग खड़ा हो गया। पर क्या इस प्रवाह को मनचाहा मोड़ सका?''

''वह स्वभाव नहीं, आर्य काश्यप। हर वस्तु और व्यक्ति यहाँ स्व-सक्रिय है, अपने ही में स्वतन्त्र परिणमन कर रहे हैं। हर सत्ता यहाँ अपने उपादान, अपनी सम्भावना के स्वतन्त्र तर्क से गतिमान है। हम उसमें हस्तक्षेप नहीं कर सकते। हम बाहर से उसे मनचाहा तोड़ और मोड़ नहीं सकते। लेकिन अपने कर्ता हम आप हैं, निश्चय। सो हम अपने में पहल करके, अपने को बदल सकते हैं। और जब हम स्वयं बदलकर अपना अभीष्ट संवाद और शान्ति पा लेते हैं,तो जगत् की हर सत्ता मूलतः हमें अपने साथ संवादी प्रतीत होने लगती है। यह निश्चय प्रतीति ही स्वयं प्रक्रिया होकर जगत् में भी, अभी और यहाँ अभीष्ट अतिक्रान्ति अनायास घटित करती है। हम अन्यों की स्वतन्त्रता को स्वीकारते हैं, तो वे हमारी स्वतन्त्रता को स्वीकारते हैं। इस संवादिता में से ही जगत् स्वतः हमारा मनोवांछित होता चला जाता है। आर्य काश्यप ने पहल की, प्रतिवाद किया, प्रवाह से निकलकर स्वतन्त्र हो गये। अन्यों को

स्वतः सक्रिय रहने दिया : आप स्वतः सक्रिय रहे। तो वे कृतार्थ हो गये। महावीर उनके साथ संवादी हो गया।''

''लेकिन मैं तो अक्रिय हुआ, भदन्त, सक्रिय कहाँ हुआ? प्रवाह से निकल आया, बस।''

''कौन है, वह जिसने जगत् का यह सत्य देखा, जाना और उससे बाहर निकल आया? बाहर निकलने का निर्णय किसने किया? पहल किसने की? लज्जा के मूलगत पाप को किसने देखा, किसने जाना? किसने वस्त्र को उस पाप का प्रतीक जानकर त्याग दिया, और कौन यह स्वभावरूप नग्न चर्या करने लगा? कौन यहाँ वाद-प्रतिवाद करने आया?''

''मैं आर्य! मैं पूर्ण काश्यप!''

''इस मैं की पहचान और स्वीकृति ही अपने आपमें एक क्रिया है। अक्रिय को तुमने देखा, जाना, जिया, यह स्वयं ही एक क्रिया है। अन्ततः पहल और निर्णय तुम्हारा है कहीं। वह स्वतः उजागर है। स्वयं सिद्ध है। एकान्त क्रिया भी नहीं, एकान्त अक्रिया भी नहीं। यथाक्रम, यथास्थान, अक्रिया भी, क्रिया भी। अपेक्षा विशेष से ही सत्य और असत्य है। निरपेक्ष सत्य या निरपेक्ष असत्य कुछ भी नहीं। केवल अनुभव प्रमाण है, कथन नहीं।''

''तो मेरा अनुभव जो मुझे बताता है, उसे सुनें आर्य महावीर। अगर कोई कुछ करे या कराये, काटे या कटाये, कष्ट दे या दिलाये, शोक करे या कराये, किसी को कुछ दुःख हो या कोई दे, डर लगे या लगाये, प्राणियों को मार डाले, चोरी करे, घर में सेंध लगाये, डाका डाले, या किसी के मकान पर धावा बोल दे, बटमारी करे, परदारा गमन करे, या असत्य बोले, तो भी उसे पाप नहीं लगता। तीक्ष्ण धार वाले चक्र से यदि कोई इस संसार के पशुओं के मांस का बड़ा ढेर लगा दे, तो भी उसमें बिल्कुल पाप नहीं है, कोई दोष नहीं है। गंगा के दक्षिणी किनारे पर जाकर यदि कोई मार-पीट करे, काटे-कटवाए, कष्ट दे या दिलाये, तो भी उसमें कोई पाप नहीं। गंगा के उत्तरी किनारे पर जाकर यदि कोई अनेक दान करे या करवाए, यज्ञ करे या करवाए, तो उसमें कोई पुण्य भी नहीं मिलता। दान, धर्म या सत्य-भाषण से कोई पुण्य लाभ नहीं कर सकता। आचार-विचार, पाप-पुण्य, लोक-परलोक, सत्य-असत्य, हिंसा-अहिंसा—यह सब मरीचिका हैं, कपोल-कल्पना है, ढकोसला है, पाखंड है।''

''तो क्या तुमने यह सब कर देखा है, वत्स? करो और परिणाम जानो। अनुभव वही प्रमाण है, जो देखने, जानने और करने की संयुक्त फल-श्रुति हो। उक्त सारे आचारों को पाप-पुण्य से परे परानैतिक जाना तुमने, कहा तुमने, पर ये सारे आचार तुमने किये नहीं। अनुभव बिना मूल्य-निर्णय कैसा?...क्या तुम सच ही इन सारे

आचारों से निष्क्रान्त हो गये? क्या तुम सच ही स्वधर्म में स्थित, ज्ञाता-द्रष्टा मात्र रह गये?"

पूर्ण काश्यप निरुत्तर केवल सुनते रहे। कि फिर सुनाई पड़ा :

"तुमने लज्जा और उसके निवारक वस्त्र को अभी-अभी पाप का मूल कहा, आर्य काश्यप। और उसे त्यागने रूप आचरण भी तुमने किया। तो तुम पाप-पुण्य से परे कहाँ? और तुम घर छोड़कर निकल पड़े। संसार से बाहर खड़े हो गये। तो विचार और आचार दोनों किया तुमने, आचार्य काश्यप। तुम स्वयं ही अपने स्वयं के विरोधी और प्रतिवादी हो गये। और संन्यस्त होकर अपने साथ संवादी भी हो गये!"

अपने वाद के अन्तर्विरोध को सामने प्रत्यक्ष देख, पूर्ण काश्यप स्तम्भित, समाधीत हो रहे। वे अनिर्वच का साक्षात्कार कर निर्वचन हो गये।

"तुम प्रतिबुद्ध हुए, आयुष्यमान। तुम पूर्ण संवादी हुए इस क्षण, स्वयं अपने साथ, महावीर के साथ, सारे जगत् के साथ। आचार्य पूर्ण काश्यप जयवन्त हों!"

और तीर्थक पूर्ण काश्यप निर्विकल्प, निस्तर्क, शान्त होकर श्रमणों के प्रकोष्ठ में जा उपविष्ट हुए।

कृष्ण-गिरि-सा काला विशाल डील-डौल। बड़ी-बड़ी तेजस्वी पानीदार आँखें। कसौटी-सी कज्जल देह पर चन्द्र-किरण की तरह चमकता स्वच्छ यज्ञोपवीत जनेऊ। कटि पर मनुष्य के केशों से बना कम्बल धारण किये हुए। आचार्य अजित केश-कम्बली ऊर्ध्व-बाहु सामने आये। कि गन्धकुटी के शीर्ष-कमल से सुनाई पड़ा :

"उच्छेदवादी आचार्य अजित केश-कम्बली!"

"साधुवाद आर्य महावीर, आपने अपने विरोधी को पहचाना। निश्चय ही मैं उच्छेदवादी हूँ, नास्तिक हूँ, और आस्तिक महावीर के आस्तिकवाद का खंडन करने आया हूँ।"

"आप महावीर के अस्तित्व को कृतार्थ करने आये हैं, आचार्य अजित। आप महावीर के होने को प्रमाणित करने आये हैं। आपका स्वागत है।"

"आप भ्रम में हैं, देवार्य। मैं महावीर की अस्ति का उच्छेद करने आया हूँ। मैं उनके होने को व्यर्थ करने आया हूँ।"

"उत्पाद, व्यय, ध्रुव की संयुति की सत् है, अस्ति है, आर्य कम्बली। उसमें यदि उत्पाद है, तो उच्छेद भी है ही। उदय है कि प्रलय है। प्रलय है कि उदय है। अपेक्षा से अस्ति भी, अपेक्षा से नास्ति भी। लेकिन अन्ततः कुछ ध्रुव है, नित्य सत् है, कि यह संसार है, आप हैं, मैं हूँ। और हमारे बीच यह बातचीत सम्भव हो सकी

है।''

''ध्रुव, सत्, अस्ति एक मरीचिका है, आर्य महावीर। एक भ्रम है, एक झूठा आश्वासन है, जो ब्रह्मवादी वेदान्तियों और आत्मवादी महावीर ने जगत् को दिया है। ताकि आत्मा, जन्मान्तर, पुण्य-पाप, लोक-परलोक, स्वर्ग-नरक का भय दिखाकर, अभिजात आर्य चिरकाल तक सर्वहारा अनार्यों और अन्त्यजों का शोषण करते चले जाएँ। मैं उच्छेदवादी अजित केश-कम्बली इस भ्रम का मूलोच्छेद करने आया हूँ।''

''ब्राह्मण-पुत्र आचार्य कम्बली, आप अपने जनेऊ का उच्छेद क्यों न कर सके?''

''मैं जनेऊ नहीं, आर्य महावीर। उस पर मेरा ध्यान तक नहीं जाता। मैंने आर्यों की शिखाएँ उखाड़कर, उनके मूल का ही उच्छेद कर दिया है। मैंने उनके केशों का कम्बल पहनकर, उन्हें पराभूत कर दिया। ब्राह्मण का वंशोच्छेद करने के लिए ही मैं ब्राह्मण-वंश में जनमा हूँ।''

''आपने ब्राह्मण-वंश में जन्म लेना स्वीकारा, आपने उनकी शिखाओं को स्वीकारा, कटि पर धारण किया। वे भी कुछ हैं, आप भी कुछ हैं, यह प्रमाणित हुआ आपके अस्तित्व से भी, वचन से भी, व्यवहार से भी।''

आचार्य अजित कुछ असमंजस में पड़ गये। उन्हें उत्तर नहीं सूझ रहा था कि तभी श्री भगवान् फिर बोले :

''आप उन्हें उखाड़ेंगे, तो वे आपको उखाड़ेंगे। इसका कहीं अन्त है, आचार्य अजित?''

''मैं उनका मूल ही उखाड़ दूँगा। तो मुझे उखाड़ने को वे बचेंगे कहाँ?''

''तो आपका मूल कहीं है, जिसे उखाड़ा नहीं जा सकता? है न?''

''अन्ततः यहाँ सब निर्मूल हैं, निगंठनातपुत्त। सब का अन्त हो जाता है। विनाश, नास्ति। अस्तित्व मात्र की यही अन्तिम नियति है। निर्मूल नाश, यही अन्तिम सत्य है। सारे वेद-वेदान्त, विचार-आचार, कर्म-कांड व्यर्थ हैं, निरा भ्रामक वितंडावाद है। विनाश और मृत्यु के भय में से उपजे हैं ये सारे दर्शन और विधि-विधान। मैं इस पलायन की ओट को ध्वस्त करने आया हूँ, मैं उच्छेदवादी तीर्थंकर अजित केश-कम्बली।''

''आस्तिक दर्शन का उच्छेद करने को आपने नास्तिक दर्शन तो रचा ही, आर्य अजित। अन्ततः आप तो बचे ही। आप हैं पहले, कि आपने उच्छेद का दर्शन उच्चरित किया। जब अन्ततः नास्ति ही है, नाश ही है, तो यह उच्छेद का आग्रह भी क्यों? यह प्रतिवाद का मोह भी क्यों? और यह मैं—उच्छेदवादी तीर्थंकर अजित केश-कम्बली—का अहंकार भी क्यों?''

आचार्य कम्बली अपना जनेऊ तानते हुए निर्वाक् ताकते रह गये। तो श्री

भगवान ने उन्हें सहारा दिया :

"आचार्य कम्बली के महान दर्शन को समग्र सुनना चाहता हूँ। शायद मुझे कुछ नया प्रकाश मिल जाये!"

"तो मेरे दर्शन को सुनें, आर्य महावीर। जब अन्ततः नाश और मृत्यु में ही सब को समाप्त हो जाना है, तो आचार-विचार सब निःसार हैं। दान, यज्ञ, होम, विधि-विधान, कर्म-कांड सब व्यर्थ हैं। श्रेष्ठ या कनिष्ठ कर्मों का कोई फल और परिणाम नहीं होता। इहलोक, परलोक, माता-पिता, अथवा औपपातिक प्राणी देव-नारकी—नहीं हैं। इहलोक-परलोक का अचूक ज्ञानी यहाँ कोई नहीं। श्रमण हो कि ब्राह्मण हो, कोई यहाँ सच्चा सदाचारी नहीं। आचार-विचार मात्र पाखंड है, पलायन है, मृत्यु और विनाश से मुँह चुराने की युक्तियाँ हैं।"

"आप वेदना में से बोल रहे हैं, आचार्य अजित। आपके इस यथार्थवाद को संवेदित कर रहा हूँ। निःशेष बोलें, आचार्य कम्बली।"

"मनुष्य चार भूतों का बना हुआ है। जब वह मरता है, तब उसके अन्दर की पृथ्वी-धातु पृथ्वी में, आपो-धातु जल में, तेजो-धातु तेज में, और वायु-धातु वायु में जा मिलती है। इन्द्रियाँ आकाश में चली जाती हैं। मृत व्यक्ति को चार पुरुष अर्थी पर उठाकर फूँक आते हैं। श्मशान में उसके गुण-अवगुण की चर्चा होती है। उसे दी जानेवाली आहुतियाँ भस्म हो जाती हैं। दान का वितंडा मूर्खों और परोपजीवी ब्राह्मणों का व्यवसाय मात्र है। वे दान लेकर यजमान से स्वर्ग-नरक, जन्मान्तर, आत्मा, ब्रह्म, मोक्ष का सौदा करते हैं, आस्तिकवाद मृषा बकवास है, झूठ है। शरीर भेद होने पर विद्वान और मूर्ख, ज्ञानी और अज्ञानी का समान रूप से उच्छेद हो जाता है। वे सब निर्मूल नष्ट हो जाते हैं। उच्छेद, विनाश, मृत्यु—यही सबका अन्त है। यही एकमात्र अन्तिम सत्य है।"

"तो अभी और यहाँ, तुम मरना चाहोगे, देवानुप्रिय?"

"मेरे चाहने का क्या प्रश्न है। मौत आ जाएगी तो मर ही जाना पड़ेगा।"

"मरना तुम चाहते नहीं, पर मर जाना पड़ेगा। यही न? मान लो अभी इसी वक्त कोई तलवार से तुम्हारा वध करने को उद्यत हो जाए तो? बचना नहीं चाहोगे? प्रतिकार नहीं करोगे, आयुष्यमान्।"

आचार्य अजित अनायास उत्तेजित हो आये :

"आखिर क्यों कोई मेरा वध करेगा? मेरा कोई दोष हो तब न?"

"दोष-अदोष तो तुम मानते ही नहीं, आचार्य! प्रकट है कि तुम बचना चाहते हो, जीना चाहते हो!"

"जीना कौन न चाहेगा?"

"तो तुम मरना नहीं चाहते, आचार्य अजित?"

"मेरे चाहने से क्या होता है, मैं मर जाने को बाध्य हूँ।"

"तो बाध्यता से मरण को स्वीकारते हो। स्वेच्छा से नहीं। अपना वश चले तो जीना चाहते हो? यही न?"

"जीना कौन न चाहेगा?"

"हो सके तो अमर होना चाहते हो?"

"हो सके तो क्यों नहीं?"

"अमरत्व की चाह है, तो अमरता कहीं है ही। उसकी खोज भी स्वाभाविक है। जो कहीं है, उसी को तो खोजा जा सकता है!"

आचार्य कम्बली अवाक् सुनते रहे। उनके हृदय की घुंडी खुलती चली गयी। श्रीभगवान फिर बोले :

"मैं अमर होना चाहता हूँ, तो अमरत्व एक सम्भावना है। मुझमें कुछ है, जो अमर है। अन्ततः अस्ति न हो, तो नास्ति से बचने की चाह क्यों? अन्ततः अमरत्व न हो, तो मृत्यु से बचने की चाह क्यों? और यदि मैं अन्ततः अस्ति हूँ, अमर हूँ, तो आत्मा-परमात्मा, लोक-परलोक, जन्मान्तर, पुण्य-पाप, इष्ट-अनिष्ट, सदाचार-दुराचार उसकी अनिवार्य निष्पत्तियाँ हैं। आचार्य अजित केश-कम्बली, आप अभी और यहाँ मृत्यु चुनते हैं, या जीवन चुनते हैं?... आपका काल आपके सम्मुख खड़ा है?"

...और आर्य अजित ने हठात् मूर्तिमान उच्छेद, विनाश, मृत्यु को सामने खड़े देखा। पहले तो आचार्य भय से थर्रा उठे। लेकिन फिर सन्नद्ध हो साहसपूर्वक ललकार उठे :

"हट जाओ मेरे सामने से, ओ काल, ओ मायावी, ओ महावीर, तुम मुझे मार नहीं सकते!"

...वह कुहेलिका विदीर्ण हो गयी। और आचार्य-कम्बली को सुनाई पड़ा :

"सच ही तुम अन्ततः अमर हो, आचार्य अजित केश-कम्बली। कोई काल, कोई महावीर, कोई ईश्वर भी तुम्हें नहीं मार सकता। आर्य अजित केश-कम्बली जयवन्त हों?"

...और आर्य अजित श्रमणों के प्रकोष्ठ में उपविष्ट होते दिखाई पड़े।

भगवत्पाद गौतम ने निवेदन किया :

"आचार्य प्रकुध कात्यायन प्रभु के सम्मुख उपस्थित हैं। ये अपने को अन्योन्यवादी कहते हैं। वर्तमान का कोई स्थापित दर्शन इन्हें सन्तुष्ट न कर सका। अपनी मुक्ति का मार्ग इन्होंने स्वयं खोज निकाला है। पर, मुक्ति को भी इन्होंने अस्वीकार कर दिया है। सारी प्रचलित धारणाओं को नकारकर ये अपने स्वतन्त्र

तत्त्व-दर्शन को उपलब्ध हुए हैं। कुकुध वृक्ष के नीचे इनका जन्म हुआ है। इसी से प्रकुध कहलाए। ऋषि पिप्पलाद के समकालीन ये पुरातन पुरुष नैमिषारण्य के विजन में एकाकी विचरते हैं। आचार्य कात्यायन शीतल जल का उपयोग नहीं करते। ऊष्ण जल को ही ग्राह्य मानते हैं।''

श्रीभगवान सस्मित उन्हें निहारते हुए बोले :

''उद्‌बुद्ध हैं आचार्य कात्यायन। अपने लिए स्वयं सोचते हैं। किसी के सोच का सहारा इन्होंने नहीं लिया। अवधानी और अप्रमत्त विचरते हैं, ये महाप्राण पुरुष। स्वतन्त्र चैतन्य से चालित हैं। मुक्ति पर भी ये नहीं रुके। तो मुक्ति इनके पीछे आएगी। अर्हत् जिनेन्द्र के दर्पण हैं ये जातवेद महापुरुष। अर्हत् इन्हें पाकर आप्यायित हुए।''

''साधुवाद भदन्त महावीर, आपने मेरे स्वतन्त्र अस्तित्व को स्वीकारा। पर जानें देवार्य, मैं आपका अनुगामी नहीं, प्रतिगामी हूँ। मैं विशुद्ध स्वानुभव में चर्या करता हूँ। मैं अर्हत्कामी नहीं, नितान्त आप्तकामी हूँ।''

''आर्य कात्यायन इसी से अर्हत् को अधिक प्रिय हुए। क्योंकि जो आप्त है, वही अर्हत् है। आपके दर्शन को सुनना चाहता हूँ, महानुभाव।''

''जो देखा, जाना, साक्षात् किया, वही कहता हूँ, आर्य महावीर। अपने मुक्त अवबोधन से प्रत्यक्ष किया है, कि पदार्थ सात हैं : पृथ्वी, अप, तेज, वायु, सुख, दुःख एवं जीव। ये सात पदार्थ किसी के किये-करवाये, बनाये या बनवाये हुए नहीं हैं। वे तो वन्ध्य कूटस्थ और नगर-द्वार के स्तम्भ की तरह अचल हैं। वे न हिलते हैं, न बदलते हैं। वे एक-दूसरे को नहीं सताते। एक-दूसरे को सुख-दुःख उत्पन्न करने में असमर्थ हैं। इन्हें मारनेवाला, मरवानेवाला, सुननेवाला, सुनानेवाला, जाननेवाला, या वर्णन करनेवाला कोई नहीं। जो कोई तीक्ष्ण शस्त्र से किसी का सिर काट डालता है, वह उसका प्राण नहीं लेता। इतना ही समझना चाहिए कि सात पदार्थों के बीच के अवकाश में शस्त्र घुस गया है।''

''आपने पदार्थ को स्वयम्भू देखा, आर्य कात्यायन। आपने सत्ता की परम स्वतन्त्रता को साक्षात् किया। आप द्रष्टा हैं, आचार्य कात्यायन। सत्ता आपके ज्ञायक आत्म में प्रत्यक्ष झलक रही है। पदार्थ परस्पर के कर्ता नहीं, सम्यक् है आपका यह अवबोधन। हर पदार्थ परम स्वतन्त्र है। समीचीन है आपका यह दर्शन। आप सत् के समक्ष खड़े हैं, आर्य कात्यायन!''

''आर्य महावीर ने मेरी स्वतन्त्रता को स्वीकारा, मैं कृतज्ञ हुआ अर्हत् जिनेन्द्र का।''

''लेकिन कूटस्थ है पदार्थ, तो उसमें परिवर्तन क्यों कर है, देवानुप्रिय? पदार्थ में गति क्यों कर है? जो अभी प्रकट है, वह अगले ही क्षण लुप्त भी हो सकता है।

गति है, परिणमन है, पर्याय का प्रवाह है, कि आप नैमिषारण्य से यहाँ आये न। कूटस्थ में यह क्रिया कैसे हुई?''

आर्य कात्यायन सोच में पड़ गये। श्री भगवान फिर बोले :

''और वर्णन भी आपने किया ही पदार्थों का। आपका कथन स्वयं प्रमाण है। स्थिति भी, गति भी। कूटस्थ भी, क्रियाशील भी। ध्रुव भी, परिणामी भी। नहीं तो सृष्टि कैसे जारी है? क्या यही वस्तु-स्थिति नहीं, आर्य कात्यायन! प्रत्यक्ष को प्रमाण क्या?''

आचार्य कात्यायन उद्बुद्ध, अनाग्रही, ग्रहणशील दीखे। वे एकटक प्रभु की नासाग्र दृष्टि में खो रहे। कि फिर श्री भगवान वाक्मान हुए :

''और शस्त्र यदि वास्तव में किसी को छेद नहीं सकता, प्राणघात नहीं कर सकता, तो जगत् में हिंसा-प्रतिहिंसा, घात-प्रतिघात, युद्ध और रक्तपात क्यों? यदि इसी वक्त आपका सर कोई काट दे तो? क्या वह कटेगा नहीं, आपको दु:ख नहीं होगा?''

''वह प्रहार शून्य में होगा, मेरे जीव में नहीं। मेरा जीव अवेध्य है, अछेद्य है।''

''आत्मस्थ हैं आर्य कात्यायन! आपका आत्म अछेद्य है, लेकिन शिरच्छेद यदि अनिवार्य सामने आ जाए तो उसका क्या? इसी से कहता हूँ कि अपेक्षा से तत्त्व छेद्य है, अपेक्षा से अछेद्य है। क्या यही वस्तु-स्थिति नहीं, देवानुप्रिय?''

''यह निर्णय तो आगे अपने अवबोधन से ही कर सकूँगा, देवार्य।''

''सम्यक सम्बोधि की ओर अग्रसर हैं, आर्य कात्यायन। सम्यक द्रष्टा आर्य कात्यायन जयवन्त हों!''

आचार्य प्रकुध कात्यायन का मस्तक बरबस प्रभु को झुक गया। वे श्रमण प्रकोष्ठ में आसीन हुए।

श्री भगवान ने सम्बोधन किया :

''विक्षेपवादी संजय वेलट्ठिपुत्त की शास्ता को प्रतीक्षा थी!''

''निगंठनातपुत्त की इस महानता से मैं अपरिचित नहीं। उनके दर्शन की इच्छा थी, सो चला आया।''

''जातवेद हैं आर्य संजय, महाभाव में बिचरते हैं।''

''साधुवाद, भदन्त महावीर, आपने मुझे समझा, आपने मुझे जाना।''

''आचार्य संजय परिव्राजक, जानता हूँ, आप आर्य सारिपुत्र और आर्य मोद्गल्यायन के गुरु हैं! वे दोनों आपको छोड़कर तथागत बोधिसत्व के शरणागत हो गये। आपकी निरन्तर अतिक्रान्ति में वे आपके साथ न चल सके। आप वेद, वेदान्त,

बोधिसत्व, कैवल्य, अर्हत्—तमाम वाद और शब्द का अतिक्रमण कर गये। आपका यह निरालम्ब और मुक्त ऊर्ध्वारोहण महावीर को मुग्ध करता है।''

''लोक में केवल अनन्त पुरुष अर्हन्त महावीर ही इसका साक्ष्य दे सकते हैं। जो सुना था, वही यहाँ आकर देखा प्रत्यक्ष। सर्वज्ञ अर्हन्त यहाँ विराजमान हैं।''

''अपना ज्ञान सुनाएँ महर्षि संजय वेलट्ठिपुत्त!''

''आप से वह अनजाना नहीं। फिर भी जो देखा, जाना, समझा है, वह कहता हूँ। कोई मुझसे पूछे कि क्या परलोक है, और मुझे ऐसा लगे कि परलोक है, तो मैं कहूँगा—हाँ। परन्तु मुझे वैसा नहीं लगता। मुझे ऐसा भी नहीं लगता कि परलोक नहीं है। औपपातिक प्राणी—देव और नारकी—हैं या नहीं, अच्छे, बुरे कर्म का फल होता है या नहीं, तथागत या अर्हन्त मृत्यु के बाद रहता है या नहीं, इसके विषय में मेरी कोई निश्चित धारणा नहीं। चरम सत्य कैसे कथ्य हो सकता है, देवार्य? जो जितना देख-जान रहा हूँ, उतना ही कह रहा हूँ।''

''सत्ता अनेकान्तिक है, सो वह अनन्त है, आर्य संजय। इसी से अन्ततः वह अनिर्वच ही है। धारणा से नहीं, साक्षात्कार से ही सम्यक् और पूर्ण दर्शन-ज्ञान सम्भव है। और सम्यक्दर्शी प्रतिबद्ध कैसे हो सकता है? जो अप्रतिबद्ध है, वही मुक्तदर्शी है, मुक्तज्ञानी है, वही जीवन्मुक्त है। आप जो देख, जान, जी रहे हैं, वही कह रहे हैं। आप अनेकान्तदर्शी और स्याद्वादी हैं। आप सम्यक् दर्शन की विभा से मंडित हैं, महर्षि वेलट्ठिपुत्त! महावीर ने अपना ही एक और भी आयाम देखा। वह कृतार्थ हुआ, आर्य वेलट्ठिपुत्त।''

आचार्य संजय वेलट्ठिपुत्त के मुख से बरबस जयघोष उच्चरित हुआ :

''त्रिलोकीनाथ सर्वज्ञ महावीर जयवन्त हों!''

और सारे समवसरण में अगणित कंठों ने इसको अनुगुंजित किया।

श्रीभगवान सन्मुख सोपान से उतरकर चारों आचार्यों का अभिवन्दन झेलते हुए, समवसरण के सारे मंडलों में परिक्रमा करते हुए, मानस्तम्भ के पार ओझल हो गये।

श्रीसुन्दरी मृत्तिका हालाहला

आर्यावर्त के आकाश पर एक प्रति-तीर्थंकर बोल रहा है।...

उत्तरावर्त के इस छोर से लगाकर, पूर्वांचल के उस छोर तक उसके उद्दंड उच्चार गूँज रहे हैं। गंगा, यमुना, सरयू और शोण के पानी एक प्रकुध युवा की

आक्रोश-वाणी से विक्षुब्ध हो उठे हैं। उस गर्जना की गूँज तथागत बुद्ध और तीर्थंकर महावीर की धर्म-पर्षदाओं में भी पहुँची है। उत्तरावर्त के सारे जनपदों में—काशी, कोशल, कौशाम्बी, वैशाली, मगध, अंग-बंग तक के तमाम प्रदेशों में, एक सनसनी-सी फैल गयी है। सारे स्थापित वादों और उपदेशों की चूलें उसने हिला दी हैं। आर्यावर्त के सारे जन-मानस में उससे एक उथल-पुथल मच गयी है।

उस काल के महानगरों के चौराहों पर उल्लम्ब बाहु खड़ा होकर वह प्रति-तीर्थंकर उद्घोष करता सुनाई पड़ता है :

"सुनो रे सुनो भव-जनो, तुम्हारा एकमेव परित्राता आ गया। साक्षात् औषधीश्वर आ गया। चरम औषधि-पुरुष हूँ मैं। तुम्हारे तन, मन, प्राण, इन्द्रिय और आत्मा के सारे रोगों का रामबाण इलाज केवल मेरे पास है। आज के अन्य सारे तीर्थक उधार धर्मी हैं। वे भविष्य, परलोक, मुक्ति की झूठी आशा पर तुम्हें टाँगे रखते हैं।"

"मैं हूँ प्रति-तीर्थंकर! उन सारे तीर्थकों द्वारा रचे गये भ्रमों को मैं भंग करने आया हूँ। मैं तुम्हें भविष्य की आशा में नहीं भरमाता। मैं हूँ तुम्हारा वर्तमान। मैं अभी और यहाँ तुम्हारी दैविक, दैहिक, भौतिक सारी व्याधियों को अचूक मिटाने आया हूँ।..."

"*नत्थि पुरिस्कारे, नास्ति पुरुषकारं। नियया सव्व भावा।* कोई पुरुषार्थ यहाँ सम्भव नहीं। सारे भाव, सारे अस्तित्व यहाँ पहले से ही नियत हैं। इसी से कर्म-फल नहीं। पाप-पुण्य नहीं। लोक-परलोक नहीं। मोक्ष नहीं, निर्वाण नहीं। केवल वर्तमान ही सब कुछ है। इसे छककर उन्मुक्त भोगो। वीणा बजाओ, और मौज करो। चरम पान करो, चरम गान करो, चरम नृत्य करो, चरम पुष्पोत्सव करो, चरम सम्भोग करो। खाओ-पिओ और मजे उड़ाओ।"

"किसने देखे हैं जन्मान्तर, लोक-परलोक, मोक्ष-निर्वाण? सारे लोक-परलोक, स्वर्ग-नरक, मोक्ष-निर्वाण, सब मेरी इस झोली में हैं। तुम्हारे सारे रोगों की औषधि मेरी इस झोली में है। मेरे पास ज्ञानांजन-शलाका है। आँज दूँगा तुम्हारी आँखों में, तो सारे अज्ञान के आवरण छिन्न हो जाएँगे। लोक-परलोक, संसार-निर्वाण के सारे रहस्य खुल जाएँगे। अभी और यहाँ तुम सारे भव-तापों से त्राण पा जाओगे।"

"मैं हूँ प्रति-तीर्थंकर! सारे वर्तमान तीर्थंकरों का घट-स्फोटक। तुम्हारे घट-घट की जाननेवाला एकमात्र सर्वज्ञ अर्हन्त। मैं हूँ एकमात्र उपाय। तरण-तारण, भव-निवारण, महाभविष्यत्—केवल मैं।..."

कौन है यह प्रति-तीर्थंकर, जिसने सारे वर्तमान आर्यावर्त में खलबली मचा दी है? जिसने सारे ढाँचों, धारणाओं और धाराओं को तोड़ दिया है। कौन है यह दुर्दान्त नियति-पुरुष?

आज से सोलह वर्ष पूर्व की बात है।

...अचीरवती के तट पर देवद्रुमों की छाया में, एक सुन्दर नग्न युवा बैठा है। जाने कितनी राहों की धूलि से उसका गौर सुकुमार तन धूसरित है। जाने कितने अड़ाबीड़ अरण्य-पथों के काँटे उसकी पदत्राणहीन पगतलियों में चुभे हैं। फटी बिवाइयों से उसके पगतल लोहियाल हो गये हैं।

कल सन्ध्या में एक लम्बी यात्रा से थके-हारे आकर, उसने इस नदी-तट के देवद्रुम वन में विश्राम लिया था। थककर चूर था। सो जिस शिला तल पर वह अभी बैठा है, उसी पर वह लेट गया था। और उसे तुरन्त नींद आ गयी थी। नदी की कल-कल जल-ध्वनि सारी रात उसके सपनों में जाने कितनी पुरातन स्मृतियाँ जगाती चली गयी।...

सबेरे भिनसारे ही उसकी नींद खुल गयी। वह उठ बैठा। अचीरवती के शान्त बहते जलों पर, फूटते दिन की जामुनी आभा में, वह अपने सुदूर अतीत को चित्रपट की तरह खुलते देखने लगा। महुआ-वनों की फूल-गन्ध से मदभीनी सबेरे की अलस मंथर हवा में, जाने कितनी यादें जाग रही हैं। उसका मन संवेदन से बहुत करुण-कातर हो आया है। वह अपना अनुप्रेक्षण करने में डूब गया :

...कितना अकेला हूँ मैं इस दुनिया में। आदि दिन से आज तक अकेला ही तो रहा। वंश, वृत्ति, माता-पिता, उद्‌गम, जन्म—सभी कुछ मेरा कितना विपन्न, कितना अस्तित्वहीन है। मैं एक दीन-दरिद्र अनगार, यायावर भाट का बेटा—मंख-पुत्र गोशालक। मंख भाटों का वंशज। जन्मजात भिक्षुक, भिक्षाजीवी दासों की दलित-वीर्य सन्तान।

...ऋषि-वंशी कुटीरवासी ब्राह्मण तो जाने कब से भिक्षावृत्ति त्यागकर, राजाओं और श्रेष्ठियों के क्रीतदास पुरोहित हो गये। उन्हीं महर्द्धिकों की तरह वे भी अब आरण्यक चर्या से च्युत होकर, महानगरों की अट्टालिकाओं में निवास करते हैं। लेकिन हम शूद्र कहे जाते मंख-भाट, शुद्ध अपरिग्रही ब्राह्मण-वृत्ति से जीते हैं। हम घर नहीं बसाते, कोई परिग्रह नहीं रखते। राह-राह भटकते, काव्य-गान करते, चित्र आँकते हुए, हम महर्द्धिकों और लोकजनों का रंजन करते हैं। घर-बार विहीन, अनगार, आवारा, यायावर, राह-राह के भिखारी। अविराम पंथ-चारी। किसी नदी-तट पर या पथवर्ती पांथशाला में कुछ दिन ठहरकर फिर आगे बढ़ जाते हैं।

हमारे पूर्वज मंख-पुरुष मधुकरी करके जीते आये हैं। मधुमक्षिका की तरह गीत-गुंजन करते हैं। अस्थायी मधु-नीड़ रचते हैं। कोई स्थायी निवास कहीं नहीं बनाते। मेरे पिता भी तो इसी वृत्ति से विचरते थे। आकाशवृत्ति, सच्ची ब्राह्मण वृत्ति। इतने निर्विशेष थे मेरे वे पिता, कि उनका नाम ही भूल गया है। बस एक मंख-पुरुष,

मेरे कोई नगण्य पिता। माँ का भद्रमुख मेरे चेहरे में उतरा है, उसी से उसका नाम याद रह गया है—भद्रा। सच की कितनी भोली, भद्रा थी वह। भद्रवर्गी प्रभु लोग तो भद्र होते नहीं, भौंडे और भयानक होते हैं। केवल भद्र चेहरा रखते हैं। लेकिन मैं शूद्र अभद्र भाट का बेटा, भीतर-बाहर से बस कोरा भद्र हूँ। अर्थात् नितान्त मूढ़ हूँ : विशुद्ध मूर्ख। शूद्रा भद्रा का जाया। इसी से मेरे गुरु श्रमण महावीर भी तो प्रायः मुझे 'भद्रमुख' कहकर सम्बोधन किया करते थे।

...याद आ रही है अपने जन्म की कथा। मेरे माता-पिता उन दिनों ऐसा ही अस्थायी मधु-नीड़ रचकर मगध के सरवण ग्राम में, गोबहुल नामक धनी ब्राह्मण की गोशाला में निवास करते थे। पिता दिन-भर 'सावनी' या 'शारदीया मधुकरी' माँगते फिरते, और सन्ध्या को उसी गोष्ठ में आकर, अपनी पत्नी भद्रा के साथ निवास करते। गोबहुल की उस गोशाला में ही मेरा जन्म हुआ। इसी से गोशालक नाम पाया।

दस-बारह वर्ष की उम्र तक अपने पिता से ही मैंने कुछ विद्या सीखी। व्युत्पन्न था, सो थोड़े से ही बहुत सीख गया। और फिर उन्हीं के साथ द्वार-द्वार डोलकर मंख-वृत्ति करने लगा। स्पष्ट याद आता है, मेरे पिता बड़े ज्ञानी-गुणी जन थे। कई गुह्य विद्याएँ वे जानते थे। यायावर जीवन में देश-देशान्तर भटकते हुए, कई गुप्तवेशी गुणीजनों से टकरा जाते। उनकी सेवा करते, और उनसे अनमोल विद्याओं के खजाने पा जाते। झाड़-फूँक, ओझागीरी, मन्त्र-तन्त्र, ज्योतिष, भूत-प्रेत-निवारण, परलोक-विद्या, रत्न-विज्ञान, औषधि-विज्ञान। अगम वनों में उगनेवाली दुर्लभ औषधि-वनस्पतियों की पहचान।

मेरे पिता के पास एक औषधि-मंजूषा थी। उसमें अनेक मान्त्रिक वनस्पतियाँ थीं, अति सूक्ष्म और प्रभावी रसायन गुटिकाएँ थीं, नाग-मणियाँ थीं, कई मारक सरिसृप-विषों की शीशियाँ थीं, उपल और रत्नचूर्ण थे, अदृश्य-अलभ्य जंगली पशुओं और पक्षियों की आँखें, सींग, पंख, चर्म थे। इनमें आश्चर्यजनक शक्तियाँ भरी पड़ी थीं। याद आता है, उनके पास कई कुण्डलियों में गुंजल्कित एक अभिन्न सर्प-युगल के आकार का वनस्पति-काष्ठ था, जिसका एक छोर नाग था, तो दूसरा नागिन। उसे सामने रखकर वे प्रकृति की अनेक निगूढ़ शक्तियों के अन्वेषण में लीन रहते। नर-नारी सम्बन्ध की अटूटता का स्रोत खोजते रहते। एक ऐसा अगणित पहलुओं वाला स्फटिक गोलक उनके पास था, जिसमें दृष्टि स्थिर कर वे महर्द्धिकों और नागरिकों का भविष्य भाखाँ करते थे। एक ऐसा दर्पण बनाने की विद्या वे जानते थे, जिसमें अपना चेहरा देखते ही मनुष्य को अपने जन्मान्तर याद आ जाएँ। पर वे अपनी दरिद्रता के कारण, वे सारे साधन न जुटा सके थे, जिनसे वे उसके लिए आवश्यक दुर्लभ रत्न-वनस्पति-खनिज-रसायनों की खोज कर सकते। और बेघर होने से कोई स्थान भी उनके पास न था, जहाँ वे अपने रासायनिक प्रयोग कर सकते।

इस कारण पिता का मन बहुत उदास रहता था। केवल दैन्य के कारण, विद्या जानते हुए भी वे उसे सिद्ध न कर पा रहे थे। भाट, कथक, नट, कारु-नट, कवि, चित्रकार, बहुरूपी—मेरे विद्याधर पिता, केवल द्वार-द्वार के अपमानित तिरस्कृत याचक, भिखारी। अभाव, अपमान और अवज्ञा के इस दंश का विष आज भी मेरी नाड़ियों और पसलियों में रिस रहा है। भद्रों, अभिजातों, राजाओं, श्रेष्ठियों के गोल-मटोल मूर्ख भौंतरे, भावहीन चेहरों के सुन्दर नकली चित्र आँकना। उनकी विषय-लोलुपता को तृप्त करने के लिए पाशवी काम-क्रीड़ाओं के चित्र-सम्पुट तैयार करना, और उनके गुप्त कक्षों में उन्हें दिखाते फिरना।...दुपहरियों के सन्नाटे में, जब भद्र पुरुष वर्ग बाहर कर्म-रत होते, तब रनिवासों और हवेलियों में रानियाँ और सेठानियाँ चुपचाप, राह में गाते घूमते हम पिता-पुत्र को अपने एकान्त अन्तःपुरों में बुला लेतीं। और काम-क्रीड़ा के चित्र-सम्पुट देखने में गहरी रुचि लेतीं। नये-नये सम्भोग-चित्र बना लाने को कहतीं। और बदले में हम अगले दिन के आहार का सीधा पाकर, या उनके उतरे वस्त्र पाकर सन्तुष्ट हो जाते।

पिता की आज्ञा से मुझे भी यह सारा कुत्सित चित्र-कर्म करना पड़ता। तीव्र ग्लानि और विरक्ति से मेरा निर्मल किशोर मन उद्विग्न हो उठता। त्राहि कर उठता। इसी प्रकार इन महर्द्धिक भद्रों की प्रशंसा में कविता और गान भी मुझे रचने होते थे, पिता के साथ-साथ ही। पिता अपने इकतारे के एक तार में ऐसा मोहक निगूढ़ संगीत जगाते थे और ऐसी तन्मयता से गाते थे, कि ऋतु और प्रकृति एक अनोखे भाव और रस से भींज जाती थी। मुझे भी उन्होंने अपनी काव्य-संगीत विद्या के कई गहन रहस्य सिखाये थे। पर इस बात से मेरा जी कंठ तक भर आता था, कि अपनी दिव्य गान्धर्वी सरस्वती का उपयोग हमें केवल भद्रों के भौंडे मनोरंजन, और स्तुतिगान में करना पड़ता था।

थोड़े ही वर्षों में यह सब मुझे असह्य हो गया। मैं बहुत कटु और तिक्त हो चला। मैं जब भाट-वृत्ति करने को अकेला विचरने लगा, तो इन अभिजातों और कुलीनों की स्तुति में व्यंग-काव्य रचने और सुनाने लगा। व्यंग-स्तुति-गान गाने लगा। उन्हीं चिकने स्त्री-पुरुषों के चेहरे और शरीर ज्यों के त्यों आँक कर, उन्हीं की नंगी काम-क्रीड़ाओं के आक्रामक चित्र रचने लगा।

परिणाम यह हुआ कि मैं उन महलों और हवेलियों से धक्के और घूँसे मार-मार कर निकाल दिया जाता। कई बार तो लहू-लुहान होकर लौटता। ऊपर से पिता की मार भी खानी पड़ती। क्योंकि मेरी इस विद्रोही वृत्ति से उनकी आजीविका चौपट हो गयी थी।

आखिर एक दिन आजिज़ आकर मेरे पिता ने मुझे मार-पीटकर निकाल दिया, और कहा कि अपना काला मुँह अब हमें कभी न दिखाना।...

याद आता है, उस दिन मेरा कोमल हृदय सदा-सदा के लिए टूट गया था। मुझे लगा था, कि संसार में मेरा कोई नहीं है, मैं किसी का नहीं हूँ। मेरा अस्तित्व निरर्थक है। मेरा जीना निःसार है। मैं क्यों जीऊँ, कहाँ जीऊँ, किसलिए, किसके लिए जीऊँ? क्यों है यह जगत्, क्यों है यह जीवन? क्या लक्ष्य है, क्या अर्थ है इन सब का? इन प्रश्नों का उत्तर पाना होगा, या फिर आत्मघात कर लेना होगा।

...और इस यातना के छोर पर पहुँचकर, मुझमें एक दिन हठात् एक अदम्य अस्तित्व-बोध जाग उठा। मैं हूँ...मैं कोई विशिष्ट हूँ। इन सारे प्रभु-वर्गों से बड़ा कोई प्रभु हूँ मैं। मैं अपने लिए काफी हूँ। मैं कुछ करके दिखा दूँगा। मैं कुछ होकर रहूँगा। मैं...इन सारे प्रभु-वर्गों का प्रभु!

और मैं अपने को कुछ बनाने की दिशा में स्वतन्त्र पुरुषार्थ करता हुआ, देश-देशान्तरों में भटकने लगा। लेकिन पाया कि कोई अटल नियति थी, जो मेरे सारे मनसूबों को चूर-चूर कर देती थी। एक कराल-कुटिल भाग्य-रेखा को, अवार्य नागिन की तरह अपने चारों ओर फुँफकारते देखा। निरुपाय, बेबस, सर्वहारा, आत्महारा, मैं भटकता ही चला गया। भूत मात्र के मित्र, महाकारुणिक श्रमण वर्द्धमान का नाम मैंने सुना था। चंड कौशिक सर्प और शूलपाणि यक्ष जैसे पीड़कों को भी उन्होंने प्यार की गोद में शरण दी थी।...जाने-अनजाने मैं उन्हीं की खोज में मारा-मारा फिरता रहा।

...कि आज से छह वर्ष पूर्व, नालन्द की तन्तुवाय शाला के श्रमणागार में एकाएक उनसे भेंट हो गयी। उनका वह दिव्य रूप देखकर मैं भोला भान-भूला-सा हो रहा। पिता से जो वाचिक काव्य-विद्या सीखी थी, उसमें अनेक उपमा-उपमान, अलंकार, सुन्दर आकार-प्रकार की बातें सुनी थीं। ईश्वरों, देवों, गन्धर्वों के अलौकिक रूप-सौन्दर्य की काव्य-प्रसिद्धियाँ रटी थीं, लेकिन इस आर्य के सौन्दर्य के सामने वे सारे उपमा-उपमान फीके पड़ गये। कामदेव का कल्पित और सारभूत सौन्दर्य भी इसके आगे पानी भरता लगने लगा। मनुष्य की देह में क्या ऐसा भी रूप हो सकता है?

मैंने उन स्वामी का त्रिवार वन्दन किया, और उनके चरणों में बैठ गया। मुग्ध-मूढ़ उन्हें निहारता ही रह गया। मुझे लगा, कि मेरी अनाथ आत्मा को उसका नाथ मिल गया। बस, अब इसी की शरण में रहना है, इसी का अनुगमन करना है, और कहीं भटकना नहीं है।

मैंने विभोर होकर उनसे विनती की, कि मैं उनका चित्र आँकना चाहता हूँ। भौंडे भद्रों के चेहरे आँकते-आँकते ऊब गया हूँ। चित्र में उतारने लायक सौन्दर्य तो पहली बार देखा है।...उत्तर में उस आर्य ने केवल सद्यःविकसित कमल-सी आँखों

से मेरी ओर देखा। पर कोई उत्तर न दिया। मैंने अपनी तमाम काव्य-विद्या को चुकाकर उसका स्तुतिगान किया। पर वह श्रमण अप्रभावित, अविचल पाषाण हो रहा। बहुत निहोरा किया कि उसकी कुछ सेवा करूँ। पर उसने कोई प्रतिसाद न दिया।

श्रमण की यह उदासीनता और भावहीनता देख, मेरा आर्त्त-रुद्र मन रोष और विद्रोह से भर आया।...आखिर तो वही अभिजात भद्र राजवंशी है न? वैशाली का देवांशी राजपुत्र : यही तो इसकी काव्य-प्रसिद्धि सुनी है। घृत-नवनीत, मलाई-मेवा से सुपोषित चिकना चेहरा, हृष्ट-पुष्ट शरीर। राजमहल की मुलायम शैया में लालित-पालित सुकुमार काया। उसी से तो इतना चिकना, सुन्दर हो गया है यह आर्य। मैं मूर्ख भावावेश में आकर इसमें दिव्य सौन्दर्य देखने लगा। इसमें तो कोई भाव नहीं, संवेदन नहीं, कोमलता नहीं, मेरा दर्द तो इसे कहीं से भी छू न सका। निरा पत्थर है। बहुत बोलूँ, तो बस—'हूँ'—करके फिर मौन हो जाता है। मेरी ओर देखता तक नहीं।...ऐसे ही दिन बीतते चले गये।

लेकिन प्रथम बार जब मैंने इस आर्य को सम्बोधित किया था, तब जिन विकच पद्म जैसी आँखों से मुझे इसने एकटक क्षण मात्र देखा था, वे आँखें भूलती नहीं हैं। कैसी करुणार्द्र विस्फारित होकर वे आँखें मेरे चेहरे पर छा गयी थीं। कैसा अकारण वात्सल्य था उनमें। उन आँखों में कुछ ऐसा था, कि उन्हें याद कर मेरा क्रोध, कटुता और द्रोह गल जाता था। मैं मन ही मन कहता—यह मेरी निरन्तर उपेक्षा करता है, फिर भी बार-बार अत्यन्त आत्मीय लग आता है। एक ही तो ऐसा वल्लभ इस निर्मम जगत् के वीरान में मिला है। मेरे मन की ऊपरी पर्तों में अनेक विक्षोभ चलते रहते थे। लेकिन भीतर कहीं तह में आर्य महावीर के चरण गहरे उत्कीर्ण हो गये थे। सो मैं उनका अंगभूत होकर उनके साथ ही छाया की तरह विचरने लगा। उन्होंने मुझे टोका नहीं, रोका नहीं, यही क्या कम था। लगता था, जैसे उन्होंने मुझे अपना लिया है। इसी से तो मेरी सारी बकझक धैर्यपूर्वक सुनते हैं। कभी वर्जन नहीं करते, भर्त्सना नहीं करते। मेरी व्यथा-कथा का ऐसा धीर और आत्मीय श्रोता तो मुझे जीवन में कभी मिला नहीं था। सो एक पल भी उनसे दूर रहने में मुझे वेदना होती थी।

...लेकिन फिर यह क्या हुआ, कि एक दिन अचानक मुझसे बिना कहे ही वे नालन्द से विहार कर गये। मैं बाहर गया था, लौटकर पता चला कि वे तो चले गये हैं, और लौटना वे नहीं जानते। मुझ पर जैसे वज्राघात-सा हुआ। मुझे धोखा दे गये श्रमण महावीर? मेरी प्रीति को ठुकरा गये? सनाथ करके भी फिर अनाथ कर गये? अकेला रोता छोड़कर चले गये?...पर मैं उन्हें कैसे छोड़ सकता हूँ।...मेरा मन-प्राण बहुत उचाट हो गया। क्यों न उन्हीं जैसा निर्ग्रन्थ हो जाऊँ? शायद तभी वे मुझे अपनाएँगे। सो मैंने झोली-झंडा, कुंडिका-उपानह आदि सब मंखवेश त्याग दिया।

सिर मुँड़वा लिया और उन्हीं जैसा नग्न होकर, उनकी खोज में निकल पड़ा।...

कोल्लाग सन्निवेश में पहुँचकर पता चला, कि वहाँ के विजय श्रेष्ठी के घर एक निगंठ श्रमण ने मासोपवास का पारण किया, तो श्रेष्ठी के घर पंच आश्चर्य हुए, सुवर्ण वृष्टि हुई। मेरे स्वामी के सिवाय और किसका ऐसा प्रताप हो सकता है? सो मैं उनकी खोज में दौड़ पड़ा। नगर के उपान्त में उन्हें कायोत्सर्ग में लीन देखा। उनके चरणों में लोटकर रो पड़ा। ओह, उन शिलीभूत चरणों में भी कैसी ऊष्मा थी! अपनी माँ के स्तनों में भी शायद ही कभी वैसी ऊष्मा मैंने अनुभव की होगी। फिर मैं उनके संग हो लिया। मेरी नग्न मुद्रा शायद उन्हें अच्छी लगी हो।...लेकिन उन्हें तो कुछ भी न प्रिय है, न अप्रिय है। जो भी हो, उनकी वह विकसित कमल जैसी दृष्टि ही मेरे लिए काफी है। और उनके समीप हूँ, तो जीवन जीने योग्य लगता है।...सो मैं फिर पूर्ववत् उनके संग छाया-सा विचरने लगा।

...लेकिन उनमें और मुझमें एक भारी अन्तर था। वे खाये-पिये घर के परितृप्त, हृष्ट-पुष्ट अभिजात थे। पर मैं तो एक दरिद्र कंगाल मंख-पुत्र था। मेरे भीतर तो अभाव और बुभुक्षा की खाइयाँ फैली पड़ी थीं। मैं तो जनम-जनम का अतृप्त और भूखा था। मेरी भूख, काम और क्रोध जिघांसा होकर भड़कते रहते थे। श्रमण महावीर तो प्रायः उपासे रहते थे। मानो जनम-जनम में इतना खा चुके थे, कि उन्हें भूख लगती ही नहीं थी। इतना भोग चुके थे, कि उन्हें कोई इच्छा रह ही नहीं गयी थी। सो जब भी मैं उनसे कहता कि : भन्ते, भूख लगी है, भिक्षाटन को चलें!—तो वे कोई उत्तर न देते। 'हूँ' करके रह जाते। उन्हें भूख न भी हो, पर मेरी भूख की भी वे अवहेलना कर देते थे। इससे मैं बहुत पीड़ित, मर्माहत हो रहता। ये कैसे स्वामी हैं मेरे, कि मेरी पीड़ा से इनका कोई सरोकार नहीं! मैं भीतर ही भीतर रोष से उबलता रहता, पर उन्हें छोड़कर जाने से ठौर भी कहाँ थी।

वे तो जब कभी महीनों के उपवास के बाद पारण करते, तो देव-दुन्दुभि का घोष होता, पंचाश्चर्य होते, सुवर्ण वर्षा और जयजयकार होती। लेकिन क्या मेरी भूख-प्यास और इच्छा का इस जगत् में कोई मूल्य नहीं? मैं एक तीखे कटु विद्रोह से आकंठ भर उठता। पर किसे गुहारता। महावीर यों भी उस छद्मस्थ तपस्याकाल में अखंड मौन विचर रहे थे। सो मेरे कुछ भी पूछने या विनती करने पर वे तो उत्तर देते नहीं थे। उत्तर कहीं और से सुनाई पड़ता था : किसी पहाड़, झाड़, जंगल या नदी से। लेकिन वह उत्तर तो महावीर का ही होता था, इसमें रंच भी सन्देह नहीं था।

...आज जब उनसे विदा लेकर चला आया हूँ, तो वे सारे प्रसंग एक-एक कर याद आ रहे हैं, जब मैंने भी महावीर के साथ अनेक अमानुषिक यातनाएँ झेलीं, प्रहार

सहे। याद आ रहा है, कि जब भी मैं अपने भिक्षाटन या भोजन-प्राप्ति के बारे में पूछता, तो वे भविष्यवाणी कर देते थे। और वही सच होता था। मानो कि सब कुछ कहीं नियत था ही, केवल दूरदर्शी महावीर उसे देखकर कह भर देते थे।

...याद आता है, नालन्द में वार्षिकोत्सव के दिन उन्होंने आगाही की थी कि मुझे भिक्षा में मधुरान्न न मिलेगा, कोद्रव, कूर धान्य और दक्षिणा में खोटा सिक्का मिलेगा। और वह सच ही हुआ। सारे नगर में मोदक और पायस का पाक हुआ था। केवल मुझे ही मिला था वह नीरस आहार। मेरे इस दैन्य-दुर्भाग्य पर क्या महावीर को दया आयी? बस, एक पत्थर जैसी क्रूर भविष्यवाणी ही तो करके वे रह गये थे। एक नियति थी, जिसके आगे सर्वजित महावीर भी तो पराजित ही थे।

स्वर्णखल के मार्ग में यात्रियों को खीर पकाते देख मेरी भूख लपलपा उठी थी। तो उठात् स्वामी ने थप्पड़ की तरह कहा था—यह खीर न पकेगी, हँडिया फट जाएगी। वही हुआ। और धूल में मिला कुछ पायस यात्रियों ने दया करके मुझे भी एक ठीकरे में डाल दिया था।...वही एक अनिवार्य नियति। और मैं उसके आगे कितना विवश! और महावीर भी उसे टालने में असमर्थ! ब्राह्मण-ग्राम में उपनन्द भू-स्वामी की दासी ने मुझ पर बासी भात डाल दिया था। मेरे इस अपमान पर भी महावीर चुप रहे। मैंने अपने गुरु महावीर के प्रताप की दुहाई देकर उपनन्द का घर जलकर भस्म हो जाने का शाप दिया। सच ही उसका घर जलकर राख हो गया। मेरी श्रद्धा मेरे गुरु पर उससे दृढ़तर तो हुई, लेकिन उनकी शरण में भी मैं कितना असहाय? यह बात बारम्बार जी को कचौटती रहती थी।

कोल्लाग और पत्रकाल ग्रामों में हम दोनों ने परित्यक्त शून्य गृहों में रात्रिवास किया था। स्वामी तो ध्यान में डूबे थे। देर रात गये दोनों ही स्थानों पर ग्रामपति के पुत्र अपनी दासियों को लेकर, काम-क्रीड़ा करने आये। मैं चुपचाप उनकी केलि में तल्लीन हो रस लेता रहा। उनके जाते समय मैं कौतुक और काम-पीड़ा से चिहुका, तो उन दोनों ही ग्रामपति के पुत्रों ने मुझे बुरी तरह पीटा, दीवारों से पछाड़ा। मैं प्रभु के चरणों में जा पड़ा, लेकिन उस पत्थर के प्रभु को मुझ पर कोई दया नहीं आयी! मैंने कुत्सित काम के नग्न वास्तव को खुली आँखों देखा और उसकी संवेदना में सहभागी हुआ, तो मैंने क्या अपराध किया था? क्यों महावीर मेरी उस सत्य-निष्ठा को भी सहानुभूति न दे सके?

कुमार सन्निवेश में भिक्षाटन करते हुए, पार्श्वापत्य श्रमणों के आडम्बर परिग्रह को देख, मैंने चौराहे पर चिल्लाकर उनके पाखंड का भंडाफोड़ किया। तो ग्रामवासियों ने मार-पीटकर मुझे हँकाल दिया। चोराक ग्राम की सीमावर्ती पहाड़ी पर हम दोनों नग्नों को मूक ध्यानस्थ देख, गुप्तचर समझ, कोट्टपालों ने पकड़ा, और मुश्कों से हमें आलिंगनबद्ध बाँधकर अन्धे कुएँ की दीवारों पर पछाड़ा। फिर भी उनके साथ जुड़कर

यातना सहने में मुझे सन्तोष हुआ। मैंने उनके साथ अधिक एकात्मता अनुभव की। फिर भी वे तो मुझसे बेसरोकार ही रहे। रंच भी वे कभी द्रवित नहीं दीखे।

कृतमंगल नगर के प्रत्यत्न भाग में परिग्रही स्थविरों के कुल-देवता मन्दिर की वह उत्सव रात्रि याद आती है। सुरापान और नृत्य-गान में परपुरुष और परनारी का भेद भूल, वे स्थविर आराधना के नाम पर उन्मत्त होकर मुक्त क्रीड़ा-केलि कर रहे थे। स्वामी मन्दिर के एक कोने में ध्यानस्थ सब देखते रहे। पर मैं देव-पूजा में उन स्थविरों का यह उच्छृंखल दुराचार न सह सका। मैंने बार-बार अट्टहास कर उनके अनाचार पर वाक्-प्रहार किये। उस तीखी हवाओं वाली शीत रात्रि में बार-बार उन उपासकों ने मुझे उठाकर बाहर के शीत में फेंक दिया। दन्तवीणा बजाता, दाँत किटकिटाता, मैं बाहर विलाप और प्रलाप एक साथ करता रहा। बार-बार किसी स्त्री को मुझ पर दया आयी, मुझे भीतर लिया गया। मैंने फिर वही अट्टहास-प्रहार किया, फिर वही दुर्गत। फिर एक स्त्री की दया। फिर उद्धार। सच, स्त्री कितनी बड़ी चीज है! क्या मेरे लिए कहीं कोई स्त्री इस पृथ्वी पर नहीं जनमी? मेरा तो सारा भीतर-बाहर एक और नग्न था। मेरे काम-क्रोध-लोभ सब नंगे थे। मुझे क्या डर। मैं सच्चा निर्ग्रन्थ था। फिर भी मैं मार खाता रहा, और मौन महावीर की जय-जयकार होती रही।

श्रावस्ती में स्वामी ने आगाही की, कि मुझे भिक्षा में उस दिन नरमांस की खीर मिलेगी। मेरी सारी सावधानी के बावजूद पितृदत्त गृहपति की भार्या ने एक टोटका करने के लिए अपने मृतपुत्र के शव की खीर मुझे खिला दी। बाद को वमन होने पर पता चला, कि नरमांस के आहार की मेरी वह नियति टल न सकी। कलंबुक ग्राम में शैलपालक काल-हस्ति के यहाँ हम दोनों को एक साथ मुश्कों में बाँधकर, सर के बल ओखल में कूटने को डाला गया। लेकिन मूसलों के वार हवा खाँडते रहे। हमें छू न सके।...लगा, सच ही मेरे गुरु महावीर में जरूर कोई प्रताप है। अघात्य हैं यह आर्य। लेकिन मुझे तो मार खानी ही पड़ती है। और यह आर्य मुझे बचाते तक नहीं। लाढ़, वज्र, शुभ्र आदि नरभक्षी म्लेच्छों के देशों में हम विचरे। हम पर कुत्ते और साँड़ छोड़े गये। हमारे मांस नोचे गये। लहूलुहान मौन-मूक हम दोनों एकत्र यातना सहते रहे। श्रमण महावीर इन सारे उपसर्गों को कर्म-निर्जरा और मोक्ष की अनिवार्य परीक्षाएँ मान तितिक्षापूर्वक सब सहते थे। मैं भी आस लगाये रहा, कि इस आर्य के साथ त्रास झेलते शायद किसी दिन मुझे भी मोक्ष मिल जाए। लेकिन अन्तहीन था उन कष्टों, प्रहारों, यन्त्रणाओं का वह क्रम। आखिर कब तक? लेकिन यह तो बराबर ही देखा, कि अटल को टाला न जा सका। कोई नियतिचक्र अनिर्वार चल रहा है। हम उसमें पिसने को विवश हैं। महावीर भी कहाँ उससे बच पाते थे?

जाने कितने ही प्रसंग हैं—याद आते ही चले जाते हैं। महावीर की इस

वीतरागता से ऊबकर, एक बार यातना सहते हुए थककर, मैं जम्बूखंड कूपिका से विहार करते हुए, प्रभु से विदा ले राजगृही के मार्ग पर चल पड़ा। प्रभु वैशाली की ओर। घनघोर अरण्य में राह भूलकर चोरों के अड्डे में फँस गया। उन्होंने मुझे मार-मारकर धूलिसात् कर दिया, कि अवश्य मैं कोई नग्न भेदिया हूँ, और वे मुझे पीटकर किसी राजा या श्रेष्ठी के खजाने का भेद पाना चाहते थे। उस समय प्रभु को याद कर, मैंने अपने विरहालाप से सारा जंगल थर्रा दिया। छह महीने इसी प्रकार अनेक यातनाएँ झेलकर, आखिर मैं फिर प्रभु की खोज में भटकने लगा। और अन्ततः भद्रिकापुर में चन्द्रभद्रा के तट पर सप्तच्छद वृक्ष तले कायोत्सर्गलीन प्रभु को पाकर, मैं उनके चरणों में लोट गया।...आह, जैसे वे चरण मेरे ही लिए वहाँ प्रतीक्षा में जड़ित रह गये थे। यह चट्टान-पुरुष भी कहीं भीतर इतना मृदु, इतना प्रियंकर है, अनुभव करके मैं विस्मय-विमूढ़ हो गया था उस दिन।

फिर आलम्भिका के वासुदेव मन्दिर में, वासुदेव की मूर्ति के सम्मुख मेरा वह अपने काम-दंड का निवेदन। देखकर गाँव के लड़कों ने मुझे मार-मारकर अधमरा कर दिया। क्या अपराध था मेरा? मुझमें काम-वेदना थी, तो उसका वासुदेव निवारण न करें, तो कौन करे? वीतराग महावीर तो काम को दाद देते नहीं। सो पूर्णकाम वासुदेव की शरण ली। लेकिन न वीतराग महावीर ने मेरी वेदना को प्रतिसाद दिया, न पूर्णराग वासुदेव ने। तब समझ लिया कि धर्म मात्र पाखंड है, सत्य सदा कुचला जाता है, पाखंडों की ओट असत्य की पूजा ही सर्वत्र होती है।

...ऊष्णाक नगर की राह में जाती एक बारात को देख, कुरूप वर-वधू को सामने पाकर, मेरी सौन्दर्य-चेतना पर आघात हुआ। मैंने उनकी कुरूपता पर खुलकर व्यंग्य काव्य का गान किया। तो मार-पीट कर काँटों की झाड़ियों में फेंक दिया गया। मैंने प्रभु से कहा—कुरूप को कुरूप कहना भी क्या अपराध है, भन्ते? लेकिन भन्ते तो ऐसे जड़-भरत थे कि कुरूप-सुरूप, सुन्दर-असुन्दर, सत्य-असत्य, सबको वे केवल देखते रहते थे। उन पर कोई प्रभाव पड़ता ही नहीं था।

याद आ रहा है, कूर्म ग्राम में वैशिकायन तापस आतापना लेता हुआ, अपनी ही नीचे गिरती जूँओं को उठाकर फिर अपने सिर में वापस डाल रहा था। यह कैसी पैशाची तपस्या थी! मैल के जन्तुओं की दया पालने की यह मूढ़ता मुझे असह्य हो गयी। मैंने प्रभु को लक्ष्य कर, उस तापस पर कड़े व्यंग्य-प्रहार किये। तो उसकी तपाग्नि भड़क उठी। उसके प्रकोप से उसकी नाभि फट पड़ी, और उसमें से फूटकर एक महादाहक अग्नि की लपटों ने मेरे सारे शरीर में ज्वालाएँ जगा दीं। प्रभु ने मेरा असह्य दाह देख, दया से मुझ पर जलधाराएँ बरसा दीं। पूछने पर प्रभु ने बताया कि पहली अग्नि-लेश्या थी, दूसरी शीत-लेश्या थी। मैंने प्रभु से अग्नि-लेश्या प्रहार की सामर्थ्य पाने की कुंजी पूछी। उत्तर में वे केवल मुस्करा दिये।...और साश्चर्य मैंने पाया

कि मेरे भीतर, एक उग्र तपस्या द्वारा वह विद्या सिद्ध करने की विधि आपोआप ही उद्घाटित हो गयी। कैसा चमत्कार, कि बिना बोले ही प्रभु ने मेरे भीतर वह विद्या प्रकाशित कर दी, लेकिन शीतलेश्या का रहस्य पूछने पर वे मौन रहे। फिर सुनाई पड़ा : वह कषायों के निर्मूल हो जाने पर, योगी के प्रशम और करुणा के उद्रेक में से स्वतः फूट पड़ती है : एक सर्वशामक जलधारा। उसकी कोई विधि नहीं।

...मेरे मन में एक भयंकर निश्चय जागा। मैं तेजोलेश्या सिद्ध करूँगा।...मुझे भी मिल गयी प्रभुता की कुंजी। मेरे भीतर एक गहरे रहस्य का स्फोट हुआ : प्रभुता केवल दम और शम की नहीं होती : अदम, उद्दाम और विषम की भी होती है। कषाय का शमन नहीं, उसका चरम विस्फोटन ही मेरा मुक्तिमार्ग है। काम, क्रोध, भूख, प्यास, वासना की निर्बन्ध अभिव्यक्ति। उन्हें दबाकर अन्तिम रूप से नहीं जीता जा सकता। उन्हें निःशंक निर्बन्ध खेल कर ही, उनसे सदा को मुक्त और निर्गत हुआ जा सकता है। मेरे भीतर जो बुभुक्षा की अतल खन्दकें खुदी पड़ी हैं, उन्हें लाँघा नहीं जा सकता, केवल भोग से उन्हें भरा और पाटा जा सकता है। कृतमंगला के स्थविर-मन्दिर की उन्मुक्त केलि-क्रीड़ा का भी क्या महावीर ने विरोध किया? यही तो कहा था : 'मुक्ति-मार्ग सबका अपना-अपना है। सब रास्ते वहीं जाते हैं।' तो मेरा भी अपना स्वतन्त्र मुक्ति-मार्ग हो ही सकता है। क्या बार-बार मौन रहकर, प्रभु ने मुझे स्वभावानुसार विचरने की छूट और अनुमति नहीं दी?

और जो भी कष्ट-भोग सामने आया, उसे क्या महावीर भी टाल सके? वे तो अपने ही को न बचा पाये, तो मुझे क्या बचा पाते। और यह भी तो हुआ था, कि उन्हें तो वैशाली के देवांशी राजपुत्र कहकर सबने उनके आगे मत्थे टेक दिये। लेकिन मुझ अनाथ अकिंचन को तो सबने मनमाना मारा-पीटा ही। दीन-दुर्बल, दलित-पीड़ित और गरीब का यहाँ कोई नहीं। संन्यासी हो गये तो क्या हुआ। राजवंशी महावीर ही सदा पृथ्वी पर प्रभुता भोग सकते हैं!

स्वयं महावीर ने अग्नि-लेश्या का रहस्य मुझमें खोलकर, चुपचाप मुझे सुझा दिया, कि अपनी जन्मान्तरों की संचित यन्त्रणा और अवदमित वासना का विस्फोट ही मेरी एकमात्र शक्ति हो सकता है। एकमात्र प्रभुता।...महावीर यदि तीर्थंकर हैं, तो मैं प्रति-तीर्थंकर हो ही सकता हूँ। कोई प्रभुता यहाँ अन्तिम नहीं। हर प्रभुता की कोई प्रति-प्रभुता यहाँ अनिवार्य है। यही तो प्रकृति और नियति का अटल विधान है। महावीर के साथ भ्रमण के इन छह वर्षों में क्या इसी सत्य का ज्वलन्त साक्षात्कार मुझे पद-पद पर नहीं हुआ?

...मुझमें एक अदम्य बोधोदय प्रज्ज्वलित था। और मैं सिद्धार्थपुर के मार्ग पर

महावीर का अनुसरण कर रहा था। राह में एक सात फूलों वाला तिल-क्षुप देख मैंने प्रभु से पूछा : क्या यह फलेगा? उत्तर सुनाई पड़ा : "हाँ, फलेगा। इन सातों ही फूलों के जीव एक ही फली में सात तिल होंगे।"...कहकर प्रभु आगे बढ़ गये। मैंने वह तिलक्षुप उखाड़ फेंका। चुनौती थी कि इस बार महावीर के कथन को व्यर्थ कर दूँगा।...और मैं फिर प्रभु का अनुसरण कर गया। इस बीच अकाल ही वर्षा हुई, और हम चर्या करते हुए फिर उसी तिल-क्षुप की राह लौटे। चिह्नित स्थल पर तिलक्षुप न देख मैंने कहा : भन्ते, वह तिलक्षुप नहीं फला। उत्तर सुनाई पड़ा : "फला है, पास ही दूसरी जगह पर देखो।" उखाड़कर जहाँ फेंका गया था, वहाँ तिलक्षुप जमकर फल आया था। एक ही फली में सात तिल प्रत्यक्ष थे।

अन्तिम निश्चय हो गया : पुरुषार्थ व्यर्थ है, नियति ही एकमात्र अटल सत्य है। स्वयं महावीर ने उसका साक्ष्य दे दिया। फिर भी क्यों ये मुक्ति के लिए ऐसी दुर्दान्त तपस्या कर रहे हैं? क्यों इतने दारुण दुःख झेल रहे हैं? इसका निराकरण मेरे पास है। अग्निलेश्या। जीवन-वासना की अदम्य, अनिवार्य अग्नि। उसका विस्फोट। यही है गोशालक का मुक्ति-मार्ग। अब तक की सारी प्रभुताओं का प्रतिकार केवल मैं—मक्खलि गोशालक!...

"अच्छा आर्य, अब मैं आपसे विदा लेता हूँ। आपसे अपने स्वभाव का मूल मन्त्र पा गया। अग्निलेश्या। उसे सिद्ध करूँगा। और यदि मैं भी किसी दिन कुछ हो सका, तो फिर आपसे मिलूँगा। आप यदि मेरा उत्तर न हो सके, तो मुझे स्वयं अपना उत्तर हो जाना पड़ेगा!"

...वैशाली के देवांशी राजपुत्र ने कोई उत्तर न दिया। मेरी ओर देखा तक नहीं। मुझे पीठ देकर, अपनी राहकर चले जाते दिखाई पड़े।...और मैं कई दिनों, कई बियाबानों की खाक छानता, कल सन्ध्या में यहाँ आ पहुँचा।...अचीरवती के शीतल पवन, और शान्त लहरों ने मेरी थकान को सहलाया। नदी-माता ने इस देवद्रुम-वन की शिला का शयन मुझे दिया। अब सबेरे की प्रत्यूष बेला में देख रहा हूँ : दूर पर कोशलेन्द्र की ऐश्वर्यशाली राजनगरी श्रावस्ती अपने रत्न-कलशों से दमकती, ठुमकती, अलसाती, अँगड़ाई भरती खड़ी है।

...कितना बेसहारा, अकिंचन, अनाथ, फिर मैं अकेला अपने आमने-सामने हूँ। पर मेरे पास अमोघ अग्निलेश्या की रहस्य-कुंजी है आज। लेकिन उसे सिद्ध करने को कोई आलय, कोई निलय, कोई प्रश्रय मुझे इस महानगरी में कहीं मिलेगा?

...अरे कहीं कोई है इस पृथ्वी पर, जो मेरे भीतर उठ रहे इस आर्त्तनाद को सुनेगा? कोई है कहीं, जो मेरी इस अनाथ वेदना को सनाथ करेगा? कोई है कहीं, जो मुझे समझेगा, पहचानेगा?...

...और बहुत निरीह, उदास, अकिंचन गोशालाक महानगरी श्रावस्ती की ओर जाता दिखाई पड़ा।

मक्खलि गोशालक श्रावस्ती के राजमार्ग पर, अपनी पुरानी आदत के अनुसार भिक्षाटन कर रहा है। पर आज उसे न भूख है, न प्यास है। किसी भिक्षा की याचना भी मन में नहीं। बस, एक अबूझ पुकार उसमें उठ रही है। कोई अज्ञात खोज। उसे नहीं पता, वह क्या खोज रहा है। विमनस्क भाव से वह नाक की सीध में चला जा रहा है। सामने बस केवल शून्य है।

कि अचानक एक जगह पहुँचकर उसके पैर रुक गये।...उसने पाया कि वह किसी कुम्भकार की विशाल भांडशाला के सामने खड़ा है। विस्तृत सायबान तले चलते सैकड़ों चाकों पर, कई कुम्हार माटी के भांड उभार रहे हैं। ठीक केन्द्र के बहुत बड़े चक्र को चला रही है, एक परमसुन्दरी कुम्हार कन्या। चाके पर, कई-कई चूड़ियों और भाँवरों में से आकार लेते भांड जैसा ही, नित-नव रमणीय है उसका लावण्य और यौवन। समुद्र-मन्थन में से उठा आ रहा अप्सरा का उरोज-कुम्भ!

...गोशालक के भीतर का बरसों से सोया कवि जाग उठा। महावीर के साथ तो तप करने और मार खाने में उसकी कविता मर ही गयी थी। पहले तो प्रभु वर्गों की चाटुकारिता ने उसकी सौन्दर्य-चेतना, कविता और चित्रकला को कुंठित कर दिया था। जड़ भोग में आकंठ डूबे अभिजातों के अश्लील सौन्दर्य का रूपांकन करते-करते उसे तीव्र जुगुप्सा हो गयी थी। और जब पिता ने उसे धक्के देकर रास्ते पर फेंक दिया, तो उसकी संवेदना और कविता अपनी अन्तिम मौत मर गयी। फिर महावीर तो स्वयं ही एक ऐसी कविता थे, कि उसकी आग में भस्म होकर फिर नया जन्म लेना होता है। और कोई कविता वहाँ सम्भव ही नहीं थी।

...आज उसका वही नया जन्म हुआ है क्या? चाके पर दंड टिकाये खेल-खेल में कुम्भ उभारती तरुणी कुम्हारिन को देख, उसे अपने अगले-पिछले सारे भव ही भूल गये। उसने स्वयं कविता को वहाँ अपनी रचना करते देखा। उसकी सुप्त काव्य चेतना ज्वारों-सी उमड़ने लगी।...लम्बी, लचीली, साँवली देह में सुनील जल-वलयों-सा लहराता लावण्य। आदिम धरती की काली माटी में से सीधे आकार ले आयी, साँचे ढली, सुघर देह-यष्टि। यात्रा-पथ में कहीं देखे सघन श्याम फलभार-नम्र जम्बूवन जैसा गदराया यौवन। कपिशा के काले अंगूर-गुच्छ जैसी रातुल-श्यामल लावण्य प्रभा। काश्मीर की काले गुलाबों से व्याकुल घाटी। कृष्ण-कमलों से भरी कोई मकरन्द छायी पुष्करिणी। रस-सम्भार से अवनत अंगों का कदली-गर्भ जैसा गोपन मार्दव और स्निग्धता। प्रथम आषाढ़ के पुष्करावर्त मेघ में से झरती घनी-घनी कादम्बिनी। और नील-लोहित वारुणी से छलकती, बड़ी-बड़ी कटीली काजल-सारी आँखें।

...गोशालक के मन में जाने कितनी उपमाएँ उभरती चली आयीं। और उसका जन्मों से सूखा और प्यासा मन रस की आर्द्रा से भीग आया। उसकी चेतना में एक अन्तिम बिम्ब उभरा।...अरे, यह तो हाला भी है, और हलाहल भी है। उसके अपने भीतर चिरकाल से चल रहे समुद्र-मन्थन में से उद्गीर्ण है जैसे यह कन्या : सुरा भी, विष भी, अमृत भी, अप्सरा भी।...और वह मन ही मन पुकार उठा : अरी ओ हालाहला! और उस पुकार ने मानो कुम्हारिन को चौंका दिया।

कुम्हार कन्या मृत्तिका के हाथ से हठात् चक्रदंड छूट गया। चाके पर चढ़ा कुम्भ अधूरा ही चक्कर खाता रह गया। उसने देखा, कि द्वार पर कोई निगंठ श्रमण अतिथि होकर आया है। सुडौल, गौर वर्ण प्रलम्ब देहयष्टि। माथे पर छल्लेदार कुन्तलों का जंगल। आशीश-पात धूलि-धूसरित मलिन काया। बालक-सा निरीह, एकटक, भूला भौंरा-सा वह उसी को तो ताक रहा है।

नागफणा-से अपने विशाल खुले केश जाल को एक ओर समेट बायें कन्धे से वक्ष पर डालती हुई, रूपसी मृत्तिका धीर-गम्भीर गति से द्वार पर आयी। उसने हाथ जोड़, अंजुलि फैलाकर माथे पर चढ़ाते हुए श्रमण को सम्बोधित कियां :

''भन्ते श्रमण, तिष्ठ तिष्ठ, आहार-जल शुद्ध है, आहार जल कल्प है!''

ऐसा तीन बार कहकर उसने श्रमण को तीन प्रदक्षिणा दीं, और बिना पीठ दिये श्रमण के सम्मुख ही पीछे पग चलती उसे अपनी पाकशाला में लिवा ले गयी। उन्हें सादर चौकी पर बैठाकर, चाँदी की थाली में पाद-प्रक्षालन किया। फिर सारी देह का भी गन्धजल के लुंछनों से मार्जन किया। उसके मन में एक अनबूझ भक्ति-भाव अकस्मात् उमड़ आया। जाने कैसा एक अनुराग, एक ममता का उद्रेक, एक संवेदन, जैसा पहले कभी किसी के लिए उसके हृदय में नहीं जागा था। उसके जी में एक उत्सुक अनीला कुतूहल उठ रहा था : निगंठ महावीर की प्रतिमूर्ति जैसा ही यह युवा श्रमण कौन है? कोई देव-माया तो नहीं?

गोशालक भी ठीक महावीर-मुद्रा धारण कर, मौन वीतराग नासाग्र नयनों से इस आतिथ्य को सहज स्वीकार रहा था। कुम्हारिन अंजुलि भर-भर पायस, आम्र-रस, मेवा-मिष्ठान्न भिक्षुक के पाणिपात्र में देती ही चली गयी। भिक्षुक की भव-भव की भूख एक साथ जाग उठी। कुम्हारिन अविराम खिलाती गयी, भिक्षुक छक-छककर खाता गया।

...हठात् दोनों की आँखें मिलीं। मृत्तिका ने देखा, अरे यह तो निरा बालक बटोही है। उसका मन जाने कैसी करुणा और पूर्वराग से भीना हो आया। गोशालक ने आँखें नीची कर लीं।

''भन्ते श्रमण, मैं मृत्तिका कुम्हारिन। मेरा आतिथ्य स्वीकार करें।''

गोशालक ठीक महावीर की तरह मौन रहकर, अलक्ष्य ताकता रहा। मृत्तिका

ने बार-बार निहोरा किया, मनुहार की। श्रमण की चुप्पी को स्वीकृति मान उससे पूछा :

"भन्ते श्रमण, कहाँ विश्राम करेंगे? आज्ञा करें, तो व्यवस्था करूँ।"

गोशालक को लगा कि किसी ने उसके भीतर सोये प्रभु को जगा दिया है। उसमें एक अपूर्व आत्मनिष्ठा जाग उठी। अन्तर्मुहूर्त में ही वह मानो दास मिट कर स्वामी हो गया। और ठीक स्वामी की मुद्रा में बोला :

"शुभांगी, तुम केवल मृत्तिका नहीं, हालाहला हो।...तुम्हारे जन्मान्तरों के पार देख रहा हूँ। जगत् के आदि प्रभात से ही तुम हालाहला हो। यही तुम्हारा असली नाम है। महासमुद्र में से एक दिन तुम वरुण-वारुणी की तरह अवतीर्ण हुई थी। तुम्हारी आँखों में हाला भी है, हलाहल भी है। मैं इन दोनों ही को पीकर तुम्हें मुक्ति देने आया हूँ। जय हो तुम्हारी, सुन्दरी हालाहले!"

मृत्तिका के सारे शरीर में रोमांचन की विद्युल्लेखाएँ खेल गयीं। वह जाने कैसी रुलाई से कातर हो आयी। भरे गले से बोली :

"आज्ञा करें महानुभाव कुमार श्रमण, आपका क्या प्रिय करूँ?"

"मुझे एक छह मासी तपस्या करनी है, कल्याणी। तुम्हारे भांड पकाने की जो अग्निशाला है, उसी की एक कोठरी में आज से छह मास तक मेरा आवास रहेगा।...और एक दिन देखोगी हालाहले, मेरी तपाग्नि ही तुम्हारी भांड-भट्टिका में प्रकट हो उठेगी। उस दिन से तुम्हारे प्रत्येक भांड में एक नया ब्रह्माण्ड आकार लेता जाएगा, मेरी तपोज्वाला में नहाकर तुम्हारी मृत्तिका, तुम्हारा पिंड, तुम्हारे भांड अमर हो जाएँगे।"

"आश्चर्य भन्ते, आश्चर्य! यह कैसी चमत्कार वाणी सुन रही हूँ। कोई दैव वाणी, कोई आकाशवाणी!"

"तथास्तु कल्याणी। अपनी अग्निशाला के अन्तरकक्ष में एक पुरुषाकार शिलासन बिछवा दो। उसी पर मैं छह मास अखंड तप तपूँगा।"

"आहार-चर्या क्या होगी भन्ते?"

"छह मास तक छठ्ठ तप।...छह दिन निर्जल निराहार उपवास। उसके बाद एक दिन कुल्माष और अंजलि मात्र जल का पारण। फिर छठ्ठ तप, फिर वैसा ही पारण। छह मास तक यही अटूट क्रम चलेगा। अविलम्ब व्यवस्था करो, भगवति।"

"इस कान्त सुकुमार काया से ऐसा कठोर तप, स्वामी? मुझसे सहा नहीं जाता!"

मृत्तिका की आवाज भरभरा गयी। उसकी आँखें भर आयीं। और गोशालक में मन्दराचल को उच्चाटित कर देने की प्रचंड शक्ति लहरा उठी। अरे, अब महावीर तो क्या, वह अपने तप से स्वयं मृत्यु को जीत लेगा।

...थोड़े ही समय में हालाहला ने अपनी अग्निशाला के सन्मुख-कक्ष में आदेशानुसार व्यवस्था कर दी। गोशालक नासाग्र दृष्टि से भूमि निहारता, गन्तव्य स्थान की ओर चला। और एक बार भी हालाहला की ओर देखे बिना, कक्ष में प्रवेश कर उसने किवाड़ बन्द कर लिये। हालाहला का माथा किवाड़ पर ढलका रह गया। उसकी आँखों के आँसू थम नहीं रहे थे। वह स्वामिनी कैसे ऐसी हालत में अपने सेवकों को मुँह दिखाये?

सुन्दरी हालाहला को पाकर, गोशालक पहली बार अपने आपे में लौट आया। क्षणमात्र में उसकी आत्महीनता छूमन्तर हो गयी। वह अनायास आत्मस्थ हो गया। उसे लगा कि उसकी नस-नस में शक्ति के समुद्र घहरा रहे हैं। उसने अपने भीतर के किसी अज्ञात ध्रुव पर अपने को निश्चल खड़े पाया। एक अविचल आत्म-श्रद्धा में वह अकम्प और स्थिर हो गया। संयम करना नहीं पड़ा, वह आप ही उसमें प्रकट हो आया। एक सहज संयम के छन्द, लय और ताल में वह अनायास सुसंवादी हो गया।

उसके काम, क्रोध, लोभ, बुभुक्षा अन्तर्मुख होकर, उसकी चित्तवृत्ति में एकत्र और संचित हो गये। उसकी सारी कषाएँ, वासनाएँ, वृत्तियाँ, इन्द्रियाँ—उसके संकल्प में संगोपित हो गयीं। मंखों और दासों की तमाम पीढ़ियों के पीड़न का प्रतिशोध, वह इन सारे प्रभुओं और प्रभु-वर्गों से लेगा। वह अपने इस आसन से प्रभुओं का प्रभु और प्रतितीर्थंकर होकर ही उठेगा।...

गोशालक के लिए वह कठिन तपस्या भी सुगम हो गयी। उसकी समग्र चेतना हर समय उसके संकल्प, और हालाहला के सौन्दर्य में समाधिलीन-सी रहने लगी। हर सावतें दिन हालाहला, छट्ठ के पारण के लिए एक मुष्टि कुल्माष और अंजलि मात्र जल का रत्नकुम्भ लेकर, द्वार पर दस्तक देती।...द्वार खुलता, वह भीतर जाती, द्वार बन्द हो जाता। दो दृष्टियाँ मिलकर एक हो जातीं। हालाहला के मृदु पाणि-पल्लव से आहर ग्रहण कर पारण सम्पन्न हो जाता। फिर श्रमण सुन्दरी की ओर देखता तक नहीं। वह अविलम्ब वहाँ से बाहर हो जाती।

...यों बात की बात में छह महीने निकल गये। गोशालक की तपस्या का समापन हुआ। अन्तिभ छट्ठ के उपवास की समाप्ति पर, उसे अनायास अपनी नाभि में एक ज्वाला लहकती अनुभव हुई। सो ब्राह्ममुहूर्त में ही उठकर, वह चुपचाप दूर वन के एकान्त में चला गया। भोर फूटते न फूटते उसने अपनी लब्धि को जाँचना चाहा। अपने सारे संचित कोप को उसने झँझोड़कर जगाया। हठात् उसकी नाभि फट पड़ी। एक प्रचंड कृत्या की ज्वाला उसमें से फूटी। उसने उसे सामने खड़े पहाड़ पर

फेंका। पहाड़ धू-धू सुलग उठा। कितने ही वन्य पशु चीत्कार करते धराशायी हो गये।...ओ, तेजोलेश्या सिद्ध हो गयी!...वह चाहे तो अब सारे ब्रह्मांड को जलाकर भस्म कर सकता है।

गोशालक हर्षोन्मत्त हो लौट पड़ा। और फिर अपने कक्ष में बन्द हो गया। ऊषा बेला में हालाहला स्नान-सिंगार कर, बड़ी उमंग से पारण-थाल लिये आयी। अगले ही क्षण वह कक्ष में उपस्थित हुई। छह महीनों बाद स्वामी ने प्रथम बार एक वीतराग स्मित से मुस्कराकर उसकी ओर देखा। मौन-मौन ही पारण सम्पन्न हो गया।...गोशालक ने एक गहरी मुक्ति और शक्ति एक साथ अपने अणु-अणु में अनुभव की। दृष्टि उठाकर उसने सामने हाथ जोड़, नतमाथ खड़ी सुन्दरी को आचूल-मूल एकटक निहारा। उसने आज गहरा जामुनी अन्तरवासक और केशरिया उत्तरीय धारण किया था। अंगराग, प्रसाधन, पत्रलेखा और फूलों के अलंकारों से वह सुशोभित थी।

"देवी हालाहले!" छह मास बाद प्रथम बार श्रमण ने मौन तोड़ा।

"स्वामी!"

हालाहला ने माथा उठाकर श्रमण को देखा। उसका सारा शरीर किसी दैवी अग्नि से प्रदीप्त दिखाई पड़ा। श्रमण ने सुन्दरी की आँखों में छलकती आद्या वारुणी देखी। उनकी दृष्टियाँ गुम्फित हो गयीं। श्रमण ने आविष्ट होकर, हाला का जामुनी अन्तरवासक खींचा। एक ही झटके में वह खुल पड़ा। सुन्दरी लज्जा से मरकर, वहीं स्वामी के चरणों में सिमटकर ग्रन्थि हो पड़ रही।

"अपने स्वामी से लज्जा कैसी, हालाहले! मैंने तुम्हारी अन्तिम ग्रन्थि खोल दी। अब भी ग्रन्थिभूत ही रहोगी? मुक्त होकर, सामने मुक्त पुरुष को देखो!"

हालाहला एक पुष्पांजलि-सी उठकर, अपने स्वामी को उन्मीलित नयनों से निहारती रह गयी। कि सहसा ही उसे सुनाई पड़ा :

"आज से तुम्हारा यह अन्तरवासक, मैं धारण करूँगा। अपने अधो-अंग में पहनकर, मैं तुम्हें अपने ऊर्ध्वों के महलों में ले चलूँगा। परम लब्धि लाभ के इस मुहूर्त में तुम अर्हत् की अर्द्धांगना हुई!"

"अर्हत् की अर्द्धांगना? सच? असम्भव सम्भव हो गया? एकल विहारी अर्हत् मेरे साथ युगल हो गये? सुना नहीं कभी ऐसा!..."

"लेकिन प्रत्यक्ष देख तो रही हो न?"

"स्वप्न या सत्य?"

"केवल सत्य। केवल एक पुरुष, केवल एक नारी। आदि पुरुष, आद्या प्रकृति।"

भोली हालाहला को लगा, जैसे वह कोई परावाणी सुन रही है। किसी अश्रुतपूर्व सत्य का साक्षात्कार कर रही है। उस सुन्दरी मोहिनी को मन्त्रकीलित देख,

गोशालक निश्चल स्वर में बोला :

"पहचानो कल्याणी! तुम्हारी अग्निशाला में प्रति-तीर्थंकर भगवान मक्खलि गोशालक आज अवतरित हुए हैं!"

"चरम तीर्थंकर महावीर के प्रतिनिधि?"

"प्रतिनिधि नहीं, प्रतिवादी, प्रतिद्वन्द्वी, प्रति-तीर्थंकर। हम वीतराग को पूर्ण राग से जीतने आये हैं। विराग नहीं, अतिराग ही हमारा अचूक मुक्तिमार्ग है। हम इन्द्रियों के दमन से नहीं, तर्पण और उत्थान से सहज मुक्ति में विचरते हैं। हमारी मुक्ति पारलौकिक नहीं, इहलौकिक है। उधार की नहीं, तत्काल की है। वह अभी और यहाँ, वर्तमान और सहज लब्ध है। हम मुक्ति को जीवन के प्रति क्षण में भोगते हैं।...तू मेरी प्रथम वरिता शिष्या हुई, कल्याणी। तू इसी क्षण मुक्त हो गयी। तू जातरूप निर्ग्रन्थ होकर, जातवेद पुरुष से आत्मसात् हुई। देख, तेरा अन्तरवासक तेरे प्रभु ने धारण कर लिया। स्वयं तेरे तारणहार ने तेरा वरण कर लिया। दर्शन कर, दर्शन कर, और मुक्तिलाभ कर!"

हालाहला लज्जा त्याग, उन्मुक्त खड़ी हो, अपने मुक्त पुरुष को निहारती हुई, मुदितनयन समर्पित हो रही।

"देवि, वेणुवन से एक नया बाँस-दंड मँगवाओ। एक वेतस् कुंडिका मँगवाओ। एक झोली मँगवाओ। व्याघ्र-चर्म के उपानह मँगवाओ। यही वेश धारण कर, कल प्रातःकाल तुम्हारे आम्रकुंज के मर्मर सिंहासन पर, अवसर्पिणी के प्रति-तीर्थंकर, एकमेव लोक-तारक भगवान मक्खलि गोशालक लोक में प्रथम बार प्रकट होंगे। उनकी प्रथम धर्म-पर्षदा तुम्हारे ही आँगन में होगी। नक्काड़ा बजवाकर, श्रावस्ती के सारे नगर-द्वारों, त्रिकों, चौहट्टों, अन्तरायणों, पण्यों में यह उद्घोषणा डंके की चोट करवा दो।"

कहकर भगवान मक्खलि गोशालक आँखें मींचकर अपने आसन पर निश्चल हो गये। हालाहला को लगा, जैसे साक्षात् अंगिरा उसकी अग्निशाला में प्रकट हुए हैं। उसने अपने केशरिया उत्तरीय को कटि पर धारण किया। अपनी कुसुम्बी फूल-कंचुकी में आबद्ध अपने यौवन को कृतार्थ गर्व से निहारा। कि सहसा ही फिर सुनाई पड़ा :

"और सुनो देवांगी, आज रात तुम अपनी इस भांड-भट्टिका को जलधाराओं से सम्पूर्ण बुझवा देना। पुरातन पार्थिव अग्नि को विसर्जित करा देना। कल ब्राह्म मुहूर्त में, हम तुम्हारी भट्टिका में अपने नाभि-कमल की दिव्य अग्नि प्रक्षेपित करेंगे। वह लोक के एकमेव जिनेन्द्र गोशालक की दिव्य कैवल्याग्नि होगी। उसमें से नूतन युग-तीर्थ का मंगल-कुम्भ अवतीर्ण होगा। तुम्हारे सारे घट-भांड इसके बाद दिव्य प्रसाद होकर, लोक के घर-घर में मंगल-कल्याण का घट स्थापन करेंगे।"

"और कुछ आदेश, भगवन्?"

"अब तुम जा सकती हो, देवि!"

भगवान गोशालक फिर ध्यानस्थ, निश्चल हो गये। उनका त्रिवार वन्दन कर, उन्हें लौट-लौटकर निहारती हुई हालाहला, चुपचाप वहाँ से चली गयी। पीछे द्वार बन्द हो गया।

वह जाकर अपने शयन-कक्ष के पलँग पर पड़ गयी। उसे लगा कि उसके रूप-लावण्य में किसी लोहित पावक की तरंगें उठ रही हैं। और वह अपने ही सौन्दर्य का आसव पीकर मदोन्मत्त होती जा रही है। वह अपनी ही मोहिनी में मूर्छित होकर, डूबी जा रही है।...

उस रात्रि के तीसरे प्रहर में ही मृत्तिका की भांडशाला मंगल-दीपों से जगमगा उठी। ठीक ब्राह्मी वेला में घंटा-घड़ियाल बज उठे, शंखनाद और डमरू-घोष होने लगा। सारे कुम्भार-कम्मकर अग्निशाला में एकत्र उपस्थित थे। देवी हालाहला केशरिया मंगलवेश धारण करके वहाँ मानो सहसा ही प्रकट हुईं। अपने ही हाथों उन्होंने, सर्वथा ठंडी पड़ी भांड-भट्टिका में गोशीर्य चन्दन-काष्ठ की अरणि रची। उस पर कुंकुम-अक्षत, अगुरु-तगुरु, कपूर-केशर, धूप-धूपांग अर्पित किये। श्रीफल से ढँका घृत-कुम्भ स्थापित किया। पुष्पांजलि वर्षा की।

अविराम शंख-घंटा निनाद के बीच सहसा ही मंखपुत्र गोशालेश्वर वहाँ प्रकट हुए। एक हुंकार के साथ उन्होंने सर्वनाशी मुद्रा में तांडवी पदाघात किया। और फिर, 'जाग...जाग...चेत...चेत...भवानी...!' कहते हुए भट्टिका के मुख-द्वार में भयंकर भ्रू-निक्षेप किया। एक जलता अग्नि-बाण उनकी भृकुटी से स्वतः विस्फोटित होकर, महाभट्टिका में प्रवेश कर गया।

ना-कुछ देर में ही भट्टिका मानो किसी ज्वाला-गिरि-सी दहक उठी। लपटों के एक वन जैसी वह छा गयी।

"देवी मृत्तिका हालाहले, अपना सर्वाधिक प्रिय ताजा मृद्भांड भट्टिका में तपने को स्थापित करो।"

देवी ने तुरन्त आदेश का पालन किया।

मंखेश्वर बोले, "इसी मृद्भांड में से चरम तीर्थंकर मक्खलि गोशालक के नव मन्वन्तर विधायक वैश्वानर प्रकट होंगे।"

देवपुत्र मक्खलि गोशालक की जयकारें होती चली गयीं। और इसी बीच जाने कब गोशालक गुरु वहाँ से अन्तर्धान हो गये।

अगले दिन बड़े सबेरे ही, हालाहला कुम्हारिन के विस्तीर्ण आम्रकुंज में

श्रावस्ती के हजारों-हजार स्त्री-पुरुषों का ठठ्ठ जमा हो गया है। मर्मर के भव्य सिंहासन पर, महामंखेश्वर भगवान मक्खलि गोशालक निश्चल विराजमान हैं। वे जामुनी अन्तरवासक धारण किये हैं। उनका शेष गौरांग शरीर उघड़ा है। वह किसी अन्तरित ज्वाला से देदीप्यमान हैं। मानो साक्षात् अग्निदेव ही वहाँ अवतरित हुए हैं। भूरी श्मश्रु दाढ़ी से शोभित, उनके तप्त ताम्र-से दहकते मुख-मंडल पर, गुंजल्लित भुजंगम जैसी कुटिल अलकें लहरा रही हैं।

वे अपने एक हाथ में नवीन वेणु-दंड धारण किये हैं। उनके कन्धे पर सिन्दूरी झोली लटक रही है। उनकी दायीं ओर एक वेतस् कुंडिका (औषधि-मंजूषा) पड़ी है। उनकी बायीं ओर मदिरा का रत्न-कुम्भ शोभित है। वह नीलम के चषक से ढँका हुआ है। उनके सामने एक महार्घ्य विशाल हस्तिदन्त वीणा प्रस्तुत है।

सिंहासन के समतल ही, वाम पक्ष में सामने की ओर बिछे एक मणिकुट्टिम पीठ-भद्रासन पर, सुन्दरी हालाहला सुस्थिर भाव से आसीन है। जामुनी अन्तरवासक, रक्तांशुक उत्तरीय, और फूलों के कंकण, केयूर, कंठ-हार से अलंकृत वह श्यामांगी, सिन्दूर का तिलक धारण किये, नवीन मेघमाला में चित्रित दामिनी-सी वहाँ शोभित है।

हजारों की जन-मेदिनी स्तब्ध एकटक महागुरु मंखेश्वर को ताक रही है कि अभी कोई चमत्कार होगा, कोई आकाशवाणी सुनाई पड़ेगी। कि हठात् मंखदेव ने सामने पड़ी वीणा के तार को जोर से खींचकर टंकार दिया : झन्न...झनन...झन्न। और नेपथ्य में कहीं घोर दुन्दुभि-घोष और तुरही-नाद हुआ। फिर सन्नाटा...फिर वीणा के खरज-तार में एक क्रुद्ध झंकार। एक दुर्मत्त हुंकार। और सहसा ही प्रत्याशित आकाशवाणी सुनाई पड़ी :

"तीनों लोक और चौदहों भुवन सुनें! नन्दीश्वर द्वीप, विदेह क्षेत्र, जम्बूद्वीप, भरतखंड, आर्यावर्त, आसमुद्र पृथ्वी सुनें! सकल चराचर सुनें! अवसर्पिणी के चरम तीर्थंकर महामंखेश्वर जिनेन्द्र मक्खलि गोशाल यहाँ प्राकट्यमान हैं। स्वयं सत्ता उनमें अवतरित हुई है।

"—सुनो रे वेदवादी ब्राह्मणो और सवर्णो सुनो, सुनो रे चांडालो, चर्मकारो, दलित शूद्रो, अन्त्यजो, सुनो। वेद के अग्निदेवता अंगिरस यहाँ अवतरित हैं। परमाग्नि का लोक में विस्फोट होनेवाला है। उसमें अब तक के सारे अत्याचारी देवता, प्रभु, तीर्थंकर और उनके पूजक प्रभुवर्ग जलकर भस्म हो जाएँगे। देखो, देखो, सविता और सावित्री यहाँ उपस्थित हैं। भर्ग और गायत्री यहाँ उपस्थित हैं। वृष-सोम, रयि-प्राण, दोनों अश्विनीकुमार, मित्रावरुण और अग्निषोम के आदि युगल यहाँ उपस्थित हैं। वेद के सारे देवी-देवता, वेदान्त के ब्रह्म और माया मंखेश्वर के श्रीपाद में शरणागत हैं। प्रकृति और पुरुष की नग्न लीला यहाँ खुलकर सामने आ गयी है। वेद और वेदान्त

यहाँ पराजित हैं। आज तक के सारे श्रमण, जिनेन्द्र, तीर्थंकर यहाँ अतिक्रमित हैं।

"—चरम सत्य है, नर-नारी की उन्मुक्त युगल लीला। उसी में से निरन्तर संसार आ रहा है, और उसी में लय पा रहा है। महामंख ने अनादि समुद्र का मन्थन किया है। उसमें से प्रकट हुई है सुरा, सुन्दरी, वीणा, नृत्य करती अप्सरा, नील रेतस्-जल में उलंग खेलती रातुल पद्म-सी नारी। आदि पुरुष और आद्या योषा का अखंड निबिद्ध मिथुन। यही एकमात्र सम्यक् दर्शन है, सम्यक् ज्ञान है, सम्यक् चारित्र्य है। यही वेद और वेदान्त का सार है। यही आदि तीर्थंकर अवधूत ऋषभदेव की गुप्त धर्म-प्रज्ञप्ति है। उसका रहस्य प्रथम बार मंखेश्वर ने साक्षात् किया है।

"*...नत्थि पुरिस्कारे, नास्ति पुरुषकारं।*" पुरुषार्थ व्यर्थ है, तप-त्याग, संयम-नियम निष्फल हैं। सारी सृष्टि एक नियत क्रम में अनादि-अनन्तकाल में चक्राकार घूम रही है, और उसमें नर-नारी का अबाध मैथुन चल रहा है। तुम कुछ कर नहीं सकते, जो होना होता है, वही होता है। कोई कारण-कार्य नहीं, कोई हेतु-प्रत्यय, कोई पौरुष, प्रयत्न, उपाय, परिणाम नहीं। कोई स्वर्ग-नरक, लोक-परलोक, मोक्ष-निर्वाण अन्यत्र कहीं नहीं। कुछ भी प्राप्त नहीं करना है, बस केवल बहते जाना है, होते जाना है, और एक दिन मुक्ति स्वयं ही हो जाएगी।

"—महावीर ने घोर तप करके क्या पाया? मैं छह वर्ष उनके तप में साथ रहा। वे दारुण यन्त्रणा झेलते रहे, मार खाते रहे, और अपने को बचाने में सदा असमर्थ रहे। झूठी जय-जयकारों में भ्रमित हो, भगवान होने के चक्कर में पड़े रहे। बुद्ध ने सोयी सुन्दरी छोड़, गृह-त्याग कर क्या पाया? रोग, जरा, मृत्यु को वे कहाँ जीत पाये? क्या उनका शरीर अजर-अमर हो पाया? उनको रोग झेलते, वृद्ध होते देख रहा हूँ। फिर किसलिए ऐसा अमानुषिक तप-त्याग? निरानन्द वैराग्य, उदासी और विषाद, दुःखवाद, क्षणिकवाद। और फिर झूठे निर्वाण का दिलासा।

"—किसने देखे हैं मोक्ष और निर्वाण? किसने देखे हैं जन्मान्तर और लोकान्तर? जो है सो केवल वर्तमान है। प्रस्तुत क्षण ही शाश्वत है। अभी और यहाँ जीवन को पूर्ण भोगो, पूर्ण जियो। इस निरन्तर चक्रायमान संसार को अबाध भोगते चले जाना ही जीवों की एकमात्र गति और नियति है। प्रत्येक जीव का नियति-भ्रमण पूरा होने पर, उसकी मुक्ति अपने आप हो जाती है। अनुभव की अग्नि में तपते-तपते ही, फौलाद कांचन हो जाता है।

"—इसी से कहता हूँ भव्यो, सारे धर्मों, वेद-वेदान्तों, तीर्थंकरों, भगवानों के भ्रमों से मुक्त हो जाओ। वर्तमान को खुलकर भोगो और जियो। खाओ-पियो, मौज करो और वीणा बजाओ। पाप-पुण्य का भय बिसार दो। निर्भय और निर्द्वन्द्व होकर जीवन को खेलो, और पाओगे कि मुक्ति स्वयं तुम्हें गोद लेने को तुम्हारे पीछे भागी फिर रही है।

"...देखो-देखो, तुम्हारा एकमेव मुक्तिदाता, परित्राता आ गया। नाचो-गाओ, सुरापान करो, सुन्दरी-पान करो, यौवनपान करो। पुष्पोत्सव करो, मुक्त विहार करो, विहंग रमण करो। जैसे कपोत और कपोती। जैसे मृग और मृगी। इन सबमें सविता-सावित्री का युगल ही तो निरन्तर खेल रहा है। फिर बाधा कैसी? भय कैसा?

"—मेरी इस आकाशी वीणा को सुनो...। (टन्न-टन्न...झन्न-झन्न : गोशालक ने वीणा झन्ना दी) मेरे इस सुरा-कुम्भ का अमृतपान करो।—(उसने वारुणी गटककर चषक लुढ़का दिया)। और देखो, परमा सुन्दरी भगवती हालाहला को देखो। यही सृष्टिघट की आद्या कुम्भकारिन है। यही विश्व-ब्राह्मांडों की एकमेव विधात्री है। यही सावित्री, गायत्री और ब्रह्म की छाया-माया है। वह स्वयं अनाद्यन्त प्रकृति-सृष्टि है। यही इरावती अप्सरा है। यही महामंखेश्वर एकमेव पुरुष की एकमेव युगलिनी सहरेता है।

"—पान करो, गाओ, नाचो, फूलों की धूल उड़ाओ, एक-दूसरे में लीन हो जाओ।...देखो...देखो...आदि युगल गान-पान-तान में लीलायमान हो रहे हैं।..." कहकर गोशालक उन्मत्त हो नृत्य करने लगा।

और हालाहला भी आवेश में आकर, सुरापान करती हुई मर्मर सिंहासन पर चढ़ गोशालेश्वर के साथ अंग जुड़ाकर, प्रमत्त हो नाचने-गाने लगी। बीच-बीच में वे दोनों रह-रहकर, नृत्यों के भंग तोड़ते, झुककर वीणा के तारों को झन्ना देते।...और चारों ओर से सेवकगण पुष्प और अबीर-गुलाल की वर्षा करने लगे।

शत-सहस्र नर-नारी वृन्द उस रसोत्सव में मोह-मूर्च्छित होकर नाच-गान करने लगे। चरम तीर्थंकर गोशालदेव की जयकारों से सारा आम्रकानन, और सारे राजमार्ग गुंजायमान होने लगे।

श्रावस्ती की प्रजाओं का रक्त एक विचित्र मुक्ति के भाव से आन्दोलित हो उठा। उन्हें लगा कि सच ही, यही तो चरम तीर्थंकर हैं। यही तो परम त्राता और मुक्तिदाता हैं। क्योंकि उन्हें सचोट अनुभव हुआ, कि अनादिकाल से उनके रक्त में पड़ी वर्जना, बाधा, पाप, भय और विधि-निषेधों की ग्रन्थियाँ आज औचक ही किसी ने खोल दी हैं। उनकी साँस जैसे पहली बार मुक्त और निर्ग्रन्थ हुई है।

पहले ही प्रकटीकरण में चरम तीर्थंकर मक्खलि गोशालक की कीर्ति दिगन्त चूमती दिखाई पड़ी।

छट्ठ तप के छह महीनों में, गोशालक ने केवल तेजोलेश्या ही सिद्ध नहीं की थी। प्रभु होने की महत्त्वाकांक्षा और हालाहला के समर्पण का बल पाकर, उसने अपनी सारी इन्द्रियों का एकाग्र निग्रह और संयम भी किया था। फलतः उसकी प्रत्येक

इन्द्रिय कई गुनी अधिक सतेज और प्रबल हो गयी थी। हर इन्द्रिय की क्रिया अपनी सीमा लाँघकर, विक्रिया शक्ति से सम्पन्न हो उठी थी। अनजाने और अप्रत्याशित ही उसे दूर-दर्शन, दूर-श्रवण, दूसरे का मनोगत जान लेना आदि कई ऋद्धि-सिद्धि अनायास प्राप्त हो गयी थीं। अपने ज्ञान के इस चमत्कारिक उत्कर्ष को प्रकट देखकर, उसे भ्रान्ति हो गयी थी कि वह सर्वज्ञ हो गया है। वह महावीर का समकक्षी, और उनका प्रतिपक्षी होने में समर्थ हो गया है। उसे अगले क्षण होनेवाली घटना या आनेवाले व्यक्ति का पूर्वाभास हो जाता था। आगन्तुक के मन को पढ़ लेना उसे सहज हो गया था।...महावीर भी तो यही करते हैं!

...उन्हीं दिनों श्रावस्ती में छह दिशाचर पार्श्वापत्य श्रमण विहार कर रहे थे। ज्ञान, कलन्द, कर्णिकार, अच्छिन्द, अग्नि वैशम्पायन और गोमायु-पुत्र अर्जुन। जिन-मार्गी श्रमणों की कठोर-व्रत-चर्या का पालन करने में असमर्थ होकर वे शिथिलाचारी, और स्वच्छन्दाचारी हो गये थे। अष्टांग निमित्तज्ञान, मन्त्र-तन्त्र, ज्योतिष, भविष्य-कथन आदि कई विद्याएँ उन्हें सिद्ध हो गयी थीं। वे ऋद्धि-सिद्धि सम्पन्न थे, और उसी के बल वे मनमाना स्वच्छन्द जीवन बिताने लगे थे। हालाहला के आम्र-कुंज में उन्होंने गोशालक की प्रथम देशना सुनी थी। उसमें अपनी उच्छृंखल विषय-वृत्तियों का प्रत्यायक समर्थन पाकर, उन्होंने मन ही मन गोशालक को अपना गुरु मान लिया था। उन्हें मुक्तिमार्ग का एक नया और स्वानुकूल मन्त्र-दर्शन प्राप्त हो गया था।

एक दिन वे गोशालक से मिलने आये। सूचना पाने से पूर्व ही गोशालक को उनके भीतर-बाहर का पूरा आभास हो गया। वे तुरन्त बुला लिए गये। सामने आते ही उन्होंने मंख गुरु को साष्टांग दंडवत किया। और पंक्तिबद्ध उपविष्ट हुए। गोशालक ने अविलम्ब स्वामित्व की भंगिता में मस्कर-दंड हिलाकर कहा :

"जान गया, जान गया। तुम सर्वज्ञ जिनेन्द्र गोशाल की हथेली पर हो। हस्त-रेखावत् प्रत्यक्ष। मुहूर्त आ गया है। तुम सब अपनी-अपनी विद्याओं का बखान करो, और उनके प्रयोग कर दिखाओ। और मैं तुम्हारे प्रताप को क्षणार्ध में हजार गुनाकर दूँगा। तत्काल आरम्भ करो, मुहूर्त नहीं टलना होगा।..."

उसकी अमोघ अग्नि-विद्या के तेज के आगे, एक-एक कर छहों श्रमण धागे के दड़े-से खुलते आये। स्वयं ही विवश व्यग्र होकर, प्रत्येक ने अपनी विद्या का रहस्य गोशालक के आगे प्रकट कर दिया। गोशालक की एकाग्र चेतना में, सुनते-सुनते ही वे सारी विद्याएँ सिद्ध होती आयीं। उसे अन्तिम निश्चय हो गया, कि अब वह जो चाहे सो कर सकता है।

गोशालक के अविकल्प आदेश पर वे छहों दिशाचर श्रमण, तुरन्त ही मंख-दीक्षा में दीक्षित हो गये। तत्काल उन्हें मस्कर दंड, झोली, अन्तरवासक, कुंडिका, उपानह आदि से मंडित कर, मंख श्रमण बना दिया गया। हालाहला तो पहले ही प्रथम

शिष्या होकर, भगवान गोशालक की युगलित भगवती हो गयी थी। ये छह श्रमण उसके प्रथम पट्ट-शिष्य और गणधर हो गये। गोशालक ने उन्हें *'नत्थि पुरिस्कारे'* का नियतिवादी मन्त्र प्रदान किया। कुछ ही शब्दों में एक सम्पूर्ण धर्म-प्रज्ञप्ति प्रदान की। और अगले ही दिन से, प्रतिदिन वे श्रावस्ती के राजपथों, त्रिकों, चोहट्टों पर मस्कर-दंड हिला-हिलाकर, जिनराज-राजेश्वर भगवान गोशालक की धर्म-प्रज्ञप्ति उद्घोषित करते सुनाई पड़ने लगे :

"...*गोस्सालस्स मंखलि पुत्तस्सा धम्म पण्णत्ती, नत्थि उत्थाणे इवा, कम्मं इवा, वले इवा, वीरिष्ट इवा, पुरिसक्कार परक्कमे इवा।* ...अरे लोकजनो सुनो, अभिनव जिनेश्वर मंखलि गोशालक की धर्म-प्रज्ञप्ति सुनो : उत्थान नहीं है, कर्म नहीं है, बल नहीं है, वीर्य नहीं है, पुरुषार्थ नहीं है, पराक्रम नहीं है। जो कुछ है, वह नियति है। सारे भाव और अस्तित्व पहले से ही नियत हैं। पूर्व नियत क्रम-बद्ध पर्यायों से गुजरने को प्रत्येक जीव अभिशप्त है। उन सबसे पार होकर, जीव आपोआप मुक्त हो जाता है। इसी से खाओ-पियो, मुक्त भोगो, मुक्त जियो। कोई पुरुषकार नियति का निवारक नहीं। अपनी वृत्तियों को खुलकर व्यक्त करो, उनका निर्बाध रेचन होने दो। और एक दिन स्वतः ही निवृत्त, शुद्ध-बुद्ध मुक्त हो जाओगे।"

इस प्रकार छह दिशाचर श्रमण-गणधरों द्वारा नित्य घोषित गोशाल की यह धर्म-प्रज्ञप्ति, मूढ़, अपढ़ सर्वसाधारण जन और बुद्धिवादी तार्किकों के हृदय में समान रूप से गहरी पैठती चली गयी। वे ब्राह्मणों के यज्ञ-याग और कर्म-कांड के जंजाल, तथा बाह्याचारी श्रमणों द्वारा उपदिष्ट कठोर तप-संयम की धर्म-प्रज्ञप्ति से ऊब चुके थे। ऐसे में गोशालक का सहज स्वच्छन्दी मुक्ति-मार्ग उनके मनों को बहुत भा गया। दिशाचर श्रमण श्रावस्ती से बाहर जाकर, काशी-कोशल के सारे ही जनपदों में गोशालक की धर्म-प्रज्ञप्ति को डंके की चोट घोषित करने लगे। सर्वत्र ही प्रजा इस नव्य और आधुनिक जिनेश्वर के दर्शन और श्रवण को व्यग्र हो उठी।

...लेकिन गोशालक इस बीच एकान्त वास में रहकर, अपनी इस नयी धर्म-देशना को एक सांगोपांग दर्शन का रूप देने में संलग्न हो गया। महावीर के संग छह वर्ष विहार, और उससे पूर्व के अपने सारे अस्तित्व-संघर्ष और उससे निचुड़े अनुभव से उसने नियतिवाद का प्रत्यय तो पा ही लिया था। अब वह अनजाने ही उसकी धुरी की खोज में था। ठीक मुहूर्त आने पर उस दिन प्रातः श्रावस्ती में वह धुरी स्वयं ही सामने आकर खड़ी हो गयी। अनन्य रूपसी, सुन्दरी हालाहला। अपने कुलाल-चक्र पर दंड टिकाये, माटी के लौंदे से सुगढ़ भांड उभारती वह कुम्भकारिन। गोशालक ने साक्षात् किया, कि वही तो नियति-चक्र की धुरी पर बैठी है। उसकी एकमेव नियति-नारी, जो मानो उसी के लिए जनमी थी। गोशालक की अनिर्वार आन्तरिक पुकार के उत्तर में, वह सम्मोहित-सी सामने आ खड़ी हुई। प्रथम दृष्टि-मिलन में ही

उनकी चेतनाएँ अकस्मात् संवादी हो गयीं। काल के रंगमंच की एक नेपथ्यशाला से आयी मृत्तिका हालाहला, और दूसरी नेपथ्यशाला से आया गोशालक। सम्मुख होते ही परस्पर को पहचानकर समर्पित हो गये। गोशालक की जन्मान्तरों की पुकार और प्यास ने, उत्कटता के चरम पर पहुँचकर अपना उत्तर प्राप्त कर लिया। उसकी नियति-नटी एक नारी के रूप में साकार होकर सामने आ खड़ी हुई। अस्तित्व और नियति की एक महान त्रासदी का बड़ा सुन्दर और मधुर मंगलाचरण हुआ।

गोशालक को कुम्हार कन्या के कुलाल-दंड में ही अपने मस्कर दंड का साक्षात्कार हुआ। उसके कुलाल-चक्र में ही नियतिचक्र प्रत्यक्ष घूमता दिखाई पड़ा। सारे उपादान चमत्कारिक संगति से एक साथ सामने आ खड़े हुए। नारी सृष्टि की आद्या शक्ति है। ठीक मुहूर्त में गोशालक की नियोगिनी नारी सम्मुख आ खड़ी हुई। उसका बल पाकर वह आह्लादित और उन्मेषित हो उठा। आनन-फानन में उसने कठोर छट्ठ तप करके अग्नि-लेश्या सिद्ध कर ली। उसकी प्रथमा देशना ने ही श्रावस्ती के जन का हृदय जीत लिया। फिर नियति के भेजे छह दिशाचर भी ठीक समय पर आये। जिनमार्ग त्यागकर वे उसके शिष्य हो गये। मानो जिनेन्द्रों की सारी परम्परा पराजित हो गयी। और वह स्वयं जिनेन्द्रों का जिनेन्द्र, परम जिनेश्वर हो गया!

...तब अचानक सँभलकर, वह सयाना और संयत हो गया। उसके भीतर निश्चय जागा, कि अब लोक के सामने पूरी तरह प्रकट होने से पहले उसे अपने नियतिवाद को एक सशक्त और सर्वांगीण दर्शन के रूप में निरूपित, विकसित और प्रणालीबद्ध करना होगा। प्रतिभा की चिनगारी तो वह लेकर ही जनमा था। और फिर उसकी चेतना में एक संशय-कीट था, एक प्रश्नाकुलता थी। इसी प्रश्नाकुलता में से तो महान दार्शनिक सदा प्रकट होते आये हैं। फिर गोशालक के दैन्य, दासत्व, अनाथत्व और सतत अपमान ने भी, उसके चित्त में कुतरते संशयकीट को पोषित किया था। महावीर के प्यार को पहचानकर भी, वह उसके वशीभूत न हो सका। क्योंकि उसकी समस्त जाति की दरिद्रता और हीनता-ग्रन्थि, बार-बार राजवंशी श्रमण महावीर से द्रोह कर उठती थी। उन्हें शंका की दृष्टि से देखती थी। इसी से स्वभावतः महावीर के तप-तेज और ज्ञान से बार-बार मुग्ध-मूढ़ होकर भी; वह कभी उन्हें पूरी तरह स्वीकार न कर सका। गहरे में कहीं सदा वह उनके साथ एक तीव्र और कटु ईर्ष्या, तथा प्रतिस्पर्धा का दंश अनुभव करता रहा। हर कदम पर प्रश्न उठाता, परीक्षा करता, वह उनका अनुगमन करता रहा। उसके उन तीखे संशयों और प्रश्नों की धार पर ही नियतिवाद का तिल-क्षुप फूलने-फलने लगा।

और अब उसे अपने नियति-चक्र की धुरी भी उपलब्ध हो गयी, इस हालाहला में। वह श्रीमन्त थी, और अपने देश-काल की एक अप्रतिम रूपसी थी। काशी-कोशल और कोशाम्बी तक के सारे श्रेष्ठी, सामन्त, राजपुत्र, और वत्सराज उदयन तथा

कोशलेन्द्र प्रसेनजित तक भी उस पर अपने दाँव आजमा चुके थे। रानीत्व और राजसिंहासन उसके चरणों पर निछावर हुए। पर उसकी नजरें तक न उठीं, उन्हें देखने को। वह एक अपराजिता कुमारिका थी। एक अजेय रमणी थी। उसकी मानिनी चितवन को इन्द्र का वीर्य, वज्र और तेज भी नहीं उठवा सकते थे। उसका यौवन और सौन्दर्य उम्र के साथ क्षीण न होकर, अधिक दीप्त और सम्मोहक होता जा रहा था। ऐसी एक दुर्दामिनी नारी, दीन-दरिद्र, द्वार-द्वार से अपमानित, अकिंचन गोशालक को अकारण ही, क्षणमात्र में समर्पित हो गयी। नियति का इससे बड़ा प्रमाण क्या। और नियति-नटी यदि हालाहला नहीं, तो और कौन हो सकती थी।

ऐसी हालाहला को अटूट साथ खड़ी पाकर, गोशालक के पौरुष और प्रतिभा में पूनम के समुद्र-ज्वार उमड़ आये। उसके संकेत पर हालाहला नाचती रहती थी। अपने प्रभु के आदेश पर उसने अपने आम्र-कानन के ग्रीष्म-कक्ष को, यथा आज्ञा सज्ज करा दिया था। चित्रांकन, काव्य-रचना, दर्शन-रचना, सुरापान, वाद्य-गान और नृत्य के सारे उपादान वहाँ जुटा दिए गये थे। कक्ष के ठीक मध्य में मस्कराचार्य का विशद पट्टासन बिछाया गया। वही उनका सुखद रेशमीन शयन भी था। उसी के आसपास उपरोक्त सारे उपादान चौकियों पर सज्जित थे। कक्ष की छाजन और द्वार-खिड़कियों को उषीर (खस) के आस्तरण और यवनिकाओं से छा दिया गया था, जिनमें धारा-यन्त्र से सदा जल-फुहियाँ झरती रहती थीं। केवल एक सामने का गवाक्ष खुला रखा गया था, जिस पर उषीर की टट्टी सायबान की तरह उचकी रहती थी। इस गवाक्ष से दूर तक सारा आम्रकानन दिखाई पड़ता था।

...ठीक इस गवाक्ष के सामने ही इन दिनों नाति दूर, नाति पास, हालाहला का कुलाल-चक्र एक नव-निर्मित विस्तृत मृत्तिका-वेदी पर स्थापित कर दिया गया था। और उससे काफी हटकर चारों ओर मंडलाकार अनेक कुम्हार-कम्मकरों के चक्र चलते रहते थे।

हालाहला सबेरे से ही नव-नवरंगी अंशुक और कुसुमाभरण धारण कर, वेणी पर फूल-गजरा बाँध, केन्द्रीय चक्र पर भांड निर्माण करती दिखाई पड़ती। माटी भी काली, कुम्हारिन भी काली, उसकी काली-भँवराली आँखों में छलकती वारुणी भी काली। सघन अमराइयाँ भी काली, और उनमें रह-रहकर टहुकती-टोकती कोयल भी काली। मृत्तिका का अँधियारा गर्भदेश। तमस् और रजस् का मौलिक मोहन-राज्य। हालाहला की साँवली लुनाई में मंजरियाँ महकतीं, अंबियाँ फूटतीं। आम्रफलों में रस संचार होता। समूची प्रकृति-सृष्टि और उसकी विधात्री स्वयं है यह कुम्भारिका। उसके चाके में घूमता है सारा ब्रह्मांड। वह समुद्र में से उत्थायमान उर्वशी की तरह, अनेक बंकिम भंगों में लरज-लरजकर, झूम-झामकर अपने दंड से चाका चलाती। उसके कंकणों की रिणन और नूपुरों की रुनझुन में कविता, संगीत, नृत्य, क्षण-क्षण

नव-नूतन रूपों में मूर्तिमान होते। अपने वक्षोजों में ही मानो सहजात वीणा धारण किये, वह साक्षात् सरस्वती-सी वहाँ नाना रूप-भंगिमाओं में प्राकट्यमान दिखाई पड़ती। मानो कि सारा भूमंडल अपनी सम्पूर्ण लीलाओं के साथ वहाँ उपस्थित हुआ है।

...और अपने ग्रीष्मावास की सुखद शैया में आसीन मस्कराचार्य भगवान गोशालक, सम्मुख खुले गवाक्ष से इस सृष्टि-लीला को सतत निहारते हुए, नियतिवाद के दर्शन की रचना करने लगे। ऊपर अमराई में कोयल कूकती, आचार्य रह-रहकर पास ही पड़े कापिशेया-मदिरा के कुम्भ से सुरापान करते। बीच-बीच में तानकर वीणा झंकार देते। और यों काव्य-गान करते, वीणा बजाते, नृत्य करते, चित्रांकन करते हुए, खेल-खेल में ही नियतिवाद का दर्शन आकार धारण करता चला गया।

अनायास ही कुम्भारिन झूमकर चाक चला देती है। अनायास ही उसके कंकण-नूपुर रणकार उठते हैं। उसकी मृणाल बाहु से अनायास चालित दंड। उभरते कुम्भ पर उसकी सुकुमार लम्बी उँगलियों की फिसलन। उसकी लचकती कलाई की गुलछड़ी पर रिलमिलाती मणि-चूड़ियों की ढलकन, उसकी झूमती-झामती, कटीली साँवली, लचीली देह-यष्टि पर लावण्य की लहरों का आवर्तन। और लचक-मचक में रह-रहकर शिथिल हो जाते उसके अन्तरवासक की फिसलन। उसके भीतर की कदली-घाटियों में असह्य आरति की फिसलन। सतत घूर्णिमान चक्र, उस पर माटी का घूमता लौंदा, उस पर फिसलती लचीली उँगलियाँ, भँवरीली चूड़ियाँ, उभरता कुम्भ, लचकती बाँह से आपोआप चलता चाक और दंड।...और इस चक्रावर्तन और फिसलन में से नियतिवाद के दर्शन का तार भी रात-दिन अपने-आप खिंचता चला जा रहा था।

...आलोड़न, ढलकन, लुढ़कन। ढलकते चलो, लुढ़कते चलो। फिसलन, फिसलन, फिसलन। बहन, बहन, बहन। फिसलते चलो, फिसलते चलो, बहते चलो, बहते चलो। सब आपोआप होता है। न कोई पुण्य, न कोई पाप होता है। जो होना होता है, वही होता है। यह सब कुछ स्वत: होते जाना ही, एकमात्र सत्य है। नियति ही सृष्टि का एकमात्र नियम, स्वधर्म और सारांश है।

अन्तहीन काव्य-रचना। दार्शनिक सूत्रों का जटाजूट आल-जाल। कितनी ही घटनाओं, दृष्टान्तों और जीवनानुभवों के निरन्तर जारी चित्रांकन। ताड़पत्रों और चित्रपटों के ढेर लगते चले गये। नियतिवाद का दर्शन मकड़ी के जाले की तरह आपोआप अपने को बुनता चला गया। मानो परब्रह्म के अन्तर-काम में से, माया का विस्तार उनके अनचाहे ही होता गया।

वैशाख की, गोपन आम्ररस से महकती चाँदनी रातों में, आम्रकुंज के ग्रीष्म-कक्ष में, सृष्टि की प्रियाम्बा हालाहला, अपनी गहन मृत्तिका-कोख में एक नये

भगवान और नये धर्म का गर्भाधान कर रही थी। सारा ब्रह्मांड मानो उसके वक्षोज पर, एक नवीन कुम्भ के रूप में आपोआप अवतीर्ण हो रहा था।

...और एक दिन अचानक काशी-कोशल, कौशाम्बी, कपिलवस्तु, वैशाली, चम्पा और राजगृही के राजमहलों में, श्रेष्ठि-प्रासादों, अन्तरायणों, चत्वरों, चौकों में एक साथ यह उदन्त सुनाई पड़ा, कि जिनेश्वरों के जिनेश्वर, चरम तीर्थंकर, प्रति-तीर्थंकर, परम भागवत भगवान मक्खलि-गोशालक अति-कैवल्य को उपलब्ध हो गये हैं। और अब वे शीघ्र ही दिग्विजयी विहार करते हुए, अपने अपूर्व धर्मचक्र का प्रवर्तन करेंगे।

अराजकता और अन्धकार में गुमराह आर्यावर्त के लोक-जनों को इस खबर से एक अजीब सान्त्वना मिली। वे उत्सुकता से इस अभिनव तीर्थंकर की प्रतीक्षा करने लगे।

महावीर के अग्निपुत्र : आर्य मक्खलि गोशालक

यह वह समय था, जब समस्त आर्यावर्त की चेतना एक संक्रान्तिकाल से गुजर रही थी। धर्म के धुरन्धर ब्राह्मण का पतन हो चुका था। वर्णाश्रम धर्म की चूलें उखड़ गयी थीं। आनन्दवादी वेद, और ज्ञानवादी उपनिषद् की प्रभा मन्द पड़ गयी थी। क्योंकि उनका प्रवक्ता ब्राह्मण, आनन्द और ज्ञान की ओट में स्वच्छन्दाचारी हो गया था। वह अपने ब्रह्मतेज से स्खलित होकर, राजाओं और श्रेष्ठियों का क्रीत दास पुरोहित हो गया था। आरण्यक ऋषियों के आश्रम परित्यक्त और सूने हो पड़े थे। उनके आनन्द और ज्ञान की यज्ञवेदियों पर, जिह्वालोलुप और कामार्त्त पुरोहितों के कर्म-कांड की दूकानें खुल गयी थीं। उनके हवन-कुंडों में अब पवित्र अग्नि प्रकट नहीं होती थी। वे तृष्णा और भोग की संहारक आग से दहक रहे थे। उनसे अब सुगन्धित पावनता का हुताशन नहीं उठता था। प्राणियों की चीत्कारें और चरबी का चिरायन्ध धुआँ उठता था। वेदों के देव-मंडल और उपनिषदों के ऋषि-मंडल लोक-मानस में से विलुप्त हो गये थे।

लोक-मंगलकारी, परित्राता धर्म का सिंहासन ध्वस्त हो चुका था। जन-हृदय में एक गहरे अवसाद और अराजकता का अन्धकार छाया था। जन-मन की श्रद्धा का आधार उच्छिन्न हो गया था। आर्यावर्त के मनुष्य के पास अब पैर टिकाने को कोई धरती नहीं रह गयी थी। उसकी चेतना एक निराधार शून्य के मरण-भँवरों में गोते खा रही थी।

महावीर और बुद्ध के त्याग और तप के प्रताप से जनता चकित और अभिभूत अवश्य थी। लेकिन उनका प्रभा-मंडल अभी सुदूर परिप्रेक्ष्य में अन्तरित था। वे कैवल्य और बोधिसत्व की चरम समाधि की अनी पर खड़े थे। लेकिन आर्यावर्त के परिदृश्य पर वे अभी प्रकट नहीं हुए थे। धर्म-पीठ रिक्त पड़ा था।

पार्श्वनाथ का चातुर्याम-संवर धर्म अब शिथिलाचारी श्रमणों का छूँछा बाह्याचार मात्र रह गया था। ब्राह्मण का पाखंड उघड़कर चौराहों पर चित पड़ा था। लक्ष्य का क्षितिज लोक-चक्षु से ओझल हो गया था। जीवन और धर्म के बीच एक अलंघ्य खाई मुँह बाये पड़ी थी।

ठीक इसी समय मक्खलि गोशालक भारत के परिदृश्य पर प्रकट हुआ। उसने परब्रह्म, परमात्मा, परलोक, पाप-पुण्य की सारी परोक्षावादी अवधारणाओं का भंजन करके, ठीक अभी और यहाँ जीने के लिए इस इहलौकिक धर्म-प्रज्ञप्ति गढ़ डाली। वह प्रत्यक्ष अस्तित्ववादी था। अस्तित्व ठीक इस क्षण जैसा सामने आ रहा है, उसी को देखो, जानो और उसे निर्बन्धन होकर जियो। धर्म धारणा नहीं है, वह ठीक अभी हाल का जीवन है। कहीं कोई स्रष्टा ईश्वर नहीं, कोई नियन्ता नहीं, कोई आत्मा नहीं। बस, एक अन्ध नियति का चक्र ही सृष्टि का संचालक है। जीवन के संघर्ष और अनुभव से अर्जित इस नियतिवाद में ही गोशालक को स्वच्छन्द भोगवाद का आधार प्राप्त हो गया। जब 'है' और 'होना चाहिए' के बीच की दूरी ही खत्म हो गयी, तो पाखंड अपने आप ही समाप्त हो गया। नग्न अस्तित्व, नग्न जीवन, उसका उलंग भोग। अन्य और अन्यत्र, और कोई धर्म या सत्ता है ही नहीं।

आर्यावर्त की नब्बे प्रतिशत अपढ़-मूढ़ जनता को इस नकद धर्म में, जीने का एक अतर्क्य सहारा प्राप्त हो गया। प्रत्यक्ष और परोक्ष, सत्य और असत्य, धर्म और अधर्म का सारा चिरकालीन संघर्ष ही, इस सद्यःप्रस्तुत और नग्न अस्तित्ववाद में आपोआप विसर्जित हो गया। सारे पाखंडों और अन्धकारों का घटस्फोट हो गया। सब कुछ खुलकर सामने आ गया। इस तरह गोशालक ने प्रजा के हृदय के आँधियारे रिक्त को भर दिया। उसने एक गहरे सन्तोष और राहत की साँस ली।

इस परिदृश्य में व्युत्पन्नमति गोशालक के सामने अपने निर्बाध उत्थान की सीढ़ियाँ अनायास खुलती चली गयीं। संक्रान्ति में भटके भारतीय मन के इस शून्य और अन्धकार में उसका यथार्थवादी अस्तित्ववाद और भोगवाद प्रत्ययकारी सिद्ध हुआ। एक आकस्मिक उल्कापात की तरह उसकी धर्म-प्रज्ञप्ति, जन-हृदय पर टूटकर जंगली आग की तरह फैल चली।

कौशाम्बी और काशी-कोशल से लगाकर, अंग-बंग तक के दिगन्तों पर

मस्कर-दंड हिला-हिलाकर एक औघड़ क्षपणक बोलता सुनाई पड़ा। आर्यावर्त के तमाम प्रमुख राजनगरों के चैत्यों, चौकों और चत्वारों पर उसका धर्म-पीठ बिछ गया। सारे ही महानगर उसकी धर्म-देशना के केन्द्र हो गये। उसने ठीक अपने ही जीवन की त्रासदी को लाखों प्रजाओं के सामने नग्न करके, उनकी अचूक सहानुभूति प्राप्त कर ली। उसकी त्रासदी में सबने अपनी त्रासदी को प्रतिबिम्बित देखा।...सो यह सतही और उघड़ा यथार्थवाद कारगर सिद्ध हुआ। अपनी ही आत्मकथा का सूत्र पकड़कर गोशालक ने लोक-धर्म का ताना-बाना बुनना शुरू कर दिया।

क्षपणक वेशधारी मंखेश्वर ऋषि गोशालक, अपने मंख श्रमणों का भारी समुदाय लेकर आर्यावर्त के सभी प्रमुख जनपदों में विहार करने लगा। हर महानगर के सभा-चत्वर पर वह एक विशाल चित्रपट फैलाकर पुरुषार्थ और नियति की व्याख्या करता दिखाई पड़ा। चित्रपट पर अंकित है एक बड़ा सा ऊँट। ऊँट की गर्दन पर जुआ है, और जुए के अगल-बगल दो पट्ठे बैल, जो अभी बछड़े ही हैं, लटके हैं। मानो वे ऊँट के मणि-कुंडल हों। चित्रांकित बैलों को देखकर लगता था, कि वह छटपटाकर हाथ-पैर पीट रहे हों। और ऊँट भी घबराया हुआ लगता था। परिप्रेक्ष्य में दूर पर एक पुरुष दोनों हाथ उठाकर त्राहि माम् की चीख-पुकार उठाता दिखाई पड़ रहा था।

गोशालक चित्रपट को ऊँचा उठाकर कहता सुनाई पड़ता :

"अरे ओ आर्यावर्त के लोगो, कृषिकारो, कम्मकरो, कुम्भकारो, कम्मारो, रथकारो, धनुषकारो, अनेक श्रमों और शिल्पों में जुते हुए लोगो, क्यों व्यर्थ में पसीना बहा रहे हो। मेरी बात सुनो।...*नत्थि पुरिस्कारे। नास्ति पुरुषकारं।* अरे मेरे प्यारे जनो, कर्म-पुरुषार्थ आदि सब बकवास है। जो होना है, वही होगा, तो फिर खटने-खपने से क्या लाभ। मैं हूँ मंक ऋषि। नैमिषारण्य के ब्राह्मणगण मुझे सर्व-देव-देवेश्वर मंख महर्षि कहते हैं,...क्योंकि उनके कर्मवाद को मैं व्यर्थ प्रमाणित कर चुका हूँ।

"—पहले उन सयानों की सलाह मानकर, मैंने दो जून की रोटी पाने तक के लिए क्या-क्या नहीं किया। नीच से नीचतम कर्म भी किये। जन-जन के द्वार पर मैं श्वान की तरह डोला, भँडिहाई की, घटियाई की, क्या-क्या नहीं किया। पर मुझे सब जगह से दुत्कार कर, मार-पीटकर निकाल दिया गया।

"—तब मैंने सोचा, धन ही लोक में सर्वशक्तिमान देवता है। सो मैं धन कमाने की धुन में कृषि-कर्म की ओर लपका। मैंने अपनी औषधि-मंजूषा की अमूल्य औषधियाँ कौड़ी मोल बेचकर, दो पट्ठे बैल खरीदे। उन बैलों को लेकर मैं जोतने को कोई पड़ती भूमि खोज रहा था। तभी एक ऊँट कहीं से दौड़ता आया। देख रहे हो न चित्रपट में यह भीमकाय ऊँट। इसने एक ही झपट्टे में मेरे प्यारे बैलों को मुझसे छीन लिया, और उन्हें अपने जुए पर टाँग लिया। सो वे दोनों बैल, उस ऊँट से जुए

के दोनों ओर उसके मणि-कुंडलों की तरह लटक गये। और ऊँट जंगल में दूर-दूर भाग निकला। और मैं अनेक प्रकार से आर्त्त विलाप करता, अपने भाग्य को कोसता, व्यर्थ ही चीखता-चिल्लाता खड़ा रह गया। ओ रे मनुष्यो, मेरे दुर्भाग्य की वही त्रासदी इस चित्रपट में अंकित है। केवल मेरी ही नहीं, तुम्हारी भी नियति की कथा इस चित्र में अंकित है। कोई ब्राह्मण या श्रमण मेरे भाग्य के इस कुटिल विद्रूप और क्रूर व्यंग्य का सचोट उत्तर न दे सका।

"—उसी क्षण मेरी आँखों पर से अज्ञान का अँधेरा फट गया। मेरा सारा भीतर-बाहर प्रत्यक्ष यथार्थ की कैवल्य-बोधि से आलोकित हो उठा। अपनी चरम यन्त्रणा के छोर से ही, मैं चरम तीर्थंकर होकर उठा। शत-शत अग्नि-शलाकाओं जैसे परम ज्ञान के सूत्र और मन्त्र मुझमें से गुंजायमान होने लगे।

"—सुनो रे आर्यावर्त के भटके भव-जनो, सुनो। तभी नैमिषारण्य के ऋषियों ने मुझे, अब तक के सारे ऋषियों, ज्ञानियों, तीर्थंकरों से आगे का, परात्पर प्रचेता स्वीकार लिया। उन्होंने मुझे अति-ब्रह्म और अति-कैवल्य से आलोकित परिपूर्ण सर्वज्ञ मान लिया। देवाधिदेव महर्षि मंख के नाम से मुझे अभिहित किया।

"—वही अति-ब्रह्म कैवल्य-सूत्र आज मैं तुम्हें सुनाने आया हूँ। उसमें तुम्हारे आमूल-चूल सारे कष्टों का निवारण है। उसमें तुम्हारे सारे प्रश्नों का उत्तर है, सारे सन्त्रासों का त्राण और समाधान है। उसमें भव-व्याधि का चरम निराकरण है। इसी से मैं हूँ चरम तीर्थंकर। महावीर और बुद्ध अभी अपनी समाधियों के शीर्षासन में औंधे लटके हैं। अपार यातना सहकर भी, तप का प्रचंड पराक्रम और पुरुषार्थ करके भी, वे अभी भाग्य के अँधेरे भवारण्य में ही भटक रहे हैं। लेकिन मैं पा गया, मैंने पुरुषार्थ की अन्तिम विफलता का साक्षात्कार कर लिया। और स्वयं नियति ने प्रकट होकर मेरे गले में वरमाला डाल दी।

"—सुनो रे भव्यो सुनो, अब मेरी धर्म-प्रज्ञप्ति सुनो, और सारी आधि-व्याधियों से इसी क्षण त्राण पा जाओ। मैं नहीं, स्वयं अस्तित्व अपने सारे आवरण चीरकर तुम्हारे सम्मुख नग्न सत्य बोल रहा है, खोल रहा है।..."

"—सुनो रे प्राणियो, तुम्हारे दुःख-क्लेशों के लिए कोई हेतु-प्रत्यय नहीं। कारण-कार्य जैसा कुछ भी नहीं। सभी यहाँ आपोआप, अकारण होता है। सभी कुछ निःसार, निरर्थक, प्रयोजनहीन है। बिना हेतु के ही, बिना प्रत्यय के ही प्राणी क्लेश पाते हैं। जन्म लेना ही परम पाप और व्यथा है। जन्म लेना ही क्लेश पाना है। लेकिन क्लेश तब टलेगा, जब 'विशुद्धता' आ जाएगी। पर विशुद्धता का कोई हेतु नहीं। बिना हेतु-प्रत्यय के ही प्राणी अपने आप शुद्ध हो जाते हैं। न आत्मकार है, न परकार है, न पुरुषकार है, न बल है, न वीर्य है। सभी सत्त्व, प्राण, भूत, जीवगण विवश हैं। सभी बलवीर्य से रहित हैं।

"—नियति द्वारा निर्धारित अवस्थाओं और पर्यायों में से संक्रमण करते हुए, तमाम जीव छह हजार जातियों में सुख-दुःख का अनुभव करते हैं। चौदह सौ हजार प्रमुख योनियाँ हैं। दूसरी आठ सौ, दूसरी छह सौ। पाँच सौ कर्म हैं। दूसरे पाँच कर्म, तीसरे तीन कर्म, फिर एक कर्म और आधा कर्म। बासठ परिषद, बासठ अन्तर-कल्प, छह अभिजातियाँ, आठ पुरुष-भूमियाँ, उनचास-सौ आजीवक, उनचास-सौ परिव्राजक, उनचास-सौ नागवास, बीस-सौ इन्द्रियाँ, तीस-सौ नरक। छत्तीस-सौ रजो धातु, सात संज्ञी गर्भ, सात असंज्ञी गर्भ, सात निर्ग्रन्थ गर्भ, सात देव, सात मनुष्य, सात शर, सात गाँठ, सात-सौ पसुर, सात प्रपात, सात-सौ प्रपात, सात स्वप्न, सात-सौ स्वप्न।"

"—बाल हो कि पंडित हो, ज्ञानी हो कि अज्ञानी हो, चौदह सौ हजार योनियों और चौरासी हजार महा-कल्पों में उन्हें आवागमन करना ही पड़ेगा। यह अनिवार्य है। कोई पुरुषकार इसका प्रतिकार या निवारण कर नहीं सकता। इस चक्र के पूरा होने से पूर्व, आवागमन रोकने की कल्पना व्यर्थ है। यह जन्म-चक्र जिस दिन पूरा हो जाएगा, उस दिन आवागमन स्वतः रुक जाएगा। अपने आप विशुद्धता आ जाएगी। निर्मलता स्वयं लब्ध हो जाएगी। तब घटित होगी अपने आप मुक्ति। इससे पूर्व छटपटाना व्यर्थ है। किसी घटना का कोई हेतु और कारण नहीं। अतः उसके 'कारण' का उच्छेद करने के लिए जप-तप आदि की बात करना मूर्खता है। प्रत्येक घटना नियति द्वारा घटायी जाती है। किसी हेतु या कारण द्वारा नहीं।

"—इसी से कहता हूँ, इसी क्षण से सारे संकल्प, प्रयत्न, पुरुषार्थ, परिश्रम का जुआ अपने ऊपर से उतार फेंको। निर्विकल्प निर्द्वन्द्व होकर, अस्तित्व और जीवन जैसा सामने आये, उसे स्वीकारो और भोगो। हर सुख का अन्त है, हर दुःख का अन्त सुख है। सुख-दुःख का विकल्प ही त्याग दो। सारे बन्धन, त्याग, तप-संयम, प्रयत्न छोड़ दो। बस फिसलते जाओ, बहते जाओ, और क्षण-क्षण सहज मुक्त होते जाओ।

"—इस सहज सुख और मुक्ति में जीने के लिए नंग-विहंग मस्त हो जाओ। चरम सुरापान करो, चरम गान करो, चरम नृत्य करो, चरम पुष्पोत्सव करो, फूल बरसाते पुस्करावर्त महामेघ की धाराओं में चरम अभिषेक-स्नान करो, चरम गन्ध-हस्ति की तरह उन्मत्त विहार करो। चरम महाशिला-कंटक संग्राम खेलो, चरम रथ-मुशलों की मार के बीच भी चरम सुरापान कर चरम नृत्य-गान करो। यही अष्टांग चर्या मेरे अति कैवल्य में ध्वनित हुई है। और इसी का साक्षात्कार करके मैं चरम तीर्थंकर हो गया हूँ। यही आठ चरम सत्य हैं, चरम दर्शन-ज्ञान-चारित्र्य हैं। यही चरम मुक्ति का परम और एकमेव मार्ग है।

"—अभी और यहाँ इनका प्रयोग करो, और अभी और यहाँ इस नियति के अनिर्वार चक्र में ही मुक्ति का अनुभव करो।..."

और अपनी धर्म-पर्षदा के मंच पर ही परम नियति-नटेश्वर मंखलि गोशालक,

चरम नियति-नटी मृत्तिका हालाहला के साथ चरम पान, चरम गान, चरम नृत्य, चरम पुष्पांजलि वर्षा, चरम कादम्बिनी-स्नान, चरम गन्धहस्ति-चर्या, चरम महा शिलाकंटक संग्राम और चरम रथ-मुशल संग्राम की लीला करते हुए, सारे भान भूलकर उन्मत्त, उन्मुक्त, उद्दाम हो जाते। और उस महारास और महातांडव में, सारे ही आजीवक श्रमण-श्रमणियाँ भी अष्टांग चरम-चर्या करते हुए एकाकार हो जाते।

पूर्वीय आर्यावर्त के इस छोर से उस छोर तक के सारे राजनगरों और जनपदों में, इस निर्बन्ध अष्टांग चर्या से भारी उथल-पुथल मच गयी। मूर्ख अज्ञानी प्रजा को गोशालक का दार्शनिक वाग्जाल और प्रलाप तो खाक समझ में न आया। पर जितना ही वह कम समझ में आया, उतना ही उसका आतंक जन-हृदय पर अधिक छाया। तिस पर अष्टांग चर्या में तो जनों को अपने सारे क्लेश निर्ग्रन्थ होकर बहते दिखाई पड़े। आर्यावर्त की उच्छिन्न चेतना में, मक्खलि गोशालक की यह उलंग वामाचारी धर्म-प्रज्ञप्ति और भोगचर्या अनायास गहरे-गहरे उतरती चली गयी। देखते-देखते उसके मंख-श्रमणों और मंख-श्रावकों की संख्या दिन-दूनी और रात-चौगुनी होती हुई बढ़ने लगी।

गंगा-यमुना के पानियों पर नाचती नियतिवाद की यह धर्म-प्रज्ञप्ति, अचीरवती, हिरण्यवती, गंडकी और शोण नदियों के प्रवाहों पर तडिल्लता-सी खेलती हुई, पूर्वीय समुद्र का वक्ष चीरती हुई, सार्थवाहों के जलपोतों पर चढ़कर महाचीन और सुवर्णद्वीप तक पर गूँजती सुनाई पड़ी। ज्ञान के दुर्गम्य आलोक-शिखर ओझल हो गये। उन पर घिरती अन्धकार की दारुण कुहा में, अज्ञान और उलंग भोगाचार की जय-दुन्दुभि बजने लगी।

यों पाँच वर्ष कब बीत गये, पता ही न चला। गोशालक ने प्रजा को जिस अनुपाय सहज मुक्ति का सन्देश दिया था, वह मुक्ति नहीं, मूर्च्छा सिद्ध हुई। सतह पर उससे एक आश्वासन जरूर मिला, लेकिन लोक की भटकी चेतना को वह कोई ठहराव या मुकाम न दे सकी। कोई ऐसी धुरी भीतर स्थापित न हो सकी, जिस पर जीवन-जगत् और उसके व्यवहार को टिकाया जा सके, उसे कोई अविचल आधार मिल सके। किसी अज्ञात भय से ही सही, प्रजा के हृदय में जो नैतिक मर्यादा और विवेक स्वतः जागृत था, वह भी लुप्त हो गया। एक उन्माद की धुन्ध में सारा लोक ऊभ-चूभ हो रहा था।

ठीक तभी तीर्थंकर महावीर, उस धुन्ध को चीरते हुए, विपुलाचल के शिखर पर एक विवस्वान महासूर्य की तरह उदय हुए। उनके कैवल्य के प्रभामंडल से, आपोआप सारे समकालीन विश्व के दिगन्त आलोकित हो उठे। चारों ओर उद्बुद्ध

चेतना के नये क्षितिज झलमलाते दिखाई पड़े। प्राणि मात्र अपने ही भीतर से स्वतः जागकर, किसी गहरे समाधान की स्वयंभू शान्ति महसूस करने लगे। वायु, जल, वनस्पति जैसे स्थावर एकेन्द्रिय जीव, और कीट-पतंग तक में कोई नया उल्लास और अकारण आनन्द उमग आया। कण-कण जाग उठा। एक नयी नैतिक मर्यादा उदीयमान दिखाई पड़ी। प्रभु की कैवल्य-प्रभा से सारा लोक, किसी नव्य ऊषा की आभा में नवजन्म लेता-सा प्रतीत हुआ।

साथ ही प्रभु के देवोपनीत समवसरण का शाश्वत ऐश्वर्य, और उनके चरणों में झुके इन्द्रों और महेन्द्रों के स्वर्ग, उनके चरम-तीर्थंकर होने का अचूक प्रमाण सिद्ध हुए। लोक-चेतना में अनायास ही यह प्रत्यय ध्रुव हो गया, कि अर्हत् महावीर ही एकमेव शास्ता, और अवसर्पिणी के युगन्धर शलाकापुरुष हैं। सारे पूर्वीय भरत-खंड में उनके समवसरणों ने एक विभ्राट ज्योति-शिखा प्रज्ज्वलित कर दी थी। वे मानो हिमवान् के शिखर पर खड़े होकर धारा-सार बोल रहे थे, और उनकी दिव्य वाणी में डूबकर सारा समकालीन विश्व किसी नयी दिशा में प्रवाहित हो गया था।

महावीर के उदय के कुछ ही समय बाद सिद्धार्थ गौतम भी सम्यक् सम्बुद्ध होकर, हिरण्याभ पूषन् की तरह आर्यावर्त के परिदृश्य पर प्रकट हुए। उनके निरन्तर परिव्राजन, प्रवचन, और प्रतिबोध ने भी प्रजाओं को एक स्वतःस्फूर्त बोधि से आश्वस्त कर दिया। उनकी सम्यक् सम्बोधि ने मानवों को, विपश्यना ध्यान द्वारा पूर्ण संचेतन होने की अमोघ योग-विद्या सिखाकर, अपने आपमें ही सारे प्रश्नों का समाधान पा लेने की कुंजी प्रदान कर दी। उनके प्रतीत्य-समुत्पाद के महामन्त्र ने जन को स्वतन्त्र और स्वाधीन जीवन जीने की कला सिखा दी। उनके अष्टांग धर्म-मार्ग और पंचशील ने व्यक्ति और समाज को स्वस्थ और संगठित जीवन जीने की एक आचार-संहिता सौंप दी। उनके महाकारुणिक व्यक्तित्व में, अन्धकार में भटकती अनाथ प्रजा की चेतना को, एक परम पिता की शरण प्राप्त हो गयी।

आर्यावर्त में वह चिर प्रतीक्षित पुनर्जागरण और नवोत्थान घटित हो गया, जो कि सृष्टि और इतिहास की अनिवार्य घटना थी। नव जागृति के इस आलोक में गोशालक द्वारा उत्पन्न निष्क्रिय भोग-मूर्च्छा की कुहा फट गयी, कोहरा छँट गया। उसकी धर्म-सभाओं में अब केवल अन्धी भेड़ों का रेवड़ जमा होता था। कोई सच्चा जिज्ञासु या मुमुक्षु वहाँ अब फटकता तक नहीं था। कुछ विरल वैयक्तिक भक्त और अनुयायी ही उसके आसपास रह गये थे। उनके प्रश्रय में, उन्हीं के घर-आँगनों या आम्र-वनों में वह सुरापान कर उन्मत्त प्रलाप करता रहता था।

हालाहला का भी भ्रम-भंग हो चुका था। पर वह गोशालक को अन्तःकरण से प्यार करती थी। उसमें उसने अपना नियोगी पुरुष देखा था। और वह किसी अज्ञात नियति से उसकी वरिता और समर्पिता होकर रह गयी थी। उस पहले दिन गोशालक

के करुण निरीह बालक मुख को देखकर वह पसीज गयी थी। उसके अनाथत्व के सम्मुख, अपने बावजूद, उसकी गोद विवश होकर सामने फैल गयी थी। आज जब वह फिर सारी जागृत दुनिया द्वारा अवहेल दिया गया था, तब वह उसे कैसे ठेल देती। सो वह उसके साथ अटूट खड़ी रही, और बराबर उसे सहारा देती रही। लेकिन बुद्ध और महावीर के आलोक में वह भी जाग उठी थी, और मन ही मन उनके प्रति वह प्रणत थी।

श्रीभगवान उन दिनों श्रावस्ती के परिसर में ही विहार कर रहे थे। यों वे पहले से ही गोशालक के उत्थान और पतन दोनों के दूर से साक्षी रहे थे। वे यह भी देख रहे थे, कि गोशालक का वह प्रथम प्रभाव अवश्य अवसान पा गया है, फिर भी भारतीय महानगरों के राजमार्गों और अन्तरायणों में जब वह अपने को चरम तीर्थंकर घोषित करता हुआ, उन्मत्त प्रलाप करता घूमता था, तो हजारों मूढ़ जनता भेड़ों की तरह उसके पीछे चलती थी। उससे आतंकित होती थी। लोगों के मन में दुविधा भरा प्रश्न उठता था, चरम तीर्थंकर—महावीर हैं, या गोशालक? लेकिन गोशालक अपने को प्रति-तीर्थंकर भी कहता था। तो क्या वह महावीर से आगे का तीर्थंकर था?...

शास्ता के पट्ट गणधर भगवत्पाद गौतम को तब यह कर्तव्य प्रतीत हुआ, कि वे स्वयं श्रीभगवान के मुख से इसका निर्णय करवाएँ। और इस तरह प्रजा के चित्त-भ्रम का सदा के लिए निवारण हो जाए। सो उन्होंने एक दिन प्रभु की धर्म-पर्षदा में प्रश्न उठाया :

"भन्ते भगवान्, मक्खलि गोशालक सर्वत्र अपने को चरम तीर्थंकर, प्रति-तीर्थंकर, जिनेन्द्र अर्हन्त कहता फिरता है? क्या यह सत्य है?"

भगवान कुछ बोले नहीं। बड़ी देर तक चुप ही रहे। गौतम अन्तराल से प्रश्न दोहराते रहे। और प्रभु निश्चल दृष्टि से समवसरण के सारे मंडलों को, और उनके पार तक ताकते रहे। अचानक सुनाई पड़ा :

"यह प्रश्न उठता ही नहीं, गौतम! सत्य और मिथ्या का निर्णय स्वयं समय ही कर सकता है!"

"तो भगवन्, क्या गोशालक निरा मृषावादी, मिथ्यावादी है?"

"सर्वज्ञ अर्हत् अविरोध-वाक् होते हैं। वे किसी को भी एकान्त सत्यवादी या एकान्त मिथ्यावादी कैसे कह सकते हैं! कहीं कोई मृषावादी है, कि कहीं कोई सत्यवादी है। क्या मृषा को मृषा कहना जरूरी है? जो है सो सामने आएगा।"

"सुनें भन्ते, कल भिक्षाटन करते हुए श्रावस्ती के श्रेष्ठि-चत्वर से मैं गुजर रहा था। अचानक भीड़ से घिरे गोशालक ने मुझे पुकारकर कहा, 'सुनो गौतम, अपने गुरु

महावीर से कह देना कि उनका प्रतिवादी चरम तीर्थंकर, प्रति-तीर्थंकर गोशालक पैदा हो चुका है। उसकी धर्म-प्रज्ञप्ति ने महावीर के तीर्थंकरत्व को धूल में मिला दिया है।'—मैंने कोई उत्तर न दिया, भन्ते। उत्तर तो स्वयं शास्ता ही दे सकते हैं। लोक भी इसका उत्तर चाहता है। इसी से पूछना अनिवार्य प्रतीत हुआ, भगवन्।''

''बालक के उत्पातों को भी प्यार ही किया जा सकता है, गौतम। मैंने एक बार उसे अग्निलेश्या का खिलौना दे दिया था। वह उससे प्रमत्त होकर खेल रहा है। एक दिन खिलौना टूटना है, और खेल खत्म हो जाना है। उस आग का अन्तिम खेल वह महावीर के साथ ही खेल सकता है। वह खेल यहीं खत्म हो सकता है, अन्यत्र नहीं। उस उत्पाती से कहो, कि महावीर उसकी प्रतीक्षा में हैं।''

''क्या यही उत्तर उसे प्रेषित कर दूँ, देवार्य?''

''उससे कहो, कि महावीर स्वयं उसका उत्तर हैं। सम्मुख आये और देख ले। उसके बिना वह चैन न पा सकेगा!''

श्रोतागण उत्सुक हो आये। मानो कि महाकाल के मंच पर किसी नाटक की यवनिका उठने वाली है। सारे काशी-कोशल में उदन्त फैल गया, इस बार श्रीभगवान फिर नये रहस्य का उद्घाटन करनेवाले हैं।

कानोकान बात गोशालक तक पहुँच गयी। चट्टान की तरह तड़ककर वह बोला :

''हूँ...तो महावीर ने मुझे बुलाया है! उसे मेरे पास आने में डर लगता है न! वह जानता है कि मैं उसका काल हूँ। और राजवंशी तीर्थंकर सिंहासन से नीचे कैसे उतर सकता है? मैं सड़कचारी, सर्वहारी जनता का तीर्थंकर हूँ।...मेरा मान इतना छोटा नहीं, कि उसके पास जाने से भंग हो जाए। मैं...मैं...उस महावीर का भी मानदंड हूँ, और मेरा यह मस्कर-दंड उसे भी मापकर काल के प्रवाह में फेंक देगा। सो मुझे तो उसका कोई भय नहीं। क्योंकि मैं उसकी मृत्यु हूँ।...

''ठीक है, हमीं जाएँगे, देवी हालाहला, उसके उस इन्द्रजाली समवसरण में। उसकी भरी धर्म-सभा में ही उसे पराजित करूँगा। ताकि फिर वह सिर न उठा सके। अपने एक ही दृष्टिपात से मैं उसके समवसरण की देव-माया को ध्वस्त कर दूँगा। और तब आएगी उसकी स्वयं की बारी। हूँ...! तैयारी करो, देवी, हम महावीर के समवसरण में जाएँगे।''

हालाहला का हृदय किसी अमंगल की आशंका से काँप उठा। पर क्या 'इनको' रोका जा सकता है? महावीर का शिशुवत् श्रीवदन हाला की आँखों में झलक उठा।...वह पीठ फेर आँसू पोंछती हुई, चुपचाप वहाँ से चली गयी।

अगले प्रात:काल की धर्म-पर्षदा में, किसी अपार्थिव होनहार की स्तब्धता छायी है। क्या कोई आसमानी-सुल्तानी होने वाली है? पर प्रभु तो सदा-वसन्त, वैसे ही मुदित मुस्कराते बिराजे हैं।

सहसा ही समवसरण के परिसर में, नक्कारे तड़क उठे। शंखनाद, घंटा-घड़ियाल, तुरही का घोष आसमान फाड़ने लगा।...और थोड़ी ही देर में एक क्षपणक वेशी औघड़, मस्कर-दंड से हवाओं में वार करता हुआ, सन्नाता हुआ, श्रीमंडप की ओर आता दिखाई पड़ा। उसके संग श्यामा-सुन्दरी देवी हालाहला, नतशीश धीर गति से चल रही थीं। उनके ठीक पीछे, छह दिशाचर श्रमण गणधर चल रहे थे। और उनके पीछे उमड़ी आ रही थी, महानगर श्रावस्ती की सड़कचारी अन्धी भीड़। भेड़ों का आनन-फानन एक कारवाँ।

श्रीमंडप में प्रभु के सम्मुख उपविष्ट होते ही, भूमि पर दंड का आघात करके गोशालक गरजा :

"काश्यप महावीर, तुम्हें महामंख गोशालक के पास आने की हिम्मत न पड़ी, तो मैं ही आ गया। अब महाराजे नहीं, मंख पृथ्वी पर राज करेंगे। अब पाखंडी प्रभु-वर्ग नहीं, दीन-दलित स्वयं अपने तारनहार तीर्थंकर होकर, चिरकालीन प्रभु-सत्ता को अपने पैरों तले रौंदते हुए इस धरती पर चलेंगे। और वह पहला प्रति-तीर्थंकर स्वयं गोशालक है, काश्यप। मुझे पहचानो महावीर।...सुन रहे हो, इक्ष्वाकु भगवानों के औरस-पुत्र महावीर?"

"शास्ता तुझसे सहमत हैं, वत्स। तू नग्न सत्य बोल रहा है। नग्न महावीर इसे कैसे नकार सकता है!"

"लेकिन सुनता हूँ, अर्हत् महावीर मुझे मृषावादी, मिथ्यावादी कहते हैं? और सामने पाकर मुझे सत्यवादी भी कह रहे हैं। आखिर तो पाखंडी प्रभुवर्गी हो न! दोहरी बात करना तुम्हारे खून की आदत है। आज मैं तुम्हें इकहरा कर देने आया हूँ, इक्ष्वाकु!"

"यही तो प्रति-तीर्थंकर जिनेन्द्र गोशालक के योग्य बात है। महावीर को और भी निर्ग्रन्थ करो, वह तुम्हारा कृतज्ञ होगा, सौम्य।"

"बात को टालो मत, काश्यप, मैं आज दो टूक फैसला करने आया हूँ। मृषावादी तुम हो या मैं हूँ?"

"वह निर्णय भी अब प्रति-तीर्थंकर ही कर सकता है। चरम तीर्थंकर भी तो अब तुम्हीं हो, आयुष्यमान्! महावीर को तुम पराजित कर चुके, अब वह तुम्हें सत्यवादी कहे या मृषावादी कहे, क्या अन्तर पड़ता है। तुम महावीर के कथन से परे जा चुके, वत्स!"

गोशालक सन्न रह गया। जिसने स्वयं ही अपनी पराजय स्वीकार कर ली, उसे

पराजित कैसे किया जाए? जिसने स्वयं ही अपने विरोधी की सत्ता को अपने ऊपर मान लिया, उस सत्ताधीश को कैसे पदच्युत किया जाए? गोशालक के लिए अपने क्रोध को कायम रखना मुश्किल हो गया। मगर अपना क्रोध खोकर वह कैसे जिये, कहाँ रखे अपनी सत्ता?...ओह, भयंकर है यह मित्रमुखी शत्रु! इस पर कहाँ प्रहार करूँ, यह तो हर पहुँच और पकड़ से बाहर है। मगर मैं इसे पकड़कर उधेड़े बिना, प्रति-तीर्थंकर कैसे हो सकता हूँ।...गोशालक को फिर अपने अहंकारी क्रोध के लिए आधार मिल गया।...उसने अपना मस्कर-दंड पूरे वेग से सन्नाकर महावीर की ओर तानते हुए कहा :

"जानो महावीर, आदि में मस्कर मंख ही थे। मनु से भी पहले, मंख परमपिता थे। वही प्रलय लाये। हमारे वीर्य के विप्लव की सन्तान थे तुम्हारे वैवस्वत मनु, नाभि और ऋषभ। हमीं इस जगत् की अन्तिम नियति रहे सदा। मृत्यु, प्रलय, सत्यानाश। मैं उन्हीं का वंशज हूँ, तुम्हारा काल!"

"महावीर उस नियति का सामना करने को प्रस्तुत है, आदीश्वर मंखदेव!"

"तो तुमने नियतिवाद को स्वीकारा?"

"नियति भी, कृति भी, प्रगति भी। नियति है, कि उसको चुनौती देती कृति और प्रगति भी खड़ी है। जो पूर्वज है, उसका भी कोई पूर्वज तो रहा ही होगा। सत्ता में कौन किसी के ऊपर-नीचे हो सकता है? वह एक स्वयम्भू चक्र है। पूर्वज मंख को अनुज महावीर प्रणाम करता है!"

"तुम अपना धर्मचक्र मुझ पर थोप रहे हो, इक्ष्वाकु! मगर मैं उसे तोड़कर आगे जा चुका। मेरी सत्ता आज सर्वोपरि है। मैं जो चाहूँ, वह कर सकता हूँ। जो मैंने होना चाहा, वह मैं होकर रहा। जो मैंने पाना चाहा, वह मैं पाकर रहा। देख रहे हो, मेरी वामांगिनी परमसुन्दरी हालाहला को। उदयन और प्रसेनजित इसके पदांगुष्ठ पर ललाट रगड़ने को तरस कर रह गये। पर वे इसकी एक चितवन तक न पा सके। मगधेश्वर अजातशत्रु श्रामण्य का तुरत फल तुम सब तीर्थंकरों से पूछता फिरा। तुम और बुद्ध भी उसका कोई प्रत्यक्ष प्रामाणिक फल न बता सके। अजात को उत्तर मिला गोशालक से। सुन्दरी हालाहला : यह है मेरे श्रामण्य का प्रत्यक्ष फल। यह तुम्हारे समवसरण की जादुई देवमाया नहीं। यह ठोस रक्त-मांस की काया है। यह मेरी साक्षात् नियति है!"

"तुमने जो होना चाहा, वह होकर रहे। जो पाना चाहा, पाकर रहे। तुम्हारा श्रामण्य फलित हुआ, देवी हालाहला में। तुम्हारे इस पुरुषार्थ और प्राप्ति को देख, अर्हत् के आनन्द की सीमा नहीं!"

"पुरुषार्थ कैसा, काश्यप। यह मेरी नियति है!"

"लेकिन तुम्हीं ने तो कहा, भद्र, कि जो होना चाहा, होकर रहा। जो पाना

चाहा, पाकर रहा। तो तुमने चाहा न। तुमने अभीप्सा की। तुमने अभिलाषा की। तुम्हारी जनम-जनम की प्यास चरम पर पहुँचकर चीत्कार उठी। कि उसके उत्तर में परमसुन्दरी हालाहला प्रकट हो आयी। और तुम चरम-पान, चरम-गान, चरम-नृत्य, चरम पुष्प-विहार, चरम संग्राम को उपलब्ध हुए। तुमने कुछ चाहा, तो तुमने कुछ किया न? यह क्या पुरुषकार नहीं? यह क्या पुरुषार्थ नहीं? चाह, अभीप्सा, पुकार, यह क्या क्रिया नहीं? यदि यह तुम्हारी क्रिया नहीं, तो तुम्हें अपनी उपलब्धि का गर्व क्यों? औरों से बड़ा और प्रभु होने का अहंकर क्यों? तुम महावीर को पराजित करने आये, क्या यह पुरुषकार नहीं? क्या वह प्रतिक्रिया नहीं, प्रतिकार नहीं?''

''नहीं, मैं केवल अपनी नियति को बखान रहा हूँ?''

''तुम सरासर चाहने और करने की भाषा बोल रहे हो। अपने ही कहे को झुठलाना चाहते हो, सौम्य?''

''वह मैं नहीं, मेरी नियति बोल रही है। मैं उसका माध्यम मात्र हूँ।''

''तो फिर गर्व किस बात का? फिर कौन किसको पराजित कर सकता है? फिर चरम तीर्थंकरत्व, और प्रति-तीर्थंकरत्व का दावा किसलिए? फिर आदि और बाद में होने या न होने का प्रश्न ही कहाँ उठता है?''

''तुम भी तो क्रम-बद्ध पर्याय मानते हो, महावीर? यह पर्याय-शृंखला अनिवार्य है। इसमें से हर पदार्थ और प्राणी को गुजरना ही है। और तुम भी तो काल-लब्धि मानते हो? मानते हो, कि ठीक नियत काल लब्ध होने पर ही जीव को सम्यक्त्व, कैवल्य, और मोक्ष मिल सकता है। तुम्हीं ने बार-बार मुझसे आगामी नियति की आगाही की, और वह सच हुआ। प्रारब्ध अनिवार्य है, यह तुमने भी माना। फिर पुरुषकार कहाँ रहा?''

''अभी और यहाँ सही कर्तव्य करने में। सही चर्या करने में!''

''क्रमबद्ध पर्याय में वह पहल और कर्तव्य कैसे सम्भव है?''

''विश्व-तत्त्व का यथार्थ साक्षात्कार करने में। इन सब को यथार्थ देखने और जानने में। इस सबका सम्यक् दर्शन और सम्यक् ज्ञान करने में। उससे पर्याय-प्रवाह में भी आत्मा उत्तीर्ण होकर तैरता चलता है। तो पर्याय की पकड़ ढीली पड़ जाती है। उससे सम्यक् चारित्र्य रूप क्रिया आप ही होती है। स्वरूपस्थ ज्ञाता-द्रष्टा हो जाने पर, प्रतिक्रिया रुक जाती है। सो भावी कर्मास्त्रव रुक जाता है। तब स्वतः संवर होता है, आपका अपने में संवरण हो जाता है। तो पूर्वार्जित कर्मबन्ध झड़ जाते हैं, आगामी कर्म-बन्ध अशक्य हो जाता है। यह जानना और इस ज्ञान में जीना ही चरम-परम पुरुषार्थ है। ज्ञान से बड़ी कोई क्रिया नहीं। क्योंकि वह स्वतन्त्र चित्क्रिया है। वह अकर्ता होकर भी कर्ता है, कर्ता होकर भी अकर्ता है। यह तर्कगम्य नहीं, अनुभवगम्य है, देवानुप्रिय गोशालक।''

"कर्ता भी, अकर्ता भी? वही तुम्हारा चालाक अनेकान्तवादी गोरखधन्धा। चालाक अभिजातों का चालाक दर्शन। बुद्धि की चतुरंग-चौसर खेलने का आजीवक को अवकाश नहीं। वह यथार्थ जीवन जीता है, यथार्थ देखता है, यथार्थ कहता है। तुम ज्ञान के घुमाव-फिराव में मनुष्य को भरमाते हो, और अपनी प्रभुता का आसन अक्षुण्ण रखना चाहते हो, अभिजात काश्यप! मैं तुम्हारे इस मायावी खेल को खत्म करने आया हूँ!"

प्रभु चुप हो गये। गोशालक आनन-फानन, अनाप-शनाप बोलता, बर्राता चला गया। प्रश्न और चुनौतियाँ ललकारता रहा। प्रभु ने कोई उत्तर न दिया।

"तो तुम हार गये, काश्यप! तुम्हारा मृषावाद नग्न होकर सामने आ गया। लोक के समक्ष, अपने इन हजारों मुंडे-नंगे चेलों के समक्ष, अपनी पराजय स्वीकार करो। कहो कि—मैं हार गया, तुम जीत गये मंखेश्वर! कहो कि—चरम तीर्थंकर मैं नहीं, गोशालक है!"

भगवान अनुत्तर, निश्चल, मौन हो रहे।

"तुम चुप रहकर बच नहीं सकते, काश्यप। मैं इस खेल को आज खत्मकर देने आया हूँ।"

"इसीलिए तो तुम्हें बुलाया है, भद्रमुख!"

"तुम्हारा काल तुम्हारे सामने खड़ा है, महावीर। तुम्हारी मृत्यु सम्मुख है। सामना करो।"

"मैंने स्वयं उसे बुलाया है, मैं उसके सामने प्रस्तुत हूँ।"

"मेरे क्रोध को और न उभारो, काश्यप। तुम अब भी भ्रम में हो।"

"तुम्हारा क्रोध मुझे प्रिय है, भद्रमुख। उसे खुलकर पूरा सामने आने दो। और चुक जाने दो।"

"तुम आग से खेल रहे हो, महावीर। तुम अपनी मौत से खेल रहे हो!"

"महावीर तो बचपन से आज तक यही करता रहा, वत्स। उसी ने तुम्हें यह आग दी है, कि तुम भी इससे जी चाहा खेलो। मैं इस खेल में तुम्हारा साथी हूँ।"

"मैं इस खेल को सदा के लिए खत्म कर देने आया हूँ।"

"इसीलिए तो तुम्हें महावीर ने यहाँ बुलाया है।"

"मैं अभी और यहाँ तुम्हें और तुम्हारे इस समवसरण की इन्द्रपुरी को जलाकर भस्म कर दूँगा!"

"इसीलिए तो आज तुम्हारा आवाहन किया है, देवानुप्रिय। इसी दिन के लिए तो तुम्हें महावीर से एक दिन अग्नि-लेश्या प्राप्त हुई थी।"

"तुम...तुम? तुम से प्राप्त हुई थी? सरासर झूठ। वह वैशिकायन तापस की विद्या थी। तुमने वह उससे पाकर, मुझे बतायी। वह तुम्हारी नियति थी। तुम्हारा

कर्तृत्व नहीं। मेरी आग, मेरे तप का फल है, वह तुम्हारा दान नहीं। अपने दान-गर्व से बाज आओ, इक्ष्वाकु काश्यप!''

''मेरे पास आग कहाँ, सौम्य! तुम्हारी अपनी ही आग का स्रोत तुम्हें बताया मैंने, तुम्हारे चाहने पर। तुम्हारी परमाग्नि के चरम को देखना चाहता हूँ। उसे चुकाओ मुझ पर, और जानो कि मैं कौन हूँ। उसके बाद यदि कुछ बच रहे, तो वही महावीर है।''

''मेरी आग से तुम बच निकलोगे, महावीर? सावधान, तुम्हारे इस मान को मैं आज अन्तिम रूप से तोड़ देना चाहता हूँ।''

''इसी के लिए तो तुम्हें बुलाया है, आयुष्यमान्!''

''तो ले, अपनी मौत का सामना कर...!''

...और एक प्रत्यालीढ़ धनुर्धर की मुद्रा में, गोशालक तीन पग पीछे हटा। फिर मानो शर-सन्धान के आवेग में तीन पग आगे छलांग भरी। उसकी कोपाग्नि पराकाष्ठा पर पहुँच गयी। उसकी नाभि विस्फोटित हुई।...और हठात् सहस्रफणी ज्वाला-सी एक कृत्या की शलाका उसने महावीर पर प्रक्षेपित की। प्रभु निस्पन्द, निश्चल, केवल देखते रहे।

सारे समवसरण में हाहाकार मच गया। एक क्षणार्ध को सब दर्शकों की आँखों में प्रलयांधकार छा गया। सबको लगा कि अभी-अभी प्रभु भस्मीभूत होकर धरा पर आ गिरेंगे। प्रभु की सेवा में नियुक्त इन्द्र को अपना वज्र संचालन करने का भी होश न रहा।

...कि सहसा ही एक आकाशी निस्तब्धता छा गयी। सर्व ने शान्त होकर खुली आँखों देखा : कृत्या की उस शलाका ने झुककर अर्हन्त महावीर को प्रणाम किया। फिर उनके मलयागिरि चन्दन जैसे पावन पीताभ, शीतल-सुगन्धित शरीर को तीन प्रदक्षिणा देकर, वह कृत्या की लपट पीछे लौटती दिखाई पड़ी। और लौटकर, अगले ही क्षण, वह एक तड़ित टंकार के साथ अपने प्रक्षेपक गोशालक के शरीर में प्रवेश कर गयी। गोशालक की सारी देह में सर्वदाहक अनल के शोले उठने लगे।...वह हाहाकार करने लगा। फिर भी वह आक्रन्द करता हुआ गरज उठा :

''महावीर, खेल खत्म हो गया। मेरी यह तपाग्नि तुम्हें छह महीनों के अन्दर तिल-तिल जलाकर भस्म कर देगी। तुम छद्मस्थ ही मर जाओगे! अपने ही जगाये ज्वालागिरि में तुम भस्मीभूत हो गये, काश्यप। प्रभुवर्गों की प्रभुता पृथ्वी पर से आज पुँछ गयी। केवल मैं हूँ...मैं हूँ...मैं हूँ...चरम तीर्थंकर। आगामी युगों का शास्ता।...आह...आह...आह...!''

''भद्रमुख देवानुप्रिय, तेरी आग चुक गयी। वह महावीर तक पहुँच ही न सकी। तू स्वयं ही उसका ग्रास हो गया। महावीर अभी सोलह वर्ष और पृथ्वी पर

विचरेगा। पर तू अब केवल सात रात्रियों का मेहमान है। महावीर तेरी जलन में तेरे साथ है, वत्स!"

हालाहला आर्त्त विलाप करती हुई, प्रभु के श्रीपाद में पछाड़ खाकर गिर पड़ी। उसने पुकारकर निवेदन किया :

"हे दयानाथ, हे तारनहार, हे दीनबन्धु! हे दलित-पीड़ित मात्र के उद्धारक! तुम तो दुष्ट, पापी और अपने प्रहारक के भी तारक हो। हे सर्वत्राता, इन्हें इस पापाग्नि से उबार लो। और मुझे श्रीचरणों की दासी बना लो!"

"देवी हालाहले, आर्य गोशालक को सँभालो। वे गिर रहे हैं। हो सके तो उनके इस दारुण दाह की वेदना को, अपनी प्रीति का चन्दन-स्पर्श अन्त तक देती रहना। उन्हें छोड़ न देना। अपनी गोद में उन्हें लिया है, तो वहीं उन्हें अन्तिम समाधि भी दे देना।"

"मुझे प्रभु ने शरण न दी?"

"तुम महावीर की गोद में हो देवी, और तुम्हारी गोद में है गोशालक!"

और ठीक तभी तीव्र दाह की आर्त्त चीत्कार करके गोशालक हालाहला की गोद में आ गिरा।

और प्रभु, अपने रक्त-कमलासन पर ही आविर्मान एक शीतल नील-प्रभा में अन्तर्धान होते दिखाई पड़े। त्रिलोक में चरम तीर्थंकर महावीर की जयकारें गूँजती सुनाई पड़ीं।

अचीरवती के तट पर मृत्तिका हालाहला की एक घनी छायादार वाटिका है। पेड़ों के अन्तराल से अचीरा के चमकते बहते जल दिखाई पड़ते हैं। इसी वाटिका में सघन लता-फूलों से छायी एक कुटीर है। उसकी छाजन उशीर की घास और जवासे की शीतल शाखा-टट्टियों से निर्मित है। उस पर धारा-यन्त्र द्वारा जल-फुहियाँ बरसती रहने से कुटीर में गहरी शीतलता व्याप्त रहती है। अन्दर का आँगन भी विशुद्ध माटी का है। मृत्तिका कुम्हारिन ने यहाँ ठीक एक माटी-कन्या की तरह अपने को माटी के साथ सीधे तदाकार करके जीने का अपना सुख-स्वप्न रचा है।

इसी कुटीर में अग्नि-लेश्या से दग्ध गोशालक को रखा गया है। उसके शरीर का अणु-अणु भीषण दाह-ज्वर से सुलग रहा है। उसे क्षण-भर को भी चैन नहीं। हालाहला दिन-रात उसे चारों ओर से अपनी शीतल मृत्तिल देहगन्ध से छाये रहती है। उसकी अनेक दासियाँ, आज्ञा पाकर अनेक शीतोपचार प्रस्तुत करती रहती हैं। एक से एक बढ़कर शीतल मधुर पेयों का ताँता लगा रहता है। नाना तरह के, चन्दन-कपूर और पिंगल माटी के आलेपन चलते रहते हैं।

पास ही पके आमों का टोकना पड़ा रहता है। गोशालक दाह के शोष से टीस कर, उसका शमन करने को मधुर आम्रफल चूसता चला जाता है। बीच-बीच में मृत्तिका-कुम्भ में से पुरातन भूगर्भी मदिरा मृद्भांड में ढालकर, देवी हालाहला को अर्पित करके पीता रहता है। फिर उन्मत्त होकर, पीड़ा से आर्त्तनाद करता हुआ, हालाहला की ओर अंजलियाँ उठाता है। उसके पैरों और गोदी में लोट-लोट जाता है। वसन और शैया उसे असह्य है। सो वह सारे साटिक-पाटिक वसन और झोली-डंडा फेंककर, विशुद्ध माटी पर नग्न छटपटाता पड़ा है।

जब कभी वह बहुत बेबस होकर हालाहला की गोद में आ गिरता है, तब हाला भी बहुत अवश होकर अनुभव करती कि उसका माथा महावीर की गोद में लुढ़क गया है। प्रभु ने विदा के क्षण, जो उसे बिन छुए ही अपनी गोद दे दी थी, वह आज कैसी सत्य और प्रत्यक्ष अनुभूत हो रही है। मानो कि प्रभु की शीतल कैवल्य-ज्योति उस मृत्तिका के पोर-पोर में पानी की तरह सिंचती चली जा रही है।

उस विक्षिप्त वेदना में तड़पते हुए भी, गोशालक की निगाह औचक ही अचीरा के बहते जलों पर चली जाती। उसकी उद्भ्रान्त चेतना में नदी तदाकार हो जाती। उसके प्रवाह और लहरों में सृष्टि और इतिहास के, अतीत और भविष्यत् के पटल खुलते रहते। मानो कि गोशालक को अपने टूटते-बिखरते शरीर के स्नायु-जाल में नदी अपनी पूरी मर्मगाथा के साथ सरसराती महसूस होती। उसके उच्चाटित और घूर्णित मस्तिष्क में इतिहास स्वयं ही बेतहाशा चक्कर काटता रहता। वह अवचेतन के अँधियारे में गहरे से गहरे डूबता जा रहा था। पूरी सृष्टि और एतिह्य उसमें चक्कर खाते रहते। अवचेतना के अराजक तमस में भटकती उसकी चेतना को, अचीरा ने इतिहास के तमाम विक्षोभों से जोड़ दिया था।

यातना के इस छोर पर, उसके अष्ट चरम ही उसका एकमात्र सहारा थे। वह तलछट पीता हुआ, और हालाहला को पिलाता हुआ, झुलसाती लपटों की कराहों में भी चरम पान और गान का उत्सव रचाता रहता। उस देह-दाह को वह अपनी प्रेमाकुल वासना बनाकर, बड़े विकल राग में रुदन करता हुआ, चरम गान करता। और उन गानों में वह देवी हालाहला को, बहुत जलन भरा प्रणय-निवेदन करता। फिर पास ही टोकनों में भरे पड़े सुगन्धित फूलों से हालाहला का और अपना चरम पुष्पांजलि अभिषेक करता। और फिर चरम-गन्ध हस्ति की तरह मातुल-मत्त होकर, हालाहला के साथ गयन्द-क्रीड़ा करने लगता। दासी-परिचारिकाएँ लाज का आँचल मुँह पर डालकर भाग खड़ी होतीं। शिष्य गणधर अपने कुटीरों में दुबके रहते। वे ग्लानि से विरक्त और अवसन्न हो गये थे। इस महायातना के दृश्य को सहने की शक्ति उनमें नहीं थी।

...ज्यों-ज्यों गोशालक का दाह बढ़ता जाता, वह चीखकर आर्त्तनाद कर उठता

था : "अरे संग्राम है रे संग्राम। महाशिलाकंटक संग्राम, महाशिला-कंटक संगर छिड़ गया है। रथ-मूशलों की मार है रे, रथ-मूशलों की मार है। पर मैं चरम तीर्थंकर तुम्हें अभय वचन देता हूँ, ये इन्द्र के वज्र, ये महाशिलास्त्र, ये रथ-मुशल तुम्हारा बाल भी बाँका नहीं कर सकते। सुनो रे सुनो, मेरा चरम अष्टांग उपदेश सुनो, वही अस्तित्व की चरम त्रासदियों के निवारण का अन्तिम और अमोघ उपाय है। मैं आजीवक-गुरु हूँ : जीव और जीवन का जो नग्न यथार्थ स्वभाव है, उसको जैसा का तैसा देखना, जानना, जीना और निर्द्वन्द्व भोगना, यही मेरा चरम मुक्ति मार्ग है। जीवन माटी का, और आदर्श आसमान का : प्रभु-वर्गों के प्रभुओं के उस पाखंडी धर्म और धर्मासन का मैंने उच्छेद कर दिया है। (बीच-बीच में वह पीड़ा से कराहता और चीत्कार उठता) देखो रे देखो, मैंने स्वयं अपने ही कोपानल में हवन होना स्वीकार कर, प्रभुवर्गी महावीर का शलाका-दाह कर दिया है। चरम तीर्थंकर गोशालक की मस्कर-शलाका ने उसे भीतर ही भीतर दाग दिया है। केवल छह महीनों में वह भस्म होकर माटी में मिल जाएगा।...

"...और सुनो रे भव्यो, तब चरम तीर्थंकर गोशालक का अष्टांग धर्म-चक्र पृथ्वी का भाग्य बदल देगा। उसकी त्रासद नियति ही, उसकी आह्लादक मुक्ति बन जाएगी।...अरे मैं जल रहा हूँ...मैं हवन हो रहा हूँ। मेरी चर्बी, अस्थियाँ, स्नायु, मस्तिष्क, मेरा अंग-अंग आग से चटख कर अष्टांग धर्मवाणी उच्चार रहा है। शिला-कंटक और रथ-मुशल की बौछारों तले मैं कहता हूँ—अरे भव्यो, चरम पान सत्य है, चरम नृत्य सत्य है, चरम अंजलि-कर्म सत्य है, पुष्प-संवर्त्त महामेघ द्वारा चरम अभिषेक सत्य है, चरम गन्ध-हस्ति जैसा मत्त विहार सत्य है। चरम महाशिला-कंटक-संग्राम सत्य है, चरम रथ-मुशलों की मार सत्य है, और चरम तीर्थंकर सत्य है। ये अष्ट चरम जानो, जियो और अभय हो जाओ, मुक्त हो जाओ!

"...अरे ये अष्ट चरम मैंने जीवन से सीधे पाये हैं। साक्षात् मृत्तिका रूपा हालाहला के श्यामल माटिल रूप-यौवन, और सौन्दर्य-सुरा से छलकते इसके नयनों से मैंने चरम पान का सुख उपलब्ध किया है। और उसी में आत्मविभोर हो मैंने उसे चरम गान निवेदन किया है, उसी आह्लाद में उसके साथ मैंने चरम पुष्पांजलि अभिषेक किया है। अजातशत्रु का प्रमद-सरोवर, लिच्छवियों की अभिषेक पुष्करिणी—वही है मेरा चरम पुष्प-संवर्त्त महामेघ स्नान। अजातशत्रु का 'श्रेयनाग' गन्ध-हस्ती, उसके अंगों से फूटती कस्तूरी गन्ध—वही मेरा चरम गन्ध-हस्ती, वही मेरा मत्त गयन्द-विहार। और चरम शिला-कंटक संग्राम, चरम रथ-मुशल संग्राम।....यह तो पहले कभी देखा-सुना नहीं।...पर उसे मैं काश्यप महावीर की वैशाली पर टूटते देख रहा हूँ। इक्ष्वाकु प्रभु-सत्ताकों की वैशाली जलकर खाक होते देख रहा हूँ।...नहीं तो मैं चरम तीर्थंकर कैसा?...देखो रे देखो, मैं ही उबलता इतिहास हूँ। सारे इतिहास के

दबे जख्म और दाह मुझ में फूट रहे हैं। मनुष्य द्वारा मनुष्य के शोषण और दलन का मैं चरम विक्षोभ और विस्फोट हूँ। मैं ही अतीत, मैं ही वर्तमान, मैं ही भविष्यत्। मैं ही चरम तीर्थंकर...!

"...अरे देखो, मेरा यह आत्म-हवन। अब मैं देह में नहीं ठहर सकता, अब मैं फटकर विश्व होने जा रहा हूँ। देवी हालाहले, निरी मृत्तिका होकर बिछ जाओगे तुम, और मैं भी अपनी माटी तुम्हारे पोर-पोर में बसा देने आ रहा हूँ। आदि पुरुष और आदि नारी की इसी तद्रूप मृत्तिका में से, जीव-बीजक आजीवक धर्म का महावृक्ष संसार में सदा वर्तमान और विवर्द्धमान रहेगा। उसके न्यग्रोध परिमंडल में मनुष्य की भावी पीढ़ियाँ जीवन में ही मुक्ति का सुख खोजने का खतरा उठाएँगी।...

"...ओह, इस चरमान्तिक दाह में, मेरे घूर्णित और विशृंखल मस्तिष्क में, ये कैसी अदृश्यमान भावी घटनाएँ प्रकट हो रही हैं!...महाशिला-कंटक और रथ-मुशल युद्धों के भीषण अग्निकांड...मरता हुआ एक समूचा जगत्, भस्मसात् होता ब्रह्मांड देख रहा हूँ। ऐसा सत्यानाशी है मेरा यह आत्म-दाह, मेरा यह आत्म-संक्लेश। क्या मैं भी इसमें से न बच जाऊँगा? मेरी आत्मा हालाहले, क्या तुम भी मेरी जलन से छिटक गयीं? दूर जा खड़ी हुईं? मुझे छोड़ दिया अकेला? तुम कहाँ हो हालाहले, मेरी आत्मायनी, तुम भी मुझे छोड़ गयीं...? हाय मैं कितना अकेला हूँ, इस घनघोर मरणान्धकार में...!"

हालाहला ने भूशायी होते गोशालक को अपनी गोद में झेला। वह पुचकारे गये बालक-सा हर्ष से किलककर, फिर मृदुभांड में सुरा ढालकर पान करता हुआ प्रलाप करने लगा : *'चरमे पाने, चरमे नट्टे, चरमे गेये, चरमे अंजलिकम्मे...!'* और हाला के जुड़े उरुमूल में माथा गड़ाता हुआ इस असह्य दाह से निर्गति खोजने लगा। अपना असली पता और पहचान पाने को मथने लगा।

उसी समय उसका एक प्रिय शिष्य बटुक दिशाचर दौड़ा आया और निवेदन करने लगा :

"महामंख, मुझे एक प्रश्न अति विकल कर रहा है। मैं अर्हत् जिनेन्द्र मंखेश्वर से समाधान पाने आया हूँ। महामंख मेरी विकलता को दूर करें। मैं अविकल होना चाहता हूँ...।"

गोशालक अपनी उस महावेदना के अवगाहन-मन्थन में बाधा पड़ते देख झल्ला उठा। चीखकर बोला :

"अरे षंड मूढ़, अब तक भी कोरा ही रहा, तो अब क्या सीखेगा। मैं इस समय मृत्यु के साथ शिला-कंटक संगर लड़ रहा हूँ। फिर भी देख, चरम-पान-गान-तान में झूम रहा हूँ। अविकल होना चाहता है? निरुज होना चाहता है? तो मूर्ख, इस वीणा से पूछ। इस वक्षायनी वीणा में सारे उत्तर गुंजायमान हैं।...देख...देख...सुन...सुन।"

और गोशालक फिर आधा-सा उठकर, सुरा के चषक गटकता हुआ, पास पड़ी महावीणा झन्नाने लगा और अष्ट चरमवाद के सूत्रों को उसकी झन्नाहटों के संग ध्वनित करने लगा :

"चरमे पाने : झन्न झनन झन्न! चरमे गाने : झन्न झनन झन्न। चरम नट्टे : झन्न झनन झन्न। चरमे अंजलि कम्मे : झन्न झनन झन्न। चरमे पुष्प संवर्त्त महामेघे : झन्न झनन झन्न। चरमे श्रेयनाग गन्धहस्ती : झन्न झनन झन्न। चरमे महाशिलाकंटक-संग्रामे, चरमे रथ-मुशले : झन्न झनन झन्न। चरमे तीर्थंकर: झन्न झनन झन्न। चरमे हालाहले : झन्न झनन झन्न। चरमे मृत्तिका-मृत्युविष-मन्थने : झन्न झनन झन्न... ।"

और वह अपने इस अष्ट चरमांगी मन्त्र को अन्तहीन चरमों में प्रलम्ब प्रलापित करता चला गया।...और इन चरम पान-गान और वीणा-झंकार की उग्र से उग्र, भयंकर से भयंकर होती ध्वनियों में उसकी चेतना डूबने लगी। उस तमसावृत मूर्च्छा में भी उसे याद हो आयी तीर्थंकर महावीर की भविष्यवाणी, जो उसके जीवन में सदा सच होती आयी थी। आज से सात रात्रि पूर्व, उसने उन पर तेजोलेश्या का प्रक्षेपण किया था। तो क्या आज ही वह सातवीं रात्रि है?..."जब...जब मुझे...काल... काल...महाप्रयाण...महापरिनिर्वाण...मैं...मैं हूँ चरम तीर्थंकर मक्खलि गोशाल।...आओ, आओ...मेरी प्रज्ञा-पारमिता हालाहला...आओ मेरे दिशाचरो... । अर्हत् जिनेन्द्र परिनिर्वाण के तट पर खड़े हैं... ।"

आसपास सारा शिष्य-मंडल एकत्र हो गया। हालाहला की गोद में गोशालक का माथा अवश ढलका है। उसने टूटती साँसों के साथ आदेश दिया : "देखो, जब मैं काल-धर्म को प्राप्त करूँ, तो सुगन्धित गन्धोदक से मेरे शव को नहलाना, गोशीर्ष चन्दन का मेरे शरीर पर विलेपन करना, महामूल्य हंसदुकूल का साटिक-पाटिक मुझे धारण कराना, रत्न-फूलों के अलंकारों से मुझे विभूषित करना, और श्रावस्ती की राज-रथ्या पर मेरी शोभा-यात्रा निकालते हुए उद्‌घोष करना : आदीश्वर आदिनाथ, मंखपुत्र भगवान मक्खलि गोशालक, अवसर्पिणी के चरम तीर्थंकर, अपने आगामी युगतीर्थ का प्रवर्तन करने के लिए महाप्रस्थान कर रहे हैं। भगवान गोशालक जयवन्त हों...जयवन्त हों...जयवन्त हों।"

हालाहला और शिष्यों ने उनके आदेश को जयध्वनि के साथ सिर पर चढ़ाया। आश्वासन दिया कि—भन्ते भगवान के योग्य ही सारा आयोजन होगा। मृत्तिका हालाहला ने अपने सेवकों को इंगित कर दिया, कि सारी व्यवस्था तत्काल की जाये।

...बढ़ती रात के साथ गोशालक का दाह-ज्वर बढ़ता ही चला गया। सन्निपात के अन्ध भँवरों में उसकी चेतना टक्करें खा रही थी। उसका जन्मान्तरों का अँधियारा अवचेतन पूरा उसके भीतर खुल पड़ा था। उसकी फटती वज्र तमस् तहों में से अन्तश्चेतना के जल औचक ही झाँककर, चमककर, उसके कर्ण-कुहरों में मर्मराते-

से लगे।...और सहसा ही उस मुमूर्षा को बींधकर, महावीर की वे सद्य:विकसित कमल जैसी आँखें उसे याद हो आयीं।...उनकी वह मौन प्रीति। उनके साथ मुश्कों में आलिंगन-बद्ध होकर यातनाएँ झेलना। "हाय...वे प्रभु मुझे कितना प्यार करते थे। कितना...! उजागर है वह प्यार इस क्षण। मैं उन्हें समझकर भी न समझ पाया। मेरे मंख-रक्त का चिरकालिक दलन, और मेरी आत्महीनता आड़े आ गयी। उनकी चिरसंगी वीतराग प्रीति मेरी आँखों से ओझल हो गयी!..." अनुताप विकल होकर वह रो आया। आर्त-कातर रुँधते स्वर में बोला :

"आत्मन् हालाहले, उन प्रभु के सिवा तो जगत् में किसी ने मुझे प्यार नहीं किया था। मुझ अनाथ को केवल उन्होंने ही सनाथ किया था। मेरी पल-पल की पीड़ा में वे संगी होकर रहे। पर बोले कभी नहीं। मैंने उस अगाध मौन प्यार को अवहेला समझा। मैं उन्हें छोड़ आया। तो उन्होंने मुझे तुम्हारे पास भेजकर, तुम्हें सौंप दिया। तुम्हारे द्वारा उन्होंने ही अपनी प्रीति मुझे दी।

"...नहीं तो मुझ सर्वहारा को तुम क्यों कर समर्पित होतीं! मेरी भटकन में भी वे प्रभु मेरा हाथ झाले रहे। तुम वही तो हो। तुम्हारे रूप में वे ही मेरी नियति हो रहे।...और देखो तो, कैसी दूरंगम थी उनकी प्रीति, कि मुझे जगाने को बहुत पहले दाहक-अग्नि-लेश्या की कुंजी उन्होंने स्वयं ही मुझे सौंप दी थी, और ठीक समय आने पर अपने ही ऊपर उसका प्रहार करने का अवसर मुझे दिया।...कि इस अन्तिम क्षण में, आखिर मैं जाग उठा।...उन अपने ही आत्मदेवता प्रभु पर मैंने कृत्या-प्रहार किया! हाय, मेरे इस पाप के लिए सारे नरकानल कम पड़ेंगे...।

"...देवी हालाहले, मैं पाप में नहीं मरूँगा, आप में मरूँगा। मैं असत्य और मृषा में नहीं मरूँगा, मैं अन्तिम सत्य बोलकर मरूँगा। सुनो रे मेरे प्रिय अंगो, चरम सत्य सुनो। मैं अर्हन्त जिनेन्द्र नहीं, चरम तीर्थंकर नहीं। मैं हूँ मंख-पुत्र गोशालक, अवसर्पिणी के एकमेव तीर्थंकर भगवान महावीर का प्रिय शिष्य। उनका धर्म-पुत्र, उनका अग्नि-पुत्र। पर मैं आत्महीनता से ग्रस्त होकर, प्रतिगामी हो गया, विपथगामी हो गया। मैंने गुरुद्रोह किया। अपने गुरु से पायी विद्या से उन्हीं का घात करना चाहा। मैं प्रभुघात की चेष्टा करके आत्मघात के अतल रौरव में आ पड़ा हूँ।...मैं सत्य में मरना चाहता हूँ। मैं उद्घोष करता हूँ, कि तीर्थंकर इस पृथ्वी पर अकेले महावीर हैं। उनकी आत्मा के आकाश में मैं छह वर्ष उद्दंड विहरा हूँ। उनकी प्रीति, अनुकम्पा और संवेदना का पार नहीं...।

"...आर्हती हालाहले, मेरे दिशाचर श्रमणो, सुनो, जो मैं कहूँ, वह करना। अपने घोर पाप का प्रायश्चित्त करके ही मेरा यह शरीर चिता पर चढ़ सकेगा। सो मेरा देहान्त हो जाने पर, मेरे मृत शरीर के एक चरण को रस्सी से बाँधकर, मुझे सारे नगर-पथों पर घसीटना। मरे हुए श्वान की तरह मुझे खींचते जाना, और मुझ पर बार-

बार थूँकना। श्रावस्ती के प्रत्येक चौहट्टे, चत्वर, त्रिक, चतुष्क, राजमार्ग, गली-गली में मेरे शव को घसीटते हुए आघोषणा करना कि लोक को दम्भ से ठगनेवाला, गुरुघाती, जिनघाती, अर्हत्घाती, महापापाचारी यह मक्खलि गोशालक है। यह चरम तीर्थंकर नहीं, छद्म-तीर्थंकर है। इसने अर्हन्त-हन्ता होकर, आत्म-हन्ता होने का चरम अपराध किया है। आत्मघात से बड़ा कोई पाप नहीं। चरम तीर्थंकर हैं केवल महावीर, यह चरम पापावतार है, चरम लोक-हन्ता है। इसने मिथ्यावादी पापदेशना करके बरसों तक आर्यावर्त की चेतना को विषाक्त किया है। इसे धिक्कार है...इसे धिक्कार है...इसे बारम्बार धिक्कार है।..."

एक गम्भीर सन्नाटे में यह अनुताप वाणी पवित्र हुता की तरह गूँजती रही। सबके हृदय इससे विदीर्ण हो गये। एक महामौन में सबके आँसू ढरकते रहे। कोई कुछ न बोल सका।...फिर डूबती बाती ने उझक कर कहा :

"ओ...देखो देवि, देखो। मैं तुम्हारी गोद में समाधिलीन हो रहा हूँ, और तुम उन प्रभु की गोद में उठी हो। मैं चला, मृत्तिला, वे सद्य:विकसित कमलों-सी आँखें मुझे खींच रही हैं।..."

...समय हठात् एक ओर सरककर, सोचता खड़ा रह गया। एक निचाट खामोशी में सब सिर झुकाए जड़ित हो रहे। शब्द यहाँ प्रश्नायित ठिठका रह गया है। देवी मृत्तिका हालाहला की आँखों से महावीर की संवेदना करुणा की जलधारा बनकर झर रही है। देवी का सजल संवेग भरा स्वर उस आहत सन्नाटे में सुनाई पड़ा :

"माटी की अनादि प्यासी पुकार को जिसने आवाज दी थी, वह उसी माटी की अन्तिम तह में लीन हो गया। महावीर को मृत्तिका में उतार लाने का खतरनाक पराक्रम आर्य गोशालक ने किया था। क्या प्रभु भी उन्हें नकार सके? उन्हें अग्नि-लेश्या दी, कि वे माटी की वासना और विक्षोभ का चरम देखें। आर्य गोशालक ने आदिम कषाय के महा अनल को जगाया, स्वयं ही उसके होता, हव्य और हवन हो गये। उन्होंने विष-मन्थन में से अमृत निकालने का असम्भव महा साहस किया। माटी और मनुष्य की भूख-प्यासों में ही उन्होंने ब्रह्म का अमृत सींच देने की दुर्दान्त कोशिश की। काया के कर्दम में ही आत्मा का कमल खिलाने के हठीले प्रयास में, उन्होंने तिल-तिल अपने को जला दिया। उनकी विकट वाम चर्या विच्युत होकर, विपथगामी हो गयी। फिर भी उनकी पुकार की पीड़ा को महावीर नकार न सके। अपनाया था, तो अन्तिम क्षण अपने उत्संग में भी ले लिया। मृत्तिका हालाहला है महावीर का वह उत्संग। वहीं पर मृत्तिका के चरम शयन में, मृत्तिका-पुत्र आर्य मक्खलि गोशालक, अपनी माटिला माँ की गोद में बेबस लुढ़ककर चुप हो गये! आकाश को मनचाहा बाँधकर पीने और जीने की, मिट्टी की इस कोशिश को, इतिहास भुला न सकेगा। आनेवाली सदियों में बार-बार इसके प्रतिसाद गूँजेंगे। और यह पराक्रम फिर-फिर

दोहराया जाएगा। आर्य-पुत्र गोशालक को, माटी की मृणालिनी बेटी हालाहला अपनी परमांजलि अर्पित करती है।..."

हालाहला तो केवल मूकमौन ऊपर को ताक रही थी। उसके विस्फारित नयनों से आँसू चुपचाप ढरक रहे थे। और मानो आकाश-वाणी की तरह ये शब्द उसके होठों से महज स्फुरित हो रहे थे। वह चुप हो गयी, और फिर एक तीखा प्रश्निल सन्नाटा छा गया।

तब साहस करके पट्टगणधर दिशाचर कर्णिकार ने पूछा :

"अब देवी का क्या आदेश है?"

"आदेश तो आर्य गोशालक का ही पूरा होगा। इसी कक्ष के मध्य भाग में, जहाँ वे लेटे हैं—वहीं श्रावस्ती चित्रित करके, स्वामी के निर्देशानुसार सारी क्रिया उस चित्र पर कर दी जाये!" मृत्तिका का गला भर आया।

"उनके शव को घसीटा जाये, उन पर थूका जाए?" एक अन्य गणधर ने पूछा।

"अच्छिन्दक, पूछकर उनका और मेरा अपमान क्यों करते हो? पहले शीघ्र उनके आदेश का पालन करो, फिर मैं कहूँगी।..."

...कहकर नग्न शव को ठीक माटी के सिपुर्द कर, मृत्तिला कुटीर से बाहर हो गयी। तब शिष्यों ने श्रावस्ती का मान-चित्र रचकर, उस पर वह अपमान-समारोह निर्वेद चित्त से सम्पन्न कर दिया, जिसका निर्देशन गोशालक ने दिया था। वह समाप्त कर वे देवी कुम्भकारिन की प्रतीक्षा में चुपचाप खड़े रहे। तभी सहसा देवी प्रकट हुईं। स्वयं ही भर आते गले से आदेश दिया :

"दिशाचरो, मृद्भाण्डों की एक विशाल शिविका निर्मित कर, उस पर सात नदियों की माटी बिछाकर, सप्तसिन्धु के जल छिड़ककर, उस माटी की सेज पर आर्य को लिटाओ। ऋतु के श्रेष्ठ सुगन्धी फूल-पल्लव, लता-वनस्पति से उन्हें छा दो। और हालाहला कुम्भारिन के सारे रत्न-सुवर्ण अलंकार उनके चरणों पर निछावर कर दो। उसके समस्त वैभव के साथ उनकी शोभायात्रा निकाली जाए। एक सहस्र पुरुष उनकी शिविका का वहन करें। श्रावस्ती की सभी राज-रथ्याओं पर से उनके महायान का यह समारोह गुजारा जाए। और दिशाचरो, आघोषणा करते चलो, उनके विमान के सामने चलते हुए :

"विप्लवी महावीर के विद्रोही अग्निपुत्र आर्य मक्खलि गोशालक देवलोक गमन कर रहे हैं। आकाश-पुरुष महावीर को, मृत्तिका-पुत्र गोशाल ने अपनी माटी में समोने का एक अपूर्व विक्रम किया। तो महावीर भी उनकी माटी में खेलने को विवश हुए। इसी से इतिहास और शाश्वती में, महावीर के मृत्तिका-पुत्र आर्य मक्खलि गोशाल जयवन्त हों...जयवन्त हों...जयवन्त हों!"

"उसके अनन्तर, देवि? आर्य का दाह संस्कार?"

"नहीं, उनकी देह का दहन नहीं किया जाएगा। देह के ज्योतिर्धर की देह अक्षुण्ण ही रहेगी। जिस माटी में से, जैसे जातरूप वे आये थे, वैसे ही उसी माटी के आँचल में वे फिर लौट जाएँगे।...इसी कक्ष के ठीक आभोग भाग में जहाँ वे अभी लेटे हैं, वहीं उनकी देह को समाधिस्थ कर दिया जाए। उनकी समाधि-शिला पर अंकित होगा : आद्या मृत्तिका के पुत्र और प्रीतम, मिट्टी की चेतना को वाणी देनेवाले, निरंजन महावीर के वाम-पुत्र मक्खलि गोशाल—यहाँ समाधिस्थ विराजमान हैं।"

देवी हालाहला के आदेशानुसार, उनके सारे वैभव और तामझाम के साथ, वाम तीर्थंकर मक्खलि गोशाल की शोभा-यात्रा सारी श्रावस्ती में से निकाली गयी। अन्धी भीड़ों के उमड़ते पारावार ने, मनमानी जय-जयकारों से आकाश फाड़ दिया। हालाहला के खजाने बहा दिए गये। सुवर्ण, रत्न, माणिक-मुक्ता, नाना अलंकार, फूल-पल्लव, अबीर-गुलाल आर्य गोशालक की शिविका पर अविराम बरसाये गये। हजारों दीन-दरिद्र, कंगाल निहाल हो गये।

चरम तीर्थंकर त्रिलोकपति भगवान महावीर पर अग्नि-शलाका फेंकने वाले, प्रभु-हत्यारे का ऐसा सम्मान? लोग परस्पर प्रश्न पूछते रह गये। उत्तर भी स्वयं से ही पाया : वह अग्निलेश्या भी तो महावीर ने ही उसे दी थी : और यह सम्मान भी महावीर के सिवाय उसे कौन दे सकता है?

श्रीभगवान श्रावस्ती से विहार कर, मेंढक ग्राम के कोष्टक चैत्य में समवसरित थे। प्रातः की धर्म-पर्षदा में आर्य गौतम ने प्रभु को सम्बोधन किया :

"मक्खलि गोशालक कालान्त कर गया, भगवन्! उसकी भव्य अन्त्येष्टि यात्रा के आगे चलते हुए उसके दिशाचर श्रमण आघोषणा कर रहे थे, कि —महावीर के अग्नि-पुत्र गोशालक देवलोक-गमन कर रहे हैं। समझा नहीं प्रभु, महावीर का अग्नि-पुत्र कैसा? और गोशालक जैसा उन्मार्गी, दुरात्मा, गुरुद्रोही, प्रभुघाती देव-लोक गमन कर गया? यह कैसे सम्भव है, प्रभु?"

"आर्य गोशालक अच्युत स्वर्ग की उपपाद शैया में जन्म ले चुके, गौतम! अन्तिम क्षण में महावीर उसकी महावेदना में से स्वतः प्रकट हो आये। उसने अपने आप्त प्रभु को पहचाना। वह अनुताप से भर आया। उसने पश्चात्ताप और प्रतिक्रमण किया। प्रायश्चित की पावक में नहाकर वह निर्मल और वीत-द्वेष हो गया। वह समर्पित हो गया। उसे अन्तर-मुहूर्त मात्र में सम्यक्त्व लाभ हो गया! और वह ऊर्ध्वारोहण कर अच्युत कल्प में बाईस सागरोपम आयु वाला देव हो गया। आर्य गोशालक जयवन्त हों!"

"प्रभुघाती गोशालक, प्रभु का ऐसा प्रम प्रिय-पात्र हो गया? विपल मात्र में ही सम्यक्त्व-लाभ कर उत्कृष्ट देवगति पा गया?"

"चैतन्य की मुक्ति-यात्रा, सपाट रेखिल नहीं, कुंचित और चक्रिल होती है, गौतम। क्षण के इस ओर जीव नरक के किनारे हो सकता है, क्षण के उस ओर वह देव तो क्या, अर्हत् केवली तक हो सकता है। चैतन्य का परिणमन कालातीत और केवली-गम्य होता है। बाह्याचार उसका निर्णायक नहीं। घृणा भी प्रेम की ही एक विभाव पर्याय है, गौतम! चरम पर पहुँचकर, प्रेम हो जाना ही उसकी अन्तिम नियति है।"

"गोशालक द्वारा प्रक्षेपित अग्नि-समुद्घात तो मानुषोत्तर था, भगवन्। उस महाकृत्या की सामर्थ्य, प्रभु?"

"अर्हत् पर प्रक्षेपित वह महाकृत्या अपनी दाहिका शक्ति से वत्स, अच्छ, कुत्स, मगध, मंग, वालव, कोशल, पाड़, लाट, वज्रि, मालि, मलय, वाधक, अंग, काशी और सह्यगिरि के उत्तर-प्रदेश को एक-बारगी ही जलाकर भस्म कर देने में समर्थ थी, आर्य गौतम!"

"अघात्य अर्हन्त से तो वह पराजित हो गयी, लेकिन उसके प्रत्यावर्तन को गोशालक अकेला कैसे पचा पाया, प्रभु?"

"उग्र तपस्वी थे आर्य गोशालक। वे जन्मना मुमुक्षु थे। स्वभाव से ज्ञानार्थी और आत्मार्थी थे। उनकी अदम्य मुमुक्षा ही, वाम होकर उनकी दुर्दान्त शक्ति बन गयी थी। सच ही वह महावीर का मृत्तिका-पुत्र था, और अग्नि-पुत्र भी। इसी द्वन्द्व को झेलकर, उसने मानव-मुक्ति के अभियान में अगला डग भरने का विक्रान्त दुःसाहस किया था। उसके लिए उसने अपने को ही हवन कर दिया!"

"उनकी यह आहुति फलेगी, प्रभु?"

"महावीर के आगामी युग-तीर्थ में, मृत्तिका बार-बार अपनी प्यास का उत्तर माँगेगी। वह उत्तर जगत् को, गोशालक की राह, महावीर से मिलेगा। अस्तित्ववादी आजीवक दर्शन, आगामी काल में ज्ञान का एक नया वातायन खोलेगा। इसी से इतिहास में गोशालक सदा याद किये जाएँगे।"

"आर्य गोशालक की अन्तिम नियति क्या होगी, भगवन्?"

"अनेक योनियों में उत्थान-पतन की यात्रा करते हुए गोशालक, कालक्रम से विदेह क्षेत्र में दृढ़प्रतिज्ञ नामा मुनि के भव से कैवल्य-लाभकर, नित्य बुद्ध सिद्धत्व को प्राप्त हो जाएँगे!"

...ठीक उसी क्षण अचानक स्त्री-प्रकोष्ठ में से उठकर हालाहला प्रभु के सम्मुख आ, भूसात् प्रणिपात में समर्पित हो गयी। उसे सुनाई पड़ा :

"आर्य मृत्तिला हालाहला, तुम मुक्तात्मा की जनेता होकर, महावीर को

बारम्बार मृत्तिका में ढालने वाली परम लोक-माता हो गयीं!''

और देवी हालाहला भगवती चन्दन बाला की कल्प-छाया में श्रीभगवान की सती हो गयी।

जयध्वनि हुई :

''मुक्तात्मा की जनेता मृत्तिका-माता देवी हालाहला जयवन्त हों!''

श्रीभगवान सन्मुख सोपान से उतरकर चले, तो हालाहला प्रभु के चरणों में लोट गयी। अन्तरिक्षचारी अर्हत् के चरण उस मृत्तिका को अनायास सहलाते हुए आगे बढ़ गये।

सर्व-ऋतु वन का उत्तर

चेलना के 'एकस्तम्भ प्रासाद' के चारों ओर एक सर्व ऋतुओं का वन है। इस 'सर्व-ऋतु वन' के किसी विजन प्रदेश में देवी चेलना एक प्रवाल की प्रकृत चट्टान पर अकेली बैठी है। हवा में एकबारगी ही सारी ऋतुओं के फूलों और फलों की सुगन्ध महक रही है। दूर-दूर से रंग-बिरंगी चिड़ियाँ आकर चेलना के केशों पर बैठकर चहकती हैं, उसके कन्धों पर नाचती हैं, उसके आँचल और गोदी में खेलती हैं। जब चाहे किसी चिड़िया को लेकर वह उसे प्यार करती है, उससे बतराती है। चिड़िया उड़ नहीं जाती, अभय होकर उसकी कलाई पर लिपट जाती है।

दूर पर कहीं चौकड़ी भरते हिरन और बारहसिंगे अनायास आकर उसके आसपास किलोल करते हैं। उसकी हथेली की परस-पुचकार पाकर उनका प्राण आश्वस्त हो जाता है। वे आनन्द से विभोर होकर देवी के चहुँ ओर क्रीड़ा करते हैं। नन्हें मुलायम खरगोश आकर उसके जानुओं में दुबक जाते हैं, उसके सीने से चिपक जाते हैं।

दूर पर पंच-शैल के शिखर पुकार रहे हैं। विपुलाचल की वनानियों में तीसरे पहर की मुलायम धूप केशर बरसा रही है। सुदूर तलहटी की अंजन छाया में, गृध्रकूट के सिंह नील गायों के साथ क्रीड़ा करते दीख पड़ते हैं।

चेलना प्रायः अमनस्क ही रहती है। कुछ सोचती नहीं, याद नहीं करती। बस, देखती है। देखती है—एक सामने बहती नीली नदी। उसकी सहज शान्त लहरों में कुछ बीतता ही नहीं। जो था, जो है, जो हो रहा है, जो होगा, वह सब इस नदी में एक साथ वर्तमान है। इसी क्षण पूरा जिया जा रहा है।

चेलना की अर्ध उन्मीलित आँखों में इस समय झलक रहा है : श्रीभगवान के

समवसरण से लौटकर सम्राट श्रेणिक सिंहासन पर कभी न बैठे। सिंहासन की पीठिका में पन्ने का एक अशोक-वृक्ष उगा दिया गया है। उसमें लटक रहे हैं तीन विशाल छत्र। उनके तले तीर्थंकर महावीर की एक बोलती-सी पूर्णाकार स्फटिक मूर्ति सम्बोधन मुद्रा में विराजमान है। सिंहासन के पायदान में सुवर्णपट्टिका पर एक ही सरोवर में पानी पीते सिंह और गाय अंकित हैं। पाद-वेदी के किनारे मणि-मीना खचित अष्ट प्रातिहार्य शोभित हैं। वेदी के मध्यभाग में अखंड दीप जलता रहता है, अखंड धूपायन पावन गन्ध बसाये रखता है। सिंहासन वेदी के पाद-प्रान्त में चन्दन काष्ठ के पट्टासन पर ही सम्राट अब राज-सभा में आसीन होते हैं।...

चेलना को आज ध्यान हो आया : कितने निरीह और निःकांक्ष होकर ये प्रभु के पास से लौटे थे। ना कुछ समय में ही और के और हो गये। पहचानना मुश्किल हो गया। फिर भी अपने वही प्रियतम तो थे। आनन्द की सीमा न रही। ऐसा आह्लाद जिसका अवसान होता ही नहीं। बचपन तो 'इनका' अब भी गया नहीं, लेकिन पार्थिव सत्ता इनके मन हेय हो गयी। काकबीट की तरह उसे दूर फेंक दिया।

...कैसा तो हो गया है 'इनका' मन। कोई स्पृहा न रही, कोई प्रतिस्पर्धा न रही। मेरे आसपास ही सारे समय इनका जी रमा रहता है। हँसी आती है सोचकर, मेरी सैरन्ध्री होकर रह गये हैं। स्नानागार में कैसे अछूते हाथों से मुझे नहलाते हैं। कैसे जतन और मार्दव से मेरे अंगों का लुंछन करते हैं। सर्व ऋतु-वन से स्वयं ही नयी-नयी सुगन्धित औषधियाँ खोज लाकर, उनसे मेरा अंगराग करते हैं। मेरे बाहु, वक्ष और लिलार पर कैसी कलात्मक पत्र-लेखा रचते हैं। सोचा भी नहीं था, कि ये ऐसे चित्रकार भी हैं। अपने ही हाथों केशों में सुगन्धित केशरंजन मलकर, अपनी उँगलियों की कंघी बनाकर मेरे केश सँवारते हैं। मनचीते वसनों में मुझे सजाकर, मेरे चेहरे पर फूलों के कर्णफूल, कुंडल और मुकुट रच देते हैं। फिर मेरे दोनों सटे जानुओं पर माथा ढालकर कहते हैं : "मेरे प्रभु, मेरे भगवान, मेरे महावीर!' हँस-हँसकर मैं लोट-पोट हो जाती हूँ। इन्हें यह क्या हो गया है? पहले ही क्या कम बच्चे थे, कि अब यह भी बाकी रह गया। फिर एकाएक गम्भीर हो जाती हूँ। इनके शिर को दोनों हाथों से ढाँपकर उस पर गाल ढाल देती हूँ। कहती हूँ : "यह क्या हो गया है तुम्हें?...इतना लो मुझे, कि हम दोनों ही न रह जाएँ। वर्ना देह की यह माया बहुत भारी पड़ जाएगी।" ये कहते हैं : "मैं कोई अलग देह या रूप देख ही नहीं पाता, तो क्या करूँ। मैं केवल महावीर देखता हूँ। रूप और शरीर उससे बाहर नहीं, उसी का प्राकट्य है। प्रभु के कैवल्य से बाहर मुझे कुछ दीखता ही नहीं, चेलना। प्रभु सर्वगत हैं, और सर्व प्रभुगत है। ऐसा ही लगता है तो क्या करूँ? उसी में सब प्रिय और सर्वस्व हो गया है। सारे इन्द्रियभोगों में भी केवल एक ही स्वाद और संवेदन अनुभूत होता है : महावीर...चेलना...महावीर। इन्द्रियाँ नहीं रहीं मानो, केवल रस की धारा

रह गयी है। रूप और अरूप का भेद ही मन में न रहा। तुम प्रभु की ही द्वाभा हो, चेला। तुमने उन्हें सदेह पाया है, तो मैंने तुम्हारे भीतर उन्हें सदेह पा लिया है।'

सुनकर भीतर ही भीतर रस बरसता है, और मैं भींजती ही जाती हूँ। सारी भूमिका ही बदल गयी है। सारा परिदृश्य किसी दूसरे ही क्षितिज पर खुल गया है। इस एक ही जीवन में, कैसा कल्पान्तर घटित हो गया। चेतना के इस नये वातायन पर, सारी चीजों का भाव और आशय ही बदल गया है। तुच्छ से तुच्छ वस्तु, व्यक्ति, घटना में भी एक नया ही निगूढ़ भाव और सौरभ प्रकट हो उठा है। इस 'एक स्तम्भ प्रासाद' और सर्व-ऋतु वन का रहस्य आज खुल गया है।

...ठीक सामने देख रही हूँ वे दिन, जब यह 'एकस्तम्भ प्रासाद' बना था। महाराज के मन में बड़ा चाव था, कि वे मुझे जगत् की कोई अनुपम वस्तु भेंट करें। सबसे अधिक प्रिय रही उनकी, तो मुझ पर क्या विशेष प्रसाद करें? मेरे मन में एक एकस्तम्भ प्रासाद की कल्पना बचपन से ही थी। मैं महाराज से उसके बारे में प्रायः कहा करती थी। महाराज को सूझा, क्यों न चेलना के आदि स्वप्न का 'एकस्तम्भ प्रासाद' ही इसे बनवा कर दूँ। मन्त्रीश्वर बेटे अभय राजकुमार बुलाए गये। स्थपति और वास्तुकार उपस्थित हुए। देवी की सर्वांग कल्पना उनके सामने रखी गयी। सम्राट की आज्ञा हुई : 'बेटे अभय, ऐसा महल बने कि उसकी अटारी में चेलना विमान-वासिनी खेचरी की तरह मनमानी निर्बन्ध क्रीड़ा करे।' चतुर-चकोर अभय ने महारानी के मन का महल मानो आँखों के आगे देख लिया। उसने तुरन्त ही महल का कोण-प्रतिकोण सही चित्र आँक दिया। महादेवी देखकर चकित हो गयीं। स्थपति ने तदनुसार वास्तुकारों से मानचित्र बनवाये।

अभय ने तत्काल सूत्रधार को आज्ञा दी, कि महल के एक-स्तम्भ के निर्माण योग्य उत्तम काष्ठ मँगवाओ। वर्द्धिक सुतार वैसे काष्ठ की खोज के लिए अरण्य में गया। अटवी में अनेक वृक्ष देखने के बाद, अचानक एक सर्वलक्षणी वृक्ष उसे दिखाई पड़ा। घेघुर छतनार, आकाश तक ऊँचा, फल-फूलों से लदा, गाढ़ी छायावाला, विशाल तनेवाला यह वृक्ष असामान्य जान पड़ा। मानो कोई महापुरुष उस अरण्य में जाने कब से अकेला खड़ा है। वर्द्धिक को लगा, यह वृक्षराज दैवत् वाला जान पड़ता है। यह वृक्ष किसी देवता का आवास न हो, ऐसा नहीं हो सकता। सो जानकार वर्द्धिक ने वृक्ष के अधिष्ठाता देवता का तपस्यापूर्वक आराधन किया। ताकि कार्य निर्विघ्न सम्पन्न हो सके। उसने भक्तिभाव से उपवास किया, गन्ध, धूप, माल्य वगैरह वस्तुओं से वृक्ष को अधिवासित किया।

तब एक दिन अभय कुमार के सम्मुख उस वृक्ष का वासी व्यन्तर देव प्रकट

हुआ। उसने कहा : "राजकुमार, तू मेरे इस आश्रय-स्थान वृक्ष का छेदन मत करवा। इस वर्द्धिक को रोक दे। मैं महादेवी के स्वप्न का 'एक-स्तम्भ प्रासाद' बना दूँगा। उसके चारों ओर एक 'सर्व-ऋतु वन' की भी रचना कर दूँगा।"

आपूति-वचन देव ने रातों-रात पंचशैल के उपान्त में 'एक-स्तम्भ प्रासाद', और उसकी परिक्रमा में 'सर्वऋतु-वन' खड़ा कर दिया। देखकर श्रेणिकराज चकित रह गये। देवी का माथा किसी अदृश्य महासत्ता को झुक गया। क्या ऐसा भी हो सकता है? आँखों देखे पर अविश्वास कैसे करूँ? यह सृष्टि कितने ही स्तरों पर, कितने ही आयामों में व्यक्त हो रही है। विश्व के भीतर विश्व है। सौन्दर्य और कला के ऐसे स्रोत जाने कहाँ-कहाँ छिपे हैं। यह 'एक-स्तम्भ प्रासाद' ... यह 'सर्व-ऋतु कानन'।

...देवी इस महल में सच ही खेचरी की तरह रहने लगीं। आस-पास उड़ने और तैरने को सारा अन्तरिक्ष खुल गया था। पद्म-सरोवर में लक्ष्मी की तरह चेलना इस महल में विहरने लगी। वह सर्व ऋतुओं के फूलों की माला गूँथती। एक माला वीतराग अर्हन्त को अर्पित की जाती, दूसरी माला श्रेणिकराज के गले में शोभती। वह भी सैरन्ध्री की तरह ही महाराज के केशों में फूलों का शृंगार करती। वीतराग प्रभु और पति के लिए समभाव से रानी हर दिन वन में जाकर नये-नये फूल चुनती। इस तरह वह परम रमणी वन के फूलों को धर्म और काम में एक साथ सार्थक करने लगी।

मूर्तिमान वनदेवी की तरह वह कई एकान्त उपवनों, कुंजों और सरोवरों में अपने प्रियतम के साथ क्रीड़ा करने लगी। वे अब उसके पुरातन पति नहीं रह गये थे। नित नये प्रीतम हो गये थे। एक नामहीन, सीमाहीन सम्बन्ध। या कोई सम्बन्ध नहीं।

आज ध्यान आ रहा है : इसी 'एकस्तम्भ प्रासाद' में अजातशत्रु गर्भ में आया और जनमा था। उसके गर्भकाल में चेलना को दोहद उत्पन्न हुआ था, कि वह पति का मांस खाये। ऐसा तो किसी राक्षसी को भी नहीं होता। ऐसी बात वह किसी के सामने कहती भी कैसे? वह कैसी पिशाच-माया थी? अपनी वेदना को वह घूँटती गयी। दोहद पूरा न होने से वह दिन के चन्द्रमा की तरह क्षीण और शीर्ण होने लगी थी। इस दुर्दोहद से विरक्त होकर उसका सारा मन एक उत्कट ग्लानि से भर गया था। महाराज बहुत चिन्ता में पड़ गये थे। एक दिन बड़ी प्रेम-बन्धुर वाणी में उन्होंने रानी से पूछा था : "किस पीड़ा से इतनी उदास हो गयी हो? मुझी से छुपाओगी?" चेलना बहुत गल आयी थी। भरभराते कंठ से जैसे विष-पान करती-सी एक वाक्य में वह बोली थी : "मुझ पापिन को दोहद पड़ा है, कि अपने स्वामी का मांस खाऊँ!"

"यह तो कोई कठिन दोहद नहीं, देवी इसे पूरा किया जाएगा। जानती तो हो, मेरा यह शरीर तुम्हारा नैवेद्य रहा सदा। कभी कम न पड़ेगा।...मुस्करा दो एक बार!"

रानी ने महीनों बाद मुस्करा दिया। पर भीतर उसके जी में आरी चल रही थी।...महाराज ने अभय को बुलाकर इस गुत्थी का हल पूछा। अभय ने कहा : "यह तो बाँये हाथ का खेल है, तात। कल ही व्यवस्था हो जाएगी।" अगले दिन अभय ने महाराज के वक्ष पर नवनीत और दूध के छैने में हलका बादामी रंग डालकर, एक और वक्षदेश रच दिया। ऐसे कौशल से रचा, मानो कि ठीक उनके वक्ष का ही उभार हो। और उघाड़े शरीर वे शैया में लेटे रहे।...संकेत पाकर एकान्त में, चेलना कैसी उत्कट वासना से राजा के उस उभराते मांसल वक्ष पर टूट पड़ी थी। किसी डाकिनी-शाकिनी की तरह उस उफनाती गोरी छाती का भक्षण करने लगी थी। राजा बार-बार कुशल नट की तरह कराहकर मूर्च्छित होते रहते। रानी को उससे बड़ी सान्त्वना मिलती। अचानक उसका हृदय कम्पायमान हो जाता। एक टीस के साथ वह गर्भ की कसक का उल्लास अनुभव करती।

जब वह पति का मांस खाकर अघा गयी, तो छिटककर खड़ी हो गयी और सचेतन होकर वह आक्रन्द कर उठी : "हाय, मैं पति का हनन करने वाली पापिनी!" और वह चीखकर मूर्च्छित हो गयी। राजा ने उसे बहुत प्यार से हौले-हौले सहलाते हुए चेतन किया और कहा : "देखो, मेरा यह अक्षत शरीर। तुम इसे खा गयी, और मैं अक्षत हो गया! यह है देवी की वासना का चमत्कार!" देवी के हर्ष का पार न रहा। अपने पति के उस सीने पर वह तब आनन्द से मूर्च्छित हो ढलक गयी थी।...

नव मास पूरे होने पर, मलयाचल की भूमि जैसे मणिधर नाग को प्रसव करती है, वैसे ही रानी ने एक तेजस्वी पुत्र को जन्म दिया। लेकिन उसने उसका मुँह तक देखना नहीं स्वीकारा। तत्काल अपनी गुप्त दासी से कहा कि—"यह बालक अपने पिता का बैरी है, सो इस पापी को सर्प के बच्चे की तरह कहीं दूर के स्थान में छोड़ आ।" दासी उसे लेकर अशोक वन की भूमि में छोड़ आयी। वहाँ उपपाद शैया में उत्पन्न देव की तरह वह प्रकाश करता शोभने लगा। बालक को छोड़कर लौटती दासी से राजा ने पूछा, "तू कहाँ गयी थी?" महाराज की आँखों का दर्प देख वह काँप गयी। उसने भेद खोल दिया। राजा तुरन्त अशोक वन में गये। पुत्र को देख, स्वामी के प्रसाद की तरह उसे प्रीति से दोनों हाथों में ग्रहण कर लिया। हाथों में शिशु को उठाये वे सीधे चेलना के प्रसूति-कक्ष में आये। कातर होकर कहा, "यह क्या अनर्थ किया तुमने, प्रिये! कुलीन और विवेकी होकर तुम ऐसा कैसे कर सकीं? अधम से अधम नारी भी ऐसा नहीं कर सकती। फिर तुम तो रमणियों के बीच राजेश्वरी हो।

और तुम्हारा तो रमणीत्व भी माँ की ममता का अशोक वन है। ऐसी माँ होकर, ऐसा कर सकीं तुम, छि: !"

चेलना की छाती दोहरी वेदना से कसकने लगी। एक ओर प्राणप्रिय स्वामी, दूसरी ओर अपनी ही देह का टुकड़ा, अपना गर्भजात पुत्र। वह भारिल और खराश-भरे स्वर में बोली, "जो मेरे पति के मांस का भूखा हो, वह मेरा पुत्र कैसे हो सकता है? ऐसा जघन्य मातृत्व मैं कैसे स्वीकारूँ?" महाराज ने कहा, "किन पुरातन अन्धविश्वासों में पड़ी हो? दोहद तो एक माया होती है। विचित्र दोहद होते हैं। शायद इस दोहद की पूर्ति से बालक का कोई जन्मों का पाप कट गया। अपने इस ज्येष्ठ युवराज को अपनी गोद से जिनेन्द्र बनाकर उठाओ। यही तुम्हारे योग्य बात है।...तुम्हें अपने पति के वीर्य पर सन्देह है?..."

रानी ने स्वामी का मुँह हथेली से ढाँप दिया, और रोकर उनके चरण पकड़ लिये। बच्चे को उसने बाँहों में झेलकर छाती से चाँप लिया।...पर वह जब भी उसे स्तन-पान कराती, तो लगता कि एक सर्प उसके स्तनों का दूध पीकर पल रहा है। यह कसक उसके मन से कभी निर्मूल न हो सकी।...

राजा ने अशोक वन में प्रथम बार पुत्र का मुख देखा था। इसी से नाम दिया गया गया 'अशोकचन्द्र'। बालक जब वन में छोड़ दिया गया था, तो उसकी अशोक-दल जैसी ही कोमल कनिष्ठिका उँगली को, कुकड़ी ने कुतर लिया था। उँगली काल पाकर रक्त-पीव से भर गयी। उस वेदना से बच्चे का रोना थमता ही नहीं था। श्रेणिक ने स्नेहावेश में आकर हठात् बालक की उँगली को अपने मुँह में लेकर चूस लिया। बच्चे का रोना तुरन्त बन्द हो गया। क्रमशः उँगली का घाव तो भर गया, पर उँगली भोंथरी ही रह गयी। इसी से उसके साथ धूलि-क्रीड़ा करनेवाले बालक उसे 'कुणक' कहकर पुकारने लगे। मतलब बुट्ठी उँगलीवाला। इसी से अजातशत्रु बाद को कुणिक अजातशत्रु कहलाया। इसके अनन्तर क्रमशः चेलना की कोख से वारिषेण, हल्ल और विहल्ल जनमे। बड़े होकर ये चारों बेटे मानो मूर्तिमान प्रभुत्व, मन्त्र, उत्साह और विराग की संयुक्त शक्ति होकर सम्राट का अनुसरण करने लगे।

...लेकिन आज तो सारी रचना ही बदल गयी है। सम्राट ने साम्राजी सत्ता-सिंहासन त्याग दिया है। मगध की चिर शत्रु वैशाली का तीर्थंकर राजपुत्र, आज उस सिंहासन पर बैठा दिया गया है। तो क्या मगध वैशाली को झुक गया? लेकिन श्रेणिक के मन में अब ऐसे किसी विकल्प और भेद की भाषा नहीं रह गयी है। उसने प्रत्यक्ष अनुभव किया है, कि जगत्पति महावीर जिस मूर्धा पर बैठे हैं, वहाँ जगत् के सारे सत्तासन अपना अर्थ खो देते हैं। सर्वोपरि सत्ता केवल वही है, जो जीव-जीव और

चप्पे-चप्पे पर सदा कायम है।

लेकिन अजात तो सम्राट-पिता के प्रतिद्वन्द्वी के रूप में ही बड़ा हुआ है। होश में आने के साथ ही उसने महसूस किया कि उसके ऊपर कोई और कैसे हो सकता है? पिता भी क्यों? सम्राट भी क्यों? अजातशत्रु एकछत्र सम्राट से कम होकर नहीं रह सकता। पिता को उसने पिता स्वीकारा ही नहीं। पहले ही दिन से ये तेवर था, कि साम्राजी सिंहासन पर केवल वही बैठ सकता है। श्रेणिक को हट जाना पड़ेगा। ब्राह्मण मन्त्री वर्षकार की कूटनीतिक प्रतिभा का सहारा लेकर वह पिता के विरुद्ध अनेक षड्यन्त्र रचने लगा। आसमुद्र आर्यावर्त का चक्रवर्ती सम्राट होने की महत्त्वाकांक्षा से प्रेरित होकर, अजातशत्रु ही मगध और वैशाली का वर्षों-व्यापी युद्ध लड़ रहा था। श्रेणिक तो लीला-पुरुष थे। साम्राज्य से अधिक उन्हें सुन्दरी में रस था। वे सम्राट कम, प्रेमिक अधिक थे। उस अजित विक्रम बाहुबली ने युद्ध भी खेल-खेल में ही जीते। पृथ्वी भी प्रिया की तरह ही उसे सहज समर्पित होती गयी।

...अजात की निरंकुश सत्ता-वासना ने ही चम्पा को आक्रान्त कर, उसके अधिपति श्रावक-श्रेष्ठ महाराज दधिवाहन को विषकन्या के प्रयोग से मरवा दिया। फिर उसने राजगृही के समान्तर ही चम्पा में अपना साम्राजी सिंहासन बिछाया, और पिता की अवहेलना कर अपने ही को मगधेश्वर घोषित कर दिया। आज जिनेश्वरों की चिरकालीन लीला-भूमि चम्पा में, क्रूर पाशवी सत्तामद का लोहा बज रहा है।...

अजात के मन में गहरी खुन्नस है, कि राजगृही के सिंहासन पर महावीर आसीन हैं! पिता को तो दाँत टूटा छूँछा सर्प समझकर उसने, सम्राट की अवहेलना कर दी है। लेकिन मगध के सिंहासन पर महावीर? यह क्या बला है?...

इस बला से मगधेश्वर अजातशत्रु कभी-कभी अपने एकान्त में काँप उठता है।...

...चेलना की आँखें भर आयीं। वह प्रार्थना में गुनगुनायी :

"प्रभु, तुम्हारी सदा ही प्रियपात्र रही हूँ मैं। फिर भी तुम्हारी चेलना की कोख ऐसी विषम, कि उसमें से आर्यावर्त का विनाश जन्मा है! उसमें से उलंग सत्ता-मद जन्मा है। मैं अमानुषिक षड्यन्त्र, युद्ध, हत्या, रक्तपात की जनेत्री? यह तुम्हारी कैसी कृपा है?"

और 'सर्व-ऋतु वन' के सघन में से उत्तर सुनाई पड़ा :

"महावीर की जनेत्री जिस कोख को होना है, उसे इतिहास के इस सारे रक्त-स्नान और अग्नि-स्नान से तो गुजरना ही होगा!"

...सहसा ही किसी उपस्थित की पावन मलयज देह-गन्ध में चेलना का प्राण मुक्त होकर तैरना लगा।

वह सर्वनाम पुरुष कौन

श्रीभगवान इधर कई महीनों से फिर मगध में ही विहार कर रहे हैं। इस समय वे राजगृही से उत्तर में एक योजन पर, कांचनार-वन चैत्य में समवसरित हैं।

एक दिन अपराह्न को श्रेणिकराज देवी चेलना के संग, 'अमितवेग' रथ पर चढ़कर अर्हन्त महावीर के वन्दन को गये। प्रभु की आँखों में उस दिन एक रहस्य करवट बदलता दीखा। श्रेणिक को लगा, कि चेलना के आँचल से हर समय चिपटे सम्राट-बालक को वे प्रभु कुतूहल से देखते रह गये हैं। कोई भर्त्सना नहीं है। पर मानो पूछ रहे हैं : "आखिर कब तक, वत्स? एक पर्याय से जो इतना तन्मय हो गया है, उसका स्वप्न टूटना ही है।...पर तेरा स्वप्न टूटकर भी, महत्तर स्वप्न में उत्तीर्ण हो जाएगा, राजा। क्योंकि तू मँझधार में है, लेकिन अपने तट पर भी अवस्थित है। सम्यक्-दर्शी को बन्ध हो सकता ही नहीं। हर पल संवर है, फिर निर्जरा है। कर्म रज झड़ रही है। तेरी आसक्ति भी मुक्ति ही हो सकती है, राजन्!"...

सायाह्न में श्रेणिक और चेलना राजगृही को लौट रहे हैं। शिशिर ऋतु की सन्ध्या में शीत गहरा होता जा रहा है। हिमवान् में बर्फ पड़ी है। सो मैदान में भी अस्थि-बेधक तीखी ठंडी हवाएँ चल रही हैं। उनमें झड़ते वृक्षों के पत्ते उड़ रहे हैं। सारी वनानी में सूखे पत्तों की जाजिम-सी बिछ गयी है। उसमें से एक खास तरह की सूखी पत्राली गन्ध उठ रही है। दूर-दूर तक फैले ठूँठों के बियाबान। नंगी सफेद शाखाओं में विचित्र आकृतियों का आविर्भाव। पत्रहीन दिगम्बर पेड़ों के व्यक्तित्व, कितने सजीव, विलक्षण और सांकेतिक हैं। पतझड़ के इस विनाश में भी किसी नये उत्पाद की सूचना है। सारी वनभूमि में स्तब्ध सफेदी व्याप्त है।

तेज हड़कम्पी हवाओं में खड़खड़ाते पेड़ों के पार, गाँव-पुरवे थरथरा रहे हैं। दीन-दरिद्रों के नंगे-अधनंगे बालक अपने द्वारों पर खड़े धूज रहे हैं, दन्तवीणा बजा रहे हैं। और ऊपर घिरी आ रही है शीत-पाले की रात। देवी चेलना का मन उन बालकों के लिए कातर हो आया। क्या अपराध है, इन छौनों का? पूर्वार्जित कर्म-बन्ध? पर क्या मनुष्य का कर्तृत्व उससे बड़ा नहीं? नहीं तो फिर मोक्ष का पुरुषार्थ किसलिए?...और राजा को इन बेबस थरथराते बालकों की दन्त-वीणा में, अपना सुखद ऊष्म शिशिर-कक्ष याद हो आया। उसे लगा कि गर्म मुलायम केशर-बसी सेज का सुख कितना झूठा, अनिश्चित है? यह नग्न थर्राता दीन बालक श्रेणिक भी तो हो ही सकता है।...और श्रेणिक वह नहीं है, न होगा कभी, या न रहा कभी, इसका लेखा किसके पास है?

इस सूखे सफेद वीराने में, कहीं-कहीं चाँवल के खेत अवश्य लहकते दीखते हैं। या फिर दूर-दूर तक फैले कई रंगों की घाँसों के वन हैं। उनमें यहाँ-वहाँ चमकते

जलाशयों का पानी जम गया है। तो वे बर्फ के सफेद आँगन-से दीखते हैं। राजा और रानी महाशीत के इस हिमानी प्रसार में अपनी इयत्ता भूल गये हैं। एक अजीब उदासी से उनके मन उन्मन हो गये हैं। सायाह्न के घिरते सायों में, कोहरा बढ़ रहा है। ठूँठों के वन उसमें अन्तर्धान होते जा रहे हैं। यह अवसान तो नहीं, ओझल होना है। और मनुष्य तो अपनी पतझड़ में ऐसा ओझल होता है, कि फिर कभी दिखाई नहीं पड़ता। पर्याय की इस अवसान-लीला से राजा बहुत अवसाद और विषाद में खो रहा। और रानी अपने ही से बिछुड़कर, किसी नये मिलन के तट पर उतरती रही।

तभी एक स्थान पर, नदी-तीर की एक कोहरे में धुँधलाती वनानी में, कोई दिगम्बर योगिराट् कायोत्सर्ग में लीन खड़े दीखे। झड़े रूँखड़ों के बीच मानो एक और हिम-श्वेत स्थाणु रूँखड़ा। तुरन्त रथ रोका गया। महाराज और देवी रथ से उतरकर शीतजयी जिन-पुरुष के वन्दन को गये। त्रिवार वन्दन कर, तीन प्रदक्षिणा दे, वे उस नग्न हिमवन्त को ताकते रह गये। शैलेशी दशा। उस दर्शन में रानी को जहाँ एक परम अवस्था का आह्लाद अनुभव हुआ, वहीं उसके भीतर बैठी नारी-माँ पसीज गयी। हिमवसन श्रमण के उस शीत परीषह को देखना उसे असह्य हो गया। वह आँखें मूँदकर केवल उनके प्रति समर्पित हो रही। श्रेणिक स्तम्भित खड़ा देखता रह गया। पास ही खड़ी प्राणेश्वरी के अंगों की ऊष्मा में लुप्त हो जाने के सिवाय, उसे बचने का कोई उपाय न दीखा।...

चेलना के शिशिर-कक्ष में माणिक्य और लोहिताक्ष रत्नों की रातुल प्रभा झड़ रही है। सारा कक्ष केसर-कस्तूरी और अम्बर से बसा हुआ है। अग्निकान्त मणि के फानूसों में केसर के इत्र के मद्धिम प्रदीप जल रहे हैं। अगुरु-कपूर की धूप से सारा वासर-कक्ष सुवासित है। दीवार तले बने आलय में चन्दन काष्ठ की अग्नि सुगन्धित तपन बिखेर रही है। द्वार-वातायन सब मुद्रित हैं। केवल दीवारों के सिरों पर जालीदार उजालदान खुले हैं, जिनसे प्राणवायु आती रहती है।

बाहर बर्छियों-सी बेधक ठंडी हवाएँ चल रही हैं। और कक्ष के भीतर हंसगर्भ और ज्योतिरस रत्नों से जटित विशाल शैया में श्रेणिक और चेलना संयुक्त सोये हैं। राजा देवी की भुजलता का सिरहाना बनाकर, उसके बाहुमूल में दुबके हैं, और उसके वक्ष पर बाँह ढाले लेटे हैं। दोनों चुप हैं, फिर भी राजा को अभी नींद नहीं आयी है, तो रानी भी उसके साथ जाग रही है। उसने स्वामी की चाह को चीन्हा। तो स्तन को करवट देकर उन्हें गाढ़ आलिंगन में बाँध लिया। राजा को वहाँ तुरन्त नींद आ गयी। चेलना का मन बाहर की शीत हवाओं में उड़ता हुआ, पिछले सायाह्न के यात्रा-पथ में भटक रहा है। और जाने कब उसे भी नींद आ गयी।

गहरी नींद में भी चेलना कहीं संचेतन थी। केसर-भीने ऊष्म रेशमी आस्तरण में मानो वह विश्रान्त नहीं हो पा रही थी। सो उस बेचैनी में उसका एक हाथ आच्छादन से बाहर निकल आया। आलिंगन अनायास छूट गया। बिच्छू के काँटे जैसी दु:सह शीत ने रानी के हाथ को छू दिया। चेलना की नींद औचक ही उड़ गयी। ठंड की आक्रान्ति से सीत्कार करते हुए उसने, फिर अपना हाथ आच्छादन में सिकोड़ लिया और राजा के हृदय में मन की तरह स्थापित कर दिया।

...ठीक तभी उसे याद हो आये वे मुनीश्वर, जो राह में नदी तीर के ठूँठ-वन में, निर्वसन निरे ठूँठ-से ही खड़े थे।...अब भी तो वे वहाँ वैसे ही खड़े होंगे। हिमानी और शीत के झकोरों के बीच वैसे ही अकम्प। प्रतिमासन में कायोत्सर्गलीन। अपने केसर-कस्तूरी बसे आस्तरण और प्रिय के आलिंगन की ऊष्मा में भी देवी बिसूर उठीं। भान न रहा, और बरबस ही उनके मुख से अस्फुट-सा उच्चरित हुआ :

"हाय, उनका क्या हुआ होगा? वे कहाँ, किस अवस्था में होंगे!"

और इसके साथ ही चेलना किसी गहरी योग-तन्द्रा में लीन हो गयी।...लेकिन रानी के उक्त अस्फुट वचन से राजा की नींद उचट गयी थी। उसने वह वाक्य सुन लिया था। उसके हृदय में वह वचन संशय का तीर बनकर चुभ गया। "...मेरे बाहुपाश में लेटी मेरी अभिन्न चेलना को यह किसकी चिन्ता व्याप गयी? मेरे सिवाय भी उसका कोई ऐसा घनिष्ट प्रियजन है?" 'हाय, उनका क्या हुआ होगा?'...यह 'उनका' सर्वनाम राजा के हृदय में वृश्चिक की तरह दंश करता चला गया।...अवश्य ही यह किसी पर पुरुष में अनुरक्त है। राजा की नसों में ईर्ष्या के हरे विष की लहरें दौड़ने लगीं। उसमें प्रतीति जागी : स्त्री में प्रीति रखनेवाला कोई भी संचेतन पुरुष ईर्ष्या की नागिन से नहीं बच सकता। राजा शेष रात जागता ही पड़ा रह गया। उसका मन-मस्तिष्क इतना उलझ गया, कि सारा जगत् उसे असूझ होता-सा लगा। और रानी निश्चिन्त गाढ़ निद्रा में मग्न सोयी थी।

राजा बड़ी भोर ही चुपचाप उठ बैठा। जल्दी से तैयार होकर गोपन राजकक्ष में उपस्थित हुआ। उसने तत्काल अभय राजकुमार को बुलवा भेजा। बात की बात में अभय आ उपस्थित हुए। राजा का पुराना सत्ता-दर्पित सम्राटत्व लौट आया। वह तड़ककर बोला :

"आयुष्मान अभय, कान खोलकर सुनो। मेरे अन्त:पुर में दुराचार फैल रहा है। नारी-लोक की यही अन्तिम नियति है। इस रात वह घटस्फोट हो गया।...अभय, तुरन्त मेरे अन्त:पुर के सारे प्रासादों में आग लगवा दो। देखो कि वे बेनिशान जलकर राख हो जाएँ।"

"तात की आज्ञा अटल है। वह पूरी होगी ही!" कहकर अभय राजकुमार एक अजीब हास्य-कौतूहल की मुद्रा में एकटक राजा को देखता रह गया। अपने

भुवनजयी सम्राट-पिता का यह बालक रूप उसके लिए नया तो नहीं था।

"अविलम्ब आज्ञा का पालन हो, अभय! हम अभी बाहर जा रहे हैं।"

कहकर राजा आँधी की तरह झपटता हुआ, राज-कक्ष से बाहर हो गया। व्युत्पन्न-मति अभय को युक्ति सूझने में देर न लगी। वह सीधे वहाँ से निकलकर अन्तःपुर के पश्चिमी पार्श्व में गया। वहाँ हस्तिशाला के चौगान में जो बहुत सारी जीर्ण कुटियाएँ मुद्दत से वीरान पड़ी थीं, उनमें तुरन्त हस्तिपाल से आग लगवा दी। पल मात्र में घास-फूस भभक उठा। लपटों और धुएँ से सारे अन्तःपुर आच्छन्न होकर खलभला उठे। गवाक्षों से भय की चीखें सुनाई पड़ीं : आग...आग...आग। हंगामा मच गया।

चेलना जब ब्राह्म बेला में आदतन जागी, तो महाराज को शैया में न पाकर सोच में पड़ गयी।..."ऐसा तो कभी होता नहीं, कि शैया त्याग से पूर्व ये मेरी गोद में सर रखे बिना उठे हों। मेरे स्पर्श के बिना तो जगत् और समय इनके लिए शुरू नहीं होता।"...कि सहसा ही 'आग-आग' की चीख-पुकार सुनकर वह भी एक-स्तम्भ प्रासाद की सबसे ऊँची बुर्ज पर आयी। उसने देखा कि जीर्ण झोपड़-पट्टी धाँय-धाँय सुलग रही हैं। और उन लपटों के पार, अन्तःपुरों की चीखों के पार, बाहर के राजमार्ग पर महाराज स्वयं अपना रथ वायु वेग से फेंकते हुए, दूर के मोड़ पर ओझल हो गये। "...मुझसे कहे बिना आज ये कहाँ पलायन कर गये! प्रभु से मिलने के बाद बिना चेलना के ये कहीं भी तो नहीं जाते। और आज जगाये बिना, कहे बिना ही चले गये? कहाँ गये होंगे...?" चेलना बुर्ज-गवाक्ष पर निश्चल उदासीन खड़ी शून्य ताकती रह गयी।...

•

श्रेणिक बेतहाशा उत्तेजित था। उसके क्रोध, ग्लानि, क्षोभ और विरक्ति परा सीमा पर थे। वह अपने मनोवेग की गति से ही रथ हाँक रहा था। उसके अस्तित्व का आयतन आज धूलिसात् हो गया था। उसकी धरती छिन गयी थी। उसका आकाश विदीर्ण हो गया था।

उस आवेग में एक तीखे डंक के साथ उसे याद आ रहा था : चेलना के बिना तो वह कभी भगवान के पास गया नहीं था! आज वह 'कांचनारवन चैत्य' की राह पर अकेला ही धावित था।..निदान यहाँ कोई किसी का नहीं। तो क्या भगवान के पास अकेले ही जाना होगा?...

...'कांचनार चैत्य' के समवसरण में प्रभु का वन्दन कर श्रेणिक मनुष्य-प्रकोष्ठ में उपविष्ट हुआ। पर वह पारे की तरह चंचल है। बैठा नहीं जा रहा है। और प्रभु नितान्त मौन हैं। एक अखंड सन्नाटा छाया है।...क्या प्रभु ने उसे और उसकी वेदना

को अनदेखा कर दिया? कि अचानक सुनाई पड़ा :

"तुम चेलना में महावीर देखते रहे, राजन! तुम्हें महावीर की अस्मत पर सन्देह हो गया?"

श्रेणिक को लगा, कि उसके मनोसर्प के विषदन्त को किसी ने पल-मात्र में तोड़ दिया है।

"स्त्री-पुरुष का भेद ही चेलना की चेतना में नहीं, राजन्। सो उसके लिए पर-पुरुष या पर-नारी का अस्तित्व ही नहीं। किसी भी पर में वह रम सकती ही नहीं। वह उसका स्वभाव नहीं, चरित्र नहीं। स्वकीया और परकीया के भेद से वह ऊपर है। वह एक और अनन्य आत्मा है। एक और अनन्य में ही वह निरन्तर रम्माण है। अन्य उसका कल्प ही नहीं।"

"फिर वह किसकी चिन्ता में पड़ी थी, आधी रात, भगवन्? 'उनका' क्या हुआ होगा?...यह सर्वनाम पुरुष कौन?"

"नदी तीर के रूँखड़ों में रूँखड़ा हो गया मुनि तुमको प्रिया के बाहुपाश में भूल गया, राजन्! महावीर के उस प्रतिरूप को चेलना न भूल सकी! प्राणिमात्र की वेदना से संवेदित चेलना, शीत परीषह झेलते योगी के तप में सहभागिनी हो गयी। चेलना निरी व्यक्ति नहीं। कहीं वह वैश्विकी है, राजन्।"

"मुझसे भारी भूल हो गयी, भगवन!"

"और जानो राजन्, प्रीति में जहाँ अधिकार-वासना है, वहाँ संशय, ईर्ष्या, बिछोह अनिवार्य है। स्व-भाव अधिकार की पकड़ से बाहर होता है। यह स्वभाव नहीं, कि कोई किसी को बाँध सके। यह स्वभाव नहीं, कि तू चेलना में परिणमन कर सके, और चेलना तुझमें परिणमन कर सके। ऐसा विभावरूप परिणमन जब होता है, तो उसका एकमात्र परिणाम होता है, दुःख, वियोग, विषाद।"

राजा को लग कि उसके अवचेतन की कई अँधेरी खोहें उजाले से भर रही हैं। कई फन्दे, जाले, ग्रन्थिजाल कट रहे हैं। राजा प्रभु को इकटक इकसार ग्रहण करता रहा।

"और सुनो श्रेणिक, यदि आर्हती चेलना पर-पुरुषगामी है, तो अर्हन्त महावीर पर-स्त्रीगामी है! चेलना के अंगांग में महावीर का स्पर्श-सुख पाने वाले राजा, सुन, तू अर्हत् में कलंक देख रहा है?..."

"क्षमा करें नाथ, क्षमा दें मुझ अज्ञानी को, मुझे ऐसे जघन्य अपराध के नरक में न डालें।"

"अपना नरक तो तू आप ही रच रहा है, श्रेणिकराज! महासत्ता ने तुझे अमृत-कुम्भ दिया, और तूने उसे माटी में डाल दिया!"

"प्रभु, मैं निःशंक हुआ। मैं आपे में आ गया। मुझे और प्रतिबुद्ध करें।"

"लिंगातीत है आर्हती चेलना। फिर भी उसने अपनी पर्याय से तुम्हें सारभूत नारीत्व का सुख दिया। महाभाग हो तुम, कि वह जन्मजात योगिनी, तुम्हारी आत्म-सहचरी और भोग्या रमणी एक साथ होकर रही। भोग में ही उसने तुम्हें योग का सुख दिया। धर्म और काम दोनों में उसने तुम्हें सार्थक किया। उस आकाशिनी ने तुम्हारा बाहुबन्ध स्वीकारा। अपने आश्लेष में तुम्हारी देह को ही गलाकर, उसने तुम्हें आत्म-रमण का सुख अनुभव करा दिया। असम्भव को उसने सम्भव बनाया तुम्हारे लिए। फिर भी तुम चेलना को पहचान न सके, राजन्। इसी से तो तुम उसे साँसों से समीपतर लेकर भी पा न सके। बिछुड़े ही रह गये। ममत्व जब तक है, तब तक वियोग है ही। समत्व में ही अविच्छेद्य मिलन सम्भव है।..."

"*बुज्झह बुज्झह श्रेणिकराज!* अपने में एकाकी, अनालम्ब रह राजन्। तो चेलना और सारा जगत् निमिष मात्र में तेरा हो रहेगा। काल से परे, सब कुछ सदा तेरा!"

राजा को लिंग-छेद और योनि-छेद का एक बुनियादी आघात अनुभव हुआ। और एक अनिर्वच शान्ति में वह विश्रब्ध होता चला गया।

...आह्लादित भाव से रथ पर चढ़ते ही, राजा को याद आया : "ओह, क्या सच ही अभय राजकुमार ने अपनी माँओं के सारे अन्तःपुरों को जलाकर भस्म कर दिया होगा? हा हन्त, अनर्थ...अनर्थ...अनर्थ! अर्हन्त, अर्हन्त, रक्षा करें, रक्षा करें...। लाज रखें, त्राण करें नाथ, वैतरणी भी मुझे डूबने को ठौर न देगी।..."

और राजा मानो काल के चक्र-नेमि को झँझोड़ता-उखाड़ता हुआ, अवकाश के बाहर अपना रथ फेंक रहा था।

श्रेणिक लौटकर सीधा अपने निजी राज-कक्ष में गया। तत्काल अभय कुमार को तलब किया गया।...अविलम्ब उपस्थित होकर अभय राजकुमार पिता के समक्ष दंडवत में नत हो गया।

"क्या तुमने सच ही मेरी आज्ञा का पालन किया, अभय?"

"मगधनाथ श्रेणिक की आज्ञा तो तत्त्व तक नहीं टाल सकते। फिर मेरी क्या बिसात, बापू!"

"नराधम, पिशाच, मातृ-हत्यारे, मेरे सामने से हट जाओ! अपनी माँओं को जलाकर भस्म कर दिया तुमने?"

राजा को मूर्च्छा के हिलोरे आने लगे। लेकिन उधर अभय अपनी चंचल हँसी को दबाकर, गम्भीर मुद्रा में बोला :

"देख आऊँ, तात, भस्म हो गयी कि नहीं?"

"निर्लज्ज, ऐसा महापातक करके भी परिहास कर रहा है रे? तू स्वयं ही क्यों न उस अग्नि में कूदकर भस्म हो गया?"

"कूद पड़ा था, बापू, लेकिन पता नहीं कैसे उन लपटों में भी मैं चलता रहा। तो उन ज्वालाओं ने मुझे छुआ नहीं। और मैं पार निकल आया। अब बताएँ आप ही मेरा क्या दोष?"

"और तुम्हारी माताएँ?"

"तात की आज्ञा थी, अन्तःपुरों में आग लगा दो। मैंने लगा दी। फिर मैं ही कूद पड़ा उसमें। आपके आदेश होने से पूर्व ही, मैंने उसका पालन कर दिया! फिर देखता कौन, कि कौन जलकर भस्म हुआ और कौन नहीं?"

"तो तुम्हारी माताएँ? कहाँ हैं वे?"

"कहीं तो होंगी ही वे महासतियाँ! उन्हें कौन-सी आग जलाकर भस्म कर सकती है?"

"अभयकुमार, पहेलियाँ न बुझाओ। जो हो, सच-सच कहो। यदि तुम्हारी माँएँ जल गयीं, तो तुम्हें भी इस वक्त जिन्दा जलवा दूँगा।"

"आग तो अभी भड़क ही रही है, बापू। मुझे अभी इसी वक्त ले जाकर, उसमें झोंक दें। मैं बहुत कृतज्ञ हूँगा!"

"जिन माँओं को तुमने स्वयं अभी महासतियाँ कहा, उन्हें तुमने जलाकर भस्म कर दिया? मेरा वचन कुछ हो, तुम्हारा भी तो कोई विवेक होगा। मेरी आज्ञा ही तुम्हारी आत्मा है क्या?"

"मेरे साथ चलकर अपनी आँखों देखें, भन्ते तात। देखें कि आपकी आज्ञा और मेरी आत्मा एक हैं या दो हैं।"

ना कुछ समय में ही अभय के साथ राजा परेशान, भयभीत, पसीने-पसीने अन्तःपुर के प्रांगण में आ पहुँचे।...अन्तःपुरों के महल अक्षुण्ण खड़े थे। और हस्तिशाला के चौगान में दूर तक फैली जीर्ण झोंपड़पट्टी जल रही थी। देखकर राजा के आनन्द की सीमा न रही।

"अभय, क्या जलाया, किसे जलाया तुमने?"

"जो जीर्ण और ध्वस्त था, जो जड़ और मृत था, उसे जला दिया। जो भ्रष्ट और व्यभिचारित था, उसे खाक हो जाना पड़ा। ये परित्यक्त पर्ण-कुटीरें दास-दासियों के छुपे व्यभिचार का अड्डा हो गयी थीं, महाराज!"

"मेरी आज्ञा का ठीक पालन किया तुमने, बेटे!"

"अठीक मुझसे कुछ हो ही नहीं पाता, बापू। भावी तीर्थंकर श्रेणिकराज के शब्द का नहीं, सारांश का ही अनुसरण करता हूँ मैं। भाव ही तो भव है, तात!"

"तो तुम्हारी माताएँ नहीं जलीं?"

"महलों में जाकर एक बार पता कर आऊँ, देव, जल गयीं कि जीवित हैं?"

और अभय दुरन्त क्रीड़ा-चपल होकर हँस पड़ा। राजा मानो नया जन्म पाकर, नयी आँखों दुनिया को देखने लगा। यह कैसा भव्य भवान्तर हुआ है, उसका, इस एक ही जीवन में। कितने तो भवान्तर हो गये, इस एक ही आयुष्य-विस्तार में! इससे बड़ा चमत्कार और क्या हो सकता है?

"तुम अनुत्तर हो, आयुष्यमान्, बेटे राजा। मैं मगध के सिंहासन पर एक बारगी ही धर्म-चक्रवर्ती और कर्म-चक्रवर्ती को देखना चाहता हूँ। महावीर केवल तुम्हारे भीतर बैठकर मेरी इस ससागरा पृथ्वी पर राज्य कर सकते हैं। इस खुशी में हाँ कहो, तो तुम्हारे राज्याभिषेक की तैयारियाँ करूँ!"

"मैं तो अभिषिक्त ही जन्मा हूँ, तात। मेरा सिंहासन तो आर्यावर्त के चलते राजमार्गों पर बिछा है। लाख-लाख जन का मनोरंजन करता हूँ, उनकी रक्तधारा में अपनी रक्तधारा मिलाकर जीता हूँ। मैं तो केवल खेलता हूँ, तात। अपना खेल छोड़, गम्भीर मुँह बनाकर किसी ठरी-ठाम सिंहासन पर कीलित होना मेरे बस का रोग नहीं, महाराज!"

"हो तो उसी बाप के बेटे, जो केवल खेल-खेल में ही युद्ध लड़ता रहा, दिग्विजय करता रहा, विलास करता रहा, प्यार करता रहा, राज करता रहा। इतना दुरन्त, इतना चपल कि किसी भी पर्याय पर रुका ही नहीं। बस, खेल, खेल और खेल!"

"अन्तःपुरों को भस्म करवाने का यह नया खेल भी आज ही तो खेला आपने, बापू! मेरे पिता का भी संसार में जोड़ नहीं!"

"तो मेरे बेटे अभयराज का भी यहाँ कौन जोड़ है?"

और उठकर राजा ने भावावेश में बेटे को छाती से भींच-भींच लिया। फिर वे तुरन्त चेलना के महल में गये।

"देवता, आज पहली बार बिना कहे, अकेले ही चले गये, प्रभु के पास? मुझसे ऐसी क्या खता हो गयी?" भर आती-सी चेलना बोली।

राजा से बोला न गया। बड़ी देर तक रानी के एक-एक अंग को निरतिशय मृदुभाव से सहलाते, चूमते रहे। और फिर देवी को अपनी बाहुओं में निःशेष करते हुए बोले :

"खता तो तुम्हारी इतनी बड़ी है, देवि, कि दुनिया में उसकी सजा नहीं कोई!"

"मैं तजवीज कर दूँ सजा?"

"सुनूँ तो!"

"मेरा त्याग कर दो, और जानो कि तुम कौन हो, मैं कौन हूँ!"

"वही तो करके चला गया था, लेकिन..."

"लेकिन क्या? लौट आये तो इस परपुरुष-गामिनी के पास?"

चेलना के कंठ-स्वर में एक साथ रुलाई और हँसी रणकार उठी। राजा ने उस महीयसी के जुड़े जानुओं को अपनी दोनों बाँहों में कसकर, उन पर माथा ढालते हुए कहा :

"आज तक मेरे अत्यन्त निर्घृण पाप-दोषों तक को तुम सदा क्षमा करती आयीं। एक बार और मुझे माफ कर सकोगी?"

"देवता, अब और अपनी आत्मा को अपमानित न करो। तुम्हारी चेलना क्या वही नहीं?"

और वे दोनों भाव के एक ऐसे सरोवर में जातरूप क्रीड़ा करने लगे, जहाँ दो आत्माएँ एक-दूसरे में अप्रविष्ट रह कर भी, और अप्रविष्ट नहीं रहकर भी, अनायास सदा स्वभाव में क्रीड़ायमान रहती हैं।

आम्रफल का चोर

राजगृही के दक्षिणी उपान्त में एक उपनगरी है, 'मनोवती'। वहाँ मगध के कई श्रेष्ठ गुणीजन और कलावन्त रहते हैं। वहीं रहता था, विद्या-सिद्ध मातंगपति। था तो वह चांडाल, लेकिन चर्या से वह ब्राह्मण था। उसे अनेक दैवी विद्याएँ सिद्ध थीं। वह शीत ऋतु में नदी-कछारों में बैठकर, जल में उतरकर, विषैले जन्तुओं से भरी विजन कन्दराओं में आसन जमाकर, विद्या-साधन करता था। ऐसे समय उसे कई औपपातिक देवों और यक्षियों के दर्शन हो जाते। उनसे उसे सीधे कई बीजाक्षर प्राप्त हुए हैं। उनके बल वह वर्षा कर सकता है, अन्तरिक्ष में विचर सकता है, जल पर और अग्नि में चल सकता है। सात तालों में रखी चीज उड़ा सकता है। एक नगर से पूरा मन्दिर या भवन उठाकर रातोंरात दूसरे नगर में ले जाकर रोप सकता है। कई भवजनों की अनेक आधि-व्याधि वह दूर कर देता है। किंवदन्ती है कि उसे वैताढ्य की विद्याधर नगरियों के कई विद्याधरों से भी अचिन्त्य विद्याएँ प्राप्त हुई हैं।

मातंग की पत्नी सारिका सचमुच ही वन में मैना के गीत जैसी मीठी आवाज वाली है। है तो वह कृष्णागुरु जैसी काली, लेकिन उसके अंग-अंग में नवीन आम्र-पल्लव की स्निग्धता और लौनापन है। घने पल्लवों से छायी बावली जैसी वह गम्भीरा है। उस बार कार्तिक मास में वह गर्भवती हुई। तो माघ-पूस में उसे दोहद* पड़ा कि वह डाल-पका ताजा तोड़ा आम्रफल खाये। उसने अपने पति से कहा, "मुझे ताजा आम तोड़ लाकर खिलाओ, और मेरी साध पूरो।"

मातंग ने कहा, "सारिके, विचित्र है तुम्हारा दोहद, अकाल में आम कहाँ से आये?"

"अजी तुम तो विद्याधर हो। माटी की चिमटी से मनमाँगी चीज बना सकते हो। मुझे बे-मौसम आम तक नहीं खिला सकते!" और सारिका मंजीर-सी हँस पड़ी।

"सो तो तारा तोड़ लाऊँगा, सारिके। तुम्हारी हर साध पूरी होगी ही।"

मातंग ने सारी विद्याएँ चुका दीं। लेकिन यह क्या हुआ, कि वह आम्रफल उपलब्ध न कर सका। उसे लगा कि किसी दूसरे महासिद्ध की शक्ति इस समय काम कर रही है, तभी तो उसकी विद्याएँ व्यर्थ हो गयी हैं। मातंग ने बड़े खिन्न स्वर में यह बात सारिका को बतायी। सारिका फिर वैसे ही खूब जोर से खिलखिला पड़ी। बोली :

"अय विद्यापति, चोरी कर सकोगे?"

"तुम्हारे लिए दुनिया उलट सकता हूँ, सारिके।"

"तो सुनो, महादेवी चेलना के 'सर्व-ऋतु वन' में एक सुन्दर आम्रकुंज है। वहाँ देवी प्रायः अकेली रमती हैं। वहीं उनके एक प्रिय आम्रवृक्ष की डाल पर अभी उत्तम आम्रफल पक आया है। कल वह देवी की गोद में अपने आप चू पड़ेगा। वे उसे अर्हत् को नैवेद्य कर अपने स्वामी श्रेणिक को खिलाएँगी। वही आम चुरा लाना होगा, मातंग। वहाँ प्रवेश सहज नहीं। पंचशैल पहरा देते हैं। चुरा ला सकोगे आधी रात वह आम्रफल?"

"कल सबेरे वह आम तुम्हारी हथेली पर होगा, सारी। अब मुझे जाना होगा।"

मातंगपति विपल मात्र में आँख से ओझल हो गया। सारिका काँप उठी : "हाय, मेरा कैसा दोहद, कहीं ये आपदा में न पड़ जाएँ!"...ठीक मझ रात में मातंग सारी बाधा पार कर उस आम्रकुंज में पहुँच गया। और जैसे ज्योतिषी नक्षत्रों को ताकता है, वैसे ही वह उस आम्रफल को टोहने लगा। लेकिन फल बहुत ऊँची डाल में कहीं छुपा था, और वृक्ष पर चढ़ना साध्य नहीं था। डाल-पात खड़कने से वनपाल का भी डर था। एकाएक एक फल कहीं शनि ग्रह-सा चमक उठा। तब मातंग ने 'अवनामिनी' विद्या से ऊँची आम्र डाल को नीचे तक झुकाकर वह दिव्य फल और अन्य बहुत से आम झटपट तोड़ लिये।

इधर सबेरे मातंग ने वह आम्रफल सारिका को खिलाकर उसकी साध पूरी, और उधर देवी चेलना अपने आम्रकुंज में आयीं। उन्होंने देखा कि वह दिव्य आम्रफल किसी ने तोड़ लिया है। सारे आम्रकुंज को जैसे किसी ने लूटा है, और वह वाटिका मानो भ्रष्ट चित्रोंवाली चित्रशाला जैसी अप्रीतिकर हो पड़ी है। रानी ने जाकर महाराज को बताया, कि यह असम्भव कैसे घट गया? महाराज ने तुरन्त सारे मन्त्रों के

मन्त्रीश्वर अभय राजकुमार को बुलवाकर आज्ञा दी, कि :

"जिसका पग-संचार भी देखने में नहीं आता, आम्रफल के उस चोर को खोज लाना होगा, अभय। जिस चोर की ऐसी अतिशय अमानुषी शक्ति है, वह कभी अन्तःपुर में भी तो प्रवेश कर सकता है।"

"कुछ दिन का समय दें, बापू, चोर स्वयं यहाँ हाजिर होकर, चोरी स्वीकार लेगा।"

और उसी पल से अभयकुमार चोर की खोज में दिवा-रात्रि राजगृही और उसके परिसर-वर्ती ग्रामों को छानने लगा। एक बार कहीं राजगृही के एक चतुष्क-चत्वर पर संगीत-नाटक चल रहा था। कौतूहलवश अभय राजा भी उस लोक-जनों की भीड़ में बैठकर नाटक देखने लगे। योजकों की नजर पड़ते ही अभय पहचान लिए गये : मगध के जेठे राजपुत्र, मन्त्रीश्वर अभय कुमार! लोगों ने नहीं माना, और अभय को रंगमंच के पास ही उच्चासन पर बैठना पड़ा।

...इस बीच मध्यान्तर हो गया। उस अवकाश में प्रेक्षकों की भीड़ बेचैन हो रही थी। अभय को तुक्का सूझ गया : वे कथा सुनाकर श्रोताओं का मन-रंजन करेंगे। कथा कहने में अभय का जोड़ कहाँ मिलेगा? कहीं से भी शुरू कर देते हैं, और विचित्र रसीली, रहस्यभरी कथा चल पड़ती है। श्रोता सम्मोहित हो रहते हैं। अभय तो सर्व-विद्या पारंगत हैं। कत्थक कथाकार, नट, बहुरूपी, गुप्तचर, गन्धर्व, नाट्य-संगीत-नृत्य के विशारद। मगधेश्वर के गोपन मन्त्री। लेकिन राहचारी। रथ जरूरी नहीं। मामूली आदमी की तरह महानगर राजगृही की राज-रथ्याओं पर जन के साथ कन्धा रगड़कर चलते दिखाई पड़ते हैं। कई बार चीन्हा तक नहीं जा सकता।

एकाएक अभय राजा की कौतुकी आवाज सुनाई पड़ी :

"अच्छा नगर-जनो, सुनो, एक कहानी सुनाता हूँ।"

विशाल जन-मेदिनी स्तब्ध हो गयी। और अभय कहानी सुनाने लगे :

"वसन्तपुर नगर में जीर्ण श्रेष्ठी नामक एक अति निर्धन सेठ रहता था। उसके एक कन्या थी, जो वर के योग्य वयवती हो गयी। उत्तम वर पाने की साध लेकर, वह बाला कामदेव की पूजा के लिए किसी उद्यान में से चोरी-चोरी फूल तोड़कर लाने लगी। एक दिन उद्यानपालक ने निश्चय किया, इस पुष्प-चोर को पकड़कर ही चैन लूँगा। वह आखेटक की तरह झाड़ियों में छुपकर निगरानी करने लगा। बाला नित्य की तरह, विश्वासपूर्वक बेखटक आकर फूल तोड़ने लगी। वह अतिशय रूपवती थी। देखकर माली कामातुर हो गया। सो तत्काल प्रकट होकर काँपते-थरथराते हुए उसने कन्या को पकड़ लिया। पुष्प-चोरी का कोप भूलकर वह घिघियाते हुए कामार्त कंठ से प्रणय निवेदन करने लगा : 'हे सोनजुही बाला, तू कौन? तेरा नाम क्या?...' और वह उसका पाणि-पीड़न करने लगा। चकोर कन्या

बोली, 'हाँ वही सोनजुही, यही तो मेरा नाम है। तूने कैसे जाना, हे उद्यानपाल?' और लड़की खिलखिल हँसने लगी।

—"उद्यानपालक का रक्त आँखों में खेलने लगा। वह बोला : 'हे सोनलवर्णी, मैं तुझसे रति-क्रीड़ा करना चाहता हूँ, सो तू मुझे रति सुख देकर तृप्त कर। तुझे इस फूल-वाटिका की स्वामिनी बना दूँगा। मैं तुझे छोड़ नहीं सकता। मैंने अपने पुष्पों से तुझे खरीद लिया है।' सोनजुही बोली : 'ओ माली, तू मुझे अभी छूना नहीं। मैं अभी कुँवारी हूँ, सो अभी पुरुष के स्पर्श के योग्य नहीं।' आरामिक बोला : 'जो ऐसा है, तो हे सुन्दरी, मुझे वचन दे कि परण (ब्याह) जाने पर तू सर्वप्रथम अपने शरीर को मेरे भोग का पात्र बनाएगी।' कन्या ने वचन दिया कि वही होगा। सो माली ने उसे छोड़ दिया।

—'कन्या अपना कौमार्य अक्षत रखकर घर लौट आयी। अन्यदा एक उत्तम पति के साथ उसका विवाह हो गया। अनन्तर जब वह वासर-गृह में गयी, तो उसने अपने पति से कहा, 'हे आर्यपुत्र, मैंने एक मालाकार से प्रतिज्ञा की है कि ब्याह कर मैं प्रथम संग उसी के साथ करूँगी। मैं वचन से बँधी हूँ, सो मुझे आज्ञा दें कि मैं उसके पास हो आऊँ। एक बार उससे संग करने के बाद तो आजीवन मैं तुम्हारी ही भोग्या दासी होकर रहूँगी।' सुनकर उसका पति विस्मय से स्तब्ध हो रहा : अहो, यह बाला कैसे शुद्ध हृदय वाली है। कैसी सरला है। सचमुच शुद्ध सोने जैसी है यह सोनाली। पतिप्राणा होकर भी, पर-पुरुष को दिये वचन को पालने में समर्थ हो सकी है।...पति ने उसे आज्ञा दे दी, और वह वासर-गृह में से बाहर निकल पड़ी।...

"—रात के मध्य प्रहर में, विचित्र रत्नाभरणों से दमकती, वह रूपसी सत्यवचनी बाला मार्ग में चली जा रही थी। तभी कुछ धनकामी चोरों ने उसे टोका और रोक लिया। सोनाली उस माली की कथा सुनाकर उनसे बोली : 'मेरे चोर-भाइयो, जब मैं अपना वचन पूरा कर लौटूँ, तब तुम खुशी से मेरे रत्न-अलंकार ले लेना।' माली को दिया ऐसा अपवचन निभाने जाती उस निर्दोष सत्यवती पर वे चोर भी अविश्वास न कर सके।...अच्छा है, लौटने पर ही इसे लूटेंगे। लेकिन यह तो खुद ही लुटने को तैयार है। इसे लूटने में मजा भी क्या? कोई जादूगरनी है क्या? और चोरों ने उसे जाने दिया। आगे जाने पर क्षुधा से कृश उदर वाले और मनुष्य-रूप मृगों के भोजक एक राक्षस ने उस मृगाक्षी की राह रूँध ली। लड़की ने माली की कथा दुहरा दी और कहा कि : 'जब लौटूँ तो आनन्द से मेरा भक्षण कर लेना।' राक्षस भी उसकी सत्यनिष्ठा देख विस्मित हो गया। गल आया। भरोसा कर छोड़ दिया, कि यह तो मेरा ही मधुर भोजन है, कहीं जानेवाली नहीं।

"—और सुनो लोगो, कैसी अजीब मायावती है यह कन्या सोनाली। उद्यान में पहुँचकर उसने माली को जगाया और कहा कि : 'मैं वही तुम्हारी पुष्पचोर सोनजुही

हूँ। मैं नवोढ़ा होकर, अपनी इस सुहागरात में अपने वचनानुसार पहले तुम्हें समर्पित होने आयी हूँ!'

—"सुनकर माली आश्चर्य में डूब गया : 'अहो, सचमुच ही यह सत्यवती बाला कोई महासती है।' माली कन्या के पैरों में गिर पड़ा और बोला : 'माँ, मुझे क्षमा करो। बोलो, तुम्हारा क्या प्रिय करूँ?' लड़की हँसकर बोली : 'अपनी प्रिय चाह पूरी करो मुझमें, उद्यानपाल! वही मेरी श्रेयस् है।' माली रो आया। बार-बार क्षमा माँगी और उसके चरण छूकर उसे विदा कर दिया।

"—वहाँ से लौटकर उस बाला ने राक्षस को वह बताया, जो माली के साथ घटा। सुनकर राक्षस ने सोचा—'क्या मैं उस माली से भी हीन हूँ, जो इसका भक्षण करूँगा?' उसने सोनाली को स्वामिनी मानकर सर नवाँया और जाने की अनुमति दे दी। वहाँ से लौटते वह चोरों के पास आकर बोली, 'बन्धुओ, अब तुम मेरा सर्वस्व लूट लो, मैं हाजिर हूँ।' फिर यह वृत्तान्त भी सुनाया कि माली और राक्षस ने उसके साथ कैसा सुलूक किया। चोर परस्पर बोले : 'अरे हम क्या उस माली और राक्षस से भी गये-बीते हैं, कि इस सतवन्ती भागवती को लूटेंगे?' उन्होंने सोनाली से क्षमा याचना कर कहा : 'देवी, तू तो हमारी वन्दनीया माँ-बहन है। हमें कल्याण का आशीर्वाद दे। और सुखपूर्वक अपने पति के पास लौट जा।'

"—उस वासर-कामिनी सोहागिन बाला ने लौटकर चोर, राक्षस और माली की कथा अपने पति को सुनायी। पति तो सुनकर पानी-पानी होता आया। उसके आनन्द की अवधि न रही। विपल मात्र में ही वे उस सुख-भोग में मगन हो गये, जहाँ एक दो होकर, दो फिर एक हो जाते हैं। सबेरे उठकर उसने उस सती को अपने सर्वस्व की स्वामिनी बनाकर, उसके आगे माथा झुका दिया। उत्तम वर पाने को कामदेव की पूजा के लिए फूल चुराने वाली उस सदा-कुँवारी बाला को समझ न पड़ा कि वह क्या करे। कथा के सभी पात्र कितने अजीब, दुष्कर, दुःसाध्य, अबूझ हैं, हे नगर-जनो?'

"—तो पूछता हूँ नगर-जनो, कहानी पसन्द आयी?"...उत्तर में भाव-गद्गद लोगों ने अभय राजा की जय-जयकार की। और कहा कि कहानी आगे बढ़ाओ। अभय ने कहा, "मेरी कहानी का अन्त होता ही नहीं। आगे फिर कभी सुनाऊँगा। अभी तो मेरे एक प्रश्न का उत्तर दो। सोचकर बताओ, इन सभी में सबसे दुष्कर कार्य करने वाला कौन? कन्या का पति, चोर, राक्षस या माली?" उत्तर में—जो लोग स्त्री के ईर्ष्यालु थे वे बोले : सर्व में उसका पति दुष्कर करनेवाला है, जिसने अपनी अनंग-लग्ना नवोढ़ा को पर-पुरुष के पास भेज दिया। क्षुधातुर लोग बोल पड़े : सबसे दुष्कर कार्य किया राक्षस ने, कि क्षुधातुर होते हुए भी, सुभग माँसला, मधुर रक्ता कन्या को उसने छोड़ दिया। जार पुरुष बोला : सबों में दुःसाध्य साधन किया माली

ने, जिसने मध्य-रात्रि में स्वयमेव रमण-सुख देने को पास आयी युवती रमणी का भोग न किया। अन्त में एक ऊँची तेजस्वी आवाज सुनाई पड़ी : 'मैं हूँ विद्या-सिद्ध मातंगपति। मैं कहता हूँ, युवराज, सबसे बड़ा त्याग उन चोरों ने किया, कि जिन्होंने सुवर्ण-रत्न से भरी बाला को बिना लूटे ही छोड़ दिया।'

सुनते ही तपाक से अभय राजकुमार आसन छोड़कर मातंगपति के पास चले आये और बोले :

"विद्या-सिद्ध मातंगपति, मैं तुम्हारी विद्या को सिर झुकाता हूँ। मैं तुम्हें ही तो खोज रहा था। तुमने स्वयं ही अपनी टोह दे दी। मैं तुम्हारा आभारी हूँ। तुम सत्यवादी और विचक्षण विद्यास्वामी हो। चलो, मगधनाथ को तुम्हारी चाह है। वे तुम्हारा सम्मान करना चाहते हैं।"

मातंगपति चकराया, उसे गन्ध-सी आयी कि अभय ने उसकी चोरी को पकड़ लिया है। वह बोला :

"मगधेश्वर मेरा सम्मान करेंगे, अभय राजा? ऐसी कोई सेवा तो मैंने उनकी की नहीं। यह सब क्या सुन रहा हूँ?"

अभय ने इसका उत्तर न दिया। उन्होंने बड़े प्यार से मातंग का हाथ कसकर पकड़ लिया, और चकित भीड़ को चीरते हुए वे प्रेक्षा-मंडप से बाहर हो गये। रास्ते में मातंग को गलबाँही देते हुए वे बोले :

"तुम्हारी विद्या-सामर्थ्य ने अजेय विद्याधर अभयकुमार को हरा दिया, मातंग। बताओ तो महादेवी का वह दिव्य आम्रफल तुम्हारे हाथ कैसे लग सका?"

"विद्या के बल से, युवराज! पहले तो मेरी विद्याएँ भी निष्फल हो गयीं। तब मैं प्राण को जोखिम में डालकर, आधी रात उस भयानक अरण्यानी में घुस पड़ा। मेरा पुरुषार्थ देख मेरी विद्याएँ सेवा में आ उपस्थित हुईं, और तत्काल अचूक कार्य-सिद्धि हो गयी।"

स्थिति को भाँप कर मातंग ने अविकल्प उत्तर दिया। सब कुछ ठीक-ठीक बता दिया।

"कौन-सी विद्या? कैसे?"

"महावेध-विद्या से मैं आधी रात अरण्यानी को भेदता हुआ आम्रकुंज में पहुँच गया। अदृश्य-दर्शिनी विद्या से वह आम्रफल टोह लिया। अवनामिनी विद्या के जोर से उस ऊँची डाल को झुकाकर आम्रफल तोड़ लिया, और भी ढेर सारे आम तोड़ लिये।"

"साधु-साधु, मातंग। ऐसा सत्यवादी और विद्याधर तीन भुवन में खोजे न मिलेगा।" कहकर अभय ने ठहाका मारकर उसकी पीठ थपथपायी।

राज-सभा में सम्राट-पिता के सम्मुख दंडवत कर अभय राजा बोला :

"आम्रफल का चोर हाजिर है, महाराज! इसने बेहिचक अपनी चोरी स्वीकार ली है। स्वयं ही अपना भेद दे दिया। ऐसा चोर कहाँ मिलेगा?"

राजा अवाक् मातंग को क्षण-भर देखते रह गये। उन्हें तो वह घटना ही भूल गयी थी। किसकी वस्तु और कौन चोर? बीती पर्याय को अब श्रेणिक याद नहीं रखते। उन्हें रोष न आ सका। फिर भी कृत्रिम क्रोध से स्वर ऊँचा करके पूछा :

"कौन हो तुम? तुम्हारा यह साहस, कि महादेवी का प्रिय आम्रफल चुराया? गुरुतर अपराध किया तुमने। भारी दंड पाओगे।"

"जैसी इच्छा महाराज की। मैं विद्या-सिद्ध मातंगपति। प्रभु का क्या प्रिय करूँ?"

"चोरी करके साधु बन रहे हो? ऐसा ही प्रिय करने आये हो? आश्चर्य, कि उस देव-दुर्लभ फल तक तुम पहुँच ही कैसे सके?"

"विद्या के बल, महाराज। मुझे अनेक विद्याएँ सिद्ध हैं। सूर्य-विज्ञान से मैं किसी भी वस्तु से कोई भी मनचाही वस्तु बना सकता हूँ।"

"ऐसे समर्थ विद्यापति होकर तुमने चोरी की? वह आम्रफल विद्या से क्यों न बना लिया? और किसलिए आम्रफल दरकार हुआ तुम्हें?"

"मेरी गर्भवती पत्नी को अकाल ही आम्रफल खाने का दोहद पड़ा। मैंने अपनी सारी विद्याएँ चुका दीं, पर इस बार वे विफल हुईं। आम्रफल मैं बना न सका। मेरी पत्नी ने आविष्ट होकर दूरान्त में दृष्टि स्थिर कर दी। फिर उँगली से इंगित कर कहा : 'वह देखो, महादेवी चेलना के सर्व-ऋतु वन के आम्र-कुंज में उनका प्रिय आम पक आया है, वही खाकर मेरी साध पूर सकेगी।...'—तो चोरी के सिवाय उपाय ही क्या था, देव?"

तब महाराज ने उससे पृच्छा कर, उन सारी विद्याओं का वृत्तान्त सुना, जिनके प्रयोग से वह आम्रफल तोड़ ले गया था। सुनकर वे स्तम्भित हो रहे। फिर बोले :

"अभय राजा, यह तो विचक्षण विद्या-सिद्ध है। यह तो किसी दिन मुझे, देवी को, तुम्हें—हम सब को चुरा ले जा सकता है। इसकी विद्या का अन्त नहीं। इस खतरनाक चोर का कड़ा निग्रह करना होगा, अभय।"

"सो तो करना ही होगा, बापू। लेकिन सोचिए तो, कैसी तो अनोखी है इसकी पत्नी। कैसी दैवी उसका दोहद! और कैसी चमत्कारिक इसकी विद्याएँ। कैसा इसका प्रिया-प्रेम, कैसा भयंकर इसका साहस! मस्तक दाँव पर लगा कर, प्रिया का दोहद पूरने को महादेवी का प्रिय आम्रफल तोड़ ले गया!"

"हम इस चोर की सत्यवादिता और विद्या पर, बेशक, मुग्ध हैं। सूझता नहीं, इसके साथ क्या सुलूक करें? पर इसका निग्रह करना हमारा राजधर्म है, वत्स अभयकुमार। कर्तव्य का पालन शीघ्र हो। क्या दंड-विधान करते हो?"

"हे देव, पहले इस शक्तिमान विद्याधर से इसकी विद्याएँ प्राप्त कर लें, तब मैं दंड-विधान करूँगा।"

तब मगधपति श्रेणिकराज ने मातंगपति को अपने सामने बैठाकर, विद्या सीखना आरम्भ किया। लेकिन स्वयं सिंहासन पर बैठकर, गुरु को सामने के नीचे आसन पर बिठाने से उसकी जो अवमानना हुई, उस कारण ऊँचं स्थल पर जल जैसे ठहर नहीं पाता, वैसे ही राजा के हृदय में विद्या ठहर न पायी। जब राजगृह-पति श्रेणिक ने चोर का तिरस्कार करते हुए कहा :

"तुझमें कोई त्रुटि है, विद्या-सिद्ध, इसी कारण तेरी विद्या मेरे हृदय में संक्रमित नहीं हो पा रही।"

ठीक तभी चतुर-चूड़ामणि अभयकुमार ने हस्तक्षेप किया। बोले :

"अपराध क्षमा करें देव, इस समय यह शूद्र मातंग आपका विद्या-गुरु है। और जो गुरु का विनय करता है, उसे ही विद्या स्फुरती है। अन्यथा नहीं स्फुरती। इसी से निवेदन है, तात, कि इस मातंगपति को अपने साम्राजी सत्तासन पर बिठाएँ, और आप अंजलि जोड़कर इसके सामने पृथ्वी पर बैठें। तभी आपको विद्या स्फुरेगी, देव, अन्यथा त्रिकाल में भी नहीं!"

स्व-भाव में निरन्तर चर्या करने से अति सुनम्य-भावी हो गये श्रेणिक ने तत्काल वैसा ही वर्तन किया। उनके मन में बोध हुआ, कि विद्या तो नीच और अपराधी से भी ग्रहण कर लेनी चाहिए। उसके उपरान्त राजा ने मातंग के गुरु-मुख से 'उन्नामिनी' और 'अवनामिनी' नामक दो महाविद्याएँ सुनीं। और वे तत्काल दर्पण में प्रतिबिम्ब की तरह राजा के हृदय में बस गयीं। राजा विद्या-स्फुरण से बहुत विभोर और नम्रीभत हो आये। उन्हें याद ही नहीं रहा, कि कौन तो चोर, और कैसा तो दंड-विधान। सहसा ही अभय का बोल सुनाई पड़ा :

"देखें मगधनाथ, आपके सिंहासन पर आपके सामने चोर बैठा है, कि गुरु बैठा है, कि सम्राट बैठा है? कोई पहचान होती है?"

"राजा चोर नहीं है, और चोर राजा नहीं है, इसका क्या प्रमाण, वत्स? यह कैसा तो भेद में अभेद, और अभेद में भेद प्रतीयमान हो रहा है, अभय। यह तैंने क्या चमत्कार किया, बेटे? मेरी तो बुद्धि ही गुम हो गयी!"

"मैंने चोर को राजा बना दिया, बापू, और राजा को चोर बना दिया। आपने सत्ता-बल से इसकी दो महाविद्याएँ छीन लीं। यह क्या बलात्कार नहीं, चोरी ही नहीं? आप सोचें, देव।"

"सच ही चोर को राजा, और राजा को चोर, और चोर को गुरु बना दिया तुमने। तुम्हारे षड्यन्त्रों का अन्त नहीं, अभय!"

"सो तो नयी बात नहीं, बापू। बचपन से यही तो करता आया हूँ। ठीकरे को सूरज

बना देना, सूरज को ठीकरा बना देना। यही भेदाभेद का खेल तो चिर दिन से खेल रहा हूँ, महाराज। आज मेरा अपराध पकड़ लिया न आपने? दंड दें मुझे, सम्राट!''

''दंड तुम्हें दूँ, कि चोर को दूँ, कि अपने को दूँ? समझ काम नहीं करती। यह कैसी पहेली खड़ी कर दी तुमने?''

''तीर्थंकर महावीर के पाद-प्रान्त में एक चांडाल चोर, मगध के सत्तासन पर एक साथ गुरु और राजेश्वर होकर बैठा है, महाराज। यह दृश्य देख तो रहे हैं न आप? अब जो चाहें दंड आप इसे दें। यह आपके सुपुर्द है!''

महाराज दिग्मूढ़, एकाग्र, अपलक देखते रह गये। आम्रफल के इस चोर की सजा जगत् के किसी भी दंड-विधान में उन्हें खोजे नहीं मिल रही।

आभीरी की हंस लीला

एक दिन सहसा ही श्रीभगवान समवसरण में से अन्तर्धान हो गये। फिर बहुत दूर पीठ देकर जाते दिखाई पड़े। भूमि से एक हाथ ऊँचे, उनके अन्तरिक्ष में डग भरते चरणों का सौन्दर्य कैसा निराला था।

फिर उदन्त सुनाई पड़ा : त्रिशला-नन्दन प्रभु जन से निकलकर वन में चले गये हैं। चम्पारण्य की अभेद्य गुंजानता को चीरते हुए, वे उसमें राहें बना रहे हैं। जल में, थल में, अम्बर में वे जहाँ भी चलते हैं, एक प्रशस्त राह खुलती चली जाती है।

...भगवान सचराचरा प्रकृति के क्रोड में निर्बन्ध विचर रहे थे। उनके चलने से धरणी लचीली हो रही थी। कण-कण में मार्दव, आर्जव, करुणा, मुदिता, मैत्री का संचार हो रहा था। सुनाई पड़ता था, कि प्रभु के विहार से हिंस्र प्राणियों से भरा चम्पारण्य अभयारण्य हो गया था। सिंहनी की छाती पर शशक और मृगले निर्भय-निश्चिन्त सोते थे। वहाँ उन्हें परम सुरक्षा की समाधि अनुभव होती थी।

...कई महीनों बाद एक सबेरे राजसभा में वनपाल ने आकर, मगधनाथ से प्रणाम निवेदन किया और संवाद दिया कि : 'ज्ञातृनन्दन महावीर प्रभु राजगृही के 'वनलीला चैत्य' में समवसरित हैं।' सुनकर आज सम्राट का हर्ष हिये में न समा सका। उन्हें लगा, कि यह कोई नये आविर्भाव का मुहूर्त है। आनन्द से उन्मेषित होकर उन्होंने आज्ञा दी :

''महादेवी से कहो, अभय, हम आज मगध के निःशेष साम्राजी वैभव के साथ श्रीभगवान के वन्दन को जाएँगे। हमारे तमाम ऐश्वर्य को और हमारी सत्ता को आज धरातल पर ले आओ, अभय। देखो, कहीं कुछ बचा न रह जाए?''

"सम्राट की आज्ञा का अक्षरशः पालन होगा।" कहकर अभयकुमार तैयारी के लिए चल दिये।

महावीर का पुराणकार कहता है :

...यह देखो, भूचर शक्रेन्द्र के समान, कल्प-विमानों को चुनौती देते ऐश्वर्य के साथ, समुद्रपर्यन्त पृथ्वी के स्वामी श्रेणिकराज श्रीभगवान के वन्दन को जा रहे हैं। अमित रत्न-परिच्छद से मंडित 'इरावान हस्ति' पर हंस-धवल छत्र तले महाराज, महारानी चेलना के संग विराजित हैं। गजेन्द्रों के घण्टा-रव से दिशाओं में नाद के पूर उमड़ रहे हैं। हेषा-ध्वनि से मानो परस्पर वार्तालाप करते हजारों अश्व वाह्याली रूपा रंगभूमि में नटों के समान पृथ्वीतल को रौंद रहे हैं। सम्राट की विशाल सेना, आकाश में से उतरते मेघमंडल के समान मयूरी छत्रों से शोभित है। रथों और वाहनों के नृत्य करते घोड़ों की स्पर्धा में राजा का रत्न-ताटंक भी झूमझाम कर नाच रहा है। ऐसा लगता है, मानो वह उसके आसन के साथ ही उत्पन्न हुआ हो। सम्राट और साम्राज्ञी पर जैसे पूर्णिमा के चन्द्रमा ने उतरकर श्वेत छत्र ताना है, और वारांगनाएँ गंगा और यमुना के समान चँवर उन पर ढोल रही हैं, शीतल फूल-पल्लव के विजन डुला रही हैं। और सुवर्ण अलंकारधारी भाट-चारण मगधनाथ का यशोगान कर रहे हैं।...

आधी राह पहुँचकर ही सम्राट की आकस्मिक आज्ञा से शोभायात्रा अटका दी गयी। 'इरावान हस्ति' नीचे बैठ गया। उससे उतरकर सम्राट ने गम्भीर स्वर में अपने मन्त्रियों और अमात्यों को आदेश दिया :

"साम्राज्य का यह समस्त वैभव मैं तीर्थंकर महावीर के श्रीचरणों में अर्पित करता हूँ। अब यह लौटकर राजगृही नहीं जाएगा। सैन्य, परिकर, हजारों सुन्दरियाँ, रानियाँ, सारे राजपुत्र पाँव-पैदल ही आगे-आगे चलें, और 'वनलीला चैत्य' में पहुँचकर प्रभु के मानस्तम्भ तले नैवेद्य हो जाएँ। चक्रवर्ती की सम्पदा अब हमें निर्माल्य और निःसार अनुभव होती है। वह हमारी त्रिलोकी सत्ता-सम्पदा का अपमान है। हम बहुत आगे निकल चुके, अभय राजा। आज्ञा यह ज्ञातृनन्दन प्रभु की है। हमारी नहीं। इस पर तत्काल कार्यवाही हो।"

तपाक से अभयकुमार ने हँसकर कौतुकी मुद्रा में पूछा :

"जड़ वैभव को नैवेद्य करने का अधिकार तो, बेशक, सम्राट को है ही। लेकिन पूछता हूँ, महाराज, यह सचेतन राज-परिकर, ये अन्तःपुर की सारी रानियाँ, सुन्दरियाँ, ये मन्त्री, आमात्य, सेनानी, सेनाएँ? क्या ये आपकी इच्छा के खिलौने मात्र हैं? जब तक ये स्वयं न चाहें, तब तक आप इन्हें कैसे समर्पित कर सकते हैं?"

"तीर्थंकर महावीर के मानस्तम्भ के सम्मुख देखता हूँ, किसकी स्वेच्छा टिक पाती है? राजाज्ञा का तत्काल पालन हो, अभय राजा!"

...और तदनुसार पैर-पैदल ही विशाल शोभायात्रा चल रही है। राह में दर्शकों

की पाँतें यह दृश्य देखकर मतिमूढ़ हो गयी हैं। रिक्त हाथी पीछे चल रहा है, और सम्राट-साम्राज्ञी नंगे पैरों पैदल चल रहे हैं, वन की कंकड़-काँटों भरी धूलभरी राह में। महाश्चर्य!

मार्ग में चले जा रहे सैनिकों को अचानक दिखाई पड़ा, कि तुरत की जनमी एक शिशु-बालिका को, राह किनारे के एक वृक्ष-तले, हाल ही में कोई छोड़ गया है। जैसे कोई नरक का अंश वहाँ आ पड़ा हो, ऐसी तीव्र दुर्गन्ध उस परित्यक्ता बालिका के शरीर से छूटती सबको अनुभव हुई। सबने कुम्भक प्राणायाम की मुद्रा में उँगलियों से अपनी नाक भींच लीं। सम्राट ने अपने परिजन से पूछा : क्या बात है? परिजन ने बताया कि सद्यःप्रसूता कोई बच्ची राह किनारे छोड़ दी गयी है। उसकी दुर्गन्ध से सारे परिकर ने नासिका मूँद ली है।

...अर्हन्त द्वारा उपदिष्ट बारह भावनाओं से भावित राजा के चित्त में, उस दुर्गन्ध से कोई जुगुप्सा न जाग सकी। ज्ञान मात्र किया उसका और उपराम हो गये। लेकिन बालिका पर दृष्टि पड़ते ही राजा के हृदय में प्रबल संवेग जागा। उत्कट विराग का बोध हुआ। सम्राट तुरन्त ही शोभायात्रा से निकलकर आगे चल पड़े। देवी चेलना भी अनुगामिनी हुई।

समवसरण में प्रभु का वन्दन करने के बाद, श्रेणिकराज ने पूछा :

"त्रिकाल-दर्शी भगवन्, पूछता हूँ, राह में छोड़ दी गयी उस बालिका की देह से ऐसी तीव्र दुर्गन्ध क्यों फट रही है?"

प्रभु ने कोई उत्तर न दिया। वे मन, वचन, काय से परे त्रिकाली ध्रुव में निस्पन्द दीखे। कि तभी गन्धकुटी के पाद-मूल में से उत्तर आता सुनाई पड़ा :

"जानो राजन्, तुम्हारे आसपास के प्रदेश में ही शाली नामक ग्राम में, धनमित्र नामा एक श्रेष्ठी रहता था। उसके धनश्री नामा एक पुत्री हुई थी। अन्यदा श्रेष्ठी ने धनश्री का विवाहोत्सव रचाया। तभी ग्रीष्म ऋतु में विहार करते कुछ श्रमण वहाँ आ पहुँचे। श्रेष्ठी ने अतिथि तपस्वियों को द्वार पर पाकर धन्यता अनुभव की। गद्गद होकर बेटी धनश्री को आज्ञा दी कि उनका आवाहन-पड़गाहन कर उन्हें आहार-दान करे। विनयवती धनश्री तत्काल मुनियों को प्रतिलाभित करने को उद्यत हुई। पसीने और राह की गर्द से मलिन अंग वाले उन अनगारों के शरीर से तीखी दुर्गन्ध फूटी पड़ रही थी। आहारदान करते समय धनश्री को वह असह्य हो गयी। उसका मन मुनिभक्ति से विरत हो गया, ग्लानि के मारे उसे वहाँ ठहरना दूभर हो गया। जैसे-तैसे आहारदान सम्पन्न कर, श्रमणों की ओर देखे या नमन किये बिना ही वह भाग खड़ी हुई।

"—वह अपने कक्ष में एकान्त में जा बैठी। सुगन्ध में बसी, निर्मल वस्त्र वाली, अनेक सुवर्ण-रत्न के अलंकारों से भूषित, अंगराग से आलेपित, अपने ही सौन्दर्य, सुगन्ध और शृंगार में आत्म-मुग्ध वह बाला सोचने लगी : 'अर्हन्त कथित धर्म, सभी तरह से निर्दोष है। पर उसमें यदि प्रासुक जल से स्नान करने की आज्ञा मुनि की होती, तो उससे कौन-सा दोष आ जाता?' अगोचर से उसे प्रतिबोध-वाणी सुनाई पड़ी : 'स्वयं सूर्य, चन्द्र और मेघ धाराएँ प्रकृतिजयी श्रमण का अभिषेक करती हैं। देहभाव में मूर्च्छित बाले, तूने उन्हें केवल देहमल रूप देखा, उनकी विदेह विभा तैने नहीं देखी। तुझे अपनी देह-सुगन्ध का अभिमान हो गया। तो अपनी देह-सुगन्ध का अन्त-परिणाम जान!' लड़की भयभीत होकर भाग निकली। और वह अपने देहराग में शरण खोज कर और प्रमत्त हो गयी।...

"—विपुल देह-सुख में रमकर, एक दिन वह धनश्री यथाकाल मर गयी। मुनियों के स्वेद-मल की दुर्गन्धि से उत्पन्न जुगुप्सा उसके अवचेतन को एक निविड़ कर्मपाश से जकड़े हुए थी। उस ओर वह कभी सावधान न हो सकी, न कभी उसकी आलोचना कर सकी, न उससे प्रतिक्रमण कर सकी। सो मरकर वह धनश्री राजगृह नगर की एक वेश्या के गर्भ में आयी। माँ के गर्भ में बसकर भी वह माँ के हृदय में असह्य अरति और ग्लानि उत्पन्न करने लगी। परेशान होकर गणिका ने गर्भपात की अनेक औषधियाँ सेवन कीं। फिर भी गर्भ न गिर सका। यथासमय वेश्या ने एक पुत्री को जन्म दिया। पूर्व भव की उत्कट जुगुप्सा जन्म के साथ ही, उसकी देह में से प्रबल दुर्गन्ध बनकर फूट निकली। उस अमानुषी गन्ध को वह वेश्या सह न सकी। माँ ने स्वयं अपनी गर्भजात बेटी को विष्ठा की तरह त्याग दिया है। हे राजन्, राह किनारे परित्यक्त पड़ी वही दुर्गन्धा तुम्हारे देखने में आयी है।"

श्रेणिक ने फिर पूछा : "हे प्रभु, कृपा कर बताएँ, इसके बाद यह बाला कैसा तो सुख-दुःख अनुभव करेगी?"

प्रभु वैसे ही निश्चल अनुत्तर रहे। पर इस बार गन्धकुटी के अशोक वृक्ष में से उत्तर सुनाई पड़ा :

"धनश्री ने दुःख तो सारा ही भोग लिया। अब तो यह सुन राजा, कि वह सुखी कैसे होगी। वह किशोर वय में ही तेरे मन की एक और महारानी होकर रहेगी। उसकी प्रतीति के लिए तुझे एक निशानी देता हूँ।...हे राजन्, वन-विहार में क्रीड़ा करते हुए यदि कभी कोई रानी तेरे पृष्ठ-भाग पर चढ़कर हंस-लीला करने लगे, तो जान लेना कि वह यही आज की दुर्गन्धा है!"

प्रभु की यह अचिन्त्य वाणी सुन श्रेणिक बड़े संकोच और असमंजस में पड़ गया। उसका सर झुक गया, उसकी आवाज रुँध गयी। बड़ी हिम्मत करके दबे स्वर में उसने कहा :

"यह एक और रानी कैसी, प्रभु? जो है, वही सब तो पीछे छूट रही हैं। फिर यह आगे एक और कौन खड़ी है? और केवल सोलह वर्ष की बाला, और वह भी यह दुर्गन्धा, सत्तर वर्ष के श्रेणिक की रानी होगी? यह सब क्या सुन रहा हूँ, प्रभु?"

"ऋणानुबन्ध के उम्र नहीं होती, श्रेणिक! वे यथाकाल पूरे होकर रहते हैं। कर्म का खेल बड़ा संकुल, अप्रत्याशित और अटल होता है, राजन्। अपने ही बाँधे पुण्य-पाप को भोगे बिना, योगी का भी निस्तार नहीं। तेरे भोगानुबन्ध अन्तहीन हैं, श्रेणिक। अपने में अचल रह, राजा, और सारी पर्यायें जल-प्रवाह में मछली की तरह तैरती निकल जाएँगी। उससे जल के जलत्व में क्या अन्तर आ सकता है!"

राजा का मन विकल्प से छूटकर, अकल्प के महा-अवकाश में सरित होता चला गया। वह प्रभु को नमन कर, अपना तमाम साम्राजी वैभव श्रीपाद में मन ही मन समर्पित कर, वैसे ही नंगे पैरों, अपने राजमहालय को लौट आया।

इधर यह कैसा तो अकस्मात् घट गया। ठीक मुहूर्त पल आते ही, अनायास पूर्व कर्म की अकाम निर्जरा से उस दुर्गन्धा बच्ची की दुर्गन्ध जाती रही। ऐसे ही समय, एक वन्ध्या आभीरी (अहीरन) दूध की कलसी उठाये वहाँ से गुजरी। उसकी दृष्टि बालिका पर पड़ते ही, वह जाने कैसी ममता से अवश हो गयी। उसने उस बच्ची को अपनी ही बेटी कहकर उठा लिया। अनुक्रम से उस आभीरी ने अपनी उदर-जात पुत्री की तरह बड़े लाड़-कोड़ से उसका लालन-पालन किया। काल पाकर उस आभीर-बाला के लावण्य और यौवन में पूनम के समुद्र उछलने लगे। ऐसा रूप, कि हर बार देखने पर नया ही दिखाई पड़े।

अन्यदा मनोहर कौमुदी उत्सव आया। राजगृही की आभीर-पल्ली में उसकी भारी धूम मच गयी। रंग-गुलाल और शारदीय फूलों की बौछारों से सारी राजगृही गमगमाने लगी। आभीर रमणियाँ गीत-नृत्य करती आयीं, और बड़े मनुहार से सम्राट श्रेणिक और अभय राजकुमार को कौमुदी उत्सव में आने का आमन्त्रण दे गयीं। पिता-पुत्र दोनों ही तो एक-से लीला-चंचल, खिलाड़ी और कौतुकी। हर कहीं रमते-रमते ही राम हो रहते हैं। श्रेणिक और अभय कुमार जरी किनार के श्वेत वस्त्रों में सज्ज होकर, मुक्ताहार, मालती-माला और फुलैल धारण किये कौमुदी उत्सव में आये। ऐसा लगता था, जैसे दोनों ही बाप-बेटा ब्याहने की घोड़ी चढ़े हों।

योगायोग कि इस बीच उस दुर्गन्धा बालिका के तन में कोई दैवी सुगन्ध आने लगी थी। सो आभीरनी माँ ने उसका नाम रख दिया था सुगन्धा। वह उद्भिन्न यौवना रूपसी सुगन्धा भी, अहीर वेश में सज्ज होकर, कौमुदी उत्सव में मस्त होकर नाच-गान कर रही थी। उत्सव का प्रवाह मृदंग की धमक और शहनाई की तानों पर

आसमान छू रहा था। श्रेणिकराज और अभय भी आते ही उस लोक-प्रवाह में गोता लगाकर नाच-गान करने लगे। उनकी जयकारों और जयगानों से रंगमण्डप में कोई नया ही समा बँध गया।

पुराणकार कहता है कि : "चाँदनी रात में उस रासोत्सव के मर्यादाहीन संमर्द में, सम्राट का हाथ उस आभीरी कुमारी सुगन्धा की ऊँचे स्तन वाली छाती पर पड़ गया। तत्काल राजा के मन में उस अहीर बाला पर राग उत्पन्न हो गया।"...उधर अपने नीले लहँगे के जरी-गोटेदार घेर को मयूरी की तरह तानकर नाचती अहीर बाला के हाथों से लहँगे के छोर छूट गये। वह पीनस्तनी रोमांच से पसीज कर झुक गयी और अपने अँचरे में छाती छुपाती हुई, लाज से नम्रीभूत हो रही। राजा ने उसे एक चितवन देखा, और चुपचाप अपनी नामांकित मुद्रिका निकालकर उसकी पीठ पर पड़े आँचल के छोर में बाँध दी। शास्त्रकार कहता है, कि वह मानो सम्भोग का वाग्दान था!

...राजा की कोई करतूत अभय से छुपी नहीं रह पाती। सो अभय ने उस बाला का पल्ला खींच उसे युगल-नृत्य का आमन्त्रण दिया। अहीर कन्या चौंकी और लाज से मरती-सी अभय के संग डाँडिया-रास खेलने लगी। कुछ देर बाद अपने कन्धे पर कोई स्पर्श पाकर अभयकुमार चौंका। "ओ, अच्छा, बापू!" कहकर वह राजा के पास चला गया। राजा हाथ पकड़ उसे दूर ले गये। व्यग्र स्वर में बोले, "मेरी नामिका मुद्रिका किसी ने चुरा ली, अभय, जरा चोर का पता तो लगाओ!" राजा का श्वास तेजी से चल रहा था।

पिता के हर दर्द का दर्दी अभय, राजा की उस मदनाहत मुद्रा को एकटक देखता रहा, फिर बोला :

"मुद्रिका का चोर तो अभी पकड़ लाऊँगा तात, लेकिन किसी के मन के चोर को कैसे पकड़ पाऊँगा?"

"मन-मन के मरम में विचरते अभय के लिए वह भी तो असम्भव नहीं!" राजा ने गोपन परिहास किया।

...तो पिता आज की चाँदनी रात में, फिर कहीं अपना हृदय खो बैठे हैं! अभय के सिवाय यह कौन जान सकता है। और इसका निकाल भी और कौन ला सकता है?

"अपना चोर अपने ही भीतर जो बैठा है, तात, उसका पता कौन दे? खैर, आपकी अँगूठी का चोर तो मेरे अंगुष्ठ से बचकर जा नहीं सकेगा। उसे अभी हाजिर कर दूँगा।"

और तुरन्त अभयकुमार ने घंटा बजाकर उद्घोष किया :

"अरे सुनो लोकजनो, इस स्वच्छन्द रास-क्रीड़ा में बहुतों की चोरी हो गयी

है। सभी तो कुछ न कुछ गँवा बैठे हैं। राजाज्ञा है कि सब चोरों को पकड़ूँ, और उनसे चुराया धन बरामद करूँ। रंग-मंडप के सब द्वार बन्द कर दिये जाएँ। मुख द्वार से एक-एक कर सब नर-नारी बाहर निकलें। मैं एक-एक की तलाशी लूँगा, और चोरों को रँगे हाथ पकड़ूँगा!''

सारा नर-नारी वृन्द खूब ठहाका मारकर हँस पड़ा। खूब हैं हमारे अभय राजा! इस बार कौमुदी उत्सव में इन्होंने चोर-पकड़-क्रीड़ा का यह नया खेल रचाकर, बरबस ही जन-जन का मन मोह लिया।...और एक-एक कर रंग-गुलाल में नहाये स्त्री-पुरुष रंग-मंडप के मुख द्वार से निकलने लगे। अभय निःसंग लीला-कौतूहल की भंगिमा से हर निकलने वाले स्त्री-पुरुष के वस्त्र, केशपाश और पान-रचे मुखों की भी छानबीन करने लगा। अनुक्रम से जब वह आभीर कुमारी निकलने लगी, तो उसकी झड़ती लेते हुए अभय का हाथ उसके पल्ले की एक गाँठ पर पड़ गया। अभय ने हँसकर वह गाँठ खोली, तो उसमें से महाराज की वह स्व-हस्ताक्षरित मुद्रिका निकल आयी।

अभय ने बड़ी प्यार भरी मृदु भंगिमा से पूछा :

''यह ऊर्मिका तूने क्यों चुराई, कल्याणी?''

लड़की हैरान हो गयी। उसने मुद्रिका चुरायी?...हाय, किसने उसके साथ यह चोट की है? और वह कुछ गिनती-सी मीठी-मीठी लजाकर झुक आयी। उससे उत्तर न बना। अभय ने उसकी चिबुक कनिष्ठा से छूकर उठा दी और बोला :

''तुमने उत्तर न दिया, सुन्दरी! तुमने यह मुद्रिका कहाँ से ली?''

चोरी का कलंक सुन उस अहीर बाला ने दोनों कानों पर हाथ धर लिये। फिर रुद्ध कंठ से बोली :

''मुझे तो कुछ भी नहीं मालूम!''

निर्दोष कुरंगी जैसी भूली-भौरी ताकती उस कुमारिका का वह विलक्षण सौन्दर्य देखकर अभय स्तब्ध हो रहा। निश्चय ही उसने समुद्रजयी श्रेणिक का चित्त चुरा लिया है। पिता के इस अपरिसीम भोलेपन पर पुत्र को मन ही मन बहुत हँसी आयी और बहुत प्यार भी आया।...सामने मुग्ध-मौन खड़ी लड़की से अभय ने कहा :

''तुम अद्‌भुत हो, आभीरी। चुराकर भी नहीं मालूम कि चुरा लिया है? इस सरलपन पर मैं बलिहार! मगधनाथ श्रेणिक इस भोलेपन पर साम्राज्य वार देंगे। आओ, अपने महाराज से मिलो, कल्याणी। तुम्हारे रत्न का मोल केवल वे ही परख और चुका सकते हैं!''

''आओ, बाले!'' कहकर अभय बेहिचक उसका हाथ पकड़कर उसे सम्राट के समक्ष ले गया। चौनजर होते ही कन्या माधवी लता-सी लरजकर छुईमुई हो रही। राजा को लगा कि जैसे एक और भवान्तर हो रहा है। जनम-जनम की इस पहचान

को वे कैसे तो झुठलाएँ।

"इसी आभीरनी ने आपकी मुद्रिका चुरायी है, तात। वह मनो-मुद्रिका इसके अँचरे की कोर में बँधी मिली।...चाहो तो मुद्रिका लौटा दो, आभीरी। वह सम्राट की अँगूठी है!"

"मनोमुद्रिका? कैसी मनो-मुद्रिका?" सम्राट चौकन्ने-से पूछते रह गये। अभय की तीरन्दाजी को राजा ने भाँप लिया।

...और अहीर-कन्या पर जैसे आभ टूट पड़ा। लड़की को कहीं जगह न दीखी, कि जहाँ वह लुप्त हो जाए। मुद्रिका उसने चुराई ही नहीं, तो क्या लौटाये, किसे लौटाये? वह अयानी बाला बड़ी परेशानी में पड़ गयी। राजा से वह सहा न गया। वे अधीर होकर बोल ही तो पड़े :

"एक मुद्रिका तो क्या, इस मुग्धा सरला पर तो तीन भुवन का साम्राज्य निछावर है। यह हमारी भव-भव की परिणीता है, अभय राजा। हमारे गान्धर्व परिणय का उत्सव रचाओ!"

बात की बात में कौमुदी का रासोत्सव, गान्धर्व परिणय के रसोत्सव में बदल गया। नृत्य-गान में झूमते, सहस्रों नर-नारी के घूमते मंडलों के बीच ही, बाँसुरी की तान पर, और शंख-ध्वनियों के नाद के साथ भाँवरें पड़ गयीं। पाणिग्रहण हो गया। उस निर्दोष अंगों वाली बाला को ब्याहकर, सम्राट ने उसे अपने एक और मनोदेश की महारानी बना लिया।

महाराज जब नवोढ़ा को लेकर अन्त:पुर में आये, तो चेलना ने हँसकर कहा, "मेरे प्रिय के कितने रूप, कितने रहस्य, वे तो अनन्त और सदा-वसन्त! वे उम्र में नहीं जीते, मुझमें जो जीते हैं!" राजा देखकर स्तब्ध। इस आकाशिनी में श्रेणिक के हर फितूर को अवकाश है।

समय का हिरन कब कहाँ जा निकला, पता ही न चला। लेकिन श्रेणिक के जीवन में जैसे सारा कुछ अनबीता ही रहकर नया होता चल रहा है। बहुत दिन बीत जाने पर, एक बार महाराज कुछ दिनों के लिए, अपनी सारी रानियों के साथ वन में वसन्त-क्रीड़ा को गये। वहाँ रातुल पुष्पित पलाश-वनियों में राजा अपनी रानियों के साथ कई तरह के खेल खेलने लगे। एक दिन खेल में दाँव लगा कि जो जीते वह हारने वाले की पीठ पर सवारी करे। खेल खूब जमा। अनेक बार राजा भी हारे, और उनकी पीठ पर रानियों के सवारी करने का मौका आया। पर वे सारी कुलांगनाएँ शालीनता वश वैसा न कर सकीं। राजा की पीठ पर चढ़ने के प्रसंग को, वे अपना अधोवस्त्र राजा की पीठ पर डालकर ही टाल देतीं। और सब खूब खिल-खिलाकर

हँस पड़तीं। राजा के बहुत अनुनय करने पर भी कोई कुलवन्ती रानी उन पर सवार होने को राजी न हो सकी।

योगात् वह नवयौवना आभीरी रानी राजा से जीत गयी।...क्षणभर तो वह झिझकी, और फिर वह वन्या एकाएक क्रीड़ा-मत्त होकर झरने की तरह खिल-खिलाती हुई, अपने प्रीतम की पीठ पर सवार होकर हंस-लीला करने लगी। फिर वह दुरन्त होकर जैसे घोड़ा दौड़ाने लगी। कितना तो वेग था उसकी उस उन्मत्त अश्व-क्रीड़ा में, उसकी उन दोलायित जंघाओं में। राजा को उस थनगनते स्पर्श की गाढ़ता में, एकाएक याद हो आया : 'प्रभु ने कहा था, यही दुर्गन्धा एक दिन तेरी रानी होगी। निशानी दी थी—कि क्रीड़ा में जीतने पर यदि कोई तेरी रानी तेरे पृष्ठ भाग पर चढ़कर हँस-क्रीड़ा करे, तो जान लेना कि यह वही दुर्गन्धा है, जो अभी राह किनारे परित्यक्त पड़ी है।'...राजा का हृदय जाने कैसी तो तीव्र आरति और रति से एक साथ भर आया।...

...श्रेणिक तत्काल उस आभीरनी रानी को लेकर वनानी के किसी एकान्त वानीर कुंज में चले गये। तलदेश की स्निग्ध पल्लव-शैया पर उससे युगलित होकर बैठते ही वे विवश हो गये। और एक वेतस-लता में उँगली उलझाते हुए अपनी आभीरी रानी से, उसके पूर्व जन्म से लगाकर अब तक की वह सारी कथा कह गये, जो उन्हें श्री भगवान के पादमूल और अशोकवृक्ष में से सुनाई पड़ी थी।

सुनते-सुनते आभीरी की अर्धोन्मीलित आँखों में, उसके जाने कितने जन्मान्तर चित्रपट की तरह खुलते चले गये।...और इस जन्म में अब दुर्गन्धा, फिर सुगन्धा, फिर आभीर-कन्या। फिर रानी, साम्राज्ञी! कौन कुल, कौन ग्राम, कौन गोत्र, कौन माता-पिता? कौन बता सकता है? अपने सिवाय तो अपना कोई नहीं यहाँ। अपनी आत्मा के सिवाय तो अपना कोई पता-मुकाम नहीं यहाँ। आज की सुगन्धा फिर दुर्गन्धा भी तो हो ही सकती है। आज की रानी, फिर राह किनारे की परित्यक्ता बालिका भी तो हो ही सकती है। आभीरी का चित्त क्षण मात्र में संसार-मूल से कट गया। उसका जी अपनी जन्म-नाल से विच्छिन्न हो गया।

वह उठ खड़ी हुई। आँचल माथे पर ओढ़कर आँखों में आँसू भर, पति के चरण छू लिये। फिर विगलित स्वर में बोली :

"तुमने मेरा वरण कर, मुझे तार दिया, स्वामी। चिरकाल तुम्हारी कृतज्ञ रहूँगी। अब मैं संसार में नहीं ठहर सकती। जाऊँगी उन्हीं सर्वज्ञ, सर्वप्रीतम, सत्य-नित्य महावीर प्रभु के पास, जिनसे मिलने पर जन्म-मरण कट जाते हैं, भवान्तर समाप्त हो जाते हैं, सुख-दुःख की साँकल टूट जाती है, जिनके मिलन में कभी बिछोह नहीं होता। दुर्गन्धा और सुगन्धा दोनों को, केवल वही समान रूप से अपना सकते हैं।..."

कहकर आभीरी चुप हो गयी। फिर बोली :

"एक विनती है मेरी, मानोगे? दुर्गन्धा को भी भूल जाना, सुगन्धा को भी भूल जाना। केवल अपने में रहना। वचन दो, रहोगे न?"

राजा की आँखों में वियोग और विराग के आँसू एक साथ उमड़ आये। वे एकटक उस मुक्त हंसिनी को देखते रह गये। और वह जाने कब उनके हाथ से उड़ निकली। दूर वनान्तर में पीठ दिये जाती दिखाई पड़ी। और हठात् जाने कहाँ अन्तर्धान हो गयी।

सभी रानियों ने दूर से यह विचित्र दृश्य देखा। किस रहस्य-लोक से आयी थी वह आभीरी? और क्या उसी रहस्य की जगती में वह फिर लौट गयी? आश्चर्य से आहत वे सब देखती रह गयीं।

राजा दूर परिप्रेक्ष्य में एकाकी, प्रतिमासन में खड़े दीखे। चेलना ने मुस्कराकर कहा :

"अलबिदा, आभीरी! कोई कहीं जाता-आता नहीं, खोता नहीं। शाश्वती के चन्द्र-सरोवर तट पर फिर तुम से भेंट होगी ही।"

सभी रानियाँ सुनकर निःशब्द हो रहीं।...और वे महाराज सहित चेलना देवी का अनुगमन कर गयीं।

तुम्हारी सम्भावनाओं का अन्त नहीं

उस प्राक्तन काल में, आर्य घरों में एक नियम अटल चलता था। किसी भी गृहस्थ या श्रावक के यहाँ अतिथि को आहार दिये बिना परिवार को भोजन नहीं परोसा जाता था। *'अतिथिदेवो भव'* ही आर्य गृहस्थ की मर्यादा थी। प्रायः गृह-स्वामिनी ही सबेरे के नित्य कर्म से निवृत्त हो, द्वार पर अतिथि के स्वागत को खड़ी रहती थी। महारानियाँ भी इसका अपवाद नहीं थीं। तिस पर अतिथि के रूप में कोई साधु आ जाए, तो भाग जागे।

सो नित्य-नियमानुसार उस दिन भी महादेवी चेलना, श्रीफल-कलश साजे सिंह-तोरण पर अतिथि का द्वारापेक्षण कर रही थीं। कि अचानक द्विमास-उपवासी महामुनि वैशाखदत्त गोचरी करते हुए दूर पर आते दिखाई पड़े।

चेलना गद्गद हो गयी। उसे पता था कि वे दो महीने से उपासे हैं। बार-बार अन्तराय आने पर, वे अनियत काल के लिए आहार त्यागकर कायोत्सर्ग में शिलावत् खड़े रह गये थे। सुना जाता था, कि उनकी तपस्या से शिशिरकाल में भी पर्वतों का शिलाजीत पिघलकर बहने लगता है। स्वयं प्रकृति के आँसू आ जाते हैं।

चेलना ने निःश्वास छोड़ते हुए मन ही मन कहा : हाय, ऐसे वीतराग पुरुष को देखकर भी किसी का हृदय नहीं पसीजा? कि बार-बार इनके आहार में अन्तराय आता रहा। और प्रायः ये दीर्घ उपवासों पर उतर जाते रहे। वह प्रार्थना से कातर हो आयी : "हे मेरे अनुत्तर प्रभु, बताओगे नहीं, किस बाधा से श्रमणोत्तम वैशाख मुनि को अन्तराय हो रहा है?..." कि तभी वे कृशकाय तपस्वी सम्मुख आते दिखाई पड़े।

"भो स्वामिन, तिष्ठ तिष्ठ, आहार-जल शुद्ध है, आहार-जल कल्प है।" कहते हुए चेलना ने उनका आवाहन कर उन्हें पड़गाहा, और सविनय बिना पीठ दिये, पीछे पैरों चलती उन्हें पाकशाला में ले गयी। उनका पाद-प्रक्षालन करके जब वह अंग प्रक्षालन करने लगी, तो अचानक कुछ देखकर वह चौंकी।...

तपस्वी का उपस्थ उद्वेलित था। उनका इन्द्रिय-वर्द्धन हो रहा था। आत्मरमण योगी के शरीर में यह कैसा उत्तेजन, उत्तोलन?...फिर भी चेलना त्वचा पर न रुक सकी। मांस पर न रुक सकी। वह उनके मनोदेश में निर्बाध उतराती चली गयी। उसने मुनि के मन में भी कहीं कोई रोध या विकार नहीं पाया। वह पार तक देखती गयी। मुनि स्व-रूप में लीन थे। देह और देह के बीच निरा शून्य था। फिर यह किसका मन है, किसकी पर्याय है, किसका विकार है? वह काँप आयी। गहरी अनुकम्पा से द्रवित हो गयी। चेलना की आँखें अब अश्लील कुछ देख ही नहीं पातीं, श्लील ही देखती हैं। चर्म पर उसकी दृष्टि ठहरती ही नहीं, चरम पर ही जाकर विरमती है। सो उसे जुगुप्सा तो हो ही कैसे सकती थी।

...तो क्या यह कोई बाहरी छाया है? कोई पर रूप या पर पर्याय यहाँ घट रही है?...ओ, समझ गयी। यही तो अन्तराय है, जिसके चलते वैशाख मुनि महीनों आहार ग्रहण नहीं कर पाते। तपस्वी एकदम ही क्षीण हो चले हैं। चेलना ने फिर मन ही मन प्रार्थना की : "मेरे अन्तर्देवता, इस बार यदि यह अन्तराय न टला, तो मैं भी तब तक आहार-जल ग्रहण न करूँगी, जब तक ये न करें। मेरा पारण अब इनके साथ ही हो सकेगा!"

और चेलना ने मातृ-वात्सल्य से विगलित होकर, शान्त समर्पण भाव से तपस्वी का अंग लुंछन किया। और उस देह-विक्रिया को दुर्लक्ष्य कर वह उनके पाणिपात्र में उत्तम फल और पायस अर्पण करने लगी। मुनि एकस्थ भाव से आहार लेते गये। और चेलना की निगाह से यह बच न सका, कि आहार के प्रत्येक कवल के साथ मुनि का उपस्थ अधिक-अधिक वर्द्धमान हो रहा था। लेकिन यह क्या, कि मुनि की चेतना उस उत्तेजन से अछूती ही रही!...सहसा ही हाथ खींचकर तृप्त तपस्वी ने, माँ का स्तनपान कर परितुष्ट हुए शिशु की तरह एक बार चेलना की ओर सस्मित देखा। और वे उन्मनी मुद्रा में ध्यानस्थ हो गये।

चेलना की रुकी साँस जैसे फाँसी से छूट गयी। सदेह मुक्ति का सुख अनुभव

किया उसने। लगा कि उसका नारीत्व कृतार्थ हो गया। उसका मातृत्व जैसे उमड़कर चराचर में व्याप गया।

आहार समापन होने पर, फिर से अंग-प्रक्षालन और लुंछन के बाद, जब मुनि की आँखें खुलीं, तो वे एक बार फिर चेलना के मुख पर व्याप गयीं। मुनि फिर ईषत् मुस्करा आये। चेलना ने समझ लिया कि यह सीमान्त वचनातीत है।

...वैशाख मुनि तत्काल विहार कर गये। चेलना उनकी उस गतिमान पीठ को देखती रह गयी।

वैशाख मुनि किस ओर जा रहे हैं, उन्हें नहीं मालूम। गन्तव्य ही इस क्षण उनकी गति हो गया है। चलने में कोई आयास नहीं। शरीर कितना निर्भार हो गया है। मानो कि अन्तरिक्ष में स्थिर पंख ताने कोई गरुड़ उड़ रहा है। चल रहे हैं, कि खड़े हैं? स्थिति में हैं, कि गति में हैं? पता नहीं, कहना कठिन है। वे तो अचल भी हैं, और चलायमान भी। यही तो मौलिक वस्तु-स्थिति है। कूटस्थ भी, क्रियाशील भी। परात्पर उड़ान का यह कैसा आह्लाद है! यह किसके स्पर्श का जादू है?...

...और जाने कब वे योगी विपुलाचल पर चढ़ आये। भरी दोपहरी के प्रखर सूर्य-तले, वे सम्मुख आयी एक ऊबड़-खाबड़ चट्टान पर बैठ गये। कि तभी उन्हें सामने खड़ा एक विशाल न्यग्रोध वृक्ष आमन्त्रण देता दिखाई पड़ा। कितना विस्तृत है उसकी छाया का परिमंडल।...पर तपस्वी तो शीतल छाया की शरण नहीं खोजता। फिर यह ऐसा आवाहन क्यों, जिसे टाला नहीं जा सकता। न्यग्रोध के मूल-देश में एक स्निग्ध शिला उरुमंडल-सी उद्भिन्न होकर गर्भाधान को आकुल दिखाई पड़ी।...उन्होंने फिर इन्द्रिय-वर्द्धन का प्रबल आवेग अनुभव किया। वह आवेग देह को भेदकर, विदेह में प्रवेश कर गया। अपरिसीम अवकाश उस शिलातल में खलता आया।...और जाने कब वैशाख मुनि उस खुलाव में ध्यानस्थ दिखाई पड़े।

काल वहाँ स्थगित दीखा। योगी ने अपने को नीली आभा में तैरता अनुभव किया। गहराई में तलातल पार उतर गये। ऊँचाई में ऐसी उड़ान, कि आकाश ही पंख बन गया। पृथ्वी, जल, वायु, अग्नि, वनस्पति, सब अपने तत्त्व में लयमान दिखाई पड़े। शरीर साँस में लय हो गया। साँस प्राण में विरम गयी। इन्द्रियाँ तन्मात्रा होकर, चिन्मात्रा हो गयीं। प्राण मन में अवसान पा गया। मन चेतस् के मृणाल में संक्रमण करता, चैतन्य में विश्रब्ध हो गया। कार्मिक पुद्गल परमाणुओं के पाश अदृश्य माटी की तरह झड़ने लगे। मन के सूक्ष्मतम आवरण भी विदीर्ण हो गये। शुद्ध स्वभावी दर्शन और ज्ञान, दीपक और उसके प्रकाश की तरह युगपत् प्रभास्वर हो उठे। शुक्ल-ध्यान की, अमृत से आर्द्र चाँदनी में योगी भींजते ही चले गये। उस परम स्नान में एक पर एक अनेक

कोश उतरते गये।...वे हठात् क्षपक श्रेणि पर आरूढ़ हो गये। समयातीत दर्शन और ज्ञान पर पड़े, मोह और अन्तराय के सूक्ष्मतम आवरण भी छिन्न हो गये।...अन्तर मुहूर्त में उनका चैतन्य, अपनी अन्तस्थ कैवल्य-प्रभा से आलोकित हो उठा। त्रिकाल और त्रिलोक उनके करतल पर, स्फटिक गोलक के समान घूमते दिखाई पड़े। वैशाख मुनि सयोग केवली होकर, अपने अन्तर-सरोवर के महासुख-कमल में विहरने लगे। मकरन्द की तरह, उनके मुख से परावाणी उच्चरित होने लगी। मन, वचन, काय में संचरित होकर उनकी कैवल्य-धारा कण-कण, क्षण-क्षण में व्याप चली।

...चेलना को संवाद मिला, कि विपुलाचल पर वैशाख मुनि को केवलज्ञान प्राप्त हो गया। वे अर्हत् केवली हो गये। सुनते ही चेलना की मातृ-चेतना, जाने कैसे तो प्रीति-जल से सम्भृत हो आयी। जैसे आषाढ़ की पहली कादम्बिनी। और उस भीतर की बादल-बेला में, उसके जाने किस अज्ञात अन्तरित घर में, कोई सूरज दीया होकर जल उठा। कैसे तो आत्मीय आलोक ने सारे तन-मन को अणु-अणु में उजाल दिया।

वह पलभर भी और रुक न सकी। महाराज श्रेणिक उन दिनों अपने एकान्त में प्रायः ध्यानस्थ रहते थे। सो चेलना अकेली ही, बड़ी भोर रथ पर चढ़कर विपुलाचल पर चली गयी। कैवल्य के प्रभामंडल से आभावलयित अर्हन्त वैशाख प्रभु को सामने पाकर वह आत्म-विभोर हो गयी। त्रिवार वन्दना, प्रदक्षिणा कर वह केवली के सम्मुख, नाति दूर, नाति पास, जानू के बल बैठ गयी। वैशाख मुनि उसके हाथों निरन्तराय आहार ग्रहण कर सीधे विपुलाचल पर चढ़ गये थे, और कायोत्सर्ग में लवलीन हो गये थे। यह उदन्त उसे मिल गया था। तभी से उसके मन में खटक बनी थी, कि वे जाने किस असुर शक्ति से संघर्ष कर रहे होंगे? वे उस पर-पर्याय के उपसर्ग से शीघ्र मुक्त हों, यही प्रार्थना उसके जी में दिवा-रात्रि चल रही थी।

...आज उन्हें केवली रूप में विनिर्मुक्त देखकर, उसके आनन्द की सीमा नहीं थी। उसके मन की जिज्ञासा उदग्र हो आयी, कि पूछे इस त्रिकालदर्शी योगी से, कि क्या रहस्य था एक कठोर वीतरागी तपस्वी के उस उपस्थ-उत्थान का? वह पशोपेश में थी कि कैसे पूछे? उस समय अर्हत् एकाकी थे, फिर भी देवी का साहस न हुआ कि वैसी बात पूछे। उसकी चेतना में एक सुख खूब घना होकर, गहरा होता जा रहा था।...कामदेव के तने हुए पुष्प-धनुष को व्यर्थ करके, उन्होंने निरन्तराय उसके हाथों पायस पिया। वे शिशुवत् प्यासे होंठ, उनका वह आत्मीय पायस पान!...और फिर उनकी वह परितृप्त दृष्टि। और वे एक स्मित देकर बिन बोले ही चले गये थे।...

हठात् महादेवी चेलना को सुनाई पड़ा :

"तुम्हारा पयस परम रसायन सिद्ध हुआ, देवी। मुझी में से उठा काम, चरम पर पहुँचकर, मुझी में लय पा गया। मैं निष्क्रान्त हो गया। क्षपक श्रेणि के शिखर पर से, केवली ने तुम्हारे स्नेह-चिन्ताकुल मन को देखा है। तुम्हारा मनोकाम्य पूरा हुआ।

अर्हत् महावीर जयवन्त हों!"

झुकी आँखों, फलभार-नम्र-सी चेलना, अर्हत् के पद-नखों को अपलक निहारती रही। सोचा, इनसे मेरा प्रश्न छुपा तो नहीं। ये जानें मेरी जिज्ञासा, और मुझे आलोकित करें। कि ठीक तभी अर्हत् वैशाख के भीतर से अनाहत ओंकार ध्वनि उठती सुनाई पड़ी। और वह अनक्षरी, सर्वबोधिनी दिव्यध्वनि, न्यग्रोध वृक्ष के ऊर्ध्व-मूलों और अधो-शाखाओं में से शब्दायमान होने लगी। चेलना ने सर उठाकर, योगी के तेजोवलयित, शान्त मुख-मुंडल को देखा। निष्पलक नासाग्र दृष्टि तले, एक अकारण मुस्कान खिली थी। ओंठ निस्पन्द थे। और न्यग्रोध के परिमंडल में से सुनाई पड़ा :

"बहुत पहले की बात है, कल्याणी! पूर्वाश्रम में मैं पाटलिपुत्र का राजकुमार वैशाख था। युवा होकर मेरा मन कहीं किसी को खोजने लगा। पता नहीं, मुझे किसकी खोज थी। भीतर कहीं टीसता कोई अभाव, कोई रिक्त। एकदा वन-क्रीड़ा में वन-कन्या कनकश्री को देखा। लगा, अरे यही तो है वह, जिसे मैं खोज रहा हूँ। और मैंने वहीं कनक से गान्धर्व-परिणय कर लिया।...उसे इतना पाया, कि वह चुक गयी। फिर अवसाद। निर्वेद। प्रश्न कौंधता जी में : "कनकश्री, तुम बस इतनी ही हो? तुम्हें पाते ही जाना चाहता हूँ, लेकिन तुम वहाँ नहीं हो, जहाँ मैं तुम्हें अशेष पाता ही चला जाऊँ।" मैंने कनक से कुछ कहा नहीं। वह मेरी उदासीनता को देखकर उद्विग्न जरूर थी। लेकिन मेरी व्यथा उस तक पहुँच न सकी। मेरा आत्म, उसके आत्म में संक्रमित न हो सका। उसने कुछ पूछा नहीं, पर चुप रहकर भी मेरे शरीर को जगाने में उसने कुछ बाकी न रखा। पर उसकी हर चेष्टा विफल हो गयी। पत्थर पर पानी। तब हार कर वह चुप उदास घुलती रही।...

"उसी बीच मेरे गृहत्यागी बाल-सखा, युवा मुनि सूर्यमित्र एक दिन अचानक हमारे आम्रकुंज में ध्यानलीन दिखाई पड़े। उनकी वह उन्मनी मुद्रा देख, मेरी सारी बेचैनी गायब हो गयी। एक गहरी शान्ति में मेरा मन, बहुत काल बाद बालकवत् सो गया। मुझे चरणों में उपस्थित जान, मुनि ने समाधि से व्युत्थान किया। मुझे देख प्रसन्न दिखाई पड़े। बोले :

"कनकश्री को देने को क्या उत्तर है तुम्हारे पास, वैशाख?"

"जैसा, जो मैं सामने हूँ, वही तो!"

"तुम्हीं तो उसे खोज रहे थे? उसका क्या दोष? क्या खोज रहे थे उसमें तुम?"

"कैसा तो सूना-सूना लगता था। जी में तड़प थी कि कोई आये, और मेरे उस सूनेपन को भर दे!"

"कनकश्री ने तुम्हारे उस सूनेपन को भर दिया?"

"मैं और भी अधिक अकेला हो गया, स्वामिन्। निरुपाय, निरुत्तर अकेला। जिसे कोई और न भर सके, ऐसा।"

"तुम्हारे उस रिक्त को, तुम्हारे अपने सिवाय और कौन भर सकता है?"

"लेकिन वह मैं कौन? कैसे तो अविकल और अन्तिम जानूँ उसे?"

"निर्ग्रन्थ हुए बिना, भगवान आत्मा का दर्शन कैसे हो!"

"लेकिन नवोढ़ा कनकश्री? वही एक दिन की पूर्ति, आज मेरे मुक्ति-मार्ग की सबसे बड़ी बाधा है।"

"अभीप्सा अविचल हो, तो बाधा ही राधा हो जाती है, वैशाख। एक बार तो गाँठ तुड़ाकर, हाथ छुड़ाकर, निकल ही जाना होगा। तथास्तु!"

"कहकर, अतिथि श्रमण जैसे आये थे, वैसे ही अकस्मात् विहार कर गये।"

"...उसके बाद, मैं घर में ही विरत भाव से रहने लगा। ऐसी तन्यमता छायी, कि बाहर आना क्षणभर भी अच्छा नहीं लगता था। सामने लोहित ज्वाला-सी दहकती वासनावती कनकश्री थी। उसका अम्भोज-सा उत्तान और उत्क्षिप्त रूप और यौवन था। एकाकी सेज में, एक सोहागन की छटपटाहट को हर रात सहना होता था।"

"...वह सब रत्ती-रत्ती प्रेक्षण करता हुआ, मैं खुली आँखों ही ध्यानावेश में मग्न हो जाता। मेरे अचल शरीर पर उसके दावों का अन्त नहीं था। मुझे उस पर करुणा हो आती। विवश भाव से उसे देखते हुए, आँखों ही आँखों कहता : "कनकश्री, मैं क्या कर सकता हूँ तुम्हारे लिए? उसी एक सुख की धृष्ट पुनरावृत्ति? कितना नीरस, छूँछा, फीका हो गया है वह सब?"...लेकिन कनक मेरी आँखों की भाषा को कैसे पढ़ पाती? मैं ही उसकी बेचैन रति के आलोड़न में, कहाँ उसका सहभागी हो पा रहा था।...

"कुछ समय बाद, अब मैं एक अलग कक्ष में ही रात सोने लगा। मानिनी कनक आँसू घूँटती रही, पर उसने मेरे एकान्त में विक्षेप नहीं डाला। अब ऐसा कुछ क्रम हो चला, कि रात को मैं अपने कक्ष में निर्वसन नग्न होकर ही सामायिक-ध्यान करने लगा। कक्ष बन्द करने का भी भान मुझे साँझ के बाद नहीं रहता था। साँझ नमते ही मेरी आँखों में, ध्यानतन्द्री खुमारी की तरह घिरने लगती थी। उसी संवेग की मस्ती में वस्त्र फेंककर, मैं अपने अन्तर-रस में डूब जाता।

"एक रात के तीसरे पहर, वह समाधि-सुख परा सीमा पर पहुँच गया।...ठीक तभी अचानक एक धक्के के साथ, मैं व्युत्थान कर बहिर्मुख हुआ। पाया कि जातरूप नग्न, विह्वल विक्षिप्त कनकश्री ने, अमरबेल की तरह मेरे सारे शरीर को चारों ओर से गूँथ लिया है। उसके उस पाश का मैंने प्रतिरोध न किया। आत्मस्थ, अचल, उसे अवकाश देता गया। उस अवकाश में उसकी वासना की पकड़ व्यर्थ, निष्फल हो पड़ी। घायल सिंहनी-सी झपटकर उसने मेरे अंग-अंग नोंच डाले, काट लिये। फिर

भी मैं डिग न पाया। तो वह बहुत हताश, हताहत होकर मूर्च्छित हो गयी।

"उसकी मूर्च्छित नग्न काया की ओर अपने उद्बोधन का हाथ उठाकर, मैं उसी क्षण घर से निकल पड़ा। श्रमण सूर्यमित्र मेरी प्रतीक्षा में ही थे। मैं उनके चरणों में प्रव्रजित हो, उनका अनुगमन कर गया।

"उधर कनकश्री अपनी अवदमित वासना से छटपटाती हुई, देहत्याग कर गयी। उसकी काम-मानसिक शरीर अदृश्य व्यन्तरी के रूप में जनमा। और वह व्यन्तरी अपनी भवान्तरों की एकाग्र वासना लेकर पद-पद पर मेरा पीछा करने लगी। उसने अपनी अव्याहत काम-शक्ति से मेरे उपस्थ पर अधिकार कर लिया। मेरे मन को तो वह छू न पायी, लेकिन मेरी देह के शक्ति-केन्द्र को उसने अपनी प्राणहारी वासना से आक्रन्द कर लिया।...उससे चाहे जब, इन्द्रिय-उत्थान होने लगा। विशेषकर आहार के समय आहारक शरीर का वह उद्वेलन मुझे अनिर्वार विवश कर देता। आहार का निवाला उठते ही, कामदंड उत्थान कर मानो चुनौती देता : "पहले मेरा उत्तर दो, तब खाओ!" मुझे अन्तराय हो जाता। आहार का रस और ओजस् क्या केवल इसीलिए है? कोई बरबस मेरा कंठावरोध कर देता। मैं निराहार ही निकल पड़ता। हर दिन आहार वेला में वही उपद्रव। अन्तराय हो जाता। महीनों उपासे निकल जाते।

"उस दिन ऐसे ही द्विमासिक उपवास के बाद पारण को निकला था। कोई उपेक्षा, प्रत्याशा तो नहीं थी। देह अपने स्वधर्म में विचर रही थी, आत्मा अपने स्वधर्म में। एक छाया तब भी मेरा पीछा कर रही थी। कि अचानक तुम्हारा पड़गाहन-स्वर सुनाई पड़ा, कल्याणी! तुम्हारे प्रक्षालन से देहभाव विदेशीय गन्ध-सा तिरोहित हो गया। देह में क्या हो रहा था, पता ही न चला। तुम्हारे पयस् पान से अन्तिम परितुष्टि हो गयी। देह की शेष ग्रन्थि भी खुल गयी। उस निर्वेद शान्ति में मैं विस्मित हो रहा।...क्या ऐसा भी हो सकता है?

"कनकश्री को लेकर मेरे मन में गहरा पूर्वग्रह बँध गया था। निश्चय हो गया था, कि मुक्ति-मार्ग की अटल बाधा है नारी। तुमने उस पूर्वग्रह की कुंठा का पल मात्र में मोचन कर दिया। सचमुच पाया, कि बाधा स्वयं ही राधा हो गयी है। गुरु का आप्त-वचन प्रमाणित हो गया।...स्वयं महासत्ता ही नारी रूप में प्रकट हो आयी। ऐसी कि, उसका पार नहीं। एक अक्षय्य मार्दव के सिवाय और कुछ भी तो नहीं। केवल अपनी अनन्या आत्मा। और कोई नहीं।

"मैं ह्लादिनी महाशक्ति के उसी आह्लाद में विपुलाचल पर चढ़ आया। यहाँ एक बार फिर काम चरम पर पहुँचा, और स्वयं ही अपने से निष्क्रान्त हो गया। और मैं शुक्लध्यान की आर्द्रा में भींजता, नहाता क्षपक-श्रेणि पर आरूढ़ हो गया। वहाँ से देखा, एक करुणामयी माँ को। प्राण मात्र की धात्री को। और उसी में से मेरी मुक्ति का द्वार खुल गया। देवी चेलना शाश्वती में जयवन्त हों!"

"लेकिन उस बेचारी पीड़िता व्यन्तरी कनकश्री का क्या होगा, भगवन्?"

"वह अब शान्त और समय-सुन्दर भाव से अर्हत् की सेवा में निवेदित है। रात की निस्तब्धता में वीणा वादन करती हुई, वह विपुलाचल की वनानियों में अर्हन्त महावीर का स्तुतिगान करती रहती है।"

"उसके संगीत में अर्हन्त वैशाख क्या सुनते हैं, क्या देखते हैं?"

"यही, कि जो नारी मनुष्य को जन्म देती है, वही उसे जन्म-मरण से मुक्त करने की शक्ति भी रखती है। महावीर के युगतीर्थ में नारी-माँ की इस शक्ति का जयगान होगा।"

चेलना की कृतार्थता अकथ हो गयी। उसके नारीत्व को फिर एक बार अचूक उत्तर मिल गया। उसकी आँखों के पानी में उसके अन्तर्वासी प्रभु उजल आये।

...निरंजन महावीर, तुम्हारी सम्भावनाओं का अन्त नहीं!...

मुक्ति की अनजानी राहें

सभी कुछ तो घूम रहा है। पृथ्वी, आकाश, ग्रह-नक्षत्र, कण-कण, क्षण-क्षण सब घूम रहे हैं। सब अपने में घूम रहे हैं, और सब एक-दूसरे के चारों ओर घूम रहे हैं। देश, काल, भूमंडल, खमंडल, मनुष्य, इतिहास, पदार्थ, परमाणु—सभी निरन्तर चक्रायमान हैं। रेखिल कुछ भी नहीं, सभी चक्रिल है। कोई भी स्थिति या गति सपाट रेखा में नहीं है, चक्राकार है। सामने दीखती रेखा के दोनों छोर कहीं न कहीं जाकर मिल जाते हैं। इसी से सत्ता में कहीं आदि या अन्त नहीं है। सभी कुछ अनादि और अनन्त है। इसी से घूमना ही गति का अन्तिम स्वरूप है। अन्ततः सीधा कुछ नहीं, सब गोल है। सब छोर पर शून्याकार है। निराकार शून्य का जो बिम्ब दर्शन या गणित में उभरता है, वह गोल है। सब कुछ गोलाकार, अखंड मंडलाकार।

सत्ता और पदार्थ का स्वभाव है परिणमन, अपने ही निज स्वरूप में निरन्तर घूमना। इसी से सृष्टि में सर्वत्र एक गोलाकार गतिमत्ता का आभास है। एक ही आदि अन्तहीन चक्र में घूमते हुए भी, हर वस्तु अपने को दुहराती नहीं, नित-नयी होती रहती है। हजारों-लाखों वर्ष पूर्व जो घटित हुआ था, वह ठीक इस क्षण फिर नया होकर हमारे सामने आ रहा है। अभी और यहाँ जो भी घटन या विघटन है, वह अनादि काल-बिन्दु के परिप्रेक्ष्य से जुड़ा हुआ है।

ऐसे में भला हमारी कथा भी सीधी सपाट रेखा में कैसे चल सकती है। महावीर, श्रेणिक, चन्दना या चेलना अनादि में भी थे, और आज भी हैं। सो उनकी

कथा भी घूम-फिर कर बारम्बार अनादि परिप्रेक्ष्य तक जाती है, और निरन्तर भविष्यत् तक को मापती और व्यापती है। हर कथा लौटकर किसी अदृश्य में लय होती है, और उतने ही वेग से वह अदृष्ट भावी में दूर-दूर तक जाती दीखती है। ऐसे में सौ-पचास वर्ष के एक आयु-खंड में यदि कथा फिर पीछे तक जाकर, फिर आज में लौटती है, और आगे तक चली जाती है, तो क्या आश्चर्य है।

देखिए न, मैं भी कथा कहते-कहते आपको शून्य में घुमाने लगा हूँ। छोड़िए, हम फिर कथा के रूपायमान जगत् में लौटें। अभी हम जहाँ हैं, वहाँ से फिर बरसों पहले के दिनों में लौटने की जरूरत पड़ गयी है। जो अभी घटित होने जा रहा है, उसका पूर्व छोर पच्चीस-तीस बरस पहले कहीं हाथ आता है।

...तब भगवान नन्द्यावर्त प्रासाद में ही अपना कुमारकाल बिता रहे थे। गान्धार-नन्दिनी रोहिणी तब तक ब्याह कर वैशाली नहीं आयी थी। उसी जमाने की बात है। गान्धार देश के महापुर का राजा था महीपाल। यह महागान्धार का ही एक छोटा राजकुल था। महीपाल का इकलौता बेटा था सात्यकी। वह स्वभाव से ही बहुत खामोश और एकाकी था। वह तक्षशिला के विश्वविद्यालय का स्नातक रहा था। तभी वहाँ के कुलपति और गान्धार के ज्येष्ठ राजकुल के वंशज आचार्य बहुलाश्व की तेजोमती बेटी रोहिणी का उस पर बहुत प्यार हो गया था। उस एकल विहारी गम्भीर लड़के से वह बरबस आकृष्ट थी। सात्यकी इस जगत् से ताल मिलाकर नहीं चल पाया था। वह लीक छोड़कर चला था। और एकान्त निर्जनों में भटकता हुआ अपनी पगडंडियाँ आप ही बना रहा था।

समकालीन आर्यावर्त की विख्यात वीरांगना और धनुर्धर थी गान्धार-बाला रोहिणी। वह भी सीधी राह कहाँ चल पायी थी? सुदूर खैबर के दुर्गम दर्रों में घोड़ा फेंकती इस दुरन्त लड़की ने गुरुकुल की मर्यादा पहले ही दिन से तोड़ दी थी। ऐसी दुर्दान्त थी वह, कि अपने गगन-बेधी तीर से शून्य तक को चीरकर, उसके रहस्य खोल देने को मचलती रहती थी। सारे गान्धार में कनिष्ठ राजकुल का बेटा सात्यकी ही उसका एकमात्र मन-मीत था। सात्यकी ऐसा विरागी था, कि परिवार में या बाहर कोई निजी सम्बन्ध वह बना पाया ही नहीं। उसकी थाह पाना मुश्किल था। पर रोहिणी उससे खूब परच गयी थी। केवल वही उसे पहचानती थी। और सात्यकी भी चुपचाप अपनी इस बड़ी दीदी के वशीभूत-सा हो गया था। प्राय: वह चुप ही रहता था। लेकिन कभी उसके जी में आता, तो कितनी ममता से वह पुकारता रोहिणी को : "दीदी!"

फिर भी वे बहुत कम ही मिलते थे। दोनों अपने-अपने एकान्तों में अपनी विचित्र राहों के अन्वेषण में खोये रहते। लेकिन दोनों ही को लगता था, कि वे सदा साथ हैं। कई बार घोड़े पर सवार होकर सात्यकी सुदूर सुलेमान पर्वत के पार पश्चिमी

समुद्र–तट पर एकाकी विचरता दिखाई पड़ता।...देखता, कि लहर में से उभरती लहर अन्तहीन होती हुई पारावार हो जाती है। सीमाहीन विस्तार और अगाध में खो जाती है। और उसे लगता कि ऐसा ही तो है उसका मन। ऐसा ही तो है। उसका अपना भी रूप। कैसा तो आनन्द होता उसे, अपने आपको उस अरब सागर की तरंगों पर आरोहण करते देखकर। ऐसे क्षण उसका जी चाहता, कि कोई उसे देखे, कोई इस अछोर यात्रा के आनन्द में उसका सहचर और सहभागी हो।

...एक दिन की बात। सात्यकी इसी तरह अरब सागर के तट पर एक नारियल वृक्ष की छाँव में अकेला निश्चल खड़ा था। वैसी ही सामुद्री मुद्रा। जैसे वह स्वयं ही यह समुद्र हो गया है। अपने अलग होने का कोई भान नहीं।...तभी हठात् उसकी वह तल्लीन मुद्रा भंग हो गयी। उसने देखा, समुद्र की सुदूर वेला में से कोई नारी आकृति उठकर लहरों को चीरती हुई उसकी ओर चली आ रही है। मानो जल ही उसका शरीर है, जल ही उसका चीर है। निरी जलजाया, जलवसना। कोई जल–परी? कोई अप्सरा?...अरे कौन है यह? कौन है यह, जिसने मेरे आवाहन को सुना है? जिसने मेरे इस स्वरूप को देखा है! जो मेरे इस सौन्दर्य और आनन्द में सहभागिनी हुई है।

...और वह उसके साथ तन्मय होता गया। उसे फिर अपनी इयत्ता बिसर गयी।...कि सहसा ही वह जलकन्या उसे ठीक अपने सामने खड़ी दिखाई पड़ी। वह चौंका और बोल उठा :

"ओ दीदी, रोहिणी दीदी!"

"यहाँ कोई दीदी–वीदी नहीं। मैं केवल एक स्त्री हूँ। मेरा कोई नाम नहीं, किसी एक सम्बन्ध से मैं बँधी नहीं।"

"तो दीदी, तुमने भी मुझे छोड़ दिया?"

"कोई भी तुम्हें छोड़ देगी। इतने बड़े होकर भी तुम पुरुष न हो सके, आपे में न आ सके!"

"लेकिन, दीदी, सुनो तो...तुम यहाँ कैसे?"

"तुम यहाँ कैसे?"

"मैं...मैं...बस ऐसे ही, जैसे तुम यहाँ हो!"

"क्या चाहते हो मुझसे?"

"कुछ नहीं, बस तुम रहो दीदी मेरे लिए...!"

"तो तुम रहो, मैं चली...।"

"दीदी, न न, मत जाओ, मुझे अकेला छोड़कर।"

सात्यकी का कंठ रुँध गया। उसने वेगपूर्वक जाती हुई रोहिणी का हाथ पकड़ लिया। रोहिणी बेबस हो गयी। वह धप से वहीं बैठ गयी। सात्यकी भी जहाँ था, वहीं बैठ गया। दोनों की आँखें मिलीं : दोनों की आँखें छलछला रही थीं। बड़ी देर मौन छाया रहा। बीच में एक दूरी अपार होती गयी। कि तभी भरभराते गले से बोली रोहिणी :

"तुम अब भी पुरुष न हो सके! भीरु कहीं के। मैं कब तक तुम्हें पकड़े बैठी रहूँगी। हरेक की अपनी एक नियति होती है, और वह उस ओर बरबस चला जाता है। इतना भी नहीं समझते? अब निरे बच्चे तो नहीं तुम!"

"तो तुम मुझे छोड़ जाओगी, दीदी?"

"छोड़ना और रखना, कुछ भी क्या मेरे हाथ है? देख रही हूँ, अपने ही को नहीं रख पा रही हूँ।...आज एक बेरोक पुकार खींच ले गयी। और मैं समुद्र में तैरती हुई, उसके आभोग प्रदेश तक चली गयी। बेतरह हाथ-पैर मारती मानो इस सागर को अपने में बाँध लेना चाहती थी,...कि तभी...कि तभी..."

"तभी क्या, दीदी?" सहमा हुआ-सा सात्यकी बोला।

"मुझे समुद्र के सुदूर प्रत्यन्त देश से आती एक आवाज सुनाई पड़ी : रोहिणी मामी...रोहिणी मामी! किसने पुकारा? मैं किसी की मामी नहीं : किसी की कोई नहीं। कौन है वह मामा, कौन है वह भानजा? निरी जल्पना, बकवास। रोहिणी किसी की बन्धक नहीं हो सकती।...लेकिन, सात्यकी, ऐसा लगता है, जैसे किसी अटल नियति ने पुकारा है...अनबूझ है यह खेल!"

"तो तुम मुझे छोड़ जाओगी, दीदी?"

"मुझे कुछ भी नहीं मालूम, सात्यकी!...लेकिन...लेकिन...मेरे रहते तुम आदमी बन जाओ। अपने आपे में आओ। फिर पीछे कौन देखनेवाला है। किसे पड़ी है...।" रोहिणी का गला भर आया।

"दीदी...!" फूटकर सात्यकी ने दीदी के जानू पर सिर ढाल देना चाहा। रोहिणी ने कहा : "नहीं, अब और नहीं, सत्तू...। वेला टल रही है, चलो अब लौट चलें। फिर दर्रों में अँधेरा घिर आएगा।..."

और विपल मात्र में ही दोनों अपने घोड़ों पर सवार होकर, सुलेमान पर्वत की घाटियाँ पार करने लगे। दोनों चुप थे। एक अजस्र और शुद्ध गतिमत्ता में वे एकाकार थे।...बस्तियों के दीये दूर पर चमकने लगे। एक चतुष्क पर पहुँचकर उनके घोड़े थम गये। बोली रोहिणी :

"मेरे राजा भैया, कितने प्यारे हो तुम। देखो, मैं कल गान्धार के लिए रवाना हो रही हूँ। हो सके तो तुम भी अपनी राह घर लौट चलो। दो-तीन दिन में हम दोनों ही घर पहुँच जाएँगे। तब तुम्हें रोज ही मेरे पास आना होगा। मैं तुम्हें शास्त्र, शस्त्र

और शिल्प सबकी मौलिक शिक्षा दूँगी। मैं तुम्हें अजेय धनुर्विद्या सिखाऊँगी। जानते तो हो, तुम्हारी दीदी को धनुर्विद्या में आज तक कोई हरा न सका। हाँ, तो आओगे न रोज मेरे पास?''

''हाँ दीदी, आऊँगा जरूर। लेकिन तुम कहीं चली मत जाना!''

''पागल कहीं के...!'' कहकर रोहिणी खिलखिला पड़ी। और वह अपने मामा के घर रथमेघनगर की ओर धावमान दीखी। सात्यकी के मुँह से सिसकी फूट पड़ी।...और फिर वह खोया-भूला-सा अपने प्रवास की पान्थशाला की ओर घोड़ा दौड़ाने लगा।

...रोहिणी प्राणपण से सात्यकी को काव्य, कला, शास्त्र, शस्त्र—सारी विद्याओं के गुह्य रहस्य सिखाने लगी। सीखा उसने सब, लेकिन उसका मन किसी में नहीं था। मगर अब वह बेशक पुरुष हो गया। अपने स्वत्व में आ गया। औरों के प्रति तो पहले भी वह उदासीन ही था। लेकिन दीदी को लेकर जो गलदश्रु विकलता उसमें थी, वह तिरोहित हो चली थी। कहीं से वह निश्चल और नीराग कठोर हो आया-सा लगता था।...बहुत कम बोलता, और शिक्षण समाप्त होते ही, अचानक चला जाता। रोहिणी को सन्तोष हुआ, कि सात्यकी अब अपने में आ गया है। वह निश्चिन्त हुई।

...उन्हीं दिनों वैशाली के महासेनापति सिंहभद्र किसी आवश्यक राजकीय कार्य से, राजदूत होकर गान्धार आये हुए थे। वे अप्रतिम धनुर्धर महाली के शिष्य थे, और उनका तीर अचूक माना जाता था। उन्होंने वीरांगना रोहिणी की गगनवेधी धनुर्विद्या की ख्याति सुनी थी। गान्धार में उन्होंने रोहिणी का वह पराक्रम अपनी आँखों देखा। रोहिणी के व्यक्तित्व की गरिमा और तेजस्विता से वे प्रभावित हुए। तो साथ ही रोहिणी की मौन मृदुता ने भी उनका मन मोह लिया। एक दिन उनके बीच, खेल-खेल में, शिखर-वेध की होड़ लग गयी। सिंहभद्र का तीर, लक्षित शिखर से टकराकर टूट गया, लेकिन रोहिणी ने शिखर को बींध दिया। इस हार से वैशाली के महा-सेनापति सिंह की आँखें रोहिणी के सामने झुक गयीं। रोहिणी मुग्ध स्तम्भित देखती रह गयी।...और अगले ही क्षण उसने एक जयमाला सिंहभद्र के गले में डाल दी और बोली :

''तुम हारकर भी जीत गये, मैं जीतकर भी हार गयी!''

...उसी सन्ध्या को तक्षशिला में उन दोनों के गान्धर्व परिणय का भव्य आयोजन हुआ। सात्यकी भी उस उत्सव में शरीक हुआ था। कितना तटस्थ अकेला विचर रहा था वह, उस वाजित्रों से गूँजती जनाकीर्ण परिणय-सन्ध्या में। वह जरा भी आहत या प्रभावित नहीं लगता था। शिलित निश्चल था मानो। रोहिणी दूर से ही उसे देखकर गर्व से मुस्करा रही थी।...''मेरा सत्तू सच ही आदमी बन गया। पर इतना विरागी?

क्या यह भी कोई निगूढ़ राग ही नहीं है?''...पर अपने नन्हे भैया के इस अप्रत्याशित सुदृढ़ पौरुष को देखकर वह आहत हो गयी। उसने सिंहभद्र से सात्यकी का परिचय कराया :

''यह मेरा भैया सात्यकी, मौनी मुनि है। लेकिन यही मेरा अकेला संगी है, हमारे सारे गान्धार में। काश यह थोड़ा उन्मुख होता, तो भला मैं आपको जयमाला क्यों पहनाती, सेनापति!''

''ओ हो, तो भाई से ही काम चल जाता, पति अनावश्यक हो जाता!'' कहकर सिंहभद्र ठहाका मारकर हँस पड़े। उन्होंने भोले-भाले सात्यकी को पास खींचकर सीने से लगा लिया। तभी रोहिणी बोली :

''यह मेरा राजा भैया ही मुझे पहुँचाने वैशाली आएगा।''

''सच ही तो, पराये पुरुष का भरोसा भी क्या, कब राह में दगा दे जाए! यह तो आपका रक्तजात भाई, लोही की सगाई। मैं इसकी बराबरी कैसे कर सकता हूँ!''

कहते हुए सिंहदेव फिर जोर से हँसे, और सात्यकी को अपनी बगल में लेकर उसके गलबाँही डाल दी। रोहिणी का नारीत्व अपनी अगाधता में निमज्जित हो गया। वह कृतार्थता के तीर्थ-सलिल से आचूड़ भींज आयी।

''मैं वैशाली नहीं चलूँगा, दीदी!''

''ऐसा रूठ गया मुझसे? मेरा विवाह करना अपराध हो गया?''

''इतना ही समझती हो मुझे? छोड़ो वह। सोचो तो, तुम्हारे पल्ले की कोर बँधा कब तक, कहाँ-कहाँ घूमता फिरूँगा? यह क्या मेरे पुरुष के लायक होगा?''

रोहिणी की आँखें लाड़-भरे गर्व से भीनी हो आयीं। भीतर के कंठ से बोली :

''यह तुझे क्या हो गया है, सत्तन? तुझे पुरुष होने को कहकर मैं हत्यारी हो गयी। पुरुष होने का अर्थ यह तो नहीं, कि मुझ से पराया हो जाएगा! और न यही, कि सबसे भागा फिरेगा।...तू नहीं चलेगा पहुँचाने, तो मैं भी नहीं जाऊँगी वैशाली...!'' कहते-कहते रोहिणी का स्वर डूब गया।

...तब कैसे मना करता सात्यकी। वह दीदी के साथ वैशाली आया। वहाँ सिंहभद्र और रोहिणी के विवाह का उत्सव बड़ी धूम-धाम से हुआ। कई दिनों तक चलता रहा। दूर-दूर से आकर सारा परिवार एकत्र हुआ था। सिंहसेनापति की सारी बहनें आयी थीं। कुंडपुर से त्रिशला, चम्पा से पद्मावती, कौशाम्बी से मृगावती। उज्जयनी से शिवादेवी, वीतिभय से प्रभावती और राजगृही से चेलना। सुज्येष्ठा और चन्दना तो कुंवारी ही थीं। रोहिणी ने सभी से सात्यकी का परिचय कराया था। सबको वह बहुत प्रिय लगा था। सिंहभद्र ने अपने भाई दत्तभद्र, धन, सुदत्त, उपेन्द्र,

सुकुम्भोज, अकम्पन, सुपतंग, प्रभंजन और प्रभास—सभी से सात्यकी का मेल-जोल करा दिया था। और भी कई लिच्छवि युवाओं ने उसे बड़े प्यार और सम्मान से अपनाया था। लेकिन सात्यकी की मनोमुद्रा कुछ और ही तरह की थी। यों सबसे हँस-बोल लेता था। लेकिन प्रायः चुप रहता था। उसके मन की तह में कोई झाँक नहीं पाता था। अन्तःपुर के विशाल गोष्ठीकक्ष में सारे परिवार के स्त्री-पुरुषों की महफिल जमती। हँसी-चुहल के फव्वारे उड़ते।...कि ठीक तभी सात्यकी कब चुपचाप वहाँ से गायब हो जाता, किसी को पता न चलता। लेकिन रोहिणी की आँख से यह पलातक बच नहीं पाता।

...रोहिणी के मन में एक काँटा और भी चुभ रहा था। वर्द्धमान कुमार नहीं आये? रोहिणी मामी के उस गोपन रिक्त को दूसरा कौन समझ सकता था। किसी से यह बात पूछ भी कैसे सकती थी?...तो फिर किसलिए पुकारा था मुझे—अरब सागर की लहरों पर से? यों रोहिणी ने परोक्षतः जान लिया था : कि वर्द्धमान तो प्रसंग पर कहीं जाते नहीं।...अप्रासंगिक चर्या करते हैं। प्रवासी अतिथि का क्या भरोसा—कब कहाँ होगा? सो रोहिणी ने अपने मन को समझा लिया था। अलक्ष्य भविष्यत् में आशा की टकटकी लगा दी थी।

...लेकिन इस सात्यकी को क्या हो गया है?...होना क्या है। यही तो उसका स्वभाव रहा सदा से। रोहिणी के जी में अपने चुप्पे भाई का दर्द बना रहता। पर अब वह उसे टोकती नहीं थी। चुपचाप उसके हाल को देखती रहती। राजपुत्रों की आपानक गोष्ठियों में वह कहीं न होता। पूरे परिवार की वन-क्रीड़ा और वन-भोजनों में भी, वह किनारे कहीं छिटका दीखता। फिर अन्तर्धान।

सात्यकी की इस विरागी चर्या को कोई एक और चुपचाप देखती रहती थी।...चेलना से छोटी सुज्येष्ठा इस चुप्पे लड़के के रहसीले मन में झाँकने को उत्सुक थी। मन्दार फूलों-सी दूर-गन्धा वह लड़की, खुद भी तो कम रहसीली नहीं थी। वैसी ही तो चुप्पी, सुगम्भीर प्रकृति। सदा उजले श्वेत वस्त्रों में शोभित कोई कैरवी। सात्यकी ने एक बार उसे अपनी ओर देखते, देख लिया था। कैसी सरल निवेदन भरी थी वह चितौनी। एक शान्त झील, जिसमें सब सहज प्रतिबिम्बित है। ऐसा कई बार हुआ था। सात्यकी को भय-सा लगा था।...नहीं, बन्धन और व्यथा लेकर वह नहीं सोएगा।...और वह छिटक जाता।

...लेकिन सुज्येष्ठा भी उसके बाद कब कहाँ चली जाती, किसी को पता ही न चलता।...हर सबेरे वह स्नान-गन्ध से पवित्र होकर 'चन्द्रप्रभ चैत्य उपवन' में भगवान चन्द्रप्रभ की पूजा के लिए जाती। पवित्र श्वेत वसन, खुले केश। लिलार पर रक्त चन्दन का टीका। हाथ की चाँदी की थाली में गन्धराज, वेला, स्थल-कमल के फूल। अभिषेक-जल की सुवर्ण झारी। केशर की कटोरी।

...एक दिन बड़ी भोर ही सात्यकी चन्द्रप्रभ देव के दर्शन कर लौट रहा था। कि अचानक ही देवालय की सीढ़ियों पर पूजा-द्रव्य लिये सन्मुख आती दीखी सुज्येष्ठा। दोनों का परस्पर से बचाव न हो सका। दृष्टियाँ मिलीं। विनय से नत होकर सुज्येष्ठा ने अतिथि का अभिवादन किया। सात्यकी ने भी हाथ जोड़कर सिर झुका दिया।

"जरा रुकेंगे, आर्य सात्यकी? पूजार्घ्य का पुष्प-प्रसाद लेते जाएँ।"

कहकर झटपट सुज्येष्ठा चैत्यालय में चली गयी। बहुत एकाग्र मन से उसने चन्द्रप्रभ प्रभु का पूजन-अर्चन, धूप-दीप किया। अन्तरतम से प्रार्थना की : "मेरी राह प्रकाशित करें, प्रभु।...और ये अतिथि देव जीवन में अपना मनोकाम्य लाभ करें, और कृतार्थ हों।"...लौटकर सुज्येष्ठा ने, दोनों हाथों से सात्यकी को पुष्प-प्रसाद दिया। उनके भाल पर केशर का टीका लगा दिया। फिर उन पर अक्षत-फूल बरसा दिये।...और एक-दूसरे को बिना देखे ही दोनों अपनी-अपनी राह चले गये।

चन्द्रप्रभ उपवन के उत्तरी प्रत्यन्त भाग में एक पीले कमलों का सरोवर था। वहाँ प्राय: सुज्येष्ठा कभी-कभी साँझ बेला में एकान्त विहार करती थी। सात्यकी को इसका कोई आभास भी नहीं था।

...एक दिन साँझ की द्वाभा वेला में सात्यकी भी उधर निकल आया। वह निर्जन सरोवर की एक सीढ़ी पर बैठा, तन्मय होकर उन मुद्रित होते कमलों की भीनी लयमान गन्ध में अपनी मनोवेदना का पता खोज रहा था...कि तभी अचानक सुज्येष्ठा वहाँ आयी। उसे देखते ही सात्यकी उठ खड़ा हुआ : "...ओ, क्षमा करें, मुझे पता न था।" कहकर वह चल पड़ा। सुज्येष्ठा के मुँह से बरबस ही निकला : "ओ...आप! मैंने आपकी तन्मयता में आघात पहुँचाया।" सात्यकी रुका और उसने पीठ से ही सुना : "मुझसे भूल हो गयी क्या? आप इस तरह चले जाएँगे?..." फिर रुककर वह बोली : "यदि आपको नाराजी है, तो मैं ही चली जाती हूँ।" कहकर सुज्येष्ठा दूसरी वीथी से उल्टी दिशा में चल पड़ी।

"नहीं, देवी, आपसे कौन नाराज हो सकता है? फिर मैं कैसे...? दोष तो मेरा था। मालूम न था कि यह आपका एकान्त विहार-स्थल है। नहीं तो मैं यहाँ क्यों आता, भला। जाने से पहले मुझे क्षमा नहीं कर जाएँगी?"

सुज्येष्ठा को यह बात तह तक छेद गयी। मन-ही-मन हुआ : "क्या मैं इस योग्य भी नहीं कि एक बार आँख तक न उठायी इन्होंने?"...सुज्येष्ठा ने मुड़कर न देखा। उसके नारीत्व का कोरक बिद्ध हो गया था।

सात्यकी बहुत चाहकर भी, फिर सुज्येष्ठा को कभी न देख सका। न पारिवारिक गोष्ठियों में, न वन-क्रीड़ाओं में।

और एक दिन बहुत-भरे मन से रोहिणी ने सात्यकी को विदा कर दिया। इस

सागर-वेला को कब तक बाँधकर रख सकूँगी?

उस विदा के क्षण सात्यकी ने वैशाली के सारे राजमहालयों के हर वातायन को एक बार बड़ी साधभरी आँखों से निहारा था। काश, वह सुगम्भीर चेहरा कहीं दीख जाता! रथ पर जाते हुए राह में, वैशाली के हर पेड़-पौधों से वह मुद्रा झाँकती दीखी थी। जो अब मानो सदा को कहीं अन्तर्धान हो गयी थी।

...गान्धार का वह मर्मीला और शर्मीला लड़का! सुज्येष्ठा उसे किसी भी तरह भुला न सकी। उसमें उसने एक अचिन्त्य गहराव देखा था। कैसा अदम्य था उसका आकर्षण। उसके मरम को जाने बिना ठहराव शक्य नहीं। '...हाय, कैसी भूल हो गयी मुझसे। वे तो स्वयं ही मेरे एकान्त में आये थे। भले ही मुझे देखते ही चल पड़े थे, लेकिन मेरे सम्बोधन पर वे रुके भी थे। पर मैं अधिकार का दावा लेकर अभिमान कर बैठी। मेरी तिरिया-हठ ने अनर्थ कर दिया।...और अब तो दिशाएँ भी निरुत्तर हैं। कहाँ होंगे वे, कैसे होंगे वे? क्या मुझे भूल सके होंगे वे?...कौन उत्तर दे!'

रोहिणी भाभी से सुज्येष्ठा ने बहुत परोक्ष ढंग से कुछ पृच्छा की थी। उदास होकर वे बोली थीं : "सात्यकी का भेद मैं ही न जान सकी, तो औरों को क्या बताऊँ? वह इस धरती का जीव ही नहीं। उसका कहीं होना या न होना बराबर-सा ही है।" प्रतीक्षा रही कि रोहिणी भाभी कभी गान्धार जाएँगी, तो शायद कुछ पता चले। लेकिन रोहिणी तो फिर बरसों गान्धार गयी ही नहीं। सुज्येष्ठा बहुत साहस करके, वैसी ही सान्ध्य द्वाभा में एक बार 'चन्द्रप्रभ-चैत्य' के कमल सरोवर पर गयी थी। उस सीढ़ी पर कोई उपस्थिति महसूस हुई थी : पर कोई दिखाई तो नहीं पड़ा। हर वन-वीथी में बस एक लौटती पीठ ही दीखी थी।

...चप्पे-चप्पे पर उसकी आँखें बिछ गयी थीं। शायद कोई गान्धार-ध्वजवाही रथ अचानक आता दीख जाए। शायद कोई पारावत या सूआ प्रणय-पत्र लेकर सुज्येष्ठा की वातायन-रेलिंग पर आ बैठे। शायद कोई हरकारा या दूत आने की खबर मिले। अभी-अभी कुछ होगा, लेकिन कभी कुछ न हुआ।

उधर सात्यकी शून्य-मनस्क हो दिन पर दिन, बरस पर बरस गुजारता चला गया। जी में एक फाँस गड़ी है, दो नीलसर आँखें कसकती हैं। अरब सागर के छोर छू लिये हैं, उन आँखों की प्रतीक्षाकुल टकटकी ने। लेकिन क्या उपाय है। पश्चिम के इस दिगन्त से पूर्व के उस दिगन्त तक, दो कभी न लिखी जाने वाली प्रणय-पत्रिकाओं की प्रत्याशा भटकाये दे रही है। सात्यकी सोचता है, मेरा सत्य कहीं कोई होगा, तो एक दिन सामने आएगा ही। सुज्येष्ठा सोचती : भूल मुझी से हुई, मैं रूठ गयी, मान कर बैठी। लेकिन समय के शून्यांश में इतना अवकाश कहाँ। काल और

दिगन्त निश्चिह्न मौन हैं।...जान पड़ता है, वह मेरा सत्य नहीं था।...

और एक दिन सुज्येष्ठा बिना कहे ही, आधी रात घर छोड़ गयी।

उन दिनों श्रीभगवान वैशाली से कुछ दूर, सोनाली तटवर्ती 'नीलांजन उपवन' में विहार कर रहे थे।...एक दिन भिनसारे भगवती चन्दन बाला उपवन के एक निभृत एकान्त में, खुली आँखों संचेतना-ध्यान में अवस्थित थीं। ठीक तभी सुज्येष्ठा वहाँ आ पहुँची। उसे वन्दना करने की भी सुध न रही। हाथ जोड़, जानू के बल बैठ, नयन भर बोली :

"माँ, संसार में अब पाने को कुछ न रहा। कहीं जी लगता नहीं। मुझे अपने जैसी ही बना लो।"

चन्दना चुप। लम्बी चुप्पी। सुज्येष्ठा हताहत होती गयी। फिर भी उत्तर न आया। सुज्येष्ठा ने फिर अनुनय की :

"माँ के चरणों में भी ठौर नहीं...? तो कहाँ जाऊँ?"

भगवती एकाग्र तृतीय नेत्र से सुज्येष्ठा को ताकती रहीं। पर उत्तर न दिया।

"प्राणि मात्र की माँ, इतनी कठोर हो गयीं? मेरा कोई आत्मीय नहीं, घर नहीं। मेरा कोई भूत, वर्तमान, भविष्य नहीं। मुझ अनाथिनी के नाथ केवल महावीर, मेरी माँ केवल तुम!"

"अपने मन को देख, कल्याणी!" माँ का स्वर सुनाई पड़ा।

"मन अब कहाँ बचा माँ, कि उसे देखूँ! विमन शून्य हो गयी हूँ। तभी तो माँ की शरणागता हुई हूँ।"

"नहीं हुई शून्य, नहीं हुई समर्पित। कहीं अन्यत्र है तू!"

सुज्येष्ठा अवाक् रह गयी। उसने माँ के चरण पकड़ लिये।

"वह अन्यत्र कहाँ है, कोई पता नहीं। मुझे अपनी सती बना लो, माँ!"

"वह अन्य और अन्यत्र है। देखोगी एक दिन। उस मुहूर्त की प्रतीक्षा करो।"

"मैं कहाँ ठहरूँ, कहाँ लौटूँ? मुझे अपने में आयतन दो माँ, आधार दो माँ!"

"जिसमें तुझे सुख हो, वही कर, कल्याणी। स्वधर्म के मार्ग में कोई प्रतिबन्ध नहीं।"

सुज्येष्ठा स्वयं आपसे ही भगवती दीक्षा लेकर, श्री भगवान के समवसरण में उपस्थित हो गयी। भगवती चन्दनबाला ने उसके प्रणत मस्तक पर वासक्षेप की वर्षा की। प्रभु उसके मर्म में रहस्य के एक मुद्रित मुकुल-से भर आये, और मुस्करा दिये।

योगायोग। तभी एक सन्देशवाहक अश्वारोही वैशाली से गान्धार आया। उसके द्वारा उदन्त फैला : "देवी सुज्येष्ठा श्रीभगवान की परिव्राजिका हो गयीं!"

...सुनकर सात्यकी की आँखों में दुनिया बुझ गयी। अरब सागर की अफाट और अकाट्य जलराशि में फाट पड़ गयी। हिन्दूकुश के दर्रे सनाका खा गये। सात्यकी को लगा, कि संसार के किनारे वह अकेला छूट गया है। अब जगत् में उसके पाने को बचा ही क्या है?

सामने की राह रुँध गयी है। दिशा नहीं, क्षितिज नहीं। कहाँ ठहरे सात्यकी। क्या करे? कहाँ जाये?...और उसकी आँखों में अर्हन्त महावीर के समवसरण की ऐश्वर्य-प्रभा झलक उठी।...प्रभु के प्रभा-मंडल में ही तुम्हें खड़ी देखूँगा, सुज्येष्ठा। तुम्हारा वह भागवत तापसी रूप! निर्बन्धन में ही हम मिल सकते हैं।

...और एक सबेरे सात्यकी श्रीभगवान के चरण-प्रान्त में उपस्थित दीखा।

"जगत् में पाने को कुछ न रहा, भगवन्। प्रभु से बाहर अब कहीं जी नहीं लगता। मुझे अपना ही अंग बना लें।"

"सच ही तू यहाँ महावीर को पाने आया है, या किसी और को?"

"प्रभु के भीतर ही मेरी चाह पूरी हो। अन्यत्र नहीं!"

"अन्य और अन्यत्र अभी शेष है। तू पर-भाव में है, सात्यकी। तू प्रतीक्षा कर, अपने भोग्य का तू सामना कर। तू पलायन कर रहा है। मुक्तिकामी पलायन नहीं करता, सामना करता है।"

"पलायन भी तो प्रभु के भीतर ही कर रहा हूँ। मुझे अपने जैसा ही नग्न और निर्ग्रन्थ बना लें, स्वामी।"

"अन्तिम ग्रन्थि का सामना कर, सात्यकी। वही आत्मवेध है।"

श्रीभगवान ने सात्यकी पर ही छोड़ दिया, कि वह चाहे तो नग्न हो जाए, लेकिन प्रभु अनुमत नहीं थे। आदेश नहीं दिया था।...सात्यकी श्रीमाँ चन्दना के आगे कातर गुहार करता हुआ शरण खोजने लगा। माँ को उस पर करुणा आ गयी। माँ की वासक्षेप वर्षा तले सात्यकी दिगम्बर हो गया। माँ को लगा, अपने बच्चे की मोहरात्रि को भी उन्हें ही तो सहना होगा।

समय बीतता चला। सात्यकी ने एक बार प्रभु के ऐश्वर्य की द्वाभा में, देवी सुज्येष्ठा का पवित्र आनन देखा था। मिलते ही चारों आँखों के पलक ढलक गये थे। उसके बाद वे एक-दूसरे से बचकर ही चलते थे। मानो कि यहाँ सभी मिलन में हैं, केवल यही दो आत्माएँ बिछुड़ी हुई हैं। चैतन्य की लीला यदि विचित्र है, तो राग की लीला विचित्र क्यों न होगी!

कुछ बरस बीत चले।

...सात्यकी मुनि एक दिन गुफा में ध्यान-मग्न बैठे थे। बाहर आँधियों के साथ जोर का पानी बरस रहा था। तभी योगात् आर्या सुज्येष्ठा आहारचर्या से लौटते हुए बरसात में भीग गयीं। वे अपनी शाटिका सुखाने के लिए उसी अन्धी कन्दरा में

अकस्मात् चली आयीं, जहाँ सात्यकी ध्यानावस्थित थे। बेभान सुज्येष्ठा ने अपने को एकाकी जान, शाटिका उतार दी, और उसे निचोड़ने लगी।

अचानक बिजली चमकी। सात्यकी के सामने मानो उसकी आत्मा ही परमा सुन्दरी के रूप में नग्न खड़ी थी।...तमाम सृष्टि को दहलाती हुई बिजलियाँ कड़कने लगीं। तूफान गरजने लगे। मेघों के डमरू गड़गड़ाने लगे। वर्षा के उस विप्लव में सब डूबता जान पड़ा।

...और उस अन्धी गुफा में एक नग्न पुरुष और एक नग्न नारी आमने-सामने खड़े थे। प्रकृति और पुरुष की तात्त्विक भूमिका।...उस युगल का देहभान जाता रहा। देह, देह में लीन हो गयी : आत्म, आत्म में रम्माण हो गया।

...इन्द्रियों के सीमान्त आ गये। वे दोनों आगे न बढ़ सके। वे फिर भी बिछुड़े ही रह गये? हाय, इतनी मुक्त अवगाढ़ता के बाद भी ऐसा वियोग और विषाद? दीना-पावना चुक गया। वे एक-दूसरे की ओर न देख सके। और वे अपनी-अपनी राह चले गये।

राजगृही के राजमहालय में अबेला ही चेलना के द्वार पर दस्तक हुई। देवी ने द्वार खोला। सम्राट नहीं, सुज्येष्ठा थी। उजाड़, उदास, वृन्त-च्युत कल्पलता। प्रभात का शीर्ण पाण्डुर चन्द्रमा।

सुज्येष्ठा चेलना के अंक में लिपटकर बेहद रोने-बिसूरने लगी। चेलना को अपनी सहज-बोधि से पता चल गया। अपने अथाह मौन में वह अपनी बहन सुज्येष्ठा को समाती ही चली गयी। सुज्येष्ठा का रुदन चुक गया, पर चेलना दीदी ने कुछ न पूछा। सुज्येष्ठा बहुत आश्वस्त हो आयी। फिर भी रहा न गया तो पूछा :

"दीदी, मैं इतनी गिर गयी, कि तुमने मुझे कुछ पूछने योग्य भी न समझा?" और सुज्येष्ठा रो आयी।

"क्रमबद्ध पर्याय के इस खेल में वह पर्याय अनिवार्य थी, सुज्येष्ठा। आयी और चली गयी। उसकी पूछ-ताछ क्या? और अपनी सुज्येष्ठा को क्या मैं जानती नहीं। गिरना उसके अभिधान में ही नहीं है। तुम दोनों का राग परमाणु से भी अधिक सूक्ष्म था। पहले ही दिन से तुम दोनों देह-भाव में नहीं थे। और आत्म-भाव भी एक अन्तिम अवगाढ़ अभिव्यक्ति के बिना, आप्त-काम नहीं हो सकता।"

"तुम कैसी तो बोल रही हो, दीदी! वीतराग महावीर की मर्यादा हो तुम। और तुमने अमर्यादा को..."

"अमर्याद हैं महावीर, सुज्येष्ठा। उसमें हर क्षण नव-नव्य मर्यादा उदय हो रही है। प्रतिक्षण सदोदित हैं महावीर। त्रिकाली ध्रुव। उसमें उत्थान-पतन नहीं। तुम्हें उस

ध्रुव पर उठा लिया है प्रभु ने। परभाव से स्वभाव में प्रतियात्रा करो, सुज्येष्ठा। प्रभु तुम्हें पुकार रहे हैं।''

...और एक सबेरे सुज्येष्ठा नतमाथ भगवती चन्दनबाला के सम्मुख प्रस्तुत हुई। उसके मुँदी आँखों वाले विनत आनन पर आँसू की धाराएँ बँधी थीं।

''अनिवार्य भोग का शोक कैसा, सुज्येष्ठा! तू उच्चारोही भव्यात्मा है। तू मुक्तिकामिनी है, कल्याणी। तुम दोनों की वासना भी मुक्ति के बाहर नहीं थी। तुमने परस्पर को मुक्त किया। तुम दोनों परायेपन से अपनेपन में लौटने को विवश हुए। तो अब किये का प्रेक्षण करो, आलोचन करो। प्रतिक्रमण करो।''

...क्षणैक चुप रहकर श्रीमाँ ने सुज्येष्ठा के पीछे की ओर सम्बोधन किया : ''काया में नहीं, कामेश्वरी आत्मा में रमण करो, सात्यकी!''

श्रीमाँ ने देख लिया था। सात्यकी भी ठीक सुज्येष्ठा के पीछे ही कब से आ बैठा था। वह प्रबुद्ध हर्षित हो बोला, ''माँ, क्षणिक के पर-राज्य में नहीं, तुम्हारे अमृत के स्व-राज्य में मेरी यह अछोर वासना निर्बन्धन और मुक्त हो जाये।''

''वर्जित नहीं, विवर्जित विचरो, तो ग्रन्थिछेद हो जाएगा।''

श्रीमाँ ने सात्यकी को अपनी भुवनेश्वरी चितवन से पुनर्दीक्षित किया, और वह शान्त भाव से चला गया।

तभी सुज्येष्ठा ने मानो धरती में गड़ते-से पूछा :

''मेरे लिए क्या आदेश है, माँ?''

''चेलना के संरक्षण में तुम्हारी प्रसूति होगी। और यथाकाल अतिथि आत्मा का स्वागत होगा!''

''पाप के मूल का संरक्षण कैसा, माँ? संसार बीज का पोषण कैसा, माँ?''

''आत्मा न पाप है, न संसार है। वह बस एक शुद्धात्मा है। शेष सब अनिवार्य पर्याय-क्रम है। आया और गया। अनागत जनमा आत्मा का स्वागत ही हो सकता है।''

''अवैध जातक का अस्तित्व कहाँ, माँ?''

''कैवल्य में वैध-अवैध कुछ नहीं। वहाँ केवल उत्पाद, व्यय और ध्रुव है। आया, बीता, और शेष में केवल त्रिकाली ध्रुव है। वही होगा तुम्हारा जातक।''

अचानक श्रीभगवान का स्वर सुनाई पड़ा। वे हठात् अधरासीन विराजित दीखे, भगवती के दक्षिणांग में! वीतराग जिनेश्वर ने न्याय-विधान किया :

''अपनी नियति का स्वामी वह स्वयं है, कल्याणी। तुम अपने को उसकी जनेत्री, धात्री माननेवाली कौन? उसके साथ अपने को तदाकार करनेवाली तुम कौन?''

एक स्तब्धता गहराती चली गयी। फिर सहसा ही सुनाई पड़ा :

"यह आमातृ-पितृजात अवैध पुत्र, एक अज्ञात सूर्य की तरह किसी दिन कलिकाल में महावीर के धर्मचक्र का संवाहक होगा!"

देवांगनाओं ने फूल बरसाये। देव, दनुज, मनुज की जयकारों में पाप का अस्तित्व ही तिरोहित हो गया।

...मनुष्य को अपने हर मोड़ पर, मुक्ति की नयी और मनचीती राहें खुलती दिखाई पड़ीं।

फाँसी के उस पार

"यहाँ सर्वज्ञ विराजमान हैं!"

ऐसा वचन लोगों से सुनकर कोई एक धनुष्यधारी पुरुष प्रभु के पास आया। अपराध बोध से वह नम्रीभूत था। सो प्रभु के बहुत निकट ही खड़ा दिखाई पड़ा। प्रभु की उसे अधिक जरूरत थी, सो वह दूर न रखा जा सका।

उसने मन-ही-मन प्रभु से अपना संशय पूछा। प्रभु बोले :

"आप्त अर्हन्त की इस सभा में, पर कोई नहीं, केवल स्व है यहाँ। कैवल्य की इस ज्योति-लेखा में कुछ भी छुपा नहीं, सब उजागर है। स्व के इस राज्य में पर का भय और संकोच कैसा? तू अपना संशय वचन द्वारा व्यक्त कर, आत्मन्। तो अन्य भव्य प्राणी भी प्रतिबोध पा सकेंगे।"

फिर भी लज्जावश वह धनुष्यधारी स्पष्ट न बोल सका। सो उसने संकेत भाषा में पूछा :

"हे स्वामी, यासा, सासा?"

"एवमेव, कल्याणवरेषु!"

एक रहस्य वातावरण में छा गया। हजारों आँखें प्रश्नायित दीखीं। तब आर्य गौतम ने पूछा :

"यासा, सासा? इस वचन का अर्थ कहें, नाथ।"

गन्धकुटी की सीढ़ियाँ स्पन्दित हुईं। और उनमें से सुनाई पड़ा :

"अनादि सन्दर्भ में से यह प्रश्न उठा है, वहीं से उत्तर भी आ रहा है। जो आज भाई-बहन हैं, वे कभी पति-पत्नी भी थे, और आगे कुछ भी हो सकते हैं। बात उतनी ही नहीं, जितनी सामने है। वह पीछे बहुत दूर से, अगोचर में से चली आ रही है, और आगे अगोचर तक है उसका व्याप। कथा के उस पूर्व छोर को सुनो, जानो

भव्यजनो!

"इसी भरत क्षेत्र की चम्पा नगरी में पूर्वे एकदा स्त्री-लम्पट सुवर्णकार था। वह पृथ्वी पर फिरता था, और जहाँ भी कोई रूपवती कन्या उसका मन मोह लेती, उसे वह पाँच सौ सुवर्ण-मुद्राएँ अर्पित कर ब्याह लाता। इस प्रकार अनुक्रम से उसने पाँच सौ स्त्रियों को ब्याहा था। हर स्त्री को उसने सर्व अंगों के आभूषण बनवा दिये थे। और जब जिस स्त्री की बारी आती, वह स्नान-अंगराग कर, सारे ही आभूषण पहनती। और रत्न-कांचन क्रीता, वह भोग्या दासी उसके साथ क्रीड़ा करने चली जाती। अन्य स्त्रियाँ उस दिन कोई शृंगार नहीं कर सकती थीं, यदि करतीं तो सुवर्णकार उनका बहुत तिरस्कार और ताड़न करता।"

"अपनी स्त्रियों के स्त्रीत्व पर उसको अत्यन्त ईर्ष्या थी। यह सारा नारीत्व मात्र, मानो एकमेव उसका भोग्य था। किसी और को ये न मोह लें, इसी अरक्षा और भय में वह जीता था। गृहद्वार छोड़कर कभी कहीं जाता नहीं। दिन-रात वह अपने अन्तःपुर पर पहरा देता रहता था। सुवर्ण तो पर्याप्त था, सो करने को और कुछ था नहीं। वह सर्वकाल इसी एक स्त्रैण वृत्ति में रमा रहता था। इसी कारण वह अपने स्वजनों को भी कभी अपने घर जिमाता नहीं। और इसी अविश्वास के चलते वह भी औरों के घर भोजन पर न जाता।"

"एक बार सोनी का एक प्रिय मित्र, सोनी की इच्छा न रहते भी, उसे अत्यन्त आग्रह से अपने घर भोजन पर ले गया। बरसों बाद मुक्ति की साँस लेकर उसकी पाँच-सौ स्त्रियाँ आपे में आ गयीं। मुदित होकर वे सब एकत्र हुईं। अपनी व्यथा परस्पर कही।..."धिक्कार है हमारे इस घर को, हमारे इस यौवन को, हमारे इस जीवन को कि हम इस कारागृह में बन्दिनी होकर जी रही हैं। हमारा पति यमदूत की तरह कभी अपना द्वार छोड़ता नहीं। सुयोग है कि आज वह कहीं चला गया है। तो आओ, आज हम थोड़ा समय स्वेच्छा से बिताएँ, मनचाहा वर्तन करें। अपने जीवन को क्षण भर जी चाहा जिएँ। आओ, इस फाँसी से मुक्त होकर विहरें।...

"ऐसा विचार कर सब स्त्रियों ने स्नान किया, सुगन्ध-फुलैल, अंगराग, उत्तम पुष्पमालादि धारण किये। सुशोभित वेश-परिधान किया। फिर वे सब अपने-अपने हाथों में अपना दर्पण लेकर उसमें अपना रूप निहारने लगीं। ठीक तभी अचानक वह सोनी लौट आया। यह दृश्य देखकर वह ईर्ष्या और क्रोध से पागल हो गया। उसने उनमें से एक स्त्री को पकड़कर ऐसा मारा, कि वह हाथी के पैर तले कुचली गयी कमलिनी की तरह मृत्यु को प्राप्त हो गयी।

"एक भयंकर सन्नाटे में बाकी स्त्रियाँ पत्तों-सी थरथराने लगीं। सोनी तत्काल ही अन्यत्र चला गया।...सोच में पड़ गया कि वह क्या करे? क्यों न सबको मार डाले? तो फिर किसे भोगेगा...? उधर उन स्त्रियों ने परस्पर कानाफूसी की : अरे यह

कृतान्त तो हम सभी को इसी तरह बेमौत मार डालेगा। तो क्यों न हम सभी मिलकर इसी को मार डालें। इस पापी को जीवित रखकर, हम कब तक अपनी आत्माओं का घात करती रहेंगी ?...तभी सोनी फिर आक्रमणकारी की तरह सामने झपटता आया। तो उन सारी स्त्रियों ने निःशंक निर्भय होकर, एक साथ अपने चार-सौ-निन्यानवे दर्पण एक चक्र की तरह अपने उस पति नामधारी दानव पर फेंके। उससे तत्काल सोनी परम धाम पहुँच गया।

''लेकिन वे तो स्त्रियाँ थीं न! माँ की जाति थीं। सो वे रोकर, विलापकर, पश्चात्ताप करने लगीं। उन्होंने उस घर को ही चितावत सुलगा दिया। और वहीं रहकर वे भी जलकर भस्म हो गयीं। वे सतवंतियाँ अपने ही सत की सती हो गयीं। पश्चात्ताप योग से, अनजाने ही उनके कर्मों की अकाम निर्जरा हुई। अयाचित ही उनके कई पुरातन दुष्कर्म झड़ गये। सो वे चार-सौ-निन्यानवे स्त्रियाँ किसी एक ही प्रदेश में पुरुष होकर जनमीं। संयोग से वे एकत्र हो गयीं। जाने कौन एक दमित द्रोह और दर्द उनमें प्रतिहिंसा बन कराह रहा था।...हमको सबने लूटा, अब हम सबको लूटेंगे। हम चोरी करेंगे, सारे जगत् को चुरा लेंगे। इस कारागार को तोड़ेंगे।...सो वे सब एकमत हुए, और अरण्य में अपना एक गुप्त किला बाँधकर चोरी का व्यवसाय करने लगे।

''उधर वह सोनी मरकर तिर्यंच गति में पशु होकर जनमा। उसके द्वारा मारी गयी, उसकी वह एक पत्नी भी तिर्यंच में पशु होकर जनमी। फिर एक ब्राह्मण के कुल में पुत्र होकर पैदा हुई। वह पुत्र जब पाँच वर्ष का हुआ, तब वह सोनी भी उसी ब्राह्मण के घर, उसकी बहन बनकर उत्पन्न हुआ। माता-पिता ने अपने पाँच वर्ष के पुत्र को अपनी पुत्री के लालन-पालन का भार सौंप दिया। वह बहुत प्यार से अपनी बहन का लालन-पालन करता। लड़की बड़ी तो हो चली, पर जाने किस कारण चाहे जब रोया ही करती। भाई के किसी भी पुचकार-जतन से वह चुप न होती। आठ वर्ष की हो गयी, भाई तेरह का हो गया। लड़की सुबकती ही रहती। द्विज-पुत्र एक बार उसे चुप करने को बहुत सहला-पुचकार रहा था। अचानक उसका हाथ लड़की के गुह्यांग को छू गया। और वह तुरन्त रोती बन्द हो गयी। उसका चिर काल का रुदन थम गया। लड़का चकित था, यह कैसी अद्‌भुत माया है! उसे कुंजी मिल गयी। फिर लड़की जब भी रोती, लड़का उसका गुह्यांग हलके से छू देता। वह चुप हो जाती।

''एक बार उस लड़के के माता-पिता ने उसे उक्त क्रिया करते देख लिया। उन्होंने उसे कोई पापात्मा पिशाच समझ, मार-पीटकर घर से निकाल दिया। वह किसी पर्वत की गुफा में जाकर रहने लगा। फल-मूल खाता, वह अरण्य में ही अनिर्देश्य भटकता फिरता। संयोग से एक दिन वह उस पाल में आ पहुँचा, जहाँ वे चार-सौ-निन्यानवे चोर रहते थे। पूर्व संयोग से उन चोरों में वह घुलमिल गया। और चौर्य कला में निपुण हो, उनका सहयोगी हो गया।

"उधर उसकी बहन यौवन को प्राप्त होकर कुलटा हो गयी। वह स्वच्छन्द विचरती हुई एक गाँव में आ पहुँची। योगायोग कि उन चार-सौ-निन्यानवे चोरों ने तभी उस गाँव में डाका डाला। उसे खूब लूटा। वहाँ उनके हाथ लगी वह स्वैराचारी कुलटा युवती। सौन्दर्य और यौवन से कसमसाती हुई। उन्होंने उसे पकड़कर अपने दुर्ग के अन्तःपुर में कैद कर दिया, और वे सब उसे अपनी अंगना मानकर उसका उपभोग करने लगे। अति सम्भोग से वह दिन-दिन क्षीण, पीली और श्रीहीन हो चली। तब उन चोरों को भी उस पर करुणा आ गयी। उन्होंने सोचा, यह बेचारी अकेली बाला हम सबको कै दिन झेल सकेगी? ऐसे तो यह मर जाएगी।—यह सोचकर वे एक और स्त्री को अपनी भोग्या बना लाये। तब वह पहले वाली कुल्टा ईर्ष्यालु होकर इस नवागता के छिद्र खोजने लगी। और उसे अपनी सौत मानकर रात-दिन डाह से जलने लगी।

"एक बार वे सारे चोर कहीं चोरी करने गये थे। तब कुछ माया-छल करके, वह पूर्वांगना कुलटा इस नयी बहू को किसी बहाने एक कुएँ के पास ले गयी। बोली कि : "भद्रे, देख तो इस कुएँ में कुछ है!" वह सरल स्त्री कुएँ में झाँकने लगी, कि तभी उस कुलटा ने उसे धक्का देकर, उस अन्धकूप में गिरा दिया। लौटकर चोरों ने उससे पूछा कि—वह नवोढ़ा कहाँ गयी? पूर्वांगना बोली—मुझे क्या पता, तुम अपनी स्त्री को सँभालकर क्यों नहीं रखते। चोरों ने समझ लिया, कि निश्चय ही इस शंखिनी पूर्वा ने उस बेचारी की ईर्ष्यावश हत्या कर दी है।

"...हठात् वह नवागत ब्राह्मण उन पाँच-सौ चोरों में से छिटककर खड़ा हो गया। सहसा ही उसका हृदय किसी अज्ञात आघात से विदीर्ण हो उठा। उसके जी में एक जलती शलाका-सा प्रश्न उठा : क्या यह मेरी यही दुःशीला बहन हो सकती है? मैंने अपनी बहन को भोगा? कदाचित्...!

"विपल मात्र में वह द्विज-पुत्र उस पाँच-सौ की पाँत से बाहर हो गया। वह सारे जगत् से बाहर खड़ा हो गया। निर्वासित, एकाकी, अनाथ, सर्वहारा। उसने पाया कि इस संसार में उसका अब कोई हीला-हवाला न रहा। वह कहाँ जाए, कहाँ खड़ा हो? किससे पूछे अपना पता-मुकाम? क्या यहाँ उसका कोई सन्दर्भ नहीं? और कौन है वह बहुपुरुष-गामिनी कुलटा नारी? उसकी बहन? कौन बताये?...तभी उसे कहीं से सुनाई पड़ा : 'यहाँ सर्वज्ञ विराजमान हैं।'...

"यह धनुष्यधारी पुरुष वही द्विज-पुत्र है, हे भव्य जनो! अभी लज्जावश इसने अपना संशय मन ही मन पूछा। फिर शास्ता का आदेश होने पर, यह वचन में बोला तो सही, पर स्पष्ट न पूछ सका। इसने संकेत वाणी में ही पूछा : "यासा सासा?"—क्या वह स्त्री मेरी बहन है?" शास्ता ने भी संकेत वाचक में ही उत्तर दिया : "एवमेव!—हाँ, यह वही है।"

और गन्धकुटी की सीढ़ियाँ निस्पन्द हो गयीं। दिव्य ध्वनि परावाक् में विलीन

हो गयी।

...सर्वज्ञ के उस वचन से द्विज-पुत्र के अवचेतन की सारी अँधियारी तहों का छेदन हो गया। उसकी चेतना पर से पर्त-दर-पर्त जाने कितने ही मोहकोश छिलकों-से उतरते चले गये। अपनी आत्मा के आदि उद्‌गम से, इस क्षण तक के उसके सारे भवान्तर, जन्मान्तर, पर्याय, कर्म-बन्ध, मन के जाने कितने ही भावानुभाव, राग-द्वेष, एक साँकल की तरह उसे टूटते अनुभव हुए। एक क्षण मात्र में ही वह काल के असंख्य अन्ध सागरों में से यात्रा-परिक्रमा करता, सर्वज्ञ के चरण-तट पर आ खड़ा हुआ। फिर लौटकर काल की तिमिर-रात्रि के सारे पट चीरते हुए उसने पार तक देखा। कितने जन्म, कितने जीवन, कितनी पर्याय, कितने नाते-रिश्ते—इन सबमें उसका अपना कोई चेहरा कहाँ है? कहाँ है इसमें उसकी अपनी कोई इयत्ता? कोई अपनी अमिट आत्मवत्ता? सारी पर्यायों में कितने सारे मैं? मैं...मैं...मैं... कहीं तो नहीं दीख रहा इस पर्याय-परम्परा में, उस 'मैं' का अपना कोई एकमेव चेहरा। इनमें वह आप तो कहीं कोई नहीं। वे सारे मोह-माया के नाते-रिश्ते? सब कहाँ खो गये? लहरों की तरह, वे जहाँ से उठे, उसी जल में विलीन हो गये। वह किसे कहे अपना, किसे कहे पराया? सारे सन्दर्भ, परिप्रेक्ष्य विलुप्त हो गये।

...जहाँ उसी भव में बालपन में ही, भाई के मन में बहन के प्रति, गुह्य काम जागा। जहाँ इसी भव में भाई बहन के साथ सो गया, वहाँ किसी भी सत्य सम्बन्ध का आधार क्या हो सकता है? वहाँ कौन अन्ततः किसी का है? मैं और मेरा के इस माया-राज्य में, कोई भी तो अन्ततः मेरा नहीं। हर सम्बन्ध, हर नाता निराधार है। एक वीतमान पर्याय मात्र। भाई-बहन हो कि पति-पत्नी हो, समागम में क्या अन्तर पड़ता है! मांस के इस दरिये में किसी भी लहर पर कोई नाम-नाता अंकित नहीं। सब केवल देखत-भूली का खेल।

...द्विज-पुत्र क्या करे, कहाँ लौटे? क्या कहीं कोई उसका उद्‌गम नहीं, घर नहीं, स्वदेश नहीं, स्वभूमि नहीं, जहाँ से वह आया है, और जहाँ वह लौट सके?...उसकी वेदना चरम पर पहुँच गयी। वह विद्ध हो गया। उसने प्रभु के चरण पकड़ लिये। हठात् सुनाई पड़ा :

"तू अपने घर लौट आया, वत्स। आनन्द!"

तभी स्त्री-प्रकोष्ठ में से उसकी वह विपथगा बहन बाहर छलाँग पड़ी। और झपटकर उसने भी प्रभु के चरण पकड़ लिये। पुकार उठी :

"मेरे नाथ, मेरे अन्तर्यामी प्रभु, तुमसे बिछुड़कर ही तो मैं वासना के अँधेरों में तुम्हें खोजती भटक रही थी। तुम्हें न पाकर ही मैं व्यभिचारिणी हो गयी। स्वामी, मुझे अंगीकार करो। मेरे पापों को क्षमा कर दो!"

सहसा ही प्रतिसाद मिला :

''स्वैराचारी हुई तुम, कि अपने अन्तर्वासी प्रभु की सती हो सको। हर वासना के छोर पर, तुम्हारा प्रभु ही तो खड़ा है। तुम देख न सकीं?''

''देख लिया आज, इसी से तो दौड़ी आयी!''

''फिर पाप कैसा? क्षमा कैसी?''

''जहाँ आप हैं नाथ वहाँ पाप कहाँ?''

तभी वहाँ उपस्थित चार-सौ-निन्यानवे चोरों ने एक स्वर में कहा :

''प्रभु, इस संसार में अब हमारे लौटने को भी ठौर न रहा। हमारा किला टूट गया। हम अरक्षित हैं। राज्य की फाँसी हम पर झूल रही है। श्रीचरणों के सिवाय अन्यत्र त्राण नहीं!''

''फाँसी पर चढ़ जाओ तुम! मृत्यु के पंजे को देखो। उसे सहो। उससे छूटकर तुम यहीं गिरोगे। चार-सौ-निन्यानवे कोमल अंगनाओं ने दर्पण-चक्र चलाकर, अपने सत के लुटेरे का मस्तक उतार लिया। अपने सत्य की आग में जलकर वे आत्माएँ अपनी ही सती हो गयीं। अपने उस पुरुषार्थ को भूल गये तुम?...''

''सब याद आ रहा है, भगवन्। इसी से तो हम आज यहाँ हैं।

''तो फाँसी स्वीकार लो। राजदंड की सीमा भी देख लो!''

चोरों ने जाकर राजा को आत्म-समर्पण कर दिया। चार-सौ निन्यानवे फाँसियों पर झूलते गले, अचानक कहाँ गायब हो गये?...

मनुष्य का हलकार

याद आ रही है, बहुत पहले की बात। प्रभु तब छद्मस्थ अवस्था में तप में अग्नि-वनों से गुजर रहे थे। और उस दिन वे गंगा पार करने के लिए भला नाव पर क्यों चढ़े होंगे? वे चाहते तो उस जल राशि पर चल भी सकते थे। लेकिन नहीं, उनकी राह अतल जल-लोकों के भीतर से ही गयी थी। अहैतुक होकर भी, कितनी सहैतुक थी प्रभु की वह नौका-यात्रा! जल-लोक के राजा सुदंष्ट्र नागकुमार की प्रतिशोध के कषाय से पीड़ित आत्मा ने उन्हें पुकारा था। तो सुदंष्ट्र की उस वासना को तृप्त किये बिना, प्रभु कैसे आगे बढ़ सकते थे?...

...सो वह सुदंष्ट्र जल की उस अन्धकारा से छूटकर, एक गाँव में हालिक कृषिबल होकर जनमा था। उसे जोतने को मानव-क्षेत्र मिला था, जहाँ से मुक्ति का चरम पुरुषार्थ सम्भव होता है। एक दिन वह हालिक अपने खेत में हल जोत रहा था, तभी श्रीभगवान उस क्षेत्र में विहार कर रहे थे। उन्होंने आदेश दिया आर्य गौतम को :

''जाओ, देखो तो गौतम, पास ही एक ग्राम के खेत में कोई कृषक हल चलाकर पृथ्वी को जोत रहा है!''

''क्या वह कोई आत्मार्थी है, भगवन्?''

''जाओ, और स्वयं जानो, वह कौन है!''

आर्य गौतम ने उस ग्रामांगन में विहरते हुए, खेत में हल जोतते उस कृषक को चीन्ह लिया। उन्हें श्रीकृपा का आवेश अनुभव हुआ। उनके भीतर कितना-कुछ स्फुरायमान होने लगा। कृषक को सहसा ही सम्बोधन सुनाई पड़ा :

''ओरे हालिक कृषिकार, कब तक माटी में खेती करेगा रे? मैं तुझे मनुष्य में खेती करना सिखा दूँगा। आ, मेरे पीछे आ!''

हालिक दौड़ा आया। आर्य गौतम की भव्य शान्त, दिव्य मूर्ति देखकर वह अवाक् रह गया। ऐसा लोकोत्तर तेज और सौन्दर्य तो उसने मनुष्य में पहले कभी देखा नहीं था। वह मन्त्र-मुग्ध ताकता ही रह गया। गौतम बोले :

''बोल रे हालिक, क्या तेरा बहुत जी लगता है संसार में?''

''सच ही, नहीं लगता, भदन्त! आप ठीक समय पर आये। मेरा मन बहुत उद्वेलित है। कहीं लगता नहीं। जी करता है, कहीं और ही चला जाऊँ। किसी अन्य ही देशान्तर में, जहाँ ऐसा उचाट और अवसाद न हो, जहाँ मन लग जाए।''

''ओ रे आ, मेरा अनुसरण कर। मैं वहीं जा रहा हूँ, जहाँ जाने को तू बेचैन है!''

''क्या वह देश बहुत दूर है, स्वामिन्?''

''दूर से भी दूर, पास से भी पास। पूछ मत, पीछे चला चल चुपचाप।''

हालिक कृषिकार भगवत्पाद गौतम के पीछे चल पड़ा। बिना किसी आदेश-उपदेश के अपने आप से ही वह, क्षमाश्रमण गौतम की चर्या का अनुसरण करने लगा। ऐसे ही चुपचाप काल निर्गमन होता गया। एक दिन अचानक वह नग्न होकर गौतम के सामने आ खड़ा हुआ। श्रीगुरु गौतम ने उसे पीछी-कमंडलु प्रदान किये। नवकार मन्त्र की दीक्षा दी। सब मौन-मौन ही सम्पन्न हो गया। हालिक चुपचाप पूर्ववत् ही अपने श्रीगुरु का अनुगमन करने लगा। अचानक एक स्थल पर रुककर हालिक ने पूछा :

''हम कहाँ जा रहे हैं, देव?''

''तेरे मन के देश, जहाँ कोई तेरी प्रतीक्षा में है। वह तुझे माटी में नहीं, मनुष्य में बीज बोना सिखा देगा!''

हालिक विचार में पड़ गया। कुछ अचकचाया। बोला :

''आप ही क्या कम हैं, स्वामिन्। आपसे बड़ा तो मुझे कोई त्रिलोकी में दीखता नहीं।''

''एक है त्रिलोकीनाथ, जो छोटे से भी छोटा है, बड़े से भी बड़ा है। वह छोटे-बड़े से ऊपर महाशाल पुरुष है। तीन लोक, तीन काल उसकी हथेली पर हैं।...उन्होंने तुझे याद किया है।''

हालिक स्तब्ध रह गया। बोला :

''मुझ जैसे एक क्षुद्र कृषक को त्रिलोकीनाथ ने याद किया है? मुझे डर लग रहा है, भगवन्। मुझे किसी षड्यन्त्र की गन्ध आ रही है।''

''षड्यन्त्र के बिना, क्या इतना बड़ा जगत् चलेगा रे? फिर वे तो तीनों लोक के राजा हैं। उनकी गति वही जानें। हम-तुम क्या समझेंगे रे। तू चलकर ही देख न!''

''भगवन्, वे आपके कौन होते हैं?''

''वे मेरे गुरु हैं रे, वे प्राणि मात्र के तारनहार श्रीगुरु हैं। तेरे भी।''

''मेरे भी? आपके भी? आप ही जब इतने महिमावान् हैं, तो आपके गुरु तो जाने कैसे होंगे!''

''चौंतीस अतिशयों से युक्त विश्वगुरु सर्वज्ञ महावीर, अवसर्पिणी के चरम तीर्थंकर, कलिकाल के तारनहार। प्राणि मात्र के मित्र, वल्लभ। मन-मन की हर लेते पीर। हर मन के मीत। कीड़ी के भी, कुंजर के भी, तेरे भी मीत। इसी से तुझे याद किया रे!''

सुनते ही हालिक के मन में प्रभु के प्रति प्रीत जग आयी। और उसी क्षण बोधि-बीज का उपार्जन किया। और पूर्ववत् गौतम का अनुगमन करने लगा।

...लेकिन यह क्या हुआ, कि प्रभु के समक्ष पहुँचते ही, उन्हें देखते ही हालिक के चित्त में वैर-भाव जाग उठा। वह क्रोध से भर उठा। उसे पूर्व जन्म का जाति-स्मरण हुआ। उसे याद आया, जन्मों पार एक दिन वह तुंगारण्य में जंगल का स्वच्छन्द राजा सिंह था। और तब यह कमलासन पर बैठा पुरुष त्रिपृष्ठ वासुदेव था। यह प्रभुता के मद से प्रमत्त था। इसने मृगया में केवल अपने क्रीड़ा-भाव को तृप्त करने के लिए, मेरे प्राणों का हनन किया था। वही हत्यारा त्रिलोकी का नाथ कैसे हो सकता है? प्राणि मात्र का और मेरा मित्र और तारक कैसे हो सकता है? उसने आर्य गौतम से कम्पित स्वर में पूछा :

''क्या यही आपके गुरु और विश्वगुरु सर्वज्ञ महावीर हैं?''

''ओ रे हालिक, तू सूर्य को स्वयं न पहचान सका? क्या वह भी तुझे दिखाना होगा?''

''यदि यही आपके गुरु हैं, भन्ते, तो मेरा आपसे अब कोई लेना-देना नहीं। न आपकी दीक्षा ही मुझे चाहिए। लीजिए, इसे लौटा लीजिए। इसे अपने पास ही रखें।

मैं चला...!"

कहकर क्षण मात्र में ही पीछी-कमंडलु फेंककर, वह हालिक कृषिबल बेरोक आँधी की तरह वहाँ से निकल गया। और फिर अपने खेत में लौटकर हल चलाने लगा।

उधर गौतम ने प्रभु को नमन कर पूछा :

"हे नाथ, आपको देखकर तो सकल चराचर जीव हर्षित हो उठते हैं। ऐसे आपसे इस हालिक को द्वेष क्यों हुआ? ऐसा बैर, कि दुर्लभ बोधिबीज अर्जन करके भी, वह उसे फेंककर चला गया। भगवती दीक्षा को त्यागकर पीछी-कमंडलु फेंक गया। इसकी आत्मा पर ऐसा कौन तमस का पर्दा पड़ा है, नाथ?"

प्रभु का उत्तर सुनाई पड़ा :

"त्रिपृष्ठ वासुदेव के भव में तुंगगिरि की गुहा के जिस सिंह को मैंने मारा था, उसी का जीव है यह हालिक कृषिकार, गौतम। सुदंष्ट्र नागकुमार के रूप में भी यही मुझसे बैर लेने आया था। उसका दोष नहीं, उसका कषाय अभी चुका नहीं। लेकिन अब देर नहीं है... प्रतीक्षा करो।"

"लेकिन प्रभु, इस हालिक को मुझ पर प्रीति क्यों कर हुई?"

"उस पूर्व भव में, तुंगगिरि के अरण्य में तू ही मेरे रथ का सारथी था। तुझे उस क्रोध और पीड़ा से फड़फड़ाते सिंह पर करुणा आ गयी थी। तूने उसे सामवचनों द्वारा शान्त किया था। तभी से तेरा वह स्नेही है, और मेरा वह द्वेषी है।"

"लेकिन आज जो कण-कण, प्राण-प्राण के वल्लभ प्रभु हैं, उनके आगे भी उसका वह पुरातन द्वेष टिक सका? जिन श्रीचरणों में सिंह और गाय एक घाट पानी पीते हैं, वहाँ भी उसका क्रोध शान्त न हो सका?"

"हालिक का क्या दोष उसमें? महावीर की वीतरागता कसौटी पर है। उसका प्रेम ही शायद कम पड़ गया!"

"प्रेम के समुद्र में सीमा ही कहाँ, प्रभु! लेकिन उस जीव की पीड़ा कितनी विषम है। क्या वह उस बैर-ग्रन्थि से मुक्त न हो सकेगा?"

...कि ठीक तभी वह हालिक कृषिकार लौटकर श्रीमंडप में आता दिखाई पड़ा।

"पृथ्वी जोतने में अब मन नहीं लगता, भगवन्। अब कहीं भी मन नहीं लगता। कहाँ जाऊँ?"

"तो तू यहाँ क्यों आया रे हालिक? यहाँ तो तेरा जी लगा नहीं। तू यहाँ से तो पलायन कर गया था। जहाँ जी लगे, वहीं जा रे! यहाँ क्यों आया?"

"अपने बैरी वासुदेव का सत्यानाश किये बिना, मेरा जी कैसे लग सकता है?"

"इसीलिए तो तुझे पुकारा है रे, कि तेरे बैरी को पकड़ लाया हूँ, तू उसका उन्मूलन कर दे!"

...हालिक को लगा कि वह सिंह रूप में प्रकट होकर, कराल डाढ़ें फाड़कर त्रिपृष्ठ वासुदेव पर झपट रहा है।...अकस्मात् यह क्या हुआ, कि वासुदेव स्वयं ही उसकी डाढ़ों में कूदकर उसका आहार हो गये! उसके उदर में प्रवेश कर, उसके मूलाधार में उतर गये। हालिक को लगा कि जाने कौन उसके भीतर के एक-एक रक्ताणु, उसके तन-मन के एक-एक परमाणु को सहला रहा है, प्यार कर रहा है।

...हालिक जब उस प्रीत-समाधि से बाहर आया, तो उसने पाया कि स्वयं प्रभु हालिक पर पुष्प-वर्षा कर रहे हैं।

"अरे हालिक, तू तो महावीर के श्वेत रक्त में हल चला रहा है। उसकी नसों में से दूध चू आया है। ओ मेरे हलकार, मनुष्य के जाने कितने ही क्षेत्र, तेरे हल-चालन की प्रतीक्षा में हैं। तेरा बोधि-बीज अनजाने ही, जाने कितनी ही आत्माओं में कल्पवृक्ष बनकर फलेगा। तेरी जय हो हालिक कृषिकार!"

और हालिक को अनुभव हुआ कि उसके रक्त में यह कैसे अवगाढ़ मधुर गोरस का संचार हो रहा है। यह पृथ्वी स्वयं ही हो गयी है उसकी कामधेनु!

विचित्र लीला चैतन्य की : राजर्षि प्रसन्नचन्द्र

पोतनपुर के महाराज प्रसन्नचन्द्र ने बहुत वर्ष सुखपूर्वक राज्य किया। भंगुर ऐन्द्रिक सुख में भी अमरत्व का भ्रम होने लगे, इस हद तक उन्होंने पृथ्वी के सारभूत सुख भोगे। उनकी रानी चन्द्रनखा भी ऐसी शीतल स्वभाव की थी, मानो कि चन्द्रपुरी से ही आयी हो। राजा को उसका हर स्पर्श ऐसा लगता, जैसे उसमें चन्द्र किरणों का अमृत झरता हो।

एक वसन्त ऋतु की चाँदनी रात में, राजा प्रसन्नचन्द्र महल की खुली छत के रत्न-पर्यंक पर अपनी रानी के साथ सोये थे। चाँदनी में वासन्ती फूलों की गन्ध कुछ सन्देश देती-सी लगी। राजा का आलिंगन एकाएक छूट गया। रानी उस ऊष्मा में अवश मूर्च्छित छूटी पड़ी रह गयी। राजा ने ग्रह-तारा खचित आकाश को देखा।...लेकिन चन्द्रमा तो स्वयं उनकी शैया में ही आ लेटा है! कितने नक्षत्र-लोक, कितने जगत, कितने भुवन, कितने ब्रह्मांड। अनन्त सामने खुल गया। सान्त का छोर राजा के हाथ से निकल गया।

...प्रसन्नचन्द्र को लगा कि इन अनन्त कोटि ब्रह्मांडों में उसका अस्तित्व क्या!

एक बिन्दु भर तो नहीं। तो उसका होना या न होना कोई माने नहीं रखता!...और राजा को अपनी अस्मिता शून्य में विसर्जित होती लगी। उसका 'मैं' उसे कपूर की तरह छूमन्तर होता अनुभव हुआ।...तो वह कौन है, और कहाँ टिके वह? मृगशीर्ष नक्षत्र के मृग पर चढ़कर, वह मानो अस्तित्व के छोर छू आया।...आगे जो सीमाहीन का निस्तब्ध राज्य देखा, तो उस अथाह के समक्ष वह शून्य हो गया।

...फूलों की शैया में लेटी परमा सुन्दरी रानी। आसपास सजी नाना भोग-सामग्री। जलमणि की फुलैल-मंजूषा। नाना सुगन्ध, आलेपन, अलंकारों के खुले रत्न-करंडक। ऐन्द्रिक सुख के अपार आयोजन। सब कुछ क्षणमात्र में दर्पण की प्रतिछाया-सा विलीन हो गया। सारे लोकालोक उसकी आँखों में नक्षत्रों की धूल से झरते दिखाई पड़े।

...और यह चन्द्रनखा? काल के प्रवाह में ऐसी जाने कितनी चन्द्रनखाएँ, हर क्षण तरंगों-सी उठकर मिट रही हैं। इसके चरम तक जाकर भी, क्या इसे पा सका? क्या मैं इसके साथ तदाकार हो सका, जो हुए बिना मुझे अब छिन भर भी अब चैन नहीं।

...और राजा सामने खुलते शून्य में थरथराते बच्चे की तरह प्रवेश कर गया।

उस काल, उस बेला श्रीभगवान पोतनपुर के 'मनोकाम्य उद्यान' में समवसरित थे। उस दिन सबेरे अचानक महाराज प्रसन्नचन्द्र प्रभु के सम्मुख उपस्थित दीखे। वे निरालम्ब में काँप रहे थे।

"इधर देख राजा, और जान कि शून्य है कि सत् है, अमूर्त है कि मूर्त है। इधर देख!"

राजा ने सर उठाकर प्रभु को एकटक निहारा। समय से परे अपलक निहारता ही रह गया।...फिर हठात् वह बोला आया :

"शून्य भी, सत भी। मूर्त भी, अमूर्त भी। शून्य ही सत् हो गया मेरे लिए। अमूर्त ही मूर्त हो आया, मेरे लिये। यह क्या देख रहा हूँ, भगवन्!"

"क्या तू अब भी निरालम्ब है? क्या तू अब भी अकेला है? क्या तू अब भी नास्ति है? क्या तू अब भी शून्य है?"

"मैं अब निरालम्ब नहीं, स्वावलम्ब हूँ। मैं अब अकेला नहीं, क्योंकि मैं अर्हत् संयुक्त हूँ। अर्हत् के ज्ञान से बाहर तो कुछ भी नहीं। मैं अब नास्ति नहीं, अमिट अमित अस्ति हूँ। मैं अब शून्य नहीं, एकमेव सत्ता हूँ।"

"तू कृतार्थ हुआ, राजन्। तू जिनों के महाप्रस्थान का पन्थी हुआ!"

...महाराज प्रसन्नचन्द्र ने दिगम्बर होकर जिनेश्वरी दीक्षा का वरण किया। और

उसी क्षण उन्हें सम्यक् बोधि का अनुभव हुआ।

यह बहुत पहले की बात है।...इधर कई वर्षों से वे प्रभु के संग विहार कर रहे हैं। कायोत्सर्ग का तप उन्हें चेतना की उच्च से उच्चतर श्रेणियों पर ले जा रहा है। वे सूत्रार्थ के पारगामी हो गये हैं। सत्ता का स्वरूप उनमें प्राकट्यमान होता दिखाई पड़ता है।

अन्यदा प्रभु, राजर्षि प्रसन्नचन्द्र और अपने विशाल श्रमण-मंडल से परिवरित राजगृही पधारे। वे 'वेणु-वन चैत्य' में समवसरित हुए।

महाराज श्रेणिक अपनी रानियों और परिकर के साथ नंगे पाँव, पैरों चलकर ही प्रभु के वन्दन को जा रहे थे। सबसे आगे उनके सुमुख और दुर्मुख नामा दो व्यवस्था-सचिव चल रहे थे। वे तरह-तरह की बातें करते जा रहे थे कि अचानक मार्ग के दायीं ओर की वनभूमि में सबकी दृष्टि गयी। महातपस्वी प्रसन्नचन्द्र एक पैर पर खड़े हो, बाहु ऊँचे कर, सूर्यमुखी मुद्रा में आतापना ध्यान करते दिखाई पड़े। श्रेणिक ने परिकर सहित क्षण-भर रुककर, दूर से ही उनका वन्दन किया। तभी आगे चल रहे सुमुख मन्त्री ने भी रुककर वन्दन किया और साश्चर्य कहा :

"अहो, कैसा दिव्य है इनका तपस्तेज! स्वर्ग और मोक्ष भी इनके चरणों पर निछावर हैं।"

तुरन्त ही दुर्मुख ने तीव्र प्रतिवाद करते हुए कहा :

"अरे क्या ख़ाक तपस्तेज है! तुझे तो पता ही क्या, सुमुख, कि कैसा पलातक और पातकी है यह साधु। यह पोतनपुर का राजा प्रसन्नचन्द्र है। अपने बाल-राजकुमार पर सारा राज्य-भार छोड़, बिना कहे ही यह घर से भागकर मुनि हो गया। इस निर्दय ने एक गोवत्स को बड़ी सारी संसार-गाड़ी में जोत दिया। इसकी देवांगना जैसी रानी इसके निष्ठुर विरह में सूखकर काँटा हो गयी है। पर इस कायर को रंच मात्र दया-माया नहीं। और इसके मन्त्रियों ने चम्पापति अजातशत्रु के महामन्त्री वर्षकार से मिलकर इसके बालकुमार का राज्य हड़प लेने का कुटिल जाल फैलाया है। अरे सुमुख, इस पाखंडी पलातक को देखना भी पाप है।"

राजर्षि प्रसन्नचन्द्र के कान में जाने कैसे ये शब्द चले गये। उनके ध्यान-सुमेरु पर जैसे वज्राघात हुआ। उनकी निश्चल चेतना में दरारें पड़ गयीं। वे चैतन्य के शिखर से लुढ़ककर, चिन्तन के विकल्पों में करवटें बदलने लगे।...'अहो धिक्कार है मेरे अकृतज्ञ मन्त्रियों को। मैंने निरन्तर उनका सत्कार किया। उन्हें कितना धन-मान दिया, उच्च पद दिया। फिर भी मेरे निर्दोष पुत्र के साथ वे दावघात कर रहे हैं। मेरा दुधमुँहा बेटा आज अनाथ है। चन्द्रनखा श्री-सौभाग्य विहीन होकर छिन्न लता-सी मुरझाई

पड़ी है। वह अपने आपे में नहीं। उसका नारीत्व, उसका मातृत्व सब मिट्टी में मिल गया। मेरे गृह-त्याग से ही तो उनकी ऐसी दुर्दशा हो गयी। मेरे अपराध की क्षमा कहीं नहीं।...और वे मेरे मन्त्री, मेरे रहते वे मेरे शशक जैसे बाल और मेरी मृगी जैसी रानी का सर्वनाश कर देंगे? ऐसे कैसे हो सकता है।...मैं, मेरा, मेरी रानी, मेरा पुत्र, मेरा राज्य, मेरे मन्त्री, मेरे शत्रु...मैं प्रतिकार करूँगा। मैं...मेरा, मैं...मेरा, मैं...मैं...मैं...!'

...और व्यथित, विक्षिप्त राजर्षि प्रसन्नचन्द्र, अपने मनोदेश में ही, अपने मन्त्रियों के साथ युद्ध में प्रवृत्त हो गये। युद्ध अन्तहीन होता चला गया। युद्ध में से युद्ध। इस दुश्चक्र का कहाँ अन्त है?

ठीक उसी समय श्रीभगवान के समवसरण में, महाराज श्रेणिक ने सर्वज्ञ महावीर से प्रश्न किया :

"जयवन्त हों त्रिलोकीनाथ! अभी वन-पथ में राजर्षि प्रसन्नचन्द्र को पूर्ण ध्यान में लीन देखा। कायोत्सर्ग की उस विदेह दशा में यदि वे मृत्यु को प्राप्त हों, तो वे कौन गति पायें, भगवन्?"

तपाक से प्रभु का उत्तर सुनाई पड़ा :

"सातवाँ नरक!"

सुनकर श्रेणिक आश्चर्य से अवाक् रह गया। ऐसे महाध्यानी मुनि अन्तिम नरक के रसातल में कैसे पड़ सकते हैं।...ऐसा तो नहीं कि प्रभु का उत्तर श्रेणिक ने ठीक से न सुना हो? शायद उसके सुनने में ही भूल हो गयी। सो क्षण भर रुककर श्रेणिक ने फिर पूछा :

"हे भगवन्, राजयोगी प्रसन्नचन्द्र यदि ठीक इस समय काल करें, तो कहाँ जायें? किस योनि में पुनर्जन्म लें?"

भगवन्त के श्रीमुख से उत्तर सुनाई पड़ा :

"सर्वार्थसिद्धि के विमान में?"

श्रेणिक बड़ी उलझन में पड़ गया। एक क्षण के अन्तर पर ही भगवान के कथन में भेद कैसा? अविरोध-वाक् सर्वज्ञ की वाणी में अन्तर्विरोध कैसे हो सकता है? श्रेणिक ने तत्काल उदग्र हो प्रश्न किया :

"हे प्रभु, आपने क्षणमात्र के अन्तर से दो भिन्न बातें कैसी कहीं?"

उत्तर सुनाई पड़ा :

"ध्यान-भेद के कारण। चेतना में हर क्षण नयी-नयी अवस्थाएँ आती-जाती रहती हैं। आत्म-परिणामों की गति बड़ी सूक्ष्म और विचित्र है, राजन्। उत्पाद, व्यय का खेल निरन्तर चल रहा है। उसमें ध्रुव पर रहना ही तो योग है। प्रसन्नचन्द्र ध्यान

में ध्रुवासीन होकर भी, दुर्मुख के वचन सुन सहसा ही कुपित हो गये। वे समत्व के शिखर से ममत्व के पंक में लुढ़क पड़े।...मेरा बालकुमार, मेरी रानी, मेरा राज्य, मेरे मन्त्री, मेरे शत्रु! और वे क्रोधावेश में आकर मन-ही-मन अपने मन्त्रियों से रक्ताक्त युद्ध लड़ने लगे। जब तुमने उनकी वन्दना की राजन्, तब वे इसी मनोदशा में थे। इसी से उस समय वे सप्तम नरक के योग्य थे।...

"लेकिन जब तुम यहाँ चले आये, राजन, तब प्रसन्नचन्द्र ने एकाएक अनुभव किया कि, मेरे सारे आयुध तो चुक गये, अब मैं कैसे युद्ध करूँ? और वे फिर उद्यत हुए कि, अहो, मैं अपने शत्रु को शिरस्त्राण से मारूँगा। और उनका हाथ शिरस्त्राण खींचने को पहुँचा, तो पाया कि वहाँ शिरस्त्राण नहीं, श्रमण की केश-लुंचित मुंड खोपड़ी थी।...तत्काल प्रसन्नचन्द्र को प्रत्यभिज्ञा हुई : अरे मैं तो सर्वत्यागी महाव्रती श्रमण हूँ। कौन राजा, किसका राज्य, किसका युवराज, किसकी रानी, कौन शत्रु, किसका शत्रु? वे सारी पर्यायें जाने कब की बीत चुकीं।...मैं वह कोई नहीं, मैं हूँ केवल एक स्वभाव में स्थित निरंजन आत्म। वीत-पर्याय, वीत-राग, वीत-द्वेष, वीत-शोक। अवीतमान ध्रुव आत्म।...

"यों आलोचना, प्रतिक्रमण करते हुए प्रसन्नचन्द्र फिर प्रशस्त ध्यान में अवस्थित हो गये। तुमने जब दूसरी बार प्रश्न पूछा : तब एक समयांश के अन्तर से ही प्रसन्न राजर्षि प्रशस्त ध्यान की परा भूमि में विचर रहे थे। सर्वार्थसिद्धि विमानों के प्रदेश में उनकी चेतना उड्डीयमान थी।..."

...कि ठीक तभी वन-भूमि में राज-संन्यासी प्रसन्नचन्द्र के सामीप्य में देव-दुन्दुभियों का नाद होता सुनाई पड़ा। देवांगनाएँ फूल बरसाती दिखाई पड़ीं। विस्मित-चकित भाव से श्रेणिक ने फिर से पूछा :

"हे स्वामी, अकस्मात् यह क्या हुआ?"

प्रभु का अविलम्ब उत्तर सुनाई पड़ा :

"शुक्लध्यान की अन्तिम चूड़ा पर आरोहण कर, राजर्षि प्रसन्नचन्द्र को केवलज्ञान प्राप्त हो गया। कल्पवासी देव उनके कैवल्य का उत्सव मना रहे हैं।"

"तीन ही क्षणों में, एक ही आत्मा क्रमशः सप्तम नरक का तल छूकर, सर्वार्थ-सिद्धि को पार कर, कैवल्य के महासूर्य में आसीन हो गयी? अबूझ है भाव की गति, भगवन्!"

"काल के प्रवाह से ऊपर है चैतन्य का खेल, श्रेणिक। महाभाव के राज्य में काल का वर्तन नहीं। अपने ही भावों की गति देख, और जान कि तू इस क्षण कहाँ चल रहा है!"

श्रेणिकराज ने अपने भीतर झाँका।...एक नीली स्तब्धता में, कितनी सारी गतियाँ, और कोई गति नहीं। केवल एक निःस्वन मैं, आप ही अपने में तरंगित।

तेरा विधाता तू ही है

...अचानक यह कैसा अपलाप घटित हुआ? स्वरूपमान प्रभु के सान्निध्य में यह कैसी विरूपता, कुरूपता?

गलित-पलित काया वाला एक कुष्ठी वहाँ आया और वह हड़काये श्वान की तरह, प्रभु के समीप बैठा दिखाई पड़ा। सम और संवाद के सुन्दर राज्य में ऐसा वैषम्य क्यों कर?

...अरे यह कैसी पिशाच-लीला है? वह कुष्ठी निर्भय निःशंक होकर अपने रक्त-पीव से चन्दन की तरह, प्रभु के चरणों को चर्चित करने लगा। देखकर, मनुष्य-कक्ष में बैठा राजा श्रेणिक क्रोध से बेकाबू हो उठा : अरे यह गलितांग मांस का लोथड़ा, यह महा पापात्मा कौन है? इसका इतना साहस, कि जगत्-स्वामी प्रभु की ऐसी आशातना (अवमानना) कर रहा है! प्रभु ने इसे रोका नहीं? इन्द्रों और महेन्द्रों की सत्ता भी इसमें हस्तक्षेप नहीं कर सकती? परवाह नहीं, मैं उसका वध करूँगा। यह उठे तो वहाँ से।...

इतने में ही एक और अपलाप घटित हुआ। अठारह देह-दोषों से रहित अर्हन्त तो छींकते नहीं। पर यह क्या हुआ, कि जैसे अशोक वृक्ष में से छींक सुनाई पड़ी। मानो कि महावीर को छींक आ गयी। और तत्काल वह कुष्ठी बोल पड़ा, "मृत्यु पाओ!" कि ठीक तभी राजा श्रेणिक को छींक आयी। तो कुष्ठी बोला, "बहुत जियो!" कि सहसा ही अभय राजकुमार छींक पड़े। कुष्ठी बोला, "जियो या मरो!" एक सन्नाटा, और फिर काल-सौकरिक कसाई छींक उठा, तो कोढ़ी बोला, "जी भी नहीं, मर भी नहीं!"

"ऐं, इस कोढ़ी ने प्रभु से कहा, कि तुम मर जाओ?" श्रेणिकराज क्रोध से आग-बबूला हो गये। उन्होंने पास ही बैठे अपने सुभटों को आज्ञा दी कि जैसे ही यह मौत का कुत्ता वहाँ से उठे, इसे पकड़ लेना।...धर्म-सभा विसर्जन होते ही, कोढ़ी प्रभु को नमन कर वहाँ से उठा, कि तभी—किरात जैसे शूकर को घेर लेते हैं, वैसे ही श्रेणिक के सुभटों ने उसे घेर लिया। लेकिन यह कैसी विचित्र घटना, कि वह कोढ़ी उनके देखते-देखते क्षणवार में ही दिव्य रूप धारण कर, एक नक्षत्र की तरह आकाश में उड़ गया।...

श्रेणिक दिङमूढ़ हो देखता रह गया। जैसे पर्दे उठ रहे हैं।...वस्तु के भीतर एक और वस्तु है। व्यक्ति के भीतर जाने और कितने व्यक्ति हैं। कोढ़ी में देव छुपा है, देव में कोढ़ी छुपा है।...यह कोई चमत्कार तो नहीं, आँखों देखी घटना है!

अपराह्न की धर्म-पर्षदा में श्रेणिक ने प्रभु से विज्ञप्ति की :

''वह कुष्ठी कौन था, भगवन्?''

''वह देव था, श्रेणिक!''

''तो वह कुष्ठी क्यों हो गया?''

श्रीभगवान निस्पन्द, मौन दिखाई पड़े। उनके प्रभामंडल में से दिव्य प्रतिध्वनि सुनाई पड़ने लगी :

''बहुत पहले की बात है। कौशाम्बीपति शतानीक के राज्यकाल में, उनके नगर में एक सेडुक नामा अति दरिद्र और महामूर्ख ब्राह्मण रहता था। अन्यदा उसकी स्त्री गर्भवती हुई, तो उसने अपने पति से कहा, 'मेरी प्रसूति के लिए घी ले आओ, उसके बिना यह व्यथा मुझसे न सही जाएगी।' ब्राह्मण बोला, 'मुझ विद्याविहीन को, क्यों कोई घी देगा?' ब्राह्मणी बोली, 'राजा से जाकर याचना करो। लोक में वही दीन का कल्पवृक्ष है।' उसी दिन से ब्राह्मण राजा की यों सेवा करने लगा, जैसे रत्न-कामी जन फूल-श्रीफल से सागर की आराधना करता है।

''तभी एक बार चम्पापति दधिवाहन ने अचानक विपुल सैन्य के साथ कौशाम्बी पर आक्रमण कर दिया। शतानीक अपने अजेय दुर्ग के द्वार बन्द करवा कर, अपनी प्रजाओं और सेनाओं सहित, बाँबी में बन्द हो गये सर्प की तरह, भूगर्भी नगर में उतर गया। चम्पापति की सेनाओं ने दुर्गभेद का मरणान्तक संघर्ष किया। हजारों सैनिक मारे गये। पर दुर्गभेद न हो सका। हारकर दधिवाहन, दिन के डूबते तारों की तरह अपने राज्य की ओर लौट पड़े। राजसेवा के लिए उद्यान में पुष्प तोड़ते सेडुक को पराजय का यह दृश्य देख, एक युक्ति सूझ गयी।...बेदम शतानीक के पास पहुँच उसने कहा, 'महाराज, चम्पापति टूटे पेड़-सा लौटा जा रहा है। इस भग्न शत्रु को पकड़कर, इसे निर्मूल कर देना ही ठीक है। मृतप्राय सर्प की मणि को छोड़ देंगे आप?'...युक्ति काम कर गयी। शतानीक का सैन्य हुंकारता हुआ, चम्पापति के बिखरे सैन्यों पर टूट पड़ा। वे अपना सबकुछ छोड़, प्राण लेकर भाग गये। बेशुमार हाथी-घोड़े, द्रव्य और शस्त्र बटोरकर शतानीक अपने नगर में लौट आये।

''सेडुक ब्राह्मण को बुलाकर राजा ने कहा, 'भूदेव, तुम्हारी अल्प बुद्धि का चमत्कार देख हम प्रसन्न हुए। बोल क्या चाहता है, माँग ले, दे दूँगा।' मूर्ख विप्र ने सोचा, अपनी चतुरा ब्राह्मणी से पूछकर ही माँगना ठीक होगा। वह बोला, 'महाराज की कृपा है, मैं कल उत्तर दूँगा।' उधर ब्राह्मण की बात सुनकर ब्राह्मणी ने सोचा, 'यदि गाँव-गरास मँगवाऊँगी इससे, तो यह जन्मों का भूखा ब्राह्मण, निश्चय ही वैभव पाकर प्रमत्त हो, दूसरी स्त्री ब्याह लाएगा। सो उस चतुर-चकोरी ने सोचकर कहा, मेरे स्वामी, तुम तो परम निर्लोभ हो। यही तो ब्राह्मण के योग्य है। तुम्हारे तप-त्याग से ही तो राजा जीत गया। धन-धरती माँगना ठीक नहीं। माँग लो कि प्रति दिन तुम्हें

उत्तम भोजन मिले, और दक्षिणा में एक सुवर्ग-मुद्रा। तुम्हारे लिए यही अनन्त हो जाएगा।...

..."ब्राह्मण की इतनी स्वल्प माँग से राजा चकित, मुदित हो गया। उसने ब्राह्मण को अपना निजी पुरोहित बना लिया। राजा उस पर कृपावन्त हुआ, तो सारी कौशाम्बी के महर्द्धिक जनों के द्वार उसके लिए खुल गये। चमत्कारी है यह भू-देवता। इसने राजा को युद्ध में जय दिलायी। हर दिन ब्राह्मण के आगे विपुल व्यंजनों से भरे भोजन-थाल लगने लगे। हर दिन कई आमन्त्रण। छोड़े भी कैसे, ब्राह्मण का जीव, भोजन कैसे जाने दे! सो वह ब्राह्मण पहले खाया वमन करके, फिर-फिर भोजन पर जाता। और जितने भोजन, उतनी सुवर्ण-मुद्रा पाता। जितनी मिले, बटोर लाता। भोजन, वमन, फिर भोजन, फिर वमन। और सोनैयों की बरसात। देखते-देखते ब्राह्मण दक्षिणा के द्रव्य से सम्पन्न हो गया। और वटवृक्ष की जटाओं की तरह पुत्र-पौत्रादिक से भी उसका घर भर गया। लेकिन नित्य अजीर्ण अन्न के वमन से अपक्व आँव-रस ऊपर चढ़ने के कारण उसकी त्वचा दूषित हो गयी। लाख-झरते पीपल-वृक्ष की तरह वह व्याधिग्रस्त हो गया। अनुक्रमे वह कोढ़ी हो गया, उसकी नाक, और हाथ-पैर सड़-गलकर झड़ने लगे, गिरने लगे। फिर भी वह अग्नि की तरह अतृप्त हो, हर दिन वमनपूर्वक अनेक भोजन करता रहा, दक्षिणा बटोरता रहा।...

"राज्यमन्त्री ने एकदा राजा को सावधान किया : इसका कुष्ठ भयंकर हो रहा है। इसकी छूत से सारे नगर को कोढ़ व्याप जाएगा। इसके बदले इसके किसी भी नीरोगी पुत्र को ही भोजन-दक्षिणा देना उचित होगा। जब कोई प्रतिमा खंडित हो जाए, तो उसके स्थान पर दूसरी अखंडित प्रतिमा स्थापित करना ही इष्ट होता है।...ब्राह्मण ने इस नयी व्यवस्था को स्वीकार लिया। पुत्र राज-पौरोहित्य पाकर प्रमत्त हो गया। उसने मक्खियों से भिनभिनाते पिता को घर से बाहर दूर पर एक झोंपड़ी में रख दिया। उसकी जो पुत्र-वधुएँ जुगुप्सापूर्वक उसे खिलाने आतीं, वे नाक बन्द कर लेतीं, मुँह फेरकर थूक देतीं। पुत्र तो उसकी ओर झाँकते भी नहीं। निरे श्वान की तरह काष्ठ के पात्र में उसे भोजन डाल दिया जाता।...

ब्राह्मण जहर के घूँट उतारता गया। एक दिन उसने एक भयंकर निश्चय किया, "जैसे मेरे पुत्र मुझसे जुगुप्सा करते हैं, उसी तरह एक दिन ये भी जुगुप्सा के पात्र हो जाएँगे!" ब्राह्मण ने षड्यन्त्र रचा। एक दिन पुत्रों को बुलाकर कहा, 'हे पुत्रो, अब जीना मेरे लिए असह्य हो गया है, सो मैं इच्छामरण करूँगा। पर हमारे कुल की रीत है, कि इच्छामरण करने वाला व्यक्ति अपने परिवार को एक अभिमन्त्रित पशु का दान करे। सो जरा एक पशु तो ले आओ।' पुत्र हर्षित हुए कि थोड़े में बला टल गयी। फाँसी छूट जाएगी हमारी। उन्होंने एक अभिमन्त्रित पशु पिता को भेंट कर दिया। और वे उसके मरण की राह देखने लगे।

"उधर ब्राह्मण अपने अंगों से झरता रक्त-पीव अन्न में घोल-घोलकर नित्य उस पशु को खिलाने लगा। देखते-देखते पशु कुष्ठी हो गया। तब विप्र ने उस पशु को मारकर, पुत्रों को उसका प्रसाद दिया, कि वे उसे खाकर पितृ-ऋण से मुक्त हो जाएँ। वे मुग्ध अज्ञानी पुत्र सपरिवार उस मांस का पाक कर, बड़े स्वाद से खा गये।...और तत्काल ही विप्र ने कहा कि, 'अब मैं तीर्थ-यात्रा पर जाऊँगा। वहीं देह-त्याग कर दूँगा।' पुत्रों ने उसे सहर्ष विदा कर, मुक्ति की साँस ली।

"ब्राह्मण अनिर्देश्य भटकता हुआ अरण्य में जा निकला। राह में उसे बहुत प्यास लगी। तो अटवी में जल खोजने लगा। तभी अनेक वृक्षों से घिरे एक प्रदेश में, दुर्लभ मित्र जैसा एक जल का झरना दिखाई पड़ा। उस झरने से बना सरोवर, तीर पर खड़े अनेक जाति के वृक्षों के पत्र, पुष्प और फलों से व्याप्त था। मानो कोई खोया आत्मीय जन निर्जन में मिल गया। सूर्य-किरणों से तपे उस पुष्करिणी के जल को प्यासे विप्र ने जी भरकर पीया। मानो कोई सुगन्धित औषधि-क्वाथ हो। फिर ब्राह्मण वहीं वृक्षों तले वास करने लगा। सरसी पर पड़े पात-फूल-फल खाकर, उसका पानी पी तृप्त रहने लगा। कई दिन वह प्राकृतिक औषधि-जल पीते रहने से कुष्ठी का शरीर एकदम नीरोग हो गया। और वसन्त ऋतु के वृक्ष की तरह उसके सारे अंग फिर ज्यों-के-त्यों प्रफुल्लित हो उठे। आरोग्य लाभ के हर्षावेग में वह विप्र एक दिन अपने गाँव-घर की ओर चल पड़ा।...काँचली छोड़े सर्प जैसी देदीप्यमान देह वाले उस पुरुष को नगर में विचरते देख, ग्रामजन विस्मय से विमूढ़ हो गये। नगर-जन हँसकर उसे टोकते, 'अरे भूदेव, तुम्हारा तो नया ही अवतार हो गया? क्या तुम वही हो? विश्वास नहीं होता। कहाँ पा गये ऐसा महारसायन?' ब्राह्मण कहता, 'देवता के आराधन से!'

"घर पहुँचकर विप्र ने देखा, उसके सारे ही पुत्र और पुत्रवधुएँ कुष्ठ से किलबिला रहे हैं।...हर्षित होकर उसने कहा, 'देखता हूँ, तुम्हें मेरी अवज्ञा का फल मिल गया!' सुनकर वे पुत्र और बहुएँ एक स्वर में चीख उठे, 'अरे नराधम, तू पिता है कि पिशाच है। तू ने अपने खून के साथ विश्वासघात किया!' ब्राह्मण चिल्ला पड़ा, 'तुम पिशाचों ने तो अपने रक्त को ही भुला दिया। अपने जनक और पालक पिता को तुमने राह के कुत्ते की तरह हँकाल फेंका। पर उसका वह अरण्य-रोदन किसी ने न सुना। सारा गाँव उस पर थूकने लगा। तब वहाँ से भागकर, हे राजन्, वह निराश्रित हो, आजीविका खोजता तुम्हारी राजगृही में चला आया। तुम्हारे द्वारपाल ने उसे आश्रय दिया।...

"तभी हमारा यहाँ आगमन हुआ। सो द्वारपाल अपने काम पर उस ब्राह्मण को जुड़ाकर, हमारी धर्म-देशना सुनने चला आया। वह विप्र द्वार पर नियुक्त खड़ा था। उसने देखा कि सामने दुर्गादेवी के मन्दिर में बलि चढ़ाई गयी है। फिर उसकी जनम-

जनम की सोई बुभुक्षा जाग उठी। उसने कस-कस कर बलि प्रसाद खाया, मानो कभी देखा न हो। आकंठ पेटभर जाने से और ग्रीष्म-ऋतु के ताप से उसे बहुत तेज प्यास लगी। मरुभूमि के पन्थी की तरह वह छटपटाने लगा। लेकिन द्वारपाल के भय से वह कहीं पानी पीने न जा सका। उस क्षण उसे लगा कि हाय, कितने सुखी हैं जलचर जीव! पानी से जन्म लेकर, उसी में रहते हैं। अपने भावानुसार ही उसने नया भव बाँध लिया।...और पानी-पानी पुकारता वह तृषार्त ब्राह्मण मरकर, नगर-द्वार के पास की एक बावली में जलचर दर्दुर मेंढक हो गया।...

"कालान्तर से हम विहार करते हुए लौटकर फिर इसी नगर में आये। लोकजन सम्भ्रम पूर्वक अर्हन्त महावीर के दर्शन-वन्दन को आने लगे। उस समय उस वापिका में जल भरती स्त्रियों से उस मेंढक ने हमारे आगमन का वृत्तान्त सुना। सुनकर दर्दुर सोच में पड़ गया, 'मैंने ऐसा कहीं पहले सुना है!' वह ऊहापोह करता चला गया, वापिका के पानी में गहरे उतराता गया। हठात् उसे स्वप्न की स्मृति की तरह जाति-स्मरण ज्ञान हुआ। तुरन्त ही मेंढक के मन में स्फुरित हुआ : पूर्वे द्वारपाल मुझे द्वार पर छोड़कर जिन भगवन्त के वन्दन को गया था, वे भगवन्त अवश्य ही यहाँ आये हैं। मैं भी अन्य लोगों की तरह क्यों न उनके वन्दन को जाऊँ। क्योंकि गंगा तो सब की माँ है, वह किसी की बपौती नहीं। और हर्ष से उमगकर, वह मेंढक उस जलाशय की एक कमल-कली मुँह में लिये, फुदकता हुआ, वापिका से निकलकर मार्ग में चल पड़ा।

"और सुन श्रेणिक, वापिका से यहाँ आते हुए, तेरे ही एक अश्व की टाप से कुचलकर वह मर गया। लेकिन हमारे प्रति प्रीति भाव लेकर मरने से, वह जलचर दर्दुर दर्दुरांक नामा देव होकर जनमा। अनुष्ठान के बिना भी भाव फल जाता है।...और सुन राजा, आज ही इन्द्र ने सभा में कहा कि 'श्रेणिक जैसा श्रद्धालु कोई श्रावक नहीं है।' दर्दुरांक देव इस पर विश्वास न कर सका। और वह वहाँ तेरी परीक्षा लेने चला आया।...उसने गोशीर्ष चन्दन से अर्हत् के चरण चर्चित किये थे। वह दिव्य देवकुमार था। पर तुम्हें वह कोढ़ी दीखा। उसके चन्दन में तुम्हें पीव दीखा। क्योंकि तुम्हारे दर्शन पर अब भी मोह का आवरण पड़ा हुआ है। सो यह तुम्हारा ही दृष्टिभ्रम था, कि तुम सुन्दर में भी असुन्दर ही देख सके। देव में भी कोढ़ी देखते रहे। तुम्हारे भीतर का कोई छुपा कोढ़ ही तुम्हें अब भी स्वरूप में विरूप दिखा रहा है। दर्दुरांक को देखो श्रेणिक, उसे पहचानो।...उसने तुम्हारी भ्रान्ति का पर्दा चीर दिया!"

यह सारा वृत्तान्त सुनकर श्रेणिक महाभाव प्रीति से भर आया। कोढ़ी और देव का अन्तर उसके मन से हठात् दूर हो गया। लब्धि के आनन्द से पुलकित होकर श्रेणिक ने पूछा :

"आपकी छींक पर वह अमंगल बोला, और सबकी छींक पर वह मंगल

बोला, इसका क्या कारण, भगवन्?''

प्रभु के पद-नखों से उत्तर सुनाई पड़ा :

''सुन राजा, इस रहस्य को भी सुन। अर्हत् को तो छींक का प्रमाद होता नहीं। वह भी एक देवमाया ही तो थी। मुझसे उसने कहा कि, 'मृत्यु पाओ!' तो उसका आशय था कि तुम अब संसार में क्यों ठहरे हो, शीघ्र मोक्ष-लाभ करो। तुमसे कहा, राजन्, कि, 'जियो'। अर्थात् तुझे तो जीने में ही सुख है, मरकर तो नरक जाना है। अभय कुमार से कहा कि, 'जियो या मरो।' यानी जिएगा तो धर्म करेगा, मरेगा तो अनुत्तर विमान में जाएगा। और काल-सौकरिक कसाई से कहा कि, 'तू जी भी नहीं, और मर भी नहीं।' क्योंकि जिएगा तो पापकर्म करेगा, मरेगा तो सातवें नरक जाएगा। देख, राजन देख, ज्ञान के इस कमल-कोश को देख। इसकी मुद्रित पाँखुरियों का पार नहीं।''

श्रेणिक सुनकर प्रसन्न हुआ, लेकिन अगले ही क्षण उसका समाधान भंग हो गया। उसका प्राण उचाट हो गया। उसने कम्पित कंठ से पूछा :

''आप जैसे जगत्पिता मेरे स्वामी हैं, और मुझे नरक में पड़ना होगा, भगवन्? यह कैसा अपलाप है। यह किसका विधान है!''

''यह तेरा अपना ही विधान है, श्रेणिक! तेरा विधाता तू ही है, मैं या कोई और अन्यत्र नहीं।''

''लेकिन मेरे सर्वसत्ताधीश प्रभु मेरे विधान को तोड़ने में समर्थ नहीं? ऐसा कैसे हो सकता है? जो प्रारब्ध को न टाल सके, वह प्रभु कैसा?''

प्रभु ने कोई उत्तर न दिया। वे अपने स्थान पर से ही अन्तर्धान होते दिखाई पड़े।

मा पडिबंधं करेह

'जो प्रारब्ध को न टाल सके, वह प्रभु कैसा?'

कल की धर्म-पर्षदा में श्रेणिक की इस चुनौती का प्रभु ने कोई उत्तर न दिया था। वे स्व-स्थान पर ही अन्तर्धान हो गये थे। तो श्रेणिक प्रभु से रुष्ट हो गया था। उसका मन अपने स्वामी से विमुख हो गया था। उसके भीतर नरक के द्वार खुल रहे थे। वह निरस्तित्व हुआ जा रहा था। अपनी हस्ती को ही उसने नकार दिया था, फिर महावीर कहाँ। वह अन्तिम द्वन्द्व की यातना से गुजर रहा था। आज के समवसरण में भी वह प्रभु के सामने उपस्थित था। फिर भी प्रभु से अब कुछ और पूछना, उसे

अपनी आत्मा का अपमान लगा।...माना कि संचित कर्म है, उदयागत प्रारब्ध है, लेकिन कुछ क्रियमाण भी तो है।...तो फिर शायद प्रभु के पास मेरे प्रश्न का उत्तर नहीं है। मैंने पूछा था : 'जो प्रारब्ध को न टाल सके, वह प्रभु कैसा?' श्रीभगवान इसका उत्तर न दे सके? मेरे स्वामी, और इतने असमर्थ?...

एक गहराते मौन को चीरता, प्रभु का उत्तर सुनाई पड़ा :

"नहीं, अन्ततः कोई किसी अन्य का प्रभु नहीं, कोई किसी के प्रारब्ध को नहीं निवार सकता। हर आत्मा स्वयं ही अपनी प्रभु है, अपने हर प्रारब्ध की वही विधात्री है। अपने अर्जित को वह स्वयं ही काट सकती है, अन्य कोई नहीं। यही सत्ता का शाश्वत विधान है। इसमें मीन-मेख नहीं हो सकती।"

"तो मैं अपने आसन्न नरक-गमन को कैसे काटूँ, भगवन्?"

"जो बाँधा है, उसे भोगे बिना योगी का भी निस्तार नहीं। हर आत्मा का अपना एक स्वतन्त्र उपादान है, अपनी एक सम्भावना और नियति है। उसी के विधान से आत्मा अनेक पर्यायों के क्रम से गुजरता है। इष्ट-अनिष्ट पर्यायों के इस क्रम को जो एकाग्र संयुक्त और समभाव से देखने लगता है, वह इनसे ऊपर तैर आता है। तब उदयागत सुख-दुःख घटित होते हुए भी, उस आत्मा को बस छूकर निकल जाते हैं। उसके आत्म का जी अपने ही में सदा लगा रहने से, वे वेदनाएँ और व्याकुलताएँ उसे व्यापती नहीं। तू उत्तम सम्यक् दर्शी है, सबको एकाग्र ठीक देख-जान रहा है। फिर तू आहत, त्रस्त क्यों है, आयुष्मान्?"

"मैं कुछ ऐसा करूँगा, कि इस नरक को तो टलना ही होगा!"

"तेरे पुरुषार्थ को अर्हत् महावीर देखना चाहेंगे।"

"लेकिन राह तो प्रभु को ही दिखानी होगी। क्या उपाय करूँ नाथ, कि मुझे नरक न जाना पड़े?"

प्रभु के अधर-कमल पर एक वीतराग लीला की मुस्कान खेल गयी। श्रेणिक को सुनाई पड़ा :

"देवानुप्रिय श्रेणिक, यदि कपिला ब्राह्मणी द्वारा तू हर्षपूर्वक साधुओं को भिक्षा दिलवा सके, कालसौकरिक कसाई से यदि तू कसाई वृत्ति छुड़वा सके, तो आसन्न नरक से तेरा छुटकारा हो जाए। इसके सिवाय और उपाय नहीं।"

श्रेणिक प्रभु के इस उपदेश को हार की तरह हृदय पर धारण कर, श्रीगुरुनाथ को नमन कर, हर्षित भाव से स्व-स्थान की ओर चल पड़ा।

राह में श्रेणिक ने सहसा ही एक जगह देखा : कोई साधु ढीमर की तरह अकार्य कर रहा था। जिनों का प्रवचन कलंकित होते देख, राजा कातर हो आया। वह उस साधु को अकार्य से निवार कर फिर अपने घर की ओर चला। आगे चलकर, एक सगर्भा श्रमणी दिखाई पड़ी।...फिर राजा ने उसे वत्सल भाव से अपने महल में

लाकर गुप्त रखा। उसके सुखी प्रसव का आयोजन कर दिया। निरन्तर श्रेणिक के पीछे प्रच्छन्न भाव से चल रहा दर्दुरांक देव, राजा की इस उदात्त श्रद्धा से प्रीत हो गया। मुग्ध और विनत हो आया।

एक दिन श्रेणिक के सामने प्रत्यक्ष होकर वह बोला :

"आप सम्यक्त्व के मन्दराचल हैं, महाराज। आपकी श्रद्धा के मूल अतल में पड़े हैं। इन्द्र ने अपनी सभा में जो आपका अहोगान किया था, वैसा ही पाया मैंने आपको। आपकी जय हो, राजन्!"

कहकर दर्दुरांक देव ने, दिन में छिन्न नक्षत्रों की श्रेणि रची हो, ऐसा एक हार, और दो गोले राजा को उपहार दिये। और बोला :

"जो इस टूटे हुए हार को जोड़ देगा, उसकी मृत्यु हो जाएगी!"

इतना कहकर वह देव स्वप्न में देखे पुरुष-सा तत्काल अन्तर्धान हो गया।

...राजा ने बहुत प्रसन्न होकर हार चेलना को दिया, और गोले नन्दश्री को दिये। मनस्विनी नन्दा को इससे पीड़ा हुई, शायद ईर्ष्या हुई। मन-ही-मन बोली, "क्या मैं इस तुच्छ दान के योग्य ही हूँ?"...और फिर आवेश में आकर उसने उन दोनों गोलों को स्तम्भों पर मारकर फोड़ दिया। देखकर स्तब्ध रह गयी वह : एक गोले से चन्द्रमा जैसे निर्मल दो कुंडल निकले, दूसरे में से दो देदीप्यमान रेशमी वस्त्र निकले।...

नन्दश्री की आँखों में आँसू आ गये। एक क्षुद्र कण में से भी विभूति प्रकट हो सकती है। अन्तर्जगत् के रहस्यों को किसने जाना है। प्रभु की कृपा जाने कितने ही अपमानों और अभिशापों में छुपकर आती है।

नन्दश्री का देहाभिमान गल गया। चेलना से बड़ी होते हुए भी, उसने आकर चेलना के चरण छू लिये। चेलना मन-ही-मन सबकुछ समझ गयी। प्रभु की निरन्तर कृपा-वर्षा से, वह सदा सर्व के साथ तन्मय भाव में जीती थी। उसने नन्दश्री को आलिंगन में बाँध लिया। दो समुद्र, एक-दूसरे की तहों में उतरने लगे।

अनन्तर राजा ने कपिला ब्राह्मणी को बुलाकर कहा :

"हे भद्रे, तू साधुओं को श्रद्धापूर्वक भिक्षा दे। मैं तुझे अपार धन-राशि से निहाल कर दूँगा।"

"चाहे आप मुझे सारी ही सुवर्ण की बना दें, अथवा मुझे मार भी डालें, पर ऐसा अकृत्य मैं कभी न करूँगी, महाराज!" कपिला ने अविचल स्वर में उत्तर दिया।

राजा ने उसके बहुत निहोरे किये। कहा कि अपना आधा राज्य तुझे दे दूँगा। तुझे महावीर से स्वर्ग की इन्द्राणी बनवा दूँगा, तुझे मोक्ष दिलवा दूँगा। बोल क्या चाहती है? हर चाह पूरी कर दूँगा तेरी, तू इतना कर दे, कपिला!"...कपिला ने जोर

से अट्टहास कर राजा का मजाक उड़ा दिया। और तत्काल वहाँ से चली गयी।

तब श्रेणिक ने कालसौकरिक कसाई को बुलाकर कहा :

''ओ रे भाई कालसौकरिक, तू अपनी यह हिंसक कसाई वृत्ति त्याग दे, तो मैं अपने सारे धन-रत्न की निधियाँ तुझ पर वार दूँगा। धन के लोभ से ही तो तू यह अधम वृत्ति करता है।''

''मेरी वृत्ति को अधम क्यों कहते हैं, महाराज? मेरे इस कृत्य से तो अनेक मनुष्य आहार पाकर जीते हैं। आपके अनुयायी जिनमार्गी महर्द्धिक राजे-महाराजे, श्रेष्ठी ब्राह्मण तक, और सारे आर्यजन छुप-छुपकर मेरे यहाँ से मांस मँगवाकर बड़े स्वाद से खाते हैं। मैं अपनी इस वृत्ति में रोज अभिजातों के असली चेहरे देखता हूँ। उनके सुन्दर मुखड़ों में छुपे, खूनी जबड़े देखता हूँ। ऐसा सत्य-दर्शी धन्धा मैं कभी नहीं छोड़ सकता, राजन्। स्वयं काल भी मुझसे मेरी यह वृत्ति नहीं छुड़वा सकता!''

''यह महावीर का आदेश है तेरे लिए, हे भद्र! क्या तू उसे भी टाल सकता है?''

''मैं औरों के आदेश-उपदेश पर नहीं चलता, महाराज! कसाई हूँ तो क्या हुआ। मैं निर्भय हूँ, और स्वतन्त्र हूँ। मैं केवल अपने स्वयं के ही आदेश का पालन करता हूँ। अपने ऊपर कोई सत्ता मैं नहीं स्वीकारता!''

''चक्रवर्ती श्रेणिक के राजदंड की सत्ता भी नहीं?''

''त्रिलोकीनाथ महावीर से क्या श्रेणिक अधिक शक्तिमान है, महाराज!''

कसाई का यह अटल निश्चय, तेज और स्वतन्त्र निर्भीक चारित्र्य देख, श्रेणिक स्तम्भित हो गया। श्रेणिक ने कहा कि, ''तू मेरा सिंहासन ले ले, कालसौकरिक, मेरी सारी सम्पत्ति ले ले, जो चाहे माँग ले, अप्सराओं के स्वर्ग, सिद्धों का सिद्धालय। मेरे प्रभु तुझे मुँह माँगा दे देंगे।''

''मैं किसी का याचक नहीं हो सकता, राजन्। जगतपति महावीर का भी नहीं। मैं उनकी चरण-रज हो सकता हूँ, पर मेरी नियति को वे नहीं बदल सकते! वह तो केवल मैं स्वयं ही बदल सकता हूँ!''

''ऐसा है तेरा अहंकार, ओ जीवों के हत्यारे, कि तू प्रभु को नकारने का दुःसाहस कर रहा है? देखूँ, तू अब कैसे कसाई वृत्ति करता है!''

कहकर राजा ने क्रोधावेश में आकर, कालसौकरिक को एक रात-दिन के लिए अन्धकूप में बन्द करवा दिया। और फिर श्रीभगवन्त के समक्ष जाकर कहा :

''हे स्वामी, मैंने एक अहोरात्र के लिए कालसौकरिक से उसकी कसाई वृत्ति छुड़वा दी है।''

त्रिकालों के पार देखते सर्वज्ञ प्रभु सहज मुस्करा आये, और बोले :

''ओ राजा, तू जान, कि उस अन्धकूप में भी कालसौकरिक ने मृत्तिका (मिट्टी)

के पाँच-सौ पाड़े बनाकर उनका हनन किया है!''

...और राजा की आँखों में प्रत्यक्ष झलक गया वह अन्धकूप का दृश्य—पाँच सौ मिट्टी के पाड़े बनाकर, उनका वध करता वह बन्दी कसाई। देखकर श्रेणिक अवाक् रह गया। अहो, पर की वृत्ति बदलने वाला, मैं कौन होता हूँ! मैंने कालसौकरिक को अन्धकूप में बन्दी बनाया, पर मैं उसकी वृत्ति को कैद कर सका क्या? उसके परिणमन को बदल सका क्या?

...कि औचक ही एक आश्चर्य घटित हुआ। कालसौकरिक प्रभु के सम्मुख उपस्थित, नमित दिखाई पड़ा। राजा को फिर एक गहरा झटका लगा।...ओ, मेरा ऐसा दुर्भेद्य कारागार भी, इसके ठोस पुद्गल तक को बन्दी न रख सका? तो मेरे हाथ में सिवाय यह जानने-देखने के और कोई सत्ता नहीं क्या?...मैं केवल साक्षी भर हो सकता हूँ?

...कि हठात् प्रभु से उत्तर सुनाई पड़ा :

''यह देखना-जानना ही सबसे बड़ी सत्ता है, राजन्। साक्षी भाव ही परम भाव है। यह आत्मा की अचूक ज्ञान-सत्ता है। अन्य सब सत्ताएँ इसकी चेरियाँ हैं। तू सब देख-जानकर भी अज्ञानी क्यों हो रहा है रे श्रेणिक?''

क्षणभर मौन व्याप रहा। श्रेणिक का माथा झुक गया था। कालसौकरिक उन्नत माथ, प्रभु से आँखें मिलाकर उन्हें साश्रुनयन देख रहा था।

''इस कालसौकरिक को देख, श्रेणिक। कसाई होकर भी यह ज्ञानी है। इसने हर अन्य पर सत्ता से अपने को परे माना। अपनी स्व-सत्ता पर इसने महावीर तक की सत्ता को मानने से इनकार कर दिया। यह कसाई होकर भी, कसाई नहीं है। यह तर 'जाएगा'!''

तभी कपिला ब्राह्मणी आकर प्रभु को नमित हुई। सो श्रीभगवान बोले :

''और इस कपिला को देख, श्रेणिक। तेरी सारी धनराशि और आधा राज्य भी इसे इसके स्वभाव से विचलित न कर सके। तेरे धन और राज्य की सत्ता कितनी तुच्छ हो गयी! तूने अपने धन और राजसत्ता से भगवान, मोक्ष और परम सत्ता के स्वरूप को भी खरीद लेना चाहा! महावीर तक को खरीद लेना चाहा! देख ले उस धन और राज्य की अन्तिम सामर्थ्य! कौड़ी का मोल नहीं उसका।''

फिर क्षणभर एक स्तब्धता व्याप रही। अनन्तर फिर श्रीभगवान बोले :

''महावीर और मोक्ष के मोल भी तू इन्हें न खरीद सका। यदि महावीर और मोक्ष के मोल पर भी तू नरक को खरीदकर अपने अधीन कर सके, तो जा, तुझे आज्ञा है, वह भी कर देख!''

राजा एक महामोह के अँधेरे से हठात्, बाहर के विराट उजाले में निकल आया।...उसने क्षण भर अनुभव किया, देखा, कि वह विदेह होकर नरक की अग्नियों

में जल रहा है।...कि उस अग्नि को सीधे झेलकर, वह उसका पूर्ण संचेतन भाव से वेदन कर रहा है।...इस महाजलन के बीच भी कैसी एक आनन्द की हिलोर है! लाँघ जाने की, अतिक्रमण कर जाने की! वह मन-ही-मन प्रभु के चरणों में, अपने ही नयन-जल से अपना प्रक्षालन करने लगा।

हठात् कपिला ब्राह्मणी और कालसौकरिक ने मानो एक ही स्वर में कहा :

''हमारे लिए क्या आज्ञा है, प्रभु! भगवन्त के हर आदेश को हम समर्पित हैं!''

फिर कपिला का अलग स्वर सुनाई पड़ा :

''प्रभु की आज्ञा हो, तो मैं पाँच-सौ श्रमणों को श्रद्धापूर्वक भोजन कराऊँ!''

कालसौकरिक ने विनती की :

''प्रभु की आज्ञा हो, तो मैं कसाई वृत्ति इसी क्षण त्याग दूँ!''

प्रभु का सदा का वही उदात्त और अन्तिम आदेश सुनाई पड़ा :

''अहासुहं देवाणुप्पिया, मा पडिबंध करेह! तुझे जिसमें सुख लगे, वही कर देवानुप्रिय। कोई प्रतिबन्ध नहीं है!''

एक परम स्वतन्त्र हवा में, दिग्बधुओं ने अपने आँचल खिसका दिये।

मित्र की खोज

श्रेणिक ने मृत्यु और नरक को स्वीकार लिया। और उसने दृष्टि उठाकर चारों ओर फैले चराचर लोक को देखा। अब इसके साथ उसका क्या सम्बन्ध बचा? सहसा ही भीतर परिमल-भीने तीन उजले फूल खिल आये। तीन शब्द मन्त्र की तरह स्फुरित हुए। मुदिता, करुणा, मैत्री। प्रत्यक्ष हुआ, कि अन्ततः लोक के साथ उसका यही तो सम्बन्ध है।

...और औचक ही उसे लगा कि मन मुदित हो आया है। कण-कण के प्रति जी में करुणा का जल भर आया है। प्राणि मात्र से मैत्री करने को उसका हृदय आकुल हो उठा है।

जब बाहर के साम्राज्य में उसका मन रमा था, तब भी तो कितने ही देश-देशान्तर के साथ सदा मैत्री-वार्ता चलती रहती थी। पूर्वीय और पश्चिमी समुद्र के तमाम देशों में, मगध के राजदूत मैत्री-वार्ता करने जाया करते थे। श्रेणिक स्वयं भी छुपे वेश में कई देशान्तरों में मैत्री का सन्देश लेकर जाता था। और अभय राजकुमार के लिए तो यह मैत्री-क्रीड़ा ही सर्वोपरि थी। प्रयोजन उसे याद न रहता, वह अकारण

और खेल-खेल में ही जाने कितने दूर-दूर के राज्यों और राजाओं से मैत्री का सूत्र बाँध आता था।

...आज श्रेणिक को याद आ रहा है, कि अभय के सिवाय अन्य सारी मैत्री-वार्ताएँ साम्राज्य-विस्तार का कूट-कौशल थीं। वे सब झूठी मित्रताएँ थीं। वह अपने और सबके साथ छल था, प्रवंचना थी। आत्म-प्रतारणा ने ही सर्व-प्रतारणा बनकर मित्रता का मोहक बाना धारण किया था। वह स्वार्थों का गठ-बन्धन था। सारी पृथ्वी का चक्रवर्ती होने के लिए, सारे भूपतियों से दोस्ती करके ही तो उन्हें अपने अँगूठे तले लाया जा सकता था। कोई नू-नच करता था, तो मगधेश्वर की साम्राजी तलवार उसके मस्तक पर मँडराने लगती थी।...

...लेकिन आज का यह मैत्री भाव अकारण है। निष्प्रयोजन है। न्यस्त स्वार्थ के सारे किले टूट गये हैं। कोई हेतु-प्रत्यय नहीं रहा। एक सीमाहीन मैत्री भाव दिगन्तों तक हरियाली की तरह लहरा रहा है। अब श्रेणिक पृथ्वी के एक-एक राजा को, एक-एक जीव को अपना मित्र बनाएगा। श्रीभगवान का सारा जीवन और धर्मचक्र-प्रवर्तन और है ही क्या? कण-कण से मैत्री करने को ही तो वे घर से निकल पड़े हैं। मैत्री की खोज में ही वे अतल पातालों तक में उतर गये हैं। अँधियारे भूगर्भों की तहें छानी हैं। संकट और मृत्यु की वर्जित घाटियों तक में वे गये हैं। अपने हर शत्रु का हृदय जीत लेने के लिए। 'मित्ती में सव्व भूदेसु'।

...श्रेणिक का जी चाहा कि वह कहीं निष्काम मैत्री का सन्देशा भेजे। पहले पहल वह किस राजा को अपनी अकारण मित्रता की सौगात भेजे? महाविदेह, पुष्करवर द्वीप, प्रभाव द्वीप, नन्दीश्वर द्वीप—सभी तो एक साथ उसे मैत्री के लिए पुकार रहे हैं। सकल चराचर उसे मित्रता का आवाहन दे रहे हैं। कहाँ से आरम्भ करे?

...तभी श्रेणिक की आँखों में एक सुदूर समुद्र-तट झलका।...समुद्र के ठीक कटिदेश में पाताल-भुवन जैसा आर्द्रक देश (आज का अदन का बन्दरगाह उस काल का आर्द्रक-पत्तन) वहाँ के राजनगर का भी नाम आर्द्रक। राजा का नाम भी आर्द्रक। रानी का नाम आर्द्रा। उनके युवराज का नाम आर्द्रक कुमार। वहीं सर्वप्रथम अहैतुकी प्रीति का उपहार भेजना होगा।

...और एक दिन मगध का गृहमन्त्री शीलभद्र आर्द्रक राजा के दरबार में हाजिर हो गया। मानो स्वयं श्रेणिक ही मूर्तिमान मैत्री होकर सामने खड़ा है। आर्द्रकराज को किसी अनुभूत मुदिता का अनुभव हुआ। जाने कैसी अनन्य करुणा से उसका मन आर्द्र हो आया। शीलभद्र ने सिंहासन पर संयुक्त बैठे राजा-रानी के समक्ष अपना मैत्री सन्देश निवेदन किया। फिर सौवर्य, निम्बपत्र और कांबल उन्हें भेंट किये। काश्मीर का केशर, वैताढ्यगिरि की हस्ति-दन्त वीणा, मान-सरोवर का हंस, नीलांजन पर्वत का मयूर और ताम्रलिप्ति की रत्नमंजूषा, कामरूप मृग की कस्तूरी,

यमुनांचल के इत्र-फुलैल। देखकर राजा-रानी, सारी राजसभा मुग्ध होकर नम्रीभूत हो आये।

परस्पर कुशल-वार्ता पूछी गयी। तभी पास के एक भद्रासन से उठकर युवराज आर्द्रक ने पूछा :

"पितृदेव, ये मगधेश्वर श्रेणिक कौन हैं, जिनके साथ आप की प्रीति, वसन्त के साथ कामदेव की प्रीति का बोध कराती है ?" लड़के की कविता पर सारी परिषद मुग्ध होकर हँस पड़ी।

"बेटे राजा, आर्यावर्त के चक्रवर्ती सम्राट श्रेणिक पृथ्वी पर हमारे अनन्य आत्मीय बन्धु हैं। हमारी मैत्री का कमल कभी कुम्हलाता नहीं!"

आर्द्रककुमार के जी में जैसे एक अमृत की तरंग-सी उछली। उसने अभ्यागत मन्त्री शीलभद्र से पूछा :

"महानुभाव, क्या श्रेणिकराज के मेरा समवयस्क कोई पुत्र है ? उससे मित्रता करने को मेरा मन हो आया है।"

शीलभद्र ने उत्तर दिया, "हमारे अभय राजकुमार आप जैसे ही तो लगते हैं। मगध का साम्राज्य उन्हीं की बुद्धि की धुरी पर टिका है। फिर भी राज्य में उन्हें कोई रस नहीं। सारे ही दिन तो वे नये-नये मित्रों की खोज में घूमते हैं। प्रीत और मीत, यही उनका एकमात्र आमोद-प्रमोद है। प्रेम-क्रीड़ा में ही उनका सारा समय बीतता है। ऐसा कोई गुण नहीं, जो उनमें न हो। बुद्धि के सागर, कलाओं के रत्नाकर कथा कहकर राह चलते को वश कर लेते हैं। लीला-खेल में ही वे मगध का साम्राज्य-संचालन करते हैं। आप जैसा मित्र पाकर तो वे गद्‌गद हो जाएँगे।"

...आर्द्रककुमार का मन जाने कैसी पूर्व स्मृति से भीना हो आया। वह स्तब्ध हो, मानो बहुत दूरी में देखता हुआ, कुछ भूला-सा याद करने लगा।...फिर एकाएक वर्तमान में जागकर उसने मागध के मन्त्री से कहा :

"महाभाग मन्त्री, मुझसे कहे बिना न चले जाएँ। आप के अभय राजकुमार के लिए मुझे कुछ सन्देश भेजना है। उन्हें पहचानता हूँ, शायद।...कभी कहीं उनका चेहरा देखा है!"

कहकर आर्द्रककुमार फिर जैसे दिगन्त ताकने लगा। आर्द्रकराज और आर्द्रा रानी को बहुत आनन्द हुआ देख-सुनकर, कि उनका पुत्र सच ही उनका सच्चा उत्तराधिकारी है। यह हमारी परम्परागत मैत्री का संवहन कर, हमारे राजकुल को यशस्वी बनाएगा। सो 'तथास्तु!' कहकर राजा ने पुत्र का अहोभाव किया। मागध मन्त्री आर्द्रकेश्वर की आज्ञा ले अपने अतिथि वास में चले आये।

...आर्द्रककुमार अपने महल की अटारी पर चढ़कर, अनजान दिशाओं को टोह रहा है। अरब सागर की लहरों पर मन-ही-मन सवार होकर, उसके क्षितिज की अर्गला को खींचकर जैसे तोड़ देना चाहता है।...कहाँ कुछ है? कोई क्षितिज तो हाथ नहीं आता। एक विराट् मंडल, जो छुआ नहीं जा सकता, पकड़ा नहीं जा सकता, पहुँचा नहीं जा सकता। लाँघा नहीं जा सकता। निरा शून्यांड। वह केवल भ्रान्ति है। तो उसके पार जाना होगा। पता करना होगा कि आगे क्या है? और आगे...और आगे...और...कोई और!

...और हठात् उसने देखा कि दिशाओं पर छाये कुहरे में जालियाँ खुल गयी हैं। वे जल-जालियाँ जल से उठी हैं, और जल में ही पर्यवसान पा रही हैं। आगे चमकीली नीहारिकाओं की यवनिकाएँ सिमट रही हैं। एक अति दूरंगम नील वेला पर कोई वातायन खुल रहा है।...मित्र, क्या वहीं है तुम्हारा घर? एक दिन आऊँगा वहाँ। लेकिन...मैं तो अभी छोटा हूँ। अकेले वहाँ कैसे पहुँचूँगा? कौन राह बताएगा मुझे इस जलारण्य के बीहड़ों में? लेकिन तुम हो तो!...

...निष्काम आनन्द से आर्द्रककुमार का मन तरंगित हो उठा। उसे ख्याल आया, मन-मीत अभय राजकुमार के लिए कुछ भेजना होगा न। तत्काल वह अपने निधि-कक्ष में गया। प्रवाल के एक करंडक में मुक्ताफल दीपित थे। एक जलकान्त आभा स्फुरित करते हुए।...ओ अपरिचित बन्धु, तुम्हें अपना यह आरब्य सागर भेजता हूँ!—और आर्द्रक कुमार ने मुक्ताफलों के प्रवाल करंडक को बन्द कर दिया। समुद्र-शैवाल से बने अंशुक-वस्त्र में उसे आवेष्टित कर, उस पर अपनी प्रिय मुद्रा अंकित कर दी। सामुद्री पोत-मुद्रा।

मागध मन्त्री की विदा का समय आया। आर्द्रकराज ने उसे मरुस्थल के उत्तम खजूर, सोलोमन सुवर्ण की युगल-मुद्रिकाएँ, बालुका-वेलि तथा चाँदनी जैसे शीतल मोतियों का हार, मगधेश्वर और महारानी चेलना के लिए उपहार दिये।...आर्द्रक के पत्तन-घाट पर तुंगकाय पोत के एक सौ छप्पन पाल खुल गये। मागधी ध्वजा फहराने लगी। लंगर उठ गये। ठीक तभी कहीं से अचानक आकर आर्द्रककुमार ने अपनी भेंट की मंजूषा शीलभद्र को सौपते हुए कहा :

"युवराज अभयकुमार क्या मेरी यह तुच्छ भेंट स्वीकारेंगे? उनसे कहना, आरब्य पत्तन का एक छोटा लड़का तुम्हें याद करता है!"

...आर्द्रकराज परिकर सहित अपने महालय लौट आये। लेकिन अस्तंग सूर्य की किरण से अंकित मागधी पोत का मस्तूल जब तक आँख से ओझल नहीं हो गया, तब तक आर्द्रककुमार उसे देखता ही रहा।

उस दिन के बाद आर्द्रककुमार का सारा समय समुद्र निहारने में ही बीतता। दूर-दूर तक जाते पोतों और नावों पर अन्त तक उसकी आँखें अपलक लगी रहतीं।

क्या ये सारी नौकाएँ भरतखंड की राजगृही नगरी को ही जा रही हैं? ओ कोई अज्ञात नाविक, तुम मुझे नहीं ले चलोगे वहाँ : लवंग-लता से छाये, दारु-चीनी से सुगन्धित उन समुद्रतटों पर जहाँ नारिकेल-वन के श्रीफल के भीतर सारा समुद्र बन्द होकर मधुर हो जाता है?

...ऐसा ही तो बन्धुर है, वह मेरा अनदेखा बन्धु। वह मेरा मनचीता मीत। मन की प्रिया परम दुर्लभ है। पर उससे भी दुर्लभ है मन का मीत। वह, जिसके साथ रेशे-रेशे में, पर्त-दर-पर्त मन को बँटाया जा सकता है, बुना जा सकता है, गूँथा जा सकता है। जिसके साथ अन्त तक निरापद जाया जा सकता है। प्रिया और प्रेमिक के बीच कामना है। वह सदा रहेगी। नर और नारी का मिलन कामोत्पल है। वह कभी-न-कभी कुम्हला ही जाता है। कामना में संघर्ष अनिवार्य है। लेकिन समलिंगी नर-नारी की मैत्री निष्काम होने से निर्बाध है। उसमें पीड़ा के पारावार नहीं, सन्देह के शूल नहीं, खतरे में भँवर नहीं, आसक्ति के तमसावन नहीं। लेकिन ऐसे मित्र से दुर्लभ तो संसार में कुछ भी नहीं! वह भला कब, कहाँ मिलेगा?

...आर्द्रक राजकुमार का मन चिरकाल से उसी मनोमणि मित्र को खोज रहा है।

मन्त्री शीलभद्र से आर्द्रककुमार का सन्देश और उपहार पाकर, अभय राजा को पुलक-रोमांच हुआ। वे अपने कक्ष के एकान्त में चले गये। और वह प्रवाल-करंडक खोलकर देखा।...मुक्ताफलों की आभा में समग्र आरब्य समुद्र तरंगित है! अभय को अपने हृदय की पँखुरियों में एक विचित्र स्पन्दन का अनुभव हुआ। स्फुरित हुआ कि : 'अहो, यह कोई मुक्तिकामी है, आसन्न भव्यात्मा है। अभव्य मेरी प्रीति का चाहक नहीं हो सकता। जो आत्मकामी न हो, वह मेरे प्रति आकृष्ट नहीं हो सकता, मेरा आप्त जन नहीं हो सकता।...अनार्य देश में जन्म लेकर भी निश्चय ही वह आर्द्रक आर्य है। वह आत्मा के ऐश्वर्य से आलोकित है। मैं उसे ऐसा उपहार भेजूँगा, जो उसे यहाँ बलात् खींच लाएगा। आर्द्रककुमार, अभय तुम्हारी प्रतीक्षा में है!

अभय अपने पूजा-गृह में गया। कपाट बन्द कर लिये। नीराजन में दीपक अंकुरित कर दिया। पूजासन पर बिराजमान मूलनायक सीमन्धर प्रभु के रत्न-छत्र के भीतर गोपित, एक छोटी-सी गहरे पन्ने की मूर्ति उसने निकाली। सन्मुख लेकर उसे एकटक निहारा। आदिनाथ ऋषभदेव की दीर्घकेशी अवधूत मुद्रा। निरतिशय कोमल बाल्य मुखश्री। एक छोटे-से मर्कत-खंड में उत्कीर्ण फिर भी कितनी सुरेख, स्पष्ट, प्रांजल, जीवन्त। मानो कि बोल रही है, बात कर रही है, सम्बोधन कर रही है। एक बोलती चिन्तामणि। रेशमीन रुई में लपेटकर उसे स्फटिक की डिबिया में विराजित

किया। पूजा के सारे उपकरणों के बीच, उस पर केशर छिड़की, अक्षत-फूल चढ़ाये। धूपधूना, आरती, शंख-घंटा ध्वनि से उसे जागरित किया। फिर डिबिया को बन्द कर, अनेक रेशम-पट्टों में आवेष्टित कर, सुदृढ़ ताम्र-पेटिका में उसे बन्द करके, उस पर धर्मचक्र से अंकित मगध की सील-मुहर लगा दी।

आर्द्रकराज का जो दूत उनके उपहार लेकर शीलभद्र के साथ आया था, उसे फिर अनेक उपहार देकर मगधेश्वर ने विदा किया। जब वह अपने जलपोत में सवार हो गया, तो उसके कक्ष में अभय उसकी प्रतीक्षा में था। ताम्र-पेटिका उसे सौंपते हुए अभय ने कहा : "देवानुप्रिय आर्द्रककुमार को यह मंजूषा देकर कहना कि इसे वे अपने एकान्त में अकेले ही खोलें। और इसमें जो वस्तु है, वह केवल उन्हीं के देखने की है। उसे किसी अन्य को दिखाना न होगा। और आर्द्रककुमार से कहना 'पोत पर से उड़ा हुआ कपोत जाएगा कहाँ, लौटकर फिर अपने पोत पर ही तो आएगा!—ठीक यही शब्द कह देना, बन्धु, यह लिखकर नहीं दिया जा सकता।"

...और आर्द्रक देश का दूत लौटकर अपने स्वामी की राजसभा में उपस्थित हुआ। श्रेणिक के भेजे उपहार आर्द्रकराज को भेंट किये। और आर्द्रककुमार के निजी कक्ष में जाकर, अभय द्वारा भेजी ताम्र-पेटिका उसे देकर, उनका सन्देश शब्दशः आर्द्रक को सुना दिया।...यह पोत का कपोत कौन? बार-बार दिशाओं तक उड़कर भी, क्या फिर उसे उसी पोत पर रैन-बसेरा खोजना होगा?

...आर्द्रककुमार ने अपने खंड के सारे भारी पर्दे डालकर, मुद्रित कक्ष के भीतर वह पेटिका, और वह स्फटिक की डिबिया खोली। सारा कमरा एक अपार्थिव आलोक से जगमगा उठा। एक बोलता-सा बाल्य चेहरा : जैसे उसका अपना ही भीतरी चेहरा, जो उसकी आँखों में अनजाने ही सदा बसा रहता है। एक हरियाली शीतल आलोक-छाया में आविर्भूत यह कौन मुखड़ा है?...यह जैसे मुझसे कुछ कह रहा है। मेरी कुशल पूछ रहा है। नाम लेकर बुला रहा है। कितनी परिचित और प्यारी है यह दूरियों से आती आवाज! जैसे यह मेरे रक्ताणुओं को बिद्ध करके भीतर की सुषुम्ना नाड़ी में से सुनाई पड़ रही है। लेकिन यह एक मणि ही तो है।...मैंने पहले कभी, कहीं इसे देखा है।...

...यह कैसी प्रत्यभिज्ञा? यह किसकी याद है? यह कहाँ की पहचान है? कौन है यह सामायिक? यह कौन बन्धुमती उसे विकल होकर पर-पार से पुकार रही है? स्मृतियों के जाने कितने कोषावरण भीतर खुलते चले गये। उस आनन्द वेदना में आर्द्रककुमार मूर्च्छित हो गया। उसे जाति-स्मरण ज्ञान उत्पन्न हुआ। वह अपनी परा-चेतना में अपने पूर्व जन्मान्तर को आँखों आगे देखने लगा :

'अरे, अब से पूर्व के तीसरे भव में मैं हूँ वसन्तपुर का सामायिक नामा एक कुनबी। और यह मेरी स्त्री बन्धुमती है। अन्यदा सुस्थित नामा आचार्य के पास हम

आर्हत धर्म सुन रहे हैं। उनके प्रतिबोध से हम दोनों ने विरागी होकर आर्हती दीक्षा अंगीकार कर ली।...कुछ वर्षों बाद, विहार करते हुए जिस नगर में मैं अपने गुरु के साथ आया, वहीं योगात् बन्धुमती भी अपनी प्रवर्तिनी महासती के साथ आयी थी।...एक दिन अचानक उसे देखकर मुझे पूर्वाश्रम की उत्संग-क्रीड़ा का स्मरण हो आया। अनिवार दीखा वह अनुराग। मैं अवश हो गया। मैंने एकान्त में सुयोग पाकर बन्धुमती से कहा : "मुझे उत्संग-सुख दो, वर्ना मैं जी नहीं सकूँगा!" बन्धुमती बहुत दिनों से मेरा भाव जान गयी थी। वह ज्वाला-सी लहककर बोली : "मेरी देह चाहिए न तुम्हें, वह तुम्हें मिलेगी!" और तत्काल बन्धुमती ने कुम्भक में सारे प्राण खींचकर, देह को उच्छिष्ट की तरह त्याग दिया। मैं वहीं मूर्च्छित हो उस सती के चरणों में गिर पड़ा। और क्षणमात्र में ही मैं भी उसके प्राण का अनुगमन कर गया। हम दोनों ही ईशान कल्प में देव-देवी होकर जनमे। साथ-साथ रहकर भी कितने बिछुड़े और अपरिचित! हमारे बीच कितनी तपाग्नियों का वन था।...हम जाने कब अपनी-अपनी अलग राहों पर मुड़ गये।...

'ईशान कल्प से च्यवन करके ही तो मैं यहाँ इस अनार्य देश में जनमा हूँ। यहाँ कोई दरद नहीं, दरदी नहीं। प्रीत नहीं, मीत नहीं। यहाँ भाव और ज्ञान का प्रकाश नहीं। यहाँ कोई जिज्ञासा नहीं, कोई लक्ष्य नहीं। यहाँ मुझे कोई नहीं पहचानता। कितना अकेला हूँ मैं, इस समुद्र के जल-जलान्त वीरानों में।...ओ दूरगामी जलयानो, तुम किस ओर जा रहे हो? तुम मुझे अपने घर पहुँचा दो न! आर्यखंड, मगध देश, वसन्तपुर के सामायिक कुनबी का घर जानते हो? नहीं...नहीं...वहाँ नहीं। वहाँ अब कोई नहीं मेरा।...राजगृही का राजपुत्र अभय क्या तुम्हारे जलयान में यात्रा कर रहा है? उससे कहो कि यान रोक दे, कहो कि एक कपोत तुम्हारे मस्तूल को खोजता, जाने कब से अपरिचय के नैर्जन्य में अश्रान्त भटक रहा है।...'

...और उस दिन के बाद आर्द्रककुमार नित्य अपने निजी कक्ष में आदीश्वर ऋषभदेव के बिम्ब से बातें करता, उनका पूजन-अर्चन करता। और यों बड़ी बेचैनी से काल निर्गमन करने लगा।

एक दिन आर्द्रककुमार ने अपने पिता से विज्ञप्ति की : "मैं अभय राजा के पास जाना चाहता हूँ। कहाँ है वह आर्यों का देश, कहाँ है वह राजगृही, जहाँ अभय रहता है?"...आर्द्रकराज अपने पुत्र की उत्क्षिप्त मनोदशा को कई दिन से देख रहे थे। सो तपाक से बोले, "जानो बेटे, राजाओं की मैत्री दूर से ही कायम रहती है। पास जाने पर वह टूट जाती है।" आर्द्रक की ठीक तह में जैसे चोट हुई : झूठ! पिता झूठे हैं, यह सारा संसार झूठ में जी रहा है। वह तीखे स्वर में बोला :

"आपने तो कहा था, महाराज, कि हमारी मैत्री का कमल कभी कुम्हलाता नहीं। और वह इतनी जल्दी कुम्हला गया? मैं उस सरोवर को खोज निकालूँगा, जहाँ खिलनेवाला मैत्री का कमल कभी कुम्हलाना नहीं जानता।"

राजपिता चौंके, और सावधान हो गये। कि तभी आर्द्रककुमार वहाँ से गायब दिखाई पड़ा। पुत्र की इस पागल-विकल चित्त-स्थिति को राजा ने भाँप लिया। उन्होंने अपने मन्त्रियों से मन्त्रणा करके यह व्यवस्था की, कि पाँच सौ सामन्तों की निगहदारी में आर्द्रक-राजकुमार को सदा नजर-कैद रखा जाये। दीवार-द्वारों के भी आँखें खुल गयीं। कान खुल गये। आर्द्रककुमार को दीखा कि उसके हर पग पर रोक-टोक है। वह एक विराट कारागार में बन्दी है। सारा संसार ही उसे एक कैदखाना लगने लगा। मानो दिशाएँ तक उस पर पहरा दे रही हैं। और यह सामने का क्षितिज, जैसे मुद्रित कपाटों पर जड़ी एक महासाँकल की तरह अचल है।...देखूँ कौन रोकता है मुझे अभय के पास जाने से? मैं लाँघ जाऊँगा ये दिगन्त। मैं तोड़ दूँगा इस क्षितिज पर जड़ी साँकल को। वह केवल एक भ्रान्ति है। मैं उसे विदीर्ण कर, अपने प्यारे अभय के पास चला जाऊँगा।...और आर्द्रककुमार का अन्न-जल छूट गया। वह दिनरात अपने एकान्त में आँसू बहाता रहा।...क्या इन्हीं आँसुओं के बल वह संसार के वज्र कारागार को ध्वस्त कर सकेगा? क्या इन्हीं आँसुओं से वह दिगन्त और क्षितिज के मंडल को लाँघ जाएगा?

...एक दिन आर्द्रककुमार को अचानक राह सूझ गयी। वह हर दिन सबेरे घोड़े पर सवार होकर वायु-सेवन को जाने लगा। उस समय वे पाँच-सौ सामन्त उसके अंगरक्षक होकर उसके साथ रहने लगे। आर्द्रककुमार सहसा ही घोड़े को एड़ देकर तेज दौड़ाता हुआ, सामन्तों से आगे निकल जाता। सामन्त भयभीत हो पवन-वेग से घोड़ा दौड़ाते हुए उसका पीछा करते। कि हठात् आर्द्रककुमार घोड़े की लगाम मोड़कर खिलखिलाता हुआ लौट पड़ता। सामन्तों को ताली देता, घोड़े को हवा पर फेंकता और आकर वह अपने महल में जा छुपता। हर दिन वह इसी तरह क्रमश: अधिक-अधिक दूर निकलकर, फिर उसी तरह हँसता-खेलता लौट आता। इससे सामन्त आश्वस्त हुए कि यह तो कुमार की क्रीड़ा मात्र है, वह कहीं जाने वाला नहीं है।

उधर आर्द्रककुमार ने गुप्त रूप से अपने विश्वस्त अनुचरों द्वारा समुद्र के विजन भाग में एक जलपोत तैयार रखवाया। उसे रत्नों से भरवा दिया, ताकि इस अनिश्चित दुर्गम यात्रा में दीर्घ काल तक निर्वाह सम्भव हो सके। और अभय की भेजी हुई आदीश्वर की मूर्ति भी उसने पहले ही अपने पोत-कक्ष में सुरक्षित रखवा दी।...अनन्तर नित्य की अश्वचर्या में एक दिन वह सामन्तों की पहुँच से बाहर निकल गया। और प्रस्तुत जलयान में आरूढ़ होकर वह आर्यों के देश की ओर चल पड़ा। मानो आर्द्रक

राजकुमार अपने देश और इस संसार की भी सीमा लाँघकर, अज्ञात समुद्रों के बीहड़ों में निष्क्रमण कर गया। इतिहास तट पर खड़ा ताकता रह गया। वह एकान्त में रोने वाला कमजोर दिल नाजुक लड़का उसकी पहुँच से आगे जा चुका था।

...निदान एक दिन आर्य देश के तट पर उसका जलपोत आ लगा। आर्द्रक कुमार ने पत्तन-घाट पर उतरकर चारों ओर देखा : मानो कि वह अपनी माँ भोम को सामने खड़ी देख रहा है। उसकी आँखें सजल हो आयीं। वह निमिष मात्र में ही अपने भीतर समाहित हो गया। वह आत्मस्थ हो गया। उसने नहीं पूछा किसी से मित्र अभय का पता। नहीं पूछा मगध और राजगृही का रास्ता। उसने आदीश्वर की मूर्ति सादर एक विश्वस्त अनुचर के हाथ अभय के पास भिजवा दी। कोई सन्देश न भेजा, अपना कोई पता न दिया।...आदीश्वर प्रभु उसे अपने घर लिवा लाये हैं। सन्देश तो उजागर ही था।

आर्द्रक ने अपने साथ लाया सारा रत्न-धन सात क्षेत्रों में बिखेर दिया। और स्वयं ही यतिलिंग धारण कर लिया। सारे वस्त्राभरण समुद्र में फेंक वह दिगम्बर हो गया। उस समय वह बिना किसी से सीखे ही आपोआप सामायिक उच्चरित करने लगा :

> सत्वेषु मैत्रीं गुणिषु प्रमोदं, क्लिष्टेषु जीवेषु कृपापरत्वम्।
> मध्यस्थभावं विपरीतवृत्तौ सदा ममात्मा विदधातु देव॥

औचक ही आकाश में से देववाणी सुनाई पड़ी :

"हे महासत्त्व, तू अभी आर्हती चर्या मत कर। अभी तेरे भोग्य कर्म अवशेष हैं। वह भोगानुबन्ध अनिवार्य है। उसे भोगकर ही तू यतिलिंग में रह सकता है। भोग्य कर्म तो तीर्थंकर को भी भोगे बिना निस्तार नहीं...कहीं कोई कमललोचनी तेरी प्रतीक्षा में है। सावधान!"

...लेकिन उसे तो किसी कमललोचनी की प्रतीक्षा नहीं। वह अपनी राह जाने को स्वतन्त्र है। स्वधर्म में कोई बाहरी वर्जना की बाधा कैसी? उसने देववाणी की अवहेलना कर दी। वह अपनी मुक्ति की राह पर स्वच्छन्द विचरने लगा। प्रत्येक बुद्ध होकर वह उत्कट तपश्चर्या करने लगा। चलते-चलते वह अनायास वसन्तपुर नगर में आ पहुँचा। नगर के वन-प्रांगण में वह किसी निर्जन देवालय में प्रवेश कर प्रतिमा-योग में निश्चल हो गया। सारी उपाधियों से उपराम होकर वह कायोत्सर्ग में लीन हो रहा। उसका देहभाव जाता रहा।

उसी वसन्तपुर में देवदत्त नामा एक कुलीन श्रेष्ठी था। बन्धुमती का जीव

देवलोक से च्यवन कर, देवदत्त की भार्या की कुक्षि से पुत्री रूप में जनमा। उस बाला का नाम हुआ श्रीमती। देवांगना-सी सुन्दरी, वनिताओं के बीच शिरोमणि। धात्रियों द्वारा मालतीमाला-सी लालित वह ललिता, क्रमश: किशोरी होकर रजोक्रीड़ा के योग्य हो गयी। एकदा श्रीमती नगर की अन्य बालाओं के साथ 'पति-वरण' का खेल खेलने को पूर्वोक्त देवालय में आयी, जहाँ आर्द्रक मुनि कायोत्सर्ग में उपविष्ट थे। सब बालाओं ने मिलकर कहा : "सखियो, हम सब आपस में ही अपने-अपने मनचीते पति का वरण करें।" सो सब कन्याएँ पारस्परिक रुचि के अनुसार, शर्त लगाकर, अपने बीच से ही एक-दूसरे को वर गयीं। तभी अचानक श्रीमती ने कहा :

"ओ री सखियो, मैं तो इन भट्टारक मुनि का वरण करूँगी। इस दिगम्बर कुमार ने मेरा मन मोह लिया है!"

तभी आकाश में से देववाणी सुनाई पड़ी : "तू अचूक है, बाले। तूने ठीक अपने नियोगी का वरण कर लिया!" मेघ गर्जना के साथ देवों ने वहाँ रत्न-वृष्टि की। उस गर्जना के भीत होकर श्रीमती ध्यानस्थ मुनि के चरणों में लिपट गयी। मुनि का प्रतिमायोग भंग हो गया। वे तत्काल वहाँ से प्रभंजन की तरह प्रयाण कर गये। श्रीमती आकस्मिक उल्कापात से आहत-सी देखती रह गयी : 'मेरा नियोगी पुरुष मुझे छोड़कर पलायन कर गया! हाय, उस निष्ठुर ने मेरी ओर देखा तक नहीं!'

श्रीमती रोती-विलाप करती घर लौट आयी। देववाणी और रत्न-वर्षा की खबर राजा तक पहुँची। वह धरती का धनी अपनी भूमि पर बरसे रत्नों को अपने अधिकार की वस्तु जान, उन्हें बटोरने को देवालय आया। राजा के सेवक जब राजाज्ञा से वह रत्न-द्रव्य लेने देवालय में प्रवेश करने लगे, तो नागलोक के द्वार समान वह स्थान अनेक सर्पों से व्याप्त दिखाई पड़ा। तत्काल अन्तरिक्ष में वाणी सुनाई पड़ी : "यह रत्नराशि कन्या के वर को दिया गया उपहार है। अन्य कोई इसे न छुए। कन्या का पिता इसे ले जाकर अपनी निधि में सुरक्षित रखे और कन्यादान के मुहूर्त की प्रतीक्षा करे!"

...काल पाकर श्रीमती रूप और यौवन के प्रकाम्य कल्पवृक्ष की तरह फूल-फलवती हो आयी। अनेक श्रीमन्त कुमार, अनेक कामदेव उसके पाणि-पल्लव के प्रार्थी हुए। श्रेष्ठी मान-मनौवल करके हार गया, पर कन्या अपने निश्चय पर अटल रही। "मैं केवल उस दिगम्बर पुरुष की वरिता हूँ, मेरा भर्तार केवल वही! तीन लोक में और कोई नहीं!"

माँ और पिता ने श्रीमती को समझाया : "गृहत्यागी मुनि का वरण कैसा? उस अनगारी, पन्थचारी का क्या ठिकाना? उसका कोई घर नहीं, ग्राम नहीं, नाम नहीं। उस निर्नाम गगनविहारी पंछी को कहाँ तो खोजा जाए? उसका अभिज्ञान कैसे हो? उसकी पहचान किसके पास?" श्रीमती ने कहा : "बापू, मैं उसे पहचान लूँगी। उसी

दिन पहचान लिया था। देवकृत मेघनाद से संत्रस्त भीत होकर, मैं अपने उन प्रिय स्वामी के चरणों में लिपट गयी थी। तब उनके चरण का एक चिह्न मैंने देख लिया था। बापू, कल से प्रतिदिन नगर में आने वाले हर मुनि का मैं द्वारापेक्षण करूँगी। उन्हें भिक्षा दूँगी।...एक न एक दिन मेरे स्वामी, निश्चय ही भिक्षार्थी होकर मेरे द्वार पर आएँगे। और मैं उन्हें पहचान लूँगी।" श्रेष्ठी ने समुचित व्यवस्था कर दी। श्रीमती प्रतिदिन आगन्तुक श्रवणों का आवाहन और आहारदान करने लगी। चरण-वन्दना करते समय वह हर मुनि के चरण में उस चिह्न को टोहने की चेष्टा करती।

...ठीक बारह वर्ष बाद दिङ्मूढ़-सा एक तेजःकाय योगी श्रीमती के द्वार पर आ खड़ा हुआ। बिना चरण-चिह्न देखे ही श्रीमती ने उसे पहचान लिया। विह्वल रुदन में फूटकर, वह योगी के चरणों में गिर पड़ी। उन धूल भरे पगों को उसने बाहुओं में कसकर, अपनी छाती में भींच लिया। फिर बोली :

"उस बार तुम मुझे दगा दे गये, नाथ, पर अब मेरे हाथ से छूटकर तुम जा नहीं सकते। मेरे जन्मान्तर के वल्लभ हो, देखो...देखो मेरी ओर। मुझे पहचानो। योगी होकर सत्य से भागोगे?...नहीं, नहीं, त्रिलोकी की कोई सत्ता अब तुम्हें मुझसे नहीं बिछुड़ा सकती!"

...योगी को अचूक लगी उस नारी की वाणी। अनिवार्य थी उसकी ऊष्मा, उसका सम्मोहन! चिरकाल की परिचित लगी उसकी देह-गन्ध, केशगन्ध। और यह प्यारी आवाज कितनी अपनी, कैसी आप्तकाम! आर्द्रक मुनि को अचानक वह देववाणी याद आ गयी : वह वर्जन-वाणी कि —'तेरा भोग्य अभी शेष है, वह भोगे बिना निस्तार नहीं!'

...मुनि मौन, अपने उपादान को समर्पित, अवश खड़े रह गये। वे नकार न सके। श्रीमती उन्हें हाथ पकड़कर अपनी हवेली में लिवा ले गयी।...और उसी सन्ध्या की गोधूलि वेला में, उस अज्ञात कुल-गोत्र अनाम योगी ने यज्ञ-हुताशन के साक्ष्य से श्रीमती का पाणिग्रहण कर लिया।

जाने कितने वर्ष श्रीमती के साथ रमण-सुख भोगते बीत गये। लेकिन आरब्य देश के उस नीली आँखों वाले निर्नाम योगी को नहीं लगा, कि कहीं कुछ बीता है, या रीता है। उसे नहीं लगा, कि उसने अपने से अन्य किसी को भोगा है। एक आकाश क्षण-क्षण नाना रूपों में व्यक्त होकर, अनन्य भाव से केवल अपने ही को भोगता रहा। एक निश्चल समुद्रगर्भ अपनी ही तरंगों से खेलता रहा। मात्र अपनी ही एक और अभिव्यक्ति, अपना ही एक और अनिवार्य परिणमन।

एक-दूसरे में अप्रविष्ट, फिर भी अप्रविष्ट नहीं रहकर, वे परस्पर के छोर तक

पहुँचने का संघर्ष करते रहे। उस संघर्ष में से एक दिन एक चिनगारी उठी : वह पिंडित और रूपायित हुई।...श्रीमती ने शुभ लग्न में एक पुत्र प्रसव किया। राजशुक की तरह तुतलाता, नाना बाल्य-क्रीड़ा करता वह पुत्र देखते-देखते एक दिन बड़ा हो गया।...अनन्तर आर्द्रक को नियत क्षण आने पर सहसा ही प्रत्यभिज्ञान हुआ, प्रतिबोध हुआ, कि पर्याय का यह खेल खत्म हो गया!

आर्द्रक ने सुयोग देखकर श्रीमती से कहा, "तुम्हारी कामना का वृक्ष फल गया। तुम पुत्रवती हुई। तुम अब रमणी न रही, माँ हो गयी। तुम्हारी प्रीति अब विभाजित हो गयी। खंड रमण में सुख कहाँ, नितान्त एकत्व और अनन्यत्व कहाँ! श्रीमती, अब मैं चला। मेरा भोग पूरा हो गया।"...पूछा श्रीमती ने : "कहाँ जाओगे?" उत्तर मिला : "उस रमणी के पास, जिसका भोग अविभाज्य और अखंड है। जो मुझसे अन्य नहीं, जो मेरी अनन्या है। जिसके और मेरे बीच देह की अभेद्य दीवार नहीं...।" श्रीमती को कुछ समझ न आया। उसने यही समझा, कि अब वह पुरुष मुझसे ऊब गया है और अब यह किसी अखंड कुँवारी की खोज में जाना चाहता है।

श्रीमती चुप रही। उसने एक युक्ति रची, और उसी के द्वारा अपने पुत्र को इस वियोग की प्रज्ञप्ति करनी चाही। वह प्रतिदिन नियम से रुई की पोनी लेकर, एक चर्खे के त्राक पर सूत कातने लगी। माँ को यों रात-दिन सूत कातते देखकर, एक दिन पुत्र ने पूछा, "माँ, तुम किसी दीन-अकिंचन जुलाहिन की तरह यह क्षुद्र कर्म क्यों कर रही हो?" श्रीमती ने उत्तर दिया, "तेरे पिता को मुझसे विराग हो गया है। वे कभी भी घर छोड़ जाएँगे। मुझ पति-विरहिता के लिए तब यह त्राक ही तो शरण होगा।" छोटा-सा निर्बोध लड़का माँ का दुःख देख कातर और क्रुद्ध होकर बोला, "ओ माँ, तुम चिन्ता न करो। मैं अपने पिता को बाँधकर पकड़ रखूँगा। देखूँ, वे कैसे कहाँ जा पाते हैं।"

...इस बीच आर्द्रक मुनि घर में ही एकासन से ध्यानस्थ रहने लगे थे। बाहर उनके शरीर के साथ क्या होता है, इस पर उनका लक्ष्य ही नहीं रह पाता था। नित्य का आहार-विहार वे यन्त्रवत करके फिर अपने एकान्त कक्ष में ध्यानस्थ हो जाते। एक दिन वे बाहर के प्रति एकाएक संचेतन हुए। उन्होंने देखा कि, जैसे ऊर्णनाभ मकड़ी अपनी लार से तन्तुजाल बुनती जाती है, वैसे ही उनका वह निर्दोष पुत्र अपनी माँ के काते त्राक के सूत्र से अपने पिता के चरणों को लपेट रहा है।...हाय, निष्कलुष बालक के इस स्नेहानुबन्ध को काटकर मैं कैसे जाऊँ?...मेरे मन के पंछी को इसने कैसे सूक्ष्म तन्तुओं से बाँध लिया है! इस निसर्ग वात्सल्य को ठुकराकर, क्या मुक्ति पा सकूँगा? इस प्रेमल पुत्र ने अपने प्रेम के जितने सूत्रों से मेरे चरणों को बाँधा है, उतने वर्ष और इसके साथ रहकर, इसकी अकारण प्रीति का ऋण तो चुकाना ही

होगा। अर्हत् जैसे ही इस पवित्र बालक को आघात कैसे दे सकता हूँ?

बालक ने सूत्र से बारह आटे आर्द्रक के चरणों में लपेटे थे। सो बारह वर्ष और वह योगी गृह-संसार में रहकर, पत्नी और पुत्र का दीना-पावना चुकाता रहा। बारह वर्ष की अवधि पूरी होते ही, एक रात के अन्तिम प्रहर में वह सोयी भार्या और सोये पुत्र को छोड़कर चुपचाप चला गया। सबेरे जागकर श्रीमती ने देखा, बया पंछी उड़ चुका था। सूत्र तन्तुओं के जाल से बुना वह नीड़ खाली पड़ा था। उसकी खोखल में सूरज की एक किरण पड़ रही थी।

...उस किरण के जाने कितनी दूरियाँ खुलती आयीं। एक पर एक कितने दृश्यान्तर, कितने रूपान्तर, कितने जन्मान्तर। यह कैसी प्रत्यभिज्ञा हो रही है? यह कैसा प्रतिक्रमण है? श्रीमती को जाति-स्मरण ज्ञान हो आया। उसकी आँखों से आँसू झरने लगे। मन-ही-मन बोली, 'ठीक ही तो हुआ, तुम चले गये सामयिक! मैं हूँ बन्धुमती। उस भव में तुम्हारी चाह पूरी न कर सकी थी: इच्छामरण कर गयी थी। और तुम भी तो फिर जी न सके थे। ईशान स्वर्ग में देव-देवी होकर हम साथ रहे, फिर भी तो बिछुड़े ही रह गये। तुम्हारा रागानुबन्ध शेष न हो सका। इसीलिए तो लौटकर फिर मैं श्रीमती हुई, तुम्हारे लिए। पर तुम मुझसे भागते फिरे। आखिर बाँध लायी तुम्हें : तुम पहचान गये मुझे।...तुम्हारी इच्छा को निःशेष तृप्त कर, अब फिर तुम्हें अपनी मुक्ति की राह पर लौटा दिया मैंने। मेरा जन्म-कर्म, भोग-योग पूरा हुआ। मैं कृतार्थ हुई निष्क्रान्त हुई। मेरा नारीत्व कृतकाम हुआ। बेखटके जाओ, तुम्हारा चिर मंगल हो, चिर कल्याण हो! तुम्हारे मन की मनई तुम्हें मिले!'

...और श्रीमती की आँखों से झरते आँसुओं में जाने कितने जन्मों की मोह ग्रन्थियाँ गल-गलकर बहती चली गयीं।...दूर दिगन्त को ताककर बोली, 'मैं अन्य कोई नहीं, तुम्हारी आत्मा ही हूँ! तुम जहाँ भी विचरोगे, मैं सदा तुम्हारे साथ हूँ।'

...और द्रुत पगों से अनिर्देश्य विहार करते दिगम्बर आर्द्रक मुनि को हठात् अपने लक्ष्य का शिखर दिखाई पड़ गया। वे निर्दिष्ट और बेखटक ठीक दिशा में चल पड़े। उनकी अन्तश्चेतना में आपोआप स्फुरित हुआ : 'श्रीमती, तुम मेरा बन्धन नहीं, मुक्ति हो। यह बात मैं निर्वाण की सिद्धशिला और प्राग्भार पृथ्वी पर पहुँचकर भी भूल न सकूँगा।...'

वसन्तपुर से राजगृही की ओर जाते हुए आर्द्रक कुमार ने, एक जगह पाँच सौ सामन्तों को चोरी का उद्यम-व्यवसाय करते देखा। सामन्तों ने भी अपने खोये राजपुत्र को पहचान लिया। आर्द्रक को दिगम्बर यतिलिंग में देखकर, वे बरबस उनके चरणों में नमित हो गये। आर्द्रक मुनि ने कहा, : "सामन्तो, तुमने यह अधम आजीविका क्यों

ग्रहण की? इतने गिर गये तुम?" सामन्त बोले, "हे स्वामी, जब आप हमें धोखा देकर चले गये, तो हम अपना काला मुँह लेकर आर्द्रकराज के पास कैसे जाते? सो आपकी खोज में ही पृथ्वी पर सर्वत्र भटक रहे हैं। इस आर्य देश में किसी ने हम पर विश्वास न किया। तब निर्धन शस्त्रधारियों के लिए जीने का और उपाय ही क्या था? हम चोरी करके अपना उदर पोषण करने लगे।"

"निर्वसन निष्किंचन होकर मेरा अनुसरण करो, भव्यो! तुम्हारा जीवितव्य अयाचित ही तुम्हें मिलता जाएगा। तुम्हारी सारी कामनाएँ पूरी होंगी। तथास्तु!"

वे पाँच सौ सामन्त चोर अपने अस्त्र-वस्त्र और सारा चुराया धन, क्षण भर में जीर्ण केंचुल की तरह त्यागकर, निर्ग्रन्थ दिगम्बर हो गये। और अपने एकमेव स्वामी और गुरु का अनुगमन करने लगे।

...यह उन दिनों की बात है, जब गोशालक अर्हन्त महावीर का द्रोही होकर, लोक में घूर्णि-चक्र की तरह घूमता हुआ, अपने अष्टांगी भोगवाद और नियतिवाद का धुआँधार प्रचार कर रहा था। राजगृही के मार्ग पर अपने पाँच सौ निगंठ शिष्यों के साथ धावमान आर्द्रक मुनि की सहसा ही गोशालक से भेंट हो गयी। सन्मुख राह रूँधकर गोशालक बोला :

"ओ रे कोमल कान्त कुमार, तू अपनी देव-तुल्य काया को इस कृच्छ तपस्-क्लेश से क्यों नष्ट कर रहा है? क्या तेरे इस श्रम से तुझे सिद्धि मिल जाएगी? पुरुषकार सत्य नहीं, पुरुषार्थ मरीचिका है। सब कुछ नियत है रे, सब कुछ नियत। जो होना है, वह होकर रहेगा, फिर तुम सब अपने को क्यों मिट्टी में मिला रहे हो? अरे तुम इस जगत् को जी भर भोगो। इच्छामत जियो, मुक्ति ठीक समय पर आप ही मिल जाएगी!"

धीर गम्भीर स्वर में आर्द्रककुमार ने उत्तर दिया :

"जब नियति ही अनिवार्य सत्य है, सौम्य तो हमारी वर्तमान चर्या भी, क्या उसी के अन्तर्गत नहीं? जब पुरुषकार है ही नहीं, तो जो भी हम कर रहे हैं, वही क्या हमारी नियति नहीं? हर एक की नियति भिन्न है, महानुभाव आर्य। आप अपनी नियति में विचर रहे हैं। हम अपनी नियति में। नियति के बाहर क्या कुछ सम्भव है, कि आप हमारे आचार को पुरुषकार कह रहे हैं? आपने पुरुषकार को नकार कर ही, उसे स्वीकार लिया, आचार्य, यह शायद आप भूल रहे हैं!"

गोशालक निरुत्तर स्तम्भ-सा खड़ा रह गया। और आर्द्रक मुनि एक अनिर्वार नियति पुरुष की तरह, अपने पाँच-सौ शिष्यों सहित आगे प्रयाण कर गये।

आगे चलकर स्वायम्भुव ऋषि आर्द्रककुमार हस्ति-तापसों के एक आश्रम से गुजरे। वहाँ उन्होंने देखा कि पर्ण-कुटियों के प्रांगण में हाथियों का मांस सूखने को धूप में डाला हुआ था। वहाँ के वासी तापस एक बड़े हाथी को मारकर, उसका मांस

खाकर अपना निर्वाह करते थे। उनका ऐसा मत था कि : एक बड़े हाथी को मार डालना ही श्रेयस्कर है, ताकि एक जीव के घात से प्राप्त मांस से ही बहुत काल निर्गमन हो सके। मृग, तीतर, मत्स्य आदि अनेक क्षुद्र जीवों तथा अनेक वनस्पति कायिक धान्य और शाकादि जीवों का संहार करने से क्या लाभ? उस तरह अगणित जीवों की हिंसा करने से, अपार पाप लगता है।

ऐसे उन दयाभासी तापसों ने उस समय अपने आहार हेतु मारने के लिए, एक महाकाय हाथी को भारी-भारी साँकलों से बाँध रखा था। अचानक करुणामूर्ति महर्षि आर्द्रक की दृष्टि उस साँकलों में जकड़े हाथी पर पड़ गयी। वे चलते-चलते वहीं रुक गये। तभी आसपास के अनेक अन्य और ग्राम्यजन वहाँ आकर एकत्र हो गये। वे पाँच-सौ मुनियों से परिवरित तेज:पुंज महर्षि आर्द्रक का अनेक प्रकार से वन्दन-पूजन करने लगे।

उस निश्चल सुमेरु-से खड़े करुणामूर्ति योगी को देखकर, लघुकर्मी गजेन्द्र की अन्त:संज्ञा जाग उठी। उसके मन में ऐसा प्रीति भाव जागा, कि यदि मैं मुक्त होऊँ, तो मैं भी जाकर इन भगवन्त की चरण-वन्दना करूँ। गजेन्द्र का यह भावोद्रेक चरम पर पहुँचा। वह विकल हो उठा। कि तभी हठात् उसके पैरों की साँकलें तड़ाक से टूट गयीं। जैसे गरुड़ के दर्शन मात्र से नागपाश छिन्न हो गया हो। वह मातंगराज मुक्त होकर, विह्वल हर्षावेग के साथ मुनीश्वर के चरणों की ओर दौड़ पड़ा।

लोग हाहाकार कर उठे : 'हाय, यह अपने बन्धन का सताया प्रचंड वन-हस्ती, अभी-अभी निश्चय ही, इन मुनिराज को एक ही ग्रास में निगल जाएगा।' और वे सारे मानुष्यजन भय के मारे भाग खड़े हुए।

...लेकिन महायोगी आर्द्रक तो स्थान पर ही निष्कम्प खड़े रहे। उनके शिष्य भी वैसे ही अटल रहे। दूर खड़े लोग देखकर अवाक् रह गये।...अरे यह क्या हुआ, उस गजेन्द्र ने नम्रीभूत हो, अपने कुम्भस्थल को नमित कर, अपनी सूँड़ उठाकर, श्रमण को प्रणाम किया। फिर सूँड़ नीचे की ओर पसारकर उनके चरणों का स्पर्श कर लिया। तब उस हस्ति को ऐसा अनुभव हुआ, कि वह अघात्य और अवध्य हो गया है। उसे कोई अब मारने में समर्थ नहीं! कदली-कर्पूर जैसे उन चरणों के शीतल स्पर्श से, उसकी वह महाकाया रोमांचित हो आयी।...उसने एक भरपूर दृष्टि से महर्षि को निहारा, और निर्बाध निराकुल होकर अपने वन-राज्य में स्वच्छन्द विचरने लगा।

मुनि के इस प्रभाव और हाथी के भाग निकलने से, वे दया-पालक तापस अत्यन्त क्रुद्ध हो गये। वे दाँत किट-किटाते हुए, एकजुट होकर, उस पांशुल पन्थचारी साधु पर आक्रमण करने को दौड़े आये।...लेकिन निकट पहुँचते ही, जाने कैसे एक अन्तरिक्षीय मार्दव के स्पर्श ने उन्हें अश्रु-पुलकित कर दिया। एक अखंड निस्तब्धता में वे सारे तापस अपने ही स्थानों पर स्तम्भित हो, नम्रीभूत नतमाथ हो रहे। फिर

उन्होंने समवेत स्वर में विनती की :

"जिन श्रीगुरु की हमें चिर दिन से प्रतीक्षा थी, वे आ गये! हे तरणतारण गुरु भगवन्त, हमें जिन-दीक्षा देकर अपना ही अनुगामी बना लें।"

"तीन लोक, तीन काल के गुरु भगवान महावीर स्वयं, इस समय तुम्हारी इस भूमि में विहार कर रहे हैं। उन्हीं के पास जाओ, तापसो! तारणहार केवल वही हैं, मैं कोई नहीं। मैं हूँ केवल उनका एक दृष्टान्त, एक पूर्वाभास मात्र!"

कहकर तत्काल आर्द्रक महर्षि अपने संघ सहित, सन्मुख पूर्वाचल की ओर विहार कर गये।

...राजगृही में हलचल मच गयी। एक ही उदन्त चारों ओर सुनाई पड़ रहा था। कोई आर्द्रक महर्षि राजगृही के परिसर में विहार कर रहे हैं। पाँच-सौ चोर उनके निकट आत्म-समर्पण कर, निग्रन्थ श्रमण हो गये। उनके एक दृष्टिपात मात्र से, वज्र साँकलों में जकड़े एक दुर्मत्त गजेन्द्र के पैरों में बँधी साँकलें तड़ाक से टूट गयीं। उस हाथी के मांस के लोलुप पाँच-सौ हस्ति तापस, आर्द्रक ऋषि के शरणागत हो गये। ऋषि ने उन्हें प्रतिबोध देकर श्रीभगवान के समवसरण में भेज दिया। अनार्य देशवासी आर्द्रक मुनीश्वर जयवन्त हों!...और हजारों मागध उस अनार्य श्रमण के दर्शन को निकल पड़े।

...अभय राजकुमार विस्मय में पड़ गया। क्या सच ही मेरा चिरकाल का स्वप्न-मित्र आ गया? श्रेणिकराज भी आपोआप समझ गये, कौन आया है। दोनों पिता-पुत्र रथ पर चढ़कर उनके वन्दन को गये।...वन्दन प्रदक्षिणा के उपरान्त, आर्द्रक मुनि के समक्ष होकर बोला अभय राजकुमार :

"अपने मित्र अभयकुमार को भूल गये, महर्षि आर्द्रक? उसी से मिलने तो घर छोड़कर निकल पड़े थे एक दिन। लेकिन उसी से मुँह मोड़ गये?"

"ठीक मुहूर्त आने पर ही तो, आत्मा के मित्र से मिलन हो सकता है, अभय राजा! मेरे आदिकाल के स्वप्न, तुम तक पहुँचने के लिए भीतर-बाहर के जाने कितने आगम-दुर्गम चक्रपथों की यात्रा करनी पड़ी।...लगता था, उन अगम्यों के पग-पग पर तुम्हीं तो मेरे साथ चल रहे हो। सो मित्र को बाहर कहीं खोजने की बात ही भूल गया!"

"प्राणि मात्र के मित्र त्रिलोकी के अनन्य आत्मीय अर्हन्त महावीर, तुम्हारी प्रतीक्षा में हैं, हे संयतिन्!"

"वही तो मुझ पथहारा को, अपने चिरकांक्षिक मित्र के पास ले आये, अभय राजा। तपस् के अग्नि-मंडलों को पार किये बिना, मन का मनई कैसे मिल सकता है?"

अभय ने देखा, सामने कोई पुरुष नहीं, केवल परा प्रीति का एक प्रभापुंज

जाज्वल्यमान है। उसकी अन्तर-विभा से चराचर सृष्टि संवेदित और रोमांचित है।

...अगले ही दिन सबेरे अनायास, आर्द्रक मुनि श्रीभगवान के चरण-प्रान्तर में, द्राक्षा-लता की तरह भूसात् दिखाई पड़े।

"आत्मन् आर्द्रक, महावीर तुम्हारी मैत्री का चिरकाल से प्यासा और प्रत्याशी है!"

"मेरे खोये-बिछुड़े आत्म ने ही मुझे स्वयं पुकारकर अपना लिया। मैं पूर्णकाम हुआ, भगवन्!"

"स्वयम्भुव आदीश्वर का तेजांशी पुत्र आर्दक, जन्म से ही अर्हत् का आप्त और निखिल का मित्र रहा है।"

"अनार्यजन्मा आर्द्रक?"

"आत्मा तो स्वभाव से ही आर्य है, मेरे सखा। उसके राज्य में भूगोल और इतिहास के विभाजन नहीं। वह सार्वभौमिक है, और सर्वत्र है। अफाट तपते रेगिस्तान में कब समुद्र लहराने लगता है, सो कौन जान सकता है!"

"मेरे लिए क्या आदेश है, भगवन्?"

"तथाकथित अनार्य देशों में जाओ आत्मन्, जहाँ मनुष्य अपना ही मित्र नहीं, अपना ही सगा नहीं। जहाँ वह अपने ही से चिरकाल से बिछुड़ गया है। अन्धकार के उस राज्य में विचरो, प्रिय, वहाँ की हर आत्मा को उसका अपना ही मित्र और प्रियतम बना दो। विश्वामित्र आर्द्रककुमार जयवन्त हों!"

स्वर्गों के फूल बरसाते कल्पवृक्षों में से जयकारें गुंजायमान हुईं :

त्रिलोक-मित्र भगवान महावीर जयवन्त हों!
मित्रों के मित्र आर्द्रककुमार जयवन्त हों!

अगम पन्थ के सहचारी

राजगृही के निकट ही शालिग्राम में कोई धन्या नामा स्त्री आकर बस गयी थी। उसका वंश उच्छेद हो गया था। केवल उसका एक संगमक नामा पुत्र था। संगमक नगरजनों के बछड़ों को चराता था। उस भोले लड़के को अपने योग्य ही एक मृदु आजीविका मिल गयी थी। एकदा पर्वोत्सव के दिन, घर-घर पायसान्न का भोजन पाक हुआ। संगमक गन्धशालि चावल, दूध, केशर और मेवों की सुगन्ध में मुग्ध मगन घर आया। उसने अपनी विपन्ना माँ से कहा, "माँ मुझे भी पायसान्न खिलाओ।"

...रंकिनी धन्या पायसान्न कहाँ से लाये? और पुत्र की माँग को नकारे भी कैसे? बेटे के सिवाय उसका कौन है जगत् में? क्या उसकी इतनी-सी साध भी वह न पूर सकेगी?...धन्या अपने पुराने वैभव को याद कर तार स्वर में रुदन करने लगी।...संगम अबूझ ताकता रहा। समझ न सका, यह क्या हो रहा है? पर उसकी माँ के विलाप से द्रवित होकर एक पड़ोसिन दौड़ आयी और उसके दुःख का कारण पूछा। धन्या ने सिसकियाँ भरते हुए अपनी व्यथा कही।...तत्काल ही पड़ोसिन ने मिलकर पायसान्न की सारी सामग्री उसे ला दी। धन्या ने हर्षित होकर क्षीर का पाक किया। फिर बहुत प्यार से एक थाली में बेटे को खीर परस कर, अन्य गृहकाज में लग गयी। संगमक ने अभी खीर का ग्रास न उठाया था। वह, बस उसे मुग्ध होकर देख रहा था।...

...तभी एक मासोपवासी श्रमण पारण के लिए उसके द्वार पर आ खड़े हुए। संगमक अपने को भूल, भौरा-सा मुनि को देखता रहा। अहो, तपे हुए सुवर्ण-सा कान्तिमान यह नग्न पुरुष कौन है? सचेतन चिन्तामणि रत्न, जगम कल्प-वृक्ष, अपशु कामधेनु!...अहा, मैं कितना भाग्यशाली हूँ, कि स्वयं भगवान मेरे द्वार पर याचक होकर आये हैं। कैसा चमत्कार है, कि आज चित्त, वित्त और पात्र का त्रिवेणी संगम घटित हुआ है। मेरा संगमक नाम आज सार्थक हो गया!...ये कैसे शब्द मुझ में फूट रहे हैं!

...संगमक ने कई बार प्रणिपात कर भिक्षुक का वन्दन किया। मुनि ने पाणिपात्र पसार दिया। संगमक सारा ही पायसान्न क्रमशः उनकी अंजुलि में उँड़ेलता चला गया। वह अपनी इच्छा और क्षुधा ही भूल गया। योगी-गुरु तृप्त हो, संगमक पर अनुगृह की एक चितवन डाल, मुस्करा दिये। और चुपचाप अपनी राह चले गये। संगमक उनके दूर जाते पग संचार को देखता रह गया, सुनता रह गया। उसका जी चाहा, कि उन्हीं के साथ चला जाए।

...तभी उसकी माँ वहाँ आ पहुँची। देखा, थाली खाली पड़ी है, और संगमक दूर-दूर तक की राह ताक रहा है। धन्या अपने पुत्र के इस मौन और धुनी स्वभाव को जानती थी। वह तो कभी कुछ माँगता नहीं। आज जाने क्या घटा, कि संगमक ने खीर माँग ली। खाली थाली देख माँ ने सोचा : मेरा लाल सारी खीर बहुत स्वाद से खा गया न! सो खुश होकर उसने दूसरी बार थाली पर पायसान्न परस दिया।

...संगमक को अब अन्न में रुचि नहीं रह गयी थी। उसकी क्षुधा मानो सदा को शान्त हो गयी थी। लेकिन माँ को वह यह सब कैसे बताये। वह विस्मित है, उच्चकित है, बूझ रहा है : यह क्या हो गया मुझे?...वह कुछ बोल न सका। उसने माँ का मन रखने के लिए विमन, विरत भाव से ही आकंठ उस खीर का आहार कर लिया।...विचित्र हुआ, कि उसी रात संगमक को विशूचिका हो गयी। और सवेरे द्वार

पर आये श्रीगुरु का स्मरण करते हुए ही, उसने देह त्याग दी। उस दिन का उसका आत्मदान, आत्मोत्थान का शिखर हो उठा।

...उस रात संगमक का जीव शालिग्राम से च्यवन करके जो निकला, तो राजगृही के गोभद्र श्रेष्ठी की भद्रा नामा अंगना के गर्भ में यह कैसा विदग्ध कम्पन हुआ!...उस रात का संसर्ग सुख परा सीमा को पार कर गया। रात्रि के पिछले प्रहर में भद्रा ने स्वप्न में शालि क्षेत्र देखा। लहलहाती हरियाली का प्रसार। प्रातः भद्रा ने अपने भाविक और दैवज्ञ पति से इस स्वप्न का फल पूछा। श्रेष्ठी ने कहा, "तुझे अक्षत सुख के भोगी पुत्र का लाभ होगा, प्रिये!" यथाकाल भद्रा को ऐसा दोहद हुआ, कि वह सात दिनों तक राजगृही की राहों पर रत्न लुटाती हुई निकले।...और तभी ऐसा हुआ कि गोभद्र की निधि में से रत्नों का मानो स्रोत उमड़ता आया।...और भद्रा की उस रत्न उछालती मातृमूर्ति को देख लोगों को लगा, कि क्या पृथा देवी स्वयं ही प्रकट हो आयी है राजगृही के राजमार्गों पर?

...नव मास ग्यारह दिन बीतने पर, भद्रा ने एक पुत्र को जन्म दिया। मानो कि विदुरगिरि की भूमि ने वैदूर्य मणि को प्रसव किया हो। उसके उद्योत से दिशाओं के मुख उजल उठे। स्वप्न में शालि-क्षेत्रों में से आये पुत्र को नाम दिया गया शालिभद्र। उस मुहूर्त में पाँच धात्रियों ने अपने मुक्ताहार पृथ्वी पर बिछाते हुए प्रभु का बारम्बार वन्दन किया। पद्म-दलों के मार्दव और परिमल में बालक का लालन-पालन होने लगा।...जब वह आठ वर्ष का हुआ तो गुरुकुल में विद्यार्जन को भेजा गया।...जो भी सिखाया जाता, शालिभद्र को जैसे पहले ही मालूम था। वह शास्त्रों से भी आगे की बातें बोलता। गुरु ने कहा, "इसे सिखाने योग्य विद्या मेरे पास नहीं है!" शालिकुमार घर लौट आया। वह जगत् प्रवाह को देखता रहता। वह सोये में भी जागता हुआ, सृष्टि के हर पदार्थ को, हर पर्याय को, एक बहुरंगी मणि की तरह निहारता रहता। हर वस्तु के भीतर एक हीरा है, जिसमें कभी लाल किरण फूटती है, कभी नीली, कभी पीली, कभी हरियाली।

एकदा उषःकाल में शालिभद्र अकेला ही वन-विहार करके घर लौट रहा था। तो उसने राह में देखा, घरों के द्वार-पल्लों की ओट से, गवाक्षों से, जाने कितनी ही चितवनें उसे एकटक निहार रही हैं!

कालान्तर में युवा होकर शालिकुमार, युवति-जन का वल्लभ हो गया। राह चलते जाने कितनी सुन्दरियों के मन मोहता हुआ, वह नवीन प्रद्युम्न की तरह लोक में विचरता रहता है। उपद्रवी है यह लड़का, सब जमे-जमाये को यह तोड़-फोड़ देता है। इसके चलने से स्थापित नीति-मर्यादाएँ खतरे में पड़ जाती हैं। सो नगर के सरपंच

श्रेष्ठियों ने गोभद्र को बुलाकर उसके साथ गम्भीर परामर्श किया।...और शुभ लग्न में बत्तीस श्रेष्ठि-कन्याएँ शालिकुमार को ब्याह दी गयीं। लड़के को मन-ही-मन हँसी आती रही। केवल बत्तीस? इतने से क्या होगा! गिनती की बत्तीस मर्यादा की इस बेड़ी में अनन्त रमण-सुख कैसे सम्भव है? वह निराकुल कैसे हो सकता है? और वे उतनी सारी आँखें क्या प्यासी ही रह जाएँगी?

...लेकिन ये बत्तीस कुमारिकाएँ, जाएँ तो कहाँ जाएँ? इन्हें सुख न दे सकूँ, तो वह मेरी ही सीमा होगी। मैं इतना छोटा कैसे पड़ सकता हूँ?...और शालिभद्र उन अंगनाओं के साथ आचूड़ विलास में डूब गया। दिन-रात का भेद लुप्त हो गया। रत्न-द्वीपों की सान्द्र प्रभा में, पराग के पेलव शयनों पर स्पर्श-सुख का मार्दव और दबाव अगाध होता गया। एक ऐसी प्रगाढ़ता, जिसमें चेतन अचेतन हो जाता, अचेतन चेतन हो जाता। अपने भीतरी आकाश के पलंग पर, शालिकुमार जैसे सागर-मेखला में तरंगों पर उत्संगित हो रहा था। जैसे शून्य के फलक पर हर समय नयी चित्रसारी हो रही थी। पर्याय के प्रवाहों पर वह उन्मुक्त तैरता जा रहा था।

इस बीच गोभद्र श्रेष्ठी चरम तक पार्थिव सुख भोगकर विरागी हो गये। उन्होंने जिनेन्द्र महावीर के चरणों में भागवती दीक्षा ग्रहण कर ली। भूख-प्यास से ऊपर उठकर, हवा और जल तक से अनिर्भर होकर, उन्होंने प्रायोपगमन संन्यास द्वारा देह त्याग कर दिया, और देवलोक में चले गये।...वहाँ से अवधिज्ञान द्वारा वे पुत्र की इस हंस-लीला का निरन्तर अनुप्रेक्षण करते रहते। नेपथ्य में रहकर ही, पुत्र के रत्न-विमान जैसे विलास-महलों में, कल्प-वृक्ष की तरह सारी मनोवांछित भोग-सामग्रियाँ वे प्रकट करते रहते।

...इस भोग-चर्या में तल्लीन शालिभद्र ने, वर्षों से दिन का उजाला तक नहीं देखा था। भोग की लीनता में भी, वह एक और ही उजाला देखने में तन्मय था। सो बाहरी घर-संसार का सारा काम-काज भद्रा सेठानी ही चलाया करती थी।

अन्यदा हंस द्वीप का एक रत्न-व्यापारी, कुछ रत्न-कम्बल लेकर श्रेणिकराज के दरबार में उपस्थित हुआ। उनका मूल्य इतना अधिक था, कि श्रेणिक ने उनका क्रय करने से इनकार कर दिया। व्यापारी घूमता-घामता एक दिन शालिभद्र की हवेली पर आ पहुँचा। भद्रा सेठानी ने मुँह-माँगा द्रव्य देकर वे रत्न-कम्बल खरीद लिये। योगात् एक दिन चेलना देवी ने महाराज से कहा, "मुझे एक रत्न-कम्बल चाहिए।" राजा ने तुरन्त हंस द्वीप के रत्न-श्रेष्ठी को बुलवा भेजा। श्रेष्ठी ने कहा, अब वे रत्न-कम्बल कहाँ! भद्रा सेठानी ने सारे ही तो खरीद लिये।...ओ, तो राजगृही में ऐसी भी कोई धन-लक्ष्मी है, जिसने वे सारे रत्न-कम्बल खरीद लिये, जिन्हें स्वयं मगधनाथ

भी न खरीद सका! आश्चर्य! राजा ने तुरन्त एक दूत को सेठानी की हवेली भेजा, कि जो माँगे मूल्य देकर एक रत्न-कम्बल ले आये। भद्रा ने कहा, "उन सारे रत्न-कम्बलों के टुकड़े कर मैंने अपनी पुत्र-बधुओं को पैर पोंछने के लिए दे दिये हैं। यदि उन जीर्ण कम्बलों से काम चल जाए, तो महाराज से पूछ आओ, और ले जाओ। मूल्य उनका हो ही क्या सकता है। शालिभद्र के योग्य पदार्थ का मूल्य कौन चुका सकता है!"

...कौन है यह शालिभद्र, जिसके भोग और ऐश्वर्य से सर्वभोक्ता श्रेणिक की सामर्थ्य को भी परास्त कर दिया? राजा ने सन्देश भेजा कि शालिभद्र आकर उनसे मिले। वे उस लोकोत्तर युवा को देखना चाहते हैं। तब भद्रा सेठानी ने स्वयं आकर महाराज से नम्र निवेदन किया कि, "देव, मेरा पुत्र तो बाहरी सूर्य का उजाला देखता नहीं। बरसों हो गये, वह धरती पर चला नहीं। सो वह तो आ सकता नहीं। कृपा कर महाराज स्वयं ही हमारे महल पधारें और शालिभद्र को अपने दर्शन से कृतार्थ करें।"

...श्रेणिक अपनी जिज्ञासा को टाल न सके। वे नियत समय पर भद्रा के 'इन्द्रनील प्रासाद' में मेहमान हुए। वहाँ का स्वप्न-वैभव देखकर वे अवाक् रह गये। मानो अच्युत स्वर्ग के कल्प-विमान में आ बैठे हों। ऐसा अपार ऐश्वर्य, कि उसमें रमते ही मन विरम जाए, विश्रव्य हो जाए। प्रासाद के चौथे खंड में सम्राट एक हंस-रत्न के सिंहासन पर आसीन हुए। नाना प्रकार से, नाना भोग द्रव्यों द्वारा उनका आतिथ्य किया गया। देवांगनाओं-सी सुन्दर दासियाँ उन पर विजन डुलाती रहीं।

...तब भद्रा सेठानी ने सप्तम खंड पर जाकर शालिभद्र से कहा, "बेटा, सागर-मेखलित पृथ्वी के अधीश्वर सम्राट श्रेणिक स्वयं तुझसे मिलने आये हैं। चतुर्थ खंड में विराजित वे तेरी प्रतीक्षा में हैं।...जिस श्रेणिक को देखने को सारा जगत् उत्सुक रहता है, वही श्रेणिक आज तुझे देखने को उत्सुक हैं!" शालिकुमार शून्य ताकता रह गया। वह कुछ समझ न सका।

"श्रेणिक? यह कौन पदार्थ है, माँ? जानती तो हो, मैं तो कोई क्रय-विक्रय करता नहीं। तुम्हीं सब देखती हो। तुम्हारे काम का हो यह पदार्थ, तो जो माँगे दाम देकर ले लो!"

भद्रा सेठानी हँस पड़ीं। आसपास घिरी वधुएँ भी एक-दूसरी से गुँथकर, हँस-हँसकर लाल हो गयीं। भद्रा ने कहा :

"श्रेणिक पदार्थ नहीं है, बेटा। वे तो चक्रवर्ती राजा हैं। वे तो हम सब प्रजाओं के स्वामी हैं। वे मेरे भी स्वामी हैं, तेरे भी स्वामी हैं।"

"मेरा भी कोई स्वामी है, माँ?"

"हाँ, बेटा राजा तो सबका स्वामी है, तो तेरा भी है ही!"

"तो मेरे ऊपर भी कोई है इस जगत् में?"

"राजा तो सबके ऊपर है, तो तेरे ऊपर भी है ही!"

"तो मैं स्वाधीन नहीं?"

"स्वाधीन यहाँ कौन है? हर एक के ऊपर कोई है।"

"तो मैं किसी के अधीन हूँ?"

"अधीन यहाँ कौन नहीं? हम सब परस्पर के अधीन हैं!"

"तो मैं स्वतन्त्र नहीं?"

"स्वतन्त्र यहाँ कौन है? ये तेरी बत्तीस अंगनाएँ, क्या ये तेरे अधीन नहीं? और क्या तू इनके अधीन नहीं? क्या तू इनके वशीभूत नहीं?"

"ओ तो मैं यहाँ बन्दी हूँ, मैं कारागार में हूँ। मैं स्वाधीन नहीं? मैं स्वतन्त्र नहीं? मेरा भी कोई स्वामी है? मेरे ऊपर भी कोई है? हम सब एक-दूसरे के दास हैं? हम सब एक-दूसरे के बन्धन हैं? हम सब परस्पर की बेड़ियाँ हैं?"

भद्रा सेठानी और उसकी सारी पुत्र-वधुएँ शालिभद्र के उस विक्रान्त उत्क्रान्त रूप को देखकर भयभीत हो गयीं। मानो कि वह उद्यत पुरुष इसी क्षण सब कुछ को ध्वस्त करके भाग निकलेगा। एकाएक शालिकुमार में संवेग जाग्रत हो उठा। वह बोला :

"जहाँ मेरा भी कोई स्वामी है, जहाँ मेरे ऊपर भी कोई है, जहाँ कोई भी स्वाधीन नहीं, जहाँ हम सब एक-दूसरे के बन्दी हैं, उस लोक में अब मैं नहीं ठहर सकता!..."

कहकर शालिभद्र कुमार, हठात् वहाँ से पलायमान हो गया। किसी की हिम्मत न हुई कि उस प्रभंजन को रोक सके। देखते-देखते वह किसी विदेशी विहंगम की तरह, सबकी आँखों और पकड़ से परे, जाने किन आसमानों में उड़ निकला। सेठानी का सारा परिसर उसकी खोज में निकल पड़ा। लेकिन शालिभद्र ऐसा चम्पत हुआ, कि दूर-दूर तक उसका कोई पता-निशान ही न मिल सका।

'इन्द्रनील प्रासाद' के विस्तृत उद्यान के पश्चिमी छोर पर, प्राकृतिक वन-भूमि है। गोभद्र श्रेष्ठी ने वैभार पर्वत की एक गुफा कटवाकर मँगवा ली थी, और उसे इस वनखंडी में स्थापित करवा दिया था। भूमि से जुड़कर वह प्राकृतिक ही लगती थी। गोभद्र श्रेष्ठी भावज्ञानी था। उसमें आत्मा की कविता स्फुरित थी। उसे कल्पना हुई, कि वैभारगिरि की गुफा उसके उद्यान में आये, और वह उसमें ध्यान-साधन करे। कौन जाने कभी योगीश्वर महावीर ने ही उसमें कायोत्सर्ग ध्यान किया हो! उसका सपना सिद्ध हुआ, गुफा का नाम रख दिया, 'चिन्मय गुहा।'

...उस दिन शालिभद्र भागकर और कहीं न गया था, इस 'चिन्मय गुहा' में ही जा घुसा था। भद्रा सेठानी के अनुचर योजनों तक शालि को खोज आये थे, घर-उद्यान का कोना-कोना छान मारा था। लेकिन इस गुहा के अन्धकार में प्रवेश करने की

उनकी हिम्मत न हो सकी थी। और भला जो साँकल तुड़ाकर भागा है, वह इस गुहा में क्यों छुपेगा?...लेकिन बचपन से ही शालिकुमार इस गुहा से आकृष्ट था। अपने अन्तर्मुखी भावित पिता को उसने इस गुहा के अन्धकार में प्रायः ध्यानस्थ देखा था। तबसे इस कन्दरा का गोपन एकान्त उसे बेतहाशा खींचता रहता था।...सो उस दिन इसी गुहा में घुसकर, वह इसके तमाम अँधेरों का भेदन करता हुआ, इसके पार निकल जाने का चरम संघर्ष कर रहा था।

...चलते-चलते गुफा के भीतर एक और अन्तर्गुफा सामने आयी। उसमें एक निरावरण पुरुष, प्रतिमा-योगासन में ध्यानस्थ बैठा था। वह अपनी ही आन्तर विभा से भास्वर था। उसकी पृष्ठभूमि में एक अथाह नील शून्य था। शालिभद्र अवाक्, विमुग्ध देखता ही रह गया। उसके हृदय की व्यथा से अनुकम्पित होकर धर्मघोष मुनि समाधि से बाहर आये। उनकी प्रशम रस से विजड़ित दृष्टि को देख, शालिभद्र को किसी अननुभूत सुख का रोमांच हो आया। मुनि ने उसकी ओर सस्मित निहारा। और शालिभद्र से पूछते ही बना :

"क्या करने से राजा का स्वामित्व न सहना पड़े देव?"

"मेरे जैसा ही नंग-निहंग हो जा, तो दिग्विजयी चक्रवर्ती का शासन भी तुझ पर नहीं चल सकता!"

"तो इसी क्षण मुझे अपने जैसा बना लें, भगवदार्य!"

"भागकर जाएगा रे? व्यथा तेरी ही नहीं, तेरी माँ और तेरी स्त्रियों की भी तो है। ग्रन्थि तोड़कर नहीं, खोलकर ही निहंग हो सकेगा। अपना भोग्य भोगकर आ, ऋणानुबन्ध पूरे हुए निस्तार नहीं।"

"मैं अब क्षण-भर भी बँध और बाँध नहीं सकता, स्वामिन्!"

"न बँधने और न बाँधने का अहं जब तक शेष है, तब तक तू स्वतन्त्र कहाँ? अपनी स्वतन्त्रता के लिए अब भी तू औरों पर निर्भर है रे! औरों को लेने या त्यागने वाला तू कौन? वह सत्ता तेरी है क्या? पर को त्यागने का दम्भ करके, तू मुक्त होना चाहता है?"

"तो क्या आज्ञा है, देव?"

"अपने महल में लौट जा, अपनी माँ और अंगनाओं के पास लौट जा। उनसे अपनी अन्तर-व्यथा का निवेदन कर। उनकी व्यथा का समवेदन कर, उससे अनुकम्पित हो, उनके प्रति समर्पित होकर रह जा। वे तुझे निर्ग्रन्थ कर देंगी। माँ की जाति है रे, जो गाँठ बाँधती है, खोलना भी केवल वही जानती है!"

...और एक दिन अप्रत्याशित ही शालिभद्र शान्त, मौन भाव से महल में लौट आया। उस दिन सारा अवसन्न महल अचानक उत्सव के आनन्द में मगन हो गया। यथा प्रसंग शालिकुमार ने माँ ओर पत्नियों को क्रमशः अपनी पुकार कह सुनायी। माँ

की आँखें हर्ष के आँसुओं से भर आयीं। बोली, "जनम के ही योगी रहे तेरे बापू बेटे! उन्हीं के तेजांश ने तो मेरी कोख भरी थी एक दिन। योगी का वीर्य नीचे कैसे आ सकता है, ऊपर ही तो जाएगा!" कहकर माँ ने मौन-मौन ही नयन भरकर अनुमति दे दी। अनन्तर हर रात शालिभद्र अनुक्रम से अपनी प्रत्येक पत्नी के साथ बिताने लगा।...सबेरे उठकर हर पत्नी, अपने स्वामी के मुक्तिकाम को समर्पित हो जाती। हर सबेरे वह एक और रमणी, एक और शैया से उत्तीर्ण हो जाता।

हर पत्नी अपने पति के इस सर्वजयी पौरुष के प्रति निःशेष समर्पित होती गयी। सबकी निगाहें उस महापंथ पर लगी थीं, जिस पर वे एक दिन उनका प्राणनाथ प्रयाण करता दिखाई पड़ेगा।...और फिर वे भी तो उसी के चरण-चिह्नों पर चल पड़ेंगी।

राजगृही का धन्य श्रेष्ठी नवकोटि हिरण्य का स्वामी था। वह शालिभद्र की छोटी बहन विपाशा का पति था, सो उसका बहनोई था। दोनों में परस्पर बड़ी प्रगाढ़ मैत्री थी। विपाशा अपने भाई के गृह-त्याग की तैयारी से बहुत उदास और शोकमग्न रहने लगी थी। गर्व भी कम न था, कि उसका भाई महाप्रस्थान के पन्थ पर आरोहण करेगा। लेकिन नारी होकर ममता के आँसुओं की राह ही तो वह अपने भाई को मोक्ष-यात्रा का श्रीफल भेंट कर सकती थी। शालिभद्र की माँ और पत्नियाँ भी तो, आठों याम ममता के अश्रुफूल बरसाकर ही उसे समता के सिंहासन पर चढ़ने को भेज रही थीं।

उस दिन अपने पति धन्य श्रेष्ठी को नहलाते हुए, विपाशा की आँख से एक आँसू सहसा ही धन्य के चेहरे पर टपक पड़ा। विनोदी धन्य ने मजाक किया : "आज मुझ पर ऐसा प्यार उमड़ आया, कि अश्रुजल से नहला रही हो?" विपाशा चुप ही रही। तो चपल धन्य श्रेष्ठी ने फिर उसे छेड़ा : "अरे विपाशा, ऐसी भी क्या रूठ गयी, जरा से मजाक पर!" विपाशा भरे गले से बोली, "तुम्हें तो हर समय मजाक ही सूझता रहता है। मेरा भाई हर दिन एक और शैया, एक और स्त्री त्यागकर जोगी होने जा रहा है, और तुम्हें कुछ होश ही नहीं?"

धन्य और जोर से खिल-खिलाकर बोला :

"अरे खूब होश है, विपाशा। तेरा भाई हीनसत्त्व है, असमर्थ है, कि बत्तीस परमा सुन्दरियों का अन्तःपुर त्यागकर, जंगल की धूल फाँकने जा रहा है! छिः यह कायरता है। यह नपुंसकता नहीं, तो और क्या है?"

यह सुनकर विपाशा तो एक गहरे मर्माघात से विजड़ित और मूक हो रही। पर उसकी अन्य स्त्रियों ने परिहास में अपने पति धन्य को ताना मारा :

"हे नाथ, यदि आप ऐसे महासत्त्व और शूरमा हैं, तो हम भी देखें आपका

पौरुष! है हिम्मत, कि आप भी हमें त्यागकर आरण्यक हो जाएँ!''

धन्यश्रेष्ठी ने भी लीला-चंचल हँसी हँसकर ही तपाक से कहा :

''साधु साधु, मेरी पतिव्रताओ! तुम धन्य हो। तुमने मेरे मोक्ष-कपाट की अर्गला खोल दी। यों भी शालिकुमार से वियुक्त होकर, मैं भला क्या इस घर में रहने वाला था! सोच ही रहा था, कैसे तुम्हारे मायापाश से मुक्ति मिले। ...लेकिन मेरा अहो भाग्य, कि तुमने स्वयं ही काट दिये मेरे बन्धन। मैं चला देवियो, लोकाग्र के तट पर फिर मिलेंगे!'' कहकर धन्य खड़ा हुआ।

स्त्रियों ने रो-रोकर उससे अनुनय की, ''वह तो हमने निपट विनोद में ही कह दिया था, उससे भला इतना बुरा मान गये?...नहीं, हम भी पीछे न छूटेंगी। तुम्हारी सतियाँ होकर तुम्हारा सहगमन ही करेंगी। तुम जिस जंगल में विचरोगे, हम उसकी धूल होकर तुम्हारे चरणों में लोटती रहेंगी।''

धन्य बोला, ''धूल होकर क्यों रहोगी, चाहो तो अपने ही सौन्दर्य का फूल होकर रहना!'' कहकर धन्य श्रेष्ठी उस अर्द्ध-स्नात, अर्द्ध-वसन अवस्था में ही वैभारगिरि की ओर प्रयाण कर गये। और उनकी तमाम पत्नियाँ भी अपने मणि-कंकण और रत्न-मुक्ताहार राहगीरों को लुटाती हुई, उनका अनुगमन कर गयीं।

...उधर इन्द्रनील में बत्तीसवीं रात का प्रभात हुआ। अन्तिम शैया, और अन्तिम रमणी भी पीछे छूट गयी। शालिभद्र महापन्थ की पुकार पर निकल पड़ा, द्वार पर माँ भद्रा, और बत्तीस अंगनाएँ निरुपाय ताकती रह गयीं। देखते-देखते शालिभद्र दृष्टिपथ से ओझल हो गया।

...क्षणमात्र में ही सारी पृथ्वी घूम गयी। उसकी एक और परिक्रमा पूरी हो गयी। उसके चारों ओर सूर्य की एक और प्रदक्षिणा भी पूरी हो गयी। द्वार पर खड़ी स्त्रियाँ भी फिर महल में न लौट सकीं। वे भी अपनी-अपनी अलक्ष्य राह पर निकल पड़ीं, उसी एक लक्ष्य पर जा पहुँचने के लिए।

...वैभारगिरि पर श्रीभगवान का समवसरण विराजमान है। श्रीमंडप में एक ओर खड़ा है धन्य श्रेष्ठी। और जाने कितनी स्त्रियाँ उसके पीछे खड़ी हैं। वे यहाँ मोक्ष लेने नहीं आयीं, अपनी प्रीति को अनन्त करने आयी हैं!

दूसरी ओर खड़ा है शालिभद्र, ठीक श्रीभगवान के सम्मुख निर्भीक मस्तक उठाये। और उसके पीछे खड़ी हैं भद्रा-माँ, और बत्तीस नवोढाएँ। वे एक और ही नवीन परिणय की प्रतीक्षा में हैं। श्रीभगवान चुप हैं। हठात् वह स्तब्धता भंग हुई।

शालिभद्र का अन्तिम अहं तीर की तरह छूटकर मुखर हो उठा :

"देखता हूँ, यहाँ भी मेरी वेदना का उत्तर नहीं है। यहाँ भी तो मेरे ऊपर एक त्रिलोकीनाथ बैठा है। यहाँ भी तो मेरे ऊपर एक स्वामी है। मैं अर्हत् के राज्य में भी स्वतन्त्र नहीं?"

"अरे अन्त तक अन्य को देखकर ही जिएगा रे शालिभद्र? अपने को नहीं देखेगा? अन्त तक पर को देखकर ही अपना मूल्य आँकेगा? अपने को देख और जान कि ऊपर है या नीचे है।...देख...देख...देख!"

शालिभद्र एकाग्र भगवान की आँखों में आँखें डाले रहा। और फिर प्रभु का अगाध स्वर सुनाई पड़ा :

"देख, तू मेरे ऊपर बैठा है, शालिभद्र! देख, तू त्रिलोकीनाथ के तीन छत्र के ऊपर बैठा है। तू अशोक वृक्ष के भी ऊपर, अधर में आसीन है!"

...और शालिभद्र ने खुली आँखों देखा : सचमुच ही वह लोकालोक के छत्रपति के मस्तक पर आरूढ़ है।

"देख-देख शालिभद्र तू लोकाग्र पर बैठा है, और तू लोकतल के अन्तिम वातवलय में खोया जा रहा है। तू इसी क्षण सबसे ऊपर है, तू इसी क्षण सर्व के चरण तले पड़ा है!..."

"यह क्या देख रहा हूँ, भन्ते त्रिलोकीनाथ। मैं ऊपर भी नहीं हूँ, नीचे भी नहीं हूँ। आगे भी नहीं हूँ, पीछे भी नहीं हूँ। मैं इसी क्षण अपने स्व-समय में, अपने स्व-द्रव्य में स्वतन्त्र खेल रहा हूँ!"

"तेरे चरम अहं का आवरण छिन्न हो गया। तेरा अन्तिम अहंकार टूट गया। तू अर्हत् का आप्त हुआ, शालिभ्रद! तू स्वयं का नाथ होकर, सर्व का नाथ हो गया। तेरी जय हो!"

...और वे कितनी सारी समताली स्त्रियाँ, प्रभु के उस अनंगजयी मुख की मोहिनी में बेसुध हो रहीं। नारी होकर, वे तो जन्मना ही समर्पिताएँ थीं। अहंकार वे क्या जानें, मिटने के लिए ही मानो वे जनमी हैं। प्रभु की तत्त्व-वाणी वे न समझीं। केवल उस श्रीमुख की मोहिनी से विद्ध होकर, वे उसे समर्पित हो गयीं, जो उनके असीम समर्पण को झेलने में एकमात्र समर्थ पुरुष हैं। उन्हें अपना परम प्रीतम मिल गया। वह, जो एक ही क्षण में शालिभद्र भी है, धन्य भी, महावीर भी है।

यहाँ पुरुष स्त्री के अस्तित्व की शर्त नहीं। स्त्री पुरुष के अस्तित्व की शर्त नहीं। कोई किसी के ऊपर या नीचे नहीं। सब यहाँ समकक्ष हैं, वे परस्पर के पूरक हैं, प्रेरक हैं। परस्पर के कर्ता, धर्ता, हर्ता नहीं। समर्पण के इस राज्य में, स्त्री, पुरुष, शूद्र, दास, सम्पन्न-विपन्न, राजा-प्रजा कोई किसी के होने की अनिवार्यता नहीं।

तभी सम्मुख प्रस्तुत स्त्रियों को सम्बोधन किया प्रभु ने :

"माँओ, तुम अपने भाव से ही कृतार्थ हो गयीं। तुम्हारा समर्पण ही तुम्हारा मोक्ष हो रहा। तुमने शाश्वत काल में कितने ही गोभद्रों, कितने ही शालिभद्रों और कितने ही धन्यों को स्वयं जन्म देकर, जन्म-मरण के पार पहुँचा दिया। मातृ-जाति के इस ऋण से महावीर कभी उत्ऋण न हो सकेगा!"

...कितने सारे पुरुष और कितनी सारी स्त्रियाँ, प्रभु के पाद-प्रान्तर में, अपनी ही सत्ता में स्वतन्त्र विचरते दिखाई पड़े। कोई किसी का स्वामी नहीं, दास नहीं। कोई किसी के ऊपर नहीं, नीचे नहीं।

...वे सब किसी अगमगामी महापन्थ के विहंगम सहचारी हैं।

प्रभु का रूप भी अक्षय नहीं?

सुर और असुर द्वारा समान रूप से सेवित श्रीभगवान पृष्ठा-चम्पा नगरी पधारे। वहाँ का राजा साल और उसका युवराज महासाल प्रभु के वन्दन को आये। धर्म-देशना सुनी। सहसा ही वे उन्मन हो गये। अरूप निरंजन के इस सौन्दर्य-राज्य से लौटना उनके लिए सम्भव न रहा। वह रूप देख लिया, कि जिसके बाद और कुछ देखने की इच्छा ही न रही।

सालराज का एक भांजा था गागली। वह उनकी इकलौती बेटी यशोमती और उनके जमाई पिठर का एकमात्र पुत्र था। अपने सिंहासन पर उसी का राज्याभिषेक करके, साल और महासाल प्रभु के परिव्राजक हो गये। कालान्तर में विहार करते हुए प्रभु चम्पा में समवसरित हुए। भगवन्त की आज्ञा लेकर श्रीगुरु गौतम साल और महासाल के साथ पृष्ठा-चम्पा गये। कहीं से कोई आवाहन तो था ही!...

पृष्ठा-चम्पा में राजा गागली ने बड़े भक्ति-भाव से प्रभुपाद गौतम का वन्दन-पूजन किया। सारे पौरजन भी गुरु के दर्शन-वन्दन को आये। यशोमती और पिठर भी श्रीगुरु चरणों में प्रणत हो, उनके सम्मुख ही बैठ गये। उनके बीच बैठा था गागली। देवोपनीत सुवर्ण-कमल पर आसीन हो देवार्य गौतम ने धर्म-वाणी सुनायी। सुनकर यशोमती, पिठर और गागली को लगा कि, उनके भीतर सदा-वसन्त फूलों के वन हैं : और बाहर के संसार में पतझर-ही-पतझर है। भीतर का रति-सुख इतना सघन लगा कि बाहर से मन आपोआप ही विरत हो गया। पृष्ठा-चम्पा का राज्य प्रजा को अर्पित कर, राजा गागली माता-पिता सहित श्रीगुरु गौतम के पदानुगामी हो गये।

साल, महासाल, गागली, यशोमती और पिठर—ये पाँचों चम्पा मार्ग पर गुरु गौतम के पद-चिह्नों का अनुसरण करते हुए चुपचाप विहार कर रहे हैं। उन पाँचों

की चेतना इस समय एक ही महाभाव में एकत्र और संवादी है। उन्हें हठात् लगा, कि भीतर एक ऐसा आलोकन है, कि बाहर का अवलोकन अनावश्यक हो गया है। सहसा ही वे निरीह हो आये। वे एक ऐसे अन्तर सुख में मगन हो गये, कि उन्हें कैवल्य और मोक्ष की भी कामना न रही। चाह मात्र एक चिन्मय लौ हो रही।

चम्पा पहुँचकर अपने पाँचों शिष्यों सहित श्रीगुरु गौतम समवसरण में यों आते दिखाई पड़े, जैसे वे पाँच सूर्यों के बीच खिले एक सहस्रार कमल की तरह चल रहे हैं। पाँचों शिष्यों ने गुरु को प्रणाम कर, आदेश चाहा। गौतम उन्हें श्रीमंडप में प्रभु के समक्ष लिवा ले गये। फिर आदेश दिया कि :

"आयुष्यमान मुमुक्षुओ, श्री भगवान का वन्दन करो?"

वे पाँचों गुरु-आज्ञा पालन को उद्यत हुए, कि हठात् शास्ता महावीर की वर्जना सुनाई पड़ी :

"केवली की आशातना न करो, गौतम। ये पाँचों केवलज्ञानी अर्हन्त हो गये हैं। अर्हन्त, अर्हन्त का वन्दन नहीं करते!"

तत्काल गौतम ने अपने अज्ञान का निवेदन कर, अपने पाँचों शिष्यों से क्षमा-याचना की।

...गौतम का मन खिन्न हो गया।...मेरे मुख से प्रभु की धर्म-प्रज्ञप्ति सुनकर इन पाँचों आत्माओं ने क्षणमात्र में कैवल्य-लाभ कर लिया। पर मैं स्वयं कोरा रह गया। शिष्य गुरु हो गये, गुरु को शिष्य हो जाना पड़ा। उसे शिष्यों के प्रति प्रणत हो जाना पड़ा। गौतम का मन गहरी व्यथा से विजड़ित हो गया। प्रभु के अनन्य प्रिय पात्र और पट्टगणधर होकर भी, वर्षों प्रभु के साथ तदाकार विहार करते हुए भी, अर्हत् की कैवल्य-कृपा उन्हें प्राप्त न हो सकी? और इस बीच कई आत्माएँ प्रभु के समीप आकर अर्हन्त पद को प्राप्त हो गयीं।..."क्या मुझे कभी केवलज्ञान प्राप्त न होगा? क्या मुझे इस भव में सिद्धि नहीं मिलेगी?"

गौतम को अचानक याद आया, बहुत पहले उन्हें एक देववाणी सुनाई पड़ी थी। उसमें कहा गया था कि : 'एक बार अर्हन्त भगवन्त ने अपनी देशना में कहा था कि कोई व्यक्ति यदि अपनी लब्धि के बल अष्टापद पर्वत पर जाकर, वहाँ विराजमान जिनेश्वरों को नमन करे, और वहाँ एक रात्रि वास करे, तो उसे इसी जन्म में सिद्धि प्राप्त हो सकती है।'

...त्रिलोक-गुरु महावीर स्वयं, गौतम के एकमेव श्रीगुरु हैं। उनके होते वह देववाणी, और अष्टापद-यात्रा? ऐसी बात वह प्रभु से कैसे पूछे? गौतम अन्यमनस्क और उदास हो गये। वे बड़ी उलझन में पड़ गये। श्रीभगवन्त ने उनकी पीड़ा को देख

लिया। तत्काल आदेश दिया :

"देवानुप्रिय गौतम, अष्टापद पर्वत पर जाओ। वहाँ से पुकार सुनाई पड़ी है। अर्हत् की कैवल्य-ज्योति का उस दुर्गम में संवहन करो!"

गौतम की आँखों में परा प्रीति के आँसू झलक आये।...मेरे प्रभु कितने संवेदी हैं, वे मेरे हर मनोभाव में मेरे साथ हैं। मेरे मन की हर साध बिना कहे ही पूर देते हैं!

...प्रभु की पाद-वन्दना कर तत्काल श्रीपाद गौतम समवसरण से प्रस्थान कर गये। और चारण-ऋद्धि के सामर्थ्य से, वायुवेग के साथ ना कुछ समय में ही अष्टापद पर्वत के समीप आ पहुँचे। उस काल, उस समय कौडिन्य, दत्त, शैवाल आदि पन्द्रह सौ तपस्वी, अष्टापद को मोक्ष का हेतु सुनकर, उस गिरि पर चढ़ने का पराक्रम कर रहे थे। उनमें से पाँच सौ तपस्वी चतुर्थ तप करके आर्द्र कन्दादि का पारण करते हुए भी, अष्टापद की पहली मेखला तक ही आ सके थे। दूसरे पाँच सौ तापस छट्ठ तप (छह उपवास) करके मात्र सूखे कन्दादि का पारण करते हुए भी, उस गिरि की दूसरी मेखला तक ही पहुँच सके थे। तीसरे पाँच सौ तापस अट्ठम तप करके, सूखे शैवाल का पारण करते हुए भी, तीसरी मेखला से आगे न जा सके थे। इससे अधिक तपस्या की सामर्थ्य न होने से, वे इन तीन मेखलाओं में ही रुके पड़े थे। उनके मन में प्रश्न था : कि क्या केवल तपस्या से से ही चूड़ान्त पर पहुँचा जा सकता है? उनमें बोध-सा जाग रहा था, कि कोरा कायक्लेश मोक्ष-लाभ नहीं करा सकता।

...तभी उन्होंने अचानक देखा, कि तप्त सुवर्ण के समान कान्तिमान, एक पुष्ट काय महाशाल पुरुष वहाँ आकर पर्वतपाद में उपविष्ट हुए हैं। पर्वत के समक्ष वे कायोत्सर्ग में लीन हो गये हैं। उन्हें अष्टापद पर चढ़ने को उद्यत देख, वे तापस परस्पर कहने लगे, हम कृषकाय होकर भी तीसरी मेखला से आगे न जा सके, तो ये विपुल शरीर महाकाय पुरुष कैसे ऊपर चढ़ सकेंगे? वे कौतूहल-प्रश्न ही करते रहे, और उधर गौतम न जाने कब उस महागिरि पर चढ़ गये, और देव के समान उनकी आँखों से अदृश्य हो गये। तब उन सबको निश्चय हो गया, कि इन महर्षि के पास कोई महाशक्ति है। सो उन्होंने निर्णय किया कि जब ये महापुरुष लौटकर नीचे आएँगे, तब हम सब इनको गुरु रूप में स्वीकार कर, इनका शिष्यत्व ग्रहण कर लेंगे। और वे, पर्वत-चूल पर एकाग्र ध्यान लगाये गौतम की प्रतीक्षा करने लगे।

उधर गौतम लब्धि बल से, क्षणमात्र में ही अष्टापद पर्वत की चूड़ा पर जा पहुँचे थे। वहाँ उन्होंने शाश्वत विद्यमान चौबीस तीर्थंकरों के अकृत्रिम और आकाशगामी, उत्तान खड़े बिम्बों को बड़े भक्ति-भाव से वन्दन किया। उन्हें ऐसा प्रतीत हुआ, मानो नन्दीश्वर द्वीप के भरतेश्वर द्वारा बनवाये हुए चैत्य में उन्होंने प्रवेश किया हो। चैत्य में से निकलकर गौतम एक विशाल अशोक वृक्ष के नीचे विराजमान दिखाई पड़े। वहाँ

अनेक सुरों, असुरों और विद्याधरों ने उनकी वन्दना की। गौतम ने उनके योग्य धर्म-देशना उन्हें सुनाई, जिससे उनके कई चिरन्तन प्रश्नों का समाधान हो गया। वहाँ एक रात्रि परम ध्यान में निर्गमन करके, प्रातःकाल वे पर्वत से उपत्यका में उतर आये।

तब वे सारे तापस प्रभुपाद गौतम के समीप उपनिषत् हुए। गौतम ने स्वयं ही उन तापसों की जिज्ञासा जान ली। सम्यक् दर्शन-ज्ञान-चारित्र्य की महिमा का प्रतिबोध देकर गौतम बोले :

"परम कल्याणवरेषु तापसो, देह की स्थूलता और क्षीणता चेतना के ऊर्ध्वगमन की निर्णायक नहीं। साधक श्रमण की आत्म-शक्ति के विकास पर ही यह निर्भर करता है। आत्मजयी अर्हत् देह में विद्यमान होकर भी, देहातीत विचरते हैं। चारित्र्य-शुद्धि के कारण भावलिंगी यतियों की चेतना में जब महाभाव आलोकित हो उठता है, तो उनके निकट ऐसी दैवी ऋद्धियाँ स्वतः सहज प्रकट हो उठती हैं, जो मानुषी अवस्था में सम्भव नहीं। ये ऋद्धियाँ और लब्धियाँ उन मुनि भगवन्तों का काम्य नहीं, लक्ष्य नहीं, प्रयोजन नहीं। वे आप ही मानो उनकी चरण-चेरियाँ होकर, उनकी सेवा में उपस्थित रहती हैं। आत्म-कल्याण और लोक-कल्याण हेतु कभी-कभी वे स्वयं ही मुनीश्वर की सहायक हो जाती हैं। अणिमा और महिमा ऋद्धि पल मात्र में देह को लघु या गुरु कर देती हैं। तब चैतन्य के ऊर्ध्व आरोहण में देह दासी की तरह अनुगमन कर जाती है। मैं खेल-खेल में ही कैसे इस महागिरि पर चढ़कर उतर आया, यही तो तुम्हारी जिज्ञासा थी?"

"हे भदन्त महाश्रमण, आप अन्तर्ज्ञानी हैं। आप हमारे तन-मन के स्वामी हैं। हमें कुछ और भी प्रतिबुद्ध करें। श्रमण भगवन्तों को सहज-सुलभ ऋद्धियों के कुछ प्रकार और स्वरूप हमारे लिए आलोकित करें।"

"अणु मात्र शरीर करने की सामर्थ्य अणिमा-ऋद्धि है। मेरु से भी महत्तर शरीर करने की सामर्थ्य महिमा-ऋद्धि है। पवन से भी हलका शरीर करने की सामर्थ्य लघिमा-ऋद्धि है। वज्र से भी भारी शरीर करने की सामर्थ्य गरिमा-ऋद्धि है। भूमि पर बैठकर उँगली के अग्रभाग से मेरु पर्वत के शिखर तथा सूर्य-चन्द्र के विमान को स्पर्श करने की सामर्थ्य प्राप्ति-ऋद्धि है। जल पर भूमि की तरह, तथा भूमि पर जल की तरह गमन करने की सामर्थ्य, और धरती का निमज्जन तथा उन्मज्जन करने की सामर्थ्य प्राकाम्य-ऋद्धि है। त्रैलोक्य का प्रभुत्व प्रकट करने की सामर्थ्य ईशत्व-ऋद्धि है। देव, दानव, मनुष्य आदि सर्व जीवों को वश करने की सामर्थ्य वशित्व-ऋद्धि है। पर्वतों के बीच आकाश की तरह गमनागमन करने की शक्ति, और आकाश में पर्वतारोहण की तरह गमनागमन करने की सामर्थ्य अप्रतिघात-ऋद्धि है। अन्तर्धान होने की सामर्थ्य अन्तर्धान-ऋद्धि है। युगपत् (एक साथ) अनेक आकार रूप शरीर करने की सामर्थ्य कामरूपित्व-ऋद्धि है। ऐसी अनेक प्रकार की ऋद्धियाँ स्वतः ही

योगी के अधीन हो रहती हैं।''

श्रीपाद गौतम के ऐसे वचन सुनकर, पन्द्रह सौ तापस चकित निःशब्द, निर्मन-से हो रहे। फिर उन्होंने एक स्वर में निवेदन किया :

''हे महायतिन्! हम सब श्रीचरणों में समर्पित हैं। आप हमारे एकमेव श्रीगुरु हो जाएँ, और हमें अपने शिष्य रूप में ग्रहण करें।''

''सुनो तापसो, इस समय पृथ्वी पर एकमेव श्रीगुरु हैं, गुरुणांगुरु सर्वज्ञ अर्हन्त महावीर। मैं स्वयं तो केवल उनका पादपीठ हूँ। समस्त लोकालोक के गुरु वही त्रिलोकपति भगवान तुम्हारे एकमेव गुरु हो सकते हैं। चाहो तो मेरे संग उन प्रभु के जगद्वन्द्य समवसरण में चलो, और उन्हें श्रीगुरु के रूप में प्राप्त करो।''

''हे महाभाव मुनीश्वर, पहले हमें भी अपने ही जैसा निग्रंथ दिगम्बर बना लें। हमें जिनेश्वरी दीक्षा देकर, अपने पदानुसरण के योग्य बना लें। तभी तो हम आपके अनुगमन के पात्र हो सकते हैं। तभी तो हम अर्हन्त महावीर की कृपा के भाजन हो सकते हैं।''

तापसों की प्रबल अभीप्सा और अटल आग्रह देख, श्रीगुरु गौतम प्रसन्न हुए। उन्होंने सहर्ष उन्हें यतिलिंग प्रदान किया। अदृश्य देव-शक्ति ने उन्हें पिच्छी-कमंडल दान किये। फिर विन्ध्यगिरि में जैसे यूथपति महाहस्ति के साथ दूसरे हाथी चलते हैं, वैसे ही भदन्त गौतम अपने पन्द्रह सौ शिष्यों के साथ, श्रीभगवान के समवसरण की दिशा में प्रस्थान कर गये।

...भगवत्पाद गौतम को जाने क्या सूझा, कि उन्होंने राजमार्ग छोड़कर पथहीन अरण्य की राह पकड़ी। तापस निःशंक होकर अपने गुरु का अनुगमन करने लगे। जाने कब से वे दीर्घ और कठिन तपस्या कर रहे थे। गुरु-प्राप्ति के उल्लास से उन्हें एक अपूर्व और तीव्र भूख लग आयी। खूब प्यास भी लग रही थी।...गौतम अपने शिष्यों की इस एषणा को जान गये। वे उनकी तितिक्षा को कसौटी पर कसते रहे। शिष्य भूखे-प्यासे, देह की पुकार की अवहेलना कर, एकाग्रचित्त से श्रीगुरु के पीछे द्रुत पग चलते चले गये। गौतम को प्रत्यय हुआ कि ये तापस देहभाव से अनायास उत्तीर्ण हो रहे हैं। तभी अचानक एक स्थान पर रुककर, श्रीगुरु गौतम ने आदेश दिया :

''देवानुप्रिय, आहार की वेला हो गयी। स्थिर खड़े होकर अपनी अँजुलियाँ ऊपर उठाओ, आहार-जल प्रस्तुत है!''

वे पन्द्रह सौ श्रमण पहले तो सुनकर अवाक् रह गये। इस जनहीन-जलहीन अरण्य में आहार-जल कैसे? कहाँ प्रस्तुत है वह? कहाँ से आएगा वह? अगले ही

क्षण उनका प्रश्न और विकल्प जाने कहाँ विलीन हो गया। वे भीतर-बाहर निरे शून्य हो रहे। आपोआप ही वे नासाग्र पर दृष्टि स्थिर कर, ध्यानावस्थित हो गये।

"आयुष्यमन् आहार जल ग्रहण करो!"

तापस उन्मग्न हो, पाणि-पात्र उठाकर आहार-जल ग्रहण करने को उद्यत हो गये। उन्होंने देखा कि जाने कहाँ से उनकी अँजुलियों में प्रासुक जलधारा बरसने लगी। वे ईप्सित जल पीकर शान्त हो गये। मानो प्यास सदा को बुझ गयी। कि तत्काल उनके उठे पाणि-पात्रों में दिव्य केशर-सुरभित पयस ढलने लगा। उन्होंने जी भरकर सुमधुर पयस का आहार किया।...अहो, ऐसा मधुरान्न तो आज तक चखा न था। पार्थिव भोजनों में ऐसा माधुर्य कहाँ? क्या इसी को अमृत कहते हैं? क्या हमने उसका प्राशन किया?...और अचानक उन्होंने ऐसी परितृप्ति अनुभव की, मानो उनकी भूख सदा को मिट गयी।...तब आनन्द और आश्चर्य से गद्गद हो तापसों ने श्रीगुरु से पूछा :

"श्रीगुरुनाथ, यह सब कहाँ से? कैसे? और हमें यह क्या हो गया है?"

"परम मुमुक्षु तापसो, जानो कि अक्षीण महानस लब्धि तुम्हारी सेवा में आ खड़ी हुई है। तुम कल्पकाम हुए, श्रमणो। तुम्हारा काम्य पानी और पयस तुम्हारे ही भीतर से उद्गीर्ण हो आया। तुम आत्मकाम हुए, आयुष्यमानो!"

...और उन पन्द्रह सौ तापसों ने अनुभव किया : कि जैसे उनका शरीर अनायास परिमल की तरह हल्का और व्याप्त हो चला है। भीतर के पोर-पोर में शून्य उभर रहा है। बाहर भी सब कुछ में एक विश्रब्ध शून्य गहराता जा रहा है। औचक ही उन सबको लगा, कि उनका 'मैं' विलुप्त हो गया है। प्रथम पुरुष भी नहीं, द्वितीय पुरुष भी नहीं, बस निरे पन्द्रह सौ तृतीय पुरुष, बिना किसी आयास या इच्छा के स्वतः संचालित चले चल रहे हैं। कर्ता भी नहीं, भोक्ता भी नहीं, व्यक्ति भी नहीं। निरे दर्शन, ज्ञान, चारित्र्य एकीभूत : अनन्य अन्यपुरुष।...द्रष्टा, दृश्य, दर्शन एकाकार हो गये हैं।...और हठात् उन सबको संवेदित हुआ कि, उनके भीतर जाने कितने सूर्यों की एक नदी-सी बह रही है।...

परम मुहूर्त घटित हुआ। दत्त आदि पाँच-सौ तापसों को दूर से ही प्रभु के अष्ट प्रतिहार्य देखकर उज्ज्वल केवलज्ञान उत्पन्न हो गया। वैसे ही कौडिन्य आदि पाँच-सौ तापसों को दूर से ही सर्वज्ञ महावीर का दर्शन हो गया : और निमिष मात्र में वे कैवल्य के प्रभास्वर हो उठे। शुष्क शैवाल-भक्षी पाँच-सौ तापसों को, प्रभु पर छाये अशोक वृक्ष की हरी छाया अनुभव कर कैवल्यलाभ हो गया।

समवसरण के श्रीमंडप में पहुँचकर देवार्य गौतम ने विधिवत् तीन प्रदक्षिणा

देकर, श्रीभगवान का त्रिवार वन्दन किया। उनके पीछे खड़े तापसों का देहभाव अनायास चला गया। वे वन्दना-प्रदक्षिणा से परे चले गये। वे कायोत्सर्ग में लीन हो, निश्चल ध्रुवासीन हो रहे। और विपल मात्र में ही अर्हन्त महावीर के साथ तदाकार हो गये।

तभी श्रीगुरु गौतम ने अपने पन्द्रह सौ तापस शिष्यों को आदेश दिया :

"महाभाग तापसो, श्रीभगवान की वन्दना करो!"

तत्काल प्रभु ने वर्जना का हाथ उठाकर निर्देश किया :

"केवली की आशातना न करो, आयुष्यमान गौतम। केवली केवली की वन्दना नहीं करते। ये पन्द्रह सौ तापस कैवल्य-लाभ कर अर्हन्त हो चुके हैं। अर्हन्त, अर्हन्त को प्रणाम नहीं करते, वे परस्पर को दर्पण होते हैं।"

...सुनकर गौतम की सुप्त व्यथा फिर जाग उठी। धन्य हैं ये महात्मा! मेरे ही द्वारा प्रतिबोधित और दीक्षित मेरे ये पन्द्रह सौ शिष्य भी केवली हो गये? और मैं स्वयं निरा ठूँठ ही रह गया! प्रभु के निकटतम होकर भी, मैं अब तक उनकी कैवल्य-कृपा न प्राप्त कर सका? निश्चय ही इस भव में मुझे सिद्धि नहीं मिलेगी। तभी अचानक श्रीभगवान का स्वर सुनाई पड़ा :

"देवानुप्रिय गौतम, तीर्थंकर का वचन सत्य, कि देववाणी सत्य?"

"तीर्थंकर का वचन सत्य, भगवन्?"

"महावीर तुम्हारे लिए कम पड़ गया? तुम्हें उसकी सामर्थ्य पर शंका हुई? तुम देववाणी का आदेश मानकर, अष्टापद पर्वत पर गये। वहाँ कैवल्य मिला तुम्हें?"

गौतम ने चाहा कि धरती फट पड़े, और वे उसमें समा जाएँ। चाहा कि, दौड़कर प्रभु की गोद में सिर डाल रो पड़ें, कि तत्काल सुनाई पड़ा :

"महावीर की गोद में सिर डाल देने से कैवल्य मिल जाएगा? अपनी ही गोद में सिर डालने को तुम्हारा जी नहीं चाहता न? क्योंकि तुम आप में नहीं, पर में जी रहे हो। महावीर की आत्मा से अधिक तुम्हें उसका शरीर प्रिय है। पर्याय पर ही अटके हो, पर्यायी को नहीं देखोगे? आवरण पर ही अनुरक्त हो रहे हो तुम, तो आवरण कैसे हटे, आत्म का दर्शन कैसे हो?"

गौतम के उस भव्य शान्त मुख-मंडल पर आँसुओं की धाराएँ बँध गयीं। उन्हें फिर सुनाई पड़ा :

"सुनो गौतम, शिष्य पर गुरु का स्नेह कमल के हार्द में स्वतः स्फुरित पराग की तरह होता है, जो अनायास सर्वव्यापी हो जाता है। और गुरु पर शिष्य का ममत्व, तुम्हारी तरह ऊन की गुँथी चटाई-जैसा सुदृढ़ और प्रगाढ़ होता है। चिरकाल के संसर्ग से, जन्मों के ऋणानुबन्ध से हम पर तुम्हारा मोह बहुत दृढ़ हो गया है। इसी से तुम्हारा केवलज्ञान रुँध गया है। जब तक यह पर-भाव में रमण है, जब तक यह भंगुर रूप

की आसक्ति है, तब तक अमर आत्म का दर्शन क्यों कर सम्भव है ?''

''तो मैं प्रभु से दूर चला जाऊँ ? मैं प्रभु को भूल जाऊँ ?''

''हाँ, दूर चले जाना होगा, एक दिन। भूल जाना होगा, एक दिन। स्वयं महावीर तुम्हें ठेल देगा, एक दिन। तब जानोगे, कि तुम कौन हो, मैं कौन हूँ ? कल्याणमस्तु, गौतम!''

प्रभु चुप हो गये। उनकी इस वज्र वाणी से सारे चराचर पसीज उठे। जीव मात्र गौतम के प्रति सहानुभूति से करुण-कातर हो आये।

...गौतम को लगा कि प्रभु ने उन्हें लोकाग्र की सिद्धशिला पर से, लोक के पादमूल में फेंक दिया है।...देह का पिंजर भेदकर हंस, उस क्षण जाने किन चिदाकाशों में यात्रित हो चला।

...और उस उड़ान में भी गौतम के मन में एक ही भाव उभर रहा था : ''ओह, मेरे प्रभु कितने सुन्दर हैं ? क्या तीर्थंकर महावीर का यह त्रिलोक-मोहन रूप भी नाशवान है ? नहीं, ऐसा नहीं हो सकता! मैं काल को हरा दूँगा, और अर्हन्त के इस सौन्दर्य को एक-न-एक दिन अमर हो जाना पड़ेगा। मेरे लिए!''

शिवो भूत्वा शिवं यजेत्

अनुक्रम से विहार करते हुए प्रभु इस समय दशार्ण देश में विचर रहे हैं। राजधानी है दशार्ण नगर। राजा हैं दशार्णभद्र। उस दिन सायंकाल की राजसभा में एक अजनबी चर-पुरुष अचानक आकर हाजिर हुआ। उसने राजा को सन्देश दिया कि : कल प्रातःकाल आपके नगर में 'ईशान चैत्य' में तीर्थंकर महावीर समवसरित होंगे। सुनकर राजा के हर्ष और गौरव का पार न रहा। जैसे मेघ की गर्जना से विदुरगिरि में रत्न के अंकुर प्रस्फुटित होते हैं, वैसे ही दूत की यह वाणी सुनकर राजा के सारे शरीर में हर्ष के रोमांच का कंचुक उभर आया।

तत्काल राजा दशार्णभद्र ने सभा के समक्ष घोषित किया :

''हम कल सबेरे ऐसी समृद्धि के साथ प्रभु के वन्दन को जाएँगे, जैसी समृद्धि से इसके पहिले कभी किसी ने प्रभु की वन्दना न की होगी। मन्त्रियो, रातोंरात हमारे राजमहालय से प्रभु के समवसरण तक, सारे राज-मार्ग का ऐसा शृंगार करो, कि कुबेर की अलका का वैभव भी उसे देखकर लज्जित हो जाए। हमारी सारी निधियों का निःशेष रत्न-कांचन कल प्रभु की राह पर बिछा दो।''

आज्ञा देकर, राजा तत्काल उसी हर्षावेग में अपने अन्तःपुर के सर्वोच्च खंड

में जा चढ़ा। वातायन से, दूर तक चारों ओर फैली अपने राज्य की पृथ्वी को उसने सिंह-मुद्रा से निहारा। उसे लगा, कि उससे बड़ा भूपेन्द्र इस समय भूतल पर कोई नहीं।...'ऐसा मैं, जब कल प्रातः अपने समस्त वैभव के साथ त्रिलोकपति महावीर की वन्दना करूँगा, तो तीनों लोकों का वैभव फीका पड़ जाएगा!'...राजा को उस रात नींद न आयी। उसके मन में उमंगों के हजार-हजार फानूस उजलते चले गये।...'मैं ऐसे वन्दना करूँगा, मैं वैसे वन्दना करूँगा। प्रभु मेरे ऐश्वर्य को खुली आँखों देखेंगे। वे मेरे रूप, राज्य और रनिवास की अनुपम विभा को एकटक निहारेंगे। वे मेरी भक्ति और वन्दना की अनोखी भंगिमाओं को देखकर विभोर हो जाएँगे। वे मेरी प्रार्थना के आँसुओं से विगलित हो जाएँगे। मैं, मेरा राज्य, मेरी समृद्धि, मेरी श्री-सम्पदा, मेरा सौन्दर्य, मेरा विशाल व्यक्तित्व, मेरी रानियों का अतुल्य लावण्य! मेरी प्रार्थना के आँसू! मैं...मेरा...मैं...मेरा...मैं...मेरा। और प्रभु? वे केवल 'मैं' और 'मेरा' के एकमेव दर्शक, एकमात्र साक्षी। केवल इसलिए वे मेरे प्रभु हैं, कि वे केवल मुझे निहारें, केवल मेरा प्रताप देखें।'...और इसी आह्लाद में आलोड़ करते, करवटें बदलते, राजा ने अपलक ही सारी रात बिता दी।

ब्रह्ममुहूर्त में ही उठकर राजा और उसकी सारी रानियाँ स्नान-प्रसाधन में व्यस्त हो गये। रानियों को आज्ञा हुई कि : "ऐसा शृंगार करो कि कामांगना रति भी लज्जित हो जाए। अप्सराएँ तुम्हारी पगतलियों की महावर हो जाएँ। स्वयं त्रिलोकीनाथ तुम्हारे रूप और शृंगार को निहारते रह जाएँ!"

उधर सबेरा होते ही नगर के समवसरण तक का सारा राजमार्ग, उत्सव के वाजिंत्रों और हर्ष-ध्वनियों से गूँजने लगा। राजपथ की रज पर कुंकुम के जल छिड़के गये हैं। राह की भूमि पर सर्वत्र फूलों के गलीचे बिछ गये हैं। फूलों के दरिये में जैसे पृथ्वी डूब गयी है। पद-पद पर, सुवर्ण-स्तम्भों और द्वारों पर बहुरंगी मणियों की बन्दनवारें झूल रही हैं। जगह-जगह सोने-चाँदी के घटों और पात्रों को परोपरि चुनकर, उनकी श्रेणियाँ और मंडल रच दिये गये हैं। उन्हें विपुल सुगन्धित फूलों और श्रीफलों से सजा दिया गया है। चारों ओर टँगे हैं चित्रित चिनाई अंशुक के पर्दे, चन्दोवे।...रत्नों दर्पण, मणि-मुक्ता के पंखे, पन्ने और नीलम की झारियाँ। सारी राह में अन्तरिक्ष के केशर-जल की नीहार अविरल बरस रही है। नाना पुष्पों के गन्ध-जल जहाँ-तहाँ रत्न-झारियों से छिड़के जा रहे हैं। जगह-जगह द्वारों के शीर्ष-झरोखों पर नौबत-मृदंग बज रहे हैं। अनेक जगह रचित रंग-मंचों पर गन्धर्व-किन्नर युगलों, की तरह, वादक, गायक, नट-नटियाँ तुमुल संगीत समारोह के साथ नाच-गान और नाट्य कर रहे हैं। देव-बालाओं-सी सुन्दरियाँ फूल बरसा रही हैं।

...और इसी शोभा की अलका के बीच से गुजरते हुए, महाराज दशार्णभद्र अपने दिग्गज समान श्वेत गजेन्द्र पर आरूढ़ होकर, प्रभु की वन्दना को जा रहे हैं।

उनके रत्नाभरणों की कान्ति से दिशाएँ दमक उठी हैं। उनकी रथारूढ़ रानियों के सौन्दर्य और शृंगार को देख, सारा जनपद जय जयकार कर उठा है। महावीर की जयकार नहीं, महाराज और उनके अन्तःपुर की, उनके वैभव की।...माथे पर हीरक-छत्र, विजन और चँवर डुलाती वारांगनाओं के बीच बैठे महाराज और महारानी। राजा ने फिर अपनी पृथ्वी और समृद्धि का सिंहावलोकन किया। पीछे हजारों सामन्तों की सवारी। आगे चलते विपुल सैन्य के चमकते शस्त्रास्त्र। सहस्रों अश्वारोहियों की उड़ती पताकाएँ। और सबसे आगे सैनिक वाजिंत्रों का तुमुल घोष। रण का मारू राग : उसी में मिला आनन्द और गौरव का हर्षराग। और राजा के गजेन्द्र को घेरकर, उनकी स्तुति का गान करते चल रहे बन्दीजनों का विपुल कोलाहल और जय-जयकार। राजा को लगा, कि वह चौदहों भुवन का स्वामी है, और वह जगतपति भगवान की वन्दना को जा रहा है। इससे बड़ी घटना इस घड़ी पृथ्वी पर क्या हो सकती है!

...मानस्तम्भ पर दशार्णपति की निगाह न उठ सकी। मानांगना भूमि पार हो गयी। समवसरण के अनेक मंडलों से राजा गुजर रहा है। पर उसके अलौकिक ऐश्वर्य को उसने देखा ही नहीं। वह देख रहा है, केवल अपने साथ चल रहे अपने परिकर के वैभव को। अपनी रानियों के रूप और शृंगार को। अपने रत्नाभरणों को, अपनी मुकुट-मणि को। नरनाथ दशार्णभद्र केवल अपने को और अपने विभव-विस्तार को देख रहा है।

...श्रीमंडप में प्रवेश कर राजा ने, अपने समस्त परिकर और अन्तःपुर के साथ श्रीभगवान का त्रिवार वन्दन-प्रदिक्षण किया। और सन्मुख आकर प्रभु की दृष्टि को एकटक निहारने लगा। कि वे कैसे उसे और उसके वैभव को देख रहे हैं। किन आँखों से देख रहे हैं।...लेकिन राजा ने देखा कि प्रभु तो कुछ नहीं देख रहे, और सब कुछ एक साथ देख रहे हैं। वे केवल अपने को देख रहे हैं, और उसमें आपोआप सब कुछ देखा जा रहा है।...तो क्या दशार्णपति की ऐसी वैभवशाली वन्दना घटित ही न हुई? मानो उसका यहाँ आना, कोई बात ही न हुई! कोई अपूर्व घटना घटी ही नहीं!...

...ऐसा कैसे हो सकता है। उसने फिर लौटकर अपने परिमंडल और वैभव पर दृष्टिपात किया। उसका ओर-छोर नहीं है, सारा समवसरण उसके परिमंडल की छटा से व्याप्त है। उसकी रानियों के रूप और रत्नों से सारा श्रीमंडप जगमगा रहा है। और श्रीभगवान ने एक निगाह देखा तक नहीं, कि कौन आया है? कैसे अमूल्य रत्नों की भेंट लाया है? ऐसा कैसे हो सकता है?

...कि सहसा ही दशार्णपति ने देखा, सुदूर अन्तरिक्ष का नील खुल रहा है। और उसमें से आता दिखाई पड़ा, एक विशाल जलकान्त विमान। उसके तरल स्फटिक जैसे जल-प्रान्तर में सुन्दर कमल विकस्वर हैं। हंस और सारस पक्षी वहाँ क्रीड़ा-

कूजन कर रहे हैं। देव-वृक्षों और देव-लताओं की श्रेणी में से झरते फूलों से वह शोभित है। वहाँ नील-कमलों के ऐसे वन हैं, मानो उस सरोवर पर इन्द्रनील मणि के बादल घिर रहे हों। मर्कत आभा वाली नलिनी में, विकस्वर सुवर्ण कमल की आभा का प्रवेश। रंग और प्रभा की कैसी मोहन माया। सारे विमान में निरन्तर बहुरंगी जल की तरंगें उठ रही हैं। वही मानो इसके अनेक रंगी द्वार हैं, तोरण-बन्दनवार हैं। वही इसकी पताकाएँ हैं।

...और इस विशाल जलकान्त विमान की केन्द्रीय पुष्पराज वेदी पर बैठा है इन्द्र, अपनी प्रियस्विनी ऐन्द्रिला के साथ, अपने सहस्त्रों सामानिक देव-मंडलों से घिरा हुआ। हजारों देवांगनाएँ उस पर चँवर ढोल रही हैं। लावण्य की लहरों-सी नाचती अप्सराएँ। आकाश के नेपथ्य से बहती संगीत की सुरमाला।

...अचानक विमान ने भूमि स्पर्श किया। उससे उतरकर इन्द्र मनुष्य-लोक में जब चला, तो उसके चरणपात से मर्कत के मृणाल पर माणिक्य के कमल खिलने लगे। फिर इन्द्र अपने ऐरावत हस्ती पर आरूढ़ हुआ, मानो कि हिमवान् पर चढ़ा हो। उसकी पालकी में बैठते समय, देव-वधुओं ने उसे अपनी बाँहों का सहारा दिया। इन्द्र की सवारी यों चली, जैसे वनाकीर्ण मेरु पर्वत चल रहा हो।

...जिस समय इन्द्र अपने सारे स्वर्ग-पटलों के साथ आकर श्रीभगवान को नमित हुआ, उस समय उसके जलकान्त विमान की क्रीड़ावापियों के कमलों के भीतर संगीत होने लगा। प्रत्येक संगीत के साथ, इन्द्र जैसे ही वैभव वाला एक-एक सामानिक देव अपने दिव्य रूप, वेश और ऐश्वर्य के साथ प्रकट होने लगा। उनमें से हर देव का परिवार, इन्द्र के परिवार जैसा ही महर्द्धिक और विस्मयकारी था। एक इन्द्र, उसके अगणित देव-मंडल। उनका हर देव, एक और इन्द्र की महामाया से मंडित।...और जब इन्द्र ने अपने नक्षत्र माला जैसे हीरक हार को गन्धकुटी की पादभूमि में ढालते हुए, प्रभु को साष्टांग प्रणिपात किया, तो श्रीमंडप की सारी भूमि में कोई नया ही उजाला छा गया।

...देखकर दशार्णभद्र दिङ्मूढ़ हो रहा। नगर की समृद्धि को देखकर जैसे कोई ग्रामीण स्तम्भित रह जाता है, वही हाल दशार्णपति का हुआ।...वह धूल-माटी होकर, धरती में समा जाना चाहने लगा। उसे लगा कि उसका तो कोई अस्तित्व ही नहीं, महासत्ता के इस राज्य में। अपनी ही निगाह में वह अपने को बिन्दु की तरह विलीन होता दीखा।...नहीं, इतना तुच्छ होकर वह सत्ता में रहना पसन्द न करेगा। यदि हो सका, तो इन्द्र के इस वैभव से शतगुना ऐश्वर्य उपलब्ध करेगा वह, या नहीं रह जाएगा!...

और सहसा ही प्रथम बार राजा अपने आसपास के समवसरण की सौन्दर्य-प्रभा में जागा। लक्ष-कोटि इन्द्रों के ऐश्वर्य-स्वर्ग, श्रीभगवान की सेवा में यहाँ निरन्तर

समर्पित हैं। राजा ने पहली बार अपने को भूलकर, केवल श्रीभगवान की ओर निहारा।...वे प्रभु कितने मृदु वत्सल भाव से उसे देख रहे थे! क्षीर समुद्र जैसा भगवान का वह वक्षदेश। ज्ञान के उस महासूर्य में से, सारे मनोकाम्य भोग और वैभव, किरणों की तरह झर रहे हैं। इस इरावान की हर लहर एक अप्सरा है। एक कमला है। एक सरस्वती है।

"तू कृतार्थ हुआ राजन्, तूने अपने होने की सीमाएँ देख लीं। अब तू अपने होने की सम्भावना भी देख!"

"क्या मैं प्रभु जैसा ही अमिताभ हो सकता हूँ?"

"वही तो बनाने को हम यहाँ बैठे हैं। महावीर इस चूड़ान्त पर, शिष्य बनाने नहीं बैठा, गुरु बनाने बैठा है। हर आत्मा स्वयं अपनी गुरु आप हो जाए। अपना भगवान आप हो जाये। कोई अन्य स्वामी या ईश्वर अनावश्यक हो जाये।...महावीर मनुष्य के चिरकाल के अनाथत्व को मिटा देने आया है!"

"अर्हत् के उस स्वाधीन ऐश्वर्य को कैसे उपलब्ध हो सकता हूँ भन्ते?"

"निरन्तर स्वयं अर्हत् भाव में रहकर। स्वयं अर्हन्त होकर, अर्हन्त का यजन कर। शिवो भूत्वा शिवं यजेत्। सोहम् शिवोहम्, अर्हन्तोहम्, सिद्धोहम्—यही हो तेरा मन्त्र!"

सुनते-सुनते दशार्णभद्र की साँसों में औचक ही मन्त्र जीवन्त हो गया। उसे लगा कि वह साँस नहीं ले रहा, सौरभ के समुद्र में अनायास तैर रहा है। रोशनी के बादलों, यानों पर महाकाश में उड़ रहा है।

दशार्णभद्र का देहभाव चला गया। उसे लगा कि उसके शरीर से सारे वस्त्राभरण यों उतर गये, जैसे फागुन की उन्मादक हवा में जीर्ण पत्र झरकर उड़ते दिखाई पड़ते हैं। उसे हठात् श्रीवाणी सुनाई पड़ी :

"तूने केवल अपने को इतना एकाग्र देखा, राजन्, कि तेरा अहंकार ही स्वयं अपना अतिक्रमण कर सोहंकार हो गया! तेरी अत्यन्त आत्मरति ही चरम पर पहुँचकर विरति हो गयी। तेरी अभीप्सा ही मुमुक्षा होने को विवश हो गयी। चैतन्य की इस विचित्र लीला को देख और जान, राजन्। यह सर्वकामपूरन है!"

और दशार्णभद्र श्रीचरणों में समाधिस्थ हो गये।

उसकी सारी रानियाँ, अपने रत्नाभरणों को श्रीभगवान के चरणों में निछावर कर, उनकी महाव्रती परिव्राजिका हो गयीं।

...तब इन्द्र स्वयं आकर, आत्मजयी दशार्णभद्र और उसके अन्तःपुर को नमित हो गया!

चोर हो तो ऐसा हो

समकालीन संसार की चूड़ामणि राजगृही। जिसका सुख, विलास और वैभव सारे जम्बूद्वीप में दन्तकथाओं और लोकगीतों में गाया जाता। जिस पर अच्युत स्वर्ग के कल्पवृक्षों से अदृश्य काम-रत्नों की वर्षा होती रहती। अजित विक्रम श्रेणिक की राजनगरी राजगृही। जिसके पंचशैल में महावीर की तपोलक्ष्मी विचरण करती है। जिसके आँचल में महावीर को कैवल्य लाभ हुआ। जिसके विपुलाचल पर देव-मंडलों के स्वर्गों ने उतरकर, तीर्थंकर महावीर का प्रथम समवसरण रचा। जहाँ उन विश्व-त्राता प्रभु की प्रथम धर्म-देशना हुई। जिसके वैभार गिरि के शिखर जिनेन्द्र महावीर की दिव्य-ध्वनि से गुजायमान हैं। प्रभु के चराचर-वल्लभ प्रेम के प्रसाद से, जो वैभार पर्वत अभयारण्य हो गया है।

उसी वैभार की एक अज्ञात गुफा में रहता है, भय का मूर्तिमान अवतार लोहखुर चोर। उसके आतंक से राजगृही का सुख वैभव सदा काँपता-थरथराता रहता है। उसकी रौद्र लीला से सम्राट और श्रेष्ठियों की नींद हराम हो गयी है। उनके रत्न-निधानों में लोहखुर ने सुरंगें लगा दी हैं। रतिसुख में तल्लीन सोयी रानियों और सेठानियों की अकूल कटि-मेखलाएँ, जाने कौन एक अदृश्य हाथ जाने कब उड़ा ले जाता है। प्रजाएँ उसके आतंक से त्राहिमाम् कर उठती हैं। राजगृही का जीवन हर पल भय और संत्रास में साँस लेता है।

लोहखुर की पत्नी थी रोहिणी। उसका एक इकलौता बेटा था रोहिणेय। जन्मघुटी से ही चौर्य-कला उसे सिद्ध हो गयी थी। अपने रुद्र प्रताप में बेटा, बाप से सवाया था।...और एक दिन लोहखुर चोर मृत्यु-शैया पर आ पड़ा। अन्तिम क्षण में उसने रोहिणेय को बुलाकर कहा :

''बेटे, तेरे आतंक से जगत् काँपता है। तू चाहे तो एक दिन जम्बूद्वीप पर राज कर सकता है। पर एक बात मेरी याद रखना : यह जो देवों के रचे समवसरण में बैठकर महावीर नामक योगी उपदेश करता है, उसका वचन तू कभी भूलकर भी न सुनना। एक शब्द भी उसका सुन लेगा, तो तेरा सर्वनाश हो जाएगा। उसके अलावा तू चाहे जहाँ स्वच्छन्द विचरना, लेकिन उस महावीर की छाया भी अपने ऊपर न पड़ने देना!''

रोहिणेय ने पिता के चरण छूकर, उनकी आज्ञा को शिरोधार्य किया। उसे बीज मन्त्र की तरह अपने हृदय पर अंकित कर लिया।...और थोड़ी ही देर में लोहखुर पंचत्व को प्राप्त हो गया।

...रोहिणेय हर रात मदोन्मत्त हाथी की तरह राजगृही पर टूटने लगा। हर दिन

उसका आतंक बढ़ने लगा। अपने जीवितव्य की तरह, वह पिता की आज्ञा का पालन करता। और अपनी स्वकीया स्त्री की तरह, वह राजगृही को आधी रातों में लूटने लगा।

ठीक तभी अनेक नगर, ग्राम, खेटक, द्रोणमुख में विहार करते, चौदह हजार श्रमणों से परिवरित तीर्थंकर महावीर प्रभु राजगृही पधारे। अगोचर में से संचरित होते सुवर्ण-कमलों पर चरण धरते प्रभु, दूर पर आते दिखाई पड़े। छुपकर रोहिणेय ने भी यह दृश्य देखा।...आह, काश ये सोने के कमल वह चुरा सकता! अरे किस अदीठ सोते से ये फूटते आ रहे हैं? वह सोता भला कहाँ छुपा होगा? उसे लूटे बिना रोहिणेय को चैन नहीं। लेकिन इस महावीर की चरण-चाप बिना तो वह सोता फूटता नहीं। और महावीर को तो देखना ही उसका सर्वनाश है। पिता की आज्ञा जो है। तो फिर कैसे क्या हो?

संयोग की बात, कि उस दिन जब रोहिणेय चोरी करने निकला, तो उसे जिस दिशा का सगुन मिला, उसी की राह में महावीर का समवसरण विराजमान था।...देखते ही वह काँप उठा। सगुन की दिशा से लौटना तो सम्भव नहीं। और इस राह से गुजरे, तो महावीर की वाणी सुनने से बचना मुश्किल। वह बड़ी परेशानी में पड़ गया। उसे उपाय सूझा, कि वह कानों आड़े हाथ धर ले। सो कसकर कान भींचे तेज चाल से वह भागा जा रहा था, कि ठीक समवसरण के पास ही उसके पैर में एक तीखा काँटा खुँप गया। चाल के द्रुत वेग के कारण काँटा गहरा धँसकर शूल-सा कसकने लगा। एक पग भी आगे चलना कठिन हो गया। निरुपाय ठिठककर वह कराह उठा। प्राण-पीड़न से बढ़कर तो पिता की आज्ञा नहीं हो सकती। कोई उपाय न सूझा, तो वह कानों पर से हाथ हटाकर काँटा निकालने लगा। ठीक तभी उसे महावीर की वाणी सुनाई पड़ी :

"जानो भव्यो, जिनके चरण पृथ्वी को छूते नहीं, जिनके नेत्रों की पलकें झपकती नहीं, जिनकी पुष्पमाला कुम्हलाती नहीं, जिनके शरीर प्रस्वेद और रज से रहित होते हैं, वही देवता कहे जाते हैं। यही है देव की एकमात्र पहचान!"

महावीर का शब्द-शब्द रोहिणेय ने सुन लिया, और पिता की आज्ञा को भेदकर, वह उसके हृदय में गहरा उतर गया। अनर्थ...अनर्थ हो गया! महाप्रतापी श्रेणिक तक जिससे आतंकित था, उस रोहिणेय की पगतलियों में पसीना आ गया। हाय, अब क्या होगा! पिता का दिया मन्त्रादेश भंग हो गया। सर्वनाश...सर्वनाश हो गया। और रोहिणेय चीखा : "और नहीं...और नहीं...बहुत हुआ।" और दोनों हाथों से कस-कसकर कान भींचता, वह भागकर राजगृही की गुप्त सुरंग में उतर गया, जिसे उसके सिवाय कोई न जानता था।

...और उस दिन दिन-दहाड़े ही राजगृही में भूकम्प आ गया। देखते-देखते

तहखाने ध्वस्त हो गये। उनमें भरी अपार धनराशि लुट गयी। काले चोंगे में आचूड़ ढँके एक प्रेत के उपद्रवों से, अन्तःपुरों में सुन्दरियाँ चीख उठीं। बात की बात में बलात्कार-भ्रष्ट अबला की तरह राजगृही छिन्न-भिन्न होकर आर्त्तनाद कर उठी।

प्रजाओं ने दौड़कर मगधनाथ श्रेणिक को त्राण के लिए गुहारा। महाराज ने कोट्टपाल को बुलाकर ललकारा : "दिन दहाड़े नगरी लुट रही है, और तुम हाथ पर हाथ धरे बैठे हो? बताओ...बताओ, यह कौन दैत्य हमारी प्रजाओं पर अत्याचार कर रहा है?"

कोट्टपाल ने भयार्त होकर निवेदन किया :

"परम भट्टारक देव, लोहखुर का पुत्र रोहिणेय चोर बाप से सौ गुना प्रबल होकर उठा है। वह सरेआम नगर को लूटता है। अदृश्य चेटक की तरह भूगर्भी सुरंगें लगाकर तहखाने फोड़ देता है। सामने देखकर भी हम उसे पकड़ नहीं सकते। हाथ-ताली देकर, वह बिजली की तरह कौंधता हुआ गायब हो जाता है। बन्दर की तरह उछलकर, हेला मात्र में एक घर से दूसरे घर में छलाँग मार जाता है। एक उड़ी मारकर नगर का परकोट तक लाँघ जाता है। उसे कोई मनुष्य तो पकड़ नहीं सकता, कोई यमदूत ही उस पिशाच को पकड़ सकता है। मैं लाचार निरुपाय हूँ, स्वामी। मेरा त्याग-पत्र स्वीकार करें!"

अजेय श्रेणिक गहरी चिन्ता में डूब गया। जिनेन्द्र महावीर के यहाँ विराजमान होते, ऐसा राक्षसी उत्पात? राजा निर्वाक्, शून्य में ताकता रह गया। तभी अभयकुमार की आवाज सुनाई पड़ी :

"सुनो कोट्टपाल, तुम चतुरंग सेना सज्ज करके, नगर के बाहर तैयार रखो। धन-सम्पदा के तहखानों में घुसकर, तुम्हारे सैनिक वहाँ रत्न-कम्बलों में छुप जाएँ। रोहिणेय के नगर-प्रवेश का पता लगते ही, सारी नगर-परिखा को सैन्यों से पाट दो। धरती के भीतर सुरंगें खोदकर, भूगर्भों में उतर जाओ। तब चारों ओर से अपने को घिरा पाकर, लाचार जाल में फँसे हिरन की तरह वह चोर तुम्हारे सैन्यों के हाथों में आ पड़ेगा।"

...बुद्धिनिधान अभयदेव की युक्ति अचूक काम कर गयी। अगले ही दिन रोहिणेय को पकड़कर महाराज के सामने हाजिर कर दिया गया। महाराज ने मन्त्रीश्वर अभयराज को आदेश दिया :

"सज्जन की रक्षा और दुर्जन का संहार, यही राज-कर्तव्य है, अभय राजा! इस प्रजापीड़क को प्राणदंड देकर, प्रजा को अत्याचार से उबारो।"

धीर कंठ से अभय बोले :

"छल-बल से पकड़ा गया है यह दुर्दान्त पराक्रमी चोर, तात। इसकी चोरी जब तक प्रमाणित न हो, और अपना अपराध यह स्वीकार न कर ले, तब तक इसको प्राणदंड किस विधान के अन्तर्गत दिया जाए, महाराज? शासन का संचालन विधान बिना कैसे हो? किस आधार पर इसका निग्रह किया जाए? औचित्य और न्याय की तुला आपकी ओर देख रही है!"

अभय राजकुमार की मन्त्रणा को कौन चुनौती दे सकता है? श्रेणिक सुनकर सन्नाटे में आ गये। राजा ने खिन्न स्वर में कहा :

"तो वत्स अभय तुम्हीं वह उपाय योजना कर सकते हो, कि जिससे इस बलात्कारी लुटेरे पर शासकीय कार्यवाही की जा सके। तुम्हीं पकड़ सकते हो इस अद्भुत चोर को!"

अभय राजकुमार खिल-खिलाकर बोले, "आप देखते जाइए बापू, क्या-क्या होता है। होनी अपनी जगह होती है, अभय का खेल उससे रुकता नहीं। होनी और करनी एक हो जाती हैं, तात, मेरी इस चतुरंग-चौपड़ में। और तभी तो अचूक कार्य-सिद्धि होती है।...आप देखें, महाराज, रहस्य के भीतर रहस्य है। क्या विस्मित होना ही काफी नहीं?"

श्रेणिक की बोली बन्द हो गयी। संकट की तलवार सिर पर लटकी है, और अभय पहेलियाँ बुझा रहा है। मगर उस अभय के सिवाय तो इसका प्रतिकार किसी और के पास नहीं।...रोष से गर्जना करते हुए सम्राट ने आदेश किया, "जिस भी उपाय से हो, तुरन्त इस भीषण अपराधी का दमन और निग्रह करो, अभय। देर न हो!"...अभय के इंगित पर रोहिणेय को भारी साँकलों में जकड़कर हिरासत में डाल दिया गया। और अभय उस व्यूह की रचना में लगे, जिसमें फँसकर रोहिणेय अपना अपराध स्वीकार करने को विवश हो जाए।

जीवन का कवि था अभय राजकुमार। वह मानव-मन का परोक्ष शिल्पी, और चेतना का वास्तुकार था। अपनी पारगामी कल्पना से ही वह सत्य के सूक्ष्मतम छोर तक पहुँच जाता था। इसी से, जब भी उसे मानवचित्त की निगूढ़ गतिविधियों में प्रवेश करना होता, तो वह उसकी बिम्बरचना करता। चक्रव्यूह निर्मित करता। कोई दुर्ग या स्थापत्य रचकर, उसमें लक्षित मानव-मन को चारों ओर से घेर लेता, और उसे अपने मनचाहे मार्ग से बाहर निकाल लाता।

सो रोहिणेय के कुटिल मन का ग्रन्थिभेद करने के लिए भी, अभय ने एक स्थापत्य की रचना की। महामूल्य रत्नों से जड़े एक सात खंड के महल में, उसने रोहिणेय को बड़े मान-संभ्रमपूर्वक रखा। महल ऐसा, जैसे अमरावती का ही कोई

खंड पृथ्वी पर आ पड़ा हो।...गन्धर्वों के नेपथ्य-संगीत से सारा महल निरन्तर गुंजायमान रहता है। अपरूप सुन्दरियाँ रोहिणेय को चारों ओर से घेरकर, अपने हाथों उसे मदिरापान कराती रहती हैं। एक दिन मदिरा की मादन मधुर गन्ध में डूबता-उतराता वह बेसुध हो गया। गहरी मूर्च्छा के अतल में डूबकर वह अचेत हो गया। तभी उसे देव-दूष्य वस्त्र धारण करा दिए गये।

नशा उतरने पर रोहिणेय ने जो अपने आसपास देखा, तो निस्तब्ध हो गया। मानो कि वह किसी कल्प-स्वर्ग की उपपाद शैया में अँगड़ाई भरकर जागा हो।...अरे क्या उसका जन्मान्तर हो गया? सदा की परिचित पृथ्वी जाने कहाँ विलुप्त हो गयी। मुकुट-कुंडलधारी देव-देवांगना जैसे स्त्री-पुरुष चहुँ ओर जय-जयकार करते सुनाई पड़े। 'जय नन्द, जय नन्द, ईशानपति इन्द्र जयवन्त हों!' रोहिणेय कुछ पूछने की मुद्रा में ताकता रह गया। तभी उन स्त्री-पुरुषों ने कहा, "भय का कारण नहीं, हे भद्र रोहिणेय। आप इस विशाल विमान में देवेन्द्र होकर जनमे हैं। आप हमारे स्वामी हैं, और हम सब आपके किंकर हैं।...अब आप इन अप्सराओं के साथ शक्रेन्द्र के समान क्रीड़ा करें?"

रोहिणेय विस्मय से अवाक् हो रहा। वह सोचने लगा, 'कहाँ से कहाँ आ गया मैं? क्या सचमुच ही मैंने रातों-रात देवयोनि में जन्म ले लिया? कल तक का चोर आज देवेन्द्र हो गया?' तभी किन्नर-गन्धर्वों ने संगीत-नृत्य का समारोह प्रारम्भ कर दिया। रोहिणेय हर्ष से रोमांचित होकर, आकाश के हिंडोलों पर पेंग भरने लगा। अप्सराएँ उसे गोद में ले-लेकर नव-नव्य मधुर आसवों का पान कराने लगीं। वह आनन्द में झूमने लगा। वह सचमुच ही जन्मान्तर और लोकान्तर का ज्वलन्त अनुभव करने लगा।

...तभी सुवर्ण की छड़ी लेकर कोई पुरुष वहाँ आया। उसने उन गन्धर्वों और अप्सराओं से कहा, "अरे तुम यह सब क्या कर रहे हो?" उन्होंने उत्तर दिया कि, "अरे प्रतिहार, हम अपने स्वर्गपति देवेन्द्र को, अपनी कला और सौन्दर्य द्वारा प्रसन्न कर रहे हैं।" प्रतिहार ने कहा, "सो तो योग्य ही है, लेकिन स्वर्ग के नियमानुसार पहले नव-जन्मा इन्द्र से देवलोक के आचार तो सम्पन्न कराओ।" देव-गन्धर्वों ने पूछा, "क्या-क्या आचार करवाना होगा?" प्रतिहार ने उपालम्भ के स्वर में कहा, "अरे नये स्वामी को पाने के हर्ष में तुम लोग देवलोक के आचार ही भूल गये? सुनो हमारे स्वर्ग का विधान : जब कोई नया देव यहाँ जन्म लेता है, तो पहले उसे अपने पूर्व जन्म के सुकृत्यों और दुष्कृत्यों का आत्म-निवेदन करना पड़ता है। उसके बाद ही वह स्वर्गों के सुख-भोग का अनुभव कर सकता है।"

विधि आरम्भ हुई। प्रतिहार ने रोहिणेय से कहा, "हे भद्रमुख नव-जन्मा देवता, तुम अपने पूर्व जन्म के सुकृत्यों और दुष्कृत्यों का वर्णन करो। और फिर इस स्वर्ग

के सुखों का निर्बाध भोग करो।''...सुनकर रोहिणेय विचार में पड़ गया। उसे किसी षड्यन्त्र की गन्ध आने लगी।...'यह देवों का स्वर्ग है, या मेरा कारागार? मैं यहाँ देव हूँ, या अपराधी अभियुक्त हूँ?'...वह सावधान हो गया। उसने अपने चित्त को एकाग्र किया : और वह सहसा ही चीजों को, स्थितियों को आरपार देखने लगा।...

देखते-देखते अनायास ही एक आवरण जैसे हठात् विदीर्ण हो गया। उस दिन तीर्थंकर महावीर के जो शब्द उसने अनचाहे ही संयोगात् सुन लिये थे, वे जीवन्त मन्त्र-ध्वनि की तरह उसके हृदय में गूँजने लगे। प्रभु ने देवों की पहचान के जो लक्षण बताये थे, उन्हें वह आसपास के स्त्री-पुरुषों में टोहने लगा।...अरे, इनके चरण तो पृथ्वी को स्पर्श कर रहे हैं। रज और प्रस्वेद से इनके शरीर मलिन हैं। इनकी पुष्प-मालाएँ कहीं से कुम्हलायी-सी दीख पड़ती हैं। और यह क्या...? ये तो आँखें टिमकार रहे हैं, इनके पलक-झपक रहे हैं। नहीं, ये देव नहीं हैं, ये देव नहीं हैं।...

सर्वज्ञ महावीर के वचन उसके हृदय के तलातल को बींधकर उसे झकझोरने लगे। उसे एक अद्भुत प्रत्यभिज्ञान-सा हुआ। वह आपे में आ गया। वह संचेतन हो गया। उस कपट-स्वर्ग का पर्दा उसकी आँखों पर से फट गया।...यथार्थ का सामना करते हुए उसने निवेदन किया, ''मेरे पूर्व भव के सुकृत्य सुनें, देवगण! मैंने विगत जन्म में सुपात्रों को दान दिया है। जिनचैत्यों का निर्माण कराया है। उनमें जिन-बिम्ब प्रतिष्ठित करवाये हैं। अष्टांग पूजा द्वारा उनका पूजन-अर्चन किया है। तीर्थ-यात्राएँ की हैं। सद्गुरु की सेवा की है। देव, गुरु, शास्त्र की आराधना में ही मैंने वह सारा जीवन बिताया है।''

''अब अपने पूर्व भव को दुष्कृत्यों का निवेदन करो, भद्र!'' उस दंडधारी प्रतिहार ने याद दिलाया। उत्तर में रोहिणेय बोला, ''देव, गुरु, शास्त्र के नित्य समागम और संसर्ग में रहने से कोई दुष्कृत्य तो मुझसे हो ही न सका! दंडनायक ने कहा, ''कोई मनुष्य आजीवन एक-से ही स्वभाव या आचार से तो जी सकता ही नहीं। अतः हे भद्र, जो कुछ भी चोरी-जारी, लूटपाट, कोई बलात्कार, या पर-पीड़न किया हो तो स्पष्ट स्वीकारो। पाप का निवेदन किये बिना, अपने पुण्य से अर्जित इस स्वर्ग के सुख को भोग न सकोगे!''

रोहिणेय ने अट्टहासपूर्वक जोर से हँसकर कहा :

''अरे भले मानुष, तुम्हारा प्रश्न ही बेतुका और असंगत है। जो ऐसे दुष्कृत्य किये होते, तो भला मैं यह स्वर्गलोक क्यों कर पा सकता था? क्या भला, अन्धा भी पर्वत पर चढ़ सकता है?''

दंडनायक निरुत्तर हो गया। षड्यन्त्र विफल हो गया। प्रतिहार ने जाकर सारी घटना अभयकुमार से कही। अभयकुमार ने महाराज-पिता को सारी स्थिति की जानकारी दे दी। फिर चोर को सामने प्रस्तुत कर दिया और स्वयं चुप खड़े रह गये।

श्रेणिक बोले :

"तो मानव-मन का मन्मथ अभयकुमार भी रोहिणेय चोर को न पकड़ पाया? उसका अपराध प्रमाणित न हो सका। मृत्युदंड का भय भी उससे अपराध स्वीकार न करा सका!"

"लक्ष्य करें बापू, आपने ही अपने मुख से अभी स्वीकारा, कि यह चोर मृत्यु-भय को लाँघ गया है। इसी से तो मृत्यु का भय भी उससे अपराध स्वीकार न करा सका?"

"तो ऐसे विचित्र चोर के साथ क्या बर्ताव किया जाए, अभय राजा?"

"उसे छोड़ दें महाराज, उसे मुक्त कर दें, देव!"

"प्रजापति होकर प्रजा के पीड़क को मुक्त कर दूँ? पकड़कर भी उसका प्रतिकार न कर सकूँ? तो मेरा क्षात्र धर्म पृथ्वी पर चिरकाल के लिए कलंकित हो जाएगा! यह तुम क्या कह रहे हो अभय?"

"ठीक ही तो कह रहा हूँ, बापू! रोहिणेय का परित्राण भी तो आपके क्षात्र-धर्म को ललकार रहा है,महाराज!"

"लेकिन वह हो कैसे?"

"उसे अपने स्वभाव में विचरने को मुक्त कर दीजिए। पकड़ में आये चोर को आप छोड़ देंगे, तो यह छूटकर क्या चोर रह सकेगा?"

श्रेणिक अवाक्। राज-परिषद स्तम्भित। महाराज का गम्भीर स्वर सुनाई पड़ा :

"अपनी राह पर अभय विचरो, रोहिणेय। हम तुम्हें मुक्त करते हैं!"

निमिष मात्र में, रोहिणेय के तलातल उलट-पलट कर स्तब्ध हो गये। उसके सारे पाप-अपराध उसकी आँखों से जलधारा बनकर बहते आये। उसने महाराज और अभय राजा को भूमिष्ठ हो प्रणाम किया। और चुपचाप वहाँ से धीरे-धीरे जाता दिखाई पड़ा।

श्रीमंडप में निस्तब्धता छायी है। निस्पन्द प्रभु का मौन तमाम चराचर में गहराता जा रहा है। ओंकार ध्वनि भी स्तम्भित है।

"मैं रोहिणेय चोर, श्रीचरणों में शरणागत हूँ, देवार्य! मैं अपने सारे पापों और अनाचारों को प्रभु के सामने स्वीकार करने आया हूँ। मुझे अर्हन्त महावीर के सिवाय त्रिलोक में, कोई मार भी नहीं सकता, तो तार भी नहीं सकता। मैं अपनी चोरियों का निवेदन करूँ, भगवन्?"

प्रभु निरुत्तर, नासाग्र दृष्टि से केवल देखते रहे। केवल सुनते और जानते रहे।

"मेरे पापों का अन्त नहीं। मेरी ग्लानि का पार नहीं। मैं पश्चाताप की आग

में रात-दिन जल रहा हूँ। मुझे इससे उबारें, नाथ!''

''ग्लानि क्यों? पश्चाताप कैसा?''

''मैं चोर जो हूँ, भगवन्, महाचोर। लुटेरा, सर्वस्वहारी!''

''किसे लूटता है? सर्वस्व किसका है?''

''मैं साहूकारों को लूटता हूँ, श्रेष्ठियों को लूटता हूँ, राजाओं और रानियों को लूटता हूँ। उनका सर्वस्व हर लेता हूँ!''

''सर्वस्व किसका है?''

''साहूकार का, सम्राट का, नगर जनों का।''

''यहाँ कुछ किसी का सर्वस्व नहीं। सब अपना-अपना सर्वस्व है। बाहर और घर, कुछ किसी का नहीं। स्वत्व है केवल तत्त्व, केवल आत्मत्व। केवल अपनत्व।''

''लेकिन धन तो सम्राट और साहूकार का ही है न, भगवन्? मैं तो उसका चोर हूँ!''

''धन यहाँ किसी व्यक्ति का नहीं, वर्ग का नहीं, समस्त लोक का है। जब तक साहूकार है, तब तक चोर रहेगा ही। जब तक सर्वस्व का स्वामी सम्राट रहेगा, तब तक सर्वस्वहारी कोई रहेगा ही! जब तक धन का संग्रह है तब तक उसका धन लुटेरा रहेगा ही। जब तक सत्ता और सम्पत्ति कहीं केन्द्रित रहेगी, तब तक उसका आक्रमणकारी और अपहर्ता पृथ्वी पर पैदा होता ही रहेगा।...''

''तो भगवन् मैं चोर नहीं? मैं अपराधी नहीं? मैं पापी नहीं?''

''चोर तू अपना है, अपराधी तू अपना है, पापी तू अपना है, हत्यारा तू अपना है। किसी सेठ-साहूकार और सम्राट का नहीं! किसी धनपति या सत्तापति का नहीं। जो स्वयं ही चोर हैं, उनका चोर तू कैसे हो सकता है? जो स्वयं ही बलात्कारी हैं, उनका बलात्कारी तू कैसे हो सकता है? जो स्वयं ही हत्यारे हैं, उनका हत्यारा तू कैसे हो सकता है?''

''तो फिर मैं कौन हूँ, भगवन्?''

''इन दोनों से परे जो तीसरा है, वही तू है। तृतीय पुरुष, जो इस दुश्चक्र से ऊपर है। और जो चाहे, तो इसे उलट सकता है, तोड़ सकता है। वही तो महावीर है!''

''तो मुझे तार दें, हे मेरे तारनहार! मुझे भी अपने ही जैसा बना लें!''

''तारक यहाँ कोई किसी का नहीं। तुझे स्वयं ही अपने संवेद और संवेग से तर जाना होगा। तुझे स्वयं ही आप हो जाना पड़ेगा। वही महावीर ने किया, वही तुझे भी करना होगा।''

''लेकिन आपने मुझे तारा है, भगवन् यह तो प्रमाणित है। मेरे दुष्टबुद्धि पिता ने आपका वचन सुनने की मुझे सख्त मनाही कर दी थी। लेकिन पैर में शूल गड़ गया,

तो लाचारी में अनजाने ही आपके वचन सुन लिये। उससे जो ज्ञान मिला, जो पहचान मिली, उसी के बल तो मैंने सम्राट और मन्त्री का चक्रव्यूह भी तोड़ दिया। वे मुझे पकड़ न सके, उनकी शक्ति मुझे अपराधी सिद्ध न कर सकी। जिन प्रभु के कुछ शब्दों ने ही मुझे इतनी बड़ी सत्ता दे दी, वे ही तो मुझे भव-सागर से भी तार सकते हैं।''

''तू उनके स्वार्थी न्याय-विधान से परे चला गया। अब तू अपना न्यायपति स्वयं हो जा रे, अपना सत्य और न्याय तू स्वयं हो जा रे, अपना आईन-कानून तू स्वयं हो जा रे, अपना स्वामी तू स्वयं हो जा रे! तो कोई सम्राट, कोई साहूकार, कोई सत्ता तुझे पकड़ न सकेगी। उनकी सत्ता-सम्पदा तेरे चरणों में आ पड़ेगी!''

''मैं अपनी उस महासत्ता में उठ रहा हूँ, भगवन्! यह कैसा चमत्कार है?''

''तथास्तु। चोर हो तो ऐसा हो, जिसने समस्त लोक सम्पदा के भद्रवेशी चोरों के तख्ते तोड़ दिये। तहखाने उलट दिये। उनके चोरी के धन को अन्तिम रूप से चुरा लिया!''

''अब मेरे लिए क्या आदेश है, भगवन्? मैं प्रभु का क्या प्रिय करूँ? जिनका धन मैंने चुराया है, वह उन्हें ही लौटा दूँ?''

''जिनका वह धन है ही नहीं, उन्हें क्यों लौटाएगा? चोरी का धन चोरों को ही वापस लौटाएगा रे?''

''तो उसका मैं क्या करूँ, भगवन्?''

''धन-सत्ता के स्वामियों ने जिन्हें वंचित कर, लोक का सारा धन अपने लिए बटोर लिया है, उन दीन-दरिद्रों, अभाव-पीड़ितों को बाँट दे वह सम्पदा। वह सर्व की है, सो सर्व को ही दे दे।''

''उसके उपरान्त क्या करूँ, भगवन्?''

''हो सके तो लोक-लक्ष्मी के अपहर्ता और बलात्कारी शोषक और शासक का, तू इस पृथ्वी और इतिहास में से मूलोच्छेद कर दे। जन्मान्तरों में यही पराक्रम अटूट करता चला जा। जब तक यह न कर दे, विराम नहीं। जिस दिन तू यह कर देगा, उस दिन जगत् के जीवन में व्यक्ति और वस्तु मात्र की सत्ता स्वतन्त्र हो जाएगी। स्वभाव धर्म का शासन उतरेगा। तू उसका शास्ता हो, और अब तू आपोआप ही तर जाएगा!''

''तलवार के बल, प्रभु?''

''अपने आप के बल, अपने दर्शन, ज्ञान और वीर्य के बल। तब ज्ञान तलवार होकर काटेगा, और तलवार ज्ञान होकर तारेगी। अपने बलात्कारी बाहुबल को, तारक क्षात्र बल में परिणत कर दे।...और तारक क्षत्रिय होकर तलवार धारण नहीं करेगा रे?''

''प्रभु का आदेश है, तो अवश्य करूँगा।''

"तो तेरी तलवार मारकर भी तार देगी। तुझमें अर्हन्तों और सिद्धों का अनन्त वीर्य संचरित होगा। तेरी जय हो, रोहिणेय!"

रोहिणेय को दिखाई पड़ा कि, गन्धकुटी के रक्त-कमलासन पर महावीर नहीं, एक नग्न तलवार खड़ी है। और उसमें ज्ञान के सूरज फूट रहे हैं। और वह तलवार रोहिणेय के मूलाधार में उतरती चली आ रही है। उसकी अँतड़ियाँ कट रही हैं, तहें बिंध रही हैं ?...

...और उसकी नस-नस में अजस्त्र माधुर्य उमड़ रहा है। उसके पोर-पोर में यह कैसा सर्वभेदी वीर्य हिल्लोहित हो रहा है।...और वह अपने ही भीतर से उठ रहे वैश्वानर की ज्वालाओं में समाधिस्थ हो गया।

वीतराग के लीला-खेल

ठीक दिवोदय की वेला में महादेवी चेलना, अपने 'एक-स्तम्भ प्रासाद' की छत पर खड़ी, केशों में कंघी कर रही हैं। सामने वैभार की वनालियों में गुलाबी ऊषा फूट रही है। दिशाओं को चूमते घनसार बालों में एकाएक मणि-जटित कंघी उलझकर जाने कहाँ खो गयी।...महादेवी की उठी बाँहों के कमनीय कोण अचल में चित्रित-से रह गये।

...पीठ पीछे ध्रुव पश्चिम में उन्हें योजनों पार एक दूरंगम दृश्य दिखाई पड़ा। आँख से परे का कोई दूरदर्शन! नीली चमकीली नीहार के मंडल में से यह क्या दिखाई पड़ रहा है? विपुल विशाल सैन्य का धँसा आ रहा प्रवाह। हजारों-हजार अश्वारोहियों के चमचमाते शस्त्र-फलों का वन। उसके आगे अश्वारूढ़ चौदह मुकुटबद्ध राजाओं की चलायमान हारमाला। और सबसे आगे प्रचंड श्वेत अश्व पर सवार, नग्न खड्ग ताने धावमान है कोई रुद्र प्रतापी आक्रमणकारी राजेश्वर। चेलना स्तम्भित, अचल उन्मीलित नयनों से देखती रह गयी...।

ठीक तभी आपत्कालीन घंटनाद सुनकर, सम्राट श्रेणिक राजसभा में आ बिराजे। हठात् एक दंडनायक ने आकर हाथ जोड़कर निवेदन किया :

"परम भट्टारक मगधनाथ जयवन्त हों। महाराज, अवन्तीपति चंडप्रद्योत अपने चौदह मांडलिक राजाओं और विशाल सैन्य के साथ प्रलय के पूर की तरह मगध पर चढ़ा आ रहा है। सूचनार्थ निवेदन है।"

श्रेणिक ने मानो आँख से सुना और कान से देखा। आक्रमणकारी जामाता चंडप्रद्योत को शायद पता नहीं, कि मगध के सिंहासन पर अब सम्राट श्रेणिक नहीं,

सर्वजयी महावीर विराजमान हैं। साम्राज्य अब उन्हीं का है, वही देखें।...लेकिन प्रभु के लोकपाल के नाते मेरा कर्तव्य इस घड़ी क्या है? प्रजाओं की रक्षा के लिए, क्या त्यागी हुई तलवार को फिर से उठाना होगा?

"आयुष्यमान अभय राजा, युद्ध द्वार पर आ लगा है। क्या करना होगा?"

अनेक औत्पातिकी विद्याओं का धनी अभयकुमार मुस्करा आया। बोला :

"उज्जयिनीपति प्रद्योत तो हमारे जामाता और जीजा भी हैं, महाराज। उनका स्वागत ही तो हो सकता है। उनकी युद्ध-कामना को तुष्ट किया जाएगा। मेरे युद्ध के वे अतिथि भले आयें। चिन्ता की क्या बात है!"

"लेकिन हम तो अपने सारे सैन्य-शस्त्र अर्हन्त महावीर को अर्पित कर चुके! सैन्य बिना समर का सामना कैसे करोगे?"

"मगधेश्वर के नहीं, महावीर के सैन्य संग्राम लड़ेंगे, महाराज! महावीर का धर्मचक्र आततायी को पल मात्र में पदानत कर देगा!"

"महावीर के सैन्य संगर खेलेंगे? महावीर का धर्मचक्र शत्रु का सिरच्छेद करेगा? महावीर युद्ध लड़ेंगे? कैसी विपरीत बात कर रहे हो, अभय?"

"जानते तो हैं बापू, महावीर से बड़ा योद्धा तो इस समय त्रिलोकी में कोई नहीं। वे अविरुद्ध प्रभु, बलात्कारी के विरुद्ध सतत युद्ध-परायण हैं!"

"निश्चल निर्ग्रन्थ सर्वजयी महावीर और युद्ध-परायण हैं? यह क्या अपलाप सुन रहा हूँ, अभय राजा! और धर्मचक्र तो मारक नहीं, तारक होता है।"

"लोक का परित्राता तीर्थंकर, हर पल योगी और योद्धा एक साथ होता है, बापू! उसका धर्मचक्र पाप का संहारक, और पापी का तारक एक साथ होता है। जिस महावीर ने कर्मों के जन्मान्तर-व्यापी अभेद्य जंगलों को भेदकर भस्म कर दिया, उसके आगे चंडप्रद्योत का चंडत्व क्या टिक सकेगा?"

"यह सब मेरी समझ से बाहर है, अभय। मैं अब शस्त्र नहीं उठाऊँगा। वह मैं कब का त्याग चुका।"

"आप नहीं उठाएँगे, तो महावीर शस्त्र उठाएगा, महाराज! अनिर्वार है उस परम प्रजापति की तलवार। उसके धर्मचक्र पर अवन्तीनाथ का वीर्य परखा जाएगा!"

"तो फिर रण का डंका बजवा दो, आयुष्यमान। आक्रमणकारी प्रद्योत तुम्हारे युद्ध का अतिथि हो। और उसके बाद जामाता प्रद्योत का मेरे भोजन की चौकी पर स्वागत है!"

अभय कुमार ठहाका मारकर हँस पड़ा :

"खूब कहा आपने, बापू। फैसला हो गया। रणांगण में उन्हें निपटाकर, फिर आपके भोजनागार में लिवा लाऊँगा!"

"तो मगध के समुद्रकम्पी शंखनाद से दिशाओं को थर्रा दो, अभय रण का मारू बाजा बजवाओ। प्रजा को सावधान कर दो। सीमान्त को हमारे कोटि-भट योद्धाओं

से सज्ज कर दो। तुम्हारी जय हो, मगध की जय हो, महावीर की जय हो!''

''यह सब अनावश्यक है, बापू। मैं अकेला ही काफी हूँ, चंडप्रद्योत के लिए। प्रजा की शान्ति भंग नहीं करनी होगी। चर्मचक्र भूतल पर नहीं, भूगर्भ में संचार और संहार करता है। आप निश्चिन्त हो जाएँ, महाराज। और मन्त्रियो, सामन्तो, सेनापतियो, सावधान! यह संवाद राजसभा से बाहर, हवा भी न सुन पाये।''

''तो क्या अकेले जाओगे बेटे? अकेले जीत आओगे उस चंडकाल प्रद्योत को? जानूँ तो कैसे?''

''धर्मचक्र के योद्धा का रहस्य, अभी जगत् ने नहीं जाना, देव! समय आने पर आप जानेंगे। आप प्रतीक्षा करें, बापू, यथा समय विजय-संवाद आप तक पहुँचेगा। मैं आज्ञा लेता हूँ, तात।''

कहकर, सम्राट-पिता को माथा नवाँकर क्षण-मात्र में अभय राजकुमार वहाँ से छूमन्तर हो गया।

महाबलाधिकृत सेनापति अभयकुमार ने राजगृही के स्कन्धावार को आदेश दिया, कि वे सावधान रहकर, हर क्षण आदेश की प्रतीक्षा करें।

ठीक दिया-बत्ती की वेला है।...

एक उत्तुंग काम्बोजी अश्व पर सवार होकर, अभय राजकुमार यों धीर गति से जा रहे हैं, जैसे खेलने को निकले हों। मानो तफरी करने जा रहे हों। पीछे कुछ हजार, सैन्य नहीं, राज-मजदूर फावड़ा-कुदाली कन्धों पर उठाये चल रहे हैं। कई सौ सुन्दरी प्रतिहारियाँ सिर पर सुवर्ण-मुद्राओं से भरे टोकने उठाकर, हँसती-बलखाती, ठिठोली करती चल रही हैं। और चारों ओर मशालें उठाये, मशालचियों का घेरा, कृष्ण पक्ष की रात में भी जंगल की राह को हजारों ज्वालाओं से उजालता चल रहा है। मानो कि तमसारण्य के भेदन को, कोई अपार्थिव रोशनी का जुलूस चल रहा हो।...

इस बीच चार-पाँच दिनों में अभयकुमार ने, शत्रु-सैन्य के शिविर डालने योग्य, एक सीमा-प्रांगण के मैदान को साफ-स्वच्छ करवा दिया था। घास-फूस, झाड़ी-झंखाड़ कटवाकर, सफेद पुते सीमा-स्तम्भ गड़वाकर, आक्रमणकारी मेहमान के स्वागत में मानो चौपड़-सी बिछा दी थी। नदी तट की गेल पर सफेद बालू बिछवा दी थी। घोड़ों के चरने योग्य गोचर-भूमि भी पास ही लगी हुई थी।

...गन्तव्य पर पहुँचकर महाराज अभयकुमार ने, अपने कुदालची-मशालची सैन्य को विराम का आदेश दिया :

''कुछ देर विश्राम करो साथियो, और फिर जैसा बताया है, इस सारे मैदान की बालिश्त भर जमीन खोदकर, किनारों पर मिट्टी का ढेर लगाते जाओ। और प्रतिहारियो, तुम खुदी हुई जमीन में, खूब फैलाकर सुवर्ण मुद्राएँ डालती जाओ, और उतने भूखंड

को मिट्टी से पाटती जाओ। सारे मैदान में अपने टोकनों में भरी सुवर्ण मुद्राएँ बिछा दो, और उसे माटी की मोटी तहों से ढाँक दो। और राजपति, उसके बाद सारी जगह में गिट्टी डालकर उसे पाटक-चक्र से अच्छी तरह कूट-पीटकर समतल स्वाभाविक धरती बना दें।''

...मशालों के उजाले में सारी रात काम चलता रहा। और सवेरा होते ही, एक सपाट निर्जन मैदान शत्रुवाहिनी का मानो स्वागत करता दिखाई पड़ा।

...अनन्तर, एक दिन अचानक मगध के सीमान्त पर रणसिंगे बजने लगे। और युद्ध के दमामों का घोष आकाश के कानों को बहरा करने लगा। खबर आयी, कि चंडप्रद्योत के सैन्यों ने राजगृही को यों चारों ओर से घेर लिया है, जैसे समुद्र के किनारे तोड़कर भूगोल को आक्रान्त कर लिया हो।...अभय राजा द्वारा पूर्व-नियोजित मैदान का निमन्त्रण अचूक सिद्ध हुआ! प्रद्योत और उसके मांडलिकों के सैन्यों ने वहीं छावनी डाल दी।...इस बीच आक्रमण की तैयारी और व्यूह-रचना में दो-तीन दिन निकल गये।

तभी एक सवेरे अचानक कोई गोपन लेख-वाहक, नंगी तलवारों के बीच प्रद्योतराज के सम्मुख प्रस्तुत किया गया। प्रद्योत ने अविलम्ब उसका लम्बा आलेख-पट खोलकर पढ़ा। लिखा था :

"अजितबली राजाधिराज चंडप्रद्योत को प्रणाम करता हूँ। मेरी महादेवी माँ चेलना, आपकी महारानी शिवादेवी की छोटी बहन हैं। उस नाते आप मेरे आदरणीय मौसा हैं। फिर आप अपने एक पूर्व विवाह के नाते मगधनाथ के जामाता भी हैं, तो मेरे बहुत प्यारे और प्रणम्य जीजा भी हैं। सो आप तो हमारे अभिन्न आत्मीय हैं। आपका हित, हमारा हित है। इसी से सखेद सूचित करना पड़ रहा है, कि आप एक भीषण षड्यन्त्र के चक्रव्यूह में ग्रस्त हैं। अत: आपको चेतावनी देना हमारा कर्तव्य है। आप तो जानते हैं, मैं सदा का तटस्थ स्वभावी हूँ। इसी से सम्राट पिता का और आपका हित एक साथ देखने को विवश हूँ।...

"...जानें महाराज, आपके चौदहों मांडलिक राजाओं को श्रेणिकराज ने फोड़ लिया है। उन्हें अपने अधीन करने के लिए, सम्राट ने गुप्त रूप से उनके पास बेशुमार सुवर्ण मुद्राएँ भेजी हैं। इसी से वे मौका देखकर, आपको बाँधकर मगधनाथ के हवाले कर देंगे। प्रमाण यह है, कि उन्होंने वे सारे हिरण्य अपने-अपने डेरों की भूमि में गड़वा दिये हैं। दो-चार डेरों में कुदाली मारते ही, सुवर्ण द्रव्य से भरे लोह-सम्पुट हाथ आ जाएँगे। क्योंकि दीपक के होते हुए, भला अग्नि को कौन देखेगा? हाथ कंगन को आरसी क्या?...

चिरकाल आपका हितैषी,
अभय राजकुमार''

अवन्तीनाथ की त्यौरियाँ चढ़ गयीं। अपने क्रोध के ज्वालागिरि को उन्होंने दबा लिया। युद्ध के किसी गूढ़ प्रयोजन का संकेत देकर, दो-चार मांडलिक राजाओं के आवास-शिविरों की भूमि खुदवाई गयी।...ढेर-ढेर सुवर्ण-मुद्राएँ निकल आयीं!

प्रद्योत को लगा, कि उसके अजेय पौरुष और वीरत्व में इस क्षण बट्टा लग जाएगा। एक शब्द भी वह नहीं बोला। तत्काल अपने तुरंग पर चढ़कर, वह उज्जयिनी की ओर भाग निकला। उसको यों भागते देखकर, उसकी सेनाएँ भी अब सबकुछ वहीं छोड़कर उसके पीछे ही पलायन कर गयीं। इस अबूझ भगदड़ से आतंकित होकर साथ के मुकुटबद्ध चौदह नरेन्द्र भी चील-कौवों की तरह, जिस हाल में बैठे थे, उसी हाल में भाग निकले। उनकी सेनाएँ भी तितर-बितर होकर, राह के जंगलों में प्राण बचाने को घुस पड़ीं। तभी अभयकुमार के संकेत पर, मगध की सेनाएँ पलायित शत्रु के परित्यक्त शिविर-क्षेत्र पर टूट पड़ीं। शत्रुदल के पीछे छूटे तमाम रथों, अश्वों, हाथियों, शस्त्रायुधों, द्रव्य-मंजूषाओं और खाद्यान्न के भंडारों पर अधिकार कर, वे उन्हें राजगृही में ले आये।

उधर प्राण नासिका में चढ़ाकर भागे चंडप्रद्योत ने, उज्जयिनी के महालय में पहुँचकर ही दम लिया। उसके पीछे ही भागे आये, उसके सारे मांडलिक राजा और महारथी भी। उन्हें केश बाँधने का भी अवकाश न मिला। तो घोड़ों की जीन कौन कसे? रथ जोतने की किसे पड़ी थी? सो खुले केश, मुकुट-छत्रहीन, जाने कितने दिन-रात यात्रा करते, असज्ज घोड़ों की नंगी पीठ पर सवार, वे भी एक दिन उज्जयिनी में प्रवेश करते दीखे।

...प्रद्योतराज के साथ वे सब मन्त्रणा-गृह में बन्द हो गये। उन्होंने सौगन्ध उठाकर अपने मंडलेश्वर उज्जयिनी-पति को विश्वास दिला दिया, कि वे सब निर्दोष हैं। यह सब विश्व-विश्रुत उत्पाती अभय राजकुमार की औत्पातकी विद्या का षड्यन्त्र है। चंडप्रद्योत होंठ काटकर अपने क्रोध को घूँटने लगा। उसने अपने बत्तीसों दाँत भींचकर विक्रान्त पदाघात से धरती को दहलाते हुए प्रतिज्ञा की : 'अभयकुमार, तुम्हें अपनी इस कूट-बुद्धि का मूल्य चुकाना पड़ेगा!'

उधर हर्षातिरेक में श्रेणिकराज बोले :

"आयुष्यमान अभय राजा, यह तुम्हारा कूटचक्र है कि महावीर का धर्मचक्र?"

"कूट हो कि धर्म हो, महाराज, दोनों ही की गति सपाट नहीं, वह चक्राकार ही तो हो सकती है। कूटचक्र कब धर्मचक्र हो जाता है, और धर्मचक्र कब कूटचक्र हो जाता है, यह सर्वज्ञ महावीर के सिवाय और कौन जान सकता है, बापू?"

"तुमने तो बिना तलवार ही समर जीत लिया, बेटे। सबकुछ समझ से बाहर

होता जा रहा है!''

''सीधी तो बात है, बापू! यदि एक कूट से हजारों-हजारों गर्दनें कटने से बच गयीं, तो उसे क्या आप झूठ कहेंगे? सत्य सपाट नहीं होता बापू, वह एक सर्वतोमुखी प्रकाश होता है। लाखों निर्दोष मानवों का रक्तपात जिसने बचा दिया, लाखों माँगों का सिन्दूर जिसने ज्वलन्त रखा, लाखों बच्चों को अनाथ होने से जिसने उबार लिया, वही क्या परम सत्य नहीं है?''

''अर्हन्त महावीर से पूछकर ही बता सकूँगा, कि क्या कभी सत्य भी झूठ हो सकता है, और क्या झूठ भी सत्य हो सकता है?''

''अनेकान्त-चक्रवर्ती महावीर का उत्तर, अभी और यहाँ सुन रहा हूँ, देव।''

''जरा सुनूँ तो भला, क्या है वह उत्तर?''

''धर्मचक्र से बड़ा कोई कूटचक्र नहीं, क्योंकि वह जब प्रवर्तन करता है, तो उसके तेजो-प्रवाह से जगत् के सारे कूटचक्र ध्वस्त होकर बह जाते हैं!''

''इन विरोधाभासों को समझना, मेरे वश का नहीं, अभय!''

''विरोधों की नोक पर ही सत्य का सूर्य फूटता है, बापू। उसे समझा नहीं जा सकता, सिर्फ जिया जा सकता है। महावीर अविरल क्रियाशक्ति का प्रवाह है। दर्शन, ज्ञान और क्रिया उसमें हर पल एकाकार है!''

''अपनी चेतना में उन प्रभु को अनुपल प्रवाहित अनुभव करता हूँ, लेकिन वह अनुभव प्रमाणित कैसे हो? वह प्रत्यक्ष जीवन-यथार्थ कैसे हो?''

''इतिहास की धमनियों में एक दिन वह स्पन्दित होगा। पृथ्वी की माटी में एक दिन वह मूर्त होगा। जीवन का यथार्थ होगा एक दिन वह अनेकान्त का सूर्य!''

महाराज अभय राजकुमार की वह तेजोदीप्त मुख-मुद्रा अवाक् देखते रह गये।...अभय के मुँह से बरबस ही हँसी फूट पड़ी:

''अरे बापू, आप तो बहुत गम्भीर हो गये? यह सब एक अनिर्वार परिणमन। एक अविराम लीला। एक अन्तहीन खेल। खेलते जाइए, और पार होते जाइए। रुके कि राग हुआ, कि मारे गये। आप गम्भीर होकर सोचते हैं, बापू। सोच निरर्थक है। सिर्फ स्वयं आप होते जाना है, रहते जाना है। निर्विचार। महाजीवन की तरंगों में लीला भाव से रमते जाना है!''

''लेकिन महावीर तो वीतराग है? उसके यहाँ लीला कैसी?''

''जो वीतराग है, वही तो सहज लीला भाव से जी सकता है, देव। निश्चल महावीर त्रिलोक और त्रिकाल में पल-पल लीलायमान है। आपने यह देखा नहीं क्या, महाराज?''

''अभय राजकुमार के लीला-खेल जो देख रहा हूँ! अब देखने को क्या बाकी रह गया है?''

...अभय के मुक्त अट्टहास से, राजगृही के क्रीड़ा-कुंजों में विजयोत्सव की धूम मच गयी।

अजीब आसमानी आदमी

एकदा उज्जयिनी नरेश चंडप्रद्योत ने क्रोध से हुंकार कर अपनी भरी राजसभा के बीच चुनौती फेंकी :

"है कोई ऐसा विचक्षण शूरमा मेरे राज्य में, जो उल्कापाती अभय राजकुमार को बाँध लाये, और मेरे सुपुर्द कर दे? मैं उसे निहाल कर दूँगा।"

कुछ देर सन्नाटा छाया रहा कि हठात् एक गणिका महाराज के सम्मुख आयी। नतमाथ अभिवादन करके बोली :

"महाराज यदि आज्ञा दें, तो मैं यह करतब कर दिखाऊँ!"

"ओ,... तुम, भुवनेश्वरी? भगवान महाकालेश्वर की देवदासी। निश्चय ही उस कूटचक्री को तुम्हारा कुटिल कटाक्ष ही वशीभूत कर सकता है। जय महाकाल! जय महाकाल!"

"भूतभावन भोलानाथ की दासी सेवा में प्रस्तुत है, महाराज। मेरे साथ दो और भी सुन्दरियाँ जाएँगी। प्रभु आदेश करें।"

"कांचनकामिनी की हमारे यहाँ क्या कमी है, सुन्दरी। मन्त्रीश्वर आदित्य प्रताप! भुवनेश्वरी जो सरंजाम चाहे, उसे दो, और शीघ्र एक उत्तम अश्वों का रथ जुतवाकर उसे तत्काल राजगृही रवाना कर दो।"

चित्रित यवनिकाओं से बन्द एक रहस्यमय रथ राजगृही के मार्ग पर तड़ित-वेग से पलायमान है। भीतर चुप बैठी भुवनेश्वरी को सूझा : धर्मात्मा है अभय राजकुमार, उसे धर्म-छल से ही तो वश किया जा सकता है। सो उसने और उसकी संगिनी सुन्दरियों ने केश खोलकर उज्ज्वल श्वेत वस्त्र धारण कर लिये। मार्ग में दिखाई पड़ा एक साध्वी-मठ। भुवनेश्वरी ने रथ रुकवा दिया, रथिक को आज्ञा दी कि पास की पान्थशाला के रथागार में रथ खोलकर, वहीं आवास ग्रहण करे। साध्वी-मठ की अधिष्ठात्री महाश्रमणी, इन ज्ञानपिपासु सुन्दरियों को पाकर प्रसन्न हुईं। उन्हें अपनी शिष्या के रूप में अंगीकार कर लिया। वे तीनों ही गणिकाएँ व्युत्पन्नमति और चतुर थीं। कुछ ही दिनों में उन्होंने जिनेश्वरी उपासना के सारे ही अंगों का भली-भाँति अभ्यास कर लिया। वे सर्व विधियों में बहुश्रुत और प्रवीण हो गयीं। एक दिन उन्होंने अपनी गुरुआइन से 'सम्मेत शिखर' की तीर्थयात्रा और वन्दना के लिए जाने

की आज्ञा चाही। उनकी साधना-आराधना से प्रसन्न महाश्रमणी ने उन्हें सहर्ष अनुमति दे दी।...और वे चुपचाप अपने रथ पर आरूढ़ हो, राजगृही की ओर प्रस्थान कर गयीं।

तीनों जगत् को छलने में समर्थ माया की तीन मूर्तियों जैसी वे तीनों, श्रेणिक के नगर-प्रान्तर में आ पहुँचीं। उन वारांगनाओं ने नगर बाहर के एक उद्यान में आवास ग्रहण किया। फिर वे चैत्यों के दर्शन की इच्छा से राजगृही नगरी में आयीं। मगधेश्वर के 'सहस्रकूट चैत्यालय' में जाकर उन्होंने अतिशय विभूति के साथ नैषेधिकी आदि क्रियाएँ करके, जिनेन्द्रदेव की विधिवत् पूजा-आराधना की। फिर मालकोश इत्यादि अनेक राग-रागिनियों के साथ प्रभु का स्तुतिगान आरम्भ किया।

ठीक उसी बेला अभय राजकुमार देव-वन्दना के लिए चैत्यालय में आये। उज्ज्वल वेशी, मुक्तकेशी तीन अनजान सुन्दरियों के उस दिव्य संगीतमय स्तवन-गान को सुनकर, अभयकुमार भक्ति-भाव से विभोर और स्तब्ध हो रहे। दूर ही खड़े होकर वे तन्मय भाव से सुनते रहे, ताकि उनकी उपासना में बाधा न पहुँचे। इसी कारण उन्होंने रंग-मंडप में भी प्रवेश नहीं किया।

स्तवन पूरा होने पर उन उपासिकाओं ने, मुक्ता-मुक्ति मुद्रा द्वारा प्रणिधान पूर्वक प्रार्थना की। आशीर्ष प्रणिपात किया, और उठकर चलने को उद्यत हुईं। तभी अभय राजकुमार देव-मंडप में प्रवेश करते दिखाई पड़े। सहज स्मित के साथ उन्होंने अतिथि उपासिकाओं की अभ्यर्थना की। उनके सुन्दर सात्त्विक वेश और उपशम भाव से प्रसन्न गद्‌गद होकर, अभय देव ने उनकी प्रमुखा से निवेदन किया :

"मेरा अहोभाग्य है, कल्याणियो, कि आप जैसी साधर्मी साधिकाओं का समागम हुआ। सहधर्मी जैसा बान्धव तो जगत् में कोई नहीं होता। मेरी प्रगल्भता को क्षमा करें, देवियो। क्या आपका परिचय पाने का सौभाग्य मेरा हो सकता है? यहाँ कैसे आना हुआ? कहाँ आवास ग्रहण किया है? और ये दोनों आपकी संगिनियाँ कौन हैं, कि जिनके संग स्वाति और अनुराधा नक्षत्रों के बीच आप चन्द्रलेखा की तरह शोभित हैं?"

प्रमुख कपट-श्राविका बहुत ही मृदु मधुर कोयल स्वर में बोली :

"मैं उज्जयिनी नगरी के एक धनाढ्य व्यापारी की विधवा स्त्री हूँ। ये दोनों मेरी पुत्र-वधुएँ हैं। ये भी काल-धर्म से मेरी ही तरह वृक्ष-विच्छिन्न लताओं के समान विधवा हो गयी हैं। सो भर-यौवन में ही प्रभात के तारों की तरह कुम्हला गयी हैं। विधवा होते ही इन्होंने मुझसे व्रत-ग्रहण के लिए अनुमति चाही थी। पतिहीना विधवा त्रिलोकपति प्रभु की सती ही तो हो सकती है। मैंने इनसे कहा कि, मैं भी अपना यह उत्तर यौवन अर्हन्त को ही नैवेद्य करूँगी। तत्काल तो हम कुछ काल गार्हस्थ में ही रहकर उत्तम श्राविका व्रतों का पालन करें, शास्त्राध्ययन और तीर्थयात्रा द्वारा साधना-उपासना करें। इस द्रव्य-पूजा द्वारा चित्त का निर्मलीकरण करके ही हम प्रव्रज्या ग्रहण

करें, और फिर अपने ही भगवान आत्मा की भाव-पूजा में परायण हो जाएँ।...इसी कारण अभी हम चैत्य-वन्दना हेतु तीर्थ-यात्रा पर निकली हैं।''

अभयकुमार सुनकर करुणा और वात्सल्य से भर आये। सौन्दर्य और संयम की यह मधुर कारुणिक मुद्रा, कहीं गहरे में उनके हृदय को विदग्ध कर गयी। वे आत्मीय हो आये और विनीत स्वर में बोले :

''आपका दर्शन कर मन पावन हो गया, देवियो! सौन्दर्य, संगीत और संयम की यह संयुति देख प्रणत हो गया हूँ। आज आप मेरा आतिथ्य ग्रहण करें। साधर्मी का आतिथ्य तीर्थ से भी अधिक पवित्र होता है।''

प्रमुख कपट-श्राविका ने मुग्ध कटाक्षपात करते हुए, लज्जा से आँखें झुका, मुस्कराकर कहा :

''आपके उदात्त भाव की आभारी हूँ, अपरिचित बन्धु। आज तो हमारा तीर्थोपवास है, सो क्षमा चाहती हूँ।''

''तो फिर कल प्रातःकाल आप हमारा घर पावन करें!''

''अब तक आपका परिचय पाने का सौभाग्य न हो सका, महाभाग बन्धु?''

''मगध के आवारा पन्थचारी अभय राजकुमार का नाम आपने नहीं सुना? आर्यावर्त में उसकी उद्दंडता अनजानी तो नहीं। अरे, आप मुझसे डर गयीं क्या?''

कपट-श्राविकाएँ खूब जोर से हँस पड़ीं :

''मगध के सर्वमोहन युवराज अभयकुमार की पराक्रम-गाथा तो सारे जम्बूद्वीप की रमणियाँ गाती हैं। लोकगीतों के उस महानायक को प्रणाम करती हूँ।''

''प्रणाम करके बाद को पछताना न पड़े, यही देख लें, देवी!... हाँ, तो कल प्रातःकाल हमारा राजद्वार आपकी पग-धूलि की प्रतीक्षा करेगा!''

प्रवीणा भुवनेश्वरी ने ठीक सुयोग पाकर, बात में जैसे संगीत की मुरकी लगायी :

''अगला ही क्षण अनिश्चित है, युवराज, तो कल प्रातःकाल का निर्णय करने वाली मैं कौन होती हूँ?''

''आपके इस सम्यक् ज्ञान और अवधान से मैं आप्यायित हुआ, देवी। तो कल सवेरे फिर यहीं मैं आपको आमन्त्रित करने आऊँगा। देखें, उपादान के गर्भ में क्या है!''

कहकर अभयकुमार उनसे विदा ले, चैत्य-वन्दना के लिए देवालय में प्रवेश कर गये।

अगले दिन का सूर्योदय जाने कितनी होनी-अनहोनी कथाओं का कमल-कोश

खिलाता आया।

उस दिन प्रातःकाल नियत समय पर अभयकुमार 'सहस्त्रकूट चैत्यालय' में आये। और बड़े अहोभाव तथा मान-सम्भ्रम के साथ उन कपट-श्राविकाओं को आमन्त्रण दे, अपने प्रासाद में लिवा लाये। उन्हें अपने गृह-चैत्य की वन्दना करवायी। फिर उन्हें बड़ी आवभगत से भोजन कराया। उपरान्त पुष्कल द्रव्य-वसन तथा धार्मिक उपकरणों की भेंट देकर उन्हें विदा किया।

अन्यदा उन जोग-मायाओं ने अभयकुमार को अपने आवास पर आमन्त्रित किया। नाना प्रकार के भोजन-व्यंजनों द्वारा उन्होंने अभय राजा का आतिथ्य-सत्कार किया। उपरान्त 'चन्द्रहास सुरा' से मिश्रित सुगन्धित जल का उन्हें पान कराया। फिर उन्हें शयन खंड में ले गयीं, और एक पुष्प-सज्जित उज्ज्वल शैया पर उन्हें बैठाकर, वे तीनों उन पर विजन डुलाने लगीं।... थोड़ी ही देर में अभय को लगा, कि जैसे कोई अति मधुर और मार्दवी योग-निद्रा उन्हें छाये ले रही है। देखते-देखते वे गहरी नींद में मूर्च्छित हो गये।

तब उन कपट-श्राविकाओं ने रेशम से गुँथी रंग-बिरंगी मोटी रज्जु के जाल द्वारा अभयकुमार के अचेत शरीर को चारों ओर से इस तरह जकड़कर बाँध दिया, जैसे कोई मधु-चक्र रच दिया हो। और तब स्थान-स्थान पर संकेत करके रखे हुए रथों द्वारा, उन्होंने अभय राजा को उज्जयिनी पहुँचा दिया।

एक दिन, दो दिन, तीन दिन बीत गये, अभय राजकुमार महालय नहीं लौटे। श्रेणिकराज चिन्ता में पड़ गये। अनेक चर और सवार उनकी खोज में चारों ओर दौड़ाये गये। खोजते-खोजते वे संयोगात् उन कपट-श्राविकाओं के यहाँ भी जाकर पूछ-ताछ करने लगे। वे मानो बड़ी ही चिन्ताकुल मुद्रा बनाकर बोलीं, "हाँ, अभय राजा हमारे यहाँ आये तो थे, लेकिन वे तो फिर तत्काल ही लौट गये थे। हताश होकर वे अनुचर अन्यत्र उनकी खोज में भटकने लगे। पंचशैल के कान्तारों और गुफाओं को छालने लगे। लेकिन सब निष्फल।

...उधर वे उज्ज्वल वेशिनी वारांगना श्राविकाएँ, स्थान-स्थान पर नियोजित अश्वों तथा रथों द्वारा यथा समय उज्जयिनी पहुँच गयीं।...'चन्द्रहास सुरा' का नशा शुक्ल पक्ष की चन्द्र-कला की तरह उत्तरोत्तर बढ़ता हुआ, पूर्णिमा के चन्द्र-मंडल की भाँति अभय की चेतना को समुद्र-ज्वार-सा आलोड़ित करने लगा। उसी अवस्था में रज्जु-बद्ध अभयकुमार को एक पालकी में लिटाकर, गणिका भुवनेश्वरी ने चंडप्रद्योत के सामने हाजिर कर दिया।

राजा के हर्ष का पार न रहा। पूछा : "किस उपाय से ऐसा चमत्कार कर सकी, भुवनेश्वरी? पवन की तरह निर्बन्ध अभयकुमार को जगत् की कोई सत्ता नहीं बाँध सकती। उसे तुम बाँध लायीं? कैसे, कैसे? भला बताओ तो, कैसे यह असम्भव

सम्भव हुआ?''

महाकालेश्वर की देवदासी भुवनेश्वरी ने बताया, कि किस प्रकार धर्म-छल करके वह दुर्दान्त अभयकुमार को बाँध लायी है। क्षात्र-मर्यादा के पालक नीतिमान अवन्तिनाथ को यह बहुत अरुचिकर लगा, कि धर्म के विश्वासी साधुमना अभयकुमार को यों धर्म-छल करके वह बाँध लायी है। तुरन्त आदेश दिया, कि अभय को पाश-मुक्त करके, उनके योग्य उच्चासन पर महाराज की दायीं ओर आसीन किया जाए। तत्काल यथावत आज्ञा का पालन किया गया।

...मानो कि दीर्घ निद्रा से जागकर अँगड़ाई लेते हुए, अभय ने स्थिति को पहचाना। बड़ी मीठी और शरारती मुस्कान के साथ उन्होंने प्रद्योतराज की ओर निहारा। विनयपूर्वक उनका अभिवादन किया। तब प्रद्योत ने बात को विनोद में उड़ा देने के ख्याल से, हँसते हुए अभय से कहा :

''निःशस्त्र विजेता चतुर-चूड़ामणि अभयकुमार को, उज्जयिनी की एक वारांगना यों बाँध लायी, जैसे कोई मार्जारी शुक-पक्षी को पकड़ लायी हो! भला यह असम्भव कैसे सम्भव हो सका, अभय राजकुमार?''

''धन्य है अवन्तीनाथ की बुद्धिमत्ता और नीतिमत्ता! आपके इस पराक्रम से पृथ्वी पर क्षात्र-धर्म की नयी मर्यादा स्थापित हो गयी!''

कहकर, अभय राजकुमार ठहाका मारकर हँस पड़ा। सुनकर प्रद्योत लज्जित भी हुआ, और कोपायमान भी। फिर सत्तामद से इठलाते हुए व्यंग्य की हँसी हँसकर कहा :

''चाहो तो तुम्हें मुक्त कर दूँ, अभय राजा!''

''अपने बन्धन और मुक्ति दोनों का स्वामी मैं स्वयं हूँ, महाराज! वह सत्ता मैंने आपके हाथ नहीं रखी। मैं अपने ही उपादान से यहाँ बन्दी हूँ, राजन। आपके या आपकी वेश्या के छल-बल से नहीं। अब तक आपने मुक्त अभय के खेल देखे, अब ज़रा बन्दी अभयकुमार की लीला भी देखें। कुछ आपका मनोरंजन हो जाएगा। आपके चंड प्रताप का नशा जरा हलका हो जाएगा। आपकी क्रोधाग्नि को मेरे चन्दन-जल की वर्षा की जरूरत है। नहीं तो आपका नाड़ी-चक्र छिन्न-भिन्न हो जाएगा!''

चंडप्रद्योत इस अपमान से आग-बबूला हो गया। भीषण क्रोध से अट्टहास कर बोला :

''अच्छा तो देखता हूँ, कैसे तुम अपने बन्धन और मुक्ति के स्वामी हो!''

कहकर उज्जयिनीपति ने एक सुवर्ण से मढ़े फौलाद के पिंजड़े-नुमा कक्ष में, अभय को राजहंस की तरह कैद करवा दिया। अभय ने हँसकर कहा :

''यह पिंजड़ा तो मैं चुटकी बजाते ही तोड़कर भाग सकता हूँ, महाराज। मेरा स्वायत्त कारागार ही मुझे बाँधे रखने को पर्याप्त है। अपनी खुशी जो आप बँध आया

है, उसे बाँधकर रखने का आपका यह बाल-चापल्य बड़ा मनोरंजक है, उज्जयिनीपति। अपनी मुक्ति और अपनी मर्यादा समुद्र स्वयं ही हो सकता है। आप अपने पिंजड़े में उसे बन्द रखकर मन बहलाना चाहते हैं, तो उस अनिरुद्ध को क्या आपत्ति हो सकती है!''

चंडप्रद्योत को लगा कि पिंजड़े में अभयकुमार नहीं, वह स्वयं ही बन्दी हो गया है। उसकी शिराएँ तनकर टूटने लगीं। उसके कपाल में रक्त पछाड़ें खाने लगा। उसके शरीर का हाड़-पिंजर जैसे अभी-अभी फट पड़ेगा।

चंडप्रद्योत की साँस घुटने लगी। कैसे इस अनिर्वार का प्रतिकार करे? इस असम्भव पुरुष के साथ क्या सलूक किया जाए? क्या इसका कोई निवारण नहीं इस पृथ्वी पर?

चंडप्रद्योत के राज्य में अग्निभीरु रथ, शिवादेवी रानी, अनलगिरि हाथी और लोहजंघ नामा लेखवाहक (पत्रवाहक) दूत—ये चार अप्रतिम रत्न माने जाते थे। राजा बारम्बार लोहजंघ को अनेक राज्यादेशों के लेख लेकर भृगुकच्छ भेजा करता था। उनके निरन्तर आवागमन तथा नित-नये शासनादेशों से भृगुकच्छ के लोग बहुत त्रस्त हो गये। हर दिन पच्चीस योजन आता है, और हर बार एक नये हुक्म की तलवार हम पर टाँग जाता है। लोगों ने मिलकर गुप्त परामर्श किया। क्यों न हम इस लोहजंघ का काम तमाम कर दें, ताकि सदा के लिए इस संकट का ही अन्त हो जाए।

उन्होंने एक उपाय-योजना की। लोहजंघ के पाथेय में जो अच्छे लड्डू रखे थे, वे चुरा लिये, और उनके स्थान पर विष-मिश्रित लड्डू रख दिये। लोहजंघ अपना कर्तव्य कर सहज भाव से अवन्ती की ओर चल पड़ा। अवन्ती की सीमा में प्रवेश कर वह एक नदी तट पर, अपने पाथेय के लड्डू निकालकर कलेवा करने बैठा। हठात् कुछ अपशकुन हुए। वह तुरन्त वहाँ से आगे बढ़ गया। और एक सरसी तट के कदली कुंज में पाथेय खाने बैठा। वहाँ भी एक के बाद एक कई अपशकुनों ने उसे चौंका दिया। किसी भयानक अदृष्ट की आशंका से वह काँप उठा। भूखा-प्यास ही वह भागता हुआ उज्जयिनी आ पहुँचा। आकर उसने महाराज से सारा वृत्तान्त कहा।

राजा को जैसे किसी अपार्थिव उत्पात की आशंका हुई। एक अवार्य भय से वह लोमहर्षित हो उठा। अभय राजकुमार का फौलादी सुवर्ण पिंजड़ा उसके कपाल से टकराने लगा। मेरी सत्ता का वज्र क्या लौटकर मुझी पर टूट रहा है? अभयकुमार की अकल्प पराक्रम-कथाएँ, उसके मस्तिष्क में जैसे मारण-मन्त्र की तरह भन्नाने लगीं।...कुछ भी तो असम्भव नहीं, इस आसमानी आदमी के लिए!...इस संकट की

घड़ी में इसे बन्दी रखना खतरनाक है, तो मुक्त करना और भी खतरनाक!...राजा की बुद्धि जवाब दे गयी। मन्त्रियों की अक्ल को पसीना आ गया।

हठात् प्रद्योतराज को एक तुक्का सूझा : स्वयं बुद्धिनिधान अभयकुमार से ही क्यों न इस दैवी उत्पात का रहस्य पूछा जाये। राजा हँसते-हँसते पिंजड़े के पास गये और सारी घटना अभय राजा को सुनाकर जिज्ञासा की :

"अभय राजा, तुम तो हवाओं पर सवारी करते हो। अगम-निगम के भेद जानते हो। जरा बताओ तो, हमारे पवनजयी लेखवाह लोहजंघ के साथ यह कौन प्रेतलीला हो रही है? उसके बिना तो हमारा तन्त्र ही ठप्प हो जाये।"

"जरा वह पाथेय के लड्डुओं की थैली तो मँगवाइए, महाराज!"

तुरन्त लोहजंघ ने वह थैली लाकर हाजिर कर दी। पिंजड़े की शलाखों में से हाथ निकाल, अभय ने उस थैली को सूँघा। और तत्काल बोल उठा :

"इसमें विशिष्ट प्रकार के द्रव्यों के संयोग से दृष्टिविष सर्प उत्पन्न हो गया है। यदि लोहजंघ ने यह थैली खोली होती, तो वह विष-ज्वाला से दग्ध होकर वहीं भस्म हो जाता। लोहजंघ शकुन-विद्या का गूढ़ ज्ञानी लगता है, इसी से उसकी प्राण-रक्षा हो गयी। भृगुकच्छ में, जान पड़ता है, आपके राज्य का राहु जन्म ले चुका है, महाराज, सावधान!...और इस थैली को आप तुरन्त किसी सुदूर निर्जन अरण्य में पराङ्मुख रहकर छुड़वा दें। वर्ना इनमें से अनेक सर्पजाल फूटकर अपनी फूत्कार-ज्वाला से जाने कितनी बस्तियों को भस्म कर देंगे।"

राजा ने शीघ्र ही वैसी व्यवस्था का आदेश दिया। फिर अवन्तीश्वर ने मानो बड़े प्यार से हँसकर कहा :

"तुम तो चिन्तामणि पुरुष हो, देवानुप्रिय। तुम्हें नहीं छोड़ना अब तो और भी अनिवार्य हो गया है। लोहजंघ को बचाकर, तुमने मेरे साम्राज्य को बचा लिया। अपनी मुक्ति के सिवाय और कोई भी वरदान माँग लो, सहर्ष दे दूँगा। तुमसे अधिक कुछ भी महँगा नहीं पड़ेगा मेरे लिए!"

"मुक्ति तो मैं माँगकर लेता नहीं, महाराज। वह सत्ता मैंने आपके हाथ कब सौंपी? लेकिन इस वरदान को मेरी धरोहर रखें अपने पास। समय आने पर ले लूँगा।"

कहकर अभय राजकुमार जैसे बिजली की फुलझड़ियों की तरह हँस पड़ा। सारे जम्बूद्वीप के राजा जिस चंडप्रद्योत के आतंक से थर्राते रहते हैं, वही चंडप्रद्योत अपने बन्दी अभय राजकुमार की इस सहज कौतुकी हँसी से थर्रा उठा।

वह इस अजीब आसमानी आदमी को थाहने लगा।...

और उसे लगा, कि उसकी अपनी तहें भेदकर ये कैसे रहस्यों के सफेद भूत एक पर एक उठे आ रहे हैं!

नीलकमल में बजता जल-तरंग

मेरी छत के ईशान कोण में एक छोटा-सा लता-मंडप है। उस पर आज नीलकमल का बड़ा सारा एक फूल खिला है। उसके ठीक ऊपर उग आया है चाँद। नीलकमल की नीलिमा चाँदनी में बेमालूम-सी अपनी आभा छिटका रही है।...

...यह कैसा अपलाप घटित हुआ है! कृष्ण-कमल तो सबेरे खिलता है न। पर यह क्या हुआ, कि आज औचक ही रात में खिल आया है। एक विचित्र अपार्थिवता के बोध से मैं भर आया। शरीर में रोमांच और कम्पन के हिलोरे दौड़ रहे हैं।...

...मैं बेबस होकर बिस्तर पर जा लेटा। लेटते ही मुझे लगा, कि मुझ पर योग-तन्द्रा-सी छाने लगी है। तन-बदन में सहसा ही अकारण सुख ऊर्मिल होता अनुभव हुआ। मन हठात् नीरव, निष्कम्प हो गया। एक गहन शून्य में अपने को विसर्जित होते अनुभव किया।...देखते-देखते मैं नहीं रह गया। सब कुछ एकदम निस्तब्ध निःशब्द हो गया। कहीं कोई एक दर्शक मात्र रह गया। और उसके दर्शन में पिछली कई कहानियाँ जीवन्त होकर, एक चल-चित्र की तरह खुलती चली गयीं। वे ठीक सामने घटित होने लगीं।...और यह क्या है, कि अधिकांश कहानियों के नायक के रूप में अभय राजकुमार ही लीलायमान दिखाई पड़ रहा है। यह महावीर की कथा है, कि अभय राजकुमार की? लेकिन यह भी तो है, कि खेलता है अभयकुमार, और वह सारा खेल मानो महावीर में से आता है, और छोर पर उन्हीं में निर्वापित हो जाता है।

...एकाएक कृष्ण-कमल के लता-मंडप में से सुनाई पड़ा :

"वीरेन्द्र वासुदेव!"

एक अजीब निरतिशय सुख के ज्वार के साथ मैं आपे में आ गया। जैसा किसी अन्तरिक्ष के पलँग पर मैं जागा।

"मैं...मैं...मैं वासुदेव कैसा?"

"हाँ, वीरेन्द्र, तुम वही हो, मैं भी वही हूँ!"

"तुम कौन?"

"मैं अभय राजकुमार, तुम्हारी आत्मा का सहचर!"

मैं सहज ही प्रत्यायित हुआ, और एक अकथ्य सुख के पुलक-कम्पनों में तैरने लगा। बरबस ही मेरे मुँह से निकला :

"मुझे भी तो प्रायः ऐसा ही लगा है, अभय राजा, कि तुम्हारी कथा नहीं, अपनी ही कथा लिख रहा हूँ। लेकिन मैं यह वासुदेव कैसा?"

"देवानांप्रिय वीरेन्द्र वासुदेव!"

"अरे अरे, मेरा उपहास न करो, अभय दा, मैं लज्जा से मरा जा रहा हूँ। निरस्तित्व हुआ जा रहा हूँ। मुझे रहने दो, अभय राजा, निरा वीरेन ही रहने दो।"

"लेकिन यह महावीर को मंजूर नहीं, कि तुम अब भी अपना असली स्वरूप न पहचानो। तुम हो वीरेन्द्र वासुदेव!"

"कौन वासुदेव, कैसा वासुदेव!"

"वासुदेव कृष्ण का तेजांशी पुत्र। महावीर के लीला-नायक वासुदेव कृष्ण का तिर्यक्गामी वंशधर—वीरेन्द्र। वही मैं...और वही तुम भी तो हो!"

और हठात् जैसे एक गहरे धक्के के साथ पट-परिवर्तन हुआ। देखता क्या हूँ, कि अपनी शैया में मैं नहीं लेटा हूँ, अभय राजकुमार लेटा है, कि जाने कृष्ण वासुदेव लेटा है। और मैं जाने कहाँ से यह सब केवल देख रहा हूँ। नीलकमल के नील ज्योत्स्नाविल लता-मंडप में चल रही है एक छाया-खेला। कभी मैं अभय हो जाता हूँ, और कभी अभय 'मैं' हो जाता है। और नीलकमल की नीलाभा में तैर रही है एक वीतराग मुस्कान। अरे, ये तो महावीर के धनुषाकार होंठ हैं।...और अचानक फिर एक त्रिभंगी मुद्रा, तिर्यक मुस्कान। नटखट और लीला-चंचल।...

"ठीक ही तो देख रहे हो, वीरेन्द्र वासुदेव! वीतराग पुरुष महावीर जब जीवन को जीते हैं, तो उस स्वतः स्फुरित परिणमन-लीला का ही नाम है—कृष्ण वासुदेव, अभय वासुदेव, वीरेन्द्र वासुदेव!"

"कहते क्या हो, अभय दा, अहम् के उस आसमान से तो खन्दक में ही गिरूँगा मैं। मुझे अपनी ना-कुछ हस्ती में ही रहने दो न। एक निर्बन्धन अकिंचन, लोक-निर्वासित कवि।"

"निर्बन्धन अकिंचन, लोक-निर्वासित कवि ही तो वासुदेव होता है। वह तुम हो जन्मजात, इसी से तो अनुत्तर योगी की रचना कर सके हो!"

"मैं तो सृष्टि और इतिहास में घटित ही न हुआ, अभय दा। मेरा होना या न होना, माने ही क्या रखता है। मुझे यहाँ कौन पहचानता है?"

"घटित तुम कहाँ नहीं हो? और फिर भी अघटित हो, इसी से तो महावीर ने तुम्हें चुना है। कि तुम्हीं उनकी महाभाव लीला का सम्यक् गान कर सकते हो। प्रभु के आदेश से ही तुम्हारे पास आया हूँ, कि तुम्हें तुम्हारी असली और अन्तिम पहचान करा दूँ। क्या तुम अपने को ही महावीर में; मुझमें, सब में नहीं रच रहे?"

"तुमने मेरी चोरी पकड़ ली अभय दा, अब आगे कलम कैसे चले?..."

"कलम तो आप ही चलेगी, उसे चलाने या न चलाने वाले तुम कौन होते हो!"

"अभय दा, जरा सामने आओ न! तुम्हें देखने को व्याकुल हो उठा हूँ।"

"मुझे अपने से भिन्न देखना चाहोगे, मेरे वीरेन्द्र वासुदेव? अपने ही को देखो न, अभय तो हर पल तुम्हारे जीवन में तदाकार खेल रहा है।"

एक अविचल प्रतीति के गहन सुख से मैं एकदम आश्वस्त, विश्रब्ध हो गया।

प्रश्न, विचार, वाचा समाप्त अनुभव हुए।

तभी अचानक एक खूब अल्हड़ दुरन्त खिलखिलाहट सुनाई पड़ी। अभय राजकुमार की वही लीला-चपल, उन्मुक्त, प्रगल्भ हँसी।

''सुनो वीरेन, आज एक और कथा तुम्हें सुनाने आया हूँ, जिसे तुम यथाप्रसंग न कह पाये थे। मैंने वह तुमसे ओझल रख ली थी, क्योंकि मैं तब तुम से टकराना नहीं चाहता था।...याद करो बरसों पहले का वह प्रसंग, जब चंडप्रद्योत ने विन्ध्याचल में अनलगिरि हाथी का एक मायावी रूप बनवाकर छुड़वा दिया था, और उस युक्ति से उसने वत्सराज उदयन को बँधवा मँगवाया था। यह उसी समय की बात है, जब मैं प्रद्योत के यहाँ सुवर्ण के पिंजरे में बन्दी रखा गया था। प्रद्योत के पूछने पर, मैंने ही उदयन को बँधवा मँगवाने की उपरोक्त युक्ति उसे बतायी थी।...

''बात यह थी, कि चंडप्रद्योत अपनी अंगारवती रानी की परमा सुन्दरी बेटी वासवदत्ता को गन्धर्व विद्या में निपुण बनाना चाहता था। वासवी की एकान्त गान-लहरी को चुपके से सुनकर, प्रद्योत प्रायः स्तब्ध विभोर हो रहता।...अरे, यह तो जन्मना ही गान्धर्वी है—मेरी बेटी! इसकी इस विद्या को विकसित करना होगा। कहाँ मिले वह गुरु, जो वासवदत्ता के संगीत में नाद-ब्रह्म को जगा दे।...सो प्रद्योत ने मेरा परामर्श माँगा। मैंने कहा, सीधे वासुकी नाग से जिस उदयन को देववीणा प्राप्त हुई, चित्ररथ और विश्वावसु गन्धर्व आधी रातों जिसकी मातंगी वीणा के वादन पर उतर आते हैं, तुम्बरु गन्धर्व जिसकी वीणा के तूम्बों में आकर बैठता है, वही पृथ्वी पर इस समय मूर्तिमान देव-गन्धर्व है। यों तो वह आएगा नहीं। उसे पकड़वा मँगवाओ। वह वन में, अपने संगीत से गजेन्द्रों को भी मोहित कर बाँध लेता है। जैसे वह अपने गीत से हाथियों को बाँध लाता है, ठीक उसी उपाय से उसे भी बाँधकर लाया जा सकता है।...आपके अनलगिरि हाथी पर उदयन की निगाह जाने कब से लगी है। उसी का नकली काष्ठ रूप बनवाकर विन्ध्याचल में छुड़वा दो, और वही उदयन को मोहित कर बाँध लाएगा।...''

''कैसे उस नकली हाथी द्वारा उदयन को पकड़वा मँगवाया गया, वह कथा तो तुमने लिखी ही है, वीरेन। पर आज जान लो, कि अभय की युक्ति से ही उदयन को तब बन्दी बनाकर लाया जा सका था।...''

''हर कथा के भीतर, एक और अन्तर-कथा है। तो तब की एक अन्तर-कथा अब तुम्हें बताता हूँ। तुमने जो कथा लिखी है तबकी, उसमें एक और भी फल्गू बह रही थी, वह तुमसे ओझल रह गयी।...जानो वीरेन, यह उदयन भी तो तुम्हारी-हमारी जाति का ही है न। खेलने के सिवाय और कोई काम नहीं, प्यार करने के सिवाय और कोई व्यापार, विहार, व्यासंग नहीं। सो बन्दी होकर उदयन, एक जोर का ठहाका मारता हुआ ही प्रद्योत के सामने आया। अपने सुवर्ण-पिंजर में से मैं सारा तमाशा देख

रहा था। प्रद्योत ने भी हँसकर ही, उसे विजय-गर्व के साथ अपने निकट बैठाया। फिर कहा कि—मेरे एक एकाक्षी पुत्री है, एक आँखवाली लड़की। कह लो कि कानी है। उसे ब्याहेगा भी कौन? उसके कंठ में दिव्य संगीत लहरी है। उसे गान्धर्वी कला सिखाओ, देवानुप्रिय उदयन। तुम तो गन्धर्वों के भी मनमोहन हो। तुम्हारे सिवाय यह परा विद्या वासवी को और कौन सिखा सकता है!

"उदयन को तत्काल छुटकारे का कोई उपाय न सूझा। उसने प्रद्योत का प्रस्ताव सहर्ष स्वीकार लिया। प्रद्योत ने कहा, मेरी दुहिता कानी है, सो तुम उसे कभी देखना नहीं, वर्ना वह लज्जित, ग्लान और खिन्न हो जाएगी।...उधर अन्त:पुर में जाकर प्रद्योत ने अपनी बेटी वासवदत्ता से कहा, कि तुझे गान्धर्वी कला सिखाने को जो गन्धर्व-गुरु आया है, वह कुष्ठी है, सो उसे प्रत्यक्ष कभी देखना नहीं। देख लेगी तो भयभीत और जुगुप्सित होकर, उससे विद्या न सीख पाएगी।...वासवी ने पिता की शर्त स्वीकार कर ली।

"अन्त:पुर में, वासवी के कक्ष में एक सघन रेशमीन यवनिका डाल दी गयी। और बीच में यह आंवरण रखकर, वासवी उदयन से संगीत-कला सीखने लगी। उस दौरान वह उदयन की संगीत-मोहिनी से ऐसी विकल और मोहित हो गयी, कि उसका जी चाहा कि वह उदयन को देखे। देखे बिना प्राण को विराम नहीं।...एक दा सीखते समय वह इतनी सम्मोहित हो गयी, कि शून्यमनस्क और उदास हो आयी। सीखना दूभर हो गया। वीणा चुप हो गयी। कंठ-स्वर डूब गया। विद्या की धारा भंग हो गयी। उदयन इस धारा-विक्षेप से सहसा ही क्षुब्ध हो उठा। उत्तेजित होकर बोल पड़ा :

"अरी ओ कानी, तूने स्वर-भंग कर दिया! कहाँ लगा है तेरा मन? तू मेरी संगीत-सरस्वती का अनादर करेगी री? ढीठ कहीं की!"

"सुनकर वासवी की मुग्धता भीषण क्रोध में उबल पड़ी :

"अरे ओ कोढ़ी, तेरा ऐसा दु:साहस! तू स्वयं कुष्ठी है, यह भूल गया, और मुझे कानी कहता है? अरे मेरी आँखें देख लेगा, तो अपना संगीत भूल जाएगा।...ले देख और जान, कि तेरा संगीत अधिक मोहक है, या मेरी आँखें!"

"...कहकर तैश में वासवदत्ता ने एक झटके से यवनिका हटा दी। दोनों एक-दूसरे को देखकर स्तब्ध हो रहे। वासवदत्ता के सौन्दर्य में उदयन का संगीत, छोर पर पहुँचकर डूब गया। उसके कुँवारे वक्षोजों में उदयन की मातंग-विमोहिनी वीणा आपोआप बजने लगी। और वासवदत्ता का सौन्दर्य, उदयन के संगीत में अधिक-अधिक अनावरण होता गया : वह एक विदेहिनी लौ मात्र होकर रह गयी।...

"उस दिन के बाद से उदयन और वासवी एक प्राण, एक आत्म, एक तन होकर जीने लगे। संगीत की सागरी शैया में, उनके शरीर परस्पर में आर-पार लहराने लगे। वे निर्भय और निर्बाध मना होकर, सारी मर्यादाओं से परे, अपना युगल जीवन

जीने लगे। यह गोपन रहस्य, वासवदत्ता की एक विश्वासपात्र धात्री दासी के सिवाय, और कोई नहीं जानता था।...

"उन्हीं दिनों प्रद्योतराज का अनलगिरि हाथी, एकदा अचानक साँकलें तोड़, महावत को धराशायी कर भाग निकला। वह मदमत्त महाहस्ति सारे नगर को रौंदता हुआ, भारी ध्वंस करने लगा। आतंक के मारे सारा नगर जनशून्य हो गया। तब फिर प्रद्योतराज को याद आया मैं—अभय राजकुमार। सो मेरे पिंजड़े पर आकर पूछा : कि किस उपाय से इस पागल हाथी को वश में किया जाए? मैंने उनसे कहा : कि तुम्हारे महल में ला बिठाया है मैंने गन्धर्वजयी उदयन को। केवल उसका संगीत ही इस गजेन्द्र की महावासना को शान्त कर सकता है।...सो प्रद्योत के अनुरोध पर उदयन ने, महल के वातायन पर वासवदत्ता के साथ बैठकर, युगल वीणा-वादन किया। अनलगिरि हाथी खिंचा चला आया उनकी ओर। और वातायन के ठीक नीचे आकर वह शान्त, स्तब्ध होकर प्रणत मुद्रा में झुक गया।...

"तब प्रद्योतराज ने मुझसे आकर कहा, कि मैं छुटकारा पाने के सिवाय, एक और कोई भी वरदान माँग लूँ। मैंने कहा, अभी इस वरदान को भी मेरी धरोहर रूप रखो। राजन समय आने पर माँग लूँगा।...

"इसके बाद किस तरह अनिल-वेगा हस्तिनी पर, वत्सराज उदयन वासवदत्ता का हरण कर ले गया, वह कथा तो तुमने लिख ही दी है, वीरेन! अवन्तीनाथ के उस सुवर्ण-मढ़े फौलादी पिंजड़े में कैद रहकर ही, मैंने इतिहास को जाने कितनी जगह से तोड़ा, और मनचाहा मोड़ा, और उसके नाते कितने दूरगामी और कालभेदी परिणाम हुए, इसका लेखा-जोखा किसके पास है। तुम्हारा जीवन भी तो किस कारागार से कम है, वीरेन! तुम्हारे सारे नाड़ी चक्र को, जाने कितनी ही साँकलें एक साथ जकड़े हुए हैं। फिर भी हर दिन तुम जाने-अनजाने, न मालूम कितने खेल अपनी आँखों, शब्दों, प्यारों और प्रहारों से ऐसे खेलते रहते हो, कि उससे इतिहास की नाड़ियाँ झनझनाती रहती हैं, उसके हृत्स्पन्दन में आँधियाँ और वसन्त एक साथ आते-जाते रहते हैं।... काश तुम जान पाते, वीरेन, कि तुम कौन हो? तुम समय में नहीं, समयासार में घटित हो रहे हो। तुम घट में नहीं, घटाकाश में सक्रिय हो। तुम इतिहास में नहीं, उसके उत्स में चल और बोल रहे हो। इसी से तुम सदा अनपहचाने रहोगे पृथ्वी के पटल पर। केवल तुम्हारा निर्नाम, निश्चिह्न संचार महाकाल की धारा में प्रमाणित होता रहेगा।"

और सहसा ही वह आवाज खामोश हो गयी। "...लेकिन ओ अभय दा, तुमने कथाधारा बीच में ही क्यों तोड़ दी? बताया नहीं तुमने, कि उस सोने के पिंजड़े से तुम कैसे, कब मुक्त हुए? क्या फिर तुम राजगृही नहीं लौटे? क्या हुआ तुम्हारा?"

ठीक चाँद के नीचे कृष्ण-कमल की नीलिमा फिर प्रोद्भासित हो उठी। सारी

छत में एक नीला-दूधिया-सा उजाला छा गया। और सुनाई पड़ा :

"इतनी बड़ी बात हो जाने पर भी, बहुत छोटी बात पूछी तुमने, वीरेन! पिंजड़े की भली कही। प्रद्योत की क्या ताब थी, कि वह मुझे पिंजड़े में बन्द रखता। ऐसे तो कई कारागार सिर्फ चतुरंग खेलने के लिए, मैं खुद रचता और भंग कर देता हूँ। और पिंजड़ा भला कहाँ नहीं है। यह अस्तित्व, इतिहास, जीवन के चढ़ाव-उतार, सारा तमाम तो एक नित नये पिंजड़े का सिलसिला है। एक प्रकांड कारागार, जिसे हम खुद रचते हैं कदम-कदम पर, और खुद ही तोड़ते चलते हैं। दूसरी कोई ताकत नहीं, हम से बाहर, जो हमें कैद कर सके। तुम्हारी पीड़ा को मैं समझ रहा हूँ, वीरेन। तुम मुक्त हो हर पल, फिर भी अपने को बन्दी मानने के भ्रम में पड़े हो। जानकर भी, अनजाने बने हो! खिलाड़ी जो ठहरे।...खैर, छोड़ो यह बात।...

"तुम्हें जल्दी है अपनी कथा आगे बढ़ाने और पूरी करने की। तो प्रासंगिक कथा को समापित करूँ, ताकि तुम आगे बढ़ सको।...

"...एक और भी लीला तब उज्जयिनी में हुई। जाने किस कारण से उस महानगरी में भीषण आग लग गयी। आकाश चूमती लपटें मानो अभी-अभी सारी उज्जयिनी को लील जाएँगी। प्रद्योतराज फिर मेरे पिंजड़े के द्वार पर हाजिर दिखाई पड़े। बोले, "भाई अभय, लाखों प्राण इस सत्यानाशी अग्निकांड में हवन हो रहे हैं। कोई उपाय बाताओ, कि यह महाकृत्या शान्त हो सके।" मुझे बरबस हँसी आ गयी। मामूली-सी बात का इतना बड़ा बावेला—सत्यानाश! अरे भाई, मैं कोई जादूगर तो नहीं, मान्त्रिक-तान्त्रिक या परित्राता नहीं।...फिर भी मुझे जाने क्या सूझा, सो मैंने तपाक से कहा, "सुनें महाराज, जैसे विष का उपाय विष है, वैसे ही अग्नि का निवारण केवल अग्नि है। तत्काल कहीं और आग लगवा दीजिए, किसी निर्जन में, तो ये अग्निदेव उस अर्घ्य से शान्त हो जाएँगे।"...विचित्र हुआ, कि वह उपाय फौरन किया गया, और उज्जयिनी का अग्निकांड देखते-देखते एकदम शान्त हो गया। राजा प्रद्योत ने प्रसन्न होकर मुझसे तीसरा वरदान माँगने को कहा। मैंने कहा, "इसे भी मेरी धरोहर रख लें अपने पास, ठीक समय पर माँग लूँगा आपसे।" प्रद्योतराज की बुद्धि से बाहर हुआ जा रहा था, मेरा यह सारा क्रीड़ा-व्यापार। उनकी हर समस्या मैंने सुलझा दी, तो मुझ पर वे सन्देह भी कैसे कर सकते थे? अभय से पा रहे थे वे केवल अभयदान, और निर्भय होते जा रहे थे। मन उनका नर्म, नम्य और निःशंक होता चला जा रहा था। सो मुझ पर शंका करना उनके बस का नहीं रह गया था।...

"उन्हीं दिनों एक और संकट अवन्ती पर अचानक टूट पड़ा। कोई अश्रुतपूर्व महामारी चल पड़ी, और सारे अवन्ती देश में व्याप गयी। हर दिन जाने कितने मानुष और पशु का भोग वह लेने लगी। प्रद्योतराज फिर मेरे पास दौड़े आये, "भाई अभय राजा, तुम्हारे सिवाय त्रिलोकी में इस महामारी का निवारण कौन कर सकता है। शीघ्र

उपाय बताओ, भाई।''...मैं तो कुछ सोचता नहीं, वीरेन। ठीक समय पर कोई चुम्बक-सा मुझमें कौंध उठता है। और फिर मुँह से जो निकल जाए। वही कारगर उपाय हो जाता है। मैंने कहा, ''महाराज, परेशानी का कारण नहीं। अभी आप जरा अपने अन्त:पुर में जायें। आपकी सारी रानियाँ, सोलहों सिंगार किये आपकी प्रतीक्षा में हैं। उनमें से जो रानी अपनी दृष्टि से आप को जीत ले, उसी का नाम जरा मुझे बता जायें।''

''राजा तत्काल अपने अन्त:पुर में गया।...शिवादेवी के कटाक्ष से वह पल मात्र में ही विजित हो गया। प्रद्योत ने आकर मुझे वह नाम बता दिया!...''ओ, शिवा मौसी! उनका कटाक्ष अमोघ है, महाराज। उनसे तो आप सदा हारे हैं। वे हैं सर्व मानमर्दिनी, सर्व असुरदलिनी महाकाली। तो उन्हीं महारानी शिवादेवी के हाथों कूरान्न की बलि दिलवाकर, भूखे भूतों की पूजा कराइए, उनकी जनम-जनम की दमित बुभुक्षा-वासना का शमन कराइए। उस बलि को ग्रहण करने के लिए, जो भूत सियाल के रूप में सामने आये, उसी के मुख में महादेवी कूरबलि का क्षेपण कर दें।...फिर देखिए क्या होता है!''...अपना तो कोई तीर कभी नाकाम होता नहीं, वीरेन। क्योंकि मैं सोचता नहीं, तत्काल कहता और करता हूँ। शिवादेवी की कूरबलि से वह अशिव महामारी रातोंरात शान्त हो गयी। कैसे यह हो गया, इसका विज्ञान मुझे पता नहीं, मैं स्वयं चकित हूँ देखकर, कि यह कौन सर्वसत्ताधीश मेरी रक्त-शिराओं में नित नये खेल रचा रहा है।...

''सबेरे ही प्रद्योतराज बड़े कृतज्ञ और हर्षित भाव से मेरे पास दौड़े आये। बोले, ''विचित्र हो तुम, देवानुप्रिय अभयदेव! मैं तुम्हें छोड़ नहीं सकता। और तुम भी मानो छूटना नहीं चाहते। तुम्हारे साथ कैसे बरतूँ, क्या सुलूक करूँ, समझ में नहीं आता। फिर माँग लो एक और वरदान। जो माँगोगे दे दूँगा, उज्जयिनी का सिंहासन भी। लेकिन तुम्हें छोड़ूँगा नहीं। तुम्हें सदा मेरे अधीन रहना होगा।''...मैं सदा की तरह एक जोर का ठहाका मारकर हँस पड़ा। फिर बोला :

''सुनें अवन्तीनाथ चंडप्रद्योत, आज मैं अपने चारों धरोहर वरदान एक साथ माँग लेता हूँ।...आप अनलगिरि हाथी पर महावत बनकर बैठें। और मैं पीछे अम्बाड़ी में शिवादेवी के उत्संग में बैठूँ। फिर आप अपने तृतीय रत्न अग्निभीरु रथ को तुड़वाकर, उसके काष्ठ से चिता रचवाएँ और तब हम तीनों एक साथ उस चिता पर चढ़ जाएँ!''

''...सुनकर महाप्रतापी चंडप्रद्योत को लगा, कि उसके पैरों के नीचे से धरती हट गयी है।...वह अभी-अभी एक तिमिरान्ध अतल पाताल में समा जाएगा।...उसने दोनों हाथों की अंजलि जोड़कर, मेरे आगे घुटने टेक दिये। बोला : ''क्षमा करो अभय राजा, तुम्हें बाँधकर रख सके, ऐसी शक्ति सत्ता में विद्यमान नहीं। तुम्हें बाँध ही न

पाया, तो कैसे कहूँ, कि तुम्हें मुक्त करता हूँ!''...

चलते समय मैंने अपने घोड़े की रकाब में पैर रख छलाँग मारते हुए कहा :

'आपने तो मुझे धर्म-छल से बँधवा मँगवाया, प्रद्योतराज। और वह भी कुटिनी वेश्याओं द्वारा। आपके इस शूरातन की बलिहारी है! लेकिन अब जगत् एक और भी शूरातन देखेगा। मैं आपको सबकी आँखों के आगे, दिन के धौले उजाले में, ठीक आपके नगर के चौक में से, सरे बाजार हर ले जाऊँगा। और आप स्वयं उस समय चिल्ला-चिल्लाकर उद्घोषणा करते जाएँगे—मैं राजा हूँ...मैं प्रद्योत हूँ...मैं राजा हूँ...!''

...देवानांप्रिय अभय राजकुमार ने घोड़े को एड़ दी, और वे धुर पूर्व के महापथ पर घोड़ा फेंकते हुए, क्षण मात्र में ही जाने कहाँ ओझल हो गये।...

...मैं एक झटके के साथ योग-तन्द्रा से बाहर आकर पुकारता ही रह गया : "अरे अभय दा, फिर कब तुमसे भेंट होगी? एक बार बता जाओ न!'' मगर उत्तर कौन देता?

...और हठात् यह क्या देखता हूँ, कि मेरी शैया में गहरी निद्रा में सोये हैं। अभय राजकुमार! नील-कमल में चाँदनी अपनी किरणों से 'जल-तरंग' बजा रही है।...

मैं तब कहाँ था, कौन था, मुझे नहीं मालूम...!

केवल बहते जाना है

उज्जयिनी में इन दिनों एक विचित्र घटना हुई है। चारों ओर नगर में उसकी चर्चा है। सुदूर 'प्रवाल द्वीप' का कोई श्रेष्ठी, नगर के राजमार्ग की एक ऊँची हवेली में आकर बस गया है। उसके दुमंजिले के अलिन्द पर हर सन्ध्या, दो सुन्दरी कन्याएँ नित नये सिंगार करके बैठी दिखाई पड़ती हैं। नवदुर्गा जैसा दैवी सौन्दर्य। अभिजात गौरव भंगिमा। लेकिन उनके मदभीने लोचनों में अप्सरा का सूक्ष्म कटाक्ष खेलता रहता है। नगर के सारे रसिक हर साँझ उस ओर से गुजरे बिना रह नहीं पाते। और हृदय में एक कसक का बिच्छू-दंश लेकर घर लौटते हैं। हाय, इस काटे का इलाज नहीं!...

रसिक-राजेश्वर अवन्तीनाथ ने यह सम्वाद सुना, तो उस रात सो न सके। अगली सन्ध्या ही महाराज अपने रथ पर आरूढ़ होकर, उस हवेली से गुजरे। उनकी दो आँखें, तिमंजिले की चार आँखों से मिलीं। तो हट न सकीं। रथ को भी क्षणभर रुक जाना पड़ा। पहिये ही मानो मूर्च्छा खा गये!...महाराज पर जैसे किसी ने मोहिनी सिन्दूर छिड़क दिया। उनकी आँखों में जाने कैसी काजली-नीली रात अँज गयी। उन

चार लोचनों की कजरारी कोरों से उनका हृदय पोर-पोर बिंधा जा रहा था। दरबार और अन्तःपुरों से राजा गैरहाजिर हो गये। उनके निज कक्ष के कपाट जो बन्द हुए, तो खुलने का नाम नहीं।

...आखिर एक साँझ महाराज की एक गुप्त दूती, श्रेष्ठी के आवास पर पहुँच गयी। उसने संकेत भाषा में महाराज का सन्देश, उन दोनों सुन्दरियों को सम्प्रेषित किया। उन अल्हड़ कुटिल लड़कियों ने दूती का खूब मजाक उड़ाया, और उसे निकाल बाहर किया। दूती हर साँझ नये-नये सन्देश और महार्घ भेंट-उपहार लेकर आने लगी। और हर दिन उसे तिरस्कृत, अपमानित होकर लौटना पड़ता। वह सोच में पड़ी, हमारे महाराज तो जगत-जीत कोटिभट योद्धा हैं। उनके प्रताप से दिगन्त काँपते हैं। और वे इन कौड़ी-मोल बिकनेवाली गणिकाओं का अपमान भला क्यों सहते चले जा रहे हैं? ओह, ऐसे अजेय होती है नारी के कटाक्ष की मोहिनी!...दूती ने हार नहीं मानी। वह कई बार सात परकोट भेदकर, परकीया राजरानियों तक को महाराज के पास ले आयी, तो ये तुच्छ रूपजीवाएँ क्या चीज हैं!

आखिर एक दिन वे रूपसियाँ जरा नर्म हो आयीं। उन्होंने दूती से कहा कि "हमारे सदाचारी श्रेष्ठी-पिता, हमारे शील पर सदा पहरा लगाये बैठे रहते हैं। उन्हें यह असह्य है, कि कोई पुरुष हमारे कौमार्य की कटि-मेखला भंग करे। आज से सातवें दिन हमारे ये संरक्षक पिता कुछ दिन के लिए उज्जयिनी से बाहर जा रहे हैं। अपने राजा से कहना, कि तभी वे गुप्त रीति से हमारे यहाँ आयें। तब उन्हें हमारा संग-सुख प्राप्त हो सकेगा।"

उधर श्रेष्ठी ने प्रद्योतराज से कुछ मिलती-जुलती शक्ल वाले अपने एक अनुचर को, कृत्रिम रूप से पागल बना डाला। उसे पागलपन के कुशल अभिनय का पक्का अभ्यास करा दिया। श्रेष्ठी के रूप-विन्यासकार, आलेपन, उपटन तथा रंगों की सहायता से, उस अनुचर के चेहरे-मोहरे को ठीक प्रद्योत जैसा ही रचाव दे दिया। और उस पागल का नाम भी रख दिया गया प्रद्योत।

श्रेष्ठी लोगों में चर्चा करते कि—"मेरा यह भाई वातुल हो गया है। प्रेत की तरह जहाँ-तहाँ भटकता है, और मनमाना प्रलाप करता है। बड़ी मुश्किल से इसे सम्भाले रखना पड़ रहा है। कोई उपाय नहीं सूझ रहा, कि कैसे इसे ठीक करूँ।"...सो श्रेष्ठी प्रतिदिन उसे एक खटिया पर लिटा, रस्सियों से बँधवाकर, चार आदमियों के कन्धों पर उठवा, किसी वैद्य के घर उपचार के लिए ले जाता। उस समय सरे बाजार खाट पर बँधा जा रहा वह पागल उन्मत्त होकर, आर्त्त कंठ से विलाप करता हुआ उच्च स्वर में कहता, "मैं प्रद्योत हूँ...मैं प्रद्योत हूँ...अरे यह श्रेष्ठी बलात मेरा हरण करके ले जा रहा है!"

उधर सातवाँ दिन आया। सो प्रद्योतराज, वादे के अनुसार उन दो सुन्दरियों का सहवास प्राप्त करने को, गुप्त वेश में श्रेष्ठी की हवेली पर आ पहुँचे।...कक्ष में प्रवेश करते ही, उसके चारों दरवाजों से श्रेष्ठी के सुभट काले बुर्के पहने निकल आये। और उन्होंने पलक मारते में ही, उस सुरामत्त कामान्ध राजा को कसकर मुश्कों से बाँध लिया। फिर उसे घनघोर मदिरापान करवाकर, एक कमरे में बन्द कर दिया। अगले दिन रोज के मामूल के अनुसार, श्रेष्ठी उसे खाट पर बँधवाकर, दिन-दहाड़े धौली दोपहर, सरे राह वैद्य के घर ले जाने के बहाने से लेकर चल पड़ा। राह पर जाते हुए प्रद्योतराज को कुछ होश आया। अपनी बद्ध स्थिति का उन्हें कुछ बोध हुआ। वे खाट पर जकड़े आर्त्त कंठ से पुकारते जा रहे थे :

"अरे मैं प्रद्योत हूँ, अरे मैं राजा हूँ। यह दुष्ट श्रेष्ठी मेरा हरण करके ले जा रहा है। अरे सुनो, मैं राजा हूँ, मैं प्रद्योत हूँ!...मुझे इस फरेबी श्रेष्ठी से छुड़ाओ...छुड़ाओ! ओ मेरे प्रजाजनो, मैं तुम्हारा राजा हूँ, मैं प्रद्योत हूँ...!"

लोगों ने राजा की इस आर्त्त पुकार पर कोई ध्यान न दिया। उन्होंने तो यही समझा, कि श्रेष्ठी हर दिन के नियमानुसार अपने पागल भाई को वैद्य के घर ले जा रहा है। और वैसा ही तो प्रलाप कर रहा है : "मैं राजा हूँ...मैं प्रद्योत हूँ...।" कपट-श्रेष्ठी ने एक-एक कोस पर वेगीले अश्वों वाले रथ पहले ही से नियोजित करवा रखे थे। उन्हीं के द्वारा अनुक्रम से महाप्रतापी चंडप्रद्योत को ठीक राजगृही नगरी में पहुँचाकर, अभय राजकुमार के महल में महामान्य अतिथि की तरह बड़े सम्मान-सम्भ्रम में रखा गया। प्रद्योतराज समझ गये, कि किसने यह मजाक उनके राजाधिराजत्व के साथ किया है। ऐसी हिम्मत पृथ्वी पर केवल एक ही व्यक्ति की है: वह जो कहता है, वही करके दिखा देता है!

...ठीक समय पर अभय राजकुमार ने कक्ष में पहुँचकर अवन्तीनाथ के चरण छुए, और मृदु स्वर में बोला :

"अरे वाह-वाह जीजा-मौसा आखिर आपकी पहुनाई हमारे यहाँ हुई! आपकी चरण-धूलि मेरे कक्ष में पड़ी। हम गौरवान्वित हुए। यों तो आप आते नहीं। क्योंकि मगध में आप जब भी आये, आक्रमणकारी होकर आये। तो आज आपको मेहमान बनाकर, ले आना पड़ा मुझे!"

"मेहमान बनाकर, या बन्दी बनाकर, अभयराजा?"

"आपको बन्दी बनाया कामिनी के कटाक्ष ने, मौसा। मैं तो आपको उस नागपाश से छुड़ा लाया। और मैं आपकी उज्जयिनी के सरे बाजार लाया। आपने पुकारकर सारी उज्जयिनी से कहा, कि मैं राजा हूँ...मैं प्रद्योत हूँ!...लेकिन आप पर किसी ने विश्वास ही न किया, तो मैं क्या करता। मैं तो आपको बन्द कर, कैद कर,

चोर राह से न लाया। राजमार्ग से लाया। 'मैं राजा, मैं प्रद्योत...' पुकारते हुए आपको लाया।... और कामिनी के कटाक्ष रज्जु से तो आप स्वयं ही बँधे। वह बन्धन बाँधने वाला मैं कौन, और खोलनेवाला भी मैं कौन?"

"अनुत्तर खिलाड़ी हो तुम, अभय राजा! तुम से शत्रुत्व कैसे किया जाये, तुमसे कैसे लड़ा जाए, यही एक प्रस्तुत समस्या है। मगध पर अब आक्रमण करके भी कोई क्या पा सकता है। उसके द्वार तो तुमने चौपट चारों दिशाओं पर खोल दिये हैं!"

हरसिंगार के झरते फूलों की तरह हँसकर अभय बोले :

"अरे मौसाजी, आये हैं तो कुछ दिन मगध पर राज करिए! और सुन्दरियों की भी यहाँ कमी न रहेगी। राजगृही की जनपद-कल्याणी सालवती आपके साथ उज्जयिनी के केतकी-कुंजों में बितायी रातें भूल नहीं सकी है! उसी की खातिर रह जाइए कुछ दिन!"

"सारी बातों की बात तो यह है, आयुष्यमान अभय, कि जो तुमने कहा, कर दिखाया। मैं राजा हूँ...मैं राजा हूँ...मैं प्रद्योत हूँ...मैं राजा हूँ—आदि मैं चिल्लाता रहा। और तुम मुझे ठीक उज्जयिनी की छाती पर से खुलेआम बाँध लाये। मुश्किल यह पड़ गयी है, कि इसे कपट भी कहूँ, तो कैसे कहूँ। दुनिया का कौन कपट तुम्हारे सरलपन को छल सकता है?"

"अरे जीजाजी, आप तो मेरे कूट-कौशल पर भी मोहित हो गये। मुझसे बड़ा कूट आपको कहाँ मिलेगा।...पर्वतकूट, हिमवन्त पर्वत का एकाकी कूट! कितना दुर्गम, अगम, सर्पिल-चक्रिल राहें। आसमान के कँगूरों पर पैर धर कर चलना! ऐसे जटिल और हवाई आदमी को आपने सरल कैसे समझ लिया?"

"हवा से अधिक सरल तो कुछ भी नहीं, अभय राजा। पर अगम्य है वह। उसे कोई पकड़ पाया क्या आज तक?"

"हाँ, महावीर ने पकड़ लिया है। मेरी साँस पर आ बैठा है वह कुम्भक में मेरी हवा बाँध देता है! इन दिनों उसी से छुटकारा पाने की फिक्र में हूँ!"

"महावीर ने तुम्हें पकड़ा है, या तुमने महावीर को? यही एक पहेली है!"

"सत्ता के दोनों ही ध्रुव समान रूप से सत्य और अनिवार्य हैं, मौसा! उन दोनों के चुम्बकीय सन्तुलन पर ही तो ब्रह्मांड ठहरा है, महाराज!"

"अरे तुम तो तत्त्वज्ञानी भी हो। आयुष्यमान! तुम्हारे आयामों का अन्त नहीं।"

"तत्त्वज्ञानी नहीं, तूफानी कहें, राजन। तूफान, जो सारी बाधाओं को तोड़ता हुआ, सब कुछ को उड़ा ले जाता है। तूफान में जीता हूँ, ताकि त्रिकाली ध्रुव का भान बना रहे। और उस पर टिके बिना चैन न पा सकूँ!"

तभी अचानक दो सुन्दरी कुमारियाँ, उज्ज्वल वेश में वहाँ उपस्थित हुईं। प्रद्योतराज ने उन्हें देखते ही पहचान लिया। वे कुल-कन्याएँ महारानी चेलना देवी के

महल में, अवन्तीनाथ को भोजन पर लिवा ले जाने आयी थीं। प्रद्योतराज उन्हें देखकर कुछ लजा-से गये।

"संकोच का कारण नहीं, राजेश्वर, ये कन्याएँ आपके बाल चापल्य पर मुग्ध हैं। यही आपको पहुँचाने उज्जयिनी जाएँगी आपके साथ!"

"अभय राजा, मुझे जीने दोगे या नहीं?"

"अपनी कामना का सामना करें, राजन। जीवन और मुक्ति के बीच की ग्रन्थि वहीं खुलती है। मुँह छुपाकर कब तक जिएँगे?"

"तुम कहना क्या चाहते हो, अभय? किसी बात का कोई छोर भी है?"

"कई छोर एक साथ हैं, राजेश्वर। हर बात के, हर भाव के, हर वस्तु के और हर व्यक्ति के। यही तो संकट है। एक छोर पर टँग गये, कि चीज से गायब। खेल में यही सुविधा है, कि सारे छोर एक साथ उसमें टकराते हाथ हैं। और उस टकराव में से निकलते ही जाने का जो मजा है, वह कहकर बताना मुश्किल है, राजन!"

"तुम्हारी बात मेरे पल्ले नहीं पड़ रही, अभय।"

"कुछ बात हो, तो पल्ले पड़े न? बात कोई है ही नहीं, केवल वात है। वात माने हवा। और हवा में बटोरने को क्या है, केवल बहते ही तो जाना है!"

चंड प्रद्योत खूब जी खोलकर हँस पड़े। वे बह आये।... अनायास आगन्तुक कन्याओं के कन्धों पर हाथ रख, वे बड़े सहज भाव से अभय राजा के साथ महादेवी चेलना के महल की ओर चल पड़े।

□□

परिशिष्ट

निवेदन है कि इस परिशिष्ट के अन्तर्गत जो 'परिप्रेक्षिका' प्रस्तुत है, उसे पाठक मित्र पुस्तक समाप्त कर लेने के उपरान्त ही पढ़ें। कृति और पाठक के बीच वह न आए, यह वांछनीय है। इस 'परिप्रेक्षिका' में उन सारे प्रस्थान-बिन्दुओं, रचनात्मक समस्याओं और मुद्दों को स्पष्ट कर दिया गया है, जिन्हें लेकर भ्रान्ति हो सकती है, प्रश्न और विवाद उठ सकते हैं।

परिप्रेक्षिका

सन् 1973 के अप्रैल महीने में श्रीमहावीर जयन्ती के दिन 'अनुत्तर योगी' का यह सर्जन अनुष्ठान आरम्भ हुआ था। गत अप्रैल 1981 में इसे चलते आठ वर्ष पूरे हो गये, और अब नौवाँ वर्ष चल रहा है। सन् '78 की फरवरी में तृतीय खण्ड निकला था, और अब सन् '81 का सितम्बर आ लगा है तब जाकर कहीं चतुर्थ खण्ड प्रकाशन की अनी पर आ खड़ा हुआ है। इस खण्ड का मूलपाठ (टेक्स्ट) तीन महीनों से छपा पड़ा है, और केवल इस अनिवार्य 'परिप्रेक्षिका' के लिए प्रकाशन रुका रहा है। इन रुकावटों की पीड़ा को स्वयं रचनाकार ही भोग और समझ सकता है, अन्य कोई नहीं।

इन आठ-नौ वर्षों के दौरान कितनी दैविक, दैहिक, भौतिक बाधाओं के बीच से इस सर्जन को चलना पड़ा है, उसकी कल्पना निरे मानुष भाव में सम्भव नहीं है। स्वयं उनके भोक्ता—मेरे लिए भी नहीं। मेरे ही आश्चर्य की सीमा नहीं, कि इतने मारक संघर्षों के मुसलसल दौर के बीच भी, कैसे इस क़िस्म का विस्तृत, गहन और सूक्ष्म रचना-कर्म जारी रह सका। एक ऐसा सृजन, जिसका नायक मनुष्य होकर भी केवल मनुष्य पर समाप्त नहीं था, बल्कि वह मानुषिक सीमाओं से परे का अतिक्रान्त पुरुष भी था। यही उसकी नियति थी, और इसी कारण आज वह भगवत्ता के सिंहासन पर प्रतिष्ठित और पूजित है। इतिहास में घटित होकर भी, इतिहास से बाहर खड़ा आदमी। लोक में होकर भी लोकोत्तर की ऊँचाइयों को छूता और भेदता एक अतिमानव। और

रचना में उनके मानव और अतिमानव रूपों को एक साथ, संयुक्त और परस्पर में संक्रान्त और समानान्तर घटित होना था। महावीर भगवान था या नहीं, यह रचना के लिए प्राथमिक नहीं। प्राथमिक यह है कि महावीर मनुष्य था। इतिहास में उसके घटित होने का प्रमाण मौजूद है। लेकिन उसकी पूर्णता और भगवत्ता का साक्ष्य भी इतिहास में आलेखित है : कि एक मनुष्य ही अपने परम पौरुष और पराक्रम से भगवान होकर पृथ्वी पर चला।

मेरे इस नौ वर्ष व्यापी रचनाकाल के कष्टों, बाधाओं, व्याघातों का इतिहास भी, महावीर के मानुष से अतिमानुष होने के संघर्ष-क्रम से कहीं जुड़ा हो, तो मनोविज्ञानतः कोई आश्चर्य का कारण नहीं। द्वितीय खण्ड में प्रभु का तपस्या काल आलेखित है, जिसका समापन उनके कैवल्य-लाभ में होता है। तपस्या काल में मेरे प्रभु को मानुषोत्तर दैविक, दैहिक, भौतिक बाधाओं और कष्टों से गुज़रना पड़ा। या कहें कि उन्होंने स्वयं ही यातना के इन अभेद्य अन्धकारों में उतरकर, उनमें चलना, उन्हें झेलना स्वीकार किया। हर दुःख को चरम तक जाने बिना, उसका निराकरण कैसे हो? प्राणि मात्र को दुःख से तारने की नियति लेकर ही जनमा था तीर्थंकर महावीर। वह चाहता या न चाहता, इस नियति को तो अपने परान्त तक पहुँचना ही था। और महासत्ता के उस विधान के अन्तर्गत महावीर को लोक और लोकान्तर में सम्भाव्य हर कष्ट के मूल तक में उतरकर उसे भोगना ही था, ताकि उससे मुक्त होने का उपाय लोक के तमाम प्राणियों की चेतना में उद्बोधित किया जा सके।

प्रथम खण्ड 1974 में निकला और द्वितीय खण्ड 1975 में। लेकिन फिर तृतीय खण्ड 1978 में ही निकल सका। द्वितीय खण्ड के समापन में महावीर तो सारे दैविक, दैहिक, भौतिक त्रितापों को चरम तक भोगकर, चुकाकर, सर्वज्ञ अर्हन्त भगवान हो गये। लेकिन अब शायद रचनाकार की बारी थी, कि उन उपसर्गों को रचकर, उनके प्रत्याघातों को स्वयं अपने जीवन में भोगने को बाध्य हो जाये। मनोविज्ञानतः भी यह समझा जा सकता है। उपसर्ग-पर्व की रचना के दौरान भी मेरे कष्टभोग सतत जारी थे। लेकिन उसका सर्जन कर चुकने पर ही उन कष्टभोगों के परिपाक को चरम परिणति पर पहुँचना था—शायद। तृतीय खण्ड में तो महावीर पारमेश्वरीय ऐश्वर्य से परिवरित होकर पृथ्वी के त्रिलोक और त्रिकाल के चक्रवर्ती के रूप में चल रहे थे। उस सुख और वैभव की कोई उपमा नहीं हो सकती। लेकिन प्रभु के इस भागवदीय ऐश्वर्य की रचना करते समय, रचनाकार उसके समानान्तर ही, विगत उपसर्ग-पर्व के प्रत्याघातों को भी झेल रहा था। विपुल दुःखों के कर्दम में चलते हुए ही, त्रैलोक्येश्वर महावीर के अन्तरिक्षचारी चरणों में रचनाकार को सुवर्ण के कमल खिलाने थे। सो इस दुहरे-तिहरे संघर्ष के चलते तृतीय खण्ड के बाहर आने में तीन वर्ष लग गये।

और तृतीय खण्ड निकलने के समानान्तर ही सन् '78 के अन्त में ही, मैं टोटल

नर्वस-ब्रेकडाउन के खतरे में पड़ गया। एक ओर रचनान्तर्गत संघर्षों और उपसर्गों का दबाव-तनाव था, दूसरी ओर अस्तित्व को उच्चाटित कर देने वाली परिवेशगत बाधाओं का अटूट सिलसिला मेरी नसों को तोड़े दे रहा था। अपने उसी छिन्न-भिन्न नाड़ी-चक्र को अपने पदांगुष्ठ तले दाबकर, आख़िर मैंने जैसे नागों के फणामण्डल पर सिद्धासन जमाया और श्रीसुन्दरी आम्रपाली की चेतना के सूक्ष्मतम और कोमलतम सौन्दर्य-लोकों में स्वप्न-विहार करने लगा। वह एक विचित्र अनुभव था। सृजन-स्वप्नों के उन ललित-कोमल पराग प्रदेशों में प्रवेश करते ही, कराल मारकता जैसे काफूर हो गयी। मैं एक नये ही लोकान्तर में मानो नवजन्म पा गया। सौन्दर्य और मार्दव के इस चन्दन-कपूरी संस्पर्श में जैसे मैं अनन्त जीवन और यौवन की वासना से भर उठा। कराल पर कोमल की विजय का यह साक्षात्कार, मेरे रचनाकार के जीवन की एक अद्‌भुत मोक्षानुभूति है। महावीर के सपनों और विरह में जीती आम्रपाली के साथ, मैं देशकाल के अब तक अननुभूत आयामों में विचरने लगा। लगातार कई सप्ताह एक फन्तासी की नानारंगी रत्निम नीहारिका में जीने का वह सुख कहकर बताना मुश्किल है। ऐसा लगता था, कि जैसे किन्हीं अनतिक्रम्य विश्वों में मैं संक्रमण और अतिक्रमण करता चला जा रहा था। साथ में थी स्वप्न, सौन्दर्य, कला और कोमलता की सारांशिनी देवी आम्रपाली। मानो कि देवी अपने वक्षद्वय की बिस-तन्तु तनीयसी गहराई में मेरा वहन कर रही थीं। वहाँ से सृजन के जो अनाहत स्रोत पीकर मैं उठा, तो ख्याल आता रहा कि जरूर कहीं कोई सोमसुरा अस्तित्व में है, या रही होगी।

अजस्र चला वह सृजन का प्रवाह : मार्दव, माधुर्य, ज्ञान, प्रकाश, ऊर्जा और शक्ति का एक संयुक्त धारासार प्रस्रवण। फरवरी 1979 से सितम्बर 1979 तक, कुल आठ महीनों के बीच चतुर्थ खण्ड के सत्ताइस अध्याय लिखे गये। संकल्प यह था कि चतुर्थ खण्ड में ही अतिरिक्त दो सौ पृष्ठ लिखकर श्री भगवान् के तीर्थंकर काल को मोक्ष प्रस्थान तक ले जाकर, समापन कर दिया जाये।

लेकिन गत आठ महीनों में जो अनवरत सृजन-श्रम का दबाव मेरे नाड़ी-मण्डल पर रहा, उसने मुझे शरीरतः फिर निढाल और हत प्राण-सा कर दिया। आत्मबल और मनोबल चाहे जितना ही ऊर्जस्वल रहा हो, लेकिन शरीर ने साथ छोड़ दिया। शरीर इतना श्रान्त, क्लान्त, श्लथ और विजड़ित हो गया, कि कोई चिकित्सा उसमें प्राण का संचार न कर सकी। तिस पर उसी काल में ऐसी परिवेशगत आक्रान्तियाँ भी ऊपरा-ऊपरी आयीं कि जीने की आशा ही दुराशा होती दीखी। जैसे किसी पैशाची शक्ति ने मेरी जीवनी-शक्ति ही मुझसे छीन ली थी। अन्दर रोशनी और प्रातिभ ऊर्जा वैसी ही अमन्द थी, लेकिन काया मुमुर्षुप्राय हो पड़ी थी। आँतें कमज़ोर पड़ गयी थीं, और आमातिसार का असर दीखा। शरीर क्षीण हो चला। हैरत में था कि आख़िर यह यज्ञ-भंग का दृश्य क्योंकर उपस्थित हुआ है ? मेरी रक्तवाहिनियों में आठ वर्ष से निरन्तर

संचारित महावीर के होते हुए भी, शरीर इतना लाचार कैसे हो गया? शायद इसलिए, कि एक सर्वशक्तिमान, सर्वज्ञ अर्हन्त के तेज को निरन्तर झेलते-सहते जाने और रचते जाने के स्ट्रेन को मेरे मानवीय शरीर की सीमाएँ बर्दाश्त न कर सकीं।

ख़ैर, इसकी क़ैफ़ियत जो भी हो, मगर इस निढालता के चलते किताब रुक गयी। सन् '80 के मई महीने में तबीयत सँभली, और 23 मई को फिर रचना पर बैठने का संकल्प किया था, कि एक विचित्र अकस्मात् घटित हुआ। ठीक 23 मई '80 की सुबह मैंने 'भारतीय विद्याभवन' में 'नवनीत' के सम्पादकीय आसन पर अपने को बैठा पाया। किताब रुक गयी, 'नवनीत' शुरू हो गया। महान मुंशी के जीवन-काल में 'भारती' का सम्पादन किया था, और भवन ने जब 'नवनीत' लिया, तो मुझे विवश कर दिया कि 'भारती' में जो विज़न उतरा था, उसे 'नवनीत' में फिर जीवन्त करना होगा।

...मानो कि किसी मानुषोत्तर आदेश और विधान तले मैं 'नवनीत' करने को बाध्य कर दिया गया। बाध्यता बाहरी से अधिक भीतरी थी। पूज्य मुंशीजी 'भारती' काल के मेरे सम्पादन कार्य से बेहद प्रसन्न थे। वे मेरे विज़न और चिन्तन दोनों के अनन्य प्रेमिक हो गये थे। उन्हें स्पष्ट प्रतीति हो गयी थी कि भवन की पत्रिका 'भारती' को जिस तरह के सम्पादक की जरूरत थी, वह उन्हें मुझसे मिल गया है। भारत की ऋतम्भरा प्रज्ञा की हमारे समय की भाव-चेतना, भाषा और रूपाकारों में ढालने का काम अनायास ही मुझसे हुआ था, जो कि मुंशी की दृष्टि में भवन की एक उपलब्धि थी। कई दशकों से हिन्दी की पत्रिकाएँ निरी साहित्यिक होकर रह गयी थीं। सर्वतोमुखी जीवन-चिन्तन और सांस्कृतिक मूल्य-बोध उनमें लुप्तप्राय था। 'भारती' में मैंने साहित्य, संस्कृति और जीवन-दर्शन का एक स्वाभाविक समन्वय किया था। पश्चिम में निरन्तर विकासमान ज्ञान-विज्ञान और कला-रूपों को मैंने 'भारती' में, भारतीय मनीषा के नित-नव्यमान प्रज्ञा-स्रोतों से संयुक्त किया था। यह चीज़ समूचे भारतीय साहित्य, कला और पत्रकारत्व में तब भी गायब थी, और आज भी लक्षित नहीं होती।

इसी कारण जब भवन ने 'नवनीत' लिया, तो फिर मेरी पुकार हुई। मैंने अपनी लाचारी निवेदन की कि 'अनुत्तर योगी' के चलते यह भार उठाना मेरे नाड़ीचक्र से परे की बात है। मगर मेरे पीछे द्वार बन्द कर दिया गया था, और मुझसे कहा गया कि अब आप छटककर जा नहीं सकते। भवन के संचालकों के उस स्नेहपूर्ण आग्रह के सम्मुख मैंने अपने को विगलित और समर्पित पाया। ऐसी आत्मीयता, और किसी के काम की ऐसी क़द्रदानी आज भारत में अन्यत्र दुर्लभ है।...मुझे महान मुंशी के, अपने प्रति वल्लभ-भाव का स्मरण हो आया। उन्होंने मुझे चेतना-स्तर पर अपने साथ तदाकार देखा था। ऐसा विरल ही होता है, यह मुंशीजी ने अनुभव किया था। इसी से 'भारती' काल के उन पाँच वर्षों में मुंशी और भवन के परिचालकों ने मुझे एक

राजपुत्र की तरह लाड़-प्यार और गरिमा के साथ भवन में रखा। यह सब इतने आत्मिक घनत्व का दबाव था, कि मैं नकार न सका, और 'नवनीत' पर आ बैठा।

...बैठते ही बेशुमार कामों और दायित्वों के मधुप-गुंजन से मैं बेतहाशा आक्रान्त हो गया। मेरा सारांशिक कृतित्व 'अनुत्तर योगी' पड़ा रह गया, और 'नवनीत' मुझ पर सवार हो गया। इस चिन्ता से मेरा दिमाग़ एक भयंकर उलझन, दुविधा और परेशानी में पड़ गया। मेरी नींद उड़ गयी। विरमना और सोना-बैठना तक मुहाल हो गया। मेरा नाड़ीचक्र चरमराने लगा। ....तभी एक रात बिस्तर पर लेटते ही, मुझ पर ध्यान-तन्द्रा-सी छा गयी। और उसमें अपनी ही गहराई में से आती एक आवाज सुनाई पड़ी : 'नवनीत' और 'अनुत्तर योगी' में कोई विरोध या भिन्नता नहीं है। 'नवनीत' को अनुत्तर योगी का ही एक लोक-व्यापी प्रस्तार 'प्राजेक्शन' होना है। ...'नवनीत' अनुत्तर योगी महाविष्णु का ही व्यासपीठ होगा, महासत्ता के नवयुगीन प्रकाश का विश्व-व्यापी आकाशवाणी केन्द्र होगा।...हर चीज अपने नियत समय पर घटित होती है। 'अनुत्तर योगी' भी अपने नियत समय पर ही समाहित हो सकेगा। 'नवनीत' उसमें बाधक नहीं, उसका परिपूरक और संवाहक शक्ति-ध्रुव सिद्ध होगा।... यह एक अन्तरबोधजन्य स्फुरणा थी जिसमें सर्वतोमुखी समाधान था।...सो द्वन्द्वमुक्त होकर मैं एकाग्र भाव से 'नवनीत' में जुट गया। 'नवनीत' के मेरे सम्पादन के इन अठारह महीनों में उपर्युक्त भविष्यवाणी प्रमाणित हुई है।

प्रस्तुत प्रश्न फिर भी था कि 'अनुत्तर योगी' कब, कैसे पूरा हो? और सहसा ही एक रात फिर ध्यान-तन्द्रा में उत्तर मिला : " 'अनुत्तर योगी' के चतुर्थ खण्ड के चार सौ टंकित पृष्ठ तैयार हैं : पूर्वगामी हर खण्ड के बराबर ही वॉल्यूम तुम्हारे हाथ में है : इसे प्रेस में जाने दो! चतुर्थ खण्ड निकल जाये, और एक और अन्तिम पंचम समापन-खण्ड करना होगा।..." एक तलवेधक आघात के धक्के से मैं जाग उठा। एक स्वतन्त्र पंचम खण्ड और करना होगा?...इस कल्पना से ही मैं थर्रा उठा। मगर एक अटल अनिर्वार नियति सामने खड़ी थी, और उसे समर्पित होने के सिवाय और कोई चारा मेरे लिए नहीं था। मुझे सहज ही उद्‌बोधन मिला, कि चार का अंक महावीर को मंजूर नहीं : पाँच के मांगलिक यान्त्रिक-अंकासन पर ही उनके व्यक्तित्व और कृतित्व की परिपूर्ण मूर्ति उभर सकती है। यह उद्‌बोधन मुझे अचूक समाधानकारी प्रतीत हुआ। और चतुर्थ खण्ड प्रेस में दे दिया गया।

...लेकिन समानान्तर ही 'नवनीत' का दैनिक दायित्व-भार था, और शरीर मेरा पहले से ही टूटा, निढाल और अस्वस्थ चल रहा था। दोहरे-तिहरे परिश्रम के चलते उसके स्वस्थ होने का सवाल ही नहीं उठता था। तिस पर निजी जीवन में ऊपरा-ऊपरी बेशुमार विपत्तियाँ टूटती गयीं। नवम्बर '80 में पत्नी को हृदय-रोग का भयंकर दौरा पड़ा और वह मरते-मरते बची। सो 'अनुत्तर योगी' की प्रेस कॉपी जाँचने और

फिर उसके प्रूफ संशोधन के कार्य में तीन-चार महीने लग गये। ख़ैर, किसी तरह चतुर्थ खण्ड का मूल पाठ (टेक्स्ट) छप गया, तो अचानक मेरी अविकसित मस्तिष्क बीस वर्षीया अबोध बिटिया लवलीना जल गयी। तब एक महीना उसकी वेदना को झेलते हुए जिस मानुषोत्तर यन्त्रणा में बीता, वह मानुष-गम्य नहीं, केवल ईश्वर-गम्य है। लवलीना के घाव में रूझ आयी, तो अचानक वह विक्षिप्तप्राय हो गयी। बच्ची के पागल हो जाने का खतरा माथे में धमाके मारने लगा। तिस पर अपना स्वास्थ्य चकनाचूर : थकान, श्रान्ति और क्लान्ति की गण्यता तो बहुत पहले ही समाप्त हो चुकी थी। उनसे ऊपर उठकर केवल अपनी आत्मिक ऊर्जा के बल पर संघर्ष करते जाना था, कर्म करते जाना था। ...सो अब भी जारी है।

'अनुत्तर योगी' के हर खण्ड में पश्चात्-भूमिका लिखना अनिवार्य रहा। कारण अपने रचनाकार की परिपूर्ण स्वतन्त्र चेतना के चलते, अपनी 'डायनामिक' रचना-प्रज्ञा और प्रक्रिया के चलते, 'अनुत्तर योगी' में भाव-संवेदन, विचार, आचार, वाणी और साहित्य के रूप-शिल्पन तक के सारे प्रचलित ढाँचे, लीकें और रूढ़ियाँ टूटती चली गयी थीं। महावीर मूलतः विश्वपुरुष थे, लेकिन वे एक सम्प्रदाय विशेष के प्रतिमाभूत पूजित पाषाण के आसन पर भी कैद रखे गये हैं। इस जड़ीभूत कारागार की दीवारों को तोड़कर महावीर की सार्वलौकिक, सार्वकालिक मौलिक व्यक्तिमत्ता और प्रगतिमत्ता को ठीक आज के मनुष्य के चेतना-स्तर पर नव-नव्यमान गत्यात्मकता के साथ जीवन्त करने की रचनात्मक चुनौती भी मेरे सामने पहले ही दिन से खड़ी थी। और अब तक प्रकाशित तीनों खण्डों में भरसक उस चुनौती का उत्तर मैंने दिया है। फलतः रूढ़िग्रस्त अनेक जड़ीभूत धार्मिक-नैतिक मर्यादाएँ और अवधारणाएँ टूटी हैं, तख्ते टूटे और उलट-पुलट हुए हैं। एक उपद्रवी, विप्लवी, प्रतिवादी, क्रान्तिकारी, अतिक्रान्तिकारी, चिरन्तन युवा महावीर धरती पर जीते, चलते, बोलते सामने आये हैं। और उपन्यास का स्थापित ढाँचा भी, बेतहाशा टूटता ही गया है, जैसा कि वर्तमान भारतीय साहित्य में शायद ही अन्यत्र कहीं हुआ होगा। यह केवल मेरी मान्यता नहीं है, समझदार और जानकार समीक्षकों ने भी यही अभिप्राय व्यक्त किया है।

जाहिर है कि एक खतरनाक पराक्रम करने की गुस्ताखी मुझसे बराबर हुई है। हर अवतार या पैगम्बर प्रतिवादी और विप्लवी तो होता ही है। जड़ीभूत पुरातन को ध्वस्त करके वह नव्य जीवन्त रचना करता है। ऋषभदेव, कृष्ण, बुद्ध, क्राइस्ट, मोहम्मद, जरथुस्त्र आदि अवतार पुरुष—और कबीर, ज्ञानेश्वर आदि सारे मध्यकालीन सन्त और योगी, विद्रोही, भंजक और नवसर्जक एक साथ हुए हैं। सो महावीर भी तो वही हो सकते थे। यह महासत्ता के गतिमत्तत्व (डायनमिज़्म) का एक नैसर्गिक विधान और

तर्क-विन्यास है। ऐसे में यह जरूरी हो जाता है, कि रचना में आविर्भूत पुरुषोत्तम की क्रान्तिकारी गतिमत्ता को उसके मूल सत्ता-स्रोत से संगत करके, उसकी उस नैसर्गिक उन्मुक्त स्थिति को, कट्टर सम्प्रदायवादियों के सम्मुख, स्पष्ट किया जाये। वर्ना साम्प्रदायिक जड़त्व की चट्टानें अनर्थक अवरोध की सृष्टि भी कर सकती हैं। इसी कारण उसे समय से पूर्व ही तोड़ देने के लिए महावीर के विद्रोही, प्रतिवादी, गुस्ताख और विध्वंसक रूप की आधारिक न्यायिकता और औचित्य को प्रमाणित करना जरूरी था—ठीक शास्त्र, तत्त्व-ज्ञान और महावीर की मूलगत धर्म-देशना के आधार पर ही। और उनके नवसर्जक और युग-विधाता रूप को भी इसी आधार पर सुदृढ़ता के साथ संस्थापित करना था। साथ ही साहित्य के स्थापित मानदण्डों के टूटने से उत्पन्न होने वाली समीक्षकीय बौखलाहट को भी जवाब देना अनिवार्य था। ताकि इस कृतित्व के अतिक्रान्तिकारी और रूपान्तरकारी स्वरूप को सही जमीन पर समझा-परखा जा सके। चमत्कार यह हुआ है, कि सहज भावक और पूर्वाग्रहमुक्त हजारों पाठक तो 'अनुत्तर योगी' को बेहिचक पीते गये और आस्वादित करते चले गये। लेकिन साहित्य के कई बहुपाठित, प्रशिष्ट और 'सॉफिस्टीकेटेड' समीक्षक वितर्क-विकल्पों में ही उलझकर, कृति में डूबने से वंचित रह गये।

ये सारी स्थितियाँ मेरे मन में पूर्व प्रत्याशित थीं, और इसी कारण प्रथम खण्ड से ही पश्चात् भूमिकाएँ लिखना मेरे लिए अनिवार्य हुआ, ताकि कृति के सही अवबोधन का धरातल निर्मित हो सके। इतिहास का विज़नरी और कल्प-दर्शनात्मक अवगाहन और अवबोधन भी, रचना के स्तर पर कई ऐतिहासिक तथ्यों का एक रासायनिक रूपान्तरण करता है। उपलब्ध दार्शनिक वाङ्मय की शाब्दिक अर्थपरक सीमाएँ भी रचना में टूटती हैं। अत: धर्म-दर्शन, योग-अध्यात्म और इतिहास के रूढ़िबद्ध पण्डितों की सम्भाव्य तलबी के जवाब को भी पहले से ही प्रस्तुत हो जाना जरूरी था। इसी कारण ये लम्बी पश्चात्-भूमिकाएँ हर खण्ड के साथ अनिवार्य हुईं। और जाने-अनजाने इन भूमिकाओं में पुराण, इतिहास-पुरातत्त्व, धर्म-दर्शन, योग-अध्यात्म तथा साहित्य-दर्शन और कला-शिल्प के कई कुँवारे अछूते प्रदेशों में रिसर्च-अन्वेषण भी हुआ है।

चतुर्थ खण्ड में भी ऐसे ही कई उपद्रव और विप्लव सर्जना में घटित हुए हैं। अत: यह तो अर्जेण्ट था ही कि प्रस्तुत 'परिप्रेक्षिका' लिखी जाए, और उसके बिना ग्रन्थ बाहर न आए। लेकिन सारे ही धर्म-ग्रन्थ इस बात के साक्षी हैं, कि जब भी कोई कल्याण-यज्ञ होता है, तो उसमें विरोधी आसुर शक्तियों द्वारा उत्पन्न ध्वंसक विघ्न अनिवार्यत: आते ही हैं। सो बमुश्किल इस खण्ड का मूलपाठ अनेक बाधाएँ पार कर के छप भी गया, तो केवल पश्चात्-भूमिका के लिए उसे चार महीने रुके रहना पड़ा। प्रिय लवलीना का जलना और उसका विक्षिप्त होना, मेरी नस-नस को तोड़ देनेवाली अस्वस्थता, ये सब अन्तराएँ उक्त विरोधी शक्तियों द्वारा उत्पन्न विघ्नों

के सिवाय और क्या कही जा सकती हैं! ...अस्तु।

चतुर्थ खण्ड के लिए मेरे प्यारे हजारों जाने-अनजाने पाठकों की प्यासी पुकार मुझ तक बराबर पहुँचती रही है। उसने जहाँ मुझे उद्विग्न किया है, वहीं कृतार्थता-बोध भी कराया है, कि सार्वभौमिक लोक-हृदय में मेरी यह अनगढ़ कृति इस क़दर जज़्ब हो सकी है। आश्चर्य होता है कि 'अनुत्तर योगी' जैसी एक सूक्ष्म और दुरूह किताब लोकप्रियता की अनी पर कैसे आ खड़ी हुई है! तुलसीदास, शरच्चन्द्र या विमल मित्र के साथ यह घटित होना समझ में आता है, लेकिन मुझ जैसे, अड़ाबीड़ कुँवारे जंगलों के रचना-यान्त्रिक के साथ यह घटित होना, मेरी समझ के बाहर होता जा रहा है।

यहाँ जो किताब के विलम्बित होने के कारणभूत निजी संघर्षों और उलझावों का मैंने खुलकर जिक्र किया है, उसका एक बुनियादी कारण है। इस क़ैफ़ियत से यह स्पष्ट होता है, कि एक ईमानदार,. गैर-दुनियादार, स्वप्न-जीवी और एकनिष्ठ रचनाकार की रचना-यात्रा कितनी दुर्गम, दुरारोह होती है, कितनी तपस्याओं के अग्नि-वन, और कितनी बाधाओं के विन्ध्याचल उसे भेदने पड़ते हैं। ऐसे में यह इतिवृत्त केवल मेरा नहीं रह जाता, हर सत्यव्रती रचनाकार की गर्दिशों का यह आईना हो जाता है। यह व्यक्ति 'मैं' का तारीफ़नामा नहीं, किसी भी आत्महोता रचनाकार की स्थिति का एक तद्गत (ऑब्जेक्टिव) आलेखन है। वैसा आत्महोता मैं हूँ या नहीं, यह निर्णय मेरा नहीं, उन्हीं का हो सकता है, जो मेरे जीवन-व्यापी संघर्ष के अनवरत साक्षी रहे हैं। वैसे अपने बारे में खुलकर लिखने का साहस मुझसे सदा अनायास हुआ है। और यह मुझे स्वाभाविक ही लगता है। इसमें संकोच या दुविधा का अनुभव मुझे कभी न हुआ। मेरी यह प्रतीति है, कि हर सच्चे रचनाकार में यह निर्भीकता और बेहिचक साहस होना चाहिए, कि वह अपने सर्जक को अपने व्यक्ति 'मैं' से अलग करके देख सके। अहम् सम्बन्धी रूढ़ नैतिक मान्यताओं से ऊपर उठकर जो सोहम् के चेतना-स्तर से न बोल सके, वह एक मुक्त कलाकार कैसे हो सकता है?

एक बहुत संगत सवाल मेरे हर पाठक और समीक्षक की ओर से उठता नजर आया है। ऐसा क्यों हुआ कि मूलत: तीन खण्डों में आयोजित कृति तीन खण्डों में समाप्त न हो सकी, और वह पाँचवें खण्ड तक खिंचती चली गयी? स्वयं लेखक भी यह निर्धारित न कर सका, न जान सका, कि इसे कहाँ विराम लेना है? ऐसा क्यों? क्या यह इस बात का द्योतक नहीं, कि लेखक अनगढ़ है, और योजनाबद्ध संगठित रूप से रचना करने की कला-सामर्थ्य से वह वंचित है?

वैसे इसका एक सीधा उत्तर यह है, जो पहले भी दे चुका हूँ, कि इस रचना

का स्वामित्व आरम्भ से ही मैंने अपने हाथ नहीं रखा। शुरू से ही स्वयं महावीर को मैं इसका विधाता, नियोजक, निर्णायक मानकर चला हूँ। खास कर जब हम किसी भागवदीय व्यक्तिमत्ता का सर्जन करते हैं, तो क्या यही स्वाभाविक स्थिति नहीं होती? साहित्य के इलाके में भागवदीय व्यक्तित्व की इस विलक्षणता को शायद ऐसी कोई अलग स्वीकृति न भी हो, लेकिन इस रचना के दौरान मुझे भगवत्ता के रचना-स्वामित्व का स्पष्ट साक्षात्कार हुआ है। इसे मैं कैसे झुठला सकता हूँ?

मूलतः महावीर का जीवन हमें तीन सुस्पष्ट विभागों में उपलब्ध होता है। प्रथम विभाग : पूर्व-जन्म कथा से आरम्भ होकर, यहाँ उनका अवतरण, उनका तीस वर्ष व्यापी कुमारकाल, और अन्ततः उनका गृह-त्याग, जिसे महाभिनिष्क्रमण कहते हैं। प्रथम खण्ड में यह विभाग सहज ही सिमट गया है। द्वितीय विभाग : गृह त्याग के उपरान्त महावीर का साढ़े-बारह वर्ष व्यापी दीर्घ और दारुण तपस्याकाल, और उसकी चरम परिणति में उन्हें केवलज्ञान की प्राप्ति। यह भी सहज ही द्वितीय खण्ड में समाहित हो सका है। तृतीय विभाग : कैवल्य-लाभ के उपरान्त श्रीभगवान का तीर्थंकर होकर धर्मचक्र-प्रवर्तन के लिए अनवरत अभियान : प्रजाओं के पास जाना, गुमराह आत्माओं का अनायास आवाहन, बिना किसी इरादे के वीतराग भाव से सृष्टि के कण-कण, जीव-जीव, जन-जन को अपने परिपूर्ण और मुक्तिदायक प्रेम से आप्लावित करना, उन्हें उद्बोधित और सम्बोधित करना : उनके तरणोपाय का उपदेश (धर्म-देशना) निसर्गतः तीर्थंकर के श्रीमुख से उच्चारित होना : एक ऐसी सार्वभौमिक भाषा में, जो मनुष्य ही नहीं, प्राणि मात्र की उनके अपने हृदय में ही स्वयं रूप से अवबोधित हो जाती है : जिसे 'दिव्यध्वनि' कहा गया है।

तीर्थंकर का यह धर्मचक्र प्रवर्तन तृतीय खण्ड में समाहित न हो सका। इस विभाग की उपलब्ध सामग्री की सम्भावनाओं को जब मैंने अवगाहा, तो पाया कि उसमें कई ऐसे जन्मान्तरीण और वर्तमान व्यक्तित्व, चरित्र, पात्र और कथानक थे, जिनमें गहरे उतरने, अन्वेषण करने, रचने की अपार सम्भावना और गुंजाइश थी...उनके सम्मुख मेरा सोचना, या उन्हें योजनाबद्ध करना, इतना छोटा पड़ गया, कि सोच समाप्त हो गया, और पात्र तथा कथानक स्वयं ही अपने मौलिक उपादान में से रूपाकार लेते दिखाई पड़े। मैं निमित्त मात्र रह गया : और जैसे महावीर स्वयं ही अपने धर्मचक्र प्रवर्तन का शिल्पन करने लगे। मानव-चरित्र के अकथ-अगम रहस्यों के तलातल आपोआप ही रचना में खुलने और रूपायित होने लगे।

तब हुआ यह कि हर खण्ड के औसत पृष्ठों की सीमा पर ही मुझे तृतीय खण्ड रोक देना पड़ा। उसके बाद नाड़ीभंग से गुजरा, और अपनी सत्ता ही अपने काबू से बाहर हो गयी। और मेरे उस काँपते अस्तित्व को आम्रपाली ने अपने आँचल में सहेज कर, मुझे फिर रचना-सन्नद्ध कर दिया, जिसका जिक्र पहले कर चुका हूँ। चतुर्थ खण्ड

अजस्त्र प्रेरणा के साथ उतरने लगा और अतिरिक्त दो सौ पृष्ठ उसी खण्ड में लिखकर, ग्रन्थ को समाप्त करने की मेरी योजना भी मानो कि मेरे हाथ न रह गयी। थककर निढाल, नि:सत्त्व, अस्वस्थ और निष्क्रिय हो गया। और उसी अन्तराल में मुझे 'नवनीत' पर बैठा दिया गया। ...बाद को स्पष्ट हुआ, मानो कि इसमें भी महावीर का ही कोई ईश्वरीय षड्यन्त्र था। मेरे न चाहते भी पंचम खण्ड लिखने की तलबी मेरे सामने आ खड़ी हुई। और इस डेढ़ वर्ष में जैसे अनुत्तर योगी महावीर 'नवनीत' के व्यासपीठ से धर्मचक्र-प्रवर्तन करते दिखाई पड़े। मैं आश्चर्य से स्तब्ध हूँ, और केवल 'निमित्त मात्रं भव सव्यसाचिन्' हो रहने को बाध्य हूँ।

यह विस्तार क्यों उत्तरोत्तर बढ़ता ही चला गया, इसका उत्तर भाविक पाठक स्वयं ही रचना को पढ़ने के दौरान पाते चले जाएँगे। फिर भी इस सन्दर्भ में जो क़ैफ़ियत मेरे लक्ष्य में आती है, उसे यहाँ प्रस्तुत करना अनुचित न होगा। बल्कि शायद पाठक और समीक्षक को कथ्य और शिल्प दोनों दृष्टियों से इस विस्तार के औचित्य को समझने में मदद मिलेगी।

चतुर्थ खण्ड को जिस मुकाम पर रोक देना पड़ा है, वहाँ तक महावीर के धर्मचक्र-प्रवर्तन का भूगोल पूर्वीय आर्यावर्त तक ही सीमित रह जाता है। उनके समवसरण का विहार (अभियान) घूम-फिर कर मगध, वैशाली, चम्पा, काशी-कोशल और वत्सदेश (कौशाम्बी) से आगे जाता नहीं दिखाई पड़ता। लेकिन फिर एक मोड़ आता है, महावीर की आगमोक्त कथा में ही। धुर पश्चिमोत्तर के सिन्धुसौवीर देश की राजधानी वीतिभय नगर से प्रभु को पुकार सुनाई पड़ती है। वहाँ के राजा उदायन, जो महावीर के मौसा भी थे, दूर से और अनदेखे ही चिरकाल से महावीर के भक्त और प्रेमी थे। महावीर की मौसी और उदायन की रानी प्रभावती ने और उन्होंने, भगवान के कुमारकाल में ही गोरोचन चन्दन काष्ठ से उनके कुमार-स्वरूप की एक मूर्ति बनवायी थी, जिसे 'जीवन्त स्वामी' की संज्ञा प्रदान की गयी थी। आज जो अकोटा से प्राप्त 'जीवन्त स्वामी' की कांस्य प्रतिमा बड़ौदा म्यूजियम में सुरक्षित है, वह शायद परम्पराओं में संक्रमित होती हुई महावीर के उसी तत्कालीन मूल स्वरूप 'जीवन्त स्वामी' की ही प्रतिच्छवि हो तो क्या आश्चर्य है! कम-से-कम मेरी तो यही दृढ़ प्रतीति है। क्योंकि उस काल की 'जीवन्त स्वामी' संज्ञा आज भी उस मूर्ति के साथ अक्षुण्ण जुड़ी हुई है। खैर, यह एक मेरा अनुसन्धान मात्र है, जो शायद आगे इतिहास-पुरातत्त्व के शोधकों की शोध का विषय भी हो सकता है।

यहाँ प्रासंगिक यह है कि वीतिभय की महारानी मौसी प्रभावती और उनके पति राजा उदायन की दूरंगम और अचाक्षुष भक्ति की पुकार को तीर्थंकर महावीर टाल न सके, और वे पहली बार पूर्वीय आर्यावर्त की सीमा का अतिक्रमण करके अपने विशाल संघ सहित पश्चिमोत्तर सीमान्त की ओर प्रस्थान कर गये।

प्रभु का यह महाप्रस्थान, समकालीन भूमण्डल के समग्र 'ग्लोब' की दिग्विजय के प्रस्थान-बिन्दु के रूप में हाथ आता है। और ठीक इसी मुकाम पर औचक ही महावीर के रचनाकार को एक विज़नरी साक्षात्कार होता है : कि तीर्थंकर का धर्मचक्र-प्रवर्तन अपने समय के भूगोल के विस्तारों में भी 'ग्लोबल' यानी सार्वभौमिक हुए बिना रह नहीं सकता। समकालीन पृथ्वी के तमाम ज्ञात छोरों तक गये बिना मानो वह समाप्त नहीं हो सकता। यह मानो तीर्थंकर के धर्मचक्र-प्रवर्तन की अनिर्वाय नियति है।...

मानो कि इसी नियति के इंगित पर श्रीभगवान राजा उदायन और रानी प्रभावती की पुकार पर सीधे वीतिभय की ओर प्रस्थान कर जाते हैं।...और फिर घटनाक्रम कुछ इस तरह चलता है, कि वहाँ से लौटते हुए प्रभु उज्जयिनी और उसके बाद दशपुर आते हैं। महामालव के प्राचीन नगर दशपुर का यह नामकरण, घटनावश उसी समय होता है। यह शायद निरा आकस्मिक नहीं, कि 'अनुत्तर योगी' के रचनाकार वीरेन्द्र का जन्म इसी दशपुर यानी आज के मन्दसौर नगर में हुआ था। इसका सम्भवत: क्या गहन आशय रहा होगा, इसका स्पष्टीकरण पाठकों को पंचम खण्ड में सांकेतिक रूप से हो सकेगा। कल्प-दर्शन (विज़न) के वातायन पर ही लेखक को इस आशय का अनायास साक्षात्कार होता है।...और इस दशपुर नगर के समवसरण, में महावीर के गृह-त्याग के बाद पहली बार सोमेश्वर और वैनतेयी श्रीभगवान के समीप उपस्थित होते हैं। ग्रीक दासी बाला वैतेनयी को सामने पाकर, उसकी आँखों के जल में प्रभु को मानो भूमध्य सागर के जल-जलान्त उछलते दिखाई पड़े। और उनमें से यूनान (ग्रीस), इस्त्रायेल (मिस्त्र) और पारस्य (पर्शिया) की पुकार भी सुनाई पड़ी। अन्तरिक्षचारी प्रभु के लिए वहाँ की समवसरण-यात्रा भी सहज और अनायास ही हो सकती थी।...और फिर लौटती परिक्रमा में पूर्वीय महाचीन भी क्यों नहीं, जहाँ उस काल, उस वेला लाओत्स और कन्फ्यूसियस बोल रहे थे। संवत्सरिक काल में कुछ दशकों का अन्तर रहा भी हो, तो उसे मैंने इस ग्रन्थ में नगण्य कर दिया है, और एक अखण्ड महासमय की धारा में अतिक्रमण कर गया हूँ।

महावीर का समवसरण ग्रीस, इस्त्रायेल, पारस्य, महाचीन आदि तक गया या नहीं, इसका निर्णय मैंने इतिहास पर नहीं छोड़ा है। इतिहास बेचारे की क्या हस्ती, जो महाकालेश्वर महावीर के सारे विहारों, प्रस्थानों और क्रियाकलापों को समेट सके, या उनका पारदर्शन कर सके। वह तो कोई विज़नरी रचनाकार ही, अपने कल्प-वातायन से कर पाता है, क्योंकि वह कालभेदी भूमा का साक्षात्कारी होता है। पंचम खण्ड में मेरी इस गुस्ताखी से आपका साबिका पड़ेगा।

इस विज़न से एक बहुत गहरी तात्त्विक बात हाथ आती है। सर्वज्ञ अर्हन्त तीर्थंकर तो अपनी मूल स्थिति से ही त्रिकाल और त्रिलोकवर्ती होते हैं। सो उनका मौलिक धर्मचक्र-प्रवर्तन तो उनकी देश-कालातीत आत्मा में ही निसर्गत: आपोआप

घटित होता है, होता ही रहता है। बाहर के देश-काल में उसकी एक नैमित्तिक मूर्त अभिव्यक्ति मात्र होती है। पर वह तीर्थंकर तो एक साथ, एकाग्र, अपनी अन्तश्चेतना के ध्रुव पर आसीन रहकर ही सर्वकाल और सर्वदेश की असंख्य आत्माओं में एकबारगी ही यात्रा करता है। एक अविभाज्य तात्त्विक कालधारा में ही अनायास वह सर्व का आश्लेष निरन्तर करता रहता है। मैं इसे 'आन्तर अवकाश' (इनर स्पेस) में धर्मचक्र-प्रवर्तन कहना चाहूँगा, ठीक आज की भाषा में। लेकिन चूँकि तीर्थंकर का तीर्थंकरत्व प्रकट पृथ्वी पर तभी सम्पन्न और सार्थक माना जा सकता है, जब वह अपने समय के सम्पूर्ण भूमण्डल (ग्लोब) के बाहरी अवकाश (आउटर स्पेस) में भी, ठीक भौगोलिक सार्वभौमिकता में घटित हो सके। उसके बिना तमाम समकालीन पृथ्वी की प्यास को कोई मूर्त और प्रत्यक्ष उत्तर कैसे मिल सकता है?

इसी संचेतना में से मुझे स्पष्ट साक्षात्कार हुआ, कि समकालीन भूगोल के छोरों तक महावीर की समवसरण-यात्रा घटित होना तीर्थंकर की एक अनिवार्य नियति है। परिपूर्ण प्रेम की इस पार्थिव दिग्विजय के बिना, मानो महावीर का तीर्थंकरत्व धरती पर प्रमाणित नहीं हो सकता। और इसी प्रत्यय से प्रेरित होकर पंचम खण्ड में प्रभु को समकालीन पृथ्वी के छोर छूना ही होगा। और वहाँ से लौटने पर मगध-वैशाली के युद्ध का सूत्र-संचार अनायास मानो अकर्ता महावीर द्वारा होना है। युद्ध मानो प्रलय का प्रतीक है। जीर्ण-जर्जर और जड़ीभूत मृत जगत् का प्रलय हुए बिना नये जगत् का उदय कैसे हो सकता है। 'विश्वोदय-प्रलय नाटक नित्य साक्षी' की त्रिकालिक लीला ही मानो मगध-वैशाली के युद्ध में घटित होती है। और इस युद्ध के अनन्तर श्रीभगवान जैसे ठीक नियति-निर्धारित रूप से निर्वाण की ओर महाप्रस्थान करते दिखाई पड़ते हैं : सिद्धालय में पलायन कर जाने के लिए नहीं, दीप-निर्वाण की तरह नहीं, बल्कि मोक्ष के कपाट तोड़कर उसके सिद्धालय के अनन्त दर्शन-ज्ञान-सुख-वीर्य के अविनाशी ऐश्वर्य को अपने युग-तीर्थ की तमाम आत्माओं के भीतर अभिसिंचित कर देने के लिए।

तीर्थंकर वह, जो अपने देशकाल में एक नूतन सर्वत्राता युग-तीर्थ का प्रवर्तन करे। इसी महोद्देश्य की परिपूर्ति के लिए श्रीभगवान अपने समकालीन विश्व और समय के भीतर एक मूर्त प्रत्यक्ष, भौगोलिक और युगीन यात्रा भी करते हैं। जो तीर्थंकर युगावतार न हो, अपने युग और समय का अतिक्रान्तिकारी स्रष्टा और विधाता न हो, उसकी हमारे लिए क्या उपादेयता हो सकती है? वह भले ही अपनी मौलिक आन्तरिक सत्ता में सर्वज्ञ अर्हन्त और सर्वशक्तिमान, सर्वव्यापी हो, लेकिन हमारे समय में जब तक उसकी यह इयत्ता और गुणवत्ता प्रत्यक्ष रूप से प्रमाणित न हो, तब तक हम तीर्थंकर महावीर को कैसे पहचान सकते हैं, उसे कैसे अपने और अपने समय के लिए

सुलभ कर सकते हैं ?

यही 'अनुत्तर योगी' के रचनाकार का वह विज़न है, जिसके चलते यह ग्रन्थ अनिर्वायत: और ठीक एक मूर्त क्रमिकता में पंचम खण्ड तक खिंचता चला जा रहा है। पंचम खण्ड के उपसंहार में, ठीक निर्वाण की उष:कालीन द्वाभा-वेला में अनायास प्रभु के श्रीमुख से अनेक भविष्यवाणियाँ उच्चरित होती हैं, जिनमें हमारे समय के इतिहास का भी अनावरण होता है, तथा हमारे काल के प्रमुख युगान्तरकारी व्यक्तित्वों, घट-चक्रों और मोड़ों पर भी प्रतीकात्मक प्रकाश पड़ता है।

मैं समझता हूँ, कि इस क़ैफ़ियत से पाठकों और समीक्षक-मित्रों को ग्रन्थ के इस विस्तार और अमाप इयत्ता का कारण-विज्ञान अवबोधित हो सकेगा। इत्यलम्।

इस बीच प्राय: कई समझदार समीक्षक मित्रों को कहते सुना है कि 'अनुत्तर योगी' में अब तक उपलब्ध उपन्यास का स्वीकृत ढाँचा (स्ट्रक्चर) टूट गया है। कुछ लोगों ने यह प्रश्न भी उठाया है कि 'अनुत्तर योगी' को उपन्यास कहा जाए, या काव्य कहा जाए, या आख़िर इसे क्या कहा जाए? क्योंकि उपन्यास-विधा का प्रस्थापित स्वरूप इसमें हाथ नहीं आता। बल्कि यह एक विशुद्ध महाकाव्य ही अधिक है। कविता की तमाम शर्तों को बेशक यह पूरा करता है, मगर उपन्यास इसे कैसे कहें? क्योंकि इसमें उपन्यास का कोई सर्वमान्य सिलसिला हाथ नहीं आता। इसका सारा गद्य इस कदर गीत्यात्मक (लिरिकल) है, कि उपन्यास की गद्यात्मक मूर्तता इसमें गायब दिखाई पड़ती है। एक तरल, अबन्ध्य काव्य-प्रवाह में ही यह सारी कृति रची गयी है, जो किसी भी ठोस वास्तविक तट-बन्ध को नहीं स्वीकारती। ...इस प्रकार की आलोचनाओं के फलस्वरूप एक बात अवश्य प्रमाणित होती है, कि 'अनुत्तर योगी' न तो उपन्यास है, न निरा काव्य है, बल्कि कोई एक तीसरी ही असंज्ञनीय विधा इसमें आविर्भूत होती दिखाई पड़ती है। एक तरह से यही कथन सही कहा जा सकता है।

वस्तुत: हक़ीक़त यह है कि इसे लिखना आरम्भ करते समय मेरे मन में ऐसी कोई सतर्क धारणा नहीं थी कि मैं इसमें उपन्यास का पूर्व-निर्धारित ढाँचा तोड़ूँ। असल में कोई शिल्पगत पूर्व-परिकल्पना मेरे मन में थी ही नहीं। शिल्प या रूप-बन्ध के स्तर पर जो कुछ भी हुआ है, वह अपने आप ही होता चला गया है। मानो कि इसके शिल्पी या स्थापत्यकार स्वयं इसके महानायक महावीर ही रहे। वे मुझसे जिस तरह लिखवाते चले गये, मैं लिखता चला गया। गोया कि अपनी कथा का रूप-निर्धारण महावीर ने मेरे हाथ रखा ही नहीं, वे स्वयं ही जैसे इसमें स्वत: रूपायित होते चले गये। इसके अतिरिक्त इसका अन्य कोई स्पष्टीकरण मेरे लिए सम्भव नहीं है।

जब कई समीक्षकों ने एक ही बात बार-बार दोहरायी कि इसमें ढाँचा टूटा है, तो मानो अपने सृजन की योग-निद्रा से उचटकर एकाएक किसी सबेरे यह खबर मैंने जैसे किसी अखबार की हेड-लाइन में पढ़ी और मैं चकित हो गया, कि क्या सचमुच ऐसा कुछ हुआ है ? ठीक उसी तरह, जैसे कोई किशोरी हठात् मुग्धा होने पर, लोगों की उसके रूप-यौवन पर मुग्ध-विभोर होती दृष्टि से वह सचेतन होकर जाने, कि उसके शरीर में कुछ ऐसा रूपान्तर हुआ है, जो सारे परिवेश की सम्मोहित दृष्टि का केन्द्र बन गया है। और तब मानो वह स्वयं ही अपने रूप-लावण्य पर आत्म-मुग्ध हो जाए, और लजा जाए, नजरें झुका कर आप ही अपने सौन्दर्य की समाधि में निमग्न हो जाए।

वस्तुतः यह आलोचना मुझे सही और अच्छी ही लगी। यह जानकर मुझे आह्लाद का रोमांच ही अनुभव हुआ कि मेरे हाथों कुछ ऐसा अघटित घटित हुआ है, जो भारतीय साहित्य में इससे पूर्व नहीं हुआ था। पश्चिम में तो उपन्यास का स्ट्रक्चर (ढाँचा) बहुत पहले ही टूट चुका था। हेनरी प्रूस्त, जेम्स जॉयस और वर्जीनिया वुल्फ यह काम बहुत पहले ही कर चुके थे। मगर भारतीय साहित्य में यह जानकारी मौजूद होते हुए भी, किसी बड़े से बड़े उपन्यासकार ने भी यह साहस नहीं किया था, या वैसा करने की कोई जरूरत किसी को महसूस न हो सकी थी। सच तो यह है कि किसी भी बड़ी और स्वाभाविक रचना में ढाँचा इरादतन तोड़ा नहीं जाता, वह आपोआप ही टूटता है। तो मानना होगा कि वह रचना या रचनाकार की किसी भीतरी जरूरत में से ही टूटता है। हक़ीक़तन मेरे साथ भी यही हुआ होगा। क्योंकि प्रयोग करने के लिए प्रयोग करना कभी मेरे स्वभाव में न रहा, जब भी मुझसे प्रयोग हुआ, मेरी खास तरह की अन्तश्चेतना और उसकी रचनात्मक आवश्यकता में से ही हुआ। लेकिन यह तो अब एक सर्व-स्वीकृत तथ्य हो चुका है, कि 'अनुत्तर योगी' में उपन्यास का परम्परागत ढाँचा टूटा है। और इसे मैं अपने तईं एक उपलब्धि ही मानता हूँ, दोष नहीं। वैसे भी मैंने आलोचक या पाठक को लक्ष्य में रखकर कभी नहीं लिखा। जो भी लिखा, प्रथमतः अपनी विलक्षण आत्मानुभूति और आत्माभिव्यक्ति के तकाजे में से ही लिखा।

इस सन्दर्भ में मुझे दो वर्ष पूर्व 'पूर्वग्रह' में प्रकाशित धनंजय वर्मा के एक विस्तृत लेख का ध्यान आता है, जिसमें उन्होंने बड़े साहसपूर्वक भारतीय उपन्यास पर यह टिप्पणी की थी, कि हम पश्चिम से आयातित एक ढाँचे की परिपाटी को ही पीट रहे हैं, किसी ने अब तक उपन्यास के प्रस्थापित ढाँचे को तोड़ने की कोई पहल या पराक्रम नहीं किया है। उसके बाद स्वयं धनंजय ने मुझसे यह जिक्र भी किया था, कि वस्तुतः उनका यह लेख 'अनुत्तर योगी' की उनके द्वारा आगे की जाने वाली समीक्षा की भूमिका ही था, और उसके उत्तरार्द्ध-स्वरूप जो लेख अब वे लिखेंगे, उसमें वे यह स्थापना करेंगे कि 'अनुत्तर योगी' का रचनाकार इस मामले में अपवाद स्वरूप

है, और उसने स्थापित औपन्यासिक ढाँचे को तोड़ने की साहसिक पहल की है। प्रकारान्तर से धनंजय वर्मा से पहले ही श्रीराम वर्मा और प्रभात कुमार त्रिपाठी भी यह बात अपने ढंग से कह चुके थे, इसका उल्लेख न करना उन दोनों साहित्य-मर्मज्ञ मित्रों के प्रति अन्याय होगा।

यहाँ इस सन्दर्भ में यह कह देना भी जरूरी है कि 'अनुत्तर योगी' का भावुक पाठक बिना किसी ऐसे विवाद में पड़े, उसे अपनी जड़ों से सीधा पीता चला गया है, और उसे इसमें वह परितृप्ति और समाधान मिला है, जो उसे अन्यत्र आज तक कहीं न मिल सका था। इसमें ढाँचा टूटने, और एक अधिक तर्पक विधा के आविष्कृत होने की बात स्वतः ही गर्भित है। सच पूछो तो किसी भी कृति का सच्चा मूल्यांकनकार उसका भाविक और सुरसिक पाठक ही होता है, कोई रचनाकार या समीक्षाकार नहीं। क्योंकि लेखक और समीक्षक आमतौर पर संस्कारबद्ध, रूढ़िबद्ध और 'सॉफिस्टीकेटेड' ही होते हैं। पाठक ही मुक्तचेता और रचना का सच्चा स्वाभाविक गृहीता और अवबोधक होता है। 'अनुत्तर योगी' के हजारों पाठकों के अभिमत से यह सत्य और तथ्य प्रमाणित हुआ है।

'अनुत्तर योगी' में ढाँचे का टूटना जिस तरह एक दिन अकस्मात् 'ब्रॉड-कास्ट' की तरह चारों ओर से सुनाई पड़ा था, उसी तरह एक दिन हठात् यह टेलीकास्ट भी देखने-सुनने में आया कि—'अनुत्तर योगी' सही मानो में एक 'विशुद्ध भारतीय उपन्यास' है। मैं हैरान देखकर, कि 'विशुद्ध भारतीय उपन्यास' कोई खास चीज होती है क्या? भारतीय जीवन को लेकर लिखा गया, हर हिन्दुस्तानी लेखक का उपन्यास क्या भारतीय ही नहीं होता है?

बंकिम, रवीन्द्र, शरत्, ताराशंकर, विभूतिभूषण, प्रेमचन्द, जैनेन्द्र, वात्स्यायन, विमल मित्र, खाण्डेकर, राजा राव, मुल्कराज आनन्द, हजारी प्रसाद द्विवेदी और हमारे तमाम आंचलिक उपन्यास—ये सब क्या विशुद्ध भारतीय नहीं?

तभी शिलालेख और या कहिये आकाश-लेख की तरह एकाएक कहीं पढ़ने को मिला :

"...इधर पाश्चात्य प्रभाव से हमारा साहित्य इतना प्रभावित है, कि वह कभी-कभी पाश्चात्य वाङ्मय का हिन्दी अनुवाद-सा लगता है। ऐसी स्थिति में आधुनिक साहित्य में निखालिस भारतीय उपन्यास लिखने का श्रेय वीरेन्द्रजी को जाना चाहिए।...'अनुत्तर योगी' किस माने में विशुद्ध भारतीय है, इसका स्पष्टीकरण जरूरी है। इस उपन्यास का केन्द्रीय व्यक्तित्व और इस महागाथा का अनुभव समस्त भारतीय संस्कृति का एक विशुद्ध परिणमन है। वैज्ञानिक बुद्धिवाद के प्रभाव में आकर हमारा

आज का बौद्धिक पुराचीन जगत् के अतीन्द्रीय अनुभवों का, विराट व्यक्तित्वों तथा अतिमानवीय घटनाओं का या तो अविश्वास करने की मुद्रा में रहता है, अथवा उन्हें बुद्धि-सम्मत पहराव देने का प्रयास करते हुए मूल मिथकीय अनुभव को ही नकार देता है।..."

"भारतीय योग-साधना, ध्यान-धारणा, भक्तिपरायणता, अलौकिक चमत्कारों की वास्तविकता, केवलज्ञानी एवं त्रिकालचेता विराट् व्यक्तित्व की उपस्थिति में सहज आस्था, जन्म और मरण का शाश्वत सत्ता की सापेक्षता में लहर और समुद्र की तरह रिश्ता, जन्म-जन्मान्तरवाद और कर्मवाद में विश्वास, मूल सत्ता के गुणात्मक रूप को स्वीकार करते हुए भी, मनुष्य की दृष्टि से उसका चरम शिवत्व और सौन्दर्य से संयुक्त होना, सभी गोचर द्वन्द्वों एवं संघर्षों का अन्ततोगत्वा सत्ता की समरसता में विलीयमान होना—आदि भारतीय संस्कृति के कुछ ऐसे विश्वास 'अनुत्तर योगी' के अनुभव की पीठिका हैं। और यही पीठिका उसे एक विशुद्ध भारतीय उपन्यास प्रमाणित करती है।..."

—डॉ. चन्द्रकान्त बान्दिवडेकर

('उपन्यास : स्थिति और गति' ग्रन्थ से साभार)

डॉ. बान्दिवडेकर सबसे पहले व्यक्ति थे, जिन्होंने 'अनुत्तर योगी' पर 'निखालिस भारतीय उपन्यास' की मुद्रा अंकित की। फिर डॉ. श्यामसुन्दर घोष ने कहा कि 'अनुत्तर योगी'—'भारतीय संस्कृति का चित्रागार' है। इसके अनन्तर श्रीराम वर्मा ने भोपाल के 'साक्षात्कार' में लिखा है कि : "इधर निर्मल वर्मा विशुद्ध भारतीय उपन्यास के सम्भाव्य स्वरूप की खोज में हैं। अपनी तमाम खोज के बावजूद वे अपने उपन्यासों में पाश्चात्य वास्तववाद (रियालिज़्म) से उबर नहीं पा रहे हैं। जबकि वीरेन्द्र कुमार जैन ने 'अनुत्तरयोगी' के रूप में विशुद्ध भारतीय उपन्यास लिखकर, उसके मौलिक स्वरूप का साक्षात्कार करा दिया।...वीरेन्द्र कुमार जैन तो भौतिक यथार्थ यानी 'रियालिज़्म' को स्वीकारते ही नहीं, उस पर रुकते ही नहीं। उनके सृजन का स्रोत है 'रियालिटी' (मौलिक सत्ता) और समस्त जगत्-जीवन को भी वे इसी 'रियालिटी' के परिप्रेक्ष्य में ही देखते-जानते और अनुभूत करते हैं। आदि" ठीक शब्द इस वक्त सामने नहीं है, मगर श्रीराम वर्मा का आशय निःसन्देह ठीक यही है : वक्तव्य के सारे तथ्य यही हैं।

डॉ. विश्वम्भरनाथ उपाध्याय ने कहा कि—'अनुत्तर योगी' में वीरेन्द्र कुमार जैन ने वेदव्यास बनने की कोशिश की है। इसमें 'महाभारत' की यह प्रतिज्ञा स्पष्ट झलकती है कि—'जो यहाँ नहीं है, वह कहीं नहीं है, जो जहाँ भी है—वह सब यहाँ एक साथ

है।' आदि डॉ. लक्ष्मीनारायण लाल ने इसे भारतीय आत्मा का अनादिकालीन महाकाव्य कहा, और डॉ. विवेकी राय ने इसकी विशुद्ध भारतीयता को विस्तार से विवेचित किया।

इन तमाम सन्दर्भों के सिलसिले में ही मुझे पहली बार जानने को मिला कि साहित्य में इधर 'विशुद्ध भारतीय उपन्यास' जैसे किसी चीज की तलाश चल रही है। और इस तलाश के लक्ष्य को समझने में मैं अब भी असमर्थ हूँ। रवीन्द्र और शरत् का कथा-साहित्य क्या भारत की अन्तश्चेतना से ही अनुप्राणित नहीं? दक्षिण भारत के सभी दिग्गज कथाकारों ने क्या भारत की महान जीवन्त परम्परा को ही आलेखित नहीं किया? प्रेमचन्द के 'गोदान' के होरी में क्या भारत की आदिम आत्मा ही नहीं बोलती? हमारे सारे आंचलिक उपन्यासों में क्या भारत की आदिम माटी की गन्ध ही नहीं महक रही? क्या कमलादास के आत्मकथात्मक उपन्यास 'मेरी कहानी' में भारत की आत्मा ने ही पश्चिम का शरीर धारण नहीं किया है?

...तब फिर वह क्या विशिष्ट अवशिष्ट है, जिसके अभाव में 'भारतीय उपन्यास' के प्रकृत स्वरूप की तलाश अब भी जारी है? यह तलाश कथ्यगत है या शिल्पगत है? क्या कोई अनादि-अनन्तकालीन भारत हो सकता है? यह क्यों कर सम्भव है? निरन्तर परिवर्तनशील देश-काल में कोई भी देश या संस्कृति-विशेष अक्षुण्ण रूप से चिरन्तन-शाश्वत कैसे कही जा सकती है? ये प्रश्न उत्तर माँगते हैं, और इनका उत्तर देने का दुःसाहस मैं यहाँ नहीं करूँगा।

मगर एक बात जरूर ध्यान में आती है—इस सन्दर्भ में। भारत की अनाद्यन्त खोज की उपलब्धि सारांशतः यह है कि : "द्वन्द्व और द्वन्द्वातीत, सूक्ष्म और स्थूल, आत्मिक और भौतिक, मूर्त और अमूर्त, दोनों ही अपनी जगह सत्य हैं। 'एकोहं बहुस्याम्' कहकर 'वह एकमेव' ही दो होकर फिर बहु हुआ है : वही है यह जगत्-सृष्टि, यह जीवन। इसी से भारत का कहना है, कि द्वन्द्वातीत में द्वन्द्व का इनकार नहीं है, और द्वन्द्व में द्वन्द्वातीत का इनकार नहीं है। वैसे ही आत्मिक में भौतिक का, और भौतिक में आत्मिक का इनकार नहीं है। समुद्र में तरंग का, और तरंग में समुद्र का इनकार नहीं है। अमूर्त ही मूर्त हुआ है, और मूर्त की मुक्ति अमूर्त में ही सम्भव है। अखण्ड अमूर्त का साक्षात्कार हुए बिना, खण्ड मूर्त में पूर्णत्व का प्राकट्य सम्भव नहीं। द्वन्द्व और द्वन्द्वातीत में जो एक साथ खेल रहा है, वही भारत है, वही भारतीय आत्मा की अस्मिता है। एक में अनेक और अनेक में एक की लीला का दर्शन-आस्वादन, यही भारत की विशिष्ट अन्तश्चेतना है। जिस उपन्यास या गाथा में इस लीला का स्पष्ट और सीधा साक्षात्कार तथा मूर्तन हो, शायद उसे ही 'विशुद्ध भारतीय' उपन्यास की संज्ञा प्रदान की जा सकती है। यह शाश्वत कथा की पटभूमिका पर ही सम्भव है। शाश्वत कथा के लिए सबसे उपयुक्त फॉर्म है, मिथ, पुराकथा। क्योंकि उसमें तात्कालिकता

होते हुए भी सार्वकालिकता होती है। वह काल में घटित होते हुए भी, महाकालीन, सर्वकालीन और कालातीत एक साथ होती है।''

एक और भी बात विशुद्ध भारतीय कथा-साहित्य के लाक्षणिक स्वरूप को उजागर करती है। उसमें फन्तासी और वास्तविकता दोनों एकाग्र रूप से संयुक्त पायी जाती हैं। उसमें त्रासदी और कॉमेदी (सुखान्तिका) द्वन्द्व और द्वन्द्वातीत का निर्वाह एक साथ होता है। उसका अन्त सदा कॉमेदी में होता है। उसमें वास्तविक संसार जीवन के स्तर पर त्रासदी का चित्रण चरम तक होता है, अस्तित्वगत सन्त्रास को परा सीमा तक आलेखित किया जाता है। लेकिन उपसंहार में सुखान्तिकता अनिवार्य है। नरक है, मृत्यु है, मगर अन्ततः स्वर्ग है, अमरता है, शाश्वती (इटर्निटी) है। आज का अधिकांश पाश्चात्य साहित्य अस्तित्वगत द्वन्द्व और त्रासदी पर ही समाप्त है। भारत द्वन्द्व और त्रासदी को सम्पूर्ण स्वीकारता तो है, पर उसकी कथा का उपसंहार द्वन्द्वातीत शाश्वत मिलन में होना जैसे अनिवार्य है। क्योंकि अन्ततः शाश्वत जीवन ही परम सत्य है, ध्रुव स्थिति है।

इसी कारण हमारे क्लासिक साहित्य में वास्तव और दन्तकथा का, यथार्थ और मिथक का, स्वप्न और तथ्य का, मूर्त और अमूर्त का, वज्र-कठोर और कुसुम-कोमल का, सुन्दर और असुन्दर का अद्भुत सम्मिश्रण और सामंजस्य दिखाई पड़ता है।

यहाँ यह भी लक्षित करना होगा कि पश्चिम के क्लासिकों में भी मिल्टन का महाकाव्य 'पेरेडाइज़ लॉस्ट' पर ही समाप्त नहीं होता, 'पेरेडाइज़ रिगेंड' में ही उसकी चरम परिणति होती है। दान्ते ने 'कॉमेडिया डिविना' ही लिखी, 'ट्रेजेडिया डिविना' नहीं। 'इनफर्नो' में नरकों के तमाम मण्डलों और पातालों को पार करके, 'पर्गेटोरियो' में आत्मशुद्धि के अग्नि-स्नान से गुजर कर, 'पेरेडिसो' में कवि 'पेरेडाइज़' के उद्यान-सरोवर के तट पर अपनी दिवंगता विरहिता प्रिया बीट्रिस से पुनः मिलता है, और वह मिलन-सुख शाश्वत हो जाता है। यानी क्रूसीफ़िक्शन ही सत्य नहीं, रिसरेक्शन भी उतना ही सत्य है : बल्कि वही अन्तिम और शाश्वत सत्य है।

इस शाश्वती का साक्षात्कार ही भारतीय सृजन का परम अभीष्ट या लक्ष्य कहा जा सकता है। 'अनुत्तर योगी' में द्वन्द्व और द्वन्द्वातीत, काम और पूर्णकाम, का यह सामंजस्य कहाँ तक सिद्ध हो सका है, भंगुर में अमर का और ऐन्द्रिक में अतीन्द्रिक का दर्शन-आस्वादन कहाँ तक विश्वसनीय हो सका है, शाश्वती की अनुभूति ठीक मनोवैज्ञानिक स्तर पर कहाँ तक रूपायित हो सकी है, यह निर्णय सच्चे भावक और भाविक पाठकों, लेखकों और समीक्षकों के हाथ है। उसमें मेरा क्या दखल हो सकता है? इतना ही जानता हूँ, कि अधोलोक के अतल अन्धकारों में, नग्न निर्द्वन्द्व खेलकर भी, अन्ततः मैं ऊर्ध्व के ज्योतिर्मय वातवलयों में ही तैरता पाया गया हूँ, उड्डीयमान हो सका हूँ। जीवन में पल-पल चरम त्रासदी को जीकर भी, अन्ततः सदा सुन्दर के

स्वप्न में ही उत्क्रान्त होता रहा हूँ, जीता रहा हूँ। इत्यलम्।

हमारे साहित्य में 'विशुद्ध भारतीय उपन्यास' की तलाश जो आज इस शिद्दत से हमारे बौद्धिकों के बीच चल पड़ी है, उसका एक और भी सचोट कारण है। भारत के सरनाम अंग्रेजी प्रकाशकों की रिपोर्ट है, कि विदेशों में तथाकथित आधुनिक भारतीय उपन्यास की माँग तेजी से कम होती जा रही है। नौबत यहाँ तक आ पहुँची है, कि पहला संस्करण भी पड़ा रह जाता है। वजह यह बतायी जाती है, कि जागृत और रौशन पश्चिमी पाठक की भारत के उस कथा-साहित्य में दिलचस्पी नहीं रह गयी है, जिसमें पश्चिमी सभ्यता से आक्रान्त भारतीय चरित्रों का आलेखन होता है। पश्चिम के पिटे-पिटाये अस्तित्ववादी और अतियथार्थवादी पात्रों की पुनरावृत्ति या भद्दी नकल और सन्त्रास, अकेलेपन तथा दिशाभ्रम की पश्चिमी समस्याओं का हमारे नये उपन्यास में जो प्राबल्य बढ़ता जा रहा है, वह पश्चिमी पाठक को तृप्त नहीं करता। वह उसे अपनी ही जूठन या वमन लगता है। उसमें उसे भारत का वह आन्तरिक मनुष्य नहीं मिलता, जिसे जानने-समझने की उसे तीव्र उत्कण्ठा और प्यास है। सच तो यह है, कि पश्चिम भारतीय उपन्यास में भारत की आदिम आत्मा से सम्पृक्त होकर, उसकी जड़ों में उतरकर, वह शान्ति और समाधान पाना चाहता है, जो भारतीय चेतना की चिरकालीन विरासत रही है। भारत की वह गहनगामी सांस्कृतिक परम्परा, जो उसके क्लासिक महाकाव्यों और उसकी कलाओं में उपलब्ध है, वह आज के भारतीय मनुष्य में कहाँ तक जीवन्त है, यही जानने के लिए पश्चिम आज उत्कण्ठित है। आधुनिक जापानी साहित्य और मनुष्य में चूँकि जापान की शाश्वती परम्परा आज भी अविच्छिन्न रूप से जीवित है, इसी कारण पूर्व के साहित्यों में जापानी साहित्य ही अपेक्षाकृत आज के पश्चिमी मनुष्य को अधिक तृप्त करता है।

मगर यह एक कटु सत्य है, कि आधुनिक भारतीय बौद्धिक और सर्जक चूँकि अपनी सनातन जीवन्त परम्परा से कट गया है, इसी कारण पश्चिमी जगत् में आज का भारतीय उपन्यास एक हद के बाद अपनी अपील खोता जा रहा है। टाइट जीन्स और टाइट जर्सियों में कसी आज की थियेटर करने वाली वे लड़कियाँ और लड़के, जो सिगरेट और शराब की प्याली हाथ में उठाये अपनी कृत्रिम समस्याओं और त्रासदियों से उलझ रहे हैं, वह सारा कुछ पश्चिम से आयातित है : पश्चिमी मानंस के लिए वह अत्यन्त मॉनोटोनस है, उसका अपना ही वमन है, उसकी अपनी ही क्रॉनिक डीसेंट्री है। उसे पढ़ना उसे ग्लानिजनक और निहायत अरोचक तथा कृत्रिम लगता है। यही कारण है कि तथाकथित आधुनिक भारतीय उपन्यास पश्चिम में 'फ्लैट' हो चुका है, उसका कोई असर नहीं पड़ता।

भारत का प्राचीन स्थापत्य, शिल्प, वास्तु, भारत का क्लासिकल संगीत और नृत्य, भारत की पारम्परिक स्वप्न-फन्तासी-जनित चित्रकला, उसके मिथक और गहन गर्भवान प्रतीक ही पश्चिमी मानस को आज अधिक आकृष्ट करते हैं। पश्चिम का पाठक वर्तमान भारतीय साहित्य में, उस खोये हुए स्वप्न को फिर से जीवन्त पाना और जीना चाहता है। इसी से यह भी रिपोर्ट मिलती है, कि भारत के पुराकथात्मक साहित्य की माँग आज पश्चिमी दुनिया में बढ़ती जा रही है। पश्चिम से उधार लिया हुआ भीषण यथार्थवाद और अस्तित्ववाद जब आज के हिन्दुस्तानी साहित्य में वल्गेराइज़ होकर व्यक्त होता है, तो पश्चिम के पाठक को उससे मतली होती है। वह अपनी मशीनी सभ्यता से उत्पन्न मतली, ऊब, उलझन, अशान्ति, हिस्टीरिया को भारत के साहित्य में पढ़ने को ज़रा भी तैयार नहीं।

मतलब कि औद्योगिक-यान्त्रिक सभ्यता से थका-हारा मृतप्राय, ह्रासोन्मुख, पराजित पश्चिमी मनुष्य मानव-जाति के खोये हुए मिथक और स्वप्न को ही भारत के वर्तमान साहित्य में खोजता है, उसके अपने ही पिटे-पिटाये भीषण यथार्थ की पुनरावृत्ति नहीं। जब कि हमारे वर्तमान बौद्धिक सर्जक की मति ठीक इससे उलटी चल रही है। वह पुराकथा, स्वप्न और फन्तासी को पलायन कहकर उसका तिरस्कार करता है, उसे अप्रासंगिक मानता है, और उसे 'भोगा हुआ यथार्थ' की संज्ञा देकर उसी को पीटने-दुहराने में अपनी आधुनिकता की सच्ची कृतार्थता अनुभव करता है।

इस सतही यथार्थवाद और प्रगतिवाद से ग्रस्त होने के कारण ही, आज का भारतीय बौद्धिक, सर्जक 'मायथोलॉजी' के सही अभिप्राय और आशय को समझ नहीं पाता है। और पुराकथा को अयथार्थ, असत्य और मिथ्या कल्पना-जल्पना मानता है। तथाकथित यथार्थ के निरे भौतिकवादी चश्मे से पुराकथा के पात्रों की जीवन्तता को समझना सम्भव ही नहीं है। पुराकथा का फलक या कैनवास कॉस्मिक (वैश्विक) होता है, निरा देश-कालगत भौगोलिक, प्रादेशिक या ऐतिहासिक नहीं होता। इसी से पुराकथा के पात्र, व्यक्ति और व्यक्तित्व होकर भी, निरे वैयक्तिक नहीं होते, वे वैश्विक होते हैं : वे समग्र 'कॉस्मॉस' या वैश्विक संज्ञा के ही संयोजक घटक होते हैं। वे प्रतीक-पुरुष और प्रतीक नारियाँ होते हैं, जो सृष्टि की विभिन्न, विविध और द्वन्द्वात्मक आदिम शक्तियों-परिबलों (forces) के व्यंजक और प्रतिनिधि प्रतिरूप होते हैं। पुराकथा की सार्थकता और प्रासंगिकता को आकलित करने का यही एक मात्र सही नजरिया हो सकता है। यथार्थवादी पट या पात्र एक हद के बाद मॉनोटोनस, निर्जीव पुनरावृत्ति मात्र हो ही जाते हैं। जबकि पौराणिक पात्र देशकाल से सीमित प्रतिबद्ध न होने के कारण सदा ताजा और जीवन्त लगते हैं, क्योंकि वे अनन्त 'असीम कॉस्मॉस' के परिप्रेक्ष्य में से आविर्भूत होते हैं। यानी कि मिथिकल पात्र और चरित्र सीधे कॉसमॉस या कॉस्मिक विराट में से कटकर ही अवतीर्ण होते हैं। इसी कारण, इस अनन्तता और

अजस्रता की वजह से ही अपनी अपील शाश्वत, चिरन्तन, और निरन्तर तरोताजा बनी रहती है।

'अनुत्तर योगी' उसी अनन्त ब्रह्माण्डीय फलक पर लिखा गया है। इसी कारण उसके पात्र वैयक्तिक होकर भी वैश्विक हैं, तत्कालीन होकर भी सर्वकालीन हैं, ऐतिहासिक होकर भी परा-ऐतिहासिक हैं, सामाजिक होकर भी परा-सामाजिक हैं, प्रासंगिक होकर भी शाश्वत की परम्परा से जुड़े हुए हैं, भौगोलिक होकर भी ब्रह्माण्डीय हैं, प्रादेशिक होकर भी सार्वभौमिक हैं, खण्ड होकर भी अखण्ड हैं, सीमित-सान्त होकर भी अनन्त-असीम हैं, सूक्ष्म पारमाणविक होकर भी स्थूल पिण्डात्मक हैं, रक्तमांस के वास्तविक नर-नारी होकर भी वायवीय हैं—'इथीरियल' हैं, पार्थिव होकर भी आत्मिक और अन्तरिक्षीय हैं। उनमें फन्तासी और रियालिज़्म का सहज ही सामंजस्य और समन्वय हुआ है। इसी कारण उनकी अपील अनायास सर्वकालीन और सार्वदेशिक हो गयी है। पुराकथा की संचरना की इस 'एनाटॉमी' को सम्यक् भावेन समझ लेने पर ही, पुराकथा की सत्यता, यथार्थता और 'अभी' और 'यहाँ' उसकी प्रासंगिकता को सही मानों में आकलित और अवगाहित किया जा सकता है।

कोई भी रचनाकार जब रचना करता है, तो उसे पता नहीं होता है, कि उसके रचना-विस्तार की ठीक-ठीक प्रक्रिया क्या होगी ? एक धुँधली आकार-रेखा (कण्टूर) भर उसके सामने होती है : निपट एक फलक-स्तरीय रेखांकन। मगर रचना के दौरान जब वह गहराइयों को थाहता है, तो उसके अनजाने ही जाने कितने ही अपूर्व गोपन-गूढ़ रहस्यों का अनावरण और सृजन होता चला जाता है, जिसका कोई पूर्वाभास उसे नहीं होता, और रचना करते समय भी न वैसा कोई इरादा होता है, न उस उद्घाटन-आविष्कार का पता चल पाता है।

प्रस्तुत चतुर्थ खण्ड उस मुकाम पर खुलता है, जब महावीर तीर्थंकर होने के बाद पहली बार प्रकटतः वैशाली आ रहे हैं—या आते हैं। उनके स्वागत की सारी तैयारी स्वभावतः पूर्व के तोरण-द्वार पर ही होती है। नगर के अन्य तीन दिशागत द्वार यों भी मगध-वैशाली के वर्षों व्यापी शीतयुद्ध के चलते बन्द हैं। ...मगर अजब है कि महावीर अकस्मात् वैशाली के कीलों-साँकलों जड़ित वर्षों से बन्द पश्चिमी द्वार के सामने आ खड़े होते हैं। उनके दृष्टिपात मात्र से द्वार सारी अर्गलाएँ तोड़कर खुल पड़ते हैं। और कठोर वीतराग महावीर बिना किसी इरादे के देवी आम्रपाली के 'सप्तभौमिक' प्रासाद के सामने से गुजरते हैं, और ठीक उसके मुखद्वार के आगे ठिठक जाते हैं।...

प्रश्न उठता है, कि महावीर वैशाली आये हैं, या आम्रपाली के द्वार पर आये

हैं ? लेकिन महावीर सन्थागार के भाषण में कह चुके थे कि उनके मन में आम्रपाली ही वैशाली है। वे दोनों तदाकार अस्तियाँ हैं। ...यहाँ रचना के दौरान एक रहस्य खुलता है : आम्रपाली सृष्टि की आद्याशक्ति परात्परा नारी-माँ का प्रतीक है। आद्याशक्ति माँ के भीतर से ही विश्व का सृजन और मूर्तन होता है। वैशाली है, उसी आद्या के मूर्त प्रकटीकरण (मैनीफेस्टेशन) का एक मीनियेचर प्रतीक। उसमें आदिम नारी-माँ ने ही रूपाकार धारण किया है : जब भी वह नारी-शक्ति विषम हो जाती है, या कर दी जाती है, तो सारी सृष्टि विषम और विसंवादी हो जाती है। बलात्कारपूर्वक आम्रपाली को नगरवधू बनाना ही नारी-शक्ति का वैषम्यीकरण है, विसंवादीकरण है। इसी से वैशाली भी विषम, विसंवादी, बेसुरी और संघर्षाक्रान्त हो गयी है। फलतः सारा समकालीन जगत् भी।

महावीर पुरुष या शिव के प्रतीक हैं। वे मानवों द्वारा विकृत विषम कर दी गयी प्रकृति या आद्या-शक्ति की मुक्ति के लिए ही मानो वैशाली आये हैं। प्रथम बार भी उसी केन्द्रीय-ध्रुवाकर्षण से खिंचकर वे वैशाली आने को विवश हुए थे। इसी से सन्थागार के भाषण में उनके ध्रुपद की टेक थी आम्रपाली। महाशक्ति माँ अनादृत है, सुवर्ण के कारागार में बन्दी है, इसी से मानो विग्रह-संघर्ष है, युद्ध है, विरोधी आसुरी शक्तियों का प्राबल्य है। मगधेश्वर श्रेणिक के मन में भी वैशाली जीतना इसीलिए अनिवार्य था, कि आम्रपाली को पाये बिना उसका दिग्विजयी चक्रवर्तित्व और साम्राज्य विस्तार सम्भव न था। आद्याशक्ति माँ, विपथगामी पुरुषशक्ति की होड़, स्पर्द्धा और युद्ध (देवासुर-संग्राम) का विषय बन गयी थी। मातृशक्ति जब तक असुर के तामसिक कारागार से मुक्त न हो, तब तक मंगल-कल्याणी वैशाली या जगत्-सृष्टि की रचना नहीं हो सकती।

आम्रपाली का, महावीर को बिना देखे भी, उनके प्रति जो अदम्य और अनिर्वार आकर्षण है, जो परा प्रीति है, वह प्रकृति की पुरुष के प्रति, शक्ति की शिव के प्रति अप्रतिवार्य गुरुत्वाकर्षिणी शक्ति का ही द्योतन या 'मैनीफेस्टेशन' है। मगध-वैशाली का देवासुर-संग्राम, तत्कालीन जगत् या मगध-वैशाली में शोषण और पीड़न की बलात्कारी शक्तियों का प्राबल्य, ये सब मानो शिव-शक्ति या प्रकृति-पुरुष के वियोग का ही परिणाम हैं।

सन्थागार के भाषण में इसी कारण महावीर आम्रपाली की मुक्ति को ही, वैशाली की मुक्ति का एकमात्र उपाय बता गये थे। बता गये थे कि निःशस्त्रीकरण हो, हिंसा और मारण का निवारण हो, तभी शिव-शक्ति के संवादी मिलन द्वारा स्वतन्त्र, निरापद सृष्टि सम्भव है। उस आदेश का पालन न हुआ।

...फलतः आम्रपाली का पीड़न जारी रहा। परात्पर शिव-पुरुष महावीर के वियोग में वह दिन-दिन अधिक विकल-पागल होती गयी। अतः श्रीभगवान जब युग-

परित्राता तीर्थंकर होकर उठे, तो वे नितान्त अकर्ता और निःसंकल्प वीतराग भाव से मानो वैशाली नहीं आये, आम्रपाली के द्वार पर ही आये। आद्या पराशक्ति आम्रपाली इतनी आहत, कुण्ठित और ग्रन्थि-विजड़ित हो गयी थी, कि उस अवस्था में अपने परम प्रीतम शिव के श्रीमुख-दर्शन और आरती-अर्चन का साहस भी वह न जुटा सकी। वह प्रभु के सामने आ ही न सकी। द्वार पक्ष से अपने परमेश्वर की झलक मात्र पाकर वह मूर्च्छित हो गयी।

...ठिठके महावीर गतिमान हो गये। महाकाल और इतिहास उनका अनुसरण करने लगा। ...विश्व-सृष्टि के विकृत हो गये काम के प्राकृतीकरण और स्वाभावीकरण की प्रक्रिया आरम्भ हुई ...हठात् श्रीभगवान वैशाली के जगत्-विख्यात प्रमद-केलिवन-'महावन उद्यान' में प्रवेश कर गये। कामेश्वर शिव ने पथ-भ्रष्ट काम के पुनरुत्थान के लिए ही, मानो वैशाली के कामवन में ही अपना समवसरण बिछाया।

वैशाली का तारुण्य इससे आतंकित हो गया : क्षोभ और आक्रोश से भर उठा। उन्हें लगा कि महावीर उनकी स्वाभाविक वृत्ति और जीवनी-शक्ति काम का उच्चाटन और दहन करने आये हैं। उन्हें कामकेलि से वंचित करने आये हैं। ...यथामुहूर्त अगली सुबह की धर्म-देशना में श्रीभगवान ने उद्बोधन-आश्वासन दिया : "मैं तुम्हारे काम को तुमसे छीनने नहीं आया, उसे परिपूर्ण करने आया हूँ। मैं तुम्हारे विकृत और अधोमुख हो गये काम को प्रकृत, पूर्ण, अचूक, अखण्ड और ऊर्ध्वगामी बनाने आया हूँ। मैं तुम्हारे आलिंगनों और चुम्बनों को भंगुर मांस-माटी की सीमा से उत्क्रान्त करके उन्हें भूमा के राज्य में अमर, निरन्तर और शाश्वत बनाने आया हूँ। मैं तुम्हे निरन्तर मैथुन की परात्परा कामकला सिखाने आया हूँ। मैं उसे पशुत्व से ऊपर उठाकर पशुपतिनाथ बनाने आया हूँ।..."

आशय है कि इसके बिना पशुजय सम्भव नहीं, सृष्टि के वैषम्य और शोषण-पीड़न का निवारण सम्भव नहीं। काम के ऊर्ध्वीकरण के बिना सृष्टि कृतार्थ, परितृप्त और पूर्ण नहीं हो सकती, संवादी नहीं हो सकती। सृष्टि का मूलाधार है धृति : धारण करना : धर्म। धर्मपूर्वक अर्थ और काम का पुरुषार्थ किये बिना—मोक्ष का मुक्तकाम पूर्णकाम अविनाशी योग सम्भव नहीं।

काम विकृत हो गया है कि युद्ध है, गृह-युद्ध का दानव ललकार रहा है। उसका निर्दलन और मूलोच्चाटन करने के लिए रक्त-क्रान्ति अनिवार्य है। रक्त-क्रान्ति अर्थात् रक्त का रूपान्तर। विकृत हो गये रक्त का अतिक्रमण और संशोधन करके, विशुद्ध पूर्णकाम रक्त द्वारा सृष्टि की मांगलिक और संवादी रचना का आयोजन। वर्तमान जगत् के गृहयुद्ध और रक्त-क्रान्ति की भी तात्त्विक भूमिका यही है : यही हो सकती है।

यदि अधिकार वासना बनी है, यदि वैशाली और आम्रपाली व्यक्ति, वर्ग और जनपद विशेष के स्वामित्व की वस्तु बनी रहेगी, तो काम का उत्थान और ऊर्ध्वीकरण

सम्भव नहीं। यदि वह न हो, तो सर्वनाश और प्रलय अनिवार्य है। सत्यानाश होकर ही रहेगा। सत्यानाश (प्रलय) के बिना, सत्यप्रकाश (नवोदय) सम्भव न हो सकेगा। इसी प्रलयंकर भविष्यवाणी पर चतुर्थ खण्ड का प्रथम अध्याय समाप्त हो जाता है।

प्रभु के परात्पर सौन्दर्य की झलक मात्र पाकर आम्रपाली चरम वियोग व्यथा की परान्तक समाधि में निमज्जित हो जाती है। उसे जैसे किसी पार्थिवेतर सत्ता-आयाम में निष्क्रान्त या निर्वासित हो जाना होता है। वहाँ उसके परम-पुरुष के लिए, उसकी विरह-व्यथा पराकाष्ठा पर पहुँचती है। फलतः उसके मूलाधार में भूकम्प होता है। उसके विक्षोभ से मूलाधारस्थ उसकी कुण्डलिनी-शक्ति सर्पिणी की तरह फूत्कार कर जाग उठती है। कुण्डलिनी ही है सृष्टि की आद्या चिति-शक्ति। अपने परात्पर प्रीतम परशिव सदाशिव परम पुरुष के मिलन की चरमोत्कण्ठा से, वह अधिकाधिक पागल-विकल होती चली जाती है। विक्षुब्ध विक्रुद्ध सर्पिणी की तरह बेतहाशा लहराती हुई यह कुण्डलिनी आत्म-शक्ति, उसके मेरुदण्ड में अवस्थित षट्चक्रों का उत्तरोत्तर भेदन करती चली जाती है। इस अन्तर्मुखी ऊर्ध्वयानी यात्रा में, विभिन्न मनोकामिक (मनोवैज्ञानिक) भाव-संवेदनी शक्तियों के केन्द्रभूत विभिन्न षट्चक्रों का भेदन बलात् होता जाता है। अन्त पर पहुँचते-पहुँचते उसकी विरहावस्था इतनी आत्मविस्मरणकारी हो जाती है, कि उसका अहंगत 'मैं' या आत्मभाव विलुप्त हो जाता है। उसके सारे वस्त्र अलंकार, कंचुकि-बन्ध, नीबि-बन्ध टूटते चले जाते हैं, सारे अहंगत कोष एक-एक उतरते चले जाते हैं। आज्ञाचक्र में पहुँचने पर वह अपने स्वरूप में मानो ध्यानावस्थित तल्लीन हो जाती है। यहीं उसे नीलबिन्दु का दर्शन होता है। परा प्रीति और परा रति का नील प्रकाश उसकी सुनग्ना काया को चारों ओर से आवरित कर लेता है। उसका देहकाम उद्भिन्न उत्फुल्ल अम्भोज की तरह उत्क्रान्त होकर, अपने परम पुरुष की परात्पर देह में रमणलीन होने के लिए व्याकुल हो उठता है। तब चरम दैहिक (कामिक) विरह की यौगिक समाधि की नोक पर, आम्रपाली के भीतर से बन्द कक्ष में, नीलबिन्दु से प्रस्फुटित नील प्रभा के भीतर से अनायास वहाँ महावीर प्रकट हो उठते हैं। सन्देह मिलन की उसकी परात्पर महावासना के उत्तर में, प्रभु उसके सम्मुख अपने आत्मकाम परमकाम शरीर को अव्याबाध रूप से मुक्त उत्सर्गित कर देते हैं। रूप-लावण्य-सौन्दर्य के उस महाकाम समुद्र-पुरुष का वह पूर्णकाम, अस्पर्श, परमोष्म आलिंगन पाकर आम्रपाली महाभाव की चरम-स्पर्श समाधि में चली जाती है। अनन्तर सहस्त्रार के महासुख-कमल की नित्य शैया में शिव-शक्ति का परम मिलन-सायुज्य घटित होता है। साक्षात्कार होता है कि शिव और शक्ति दो नहीं एक ही हैं। वह एकमेव आत्म-पुरुष ही सृष्टि की प्राकट्य के लिए शिव-शक्ति की द्वैत-लीला में रम्माण होता है।

और ठीक उसी अविभाज्य मुहूर्त में, वह अपने आत्मिक एकत्व और अनन्यत्व की समाधि में भी निरन्तर तल्लीन रहता है।

ये सारी चीजें रचनाकार के लिए पूर्व-निर्धारित या पूर्व-गृहीत परिकल्पनाएँ (कॉन्सेप्ट) नहीं होती हैं। कॉन्सेप्ट होता है—बुद्धि-मानसिक परिकल्पन। रचनाकार प्रथमतः कोई कॉन्सेप्ट बनाकर नहीं चलता। मूलतः ये सारी चीजें कोई बौद्धिक कॉन्सेप्ट हैं भी नहीं। ये सत्ता में विद्यमान प्रकृत मुकाम या मौलिक संरचनाएँ हैं। ये सृष्टि के गर्भगृही देवालय में नित्य शाश्वत अनादि-निधन-रूप से विराजमान हैं। रचनाकार अपने संवेदन की सृजन-यात्रा में, रचनाप्रक्रिया के दौरान ही अनायास अनजाने इनसे गुजरता है, और इनका अनावरण आविष्कार करता चला जाता है। कुण्डलिनी-शक्ति, षट्चक्र आदि कोई बौद्धिक, काल्पनिक या मात्र भावनात्मक अवधारणाएँ नहीं। ये साक्षात्कृत सनातन तत्त्व और सत्त्वभूत नित्य सद्भूत सत्य और तथ्य हैं। इनका अस्तित्व अमूर्त के भीतर होकर भी, हर मूर्त पदार्थ से ये अधिक ठोस, सघन, सभर और अक्षुण्ण हैं।

आम्रपाली मानो मेरे शरीरान्तिक नाड़ीभंग के छोर पर, आद्याशक्ति माँ के रूप में, स्वयं ही मेरे परित्राण को चली आयी। मेरी और उसकी आत्मिक विरह-वेदना एकीभूत और तादात्म्य हो गयी और तब उस माँ ने मुझे अपने स्तन-द्वय के बीच की बिसतन्तु तनीयसी गोपन गहराई में संगोपित करके, आत्म-साक्षात्कार के अथवा परम मिलन के देवालय में पहुँचा दिया। अन्ततः आत्मा-माँ ही रह गयी, मैं न रह गया।...

साहित्य-जगत् में भी प्रायः चीजें रूढ़ि और रिवाज से चलती हैं। पुराने जमाने में यह रिवाज था कि हर कृतिकार अपनी कृति की भूमिका अवश्य लिखता था। अब रिवाज यह हो गया है कि कृतिकार भूमिका नहीं लिखता : मानता है कि भूमिका लिखना गैर-जरूरी है। जो कथ्य है, वह रचना में रचा या कहा जा चुका है : उसे भूमिका में अलग से कहने की जरूरत नहीं। वह एक प्रकार का आरोपण है, पाठक या गृहीता भावक की समझ पर अविश्वास करना है। मेरे मन ये दोनों ही रूढ़िगत रिवाज हैं। और मैं किसी चलन या रिवाज का कायल नहीं : न कभी था, न हो सकता हूँ।

बर्नार्ड शॉ ने अपने छोटे-छोटे नाटकों की भी, अपनी कृति से कई गुनी ज्यादा बड़ी भूमिकाएँ लिखी हैं। आज वे साहित्य की एक महान धरोहर हो गयी हैं। उसका एक गहरा कारण है, जिसे समझना होगा। जैसा कि ऊपर बता चुका हूँ, कोई भी मौलिक रचनाकार किसी उपलब्ध दर्शन, धारणा या कॉन्सेप्ट को सामने रखकर रचना नहीं करता—कर सकता नहीं। क्योंकि रचना कोई बौद्धिक उपक्रम नहीं है। चिन्तन,

दर्शन या अवधारणा उसका लक्ष्य नहीं। रचना में सत्ता, सृष्टि, जगत् और जीवन का एक आत्मिक संवेदनात्मक और अनुभूतिमूलक ग्रहण और साक्षात्कार ही होना चाहिए। लेकिन रचना हो जाने पर, उसमें से फलश्रुति के रूप में दर्शन, चिन्तन, मूल्यान्वेषण और परिकल्पन (कॉन्सेप्ट) स्वत: उत्स्फूर्त होकर हमारे सामने आते हैं। उससे भावक को परितोष, समाधान, द्वन्द्व-विसर्जन, मार्ग-दर्शन और तर्पण का सुख अनायास मिलता है। रचना को पढ़ते हुए ही, गृहीता भावक की अन्तश्चेतना में आपोआप ही ये सारी चीजें नवोन्मेष और नव्य विकास के कमलों की तरह प्रस्फुटित होती चली जाती हैं।

रचना सम्पन्न हो जाने पर, रचनाकार ही अपनी रचना की अन्तरिमाओं (Interiorities) का सर्वप्रथम साक्षी, और गहिरतम अवबोधक होता है। रचना में अनायास जो रहस्य खुले हैं, जो सत्य प्रकाशित हुए हैं, उनका वही निकटतम पारद्रष्टा और विश्वसनीय परिद्रष्टा होता है। क्योंकि रचना उसकी अपनी ही आत्मा की प्रसूता आत्मजा होती है। जैसे जनेत्री माँ ही अपनी सन्तान के समूचे भीतर-बाहर को अधिकतम समझ पाती है, उसी प्रकार एक कृतिकार ही अपनी कृति के अनन्त रहस्यों का सम्भवत: सबसे अधिक गहरा अवबोधक और अन्तर-ज्ञानी होता है। मेरा ख्याल है कि जो रचनाकार जितना ही अधिक गहनगामी और असामान्य होता है, अपनी रचना की भूमिका लिखना उसके लिए उतना ही अधिक अनिवार्य तकाजा हो उठता है। बर्नार्ड शॉ अपने वक्त में जीकर भी, उससे सीमित न हो सके थे, उसके अनुसारी न हो सके थे। उन्होंने अपने वक्त की हदों को तोड़कर, अवबोधन के नये क्षितिज और वातायन खोले थे। इसी कारण अपने पाठक के साथ पूर्ण तादात्म्य और सायुज्य स्थापित करने के लिए, उन्हें अपनी अतिक्रान्तिकारी रचनाओं की भूमिका लिखना अनिवार्य लगा था।

मेरी अपनी छोटी हस्ती की सीमा में, मुझे भी ऐसी ही विवशता महसूस हुई है। यह वाकई मेरी अन्तिम लाचारी रही, कि अपने वक्त के दौरों और चलनों को आत्मसात् करके भी, मैं उन पर रुक न सका। उनसे बाधित और प्रतिबद्ध न हो सका। मेरे भीतर जन्मजात रूप से ऐसी माँगें, पुकारें और तकाजे थे, जो नॉर्मल मानवीय मनोविज्ञान की सीमा में कहीं भी अँट नहीं पा रहे थे। मुझे अपने जीने, खड़े रहने, अस्तित्व धारण करने तक के लिए, अपनी धरती और अपना आकाश स्वयं ही रचना पड़ा। हर अगला कदम बढ़ाने के लिए मुझे अपना रास्ता खुद ही खोलना पड़ा। हर अगले पग-धारण के लिए मुझे अपनी चेतना में से ही एक नया ग्रह-नक्षत्र (प्लेनेट) रचना पड़ा। सारा जमाना एक तरफ, और मैं उससे ठीक उलटी तरफ चला। इसी कारण वर्तमान साहित्य में मेरी पहचान भी आसान न हो सकी। अनपहचाने, अवहेलित रह जाने का खतरा सदा मेरे सामने रहा। अनादि से आज तक के सारे धर्म- शास्त्र, योग-अध्यात्म, दर्शन-विज्ञान भी मानो मेरी निराली पुकार का उत्तर न दे पाये। इसी

से मुझे कदम–कदम पर नये मोड़ और नये रास्ते तोड़ने पड़े ! जिन्दा रहने तक के लिए।

यही कारण है कि मुझे अपनी रचनाओं की लम्बी भूमिकाएँ लिखने को विवश होना पड़ा। इसे मेरा अहंकार नहीं, मेरी लाचारी माना जाये। ऊपर जो चतुर्थ खण्ड के आरम्भिक अध्यायों में अनायास उद्घाटित मर्मों, तत्त्वों और प्रतीकों का विशद विवेचन मैंने किया है, उसका भी कारण यही है, कि जिन परावाक् सूक्ष्मताओं, अन्तरिमाओं और गहनिमाओं में मुझे उतरना पड़ा है, उनका समीचीन साक्ष्य प्रस्तुत करना मुझसे इतर किसी के लिए भी शायद शक्य न होता। उड़ान हो कि अवगाहन हो, कि विस्तार हो, कि अतिक्रमण हो, उनमें इतना परात्पर होता गया हूँ, कि ठोस मूर्त धरती, आसमान या किसी सूक्ष्मतम रूपाकार पर तक टिकाव मेरे वश का ही न रहा। ऐसे में मेरी इन अन्तर्गामी और ऊर्ध्वगामी यात्राओं के शून्यावगाही विक्रमों और अतिक्रमणों का साक्ष्य दूसरा कोई कैसे दे पाता। रचना में तो सब सीधा सपाट खुलता नहीं, खुलना चाहिए भी नहीं : तब मेरी उन खतरनाक उत्तानताओं, गहराइयों, चढ़ाइयों और उतराइयों की खबर कैसे मिल पाती, जो हर मनोविज्ञान या केवलज्ञान तक की हदों से बाहर चली जाती रही हैं। क्यों मेरी ये भूमिकाएँ इतनी अनिवार्य हुईं, इसकी क़ैफ़ियत को चुका देना आज अनिवार्य हो गया, इसी से उस बारे में अपना अन्तिम शब्द कहकर, मैं एक अद्‌भुत उत्रृणता, निष्कृति और कृतज्ञता महसूस कर रहा हूँ।

आम्रपाली को केन्द्र में रखकर ही अब तक सारी बात चली है। तो उस बारे में उठने वाले एक तीखे तथ्यात्मक प्रश्न का उत्तर देकर ही इस प्रकरण को समाप्त करना उचित होगा। ...आगम और इतिहास दोनों ही स्रोतों में महावीर के साथ आम्रपाली के जुड़ाव का कोई उल्लेख उपलब्ध नहीं है। फिर क्या वजह है कि मैं आम्रपाली को महावीर के साथ जोड़े बिना रह न सका? शुरू में यह बात मेरे लक्ष्य में कतई कहीं नहीं थी, कि आम्रपाली को महावीर के साथ जुड़ना है, या जोड़ना है। यही कह सकता हूँ, कि कथा का प्रवाह स्वयं ही मेरी कलम को उस ओर ले गया। मानो कि मौलिक सत्ता में उपादान रूप से महावीर और आम्रपाली का जुड़ाव विद्यमान था, और मेरी कलम की नोंक पर वह अनायास ही अनावरित या आविष्कृत हो गया।

अनावरण अथवा आविष्कार ही सृजन की सर्वोपरि उपलब्धि होती है। जो वास्तव से सतही जगत् में या इतिहास में पहले ही से उपस्थित और आलेखित है, उसका पुनःसृजन कला नहीं, शिल्प या कारीगरी मात्र है। जो अस्तित्व में प्रत्यक्ष न होते हुए भी, सत्ता के अतल में छुपा पड़ा है, अथवा जो कहीं इन्द्रियगोचर है ही नहीं, उसका इन्द्रियगम्य अनावरण या आविष्कार ही, मेरे मन, कला का चरम प्राप्तव्य हो सकता है। इतिहास देशकाल से सीमित एक तथ्यात्मक सिलसिला मात्र होता है। अब

तक गहराई के आयामों से उसका सरोकार नहीं रहा था। लेकिन एर्नाल्ड टॉयनबी और ओसवाल्ड स्पेंगलर जैसे कुछ इतिहास-दार्शनिकों ने इतिहास को पारदर्शी तत्त्व-दर्शन का विषय बनाया और पश्चिम में तथ्यात्मक इतिहास का स्थान 'फिलासॉफी ऑफ हिस्ट्री' ने ले लिया। यानी सच्चा इतिहास वह, जो काल-क्रम में घटित मानवों और घटनाओं की अन्तश्चेतना का अन्वेषण करे। अपनी परिणति में जो तत्त्वज्ञान, मनोविज्ञान और आत्मज्ञान बने। प्रकट रूपाकारों के पीछे की चेतनागत स्फुरणाओं का जो अन्वेषण और मूर्तन करे।

इसी स्थल पर इतिहास क्रिएटिव (सृजनात्मक) हो गया। कहें कि निरा इतिवृत्त न रहकर वह कलात्मक सृजन बन गया। जो कहीं लक्षित नहीं था, उसका उद्‍घाटन, अनावरण और आविष्कार भी इतिहास का विषय बन गया। इतिहास की रिसर्च, मानव मन और आत्मा की 'रिसर्च' हो गयी। इतिहास में घटित मानवों और घटनाओं को उनकी तमाम गहराइयों में थाहा गया, छाना-बीना गया। तब इतिहास ऐन्द्रिक ज्ञान की सीमा का अतिक्रमण करके इन्द्रियेतर ज्ञान के राज्य में प्रवेश कर गया। वस्तुत: यह राज्य ही कलाकार का अन्वेषण-राज्य है। मानो कि कलाकार जाने-अनजाने ही प्रच्छन्न सर्वज्ञता की चेतना से उन्मेषित और अनुप्राणित होता है।

रचना के क्षेत्र में इस सर्वज्ञता का माध्यम होती है कल्पना-शक्ति, मनुष्य की कल्पक चेतना। उसकी पहुँच अज्ञात अनन्त-नि:सीम के प्रदेशों तक में होती है। मौलिक सत्ता में अव्यक्त रूप से नित्य विद्यमान रूपाकार और परिणमन तब कलाकार की चेतना में स्वत: प्रस्फुरित होते हैं। उसकी तीव्रतम अनन्तगामी संवेदना ही उन्हें पकड़ और खींचकर मूर्त आकारों में रूपायित कर देती है। इसी को 'विज़नरी फेकल्टी' यानी पारदर्शी प्रज्ञा कहते हैं। कोई भी बड़ा कलाकार विज़नरी, पारदर्शी हुए बिना रह नहीं सकता।

जाहिर है कि आलेखित इतिहास-पुरातत्त्व में आम्रपाली के साथ महावीर के जुड़ाव का कोई संकेत या सम्भावना तक उपलब्ध नहीं है। फिर भी रचना-प्रक्रिया की विज़नरी उड़ान या अवगाहन में जैसे 'अनुत्तर योगी' के रचनाकार के विज़न-वातायन पर वह संयोग मानो हठात् अनावृत (रिवील) या आविष्कृत हो गया। यों भी शोध के क्षेत्र में तार्किक-संगतियों के क्रम द्वारा भी नये तथ्यों के निर्णय का उपक्रम प्रचलित है ही। महावीर यदि अपने समय के सर्वप्रकाशी सूर्य थे, तो आम्रपाली भी अपने समय की एक यत्परोनास्ति नारी-शक्ति थी। यह केवल रूप-लावण्य की इरावती अप्सरा ही नहीं थी, प्रतिभा और प्रज्ञा की भी वह सवितुर्वरेण्या सावित्री थी। ऐसा लगता है जैसे महावीर के भीतर के सविता-नारायण के महावीर्य, महाकाम तेजस्फोट को झेलने के लिए ही, उसका जन्म हुआ था। इसी से वह किसी एक की भार्या न होकर, नियति से ही सर्वकल्याणी श्रीसुन्दरी के सिंहासन पर आसीन हुई। बाहरी

व्यवस्था के बलात्कार को अपनी अन्त:शक्ति से प्रतिरोध देकर, उसके सारे बन्धनों को तोड़कर, उसने केवल महावीर को ही मानो अपने एकमेव वरेण्य पुरुष के रूप में चुना।

बहुत संगत तर्क है यह, कि वैशाली के देवांशी सूर्यपुत्र महावीर, और वैशाली की एक अनन्य देवांशिनी बेटी आम्रपाली का जुड़ाव न हो, यह सम्भव ही कैसे हो सकता है। तो तर्क, संवेदन, कल्पन, विज़न—इन सारी मानवीय ज्ञान की स्फुरणाओं के एकाग्र और सर्वभेदी तथा पारदर्शी प्रवेग की नोक पर आम्रपाली के तलगत सत्य-स्वरूप का जैसे रचनाकार को आकस्मिक साक्षात्कार हो गया, और अत्यन्त स्वाभाविक रूप से महावीर के साथ उसका जुड़ाव सृजन में बरबस ही एक अचूक प्रत्यय के साथ आविर्भूत हो गया। पुरानी मसल चरितार्थ हुई कि 'जहाँ न पहुँचे रवि, वहाँ पहुँचे कवि'। कवि की आत्मिक संवेदन-ऊर्जा और अनिर्वार संवेग ने इतिहास के अँधियारे आवरण चीर दिये, और आम्रपाली तथा महावीर की सत्य-कथा ने प्रकट होकर, जैसे इतिहास और महाकाल की धारा को मानो एक नया ही मोड़ दिया। एक महान् अतिक्रान्ति घटित हो गयी। मेरे मन यही किसी भी महान सृजन की सबसे बड़ी उपलब्धि हो सकती है। सर्जक व्यक्ति वीरेन्द्र यहाँ माने नहीं रखता, वह गौण है, वह माध्यम या ट्रान्समीटर या टेलीविज़न मात्र है। जो उपलब्धि हुई है, जो सृष्टि या साक्षात्कार हुआ है, वही महत्त्वपूर्ण है। यशोगान उसी का हो सकता है, व्यक्ति वीरेन्द्र का नहीं। उसका नाम एक दिन काल की धारा में लुप्त हो जाएगा, लेकिन जो सत्ता का मैनीफेस्टेशन (प्रकटीकरण) इस रूप में हुआ है, वहीं काल को चुनौती देता हुआ भी, महाकाल के पट पर अक्षुण्ण रहेगा : मनुष्य की असंख्य आगामी पीढ़ियों की रक्त-वाहिनियों में संसारित होता चला जाएगा।

बाद को आम्रपाली भगवान बुद्ध को समर्पित हुई, उनकी थेरी भिक्षुणी हुई, इस तथ्य और उपर्युक्त सत्य में मुझे कोई विरोध नहीं दिखाई पड़ता। महावीर के ही उत्तरांशी (काउण्टर-पार्ट) बुद्ध के प्रति आम्रपाली का आत्मसमर्पण एक प्रकार से महावीर के प्रति उसके आन्तरिक समर्पण का ही, आगे जाकर एक तथ्यात्मक 'मैनीफेस्टेशन' (व्यक्तीकरण) हो जाता है। तब अनायास महावीर बुद्ध हो जाते हैं, और बुद्ध महावीर हो जाते हैं। व्यक्तित्वों का यह पारस्परिक अन्त:संक्रमण तो आज के नवीनतम कहे जाते साहित्य में भी एक आम बात हो गयी है। इत्यलम्।

श्रीभगवान वैशाली से कोशल देश की राजनगरी श्रावस्ती आये हैं। वहाँ का राजा प्रसेनजित तक्षशिला का स्नातक रहा था। पर उसकी चेतना पैशाचिक थी। वह भीतर में अत्यन्त कायर कापुरुष था। लेकिन उसकी सत्ता-लोलुपता और काम-लम्पटता

का अन्त नहीं था। वह केवल अपने ही लिए जीता था : सारा जगत्, उसके सारे सौन्दर्य, ऐश्वर्य, सम्पदाएँ केवल उसके अपने लिए ही भोग्य पदार्थ मात्र थे। मानो कि सारी सृष्टि केवल उस अकेले के भोग के लिए ही बनी थी। अपने बाद के हर अगले पदार्थ और मनुष्य को, प्राणि मात्र को वह केवल अपने भोग और भक्षण की वस्तु समझता था। बिना बाहुबल, शौर्य और वीर्य के भी, वह अपनी राजसत्ता और सैन्य के बल पर ही सारी पृथ्वी का चक्रवर्ती हो जाना चाहता था। वह अहोरात्र आत्म-रति, हत्या, रक्तपात, बलात्कार और पाप के पंकिल कीचड़ में ही जीता था। इतना भय और आतंक उसने अपने आसपास उत्पन्न किया था कि स्वयं ही अपने आप से सदा भयभीत रहता था।

इसी से श्रीभगवान के आगमन की खबर पाकर वह सिर से पाँव तक थर्रा उठा था। उसके सारे पाप नग्न प्रेत-छायाएँ बनकर उसके आस-पास नाचने लगे थे। ऐसा यह प्रसेनजित बर्बर उपभोक्ता नारकीय चेतना का मूर्तिमान प्रतीक और प्रतिनिधि था। अतिभोग के कारण वह नपुंसक हो गया था। फिर भी उसकी लम्पटता का अन्त नहीं था। उसके अन्तःपुर सैकड़ों अपहरिता कुमारियों और सुन्दरियों से भरे पड़े थे। पश्चिमी सीमान्त के गान्धार गणतन्त्र की तेजोमती बेटी कलिंगसेना वत्सराज उदयन की प्रियतमा थी। उसके प्यार की हत्या करके, उसे भी अपनी धाक से वह बलात् ब्याह लाया था। उसने मालाकार कन्या मल्लिका के असामान्य रूप-सौन्दर्य से मोहित होकर बलात् उससे ब्याह कर, उसे कोशल देश की पट्ट-महिषी बना दिया था। लेकिन शूद्र कन्या होते हुए भी, सर्वहारा वर्ग की यह बेटी सारे आत्मिक गुणों की खान थी। उसके सुन्दर शरीर से भी अधिक सुन्दर थी उसकी आत्मा। उसने अपने सतीत्व, शील, निःशेष समर्पण और सेवा में कापुरुष अत्याचारी व्यभिचारी पति के बर्बर हृदय को जीतकर उसे चरणानत कर दिया था। एक ओर भद्र, कुलीन, अभिजातवर्गीय प्रसेनजित था, जो शोषण-पीड़न, बलात्कार की आसुरी शक्तियों का प्रतीक था, तो दूसरी ओर शोषित-दलित शूद्र सर्वहारा वर्ग की बेटी मल्लिका थी, जो आत्मा के सारभूत सौन्दर्य का जीवन्त विग्रह थी। चतुर्थ अध्याय में सत् और असत्, तमस् और प्रकाश, सुर और असुर वर्ग के इस द्वन्द्व का ही ठीक जीवन के स्तर पर चित्रण हुआ है।

प्रसेनजित ने अपनी सैनिक सत्ता के आतंक के बल पर ही कपिलवस्तु के गणतन्त्र की एक बेटी को ब्याह कर जन-शक्ति को पद-दलित कर देना चाहा था। लेकिन कपिलवस्तु के शाक्यों ने चतुराई बरती। उन्होंने अपनी एक स्व-औरस जात दासी-पुत्री को धोखे से शाक्य-कन्या कहकर प्रसेनजित को ब्याह दिया था। उसका पुत्र हुआ विडुढभ, जो शाक्यों का दासी-जात दलित-वीर्य भागिनेय था। मानो कि उसके रूप में प्रभु-वर्ग के वंशोच्छेद के लिए ही, सर्वहारा वर्ग की विपथगामी विद्रोही शक्ति ने अवतार लिया था। कथा-प्रसंग ऐसा मोड़ लेता है, कि विडुढभ के सामने

प्रसेनजित और शाक्य, दोनों ही अभिजात कुलानों के षड्यन्त्र का भेद खुल जाता है। तब वह सत्यानाश का ज्वालामुखी होकर उठता है, और उसके प्रलयंकर क्रोध की फूत्कार एक ओर प्रसेनजित का सर्वनाश कर देती है, तो दूसरी ओर रातों-रात वह सारे शाक्य-वंश को अपनी तलवार के घाट उतार देता है। इस प्रकार इस अध्याय में सर्वहारा दलित वर्ग और प्रभु वर्ग का चिरकालीन संघर्ष आपोआप ही चित्रित होता है, और अपनी ही जगायी हिंसा-प्रतिहिंसा की आग में, दोनों ही वर्गों के प्रतिनिधि जलकर भस्म हो जाते हैं। शाक्यों का वंश-विनाश करके लौटता हुआ विडुढभ भी राह में एक नदी पार करते हुए सैन्य सहित डूबकर स्वाहा हो जाता है। इतिहास के इस क्रिया-प्रतिक्रियाजनित दुश्चक्र का इस अध्याय में अनायास ही नितान्त, वास्तविक और जीवन्त चित्रण हो सका है।

श्रावस्ती के उस समवसरण में तीर्थंकर महावीर स्वयं केवल एक वीतराग पारद्रष्टा के रूप में इस सत्यानाश के साक्षी, द्रष्टा और स्रष्टा के रूप में सम्मुख आते दिखाई पड़ते हैं। उनकी कैवल्य-प्रभा के त्रिलोक-त्रिकालवर्ती प्रकाश में ही मानो इतिहास का यह सारा आद्योपान्त नाटक अपनी समग्रता में घटित होता है।

इसी समवसरण में कोशल और साकेत के ही नहीं, तमाम समकालीन आर्यावर्त के सर्वोपरि धन-कुबेर अनाथ-पिण्डक और मृगार श्रेष्ठी भी भगवान के सामने उपस्थित होते हैं। सर्वग्रासी सम्पत्ति-स्वामित्व के वे प्रतिनिधि हैं। वे मानो अपनी अकूत सम्पत्ति और दान से भगवान को भी खरीद लेने आये हैं। प्रभु के साथ उनका लम्बा संवाद चलता है। उसमें प्रभु उनकी आसुरिक स्वार्थी, सर्वस्वहारी कांचन-लिप्सा का घटस्फोट करके उन्हें ध्वस्त-पराजित कर देते हैं। मानो कि भगवान के आगामी युगतीर्थ (हमारा समय) में होने वाले वणिक-वंश के मूलोच्छेद का उसदिन की धर्म-सभा में ही मंगलाचरण हो जाता है। इस प्रकार श्रावस्ती का वह समवसरण त्रिकालिक इतिहास के अनावरण और घनस्फोट का एक अतिक्रान्तिकारी सीमान्तरण सिद्ध होता है। बर्बर उपभोक्ता सत्ता-सम्पत्ति स्वामियों के इतिहासव्यापी सर्वस्वहारी षड्यन्त्र का उस दिन जैसे अन्तिम रूप से पर्दाफाश हो जाता है।

लेकिन प्रभु तो सर्व के समदर्शी, वीतराग आत्मीय थे। उनके मन में तो सर्वहारी, सर्वस्वहारी और सर्वहारा किसी के प्रति राग-द्वेष या पक्षपात नहीं था। केवल महासत्ता के इतिहासगत अनिवार्य तर्क और विधान का अनावरणकारी दर्शन मात्र उन्होंने अपनी कैवल्य प्रभा में कराया था। उनकी मौलिक स्थिति तो सर्वदर्शी, वीतराग, अकर्ता की ही थी। पर मानो उनका वह स्वयम्भू ज्ञान तेज ही, जीवन और कर्म के स्तर पर परम कर्तृत्व-शक्ति के रूप में वाक्मान होता है। और प्रभु के श्रीमुख से महासत्ता स्वयं ही जैसे उद्घोषणा करती है, कि यदि सत्ता-सम्पत्ति-स्वामी अपने सर्वभक्षी अधिकार

मद का त्याग नहीं करते हैं, तो प्रभु स्वयं अपने आगामी युगतीर्थ में जैसे उनसे उनके ये झूठे अधिकार छीन लेंगे, और उस महाशक्ति के अतिक्रान्तिकारी विस्फोट द्वारा, लोक में स्वतः ही सर्वहारा की प्रभुता स्थापित हो जाएगी। तब भद्र नहीं, शूद्र राज्य करेंगे। तब मिथ्या का मायावी राज्य समाप्त होकर, सत्य का सर्वत्राता साम्राज्य स्थापित होगा।

और अन्ततः प्रभु उपसंहार में मरण के तट पर खड़े सर्वहारी प्रसेनजित को आश्वासन देते हैं, कि वह चाहेगा तो मृत्यु में भी महावीर उसके साथ ही रहेंगे। सामने खड़ी मृत्यु भी तब महावीर के सिवाय और कुछ न रह जाएगी। जीवन और मृत्यु दोनों ही में भगवान समान रूप से उपस्थित हैं। यह परात्पर सत्य यहाँ अनायास प्रकाशित होता है।

ढाई हजार वर्ष पूर्व का, ईसापूर्व की छठी शती का भारत ही नहीं, उस काल का समस्त विश्व एक युगान्तर की मौलिक प्रसव-पीड़ा से गुजर रहा था। सारी समकालीन पृथ्वी के ज्ञात देशों में समान रूप से एक तीव्र असन्तोष और अशान्ति व्याप रही थी। अब तक के स्थापित आदर्श और मूल्य निष्प्राण, निस्तत्त्व और खोखले साबित हो चुके थे। इतिहास के सदा के तर्क के अनुसार, मौजूदा वाद (थीसिस) का सन्तुलन भंग होकर वह निरर्थक साबित हो चुका था। आदर्श जीवन में प्रवाहित न रहकर, निरे निर्जीव बुत भर रह गये थे। फलतः सर्वत्र पाखण्ड का बोलबाला था। स्थापित स्वार्थ नग्न होकर खेल रहे थे, और उन्होंने जन-जीवन को दबोचकर उसका भयंकर शोषण आरम्भ कर दिया था।

तब ठीक प्रकृति और इतिहास के तर्क ने ही, ध्वस्तप्राय वाद के विरुद्ध एक प्रचण्ड प्रतिवादी शक्ति को जन्म दिया। एक सार्वभौमिक असन्तोष और बेचैनी ही इस प्रतिवादी शक्ति के अवतरण की प्राथमिक भूमिका थी। तमाम सड़े-गले जर्जर ढाँचों को उखाड़ फेंकने के लिए नवोत्थान की स्वयम्भू शक्तियाँ जैसे एक सर्वनाशी विप्लव और प्रलय की तरह लोक में घूर्णिमान दिखाई पड़ीं। यूनान, इस्रायेल, पारस्य, महाचीन और भारत में समान रूप से इन प्रतिवादी शक्तियों का विस्फूर्जन होने लगा।

आर्यावर्त में आनन्दवादी वेद और ब्रह्मवादी उपनिषद् के प्रवक्ता ब्राह्मण अपनी ब्राह्मी ज्ञानमर्यादा से विच्युत हो चुके थे। वणिक-प्रभुता के सर्वग्रासी प्राबल्य ने ब्राह्मण और क्षत्रिय दोनों ही को पथ-भ्रष्ट कर दिया था। अस्सी प्रतिशत प्रजा निरक्षर थी, और अज्ञानान्धकार में भटक रही थी। ब्राह्मण, वणिक और क्षत्रिय का क्रीतदास होकर दिशाहारा प्रजा को अधिकाधिक भटका और भरमा रहा था। वेद और उपनिषद् की जीवन्त ज्ञानधारा सूख चली थी। उसके संवाहक ब्राह्मण ऋचाओं और सूत्रों का उपयोग

केवल अपनी ऐहिक लालसाओं की तृप्ति के लिए कर्मकाण्डों में कर रहे थे।

तभी सत्य के स्वयम्भू वैश्वानर जाग उठे। कुछ विरल सत्यनिष्ठ आत्माओं में उन्होंने असन्तोष और विप्लव का ज्वालागिरि जगाया। आगम और इतिहास में आलेखित है कि सत्य की अग्नि से प्रज्वलित ये कुछ विद्रोही, प्रजाओं में घूम-घूमकर स्थापित धर्म और ब्राह्मणों तथा सवर्णियों के पाखण्डों का घटस्फोट करने लगे। उन्होंने धूर्त प्रवंचक कर्मकाण्डों के झूठ को नंगा करके, तमाम स्थापित वादों को नकार दिया। उनकी सड़ी-गली जड़ों को झँझोड़कर उच्छिन्न कर दिया। एक विराट् नकार की विस्फोटक आवाज से सारे आर्यावर्त की पृथ्वी के गर्भ दहलने लगे। ये विद्रोही इस काल नवयुगीन तीर्थंकर या तीर्थकों के रूप में ख्यात हुए। इनमें छह तीर्थक प्रमुख माने गये हैं। इन्हीं छह तीर्थकों में शाक्यपुत्र गौतमबुद्ध और निगण्ठ नातपुत्त महावीर की भी गणना होती थी।

इनमें सर्वप्रथम तीर्थंकर महावीर ही पूर्णत्व को उपलब्ध हुए, यह एक इतिहास-प्रमाणित तथ्य है। उन्होंने ही उस युग के प्रचण्ड नकार को सकारों में परिणत करके विधायक जीवन-दर्शन और मुक्तिमार्ग लोक को प्रदान किया। उनकी कैवल्य-प्रभा ने प्रकट होकर स्वयं ही उनकी सर्वोपरि प्रभुता और शक्तिमत्ता को लोक में उजागर कर दिया। प्रस्तुत खण्ड के पाँचवें अध्याय में, जब भगवान विहार करते हुए फिर श्रावस्ती आये, तो संयोगात् उस काल के चार प्रमुख क्रान्तिकारी तीर्थक एक साथ ही तीर्थंकर महावीर के समवसरण में उपस्थित हुए : आर्य पूर्ण काश्यप, आर्य अजित केश-कम्बली, आर्य प्रक्रुध कात्यायन और आर्य संजय-वेलट्ठि-पुत्र। ये चारों ही सनातन आर्य धर्म की मृतप्राय परम्परा के ध्वंसक थे। इन चारों ने ही सारे प्रस्थापित वादों और धर्मों को नकार कर स्वतन्त्र चर्या अंगीकार कर ली थी, अपना स्वतन्त्र दर्शन तथा मुक्तिमार्ग अपने लिए रच लिया था, और उसी का प्रवचन वे लोक में करते फिर रहे थे।

महावीर की धर्म-पर्षदा में वे महावीर को चुनौती देकर उनसे वाद करने आये थे : यानी उन्हें नकार कर उनका प्रतिवाद करने आये थे। श्रीभगवान की कैवल्य प्रज्ञा तो मूलतः ही अनैकान्तिक थी। अनेकान्त में नकार अनावश्यक हो जाता है। क्योंकि सापेक्षतया और यथास्थान उसमें नकार और स्वीकार दोनों का समावेश ही सम्भव है। श्रीभगवान ने मुक्त हृदय से वात्सल्य और विनयपूर्वक इन सब तीर्थकों का स्वागत किया। उनकी स्वतन्त्र चेतना, प्रज्ञा और प्रखर सत्यनिष्ठा का प्रभु ने जयगान किया। प्रकारान्तर से उन्हें अपने ही समकक्ष माना। फिर भी हर तीर्थक ने भगवान को चुनौती दी कि वे महावीर का प्रतिवाद करने और उन्हें नकारने आये हैं। उन्होंने प्रश्न उठाये, तर्क किये। भगवान ने उनके तर्कों का काट नहीं किया। प्रतिप्रश्न करके ही, उनके प्रश्नों को व्यर्थ कर दिया। फलश्रुति में हर तीर्थक को अनायास एक अतलगामी

समाधान स्वतः ही प्राप्त हो गया। भगवान ने उन्हें पराजय-बोध न होने दिया। अन्ततः उन सबको 'जयवन्त' कहकर उद्‌बोधित किया। सबको अपनी कैवल्य-प्रभा की निःसीम विराट् भूमा में आत्मसात् कर लिया। एक-एक करके हर तीर्थक अनायास मौन भाव से विनत होकर साधुप्रकोष्ठ में उपविष्ट होते चले गये।

उस युग के विस्फोटक असन्तोष को मानो जैसे अन्तिम नहीं, बल्कि अनन्त उत्तर मिल गया। यह प्रसंग बहुत महत्त्वपूर्ण और युगान्तरकारी रूप में घटित होता है।

आगम और इतिहास में उस काल की भारतीय प्रतिवादी शक्तियों के प्रतिनिधि के रूप में उपर्युक्त छह तीर्थकों का ही उल्लेख एकत्र मिलता है। लेकिन आजीवक मत के प्रवर्तक मक्खलि गोशालक का नाम इस पंक्ति में दस्तावेज़ नहीं पाया जाता। हाँ, अलग से उसके व्यक्तित्व और कृतित्व का लेखा-जोखा सभी प्रामाणिक स्रोतों में प्रचुर मात्रा में उपलब्ध है। सच पूछिए तो महावीर और बुद्ध के बाद उस काल के विद्रोही क्रान्तिकारियों में गोशालक का व्यक्तित्व ही सबसे अधिक शक्तिमान, प्रभावशाली और प्रभाकर दिखाई पड़ता है। वस्तुतः भारतीय स्रोतों से उपलब्ध सामग्री में उसके साथ पूरा न्याय नहीं हो सका है। उसके विलक्षण 'डायनमिक' योगदान को काफी हद तक दबा दिया गया है। उसकी कोई विधायक स्वीकृति सम्भव ही न हो सकी, जबकि महावीर और बुद्ध की परम्परा के अलावा, गोशालक के आजीवक-सम्प्रदाय की परम्परा ही देर तक टिकी रह सकी थी।

जैन और बौद्ध आगमों में गोशालक के विकृत और विद्रूप पक्ष को, तस्वीर को ही अधिक उभारा गया है। क्योंकि महावीर और बुद्ध का सबसे प्रचण्ड विद्रोही और विरोधी वही था। उसने श्रमण धर्म के त्यागमार्ग के ठीक विरोध में, चार्वाक, बृहस्पति और ग्रीक एपीक्यूरस की तरह ही भोग-मार्ग को बड़ी दृढ़ और सशक्त बुनियाद पर स्थापित किया था। उसने अपने चिर यातना-ग्रस्त जीवन के कटु अनुभवों से यही सत्य साक्षात् किया था, कि सृष्टि-प्रकृति और मनुष्य का जीवन एक अनिवार्य अटल नियति से चालित है। नियति द्वारा नियोजित एक क्रमबद्ध पर्यायों के सिलसिले से गुजर जाने पर, एक दिन ठीक नियत क्षण आने पर मुक्ति आपोआप ही घटित हो जाती है। नियति ही सर्वोपरि-सत्ता और शक्ति है, वही अन्तिम निर्णायक है। सो मुक्तिलाभ के लिए पुरुषार्थ और पराक्रम व्यर्थ है। कोई पुरुष नहीं, पुरुषकार नहीं, पुरुषार्थ नहीं, कोई कर्तृत्व कारगर नहीं। तब व्यर्थ ही तप-त्याग करके आत्मा का पीड़न क्यों किया जाए? जीवन को तलछट तक और भरपूर भोगो, खाओ-पिओ, मौज उड़ाओ : चरम सीमा तक—पान (सुरापान), गान-तान, नृत्य, पुष्प, विलास, भोग-विलास और युद्ध करो।

जीवन को भोग में ही सार्थक और परिपूरित करो, छोर पर मुक्ति तो खड़ी ही है, उसकी चिन्ता क्या? उसके लिए खटना क्यों?

गोशालक का यह उलंग भोगवाद ब्राह्मणों और श्रमणों के त्याग और पुरुषार्थ-प्रधान मोक्ष या निर्वाणवाद का सबसे सशक्त और सफल विरोधी सिद्ध हुआ था। इसी कारण भारतीय आगमों में और इतिहास में भी उसकी काली तस्वीर ही अधिक सामने आती है, उसकी उजली तस्वीर नहीं। उसके नियतिवादी दर्शन में भी एक आंशिक सत्य तो था ही, जिसको परोक्ष रूप से ब्राह्मण और श्रमण दर्शन में एक सापेक्ष समर्थन तो मिलता ही है। तिस पर जैनागम में तो अपवाद रूप से गोशालक को अधिक विधायक स्वीकृति प्राप्त है। प्रथमतः यह कि तपस्याकाल में मौन विचरते महावीर का वही प्रथम अनुगत शिष्य हुआ था। स्पष्ट अहसास होता है कि महावीर ने उसे अनायास अपनाया था, अपने एक बाल्य शिशु के रूप में उसे अपना वीतराग मार्दव और वात्सल्य भी अनजाने ही दिया था। सो प्रभु को छोड़कर वह जा न सका। कथा-क्रम में आखिर छह वर्ष बाद वह प्रभु को छोड़ गया था : मगर इस प्रेरणा और अभीप्सा के साथ, कि वह भी एक दिन महावीर का समकक्षी होकर ही चैन लेगा। सो महावीर के कैवल्य लाभ कर परिदृश्य पर प्रकट होने से पूर्व, उसने एक बार तो भारतीय जन-मानस पर अपनी अचूक प्रभुता स्थापित कर ही ली थी। लेकिन महावीर जब सर्वज्ञ अर्हन्त होकर लोक-शीर्ष पर सूर्य की तरह प्रभास्वर हुए, तो गोशालक का स्वच्छन्द भोगवाद फीका और प्रभावहीन होता दिखाई पड़ा। तब क्रुद्ध होकर उसने प्रभु के समवसरण में जाकर उन्हें ललकारा, विवाद किया और अन्ततः उन पर अग्निलेश्या प्रक्षेपित करके उन्हें भस्म कर देना चाहा। पर वह प्रहार नाकाम हो गया। वह महादाहक कृत्या लौटकर गोशालक के शरीर में ही प्रवेश कर गयी। फलतः वह भयंकर दाह-ज्वर में सात दिन-रात तक जलता रहा। सन्निपातग्रस्त हो गया। उस सन्निपाती प्रलाप में भी वह अपने भोगवादी दर्शन का उद्घोष अदम्य ऊर्जा के साथ करता रहा। और उसकी अन्तिम साँस भी उसी अवस्था में छूटी।

उसके देहान्त के उपरान्त पट्टगणधर गौतम ने महावीर से जिज्ञासा की कि—'मरकर गोशालक किस योनि में जनमा है?' उत्तर में महावीर ने कहा कि—'उसने अच्युत स्वर्ग में उत्तम देवगति प्राप्त की है। क्योंकि अपनी मूल चेतना में वह आत्मकामी था, मुमुक्ष था, और तपस्वी भी था। अपने ऊपर अग्निलेश्या-प्रहार के बावजूद महावीर ने उसे क्षमा ही किया था, उसके आगामी आत्मोत्थान और भावी मोक्षलाभ का अचूक वचन भी उसे दिया था। इस प्रकार हम देखते हैं कि केवल जैनागम में ही उसके उजले पक्ष पर भी यथास्थान रोशनी पड़ती है। और महावीर के निकट उसे स्वीकृति भी प्राप्त होती है।

वस्तुतः भारतीय विद्या के विदेशी शोध-पण्डितों ने ही गोशालक के विधायक

व्यक्तित्व, और उसके दर्शन की सकारात्मक उपलब्धि को अधिकतम पुनर्-अनावरित (Rediscover) करके, उसके व्यक्तित्व और कृतित्व को एक अचूक प्रतिवादी शक्ति के रूप में भव्य स्वीकृति दी है। खास कर विख्यात इण्डोलाजिस्ट डॉ. बाशम का ग्रन्थ 'आजीवकाज' (AJEEVKAS) इस सन्दर्भ में उल्लेखनीय है।

'अनुत्तर योगी' के पात्रों में मक्खलि गोशालक गिने-चुने प्रमुख पात्रों में से एक अत्यन्त विशिष्ट और महत्त्वपूर्ण पात्र हो सका है। उस काल की उत्क्षिप्त प्रतिवादी शक्तियों के प्रतिनिधि के रूप में उसका चरित्र और व्यक्तित्व बहुत ऊर्जस्वल है, और इतिहास की विपथगामी वाम शक्ति के विस्फोट का वह एक पुंजीभूत विस्फूर्जन और मूर्तिमान स्वरूप है। इसी कारण उसके सांगोपांग चरित्र की तहों तक जाने के लिए, मैं उसके तमाम प्रामाणिक स्रोतों का गहराई से अध्ययन और मन्थन शुरू से ही बराबर करता जा रहा था। तत्सम्बन्धित स्वदेशी और विदेशी तमाम प्राप्त साहित्य को यथाशक्य उलटा-पलटा था। फलतः उसकी एक नितान्त तटस्थ और तद्गत इमेज मुझमें स्वतः उभरती चली गयी थी। किसी भी पूर्वग्रही अभिनिवेश से मैं ग्रस्त न हो सका था। यही कारण है कि मैं 'अनुत्तर योगी' में उसका एक सर्वनिरपेक्ष और स्वतन्त्र व्यक्तित्व आलेखित करने में किसी कदर सफल हो सका हूँ। बुद्ध और महावीर की महत्ता या किसी भी, विदेशी आकलन की ऐकान्तिकता से मैं बाधित न हो सका। मेरी कृति में भी अन्ततः वह बेशक महावीर के एक भयंकर विरोधी और प्रतिद्वन्द्वी के रूप में ही घटित हुआ है। वह होने में ही उसकी सार्थकता है। और तथ्यात्मक दृष्टि से यह एक हक़ीक़त भी है। फिर भी महावीर की तमाम प्रभुता के बावजूद, उसके व्यक्तित्व को मैंने केवल महावीर या बुद्ध के झरोखे से नहीं देखा है। उसे अपनी स्वाधीन इयत्ता (आयडेण्टिटी) में पूर्णता के साथ, एक वाम शक्ति-पुरुष के रूप में सहज ही प्राकट्यमान (मैनिफेस्ट) में होने दिया है। मैंने कोई निजी हस्तक्षेप नहीं किया है, उसे महासत्ता में से स्वयं ही निसर्गतः आविर्भूत होने दिया है।

'अनुत्तर योगी' में सबसे पहले वह द्वितीय खण्ड में सामने आता है। वह स्वभाव से और जन्मजात ही विद्रोही प्रकृति का था। सुन्दर सुकुमार था, लेकिन अपने दलित वर्ग, अकुलीन वंश, और अपनी परम्परागत अपमानजनक आजीविका के निरन्तर आघातों से अन्दर में वह बहुत कटु-कठोर, और घृणा से कुण्ठित हो गया था। यायावर मंख-भाटों की जघन्य वृत्ति से उसका हृदय बहुत आहत और विषाक्त हो गया था। सो अपने अन्नदाता अभिजात भद्रों की भौंडी तस्वीरें बनाने, तथा उनकी कुत्सा को नग्न करने के कारण, उसके पिता की आजीविका चली गयी। फलतः पिता ने उसे घर से निकाल दिया। वह नितान्त अनाथ, सर्वहारा हो गया। उसने महाश्रमण महावीर की करुणा, और प्राणिमात्र के अनन्य शरणदाता और वल्लभ के रूप में ख्याति सुनी थी। सो भटकता हुआ वह नालन्दा पहुँचा, और वहीं महावीर से उसका प्रथम मिलन

हुआ।

इस बिन्दु से लगाकर, महावीर से उसके अन्तिम विदा लेने तक के छह वर्ष के काल को, मैंने जैनागम की गोशालक कथा के आधार पर ही अपनी मौलिक सृजनात्मकता के साथ लिखा है। उसके व्यक्तित्व का जो विज़न (साक्षात्कार) मेरे भीतर स्वतः आकार ले रहा था, उसके उपोद्घात के लिए उसकी आरम्भिक जैन कथा ही नितान्त उपयुक्त थी।

महावीर से प्रथम साक्षात्कार होते ही, प्रभु की 'सद्यः विकसित कमल जैसी आँखों' ने उसे सदा के लिए वशीभूत कर लिया था। यह मानो जीव पर शिव की अचूक मोहिनी का आघात था। इसने क्षण मात्र में ही गोशालक को महावीर की चेतना के साथ तदाकार और अभिन्न कर दिया था। वह तो जन्म से ही अनगारी, बेघरबार यायावर मंख भाटों का बेटा था। सो घर तो यों भी उसे जाना ही नहीं था। फिर जब प्रसंगात् उसके पिता ने उसे निकाल दिया, तो वह अन्तिम रूप से अनाथ, अशरण और अनगार हो गया। जगत् उसके लिए शून्य हो गया। अपने अन्तिम अकेलेपन में वह अवश छूट गया। अपना कहने को अब उसका संसार में कोई बचा ही नहीं था। कोई सन्दर्भ, कोई जुड़ाव या मुकाम (belonging), कोई हीला-हवाला उसका नहीं रह गया था। ऐसी ही आत्मा महावीर के प्रति अन्तिम रूप से समर्पित हो सकती थी। भगवान जब किसी को पूरी तरह लेना चाहते हैं, तब जगत् से उसकी जन्मनाल काट कर उसे चारों ओर से निपट अकेला कर ही देते हैं।

इस चेतना-स्थिति के कारण ही गोशालक महावीर से पहली मुलाकात के क्षण में ही, अन्तिम रूप से उनके साथ जैसे तद्रूप हो गया था। इसी से वह प्रभु के तपस्याकाल के सारे उपसर्गों, आक्रान्तियों, कष्टों और यातनाओं में विवश भाव से भागीदार हो कर रहा। जब संसार में उसके जीने का कोई कारण बचा ही नहीं था, तो महावीर को ही उसने जीने के एक अटल कारण के रूप में स्वीकार कर लिया था। कष्ट कितना ही क्यों न हो, हर क्षण मृत्यु से गुजरना ही क्यों न पड़े, फिर भी महावीर के भीतर और संग जीते चले जाना ही उसके लिए अनिवार्य नियति रह गयी थी।

महावीर का शिष्य होने के लिए वह एक अत्यन्त उपयुक्त पात्र था। गौरवर्ण, सुकुमार, इकहरे बदन का यह लड़का आरपार सरल, निष्पाप था। भीतर-बाहर वह पारदर्श रूप से एक था। अपने भीतर की सारी अवचेतन तहों, भूखों, प्यासों, वासनाओं और अँधेरों को जैसे वह अपनी हथेलियों पर लिये हुए चलता था। इतिहास में चिरकाल से शोषित-निपीड़ित दलित परित्यक्त सर्वहारा वर्ग के जन्मान्तरों से संचित अभाव, बुभुक्षा, दमित तृष्णा-वासना, आत्महीनता, आत्म-दैन्य, विक्षोभ, व्यग्र-विद्रूप, कटुता, अदम्य और रुद्र क्रोध तथा विक्षोभ का वह पुंजीभूत अवतार था। फिर भी उसके भीतर जैसे कोई सरल शिशु सदा अकारण किलकारियाँ करता रहता था। निपट निरीह, भोला,

मूर्ख, अकिंचन एक बालक। लेकिन पूर्वजन्म के विकास-संस्कार से वह एक जन्मजात कलाकार था। अपनी साँस में कविता का सौन्दर्य-बोध, और आँखों में चित्रकला का रंगीन विश्व लेकर ही वह पैदा हुआ था। उसमें कोई असाधारण पारदर्शी प्रतिभा थी, एक सर्वभेदी जिज्ञासा और अनिर्वार मुमुक्षा थी। मंखवंश में जन्म लेने के कारण, मंखों के परम्परागत पेशे—कविता, चित्रकला और गायन की शिक्षा भी उसने अपने पिता से प्राप्त की थी। क्योंकि वही उनकी आजीविका का आधार था।

वह चिरकाल के नंगे, भूखे, अवहेलित, दलित अनगार सर्वहारा का एक ऐतिहासिक अवतरण था। अपने सामने आने वाले जीवन के हर यथार्थ और पाखण्ड को वह अपने व्यंग्र-विद्रूप से नंगा करके ही चैन लेता था। कहीं कुछ भी असत्य, असुन्दर, कपटपूर्ण, दम्भ और मायाचार उसे सह्य नहीं था। वैसा कुछ भी सामने आने पर, वह तुरन्त रुद्र क्रोध से व्यंग्य-अट्टहास करता हुआ, उस पर कवितात्मक वाक्-प्रहार करता था। उसकी गालियाँ भी कविताएँ ही होती थीं। उसकी कषायों में भी भाव, रस और अलंकार था, चित्रमयता और काव्यात्मकता थी। मानो कि महावीर की स्वाभाविक विधायक चेतना की ही वह एक विभावात्मक और विनाशक प्रतिच्छवि था। महावीर के सकार को स्थापित करने के लिए ही, मानो वह प्रचण्ड, दुर्दान्त अन्तिम नकार और मूर्तिमान विध्वंस होकर जगत् में चल रहा था। महावीर के 'थीसिस' के लिए, मानो कि वही एकमेव और अनिर्वार और नितान्त उपयुक्त 'एण्टी-थीसिस' था। और इस 'एण्टी-थीसिस' की विस्फोटक नोक पर से ही—मानो महावीर के आगामी युग-तीर्थ के 'सिन्थेसिस' संवाद (सामंजस्य) को जैसे प्रकट होना था।

इस सारे परिप्रेक्ष्य के चलते ही, महावीर के साथ के इन छह वर्षों में वह अपने समय का और आने वाले समय का एक प्रचण्ड विद्रूपकार और व्यंग्यकार होकर प्रकट हुआ था। यह एक अत्यन्त स्वाभाविक मनोवैज्ञानिक स्थिति है। जैनों की काल-निर्धारण के सन्दर्भ में, हम इसी कारण उसे 'अवसर्पिणी' (पतनोन्मुख) काल' के एक विदूषक के रूप में साक्षात् करते हैं।

उसके इस बुनियादी चरित्र का विकास किस तरह आगे बढ़ता हुआ अपनी चरम परिणति पर पहुँचता है, उसके सृजनात्मक स्वरूप को पाठक कथा में पढ़कर स्वयं ही समीचीन रूप से अवबोधित कर सकेंगे। उन सारे कथा-सूत्रों को लेकर यहाँ उनका विश्लेषण करना एक अनावश्यक और निरर्थक विस्तार ही होगा।

द्वितीय खण्ड में छह वर्ष महावीर के साथ विचरण करने के बाद, एक ऐसी घटना घटती है, जो उसके महावीर से विदा लेने का एक सचोट कारण बन जाती है। किसी विशिष्ट कथा-प्रसंग में वह महावीर से अग्नि-लेश्या सिद्ध करने की विधि सीख लेता है। वह कठोर तपस्या से उपलब्ध होने वाली एक ऐसी मारक शक्ति होती है, जो प्रतिरोधी-विरोधी या प्रतिद्वन्द्वी को क्षण मात्र में जलाकर भस्म कर सकती है।

संयोगात् किसी तपस्वी में यदि क्रोध का विस्फूर्जन हो उठे, तो उसकी नाभि से उसकी चिर संचित तपस्या की चरमाग्नि विस्फोटित होकर, सामने उपस्थित विरोधी को पल मात्र में खाक कर देती है।

महावीर को गोशालक अन्तरतम से प्यार करता था, पर उनकी अभिजात वर्गीय प्रभुता के प्रति एक तीव्र दबी ईर्ष्या और प्रतिस्पर्धा भी उसमें सदा सुलगती रहती थी। वे प्रभु मानो उसके परम मित्र और चरम शत्रु एक साथ थे। सो जब प्रसंगात् प्रभु से उसे अग्नि-लेश्या सिद्ध करने की विद्या प्राप्त हो गयी, तो उसके अवचेतन में एक अदम्य जिगीषा (विजयाकांक्षा) प्रज्वलित हो उठी। अनजाने ही उसमें एक भयंकर संकल्प जागा, कि वह प्रभुओं के प्रभु महावीर को भी पराजित कर, जब तक अपनी कोई प्रति-प्रभुता स्थापित न कर ले, तब तक वह चैन न लेगा। इसी अनिर्वार पुकार के धक्के से चालित होकर, एक दिन वह मगध के एक चौराहे पर महावीर से विदा लेकर अपनी नियति की अटल राह पर चल पड़ा।

मुद्दतों तक भटकता भूखा-प्यासा, थका-हारा एक शाम वह श्रावस्ती की निकटवर्ती अचीरवर्ती नदी के तट पर देवद्रुमों की छाया में आकर एक शिलाखण्ड पर बैठ गया। वहीं उसे नींद आ गयी। सबेरे जागकर ताजी हवा से वह स्फुरित हो आया। उस प्रेरणा से उन्मेषित होकर वह एक गहरी संवेदना से आप्राण भर आया। अपने उद्गम, जन्म, और सर्वहारा मंखों के चिरकालीन दलन-पीड़न-दमन की पृष्ठभूमि पर वह अपनी इस क्षण तक की सारी आपबीती (आत्मकथा) का प्रेक्षण-साक्षात्कार करता चला गया।

अभाव की चरम अनुभूति की अनी पर उसके भीतर एक दुर्दान्त काम जागा, जो सृष्टि का उत्स है, और मनुष्य की तमाम इच्छा-वासनाओं का जो उत्प्रेरक भी है, और सर्जक तथा पूरक भी। ...उसके जन्मान्तरों के दमित काम में से एक सुलगता प्रश्न उठा—'क्या कहीं उसके लिए कोई नारी नहीं है? कोई नारी—जो उसे अपने भीतर लेकर, उसके सारे अभावों को भर दे, उसके अनाद्यन्त जख्मों को रुझा दे?'...और तभी उसमें दुर्दान्त संकल्प जागा—'वह अग्निलेश्या सिद्ध करके, उसके बल अपने समय के तमाम तीर्थकों को नेस्तनाबूद कर देगा। प्रभु वर्गों को धूलिसात् कर देगा। और उनके प्रतिनिधि त्रिलोकपति महावीर के तीर्थंकरत्व को चकनाचूर करके, अपने समय का प्रतिसूर्य और प्रति-तीर्थंकर होकर पृथ्वी पर चलेगा।' ...और तभी महाशक्ति की पुकार उठी उसमें—शक्ति की स्रोत और अधिष्ठात्री नारी को प्राप्त करने के लिए।

...वह चल पड़ा : धूलिधूसरित, नंगा, गोरा, सुन्दर सुकुमार युवक। आँखों में छलछलाती दर्द और आक्रोश की शोलाग़र शराब। ...किसी अज्ञात कामायनी की तलाश का तूफानी आवेग। वह श्रावस्ती के राजमार्गों पर अनिर्देश्य भटकता एक विशाल कुम्भारशाला के सामने अचानक ठिठक गया। सैकड़ों चलते चाकों के बीचों-

बीच के केन्द्रीय उलाल-चक्र पर भाण्ड उतारती कुम्भारकन्या हालाहला की निगाह उस पर पड़ गयी। एक अमाप 'स्पेस' में दो निगाहें टकरायीं। ठगौरी पड़ गयी। ...हठात् कुम्भार-बाला खिंची चली आयी, श्यामांगी परमसुन्दरी। माटी की मौलिक बेटी मृत्तिका ने, माटी के चिर पद-दलित बेटे की व्यथा को जैसे मन-ही-मन बूझ लिया। इंगित से आदरपूर्वक वह नग्न श्रमण को अपने भवन में लिवा ले गयी। वह श्रीमन्त होते हुए भी, श्रमजीवी कुम्भकार वर्ग की बेटी थी।

...गोशालक को उसकी नियोगिनी नारी मिल गयी। हालाहला के रूप में श्रीसुन्दरी महाशक्ति ने ही अपने इस सर्वपरित्यक्त वामाचारी बेटे को जैसे अपनी गोद में ले लिया।...हालाहला की कुम्भारशाला के भट्टीगृह के एक कक्ष में बन्द रहकर, गोशालक ने कठिन तप द्वारा अग्नि-लेश्या सिद्ध कर ली। सत्यानाश का एक अमोघ अस्त्र उसे उपलब्ध हो गया। उसके मूलाधार में सुप्त उसकी कुण्डलिनी शक्ति फुँफकार कर जाग उठी। उसी का मूर्त रूप थी मानो मृत्तिका हालाहला। उससे अनन्त सृजन-प्रेरणा प्राप्त करके, उसने हालाहला द्वारा आयोजित तमाम सुख-साधनों के बीच बैठकर, अपने स्वानुभूत नियतिवादी, भोगवादी आजीवक दर्शन के सूत्रों की रचना की। भोग के तात्त्विक आठ मध्यमों को आधार बनाकर उसने अपने अष्टचरमवाद को रूपायित किया।

एक अजेय आत्मविश्वास से वह आप्राण उन्मेषित हो उठा। उसने अपना परम्परागत मंखवेश धारण किया। और एक सवेरे अचानक हालाहला के आम्रकुंज में, प्रतितीर्थंकर भगवान मक्खलि गोशालक, अपनी वामांगिनी भगवती मृत्तिका हालाहला के साथ व्यासपीठ पर प्रकट हो उठे। हजारों-हजार प्रजाजन, उसके आवाहन से खिंचे चले आये। गोशालक ने अपने जीवनानुभव के अनेक चित्रपट दिखाकर, नियतिवाद को सिद्ध कर दिखाया। जब नियति अटल है, तो मुक्ति भी उसके छोर पर आपोआप ही घटित होगी। तब संयम, तप-त्याग, इन्द्रिय-दमन, देह-दमन सब व्यर्थ है, भ्रान्ति और अज्ञान है। अनर्गल होकर बेहिचक जीवन को भोगो, सम्पूर्ण निःशेष भोगो। इस भोग में से ही एक दिन योग और मोक्ष स्वयं प्रकट हो जाएगा। ...अज्ञानी प्रजाओं को यह अनुभवजन्य सुगम भोगवाद तत्काल अपील कर गया। अद्भुत प्रत्ययकारी सिद्ध हुआ यह भोगवाद का विधायक दर्शन।

पलक मारते ही सारे पूर्वीय आर्यावर्त में गोशालक एक प्रतितीर्थंकर के रूप में विश्व-विख्यात हो गया। महावीर और बुद्ध अभी कैवल्य-प्राप्ति की अपनी चरम तपस्या में ही समाधिस्थ थे। वे लोक के परिदृश्य पर अभी प्रकट नहीं हुए थे। अभाव के इस महाशून्य में, आधार के लिए भटकती जन-चेतना को गोशालक की वाम प्रभुता ने सारे आर्यावर्त के हृदय पर अधिकार जमा लिया।

...तभी हठात् एक दिन महावीर अर्हन्त सर्वज्ञ होकर, अपने देवोपनीत समवसरण

की गन्धकुटी के कमलासन पर, लोक के मूर्धन्य सूर्य के रूप में प्रकट हुए। उनकी कैवल्य प्रभा के विस्फोट से गोशालक का प्रतितीर्थंकरत्व आपोआप ही मन्द, म्लान और पराजित होता गया।

...गोशालक प्रलयान्तक क्रोध से उन्मत्त विक्षिप्त होकर, एक दिन आखिर महावीर के समवसरण में जा पहुँचा। अपनी वामशक्ति के सम्पूर्ण आक्रोश के साथ उसने महावीर को ललकारा। महावीर ने उसका प्रतिकार नहीं किया, वे उसे स्वीकारते ही चले गये। अप्रतिरुद्ध, अनिरुद्ध भाव से वे उसे वात्सल्यपूर्वक आत्मसात् करते ही चले गये। महावीर की ओर से कोई प्रतिरोध न पाकर गोशालक की क्रोधाग्नि अपने चरम पर पहुँच गयी। हठात् उसका मणिचक्र फट पड़ा, और उसकी नाभि से अग्निलेश्या की सर्वलोकदाहिनी महाकृत्या प्रकट हो उठी। गोशालक ने महावीर पर उसका प्रक्षेपण किया। पर वह उन्हें स्पर्श न कर सकी। उनकी तीन परिक्रमा देकर वह प्रतिक्रमण करती हुई लौटकर गोशालक के भीतर ही प्रवेश कर गयी। उसके उपरान्त गोशालक के भयंकर आत्मदाह, सात दिन-रातों तक उसकी दहन-यातना, अन्तिम साँस तक उसके विद्रोही वाम दर्शन के उच्चार, और हालाहला की गोद में ही उसके अवसान, देवलोक-गमन तक की विशद कथा तो यथास्थान आलेखित है ही।

यहाँ दो बातें उल्लेख्य हैं। गोशालक जब अपने ही द्वारा प्रक्षेपित अग्निलेश्या की लपटों में जलने और छटपटाने लगा—तो महावीर ने उसे वचन दिया कि वे उसकी जलन, और नरक-यातनाओं में भी उसके साथ ही रहेंगे। दूसरे यह, कि जब हालाहला ने प्रभु को समर्पित होकर उनसे सती हो जाने की विनती की, तो प्रभु ने उसे स्वीकार न किया। उन्होंने आदेश दिया, कि वह अन्त तक गोशालक के साथ उसकी भार्या और तदात्म सहधर्मचारिणी होकर रहे। ये दोनों प्रसंग मेरे सृजनात्मक विज़न में से ही आविर्भूत और आविष्कृत विधायक प्रस्थापनाएँ हैं।

बिना मेरी किसी पूर्व अवधारणा के ही, सृजन के दौरान ही गोशालक का चरित्र अनायास आज के वाम विद्रोही, प्रक्रुद्ध युवा (Angry young man) के रूप में उभरता चला गया है। ठीक आज के मनुष्य के युगानुभव के अनुरूप ही गोशालक नियतिवादी है, अस्तित्ववादी है, नितान्त भौतिक भोगवादी है। आज के अस्तित्ववादी और निःसारतावादी (निहिलिस्ट) दर्शनों की अनिर्वार त्रासदी का वह एक ज्वलन्त उदाहरण और प्रवचनकार है। प्रभुवर्गों के विरुद्ध सर्वहारा वर्ग की वह चूड़ान्त चीत्कार और दुर्दान्त क्रान्तिघोषणा है। विपथगामी वाम-शक्ति का तो वह मूर्तिमान अवतार ही है। आज के मूलोच्चाटित, गृहहारा, सन्दर्भहीन निर्वंश हिप्पी का मानो वह पूर्वज प्रोटोटाइप-स्वरूप उत्कट उच्छृंखल अघोरी कापालिक है। और हिप्पियों की तरह ही कहीं गहरे में उसके भीतर एक अदम्य आत्मकाम और मुमुक्षा ही जागृत है। इस धरती के मांस-माटी के भीतर ही, इसके विषयानन्द के भीतर ही, वह मुक्त आत्मानन्द प्राप्त करना

चाहता है।

इस कथानक के उपसंहार में, जब महावीर को गोशालक के देहान्त का संवाद मिला, तो प्रभु ने उसे एक महान और चरम स्वीकृति ही प्रदान की। उसकी उग्र तपस्या-वृत्ति, उसकी अनिर्वार ज्ञान-पिपासा, तथा उसकी आप्तकामी महावासना का उन्होंने अभिनन्दन किया। उसके वामशक्तिगत विद्रोह और उसके प्रतितीर्थंकरत्व के क्रान्तिकारी दावे की सच्चाई, औचित्य और न्याय्य को भी महावीर ने स्वीकार किया। उसे अपने समय का एक प्रचण्ड प्रतिसूर्य माना। और अन्ततः यह भी कहा कि— 'आर्य मक्खलि गोशालक मेरे आगामी युग तीर्थ की अनिवार्य वाम शक्ति और ऐतिहासिक ऊर्जा के पूर्वाभासी ज्योतिर्धर थे।...इस तरह महावीर ने उन्हें अपना ही अग्निपुत्र माना। और फिर कहा कि—मेरे आगामी युग-तीर्थ में मिट्टी की चिर अवहेलित प्यास जब चीत्कार कर उठेगी, तो उसका उत्तर गोशालक की राह ही महावीर से मिलेगा।...

इस प्रकार मेरे सृजनात्मक विज़न के वातायन पर, आज से ढाई हजार वर्ष पूर्व ही, हमारे समय की विद्रोही वाम शक्ति और मिट्टी की प्यास-पुकार को महावीर द्वारा स्वीकृति मिली थी। मेरे प्रभु ने हमारे युग के हर नकार को मान्यता देकर, उसे अन्तिम सकार का ही एक अनिवार्य उपक्रम मानकर, एक विधायक स्वीकृति दी है। इसमें गोशालक की मूल आगमोक्त कथा का कोई विकृतन नहीं है, इतिहास पर कोई आरोपण भी नहीं है। केवल उसका गहन मर्मोद्घाटन है, प्रतीकात्मक व्याख्यान है, उसका तलगामी मनोवैज्ञानिक अनुसन्धान, और उससे प्राप्त एक मौलिक सत्य-साक्षात्कार है। ऐसा न हो, तो फिर सृजन की क्या सार्थकता? महावीर से यदि मेरे समय की चरम पुकार को उत्तर न मिल सके, तो आख़िर मैं महावीर का पुनरोद्घाटन (rediscovery) और, पुनःसृजन करने का कष्ट ही क्यों करूँ?

यहाँ ज़रा प्रसंग से हटकर एक उल्लेख करना जरूरी है। हिन्दी में भारतीय विद्याओं के विलक्षण मनीषी और मर्मज्ञ हैं श्री कुबेरनाथ राय। स्व. आचार्य हजारी प्रसाद द्विवेदी तथा डॉ. भगवतशरण उपाध्याय के बाद आज वे ही हमारे बीच प्राचीन भारतीय वाङ्मय के अप्रतिम अभिनव व्याख्याता हैं। अपनी इस गोशालक कथा के चित्रण में, श्री कुबेरनाथ के अक्षय ज्ञानकोश के स्रोतों से गोशालक सम्बन्धी जो दुर्लभ विवरण और पारिभाषिक पदावली का मूल्यांकन लाभ मुझे मिला है, उसके लिए मैं उनका हृदय से कृतज्ञ हूँ।

प्रस्तुत चतुर्थ खण्ड के प्रथम सात अध्यायों का विस्तृत विवेचन कई अनिवार्य कारणों से करना पड़ा है। वर्तमान युग के सन्दर्भ में कामतत्त्व, गृहयुद्ध, रक्त-क्रान्ति, आदि का जो एक नव्यमान साक्षात्कार मुझे हुआ है, उसे रेखांकित करना मुझे जरूरी

लगा। इतिहास की सीमा का अतिक्रमण करके आम्रपाली का जो एक नया विज़न मुझे मिला, उसका स्पष्टीकरण भी अनिवार्य था। इस आशय से कि इतिहास को मैंने तांड़ा-मरोड़ा या झुठलाया नहीं है, बल्कि उसे एक उच्चतर चेतनास्तर पर प्रस्तारित (project) और उत्क्रान्त किया है। इतिहासबोध आज केवल काल-क्रमिक और घटनामूलक विवरण मात्र नहीं रह गया है। गहराई और ऊँचाई के आयामों में उसका एक काव्यात्मक और दार्शनिक रूपान्तर हुआ है। उसमें काल और कालातीत का, भौतिक और पराभौतिक (मेटाफिज़िकल) का एक विलक्षण और प्रत्ययकारी सामंजस्य प्रकट हुआ है। आम्रपाली की अन्तर्गामी अन्तरिक्ष-यात्रा की फन्तासी, उसमें षट्चक्र-वेध, कुण्डलिनी-उत्थान आदि की मनोवैज्ञानिक प्रक्रिया का विनियोजन तथा अन्य अनेक मिथकों और प्रतीकों का जो नियोजन अनायास हुआ है, उस पर ध्यान खींचना भी आवश्यक लगा। उस काल के छह प्रमुख तीर्थकों की स्वतन्त्र विद्रोही चेतना का वर्तमान सन्दर्भ में अवबोधन और व्याख्यायन, तथा गोशालक के रूप में आज की वामशक्ति के प्रतिवाद, अस्तित्ववाद, भोगवाद आदि के एक सशक्त प्रतिनिधि का सृजनात्मक अवतरण भी एक अनोखी उपलब्धि हो गया है मेरे मन। इस कारण उस पर रोशनी डालने का लोभ भी मैं संवरण न कर सका।

इन सात अध्यायों के बाद बीस कहानी-अध्याय लिखे गये हैं। हर कहानी अपने में स्वतन्त्र है, पर केन्द्र में कहीं वह महावीर से जुड़ी है। समग्रता में वे इस बृहद् रचना के विविध आयामी अन्तरकक्ष हैं। इन कहानियों को लिखकर मुझे एक गहरे सन्तोष और परिपूर्ति की उल्लसित अनुभूति हुई है। पहली बात तो यह है कि ये 'विशुद्ध कहानियाँ' हो सकी हैं। सीधे-सीधे सहज सरल ढंग से कहानी कहते जाने की जो रवानी और तात्कालिकता (इमिजियेसी) इन कहानियों में मुझसे बन आयी है, वह मेरे समूचे लेखन में एक अगला कदम है, एक नयी रचना-भूमिका का आविष्कार है। बहुत हलके-फुलके, फूल-से खिलते-नाचते मन, और निहायत हलके हाथ से मैंने इन्हें लिखा है। जैसे नदी-तट पर बैठकर अनायास ही उसकी तरंगों से खेल रहा हूँ, और उनमें बहता भी जा रहा हूँ। यूँ तो सृजन-मात्र मेरे मन एक तरंग-लीला ही है : सहज लीला भाव से होने में ही उसकी असली सार्थकता है। सृजन यों भी मेरे लिए कभी श्रम-साध्य नहीं रहा, सहज स्वाभाविक ही रहा, एक अजस्र स्फुरणा में से वह यों बहता आया है, जैसे झरने के विस्फोट में से नदी अपने आप बहती चली आती है। जैसे किसी इलहाम या 'ट्रान्स' में से शब्द धारासार बरसते गये हैं, और आपोआप ही वे रचना में विन्यस्त होते गये हैं।

मेरी ऐन्द्रिक चेतना बहुत तीव्र है, मेरी अनुभूति और संवेदना अत्यन्त भावाकुल और संकुल है। मेरे भाव-प्रवाह में एक निर्बन्धन वैपुल्य (exuberation) और प्राचुर्य है। मुझमें सृष्टि के एकाग्र समग्र भोग की एक प्रचण्ड वासना है, संवासना है, एक

भयंकर 'फोर्स' है, जो मुझे सदा पूर्ण से पूर्णतर आत्मकाम की तृप्ति के लिए बेचैन और अशान्त रखता है। मुझे वर्तमान जगत्-सृष्टि से सन्तोष नहीं : मैं उसे एक पूर्ण सत्य, सौन्दर्य और संवादिता (हार्मनी) में रूपान्तरित पाने को निरन्तर व्याकुल रहता हूँ। मेरी कला में इस सबकी तलछट तक अभिव्यक्ति न हो, तो मुझे चैन नहीं आता। मेरी भाविक-वैचारिक स्फुरणाएँ भी हर बार नव्य से नव्यतर स्रोतों से आती रही हैं। उन्हें कला में रूपायित करने के लिए मुझे हर नायाब से नायाबतर मौलिक भाषा का आविष्कार करना पड़ता है। इसी वजह से मेरे यहाँ बेशुमार नये शब्द बने हैं। अपने स्वभाव की इस तीव्रता, विपुलता और संकुलता के चलते मेरी रचना-प्रक्रिया सदा बहुत जटिल रही है। अपने भाव-स्फोट को निःशेष अभिव्यक्ति देने की आकुलता के चलते, मैंने शब्द और भाषा की तमाम सम्भावना और ताकत को चुका दिया है। शब्द को मैंने इतना अधिक और अतिक्रान्ति की हदों तक लिखा कि उसके मोह से अब मैं मुक्त और निर्वेद होता जा रहा हूँ।

मेरे लिए हर लेखन सदा रियाज रहा, बेहतर से बेहतरीन कथ्य और शिल्प के आविष्कार की एक प्रयोगशाला रहा। मेरा ध्यान उपलब्धि पर कभी न रहा, सदा नव्य से नव्यतर तलाश के उपक्रम और पराक्रम पर ही रहा। अपने हर लेखन से मैंने कुछ नया सीखा है। उससे चेतना में एक नया विकास, आत्मा में एक नया उत्थान और शिल्प में कोई नवीनतर मूर्तन हुए बिना न रह सका है। 'अनुत्तर योगी' में मेरी यह प्रवृत्ति चरम पर पहुँची है। सभी अर्थों में अपना सर्वस्व मैंने इसमें निचोड़ दिया है। लेकिन जो विज़न, बोध, महाभाव और ज्ञान इस रचना में आविर्भूत हुआ है, वह मेरे ही भीतर के, फिर भी मुझसे परे के किसी आन्तरिक पर-पार (beyond within) से आया है। वह मेरा कृतित्व नहीं, परात्पर चैतन्य का प्रसाद है, अवतरण है। मैं स्वयं भी 'अनुत्तर योगी' को बार-बार पढ़कर हर बार उसमें से जैसे एक नवजन्म और नवोत्थान का बोध पाता हूँ। उसमें से जीने और रचने की अजस्र प्रेरणा, वासना और शक्ति प्राप्त करता हूँ।

'अनुत्तर योगी' में विपुल मात्रा में नाविन्य का सर्जन हुआ है। चेतना के अब तक अननुभूत, अप्रकाशित नव्य से नव्यतर प्रदेशों की खोज-यात्रा, और उनमें उतर कर मुक्त विहार करने का एक अकथ्य सुख मैंने पाया है। इसी कारण इस ग्रन्थ में मेरा शाब्दिक और भाषिक बाहुल्य, वैविध्य, घनत्व और नाविन्य पराकाष्ठा पर पहुँचा है। फलतः इस रेचन से मैं बहुत हलका और भारमुक्त हो गया हूँ। सृजनात्मक मुक्ति का ऐसा गहरा और शाश्वत आनन्द-बोध मुझे इससे पूर्व कभी न हुआ था। मानो कि भाषातीत होने की अनी पर जा खड़ा हुआ हूँ। इस रियाज में मेरी भाषा उत्तरोत्तर विरलतर, महीनतर (finer) और परिष्कृत होती गयी है। एक निरायास भाव-संयम और शब्द-संयम भी किसी कदर आया है। लाघव का कौशल पहली बार मुझे किसी

कदर हस्तगत हो सका है। एक 'क्लासिकल सिम्पलीसिटी' भी कई मुकामों पर उपलब्ध हो सकी है।

ऊपर उल्लिखित ये बीस कहानियाँ, इसका एक साक्ष्य प्रस्तुत करती हैं। इनमें क़िस्सागोई या कथा-कथन का बहाव अनायास आया है, और इन्हें लिखते वक्त एक अजीब मास्टरी और आत्म-प्रतीति का आनन्द मुझे बराबर मिलता रहा। समग्र 'अनुत्तर योगी' में, और खासकर इन कहानियों में, मिथक और प्रतीक के अलावा, लोक-कथा, दृष्टान्त-कथा और दन्त-कथा, के परम्परागत सशक्त कथा-तत्त्वों का भी बड़ी खूबसूरती से विनियोग हो सका है।

बचपन से ही सान्त, सीमित, भंगुर जगत् मुझे ठहराव या मुकाम न दे सका। मेरा बालक चित्त सदा अनन्त, असीम, विराट और किसी अमर शाश्वती (eternity) के सपने देखता रहा, उसमें अपना घर मुकाम खोजता रहा। इसी कारण शुरू से ही मेरी रचना में एक कॉस्मिक विज़न का प्रकाश आये बिना न रह सका। इस पृथ्वी के वास्तविक यथार्थ से मुझे उस कॉस्मिक भूमा का यथार्थ ही अधिक सत्य और स्थायी लगता रहा। मानो कि यहाँ का सब कुछ उसी की एक सीमित अवबिम्बित (deflected) अभिव्यक्ति मात्र है—दर्पण में दृश्यमान नगरी की तरह।

बचपन से ही शर्त लग गयी थी, कि यदि मुझे जीना है, तो उस अनन्त-असीम को यहाँ के मेरे जीवन में मूर्त और लीलायमान होना पड़ेगा। उसके बिना मेरी महावासना को विराम, तृप्ति या चैन मिल नहीं सकता। अपनी इस अभीप्सा के चलते ही मेरा सृजन स्वप्न, फन्तासी और मिथक के शाश्वत और उत्तीर्ण माध्यमों से ही सम्भव हो सका। इसी से अपनी मुक्त त्रासदी (भोगे हुए यथार्थ) को रचना में उलीचना मुझे कभी रुचिकर न हुआ। उसे लिखकर उसे उभारना और समारोहित करना मुझे पराजय और विफलता को अंगीकार करना लगा। पर मेरी जीवन-वासना पराजय न स्वीकार सकी। वह मानवेतर चेतना-प्रदेशों में, आत्मा के गहिरतम गोपन कक्षों में, एक पूर्ण और अनन्त जीवन के अमृत स्रोतों को खोजती चली गयी।

अपने सृजनात्मक जीवनी के इस छोर पर, हठात् मुझमें पुकार हुई कि एक विराट् रचना की भूमा में मैं किसी अनन्त पुरुष का सृजन करूँ। लेकिन ऐसा पुरुष, जिसमें सीमित अपूर्ण मानव की सारी त्रासद संवेदनाओं का निविड़तम, तीव्रतम बोध भी हो, और जो ठीक उसी मुकाम पर, मनुष्य की सारी कमजोरियों और कमियों को ज्यों का त्यों स्वीकार-समेट कर संवेदनात्मक तीव्रता और सर्वभेदी वासना के जोर से ही, सीमित मनुष्य को असीम की भूमा से जीवन्त और आपूरित कर दे। प्रसंगात् मैंने इसके लिए महावीर को चुना, या कि वही माध्यम मुझे मानो प्रदान किया गया। महावीर पर अब तक कहीं कोई पुन:सर्जनात्मक काम हुआ भी नहीं था। और जन्मजात जैन होने से महावीर के साथ मेरा कोई आन्तरिक सायुज्य भी रहा ही होगा। वैसे

प्रकटतः कृष्ण ही सदा मेरे स्वप्न के महानायक रहे हैं।

लेकिन कठोर वीतरागी, दुर्दान्त विरागी महावीर को मैंने अपनी ही शर्तों पर रचा है, उनकी शर्तों पर नहीं। मैंने उन्हें उनके लिए, उनके पूजन-वन्दन के लिए नहीं लिखा है, अपने ही लिए लिखा है, अपनी अनन्त वासना का उत्तर पाने के लिए लिखा है। और सचमुच चमत्कार घटित हुआ। महावीर मेरी शर्तों पर ही मेरे भीतर ढलते चले आये। मेरे जीवन की सारी द्वन्द्वात्मक लीलाओं में, वे द्वन्द्वातीत प्रभु अनर्गल, अबाध, विवर्जित भाव से खेलते चले गये। मेरी सारी ऐन्द्रिक तीव्रताओं और मानवीय कामना-वासनाओं को उन्होंने नकारा नहीं, स्वीकारा, उन्हें आत्मसात् किया। विधि-निषेध का द्वन्द्व ही मानो उन्होंने मुझमें से समाप्त कर दिया। एक ऐसा समुद्र, जो सतह पर समस्त वासना से उत्ताल तरंगित है, पर तल में ध्रुव निश्चल भी है, और अमर्याद होकर भी अपनी मर्यादा का वह स्वच्छन्द स्वामी है। ऐसी ही कोई जीवन्मुक्त सामुद्री चेतना मुझमें अनायास आविर्भूत हो गयी है। सान्त, सीमित और भंगुर में, अनन्त-असीम-अमर-शाश्वत के सौन्दर्य, संवेदन और संवादिता (हार्मनी) को जीने की एक अजीब परा-रासायनिक (alchemic) अनुभूति मुझमें सदा सक्रिय रहती है।

इस तरह 'अनुत्तर योगी' में अनन्त पुरुष, हमारे सान्त जीवन-जगत् में सहज भावेन लीलायमान हुआ है। हमारी सारी वासना-कामनाओं को सम्पूर्ण वर्जनाहीन स्वीकृति देकर, उसने हम जहाँ हैं—उसी मुकाम से ऊपर उठा देने का एक अजीब करिश्मा कर दिखाया है। प्रस्तुत खण्ड के आम्रपाली वाले प्रकरण के दोनों अध्यायों में, और बाद की इन बीस कहानियों में भी महावीर का यह वर्जनाहीन सम्पूर्ण मानवीय स्वीकार अपनी परा सीमा पर मूर्त हो सका है।

अतिमानव ने यहाँ मानव होना स्वीकारा है। भगवान ने यहाँ इंसान को गलबाँही डालकर, उसके साथ उसके सारे अँधेरों और वासनाओं में चलना, कुबूल फरमाया है।

मेरी एक कविता के उपसंहार में यह बात बड़ी तीखी, तल्ख, गुस्ताख और निर्भीक भाषा में व्यक्त हुई है :

मेरी रचना का अनुत्तर योगी,
इस महानगर की अन्धी गलियों में
आवारागर्दी कर रहा है।

उसके पद-संचार से मदिरालय में,
मुक्ति का महोत्सव हो गया है :
वेश्यालयों में सोहाग-शैयाएँ बिछ गयी हैं।
...कल रात 'डंकन रोड' की एक अन्धी कोठरी में
कुँवारी मरियम ने एक और ईसा को जन्म दिया है :
सिफ़लिस और सुज़ाक़ के कोढ़ी अँधेरों में

मनुष्य का सर्वहारा, दिशाहारा बेटा अपनी मुक्ति खोज रहा है।
...और मेरे अनुत्तर योगी प्रभु
हर कदम पर उसके साथ गलबाँही डाले चल रहे हैं।...

मेरे महावीर अगर इस कदर दिन-रात मेरे भीतर जीते, चलते, बोलते, बरतते हुए, मेरे संग तदाकार न चलते होते, तो 'अनुत्तर योगी' की रचना करने का कष्ट उठाना मैं किसी भी शर्त पर मंजूर नहीं कर सकता था।

—वीरेन्द्र कुमार जैन

21 नवम्बर 1981
गोविन्द निवास, सरोजिनी रोड,
त्रिलेपारले (पश्चिम); बम्बई-56

नोट : स्वाध्यायप्रेमी पाठकवर्ग के आग्रह पर प्रस्तुत पुस्तक के चारों खंडों से कथानक की निम्नलिखित कुछेक पंक्तियाँ इस संस्करण से निकाल दी गयी हैं :

प्रथम खंड

...यह क्या देख रही हूँ ?...मेरी दोनों जुड़ी जंघाओं के गहराव में एक कदलीवन कसमसा रहा है। कदली-स्तम्भों की कई-कई सरणियाँ मेरे दोनों उरुओं में से उग आयी हैं—जाने कितनी जाँघें : लम्बे-लम्बे पैरों की एक परम्परा, उनकी उँगलियों में फूटती हज़ारों उँगलियाँ। उनमें यह कैसी ज्वारिलता है ! इसमें से कोई घनत्व आकार धारण किया चाहता है। सारा उरुदेश पिघलकर नये सिरे से एक पिंड में घनीभूत हो रहा है। (पृष्ठ 42, अनु. 4)

पाँचों मेरु जैसे मेरे उरोजों में आबद्ध हैं। और उनके बीच के गहराव में, सारी नदियाँ एकसाथ समुद्र में मिल रही हैं। मेरी जंघाओं की घाटियों में, विशाल पशु-सृष्टियाँ समायी हैं। उरु-गुहा में रह-रहकर कोई केसरी गरज उठता है, (पृ. 47, अन्तिम अनु.)

द्वितीय खंड

इन सारे आवरणों, कंचुकियों, नीवि-बन्धों, केश-ग्रन्थियों, अवयवों के उभारों को भेदकर, देह के पार क्या तुम अपने को मुझे नहीं दे सकतीं, मुझे ले नहीं सकतीं... ? (पृ.140, अनु.1)

...ओ दिगम्बर, मैं हूँ तुम्हारी दिगम्बरी, तुम्हारा दिगम्बरत्व। तुम्हारी दिग्विजय के दिगन्तों को मैंने अपनी कलाइयों पर चूड़ियों की तरह धारण कर रखा है। (पृ. 164, अनु. 5)

...मेरे कुँवारे स्तनों में यह कैसा दूध का पारावार-सा उमड़ता है। हाय, यह अज्ञानी भील क्या मेरी इस पीर को समझ सकेगा?... (पृ. 183, अनु. 1)

वे रूप-जीवियाँ रूप-यौवन तथा शिश्नोदर की भूख-प्यासें बिसर गयी हैं। (पृ. 195, अनु. 1)

जीवन में ऐसी क्षुधा तो कभी नहीं लगी। ऐसी कि शस्य-श्यामला धरती के समूचे रस का एकबारगी ही प्राशन किये बिना, मानो वह शमित न हो सकेगी। कहाँ है वह अन्तिम स्तन, जिसमें कालातीत रूप से दूध स्तन में, और स्तन दूध में परिणत होता रहता है। उस तक पहुँचे बिना प्राण को विराम नहीं है। (पृ. 195, अनु. 5)

...आँसू की बूँदे टप-टप भिक्षुक की करांजुलि में टपकीं। (पृ. 196, अनु. 8)

मेरी योनि बोल रही है। मैं नहीं। क्योंकि वह बिद्ध हो चुकी। वह जान ली गयी। उसका भेद खुल गया। वह जीत ली गयी अन्तिम रूप से। (पृ. 208, अनु. 6)

तृतीय खंड

भोगते हुए भी, उसका वीर्य नीचे की ओर नहीं जाता, बिन्दुपात नहीं होता। भोग के क्षण में भी, उसका बिन्दु ऊपर ही जाता है। उसकी हर ऊर्जा, वासना और क्रिया ऊर्ध्वस्थ ज्ञान-सूर्य से प्रवाहित होती है, और सर्व में सम्भोग करती हुई भी, उसी ऊर्ध्व के चिदाकाश में गतिमान रहती है। अपने सूर्य से स्खलित होकर, वह जड़ माटी में नहीं मिलती। इसी कारण सच्चा भोक्ता, ऊर्ध्व-रेता अस्खलित-बिन्दु योगी ही हो सकता है। बिन्दुपात होने पर तो भोग-सुख की धारा खंडित हो जाती है। (पृ. 305, प्रथम पंक्ति)

तो दिनों वे बाहर नहीं आते। असूर्यंपश्या के आलिंगन-सुख को उनसे अधिक कौन जानेगा! (पृ. 307, अनु. 4)

भृकुटी में गुँथी दोनों आँखों की इस मर्मीली चितवन से तो कामदेव भी घायल हो जाता है। तो शिवानन्दा का क्या वश है, कि उस आरपार बींधते कटाक्ष से विह्वल और विवसन न हो जाये। श्रेष्ठी शिवा के रूप को अनिमेष पहरों देखते रह जाते हैं। और शिवा ...वह जब अँगड़ाई लेती हुई उस आश्लेष-सुख से बाहर आती है, तो श्रेष्ठी के मुख से अस्फुट सम्बोधन फूटता है :

"शिवानी!"

"मेरे शिव!"

और सारे कक्ष में प्रतिध्वनित होता है :

शिवोऽहम्...शिवोऽहम्...शिवोहऽम्...! (पृ. 307, अनु. 5)

चतुर्थ खंड

तुम्हारे सामने उपस्थित होकर, तुम्हारी एकाकी समाधि पर टूट सकती थी। और तुम्हारी कायोत्सर्ग में लीन समाधिस्थ काया को, अपनी छाती में भरकर अपने महल में उठा लाती, और तुम्हारे साथ मनमानी कर लेती। क्या तुम मुझे मना कर सकते थे? नहीं, मेरी गोद में शिशु की तरह लुढ़ककर सो जाते, और मैं तुम्हें अपने अतल गर्भ में खींचकर बन्दी बना लेती। तुम मेरा आँचल झटककर जा नहीं सकते थे। मुझसे तुम्हारे लिए कहीं बचत नहीं थी। वह तुम्हारी नियति नहीं, वह तुम्हारा स्वधर्म नहीं। इस बात को मुझसे अधिक कौन जान सकता है। (पृ. 41, अनु.1)

वही शाश्वती नारी, आज अपने शाश्वत पुरुष के आगे, अपनी अन्तिम पीड़ा खोल देने को प्रस्तुत है।...जानो महावीर, मैंने तुम्हें भीतर से प्यार किया है। तुम्हारे हर स्मरण के साथ, मेरे अन्तर में ऐसे विदग्ध माधुर्य का रोमांचन और सिंचन होता है, कि उसके आगे मुझे उपनिषदों का ब्रह्मानन्द फीका जान पड़ता है। तुम्हारे साथ एकात्म, एक-देह होने की अनिर्वार व्याकुलता के चलते, देह और आत्मा का भेद-विज्ञान मुझे अज्ञान प्रतीत हुआ है। मैं एक ऐसे एकत्व और अनन्यत्व में तुम्हारे साथ जीती चली गयी हूँ, कि उस चेतना-स्तर पर कोई भी भेदाभेद और द्वन्द्व मुझे छूँछा और असत्य प्रतीत होता है। तुम्हारे लिए तड़पते मेरे वक्षोजों और बाहुओं के आलोड़न में, बारम्बार आत्मा ही देह हो गयी है, और देह ही आत्मा हो गयी है। मैंने तुम्हें ज्ञान से नहीं चाहा, प्राण से चाहा है। मेरी देह का रोयाँ-रोयाँ आत्मा होकर, तुम्हारे आलिंगन को तड़पा है। (पृ. 47, अनु. 4)

...सुनो महावीर, मेरी निर्लज्जता अब मेरे नारीत्व की मर्यादा लाँघकर तुम्हारे सामने आ जाना चाहती है।...देखो, देखो, मेरे मूलाधार के मेदुर धरामंडल में से, यह कैसा उत्तान अम्भोज फूटकर चीत्कार रहा है। कि उसके लिए सारी पृथ्वी को फटकर पानी हो जाना पड़ा। एक जल-प्रलय के बीच, सुनो-सुनो...यह कौन तुम्हें पुकार रही है? कौन तुम्हें खींच रही है?

...कि कल तुम मेरी राह आने को मजबूर हुए। यह मैं नहीं, मेरी आत्मा नहीं, यह मेरा गर्भ है, चिरन्तन नारी का गर्भ, जो तुम्हारे तेजस् के अमृत-सिंचन के लिए फूटकर आक्रन्द कर उठा है। हाँ, मैं तुम्हारी एकमेव नारी, ओ मेरे एकमेव पुरुष, मैं

केवल तुम्हें अपने गर्भ में धारण करना चाहती हूँ। आम्रपाली का गर्भाधान कर सके, ऐसा अन्य कोई पुरुष इस पृथ्वी तल पर आज विद्यमान नहीं। त्रैलोक्येश्वर का अजित वीर्य ही आम्रपाली झेल सकती है। कामदहन, दुर्दान्त ब्रह्मचारी शंकर के अक्षर वृष्णनिषेक को धारण करने के लिए, केवल पार्वती ही जनमी थी। और वही दुरत्यय असुर शक्तियों का पृथ्वी से उन्मूलन करने के लिए, देव-सेनापति कुमार स्कन्द को जन्म दे सकती थी। ऐसे किसी कार्तिकेय की माँ होना ही, मेरे नारीत्व की एकमात्र नियति हो सकती है। (पृ. 47, अनु. 5-6)

ओ मेरे एकमेव काम-पुरुष, विचित्र है तुम्हारी लीला। जानती हूँ, अब कभी तुम्हारा श्रीमुख-दर्शन भी मुझे नसीब न होगा। लेकिन मैं मरण और विनाश की घाटियों में तुम्हारी सहचरी होकर रह गयी। तुम मारजयी हुए। लेकिन मैं? तुम्हारी तपस्या के सारे अघमर्षण अग्नि-स्नानों में तुम्हारे साथ जलकर भी, मैं तो निरी कामिनी ही रह गयी। निश्चय ही, तुमने सचराचरा सृष्टि के काम को जय किया। लेकिन याद दिलाती हूँ, आम्रपाली के काम पर अभी तुम विजय नहीं पा सके हो। मेरे आम्रकूट की मंजरियाँ अभी भी अछूती हैं। तुम्हारी त्रिभुवन जयी चरण-चाप, अभी उनका भंजन नहीं कर सकी है। सुनो, जानो, ओ त्रिगुणातीत, त्रिपुरारि परशिव, सदाशिव, मृत्युंजयी महेश्वर : महावीर! तुम्हारे द्वारा भस्मीभूत किया गया काम, तुम्हारी इस पार्वती की सर्पिल कंचुकी में नवजन्म लेकर अभी भी सुरक्षित है। उसको पूर्णकाम किए बिना, तुम्हारे युग-तीर्थ की नूतन सृष्टि का उत्थान और प्रवर्तन सम्भव न हो सकेगा।

हाय, मेरी वासना सृष्टि के कण-कण में सुलग रही है। और देखो, देखो, मेरे मूलाधार की पृथ्वी, कमल कोरक की तरह फूटने को आकुल हो उठी है। इसकी मुद्रित कर्णिका में वैश्नावर धधक रहे हैं। क्या तुम कभी नहीं आओगे मेरे पास? लेकिन अनिर्वार है मेरा यह आत्म-स्फोट। यह मृत्यु से भी बाधित नहीं। तुम सर्वज्ञ होकर भी, त्रिकाल-ज्ञानी होकर भी, क्या इस अनिवार्यता को नहीं देख रहे? हाय, मेरी त्रिवली टूटी जा रही है!... (पृ. 59, अनु. 2-3)

...एक भास्वर महाशून्य के महल में, अन्तरिक्ष के चिद्घन पर्यंक पर लेटी हूँ। मेरे दिगम्बर परशिव मेरी योनि के रक्त-कमल पर, स्पर्शातीत अधर में आसीन हैं। शिव और शक्ति के रमण की एकीभूत निश्चल अवगाढ़ता का यह सुख, नाद, बिन्दु और कला से अतीत है। मैथुन...मैथुन...मैथुन, अनन्त और निरन्तर मैथुन। अजस्र और अद्वैत सम्भोग। (पृ. 68, अनु. 5)

तुम्हारे चरण-चापों से मेरे अस्थि-बन्ध टूट रहे हैं। मेरे नाड़ीचक्र झिल्लिम पाँखुरियों की तरह काँप रहे हैं। मेरा आभोग विदीर्ण हो रहा है।...किस अदृश्य

पदांगुष्ठ ने मेरा अजेय नीवीबन्ध छिन्न कर दिया? किसके कटाक्ष ने मेरी सर्प-कंचुकी के बन्द तोड़ दिये? मैं रह गयी हूँ केवल जल-वसना इरावती। अवसना, अनग्ना, द्यावा की पुत्री : अदिति। दिक्चक्रवाल पर छटपटाती एक नग्न नारी!

हाय, अकाल ही ये कैसे मेघ घिर आये हैं? ये मेरे उरुप्रदेश में घनाभूत होकर घहरा रहे हैं। मेरे कोई मांसल उरु नहीं रहे, कोई जघन नहीं रहे, वहाँ केवल घनीभूत, गहराती मेघराशि है। किसके वृष से उमड़ रहे हैं—मेरी जंघाओं में अनहद नाद करते ये मेघ! मेरी धमनियों में रक्त नहीं, वृष और सोम के आलोड़न गरज रहे हैं। रज और वीर्य की ग्रन्थियों में तुमुल और अस्खलित घर्षण की आद्या अग्नि लहरा रही है। मेरे अणु-अणु में यह कैसी परात्पर वासना दहक उठी है! लगता है, सारी जड़-जंगम प्रकृति इस क्षण चैतन्य हो उठी है। कौन अन्तःसार वृष्णीक पुरुष, विराट की अदृश्य दूरियों में चला आ रहा है? मेरे रोमों में कदम्ब और केतकी के वन पुष्पित, पुलकाकुल होकर काँटों की तरह कसक रहे हैं। ओ वृष्णीन्द्र, तुम असम्प्रज्ञात दूरियों में जाने कब से चले आ रहे हो। पास क्यों नहीं आते? असह्य है तुम्हारी यह इन्द्र-खेला, ओ मेरे अनंग!(पृ. 75, अनु. 3-4)

ओ पुष्करावर्त मेघ, तुम कैसे बेमालूम कोमल होकर मेरी गुह्यताओं में घुस आये। और औचक ही, तुमने मेरे भीतर यह कैसा प्रलय जगा दिया है। मेरी रति की आरती, मेरे काम का अतिक्रमण कर गयी है। अनंग से भी परे की है, मेरी यह उलंग आकाशी नग्नता। ओ पुष्करावर्त मेघ, क्या तुम्हीं हो मेरे वह कामरूप पुरुष, वह वृष्णीन्द्र, जिसके अग्निषोम को अपने योनिपद्म में झेलने के लिए मैं आदिकाल से विकल हो रही हूँ। मेरे मनचाहे, मनभाये, तुम आकर भी नहीं आये, नहीं आ रहे। मुझे तुम्हारा यह बादली इन्द्रजाल नहीं चाहिए। मुझे तुम्हारा सघन, माँसल, ऊष्म शरीर चाहिए। मुझे तुम्हारी रक्त-धमनियों, इन्द्रियों, अंगों का प्रगाढ़ आश्लेष चाहिए। मैंने केवल तुम्हारे लिए शरीर धारण किया है, ओ मेरे कामरूप पुरुष, मेरे एकमेव काम्य। मैं हूँ तुम्हारी अनंगिनी रति, तुम्हारी अन्तिम आरती : सृष्टि की गर्भपीड़ा : आम्रपाली!

...मेरे योनि-पल्लव में यह कैसी विद्युल्लेखा खेल गयी! कैसा सर्ववेधी रोमांचन है यह। दो अग्निम् त्रिकोण : एक-दूसरे को आर-पार भेदते हुए। कामबीज ह्रींकार का यह कैसा उल्लसित नाद है। उसमें से उभर रहा है ऋषि-मंडल चक्र : तपाग्नियों का मंडल। उसमें से उद्‌गीर्ण हो रहा है सिद्ध-चक्र : निरंजन निराकार मुक्तात्माओं का मंडल। उसमें से उत्पलायमान है श्री चक्र : सर्वकामपूरन सृष्टि का मंडल। मेरे अणु-अणु में दहकते बीजाक्षर। मेरी अनन्त वासना के विस्फोटित वह्नि-मंडल। मेरे श्रोणि-फलक में से ये कैसे रहस्य-लोक खुल रहे हैं! अज्ञात अग्नियों के वन।

...क्या मैं जलकर भस्म हो जाऊँगी, अब आओगे तुम, मेरी भस्म को अपनी चरण-रज बनाने के लिए? तो लो, मैं लेट गयी तुम्हारी ऋषि-मंडल की अग्नि-शैया पर। पर हाय, तुम मुझे जलाते भी नहीं, जीने भी नहीं देते! (पृ. 75, अनु. 3-4-5)

...यह क्या देख रही हूँ मैं।...बन्द कमरे में, एक नग्न पुरुष, एक नग्न नारी। एक भगवान है, दूसरी वेश्या है। विराट नग्न प्रकृति, और उसका कामरूप पुरुष, उसी के उष्णीष कमल में से आविर्मान। काम और रति का अनादि मिथुन—एक बन्द कमरे में!... (पृ. 76, अनु. 4)

णाणं पयासयं

वीर नि.सं. 2470

ई. सन् 1944

भारतीय ज्ञानपीठ